증편 한국구비문학대계

8-16

경상남도 함양군 ①

이 저서는 2008년도 정부(교육과학기술부)의 재원으로 한국학중앙연구
원(한국학진흥사업단)의 지원을 받아 수행된 연구임(AKS-2008-AIA-3101)

# 증편 한국구비문학대계
## 8-16
## 경상남도 함양군 ①

박경수 · 황경숙 · 서정매

한국학중앙연구원

**역락**

# 발간사

　민간의 이야기와 백성들의 노래는 민족의 문화적 자산이다. 삶의 현장에서 이러한 이야기와 노래를 창작하고 음미해 온 것은, 어떠한 권력이나 제도도, 넉넉한 금전적 자원도, 확실한 유통 체계도 가지지 못한 평범한 사람들이었다. 이야기와 노래들은 각각의 삶의 현장에서 공동체의 경험에 부합하였으며, 사람들의 정신과 기억 속에 각인되었다. 문자라는 기록 매체를 사용하지 못하였지만, 그 이야기와 노래가 이처럼 면면히 전승될 수 있었던 것은 그것이 바로 우리 민족의 유전형질의 일부분이 되었기 때문이며, 결국 이러한 이야기와 노래가 우리 민족을 하나의 공동체로 묶어 주고 있는 것이다.

　사회와 매체 환경의 급격한 변화 가운데서 이러한 민족 공동체의 DNA는 날로 희석되어 가고 있다. 사랑방의 이야기들은 대중매체의 내러티브로 대체되어 버렸고, 생활의 현장에서 구가되던 민요들은 기계화에 밀려 버리고 말았다. 기억에만 의존하여 구전되던 이야기와 노래는 점차 잊히고 있다. 한국학중앙연구원이 1970년대 말에 개원함과 동시에, 시급하고도 중요한 연구사업으로 한국구비문학대계의 편찬 사업을 채택한 것은 바로 이러한 시대적 상황에 대한 우려와 잊혀 가는 민족적 자산에 대한 안타까움 때문이었다.

　당시 전국의 거의 모든 구비문학 연구자들이 참여하였는데, 어려운 조사 환경에서도 80여 권의 자료집과 3권의 분류집을 출판한 것은 그들의 헌신적 활동에 기인한다. 당초 10년을 계획하고 추진하였으나 여러 사정으로 5년간만 추진되었으며, 결과적으로 한반도 남쪽의 삼분의 일에 해당하는 부분만 조사하게 되었다. 그럼에도 불구하고 한국구비문학대계는 주관기관인 한국학중앙연구원의 대표 사업으로 각광 받았을 뿐 아니라, 해방 이후 한국의 국가적 문화 사업의 하나로 꼽히게 되었다.

21세기에 들어서면서 한국학중앙연구원에서는 미완성인 채로 남아 있는 구비문학대계의 마무리를 더 이상 미룰 수 없다는 생각으로 이를 증보하고 개정할 계획을 세웠다. 20년 전의 첫 조사 때보다 환경이 더 나빠졌고, 이야기와 노래를 기억하고 있는 제보자들이 점점 줄어들고 있었던 것이다. 때마침 한국학 진흥에 대한 한국 정부의 의지와 맞물려 구비문학대계의 개정·증보사업이 출범하게 되었다.

이번 조사사업에서도 전국의 구비문학 연구자들이 거의 다 참여하여 충분하지 않은 재정적 여건에서도 충실히 조사연구에 임해 주었다. 전국 각지의 제보자들은 우리의 취지에 동의하여 최선으로 조사에 응해 주었다. 그 결과로 조사사업의 결과물은 '구비누리'라는 이름의 데이터베이스에 탑재가 되었고, 또 조사자료의 텍스트와 음성 및 동영상까지 탑재 즉시 온라인으로 접근할 수 있는 시스템을 갖추었다. 특히 조사 단계부터 모든 과정을 디지털화함으로써 외국의 관련 학자와 기관의 선망의 대상이 되고 있다.

이제 조사사업의 결과물을 이처럼 책으로도 출판하게 된다. 당연히 1980년대의 일차 조사사업을 이어받음으로써 한편으로는 선배 연구자들의 업적을 계승하고, 한편으로는 민족문화사적으로 지고 있던 빚을 갚게 된 것이다. 이 사업의 연구책임자로서 현장조사단의 수고와 제보자의 고귀한 뜻에 감사를 표하지 않을 수 없다. 아울러 출판 기획과 편집을 담당한 한국학중앙연구원의 디지털편찬팀과 출판을 기꺼이 맡아준 역락출판사에 감사를 드린다.

2013년 10월 4일
한국구비문학대계 개정·증보사업 연구책임자 김병선

# 책머리에

구비문학조사는 늦었다고 생각하는 지금이 가장 빠른 때이다. 왜냐하면 자료의 전승 환경이 나날이 달라지고 있기 때문이다. 전승 환경이 훨씬 좋은 시기에 구비문학 자료를 진작 조사하지 못한 것이 안타깝게 여겨질수록, 지금 바로 현지조사에 착수하는 것이 최상의 대안이자 최선의 실천이다. 실제로 30여 년 전 제1차 한국구비문학대계 사업을 하면서 더 이른 시기에 조사를 했더라면 하는 아쉬움이 컸는데, 이번에 개정·증보를 위한 2차 현장조사를 다시 시작하면서 아직도 늦지 않았다는 사실을 실감했다.

구비문학 자료는 구비문학 연구와 함께 간다. 자료의 양과 질이 연구의 수준을 결정하고 연구수준에 따라 자료조사의 과학성이 결정되기 때문이다. 실제로 1차 조사사업 결과로 구비문학 연구가 눈에 띠게 성장했고, 그에 따라 조사방법도 크게 발전되었다. 그러나 연구의 수명과 유용성은 서로 반비례 관계를 이룬다. 구비문학 연구의 수명은 짧고 갈수록 빛이 바래지만, 자료의 수명은 매우 길 뿐 아니라 갈수록 그 가치는 더 빛난다. 그러므로 연구활동 못지않게 자료를 수집하고 보고하는 일이 긴요하다.

교육부에서 구비문학조사 2차 사업을 새로 시작한 것은 구비문학이 문학작품이자 전승지식으로서 귀중한 문화유산일 뿐 아니라, 미래의 문화산업 자원이라는 사실을 실감한 까닭이다. 따라서 학계뿐만 아니라 문화계의 폭넓은 구비문학 자료 활용을 위하여 조사와 보고 방법도 인터넷 체제와 디지털 방식에 맞게 전환하였다. 조사환경은 많이 나빠졌지만 조사보고는 더 바람직하게 체계화함으로써 누구든지 쉽게 접속하여 이용할 수 있는 데이터베이스를 구축했다. 그러느라 조사결과를 보고서로 간행하는 일은 상대적으로 늦어지게 되었다.

2차 조사는 1차 사업에서 조사되지 않은 시군지역과 교포들이 거주하는 외국지역까지 포함하는 중장기 계획(2008~2018년)으로 진행되고 있다. 한국학중앙연구원 어문생활연구소와 안동대학교 민속학연구소가 공동으로 조사사업을 추진하되, 현장조사 및 보고 작업은 민속학연구소에서 담당하고 데이터베이스 구축 작업은 한국학중앙연구원에서 담당한다. 가장 중요한 일은 현장에서 발품 팔며 땀내 나는 조사활동을 벌인 조사자들의 몫이다. 마을에서 주민들과 날밤을 새우면서 자료를 조사하고 채록하여 보고서를 작성한 조사위원들과 조사원 여러분들의 수고를 기리지 않을 수 없다. 조사의 중요성을 알아차리고 적극 협력해 준 이야기꾼과 소리꾼 여러분께도 고마운 말씀을 올린다.

구비문학 조사를 전국적으로 실시하여 체계적으로 갈무리하고 방대한 분량으로 보고서를 간행한 업적은 아시아에서 유일하며 세계적으로도 그 보기를 찾기 힘든 일이다. 특히 2차 사업결과는 '구비누리'로 채록한 자료와 함께 원음도 청취할 수 있는 데이터베이스를 구축해서 세계에서 처음으로 인터넷과 스마트폰으로 이용할 수 있는 디지털 체계를 마련했다. '구슬이 서 말이라도 꿰어야 보배'인 것처럼, 아무리 귀한 자료를 모아두어도 이용하지 않으면 소용이 없다. 그러므로 이 보고서가 새로운 상상력과 문화적 창조력을 발휘하는 문화자산으로 널리 활용되기를 바란다. 한류의 신바람을 부추기는 노래방이자, 문화창조의 발상을 제공하는 이야기 주머니가 바로 한국구비문학대계이다.

2013년 10월 4일
한국구비문학대계 개정·증보사업 현장조사단장 임재해

## 한국구비문학대계 개정·증보사업 참여자<sub></sub>(참여자 명단은 가나다 순)

**연구책임자**

김병선

**공동연구원**

강등학　강진옥　김익두　김헌선　나경수　박경수　박경신　송진한　신동흔
이건식　이인경　이창식　임재해　임철호　임치균　조현설　천혜숙　허남춘
황인덕　황루시

**전임연구원**

장노현　최원오

**박사급연구원**

강정식　권은영　김구한　김기옥　김월덕　노영근　서해숙　유명희　이균옥
이영식　이윤선　조정현　최명환　최자운　황경숙

**연구보조원**

강소전　김미라　구미진　김보라　김성식　김영선　김옥숙　김유경　김은희
김자현　문세미나　박동철　박은영　박현숙　박혜영　백계현　백은철　변남섭
서은경　서정매　송기태　송정희　시지은　신정아　안범준　오세란　오정아
유태웅　이선호　이옥희　이원영　이진영　이홍우　이화영　임세경　임　주
장호순　정아용　정혜란　조민정　편성철　편해문　한유진　허정주　황진현

**주관 연구기관** : 한국학중앙연구원 어문생활사연구소
**공동 연구기관** : 안동대학교 민속학연구소

# 일러두기

■『증편 한국구비문학대계』는 한국학중앙연구원과 안동대학교에서 3단계 10개년 계획으로 진행하는 "한국구비문학대계 개정·증보사업"의 조사 보고서이다.

■『증편 한국구비문학대계』는 시군별 조사자료를 각각 별권으로 간행하는 것을 원칙으로 한다. 서울 및 경기는 1-, 강원은 2-, 충북은 3-, 충남은 4-, 전북은 5-, 전남은 6-, 경북은 7-, 경남은 8-, 제주는 9-으로 고유번호를 정하고, -선 다음에는 1980년대 출판된『한국구비문학대계』의 지역 번호를 이어서 일련번호를 붙인다. 이에 따라『증편 한국구비문학대계』는 서울 및 경기는 1-10, 강원은 2-10, 충북은 3-5, 충남은 4-6, 전북은 5-8, 전남은 6-13, 경북은 7-19, 경남은 8-15, 제주는 9-4권부터 시작한다.

■ 각 권 서두에는 시군 개관을 수록해서, 해당 시·군의 역사적 유래, 사회·문화적 상황, 민속 및 구비 문학상의 특징 등을 제시한다.

■ 조사마을에 대한 설명은 읍면동 별로 모아서 가나다 순으로 수록한다. 행정상의 위치, 조사일시, 조사자 등을 밝힌 후, 마을의 역사적 유래, 사회·문화적 상황, 민속 및 구비문학상의 특징 등을 중심으로 설명하고, 마을 전경 사진을 첨부한다.

■ 제보자에 관한 설명은 읍면동 단위로 모아서 가나다 순으로 수록한다. 각 제보자의 성별, 태어난 해, 주소지, 제보일시, 조사자 등을 밝힌 후, 생애와 직업, 성격, 태도 등을 중심으로 서술하고, 제공 자료 목록과 사진을 함께 제시한다.

■ 조사자료는 읍면동 단위로 모은 후 설화(FOT), 현대 구전설화(MPN), 민요(FOS), 근현대 구전민요(MFS), 무가(SRS), 기타(ETC) 순으로 수록한다. 각 조사자료는 제목, 자료코드, 조사장소, 조사일시, 조사자, 제보자, 구연상황, 줄거리(설화일 경우) 등을 먼저 밝히고, 본문을 제시한다. 자료코드는 대지역 번호, 소지역 번호, 자료 종류, 조사 연월일, 조사자 영문 이니셜, 제보자 영문 이니셜, 일련번호 등을 '_'로 구분하여 순서대로 나열한다.

■ 자료 본문은 방언을 그대로 표기하되, 어려운 어휘나 구절은 ( ) 안에 풀이말을 넣고 복잡한 설명이 필요할 경우는 각주로 처리한다. 한자 병기나 조사자와 청중의 말 등도 ( ) 안에 기록한다.

■ 구연이 시작된 다음에 일어난 상황 변화, 제보자의 동작과 태도, 억양 변화, 웃음 등은 [ ] 안에 기록한다.

■ 잘 알아들을 수 없는 내용이 있을 경우, 청취 불능 음절수만큼 '○○○'와 같이 표시한다. 제보자의 이름 일부를 밝힐 수 없는 경우도 '홍길○'과 같이 표시한다.

■『증편 한국구비문학대계』에 수록된 모든 자료는 웹(gubi.aks.ac.kr/web)과 모바일(mgubi.aks.ac.kr)에서 텍스트와 동기화된 실제 구연 음성파일을 들을 수 있다.

# 차례

## ● 설화

● 현대 구전설화

● 민요

## 2. 백전면

**▌조사마을**

## 3. 병곡면

### ▌조사마을

## 4. 서상면

▌조사마을

▌제보자

## 설화

## 5. 서하면

## 설화

● **근현대 구전민요**

# 함양군 개관

경남 함양군은 지리산의 북쪽, 덕유산의 남쪽에 있는 산간 지역으로 경남의 서북부에 위치하고 있다. 동쪽으로는 산청군, 남쪽으로는 하동군, 서쪽으로는 남원시와 장수군, 북쪽으로는 거창군과 경계를 이루고 있다. 군의 크기는 동서로 25km, 남북으로 50km, 전체 면적이 725km²이며, 이중 임야가 78%, 논이 9.6%, 밭이 4.9%로 임야가 차지하는 비중이 매우 크다. 그만큼 함양군은 산악지대가 많고 평야가 적은 지역이다.

함양군은 과거에 산간지역의 특성상 교통이 불편했던 지역이었다. 동남쪽으로 경호강을 끼고 산청으로 통하는 길이 있고, 남쪽으로 오도재를 넘어 하동으로, 북쪽으로는 안의를 거쳐 거창군 위천으로 통하거나 육십령을 넘어 장수, 서쪽으로 팔령치를 넘어 남원 운봉으로 연결되기는 했지만, 길이 매우 멀고 험했다. 그러나 근래에 들어서 88올림픽고속도로와 대전·통영간 고속도로가 연이어 개통됨으로써 교통의 요충지가 되고 있다. 앞으로도 전주·함양간 고속도로와 울산·함양간 고속도로가 예정되어 있고, 국도도 확장되거나 서로 연결되는 공사를 진행하고 있다. 함양은 이제 사통팔달로 다른 지역과 쉽게 연결되고, 대전, 광주, 대구가 1시간대, 부산이 2시간대, 서울이 3시간대로 연결됨으로써 대도시로부터 쉽게 접근하는 1일 생활권이 되었으며, 그만큼 경제나 문화적인 차이도 점차 줄어들고 있다.

함양군의 인구는 2010년 3월 말 기준으로 40,737명으로, 남자는 19,473
명, 여자는 21,264명이다. 이 중에서 65세 이상 노인 인구가 11,230명(남
자는 4,144명, 여자는 7,086명)으로 전체의 27.57%를 차지함으로써 노령
인구의 비중이 높은 편이다. 인구의 도시 집중화는 함양군의 인구 감소는
물론 노령 인구의 증가를 부채질하고 있다. 2000년대 중반까지만 해도 함
양군은 매년 1,000여 명씩 인구가 감소되었다. 그러다가 최근 함양군의 교
통 발달과 개발 입지가 좋아지고, 국제 결혼이민자의 증가 등이 이루어지
면서 인구 감소가 약간씩 둔화되고 있다.

함양군 지역에 사람이 살기 시작한 시기는 석기시대나 청동기시대로
추정하지만, 이를 뒷받침할 수 있는 기록이나 유물이 없는 형편이다. 다
만 삼한시대에는 이 지역이 변한의 땅이었고, 고분군에서 출토된 유물로
보아 4~5세기 경에 부족국가가 형성되었던 것으로 짐작하고 있다.

함양군은 신라 초기에 속함군(速含郡) 또는 함성(含城)이라 칭했다가 신
라 경덕왕 16년(757년)에 천령군(天嶺郡)으로 개칭되었다. 천령군은 현재
의 안의면에 해당하는 마리현(馬利縣)을 이안현(利安縣)으로 고쳐 속현으
로 두기도 했는데, 이후 다시 거창군의 속현으로 옮기는 등 변화가 있었
다. 고려 성종 14년(995년)에는 천령군은 허주도단련사(許州都團鍊使)로
승격되기도 했으나, 현종 3년(1012년)에는 허주도단련사를 함양군(含陽郡)
으로 개칭했다가 9년(1018년)에는 다시 현재 부르는 함양군(咸陽郡)으로
고쳐서 합주(陜州)에 예속시켰다. 고려 명종 2년(1172년)에는 함양군을 다
시 이안현으로 강등하고, 공양왕 때에는 감음(感陰 : 현 거창군 위천면)에
이속시켜 감무를 두었다. 조선시대에 들어 태조 4년(1395년)에 다시 군으
로 승격되었으나, 인조 7년(1629년)에 양경홍의 역모 때문에 또 다시 현
으로 강등되기도 했다. 그러다 영조 4년(1728년)부터 12년(1788년)까지
일시 거창현으로 일부 지역이 분리 복속되었다가 영조 5년(1729년)에는

함양부로 승격하면서 안의현을 분리하여 거창과 함양으로 분리 예속시켰다. 정조 12년(1788년)에는 함양부를 다시 군으로 환원하여 도북면(道北面) 등 18개 면으로 행정구역을 나누었다.

일제 강점기인 1914년에 행정구역이 개편되면서 함양군은 13개 면이 되었다. 이때 안의군에 속해 있었던 현내면, 초점면, 황곡면을 합하여 안의면이라 하고, 대대면과 지대면을 합쳐서 대지면이라 하여 함양군으로 이속시켰으며, 산청군과 서상, 방곡의 일부도 함양에 편입시켰다. 그 결과 함양군은 서상면, 서하면, 위성면, 석복면, 마천면, 휴천면, 유림면, 수동면, 지곡면, 병곡면, 백전면, 안의면, 대지면 등 13개 면으로 구성되었다. 1933년 일제는 대지면을 안의면에 병합하여 12개 면으로 하는 등 행정구역 일부를 변경했다. 그러다 해방 후인 1957년에 석복면을 함양면에 병합하여 합양읍으로 승격하였으며, 1973년에는 안의면의 춘전리와 진목리를 거창군 남상면으로 편입시켰다. 이로써 현재 함양군은 함양읍, 마천면, 휴천면, 유림면, 수동면, 지곡면, 안의면, 서상면, 서하면, 백전면, 병곡면 등 1읍 10개 면으로 행정구역이 나누어져 있다.

함양군은 예로부터 충의(忠義)와 효열(孝烈)의 인물들이 많이 배출된 지역이다. 임진왜란과 병자호란, 그리고 정유왜란 때 의병으로 참전하여 순절한 인물들이 많고, 일제 강점기에 항일독립운동에 참여한 이들도 많다. 이는 좌안동 우함양이란 말이 있듯이, 함양은 선비들이 많이 배출된 대표적인 예향으로 충의와 효열의 정신을 중시해 왔기 때문이다. 고려 때의 문신으로 의좋은 형제로 알려진 이백년(李百年)과 이억년(李億年) 형제, 고려 말 유림면에 일시 은거한 것이 계기가 되어 무덤과 목은들, 목은 낚시터가 전해지는 목은(牧隱) 이색(李穡), 예부상서를 역임한 박덕상(朴德祥), 사헌부 대사헌을 역임한 유환(劉懽)과 김광저(金光儲), 그리고 고려 말에 중요 관직에 있었던 박흥택(朴興澤), 김순(金順), 정복주(鄭復周) 등이 고려 때의 함양과 연고를 가진 대표적 인물들이다. 조선시대 때는 아버지 박자

안(朴子安)을 이방원에게 간청하여 죽음을 면하게 한 효자 박실(朴實), 5년간 함양군수를 지냈으며 왕도정치를 꿈꾸다 희생된 김종직(金宗直), 김종직의 문하로 성종 때 홍문관 교리를 지냈으며 당대 충효와 문장과 시로 당대 삼절(三絶)로 불린 유호인(兪好仁), 역시 김종직의 문하로 김굉필(金宏弼)과 동문수학하고 성종 때의 문신이자 도학자였으나 무오사화 때 희생된 일두(一蠹) 정여창(鄭汝昌), 조선 중기에 도승지, 이조참판, 대사헌 부재학 등을 역임한 동계(桐溪) 정온(鄭蘊), 임진왜란 때 선조를 업고 10리를 달려갔다는 장만리(章萬里), 정여창의 후손으로 청렴한 관리로 선정을 베푼 정태현(鄭泰鉉), 정여창의 누명을 벗기고자 애쓰는 한편 그를 위해 남계서원을 세운 개암(介庵) 강익(姜翼), 효행을 위해 관직을 사양했던 청백리의 선비 옥계(玉溪) 노진(盧禛), 중종 때 승지, 이조참판을 지내고 명종실록 편찬에 참여한 구졸암(九拙庵) 양희(梁喜), 선조 때 효성이 지극하기로 소문난 선비 우계(愚溪) 하맹보(河孟寶), 소일두(小一蠹)라 불린 정수민(鄭秀民) 등은 함양 출신이거나 연고를 가진 조선시대의 이름난 선비요, 학자들이었다. 이외 시서화(詩書畵)에 뛰어난 재주를 보였거나 효자와 효부, 열녀들이 한둘이 아니다.

함양은 이름난 선비와 학자가 많았던 만큼, 이들이 후학을 교육하거나 강학을 했던 서원, 서당 또는 서재가 많이 있었다. 그러나 대원군의 서원 철폐와 전란 등으로 많이 소실되고 현재까지 남아 있거나 중수한 서원은 소수에 불과하다. 수동면 원평리에 있는 남계서원(灆溪書院)은 우리나라에서 백운동서원 다음에 세워진 서원으로 정여창 선생의 학덕을 기리고 후학을 양성하기 위해 세워진 서원이며, 남계서원 바로 옆에 세워진 청계서원(靑溪書院)은 정여창 선생이 김일손의 학업을 위해 지은 것인데 무오사화 때 철거되었다. 1917년에 중건되어 김일손 선생을 배향하고 있으며, 수동면 효리마을에 있는 구천서원(龜川書院)은 조선 초기와 중기의 선비들인 박맹지, 표연말, 양관, 강한, 양희, 하맹보 등을 모신 서원으로 숙종

27년(1701년)에 창건되었으나 고종 5년에 훼손되었다가 1984년에 복원되었다. 그리고 지곡면 개평리에 있는 도곡서원(道谷書院), 병곡면 송평마을에 창건된 송호서원(松湖書院), 지곡면 보산리에 세워진 정산서원(井山書院), 수동면 화산리에 세워진 화산서원(華山書院) 등은 대원군의 서원 철폐령에 따라 훼손되어 복원되었거나 후대에 인물 배향을 위해 세워진 서원들이다. 이외 함양읍 교산리에 세워진 함양향교(咸陽鄕校)는 태조 7년에 창건된 것으로 추정되고 있는데, 선조 30년 정유재란 때 소실된 것을 중건한 것으로 함양의 많은 유생들이 성균관에 들어가기 위해 학문을 했던 장소이다. 아울러 당시 많은 학자와 선비들이 후학을 위해 강학을 했던 백운정사(白雲精舍), 부계정사(扶溪精舍), 구남정사(龜南精舍), 화남정사(華南精舍), 회곡정사(晦谷精舍), 손곡정사(孫谷精舍), 병담정사(屛潭精舍) 등을 비롯하여 여러 정사가 함양에 남아 있다. 근대 이후 함양에는 1902년 함명학교(현 함양초등학교의 전신), 1908년 사립 열신학교(후에 백전보통학교에 흡수), 1910년 의명학교(현 안의초등학교의 전신), 그리고 비슷한 시기에 동명의숙(현 수동초등학교 전신), 사립 함덕학교(후에 지곡보통하교로 흡수) 등이 당시 군과 지방 유지들의 노력으로 설립되어 근대식 신식교육을 맡았으며, 이외 각종 강습소를 통해 문맹퇴치와 문명개화 교육을 실시했다.

함양은 오랜 역사를 가진 지역으로 국가 지정 문화재와 도 지정 문화재가 많은 편이다. 먼저 국가 지정 문화재로 승안사지 삼층석탑(고려, 보물 제294호), 마천 마애여래입상(고려, 보물 제375호), 함양 석조여래좌상(고려, 보물 제376호), 벽송사 삼층석탑(조선 중종, 보물 제474호), 사근산성(사적 제152호), 황석산성(사적 제322호), 함양상림(천연기념물 제154호), 목현리 구송(천연기념물 제358호), 학사루 느티나무(천연기념물 제407호), 운곡리 은행나무(천연기념물 제406호), 정여창 고택(중요민속자료 제186호), 허삼돌 가옥(중요민속자료 제207호) 등이 있다. 그리고 도 지정

문화재로 이은리 석불(유형문화재 제32호), 승안사지 석조여래좌상(유형문화재 제33호), 금대사 삼층석탑(유형문화재 제34호), 안국사 부도(유형문화재 제35호), 극락사지 석조여래입상(유형문화재 제44호), 용추사 일주문(유형문화재 제54호), 학사루(유형문화재 제90호), 남계서원(유형문화재 제91호), 광풍루(유형문화재 제92호), 일두문집 책판(유형문화재 제166호), 개암문집 책판(유형문화재 제167호) 등이 있으며, 이외 기념물, 문화재 자료, 민속자료 등으로 지정된 문화재가 매우 많다.

조사자가 함양군을 구비문학 조사지로 선정한 까닭은 여러 가지 이유에서이다. 먼저 함양군은 주변의 산청군, 거창군과 더불어 서부 경남 중에서도 북쪽의 산간지역에 해당한다는 점에서 다른 지역보다는 외부와의 교류가 적은 지역으로 구비문학의 전승이 양호할 것으로 기대되었다. 설화의 경우, 지명이나 지형 관련 설화, 호랑이나 도깨비 관련 설화, 사찰 관련 설화 등이 많을 것으로 예상되었으며, 민요의 경우, '어사용' 등의 채록도 기대되었다(실제 조사에서는 '어사용'류의 민요가 일부 채록되었다). 또한 함양군이 남쪽의 지리산, 북쪽의 덕유산 사이에 위치하고, 전북 남원시와 장수군을 경계로 한다는 지역적 특징을 고려할 때, 함양군은 경상권과 전라권의 문화가 접촉되는 지역으로서의 구비문학 특징을 파악할 수 있는 지역으로 판단했다. 이외 함양군의 역사와 문화적 조건과 관련하여, 함양군이 역사적으로 가야문화권 또는 신라문화권에 있으면서 백제문화권과 경계를 이루었던 지역이며, '좌안동 우함양'이란 말이 있을 정도로 유교문화를 숭상했던 지역이란 점도 구비문학 조사를 위한 선정 요건이 되었다. 그런데 전자의 역사적 조건에 따른 구비문학의 특징을 쉽게 파악하기는 어렵겠지만, 유교문화를 가꾼 중심 지역으로 많은 유학자들을 배출하면서 지역 곳곳에 서원, 향교를 지어 향학에 힘쓰게 했으며, 많은 충절비, 효자비, 열부비 등을 세워 충절과 효행을 중시했다는 사실은 인물이나 유적과 관련된 인물설화, 풍수설화 등 많은 이야기를 생성하게 된

배경 요인이 되었다고 보았다. 여기에 함양은 안동과 달리 김종직, 정여창 등 남인 계열의 유가들이 정치적 희생을 당했던 곳이라는 점에서 정치적 소외에 따른 인물의 비극성을 말하면서도 충절과 효행을 강조하는 인물설화들이 다수 채록될 수 있을 것으로 기대되었다. 함양의 총 인구 중에서 65세 이상의 인구가 많다는 점도 구비문학 조사의 좋은 여건으로 고려되었다. 함양군의 총 인구는 2009년 1월 현재 40,555명이며, 이 중 65세 이상이 10,889명으로 전체의 26.87%를 차지했다. 이들 65세 이상의 노령인구가 많다는 사실은 다른 지역보다 구비문학의 조사 성과가 좋을 것이란 기대를 갖게 했다.

함양군의 구비문학 조사는 군지나 읍·면지를 만들 때 1차 이루어진 바 있다. 그러나 이들 구비문학 자료들은 매우 제한된 자료만 보여주고 있는 데다가 구비문학의 전승 상황을 알 수 없도록 부분적으로 가공되어 있는 자료들로 학술적인 목적에서 이용하기에는 부적절하다. 함양군의 구비문학 중 설화는 국고보조금과 함양군비의 지원 아래 함양문화원 김성진 씨에 의해 본격 조사되어 책으로 간행된 바 있다. 『우리 고장의 전설』 (함양문화원, 1994)이 그것이다. 여기에 총 60편의 전설과 민담이 수록되어 있다. 김성진 씨는 이후 『간추린 함양 역사』(함양군 함양문화원, 2006)를 편찬하면서, 먼저 낸 책에서 15편의 설화를 골라 재수록하는 한편, '함양의 고유 민요'라 하여 '함양 양잠가', '질긋내기', '곶감깎기 노래', '만병초약', '원수같은 잠' 등 5편의 민요를 수록했다. 그리고 후에 안 사실이지만, 박종섭 씨가 2006년 함양군청의 지원으로 함양군 구비문학 조사를 실시하여, 설화와 민요 자료들을 현장조사하여 채록하여 보고한 자료가 함양군에 보관되어 있었다. 그러나 출판비 등의 문제로 출판되지 못하고 원고 상태로 있는 점이 아쉬웠다.

조사자 일행은 이상의 구비문학 조사 자료를 참고하여 함양군 구비문학 현장조사를 실시했다. 그런데 함양군이 1개 읍 10개 면으로 구성된 매우 넓은 지역인데다, 자연마을이 매우 많아 짧은 시기에 구비문학 현장 조사를 제대로 하기 어렵다는 판단을 하고, 전반기와 후반기로 나누어 현장조사를 실시하기로 했다. 먼저 전반기 조사는 2009년 1월부터 2월까지 주말을 이용하여 실시하되, 수동면, 지곡면, 휴천면, 안의면, 유림면 등 5개 면을 대상으로 조사하기로 했다. 그리고 후반기 조사는, 전반기 조사 때의 미조사 지역인 함양읍, 서상면, 서하면, 마천면, 백전면, 병곡면 등 1읍 5개 면을 대상으로 7월 중에 집중 실시하기로 했다. 먼저 전반기 조사의 조사일정에 따른 조사마을과 조사자료의 개황을 정리하면 다음과 같다.

2009년 1월 17일(토)~19일(월) : 조사자 일행은 먼저 함양군 수동면부터 조사하기로 했다. 조사자 일행 중 한 학생이 수동면 출신이었는데, 그 학생의 부친에게 연락하여 수동면의 상황을 들은 후 조사마을을 정하고 미리 마을 주민의 협조를 부탁해 놓았기 때문이다. 조사자 일행은 오전에 함양읍에 도착하여 함양교육청 근처에 있는 함양문화원을 방문하여 김성진(金聲振 : 1936년생, 남) 원장을 만나 조사의 취지를 말하고, 함양문화원의 도움을 요청했다. 김성진 원장은 조사의 취지에 적극 공감하는 한편 직접 편찬한 『간추린 함양 역사』(함양군 함양문화원, 2006) 등을 비롯하여 조사에 도움이 되는 여러 자료를 제공해 주었다. 오후에는 수동면사무소를 방문하여 구비문학 조사 사실을 알린 후, 조사자로 참여한 학생의 부친인 김해민 씨(1958년생, 남)의 안내로 마을주민이 모여 있는 하교리 하교마을을 향했다. 당일 오후 2시부터 5시까지 3시간 동안 설화 2편과 민요 31편을 조사했다. 다음 날인 1월 18일(일)은 조사팀을 2팀으로 나누어 한 팀은 남계서원과 청계서원이 있는 수동면 원평리 남계마을과 서평마을을 조사하고, 다른 한 팀은 우명리 효리마을을 조사하여 모두 설화 16편과 민요 44편을 모을 수 있었다. 1월 19일(월)에는 오전에 함양군청을 들러 구비문학 조사 사실을 알리고 협조를 구했다. 이날에는 수동면 도북리 도북마을로 가서 민요만 12편 조사하는 것으로 조사를 끝내고 부산으로 향했다.

2009년 2월 7일(토)~9일(월) : 조사자 일행은 수동면 미조사 지역 일부와 지곡면, 휴천면을 조사했는데, 효율적이고 빠른 조사를 위해 조사팀을 1, 2팀으로 나누었다. 2월 7일(토) 조사 1팀은 수동면 내백리 내백마을과 화산리 본통마을을, 2팀은 상백리 상백마을을 조사하여 설화 18편과 민요 69편을 조사하는 성과를 거두었다. 2월 8일(일) 1팀은 지곡면 마산리 수여마을, 창평리 창촌마을, 덕암리 덕암마을을 조사하여 설화 7편과 민요 31편을 녹음했으며, 2팀은 휴천면 목현리 목현마을과 금반리 금반마을을 조사하여 설화 21편, 민요 35편을 채록했다. 그리고 2월 9일(월) 1팀은 지곡면 개평리 개평마을, 2팀은 휴천면 문정리 문상마을을 조사하여 모두 설화 12편과 민요 59편을 제공받았다.

2009년 2월 14일(토)~16일(월) : 조사 1팀은 지곡면, 조사 2팀은 휴천면 미조사 지역을 계속 조사했다. 지곡면을 조사하는 1팀은 2월 14일(토)에는 평촌리 상개평마을, 개평리 오평마을을, 2월 15일(일)에는 공배리 공배마을, 보산리 정취마을과 효산마을을 조사했으며, 휴천면을 조사하는 2팀은 2월 14일(토)에는 동강리 동강마을, 문정리 문하마을, 송전리 송전마을을, 2월 15일(일)에는 대천리 대포마을과 미천마을을, 2월 16일(월)에는 월평리 월평마을을 조사했다. 그 결과 3일 동안 지곡면에서 설화 23편과 민요 101편, 휴천면에서 설화 27편과 민요 195편을 조사하는 성과를 거두었다.

2월 21일(토)~23일(월) : 조사 1팀은 안의면, 조사 2팀은 유림면을 3일 동안 집중 조사했다. 안의면에서는 신안리 동촌마을·안심마을, 하원리 하비마을·상비마을·내동마을, 대대리 두항마을을 조사했으며, 유림면에서는 서주리 서주마을, 화촌리 우동마을·화촌마을, 국계리 국계마을, 대궁리 대치마을·사안마을, 손곡리 지곡마을을 조사했다. 그 결과 안의면에서는 설화가 18편, 민요가 106편으로 설화 조사가 빈약했던 반면, 유림면에서는 설화 51편, 민요 160편으로 설화와 민요가 모두 풍부하게 조사되었다.

2월 28일(토)~3월 1일(일) : 안의면과 유림면 조사를 마무리하기 위해 1박 2일 일정으로 조사를 실시했다. 지난주에 이어서 조사 1팀은 안의면, 조사 2팀은 유림면을 계속 조사했다. 안의면에서는 귀곡리 귀곡마을, 봉산리 봉산마을, 도림리 중동마을, 교북리 후암마을을 조사하여 설화 6편과 민요 81편을 녹취했으며, 유림면에서는 웅평리 웅평마을, 옥매리 옥동마을·차의마을·매촌마을, 손곡리 손곡마을, 유평리 유평마을을 조사하여 설화 2편과 민요 120편을 채록할 수 있었다. 지난주에 유림면에서 설화가 풍부하게 조사되었지만, 이번에는 안의면과 유림면 모두 민요 조사가 풍부하게 이루어진 데 비해 설화 조사는 상대적으로 빈약했다. 설화의 전승이 급격하게 쇠퇴하고 있음을 확인한 셈이다.

전반기 조사에서 미조사 지역으로 남은 병곡면, 백전면, 마천면, 서상면, 서하면, 함양읍을 조사하기 위해 후반기 조사를 7월에 집중 실시했다. 후반기 조사 일정은 다음과 같다.

7월 10일(금) : 병곡면 송평리 송평마을과 연덕리 덕평마을을 조사했다. 설화 12편과 민요 18편을 조사했다.

7월 18일(토) : 병곡면 조사를 계속하여 월암리 월암마을과 광평리 마평마을을 조사하여 설화 16편과 민요 9편을 녹음했다. 민요보다 설화가 더 많이 채록되었다.

7월 19일(일) : 전반기 조사에서 마무리하지 못한 안의면을 최종적으로 조사하기 위해 안의면으로 갔다. 안의면에서 봉산리 봉산마을과 도림리 중동마을을 방문하여 설화 6편과 민요 34편을 조사했다. 이 조사를 끝으로 안의면 9개 마을에서 설화 24편과 민요 187편을 채록할 수 있었다.

7월 20일(월) : 조사자 일행은 조사팀을 두 팀으로 나누어 현장조사를 실시했다. 조사 1팀은 서상면을 조사하기로 하고, 먼저 서상면사무소를 방문하여 현장 조사에 대한 조언과 협조를 구했다. 함양군청에 근무할 때 문화관광계에서 문화재 발굴, 조사를 담당하기도 했던 이태식 면장이 매우 호의적인 협조를 해주었다. 그는 서상면 금당리 방지마을을 먼저 조사하도록 하고 그곳에서 이성하(李性夏, 남, 80세) 노인을 만나볼 것을 조언했다. 이성하 노인은 9편의 설화를 구술하고 2편의 민요를 불러 주었다. 방지마을 조사 후 이성하 노인의 안내로 마을 주변에 있는 논개무덤과 최경회 무덤을 찾아보고 사진도 찍었다. 조사 후 숙소로 돌아오는 길에 정여창 선생 고택을 둘러보기도 했다.

조사 2팀은 마천면을 조사하기로 했다. 마천면사무소에 들러 조사에 대한 협조를 구하고, 먼저 구양리 등구마을을 찾아갔다. 그곳에서 설화 9편과 민요 12편을 들을 수 있었다.

7월 21일(화) : 조사자 일행은 조사팀을 3팀으로 나누었다. 일단 조사자 일행은 후반기 조사 계획을 전달하고 협조를 구하기 위해 함양군청을 방문했다. 그때 함양군청에서는 2006년에 박종섭 씨가 함양군의 지원을 받아 함양군 구비문학을 이미 실시했다는 사실을 알려주면서, 당시 조사·보고한 원고를 보여주었다. 그런데 그 원고는 예산 문제로 출판되지 못하고 있었다. 조사자는 군청의 허락을 받아 원고의 목차를 복사하여 현장조사에 참고하는 것을 허락 받았다. 이 자리를 빌어 박종섭 씨의 노력 덕분에 함양군 구비문학 조사를 한층 쉽게 할 수 있었음을 밝혀둔다.

조사 1팀은 서상면을 계속 조사하기로 하고, 금당리 추하마을과 옥산리 옥산마을을 방문했다. 두 마을에서 설화 9편과 민요 20편을 조사했다. 조사 2팀은 마천면을 계속 조사하기로 하고 의탄리 금계마을을 찾아가서 설화 5편, 민요 22편의 구연을 들을 수 있었다. 한 마을에서 설화와 민요가 비교적 풍부하게 조사된 셈이다. 조사 3팀은 백전면을 새로 조사하기로 하고, 백전면 오천리 양천마을과 양백리 서백마을을 찾아갔다. 그곳에서 설화 18편, 민요 25편을 조사했다.

7월 22일(수) : 조사자 일행 중 한 팀이 사정이 있어 7월 21일 귀가했다 가 23일 다시 와서 조사하기로 했다. 따라서 조사팀은 두 팀으로 줄었다. 조사 1팀은 서상면 중남리 수개마을과 맹동마을을 들렀으나 마을의 여성 노인들 대부분이 비닐하우스에 일을 하러 가서 만날 수 없었다. 다만 맹 동마을에서 몸이 불편한 신고만단(여, 74세) 제보자를 만나 민요 2편을 겨우 들을 수 있었다. 이후 대남리 오산마을을 들렀으나 마을 노인들이 일을 하러 가서 만날 수 없었다. 그런데 대로마을과 소로마을로 들어가는 입구에서 공공근로를 하고 있던 사람들을 만나게 되었다. 전날 옥산마을 의 제보자 한 분이 26번 지방도에서 공공근로를 하고 있는 다른 팀에 민 요를 잘 하는 분들이 많다고 일러 준 터였다. 그분이 일러준 대로 26번 지방도로로 가보니 대남리 소로마을과 대로마을, 그리고 도천리 피적래마 을에서 온 분들이 일을 하다 잠시 쉬고 있었다. 조사팀은 이들을 만나 짧 은 시간에 설화 1편, 민요 14편을 조사할 수 있었다. 조사 2팀은 마천면 을 다시 가서 강청리 강청마을과 도촌마을, 덕전리 실덕마을을 조사했다. 그 결과 설화 6편과 민요 25편을 채록했다.

7월 23일(목) : 백전면과 병곡면을 조사하기로 한 팀이 합류하여 다시 3 팀이 조사를 진행했다. 조사 1팀은 오전에 서상면사무소에서 이태식 면장 을 만나 설화를 조사하고, 서상면을 계속 조사했다. 오후에 서상면 상남 리 조산마을로 가서 조사한 후, 상남리 동대마을로 가서 조옥이(여, 77세) 제보자를 찾아 자택에서 민요를 조사했다. 중남리 복동마을과 수개마을을 들렀으나 비닐하우스로 대부분 일을 하러 가서 현장조사를 할 수 없었다.

조사 2팀은 마천면 삼정리 음정마을을 먼저 방문하여 설화 2편을 조사 한 후에 1차 방문 시에 설화 조사를 하지 못했던 강청마을로 가서 마을 이장인 표갑준(남, 68세)과 박향규(남, 77세)를 만나 4편의 설화를 구술 받았다. 조사 3팀은 백전면 구산리 구산마을, 대안리 대안마을, 평정리 평촌마을 조사을 조사했다. 이들 세 마을에서 설화 27편과 민요 10편을 채록했다. 마을의 지형이나 당제 등과 관련한 설화는 비교적 풍부하게 전승되고 있었으나 민요를 제대로 구송하는 제보자는 없었다.

7월 24일(금) : 조사 1팀은 서하면을 새로 조사하기로 했다. 다만 그 전에 서상면 중남리 수개마을로 갔다. 수개마을을 1차 방문했을 때, 한대분(여, 79세) 제보자의 민요 구연 능력이 뛰어나다는 점을 알고, 이후 두 차례나 찾아갔지만 일을 하러 가서 만나지 못했다. 한대분 제보자와 겨우 연락이 되어 오전에 자택에서 만나 민요를 추가 조사했다. 오후에는 서하면사무소를 방문하여 구비문학 조사 사실을 알리고 협조를 구했다. 그리고 면사무소가 있는 마을인 송계리 송계마을에서 백말달(여, 83세) 제보자를 만나 설화와 민요를 모두 조사했다. 송계마을 조사를 마치고 운곡리 은행마을로 가서 마을 입구에 있는 정자에서 남성 노인들을 대상으로 민요를 집중 조사한 후, 오후 늦게 송계리 신기마을로 와서 마을회관에서 모심기 노래를 비롯하여 창민요를 집중 조사했다.

조사 2팀은 마지막 미조사 지역인 함양읍을 조사하기로 했다. 함양읍 죽곡리 죽곡마을을 먼저 방문하여 조사를 한 후에 죽림리 상죽(상수락)마을과 시목마을을 방문했다. 이들 세 마을에서 설화 22편, 민요 53편을 들을 수 있었다. 비록 3마을에서 조사한 성과이지만, 하루 일정에 설화와 민요를 매우 풍부하게 조사한 셈이다. 조사 3팀은 병곡면 조사를 마무리하기로 하고, 도천리 도천마을과 옥계리 토내마을을 방문하여 현장 조사를 실시했다. 이들 두 마을에서 설화 13편과 민요 30편을 녹음할 수 있었다.

7월 25일(토) : 서상면과 서하면을 조사했던 조사 1팀은 함양읍 조사를 지원하기로 하고, 조사 3팀이 서하면 조사를 이어서 하기로 했다.

조사 1팀은 함양읍 신관리 기동마을·학동마을을 방문하여 마을에서 전해지는 선돌 이야기를 듣고, 백천리 척지마을로 옮겨 노춘영(여, 70세)

제보자로부터 설화 1편과 민요 4편을 들을 수 있었다. 이후 백천리 본백마을로 갔으나 제보자를 만나지 못하고, 신관리 기동마을을 재방문하여 하종희(여, 78세) 제보자로부터 설화 2편의 구술을 들었다. 오후 시간이 남아 신천리 평촌마을과 후동마을을 더 방문하여 3명의 제보자로부터 설화 3편과 민요 3편을 채록했다.

조사 2팀은 전날에 이어 함양읍 죽곡마을을 다시 방문했다. 전날 조사를 통해 김명호(남, 91세) 노인이 설화와 민요 구연에 뛰어난 제보자임을 알게 되었기 때문이다. 김명호 제보자는 많은 나이에도 불구하고 설화 9편과 민요 5편을 구연해 주었다. 오후에는 웅곡리 곰실로 불리는 웅곡마을을 방문했다. 웅곡마을에서 설화 3편과 민요 25편을 조사했다.

조사 3팀은 서하면 조사를 2일째 계속 하기로 했다. 서하면 봉전리 오현마을과 월평마을, 다곡리 다곡마을을 방문했다. 이들 세 마을에서 설화 16편, 설화 36편을 조사하게 되었는데, 세 마을 모두 비교적 활기찬 구비문학의 구연판이 이루어졌다고 할 수 있다.

7월 26일(일) : 조사 1팀은 계속 함양읍 구비문학 조사를 지원했다. 함양읍 교산리 두산마을을 방문했으나 마을회관에 사람들이 없어 조사에 실패하고, 함양향교가 있는 원교마을로 이동했으나 역사 제보자를 만나지 못했다. 점심을 먹고 함양산삼축제가 진행되고 있는 상림공원으로 가서 약초와 산나물을 판매하고 있던 병곡면 원산리 원산마을에서 온 분들을 만났다. 이들 중 2명으로부터 민요 8편을 채록했다. 남은 오후 시간에는 함양읍 삼산리 뇌산마을을 방문하여 4명의 여성 노인들로부터 설화 3편과 민요 22편을 들을 수 있었다.

조사 2팀은 함양읍을 계속 조사하기 위해 여러 마을을 방문했으나 죽림리 내곡마을과 구룡리 원구마을에서 조사가 이루어졌다. 이들 두 마을에서 설화 5편과 민요 53편을 채록했는데, 특히 민요 구연이 활발하게 이루어졌다. 조사 3팀은 서하면을 마무리 조사했다. 미조사 마을인 황산리 황산마을과 다곡리 대황마을을 방문하여 설화 3편, 민요 11편을 들었다.

7월 27일(월) : 함양군 구비문학 현장조사를 마무리하는 날이었다. 조사 팀은 두 팀으로 나뉘어 한 팀은 함양유도회를 방문하기로 하고, 다른 한 팀은 함양문화원의 김성진 원장을 만나 설화를 조사하기로 했다. 함양유 도회에서 김병호(남, 75세) 노인이 설화 7편을 구술하는 등 여러 분이 설화를 구술해 주었다. 그리고 함양문화원 김성진 원장도 조사의 취지를 잘 알고 11편의 설화를 구술해 주었다.

이상의 조사일정에 따라 함양군의 구비문학을 현장 조사한 결과, 다음 몇 가지 특징적인 사항을 정리할 수 있다.

설화의 경우이다. 첫째, 함양군과 관련된 인물설화가 비교적 많았다. 특히 정여창, 유자광, 논개, 박제현(점술가), 문태서(의병장) 등 지역과 관련된 인물 설화가 폭넓게 전승되고 있었다. 둘째, 산간 지역의 특성상 호랑이, 도깨비, 이무기 관련 이야기가 많이 전승되었다. 지리산 마고할미 설화도 산간지역의 특징과 관련된 설화이다. 그리고 산이 가다가 또는 바위가 떠내려가다 멈춘 이야기 등도 여러 편 채록되었다. 셋째, 지명과 지형 관련 설화 등이 풍부하게 조사되었다. 이들 설화는 대체로 명당 이야기나 풍수 이야기와 얽혀 있는 상태로 전승되고 있었다. 효리마을의 부자들이 망한 이야기는 풍수담과 결합된 대표적인 설화이다. 넷째, 지략담과 바보담 등도 두루 조사되었으며, 특히 여성 노인들로부터 음담패설이 제법 조사되었다. 여섯째, 마을의 당산제 등과 관련한 이야기들이 특히 산간지역인 백전면과 병곡면을 중심으로 풍부하게 전승되고 있었다.

다음으로 민요의 경우이다. 첫째, 노동요인 경우, 농업노동요가 주종을 이루었으며 간혹 길쌈노동요인 베틀 노래, 삼삼기 노래 등이 불렸다. 농업노동요 중에서는 모심기 노래가 마을마다 많이 불렸다. 주로 여성 노인들이 모심기 노래를 불렀으며, 드물게 모찌기 노래를 부르기도 했으나 온전하지 못했다. 남성 노인들도 모심기 노래는 그런대로 알고 있는 편이었으나, 논 매기를 할 때 다른 노래를 하지 않고 모심기 노래를 함께 부른 다고도 했다. 드물게 보리타작 노래를 채록할 수 있었다. 길쌈노동요인 베틀 노래를 일부 여성 노인들로부터 들을 수 있었는데, 특이하게 남성 노인 중에도 베틀 노래와 시집살이 노래 등 서사민요를 잘 구연하는 이도 있었다. 이는 남성 제보자 자신의 개인적 취향을 보여주는 것이지만, 민요 구연이 성의 구분을 초월할 수 있음을 보여주는 사례이다. 둘째, 지역적으로 산이 많은 함양이었지만 '어사용'과 같이 산에서 나무를 하며 부르는 노래는 기대 이하였다. 넓게 '어사용' 계열의 노래라 할 수 있는, 전라 동부 산악권을 중심으로 불리는 '산 타령'이 일부 창자를 통해 조사되었다. 셋째, 여성 노인들, 특히 70대 후반 이상의 여성 노인들 중 일부는 '못갈 장가 노래', '쌍가락지 노래', '진주낭군 노래' 등 서사민요를 잘 불렀다. 이에 비해 70대 중반 이전의 여성 노인들은 '노랫가락', '창부 타령', '사발가', '양산도', '길군악' 등 경기민요에 속하는 창민요들을 주로 불렀다. 민요도 시기에 따라 유행하는 노래가 있다는 점을 이번 조사를 통해 한층 실감하게 되었다. 넷째, 유희요로 불리는 동요도 적극 조사함에 따라 다양한 동요가 채록되었다. '종지기 놀이 노래', '다리 세기(용낭거리) 노래', '두꺼비집 짓기 노래', '잠자리 잡기 노래', '꿩 노래', '풀국새 노래' 등이 이에 해당한다. 특히 '종지기 놀이 노래'는 단순하지만 처음으로 채록된 노래였으며, '다리 세기 노래'는 마을마다 조금씩 다른 사설을 보여주는 점이 흥미로웠다. 여섯째, 타령류의 민요로 '각설이 타령'을 부르는 창자가 더러 있었고, '화투 노래'는 마을마다 많은 사람들이 알고 있었다. 일곱째, '이 갈이 노래', '객귀 물리는 노래' 등 주술적 성격을 갖는 동요들도 조사되었다.

함양군의 설화와 민요 중에 특징적인 자료를 추가로 제시하면 다음과 같다.

먼저, 설화의 경우, 함양읍 신관리 기동마을의 하종회(여, 78세)가 구술

한 '실수로 뱀을 찌른 스님과 인간으로 환생하여 원한 갚으려 한 뱀' 이 야기는 특기할 만하다. 이 설화는 사찰 연기 설화에 해당하는 이야기이되, 이야기의 복선이 많고 흥미소가 많은 이야기로 설화성이 풍부했다. 그동 안 『한국구비문학대계』에서 조사된 바 있는 '뱀의 정기로 태어난 허적'과 일부 상통되는 이야기이나, 뱀의 인간 환생 설화 중에 인물의 갈등과 화해, 사건의 역전 등 흥미 있는 스토리 전개를 보여줌으로써 화소가 풍부한 이야기라고 할 수 있다. 이야기의 구성은 [부모와 헤어진 아이 스님되기→스님의 실수로 죽은 뱀→뱀의 정기로 태어난 아이→뱀 아이를 낳은 어머니와 스님의 남매지간 확인→뱀 아이의 스님 되기→스님이 된 뱀 아이의 복수→스승인 스님과 스님이 된 뱀 아이의 화해→절의 번창]으로 연결되어 있다.

다음으로 민요의 경우, 경북 안동에서 조사된 바 있는 '홋사나 타령'(조동일, 『서사민요연구』, 389~393쪽)에 해당하는 민요가 함양군에서 4편 조사, 채록되었다. 서상면 조산마을의 조병옥(남, 83세)과 휴천면 목현마을의 김형숙(여, 72세)이 부른 '홋낭군 타령' 등이 그것들이다. 여기서 특기할 점은 기존 채록 자료에서 나타나는 '이도령-부인(계집)-김도령'의 인물 관계가 함양군의 '홋낭군 타령'에서는 '이도령-춘향-김도령'으로 춘향의 정절 이야기를 역전시키는 서사민요로 불리고 있다는 점이다. 안동의 '홋사나 타령'과 함양의 '홋낭군 타령'의 선후 관계를 말하기 어려우나, 후자의 노래가 춘향 이야기를 역전시킴으로써 노래에 대한 창자나 청중의 흥미와 관심을 더욱 높이고 있다고 말할 수 있다. 그리고 홋낭군을 뒤주에 숨기는 것은 두 노래에서 공통적인데, 전자에서는 뒤주를 태우려고 하는 대신 후자의 노래에서는 뒤주를 낭떠러지에서 떨어뜨리려고 한다. 이 점에서 후자의 노래는 소설 '배비장전'의 모티브를 많이 보여준다. 노래의 기본적 서사 구조는 서로 일치하며, 안동의 '홋사나 타령'에 비해 달거리 형식의 '범벅 타령'이 빠져 있는 형태로 사설이 짧게 이루어져 있다.

# 1. 마천면

증편 한국구비문학대계 ● 경상남도 함양군

# 조사마을

## 경상남도 함양군 마천면 강청리 강청마을

조사일시 : 2009.7.22~23
조 사 자 : 서정매, 김미라, 이진영

강청마을 전경

강청(江淸)마을은 전망이 좋은 마을이다. 마을에서 바라보면 임천강 상류인 삼정골 물과 백무동쪽 물이 합수가 되어서 자연 경관이 아름다우며, 흐르는 물에 낚싯대를 던져보고 싶을 정도로 물이 맑고 좋다. 그래서 강청이란 이름이 붙여진 것으로 보인다. 1914년 행정구역 개편 시 안터와 합하였다.

지리산 속에서 심마니와 땅꾼이 약초를 캐며 생활하던 곳이며, 마을 뒤

창암산에는 상투바위와 비네바위가 있고, 주변에는 굴바위와 괭이바위, 상여바위, 투구바위, 병풍바위가 있고, 동쪽에는 농암 및 비락폭포가 있다. 마을 북쪽에는 청태산의 노구할멈이 치마에 돌을 싸 가지고 와서 부어 놓았다는 극심이 돌너덤과 시럽바위, 개바우소가 있으며, 만당에서 반드시 뒤돌아보는 돌고개(회고티)도 있다. 또한 청암산 장군대좌는 강청마을의 강씨 문중 애기장군 전설과 인근 도촌마을의 오씨네가 단지스님의 애기를 듣고 상투바위 위쪽에 묘를 쓴 '오씨네 장군대좌' 전설이 있으며, 서당인 월근제가 있다.

조선 영종 때는 진주 강씨가 산청에서 왔고, 경종 때 김해 김씨와 휴천에서 신창 표씨가 들어왔고, 헌종 때는 청주 한씨가 입촌, 정착하였다.

강청마을은 현재 39가구에 96명이 살고 있다. 주요 특산물로는 토종꿀, 산나물 등이 있다.

강청마을을 찾아 갔을 즈음에는 마을 주민 모두가 거의 일을 하러 나가서인지 마을회관과 정자에는 아무도 없었다. 할 수 없이 강청마을 위쪽인 백무동을 향해서 이동을 하는 터에 길가 도로변에서 일을 하고 있는 주민들을 발견할 수 있었다. 일단 차를 세워서 물어보았더니, 강청마을 주민들이 일당을 받고 도로가의 잡풀 작업을 하고 있던 중이었다. 날씨가 무척 더웠는데, 잠시 휴식을 취하는 시간을 받아서 노래의 녹음에 들어갔다.

일하고 있는 마을 주민 중에 신정임(여, 64세)과 임행자(여, 64세)가 민요를 가장 많이 불러 주었다. 주거니 받거니 하면서 노래를 불렀는데 듣고 있던 청중들도 즐거워하며 박수로 장단을 맞춰 주었다. 임행자는 그네노래, 양산도, 노랫가락, 숨바꼭질 노래, 밭 매기 노래, 다리 세기 노래, 동대문 노래, 장꼬방 노래 등 어릴 때 놀면서 불렀던 놀이 동요도 많이 불러 주었다. 신정임은 청춘가, 화투 타령, 종지기 돌리는 노래, 노랫가락, 도라지 타령 등을 불러 주었다.

그런데 마을에 전해오는 설화를 듣지 못해서 이장님에게 전화를 하고, 다음 날 저녁에 강청마을을 다시 찾았다. 설화를 잘 안다는 박향규 노인을 만나기 위해서였다. 그러나 박향규는 몸이 좋지 않아서인지 기억해서 구술한 설화는 지명전설 2편에 그쳤다. 그러나 다행히 백무동과 무당소에 관한 이야기를 들을 수 있었다. 박향규 제보자의 부인인 김복님도 부끄러움이 많은 편이었지만 노랫가락과 다리 세기 노래를 불러 주었다. 그리고 표갑준 이장은 백무동 위쪽에 위치한 가내소의 기우제 이야기를 구연해 주었고, 양산도 한 자락도 불러 주었다. 강청마을 제보자들은 대체로 젊은 층이어서인지 이른바 '유식한' 제보자였으나 노랫가락과 양산도 등 근대민요가 많이 구연되었다.

### 경상남도 함양군 마천면 강청리 도촌마을

조사일시 : 2009.7.22
조 사 자 : 서정매, 김미라, 이진영

섬말이라고 부르는 도촌(島村)마을은 섬같이 생겼다는 뜻에서 유래되었다고 한다. 즉 도촌마을은 백무동에서 내려오는 계곡물과 삼정에서 내려오는 물이 합수하는 지점에 위치하여 수해가 나면 섬처럼 뭍에 갇히기도 한다는 것이다.

현재 도촌마을에는 총 52가구에 133명이 거주하고 있으며, 주요 특산물로는 토종꿀, 산나물, 고로쇠 수액 등이 있다.

도촌마을의 어른들은 보통 밤 8시까지 논, 밭일을 한다고 했다. 이장은 마천면에 회의가 있어 출타 중이었지만, 곧 마을로 돌아온다고 하여 조사자들은 이장이 운영하는 펜션에서 잠시 기다렸다. 이장은 30대 초반으로, 요즘에는 젊은 층에서 이장 직을 맡고, 나이 많은 어른들 중에서 노인회장을 맡고 있다고 했다. 마침 이장의 부친이 노인회장을 맡고 있었다. 옆

집에서 펜션과 식당을 경영하는 문호성 노인회장은 함양군 의원을 역임하였고, 함양군지의 편집장이기도 했다. 그러나 설화나 민요에 대해서는 잘 구술하지는 못하였다. 예전에 편집장을 하기는 했지만 시간이 많이 지난 데다가, 또 갑자기 찾아온 터라 기억을 잘 하지 못하겠다고 했다. 다행히 어느 마을의 누구를 만나면 잘 얘기해 줄 것이라는 등 조언을 해 주었다. 문호성 노인회장이 제공해 준 설화로 극심이 너덤, 변강쇠 이야기가 있다. 도촌마을의 유래나 전설에 대해서는 구술을 받지 못하여 아쉽기도 했다.

도촌마을 전경

## 경상남도 함양군 마천면 구양리 등구마을

조사일시 : 2009.7.20
조 사 자 : 서정매, 문세미나, 이진영, 조민정

등구마을은 오도재 아래쪽에 위치한 양전동의 북쪽에 있는 마을로, 거북이 기어 올라간 지형이라 붙여진 이름이다. 취락이 형성된 시기는 확실하지 않으나 조선 선조 때 달성 서씨가 대구에서 와서 살았고, 광산 김씨가 파주에서 와서 살았다는 기록이 있다. 옛부터 이 마을에는 감나무가 많았으며, 함양의 민요 가운데 "등구 마천 큰 애기는 곶감 깎이로 다 나가고, 효성 가성 큰 애기는 산수 따러 다 나간다"라는 구절이 불릴 정도로 한때 곶감으로 유명했던 마을이기도 하다.

금달의 비석

국도 1023번 옆에 위치하고 있으나, 계곡 옆에 마을이 위치하기 때문에 다리를 건너야 마을에 진입할 수가 있다. 마을에 전해오는 전설로 '금달의 비석'에 얽힌 전설이 있다. 큰 애기 금달(今達)이 억울한 누명을 쓰고 목을 매어 죽자 그 이후로 마을에 우환이 생기게 되었는데, 금달을 위해 비석을 세워주고 난 뒤에는 그런 일이 사라졌다고 한다. 지금도 마을 입구에는 금달의 비석이 세워져 있다.

등구마을은 2009년 현재 47가구로, 117명의 주민들이 살고 있다. 주요 특산물로는 옻피, 고사리, 토종꿀 등이 있다.

조사자 일행은 오후 4시 경 등구마을을 방문하였다. 미리 연락을 한 상황은 아니었는데, 운이 좋게도 마을 주민들이 일을 하다가 간식을 먹으러 모여 있던 중이었다. 흑돼지 김치찜을 하였다며 조사자들에게도 바로 한

등구마을 입구의 전경(왼쪽에 금달의 비석, 오른쪽에 두 그루의 나무가 등구마을을 상징한다)

등구마을회관

그릇을 내어 놓으며 먹어보라고 하는 등 인심이 좋았다. 시간도 참 잘 맞춰 왔다며 조사팀의 방문을 반겼다. 호랑이가 물을 뿌리는 이야기, 산돼지 쫓아내던 이야기, 호랑이불을 본 이야기, 시아버지가 호랑이에게 할퀴어 손가락이 떨어져 나가 죽은 이야기 등 호랑이와 관련된 이야기와 도깨비가 방아 찧는 이야기, 귀신을 보고 놀라 옷에 오줌을 싼 이야기 등의 귀신 및 도깨비 관련 체험담, 그리고 '금달의 비석' 이야기 등의 전설과 부인과 첩을 양옆에 두고 방귀 뀐 이야기 등 민담이 조사되었다. 노래로는 모심기 노래, 양산도, 사발가, 보리타작 소리, 화투 타령, 너냥 나냥, 노랫가락, 그네 노래, 도라지 타령 등이 구연되었는데, 서사민요는 구연되지 않아서 아쉬움이 있었다. 그런데 인심이 후한 만큼 분위기도 매우 화기애애한 상황에서 노래와 설화가 구연되었는데, 간식을 먹고 다시 일을 나가야 했지만, 일하는 시간을 조정하는 등 조사자들을 많이 배려해 주었다.

## 경상남도 함양군 마천면 구양리 창원마을

조사일시 : 2009.7.20
조 사 자 : 서정매, 문세미나, 이진영, 조민정

조선시대 때는 마천면의 세금으로 거둔 차와 약초 곡식을 창원마을의 창고에 보관하였다가 오도재를 넘어 지게로 함양까지 져 날랐다고 한다. 창원마을은 아래등구라고도 했는데, 남원시 산내면 중창리로 넘어가는 등구재가 있었고, 백씨, 양씨가 살았다는 백양골이 있다.

마을 입구에는 조선 중기 강개암 선생이 수동면 효리마을에서 들어와 시를 읊으며 놀았다는 독무정(구송정)이 있고, 후진 양성을 위해 글을 가르쳤던 서당 양진재가 있다. 강개암 선생의 관이 지금도 김해 김씨의 집에 보관되어 있으며, 열녀 김종윤의 처인 완산 최씨의 '완산최씨 지려비'

가 있다. 조선 선조 때 고성 이씨가 정착했고, 인조 때는 김해 김씨와 거창 유씨가 정착했다. 또 경종 때에는 곡부 공씨가 정착했고, 영조 때에는 보성 오씨가 입촌하여 정착했다.

지방도 1023번이 지나가는 길 옆에 위치하고 있어 교통이 편리하다. 다만 오도재 밑의 마을이기 때문에 겨울에 눈이 많이 왔을 경우에는 교통이 단절되기도 하는 산골 마을이다. 총 105가구에 232명의 주민이 살고 있으며, 주요 특산물로는 산나물, 토종꿀, 옻순, 호두 등이 있다.

오후 2시 경 쯤에 창원마을을 방문하였다. 1023번 지방도 옆에 창원마을의 표지판이 서 있고, 그 옆에는 큰 정자나무가 있었다. 길을 따라 올라가니 정자가 있었는데, 마침 그곳에 마을 어른들이 모여서 이야기를 나누고 있었다.

겨울에는 회관에서 지내지만, 정자에 그늘도 있고 바람까지 시원해서

창원마을 전경

항상 정자에 모이는 편이었다.

제보자는 총 네 명으로 연령층이 다양했다. 구술해 준 설화로는 호랑이 불을 본 이야기, 귀신을 봤던 이야기와 소나무 꽃당산 이야기 등이 있으며, 노래로는 모심기 노래와 노랫가락 등이 있다. 마을에 얽힌 설화는 구술되지 않았다.


## 경상남도 함양군 마천면 덕전리 실덕마을

조사일시 : 2009.7.22
조 사 자 : 서정매, 김미라, 이진영

실덕마을은 경남 함양군 마천면 덕전리에 위치하고 있다. 원래 마을명은 열매를 얻어 온다는 의미로 실득(實得)이라고 했다. 실덕마을에서 뇌전 마을로 가는 중간 도로변 마을은 꽃밭말(花田村)이라고 하는데, 꽃밭에서

실덕마을 전경

결실을 보아 열매를 얻어 오는 곳이라는 뜻이다. 이 외에 날갱이마을이 있었다.

마을 남쪽엔 공달산, 일광산이 있고, 앞들은 개가 엎드린 형국의 황강평, 동쪽 들은 수무평등들이라 한다. 마을 뒤 삼정산 상무주암에서는 보조국사 지눌이 수도했던 곳이며, 영원사와 덕봉사의 영향을 받아 마을이 형성되었다.

마을 북쪽엔 고양이처럼 생긴 괭이바우가 있고, 지리산 백무동과 삼정골의 계곡물이 만나는 괴바우소가 있다. 산골마을이지만 당시 교육기관인 서당 덕수제가 있었다.

조선 영조 때 진양 강씨가 입촌하여 정착했다. 현재는 57가구에 128명이 거주하고 있으며, 주요 특산물로는 토종꿀, 산나물 등이 있다. 특히 가을이 되면 오미자나 구기자를 비롯해서 각종 약초 열매와 잣, 도토리 등 식용 열매, 그리고 과일 등을 채취한다고 했다.

실덕마을은 예정에 없이 갑자기 방문하게 되었다. 마을 어른들이 오후에 항상 정자에 나와 있다는 정보를 들었기 때문이었다. 마을 입구에 정자가 있었는데, 조사자 일행을 마치 기다리고 있었던 것처럼 노인들이 정자에 나와 있었다. 마침 다른 마을에서 떡과 과일을 나눠 준 터라 모두들 맛있게 먹고 있는 중이었다. 조사자들은 가지고 온 술과 과자를 함께 내자 잔치를 하듯 분위기가 좋았다.

마을에서 가장 연장자인 91세의 박채춘 할아버지는 나이가 많음에도 불구하고 몸이 건강하고 목청이 좋아서 노래를 적극적으로 불러 주었다. 또 이점열 제보자 역시 박채춘 제보자와 함께 노래를 주고받으며 부른 터라 노래가 끊어지지 않고 계속 이어져서 분위기가 더욱 흥겨웠다. 즉 한 분이 한 곡을 부르면, 다른 분이 바로 받아서 한 곡을 부르며 진행되었다. 한 명이 노랫가락을 부르면, 다른 한 명이 노랫가락을 받아서 부르고, 창부 타령을 부르면 또 다른 사람이 창부 타령을 불렀다. 듣고 있던 청중들도 모두가 즐거워하며 한 마음 한 뜻으로 박수를 치면서 장단을 맞추는 등 분위기가 화기애애하고 좋았다. 이처럼 가족같은 화목한 분위기를 실덕마을에서는 무척 자랑스러워하고 있었다. 또한 실덕마을은 마천면에서 장수마을로 소문이 난 곳이다.

　　박재춘(남, 91세)과 이점열(남, 75세) 제보자가 서로 주고받으면서 양산도, 노랫가락, 창부 타령 등을 불러 주었고, 그 외 변복순(여, 84세)은 너냥 나냥, 김점순(여, 84세)은 종지기 돌리는 노래 등을 불러 주었다.


## 경상남도 함양군 마천면 삼정리 양정마을

조사일시 : 2009.7.23
조 사 자 : 서정매, 김미라, 이진영

양정마을 전경

양지말이라고 부르는 양정(陽丁)마을은 양지정장(陽地停莊)이라고도 부른다. 장(莊)은 고려시대의 특수한 행정구역이다. 고려 때부터 조선시대에 이르기까지 사찰은 농토를 많이 소유하고 있었는데, 승려가 아닌 주민들이 전답을 소작하면서 사찰에 세미를 바치며 어렵게 생활해 왔다.

삼정은 영원사가 통일신라시대부터 있어서 서산(西山), 청매(靑梅), 사명(四溟), 포광(包光)등의 대사들이 수도하였던 큰 절이었다. 따라서 부자 절이었기에 절의 혜택을 입고 생활하는 사람이 많았다. 그 집단촌이 양지정장이라고 부르게 되었다고 한다.

양정마을은 지리산 벽소령의 아랫 마을이며, 지방도 1023번의 옆에 위치하는 산골 마을이다. 현재 41가구에 89명의 주민이 살고 있으며, 주요 특산물로는 토종꿀, 개발딱주, 취나물, 고사리, 두릅 등의 산나물이 있다.

마을 이장과 전화로 약속을 하고는 10시 반 경에 도착했다. 마을 중앙에 있는 정자는 마을에 오고 가는 사람들을 한눈에 알 수 있는 장소에 위치하고 있었다. 정자 안에는 냉장고가 있었고, 정자 옆 마당에는 수돗물이 나와서, 마을 주민들이 여기에서 점심을 해 먹곤 하였다. 인심이 좋아서인지 조사자들에게 밥을 먹고 왔는지를 물어보며 끼니를 걱정해 주기도 하였다. 마침 주민들이 여럿이 모여 있어서 바로 조사에 임할 수 있었는데, 마을에 노래와 이야기를 잘 하는 할머니가 있다며, 밭으로 가서 데리러 오자고 하였다. 마침 점심 때가 되어서 정자로 내려오던 박순생(여, 86세) 할머니를 바로 만나서 정자로 모셨다. 일하던 복장으로 온 터라 씻지 않고 온 것을 난감해했으나, 이내 적극적으로 제보에 임해 주었다. 이미 여러 번 방송에서도 민요 및 설화의 방문조사에 임한 적이 있고 방송을 타기도 해서 유능한 제보자로 알려져 있었는데, 예전보다 기억력이 많이 감퇴된 것에 대해 스스로도 아쉬워하였다.

박순생(여, 86세)이 제보한 구연 설화로는 사람으로 둔갑한 도깨비와 도깨비불 이야기, 두 성씨만 살았던 실덕동네 이야기, 벽소령재에서 호랑이와 친구처럼 지낸 이야기 등이 있다. 지리산 벽소령재 아래에 위치하고 있어서인지 지리산 호랑이에 관한 이야기가 전해져오고 있었다. 박순생이 불러준 노래로는 엿장수 타령, 모심기 노래, 도라지 타령, 그네 노래, 청춘가, 노랫가락, 양산도, 댕기 노래, 삼 삼는 노래 등이 있다. 그리고 김명남(여, 69세)도 모심기 노래, 양산도, 청춘가, 다리 세기 노래, 진도 아리랑, 보리타작 노래, 창부 타령 등을 불러 주었다.

## 경상남도 함양군 마천면 삼정리 음정마을

조사일시 : 2009.7.22
조 사 자 : 서정매, 김미라, 이진영

음지마을 전경

'음지말'이라고 부르는 음정(陰丁)마을은 '음지정쟁이'라고도 부르는데,

이는 음지에 위치하여 집단촌으로 취락을 이루고 살아간다는 뜻에서 붙여진 이름이다. 음지말 서편 골짜기는 '비리내골'이라고 하는데, 이는 아랫마을의 선유정 전설과 연관이 있는 이야기로 원통하게 떠나 보내버린 유모엄마의 골짜기라는 뜻이다. 즉 선녀가 지상에 내려와 살다가 날개옷을 찾은 뒤 남편과 자식들을 두고 날개옷을 입고 하늘로 올라갔는데, 그 남편과 아들이 하도 원통하여 하늘만 바라보고 있다가 결국 화석으로 변하였다고 하는 전설이다. 현재 벽소령 정상에 부자바위가 서 있다.

## 경상남도 함양군 마천면 의탄리 금계마을

조사일시 : 2009.7.21

조 사 자 : 서정매, 김미라, 이진영

금계마을 전경

노디목이라고 불리는 금계(金鷄)마을은 경남 함양군 마천면 의탄리에 소재하고 있다. 금계라는 이름의 유래는 지금의 의탄교가 가설되기 전에 징검다리가 있었는데, 냇물을 건너다니는 징검다리 노뒤의 목이라는 뜻에서 노뒤목이라고도 불렀다. 금계마을은 고려시대 때 의탄소가 있었던 지역으로 추성리 칠선계곡의 입구에 위치하고 있다.

가락국의 구형왕이 추성리 국골에 은거하면서 이곳에서 참나무 숯을 굽었다고 하며, 인근 산청군 금서면 화계리 왕산에 양왕의 능 돌무덤이 있다. 정감록에 나오는 금태산 밑의 금계동이 이 마을이라고 하며, 6·25 전쟁 때는 지리산 피난지였다.

북쪽에는 감투바위, 동쪽에는 둥둥바위, 북쪽에는 명맥이바위, 물방울골, 새벌들, 홍골 등이 있으며, 1520년 벽송사를 창건한 벽송대사(송지암)가 법계정심대사 곁을 떠났다가 되돌아와서 도를 받은 살바탕(벽송정)도 있다.

6·25 전쟁 이전에는 초가집 몇 채밖에 없었는데, 의평마을에 거주하던 이종식 씨가 '정감록에 있는 금계동이 금대산 밑 현재의 금계마을'이라고 단정을 하고 바위에다 금계동이라고 새겨놓았다고 한다. 한때는 이곳이 지리산 피난지였고, 지리산 공비 소탕 시에 추성리와 의탄리 주민 전체를 이 금계마을로 소개시킨 일도 있었다고 한다. 현재 56가구에 118명이 거주하며, 주요 특산물로는 고사리, 토종꿀, 옻피, 옻순 등이 있다.

금계마을을 방문하기 전에 미리 이장과 노인회장에게 연락을 해서 점심 이후로 약속을 잡아 놓은 터였다. 도착하니 조사자들을 기다리고 있었던 눈치였다. 여름이어서 마을 입구의 정자에 모두 앉아 있었는데, 정자가 마을의 중심터로 보였다. 마침 밭에서 따온 옥수수와 고구마를 삶고 있었는데, 무척 큰 솥에서 삶고 있어서 마을 어른들 모두가 먹고도 남을 정도로 넉넉하였다. 평소에 여기서 백숙도 하고 밥도 해서 점심을 자주 먹는다고 하였다.

마을 정자에는 노인회장을 중심으로 마을 노인들이 모여 있었다. 16명의 노인들이 정자에 앉아 있어서 정자가 꽉 차는 듯 했다.

노래와 설화의 제보를 요청하자, 먼저 술부터 한 잔 하고 얘기를 하자는 말에 음료와 술을 따라서 건넸다. 금계마을은 남녀의 구분이 명확하여 할아버지가 먼저 조사에 임하고 나서야 할머니들의 제보를 받을 수 있었다.

노인회장인 오수봉 할아버지가 곰에게 물려 죽을 뻔한 사람을 비롯하여 도깨비를 본 이야기 등 체험적인 이야기와 임금에게 벼슬을 받은 권병사, 시아버지 앞에서 방귀 뀌는 며느리 등의 설화를 구술해 주었고, 가장 연장자인 이선문(남, 92세) 할아버지는 열녀문에 관한 설화를 구연해 주었다. 특히 이선문은 설화뿐 아니라 민요도 많이 불러 주었는데, 연장자여서인지 옛날에 밭에서 일하면서 불렀던 노래를 주로 불러 주었다. 원래부터 노래를 좋아하고 판소리까지 배운 바가 있어서인지 많은 나이임에도 무척 건강하고 열정이 있었다. 또한 허옥남(여, 80세)은 모심기 노래, 양산도, 댕기 노래, 밭 매기 노래 등 다양한 노래를 연이어서 불러 주었다. 그 외 하행복(여, 88세), 임영권(남, 74세), 하재문(남, 70세)은 주로 양산도와 청춘가, 노랫가락 등을 불러 주었다. 그런데 조사 도중에 술을 좋아하는 분이 있어 다른 제보자의 노래를 방해를 하듯 더 큰 소리로 노래를 부르기도 해서 제보자의 노래가 몇 번씩 끊어졌다가 이어지기도 하였다.

## 경상남도 함양군 마천면 추성리 추성마을

조사일시 : 2009.7.21
조 사 자 : 서정매, 김미라, 이진영

추성마을의 유래는 두 가지로 전해지는데, 하나는 옛날 가락국 마지막 왕인 구형왕이 체류하면서 이곳에다 성을 쌓아 성의 이름을 추성이라 하였기에 마을 이름을 그렇게 지은 것이라고 하였다는 설이 있고, 또 하나는 추성이라고 하는 길조의 별이 이 마을에서만 볼 수 있다고 하여 붙여진 이름이라고 한다.

추성마을은 추성리 산 93번지에 위치한 성지로서, 연대는 미상이나 신라가 가락국을 침범할 때 가락국 양왕이 군마를 이끌고 이곳에 와서(532년) 성을 쌓고, 추성 성 안에서 군마를 훈련하고 피난처로 이용했으며, 지금도 그 성터가 남아 있다. 또한 당시 군량미를 쌓아 두었다는 두지동과 얼음을 저장하였던 어름터와 말을 달렸던 평전과 성안의 망대가 있다. 또한 높이가 10미터나 되는 망석도 있다. 신라가 백제의 침입을 막기 위해 만든 천왕봉의 고성인 박희성도 있는데, 지금은 그 성은 없고 흔적만 일부 남아 있다.

지리산 천왕봉에는 성모상이 있었고, 조선 중종 때에 벽송사를 창건한 벽송대사(송지암)가 10년 간 강어리를 만들던 강점이 있고, 보물 474호인 벽송사 3층 석탑과 목장승, 경암문집 및 목판, 송지암 영정 등의 문화재가 있다. 서암 내에는 화강암 불상과 석굴을 최근 조각했다.

칠선계곡엔 칠선녀가 목욕하였다는 선녀탕과 옥녀탕이 있고, 변강쇠와 옹녀가 살았던 마을이다. 양왕이 살았던 국골엔 대궐터가 있으며, 용소에서는 이 고을 군수가 기우제를 지내던 곳이다. 조선 인조 때 해주 석씨가 입촌했고, 숙종 때 김해 허씨가 입촌하여 정착했다.

또한 추성마을에는 닥나무가 많아서 예전부터 한지를 만드는 곳이고, 또 목기도 많이 만들었다.

현재 70가구에 178명이 살고 있으며, 주요 특산물로는 토종꿀, 취, 개발딱주, 고사리 등의 산나물과, 석이버섯, 고로쇠 수액, 옻순, 호두 등이 있다.

추성마을을 방문했을 때 피서를 온 외부인들도 많았고, 지리산을 찾은 등산객들도 많았다. 정자 밑에는 주차장이 넓게 들어서 있었는데, 정자에서는 외부인의 출입을 한 눈에 보는 곳이었고, 마을 어른들은 모두 이곳에서 휴식을 취하고 있었다. 부녀자들은 정자에 있지 않고 정자 옆의 평상에 앉아 있었다. 추성마을에 외부인들이 많이 오가기 때문인지, 마을 정자에는 지나가는 등산객도 잠시 누워 자기도 하는 등 마을 주민들의 분위기는 외부인들에게 상당히 관대한 편이었다.

대부분의 마을 주민들은 민박이나 식당을 하고 있었다. 점심시간이 되자 제보자의 집으로 안내를 하기에 밥을 먹으러 가게 되었는데, 알고 보니 민박과 식당을 함께 하는 집이었다. 미안한 마음이 들어 약간 주춤했으나, 제보자의 식구들이 바깥의 큰 솥에다 수제비를 끓인 터라, 조사자들은 수제비에 밥을 말아서 한 그릇씩 먹고 다시 조사를 하였다.

마을 정자에는 남자 어른들만 몇 분 있었다. 산골이어서인지 모심기 노래나 밭매는 노래 등은 구연되지 않았고, 전설이나 민담의 구연이 많았다.

추성마을 전경

### 고순달, 여, 1929년생

주 소 지 : 경상남도 함양군 마천면 구양리 등구마을
제보일시 : 2009.7.20
조 사 자 : 서정매, 문세미나, 이진영, 조민정

고순달은 1929년 촉동마을에서 태어났다. 올해 나이는 81세로 택호는 촉동댁이라 불린다. 27년 전에 남편이 작고하여 오랫동안 홀로 지내왔으며, 남편과의 사이에 4형제를 두고 있다. 또 다른 제보자인 정길순의 시어머니이기도 하다.

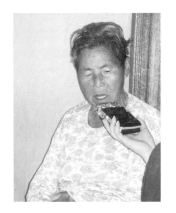

꽃무늬 티에 몸빼를 입고 있었고, 컷트머리를 하고 있었다. 구연한 민요로는 모심기 노래인데, 비록 숨이 가쁘고 몸이 불편하여 약간 발음이 부정확했지만 긴 소리로 차분하게 불러 주었다.

제공 자료 목록
04_18_FOS_20090720_PKS_GSD_0001 모심기 노래

### 구길용, 남, 1948년생

주 소 지 : 경상남도 함양군 마천면 구양리 창원마을
제보일시 : 2009.7.20
조 사 자 : 서정매, 문세미나, 이진영, 조민정

구길용은 1948년 생으로 올해 나이 62세이다. 마천에서 태어났으나 5살 때 외가인 창원마을에 오게 되면서 지금까지 살고 있다. 부인 유옥희

는 열 살 아래인 52세로 나이 차이가 제법
나는 편이다. 슬하에 2남 1녀의 자녀를 두
고 있으며 농사를 짓고 있다. 마을에서 여러
가지 일을 솔선수범 처리하기도 하고 어른
들을 잘 이끄는 듯 보였다. 농담도 잘 하는
편이어서 제보자들을 보자마자 농담을 섞어
인사를 나눌 정도로 첫 인상이 부드럽고 친
절하였다.

날씨가 더워서인지 보라색 체육복 바지에 윗옷은 벗은 채 흰 러닝 속
옷만 입고 있었다.

민요는 부르지 않고 체험담 1편을 포함하여 설화 2편을 구술했다. 처음
에는 이야기를 듣고만 있었는데, 할머니 한 분이 도깨비 이야기를 시작하
자 그때부터 제보자로 이야기판에 끼어들었다. 마을에서 아주머니 귀신을
본 이야기와 강씨들이 심은 마을의 꽃당산 이야기를 해 주었다.

제공 자료 목록
04_18_FOT_20090720_PKS_KKY_0001 소나무 꽃당산
04_18_MPN_20090720_PKS_KKY_0001 아주머니 귀신


### 김명남, 여, 1937년생

주 소 지 : 경상남도 함양군 마천면 삼정리 양정마을
제보일시 : 2009.7.23
조 사 자 : 서정매, 김미라, 이진영

김명남은 1937년 생이다. 마천면 삼정리 음정마을에서 태어나 자랐으
며, 18세에 이웃 양정마을로 시집을 와서 현재까지 살고 있다. 올해 69세
로 소띠이며, 마을에서는 실득댁이라고 불린다. 슬하에 4남 3녀의 7남매

를 두고 있으며, 80세의 남편인 양경용과 함께 밭농사를 짓고 있다. 옛날에 빨치산으로 인해 무척 힘겹게 살아왔다고 하였다.

짧은 파마머리에 연분홍 꽃무늬 티를 입고 있었다. 성격이 밝고, 목청도 또렷하며, 주변에서도 목소리가 좋고 노래를 잘 부르는 분으로 알려져 있었다. 마을에 잘 하는 사람이 또 있다며, 손수 데리고 올 정도로 제보에 적극적으로 협조해 주었다. 또한 다른 제보자가 노래를 부를 때면 흥겹게 박수를 치며 분위기를 즐겁게 만들기도 했다.

약간 부끄러움을 타기도 했으나, 이내 자신감 있게 노래를 불러 주었고, 때로는 동작도 같이 하면서 흥겨움을 더하기도 했다. 제공해 준 민요는 젊어서 일할 때 들으면서 따라 배운 것들이라고 했다. 모심기 노래, 양산도, 청춘가, 다리 세기 노래, 진도 아리랑, 보리타작 노래, 창부 타령 등을 불러 주었다.

제공 자료 목록

04_18_FOS_20090723_PKS_KMN_0001 모심기 노래
04_18_FOS_20090723_PKS_KMN_0002 양산도
04_18_FOS_20090723_PKS_KMN_0003 청춘가
04_18_FOS_20090723_PKS_KMN_0004 다리 세기 노래
04_18_FOS_20090723_PKS_KMN_0005 진도 아리랑
04_18_FOS_20090723_PKS_KMN_0006 보리타작 노래
04_18_FOS_20090723_PKS_KMN_0007 창부 타령

**김복님, 여, 1935년생**

주 소 지 : 경상남도 함양군 마천면 강청리 강청마을
제보일시 : 2009.7.23

조 사 자 : 서정매, 김미라, 이진영

김복님은 1935년에 마천면 구양리 촉동 마을에서 태어나서 살다가 19세 때 강청마을로 시집을 오게 되면서 지금까지 살고 있다. 올해 나이 75세로 돼지띠이며 택호는 촉동댁이다. 남편과의 사이에 3남 2녀의 자식을 두었는데, 모두 외지에서 살고 있고, 현재 남편인 박향규(75세)와 농사를 지으며 살고 있다.

제보자는 소극적인 성격으로 부끄러움을 타면서도 웃음이 많은 편이었다. 조사자가 노래의 첫 구절을 말하니 어렸을 때 많이 불렀던 노래라며 노랫가락과 다리 세기 노래를 불러 주었다.

제공 자료 목록

4_18_FOS_20090723_PKS_KBN_0001 다리 세기 노래

### 김상록, 남, 1943년생

주 소 지 : 경상남도 함양군 마천면 추성리 추성마을
제보일시 : 2009.7.21
조 사 자 : 서정매, 김미라, 이진영

김상록은 1943년 마천면 추성리 태생으로, 1969년도에 잠시 대구에서 살다가 추성으로 돌아와 지금까지 살고 있다. 어릴 때 아버지가 빨치산에 의해 학살당했다고 했다. 아직 결혼을 하지 않고 혼자 살아오고 있다. 초등학교를 졸업했으며, 현재는 국가유공

자로 나라에서 지원을 받아 생활하고 있다. 제보자는 체크무늬 티에 검은 바지를 입고 있었으며, 안경을 끼고 있었다. 조사자의 질문에 적극적으로 대답해 주었다. 제공해 준 민요는 양산도이며, 주위에서 하는 것을 보고 들은 것이라 했다.

제공 자료 목록
04_18_FOS_20090721_PKS_KSR_0001 양산도


### 김순달, 여, 1930년생

주 소 지 : 경상남도 함양군 마천면 구양리 창원마을
제보일시 : 2009.7.20
조 사 자 : 서정매, 문세미나, 이진영, 조민정

김순달은 1930년 생으로 전라도 통네마을에서 태어났다. 현재 나이는 80세로 말띠이며, 택호는 통네댁이다. 17세 되던 해에 창원마을로 시집을 와서 지금까지 살고 있다. 32세의 젊은 나이에 남편이 작고하여 오랫동안 홀로 살아왔다. 젊었을 때에는 남편이 폭력을 많이 휘둘러서 마음 고생을 많이 하였다. 작고한 남편과의 사이에는 1남 1녀의 자녀가 있다.

파란 꽃무늬 티에 분홍 모시옷을 입고 진주목걸이를 하고 있었다. 옷차림새가 단정하고 고왔다. 모심기 노래와 화투 타령, 노랫가락으로 그네 노래를 불러 주었다.

제공 자료 목록
04_18_FOS_20090720_PKS_KSD_0001 모심기 노래

04_18_FOS_20090720_PKS_KSD_0002 화투 타령
04_18_FOS_20090720_PKS_KSD_0003 그네 노래

## 김순열, 여, 1925년생

주 소 지 : 경상남도 함양군 마천면 구양리 창원마을
제보일시 : 2009.7.20
조 사 자 : 서정매, 문세미나, 이진영, 조민정

　김순열은 1925년 생으로 창원마을에서
태어나 결혼하고 지금까지 살고 있는 토박
이이다. 올해 나이는 85세로 소띠이다. 남편
은 이미 작고하였고, 남편과의 사이에 아들
세 명을 두었다.

　하얀색 윗옷이 무척 단아하고 여성스러웠
다. 처음에는 조사에 소극적이었으나, 시간
이 지나면서 한번 노래를 시작한 후 계속
생각이 났는지 연이어서 불러 주었다. 긍정적인 사고방식을 지닌 듯 보였
는데, 노래를 부를 때면 항상 손뼉을 치면서 흥겨움을 더해 주었다. 교회
에 다니고 있어서인지, 노래 한 곡을 부르고 나면 항상 할렐루야를 외치
고 노래를 마쳤다.

제공 자료 목록
04_18_FOS_20090720_PKS_KSY_0001 예쁜 마누라 노래
04_18_FOS_20090720_PKS_KSY_0002 처남 노래
04_18_FOS_20090720_PKS_KSY_0003 모찌기 노래
04_18_FOS_20090720_PKS_KSY_0004 모심기 노래
04_18_FOS_20090720_PKS_KSY_0005 노랫가락

## 김점순, 여, 1927년생

주 소 지 : 경상남도 함양군 마천면 덕전리 실덕마을
제보일시 : 2009.7.22
조 사 자 : 서정매, 김미라, 이진영

김점순은 1927년생으로 실덕마을에서 태
어나 결혼하여 지금까지 살고 있다. 올해
나이는 83세로 토끼띠이다. 남편은 15년 전
에 작고하였고, 남편과의 사이에 4남 1녀의
자식을 두었다.

가지런히 비녀를 꽂은 쪽진 머리에, 알록
달록한 티를 입고 있는 제보자는 현재 농사
를 지으면서 생활하고 있는데, 주로 밭농사
를 많이 한다. 그래서인지 얼굴이 많이 탄 편이었다. 부끄럼이 많고 소극
적인 성품이지만, 분위기가 무르익어 가자 흥겹게 박수를 치면서 따라 부
르기도 하다가 직접 노래를 불러 주기도 하였다. 어렸을 때 많이 놀면서
불렀던 종지기 돌리는 노래를 불러 주었다.

제공 자료 목록
04_18_FOS_20090722_PKS_KJS_0001 종지기 돌리는 노래


## 문정권, 남, 1939년생

주 소 지 : 경상남도 함양군 마천면 추성리 추성마을
제보일시 : 2009.7.21
조 사 자 : 서정매, 김미라, 이진영

문정권은 1939년 마천면 추성리 태생으로 결혼하여 현재까지 살고 있
는 토박이이다. 현재 부인과 함께 살고 있으며, 2남 3녀의 자녀를 두고

있다.

　학교를 다니지 못해 배운 것이 없다고 하
였으나, 마을에서 장구를 치며 노래를 가끔
씩 부른다고 했다.

　머리는 흰 편이었지만 숱이 많고, 체크무
늬 남방을 입었다. 처음에는 부끄러워서 노
래를 잘 부르지도 못했지만 조사자의 권유
에 의해 조금씩 노래를 불러 주었다. 어릴
때부터 동네에서 어른들이 부르는 것을 듣고 배운 노래라고 했다.

제공 자료 목록

04_18_FOS_20090721_PKS_MJK_0001 창부타령
04_18_FOS_20090721_PKS_MJK_0002 그네 노래
04_18_FOS_20090721_PKS_MJK_0003 양산도


### 문호성, 남, 1953년생

주 소 지 : 경상남도 함양군 마천면 강청리 도촌마을
제보일시 : 2009.7.22
조 사 자 : 서정매, 김미라, 이진영

　문호성은 강청리　도촌마을(백무동)에서
태어나 자랐고 결혼하여 지금까지 살고 있
는 토박이이다. 1953년생으로 올해 57세이
며 뱀띠이다. 현재 마을에서 부인과 함께
살고 있으며 부인과의 사이에 1남 1녀의 자
식을 두었다. 제보자는 펜션과 식당을 운영
하고 있으며, 아들은 바로 옆집에서 펜션과
노래방을 경영하고 있다.

제보자는 과거에 함양군의원을 역임하였고 함양군지의 편집장이기도 했다. 체크무늬 반팔 와이셔츠를 입고 있었는데 깔끔한 인상이었다. 차분한 어조로 제보에 임해 주었으며, 이웃 마을에 사는 분들 중에서 이야기를 잘할 만한 분들에 관한 정보를 주기도 했다.

**제공 자료 목록**

04_18_FOT_20090722_PKS_MHS_0001 마구할매가 쌓은 극심이 돌너덤
04_18_FOT_20090722_PKS_MHS_0002 장승을 베다 화를 입어 죽은 변강쇠

## 박금순, 여, 1938년생

주 소 지 : 경상남도 함양군 마천면 구양리 창원마을
제보일시 : 2009.7.20
조 사 자 : 서정매, 문세미나, 이진영, 조민정

박금순은 1938년 전라북도 남원에서 태어났다. 올해 나이 72세로 택호는 남원댁이라 불린다. 21세가 되던 해에 함양군 마천면 구양리 창원마을로 시집을 왔다. 20년 전에 부산에서 살다가 이곳에 온 지는 10년이 되어 간다. 남편 이상열(72세)과의 사이에는 1남 1녀의 자녀가 있으나, 안타깝게도 작년에 딸이 세상을 떠났다고 했다.

분홍 줄무늬 티를 입고 있는 박금순은 잘 웃는 인상이다. 그러나 소극적인 면도 많아서 노래가 생각이 나더라도 과감하게 부르지 못하고 옆의 친구 분이 부르고 있으면 조용히 따라서 불렀다. 그러다 자신이 있는 노래가 생각이 나면 자진해서 부르기도 하였다. 모심기 노래를 불러 주었는데, 시집을 온 후에 듣고 배운 것이라고 했다.

## 박순생, 여, 1924년생

주 소 지 : 경상남도 함양군 마천면 삼정리 양정마을
제보일시 : 2009.7.23
조 사 자 : 서정매, 김미라, 이진영

  박순생은 1924년 전라북도 남원시 산내
면 대정리에서 태어나 15세 때 마천면으로
시집을 와서 지금까지 살고 있다. 현재 86
세로 쥐띠이며, 대정리댁으로 불린다. 31세
의 젊은 나이에 남편이 작고를 하여 슬하에
아들 하나만 두었다. 학교는 다닌 바가 없
으며, 혼자 살면서 깨, 콩, 팥 등의 밭농사
를 하고 있다. 마을회관 뒤쪽에 집이 있다.
마을에서도 노래를 잘 부르는 사람으로 소문이 자자했다. 밭에서 일을 하
다 점심을 먹으러 집으로 가려던 길에 마을 정자에 들러 노래를 불렀다.
처음에는 기억이 잘 안나 대부분 잊어버렸다고 했지만, 점차 기억을 살려
서 적극적으로 노래를 불렀다. 일 년 사이에 기억이 많이 감퇴되어 평소
아는 노래가 의외로 기억이 잘 나지 않는다며 스스로 안타까워했다. 구연
한 민요는 대부분 친구들과 일하면서 부르거나 동네 어른들이 부르는 노
래를 듣고 배운 것들이라고 한다.
  설화 3편과 엿장수 노래, 모심기 노래, 도라지 타령, 그네 노래, 화투
타령, 청춘가, 노랫가락, 양산도, 댕기 노래, 삼 삼는 노래 등을 불러 주
었다.

제공 자료 목록

04_18_FOT_20090723_PKS_PSS_0001 빗자루가 변한 도깨비와 빗자루로 변하는 도깨비

04_18_FOT_20090723_PKS_PSS_0002 두 성씨만 살았던 실덕마을

04_18_FOT_20090723_PKS_PSS_0003 길을 안내해 준 호랑이

04_18_FOS_20090723_PKS_PSS_0001 엿장수 타령

04_18_FOS_20090723_PKS_PSS_0002 모심기 소리

04_18_FOS_20090723_PKS_PSS_0003 사발가

04_18_FOS_20090723_PKS_PSS_0004 그네 노래 / 노랫가락

04_18_FOS_20090723_PKS_PSS_0005 화투 타령

04_18_FOS_20090723_PKS_PSS_0006 도라지 타령

04_18_FOS_20090723_PKS_PSS_0007 청춘가

04_18_FOS_20090723_PKS_PSS_0008 노랫가락

04_18_FOS_20090723_PKS_PSS_0009 양산도

04_18_FOS_20090723_PKS_PSS_0010 댕기 노래

04_18_FOS_20090723_PKS_PSS_0011 삼 삼기 노래

### 박영현, 남, 1935년생

주 소 지 : 경상남도 함양군 마천면 삼정리 음정마을
제보일시 : 2009.7.23
조 사 자 : 서정매, 김미라, 이진영

　박영현은 1935년생으로 음정마을에서 태어나 결혼하여 지금까지 살고 있는 토박이이다. 밀양 박씨이며, 올해 75세로 돼지띠이다. 22대째 손자가 음정마을에 살고 있다고 한다. 부인 박한임(73세)과 함께 농사를 지으며 살고 있으며, 3남 3녀의 자식을 두고 있다.

　제보자는 현재 음정부락의 이장을 맡고 있다.

설화와 민요 조사를 위해 왔다고 했더니, 그 뜻을 바로 이해하고 적극적으로 도움을 주려고 하였다. 전설 두 편을 구연해 주었는데, 65년 전에 들었던 소금을 날랐던 벽소령 소금길, 그리고 이첨지 소에 관한 전설이었다.

제공 자료 목록

04_18_FOT_20090723_PKS_PYH_0001 소금을 날랐던 벽소령 소금길
04_18_FOT_20090723_PKS_PYH_0002 이첨지 소


### 박재춘, 남, 1919년생

주 소 지 : 경상남도 함양군 마천면 덕전리 실덕마을
제보일시 : 2009.7.22
조 사 자 : 서정매, 김미라, 이진영

박재춘은 1919년 기미년 생으로, 실덕마을에서 태어나서 지금까지 살고 있는 토박이이다. 올해 나이 91세로 양띠이며, 마을에서는 가장 연장자이면서도 얼굴에 주름살도 잘 보이지 않아서 나이보다 훨씬 젊어 보였다. 그래서인지 마을 어르신들의 부러움을 안고 있다.

부인은 3년 전에 작고하였고 부인과의 사이에 3남 4녀의 자식을 두고 있다. 91세의 나이임에도 불구하고 목청도 좋고 소리도 시원하여 솔선수범하여 화기애애한 분위기를 잘 이끌었다. 여름이면 모두들 마을 정자에 나와 이야기를 나누고 하는데, 마을 사람들이 모두 가족과 같은 분위기였고 또 이러한 분위기를 무척 자랑스러워했다. 이점열 제보자와 노래를 연이어 받아 불러 주었는데, 구연해 준 노래로는 양산도, 노랫가락, 창부 타령 등이다.

제공 자료 목록

04_18_FOS_20090722_PKS_PJC_0001 창부 타령 (1)

04_18_FOS_20090722_PKS_PJC_0002 양산도 (1)

04_18_FOS_20090722_PKS_PJC_0003 창부 타령 (2)

04_18_FOS_20090722_PKS_PJC_0004 노랫가락

04_18_FOS_20090722_PKS_PJC_0005 창부 타령 (3)

04_18_FOS_20090722_PKS_PJC_0006 양산도 (2)

04_18_FOS_20090722_PKS_PJC_0007 양산도 (3)


## 박향규, 남, 1933년생

주 소 지 : 경상남도 함양군 마천면 강청리 강청마을

제보일시 : 2009.7.23

조 사 자 : 서정매, 김미라, 이진영

박향규는 강청부락의 토박이이다. 1933년
생으로 올해 77세이며 닭띠이다. 현재 부인
김복님(75세)과 함께 살고 있으며 슬하에 3
남 2녀의 자식을 두었다.

제보자는 나이가 많은데다 현재 몸이 아
픈 탓인지 여러 이야기를 많이 알고 있는
듯 했으나, 잘 생각이 나지 않는다고 했다.
제보를 받아 일부러 집으로 찾아갔는데, 생
각보다 기억이 많이 감퇴된 듯 했다. 백무동의 유래와 무당소에 관한 이
야기 1편만을 구술해 주었다.

제공 자료 목록

04_18_FOT_20090723_PKS_PHK_0001 백무동과 무당소

### 변복순, 여, 1926년생

주 소 지 : 경상남도 함양군 마천면 덕전리 실덕마을
제보일시 : 2009.7.22
조 사 자 : 서정매, 김미라, 이진영

변복순은 올해 1926년생으로 하정마을에
서 태어나 자랐고, 16세 때 실덕마을로 시
집을 온 후 지금까지 살고 있다. 올해 84세
로 범띠이며, 하정댁이라는 택호로 불린다.
남편은 10년 전에 작고하였고, 2남 4녀의
자식을 두었다.

단정한 커트머리에 흰 모시옷을 입고 팔
찌와 목걸이를 하고 있었다.

제공해 준 민요는 어렸을 때 고향인 하정마을에서 어른들에게 듣고 따
라 부르면서 자연스럽게 습득한 것이라고 한다. 처음에는 부끄러워하였지
만 분위기가 흥겨워지자 손뼉을 치면서 적극적으로 노래를 불러 주었다.
너냥 나냥과 도라지타령을 불러 주었다.

제공 자료 목록
04_18_FOS_20090722_PKS_BBS_0001 너냥 나냥
04_18_FOS_20090722_PKS_BBS_0002 사발가


### 서명주, 여, 1942년생

주 소 지 : 경상남도 함양군 마천면 구양리 등구마을
제보일시 : 2009.7.20
조 사 자 : 서정매, 문세미나, 이진영, 조민정

서명주는 1942년 등구마을에서 태어났다. 올해 나이는 68세로 말띠이

며 택호는 한동댁이다. 10년 전 작고한 남편과의 사이에 2남 3녀를 두고 있다. 스무살에 시집을 와서 등구마을에서 살고 있다. 큰아들이 사법고시에 합격하여 판사로 있으며, 작은아들은 행정고시를 합격해서 현재 함양에서 구청 과장으로 재직하고 있다고 주위 사람들이 이야기했다.

짧은 파마머리를 하고 있으며, 푸른색 몸빼 바지와 분홍 셔츠를 입고 있었다. 제보자는 조사에 협조적이었으며, 불러준 노래로는 양산도, 사발가 등 창민요와 2편의 설화를 제공했다.

제공 자료 목록
04_18_FOT_20090720_PKS_SMJ_0001 흙과 물을 뿌리는 호랑이
04_18_FOT_20090720_PKS_SMJ_0002 큰애기 금달의 비석
04_18_FOS_20090720_PKS_SMJ_0001 양산도
04_18_FOS_20090720_PKS_SMJ_0002 사발가


## 서복남, 여, 1946년생

주 소 지 : 경상남도 함양군 마천면 구양리 등구마을
제보일시 : 2009.7.20
조 사 자 : 서정매, 문세미나, 이진영, 조민정

서복남은 1946년 등구마을에서 태어나 18세에 결혼하였다. 올해 나이는 63세로 택호는 본동댁이라 불린다. 현재 남편 김정우(66세)와의 사이에 2남 2녀의 자녀가 있으며 농사를 지으며 살고 있다.

하늘색 티에 하늘색 몸빼를 입고, 짧은

파마머리를 하고 있었다. 초등학교를 중퇴하였으며, 성격이 적극적이고
활달하게 보였다. 목청도 좋고 기억력도 좋았는데, 적극적으로 조사에 임
해 주었다. 제공한 노래로는 보리타작 노래, 너냥 나냥, 화투 타령 등이다.
어렸을 때 마을 어른들이 부르는 것을 듣고 배웠거나 친구들과 놀면서 부
른 것이라 하였다.

제공 자료 목록

04_18_FOT_20090720_PKS_SBN_0001 호랑이불
04_18_FOS_20090720_PKS_SBN_0001 보리타작 노래
04_18_FOS_20090720_PKS_SBN_0002 화투 타령
04_18_FOS_20090720_PKS_SBN_0003 너냥 나냥

### 석광조, 남, 1936년생

주 소 지 : 경상남도 함양군 마천면 추성리 추성마을
제보일시 : 2009.7.21
조 사 자 : 서정매, 김미라, 이진영

석광조는 1936년에 마천면 추성마을에서
태어나 결혼하여 지금까지 살고 있다. 집안
대대로 추성마을에서 계속 살아왔다고 한다.
부인이 작고하고 혼자 농사를 지으며 살고
있다. 실제 나이는 74세이지만 호적상으로
는 71세라고 했다.

숱이 많은 흰머리를 하고 있었으며 줄무
늬 긴 팔 티에 회색 등산 조끼를 입고 있었
다. 조사의 취지를 설명하니 친절하고 자상하게 도와주려고 했다. 말을
달리던 성안의 평전과 망바위 이야기를 구술해 주었다.

제공 자료 목록

04_18_FOT_20090721_PKS_SKJ_0001 성안의 평전과 망바위


## 신점임, 여, 1946년생

주 소 지 : 경상남도 함양군 마천면 강청리 강청마을
제보일시 : 2009.7.22
조 사 자 : 서정매, 김미라, 이진영

신점임은 1946년 생으로 올해 64세이며
개띠이다. 강청마을에서 태어나 결혼하여 지
금까지 살고 있어서 강청댁이라 불린다. 초
등학교를 졸업하고 19살 때 결혼하였다. 남
편 표갑준(69세)과 함께 살고 있으며, 남편
과의 사이에 3남 1녀의 자식을 두었다. 남편
은 현재 강청마을에서 이장을 맡고 있다.

빨간색 꽃무늬 티를 입고 있는 제보자는
현재 남편과 함께 농사를 지으며 살고 있는데, 부끄러움이 무척 많았다.
그러면서도 한 번 불러준 노래는 중도에 그만두지 않고 끝까지 잘 불러
주었다. 특히 함께 노래를 불러준 임행자와 함께 노래를 불렀다. 강청 마
을에 살면서 어른들이 부르는 것을 듣고 함께 따라 부르면서 습득하게 되
었다고 한다.

청춘가, 화투 타령, 종지기 돌리는 노래, 노랫가락, 도라지타령 등의 민
요를 불러 주었다.

제공 자료 목록

04_18_FOS_20090722_PKS_SJE_0001 청춘가 (1)
04_18_FOS_20090722_PKS_SJE_0002 노랫가락
04_18_FOS_20090722_PKS_SJE_0003 청춘가 (2)

04_18_FOS_20090722_PKS_SJE_0004 나물 캐는 노래
04_18_FOS_20090722_PKS_SJE_0005 화투 타령
04_18_FOS_20090722_PKS_SJE_0006 종지기 돌리는 노래
04_18_FOS_20090722_PKS_SJE_0007 오죽대 노래


## 오수봉, 남, 1931년생

주 소 지 : 경상남도 함양군 마천면 의탄리 금계마을
제보일시 : 2009.7.21
조 사 자 : 서정매, 김미라, 이진영

오수봉은 올해 1931년생으로 금계부락에
서 태어나 지금까지 살고 있는 토박이이다.
올해 79세 양띠이며, 부인 강복달(73세)과
함께 살고 있으며, 4남 3녀의 자식을 두고
있다. 초등학교를 졸업하였으며, 현재 금계
마을에서 노인회장을 맡고 있다.

노인회장이어서인지 분위기를 잘 유도하
는 편이었다. 제보해 준 이야기로는 곰에게
물려 죽을 뻔한 이야기, 임금님에게 벼슬을 받은 함양의 권병사, 시아버
지 앞에서 방귀 뀐 며느리, 사람을 물고 던져서 받아 먹는 호랑이 등의
이야기를 구술해 주었다.

제공 자료 목록
04_18_FOT_20090721_PKS_OSB_0001 사람을 입으로 던져서 받는 호랑이
04_18_FOT_20090721_PKS_OSB_0002 임금에게 벼슬을 받은 함양의 권병사
04_18_FOT_20090721_PKS_OSB_0003 꼬라지가 방귀여
04_18_MPN_20090721_PKS_OSB_0001 곰에게 할켜 눈이 빠진 사람

## 이선문, 남, 1918년생

주 소 지 : 경상남도 함양군 마천면 의탄리 금계마을
제보일시 : 2009.7.21
조 사 자 : 서정매, 김미라, 이진영

이선문은 1918년 생으로 올해 92세이다.
원래 고향은 함양군 휴천면 월평마을이며,
30살 때부터 금계마을에 와서 살았다고 한
다. 학교는 다닌 바가 없다. 마을에서 가장
연장자임에도 매우 건강하게 보였다. 현재
부인과 함께 살고 있으며, 슬하에 5남 2녀
의 자식을 두었다.

흰 와이셔츠에 회색 조끼를 입었는데, 팔
을 다쳐서 오른쪽 팔에 깁스를 하고 있었다. 부끄러움이 많은 편이었으나,
차분하게 이야기를 구술하고 노래도 간간히 불러 주었다. 원래 노래를 좋
아하여 민요 외에도 판소리를 배운 적이 있어서, 판소리도 한 자락 하고
싶어 할 정도로 열정이 많은 분이었다.

젊었을 때 어른들에게 들었던 노래로 당시에 밭을 매면서 불렀던 노래
를 기억해서 불러 주었다.

제공 자료 목록
04_18_FOT_20090721_PKS_LSM_0001 산두마을과 창원마을의 열녀문
04_18_FOS_20090721_PKS_LSM_0001 밭 매기 노래 (1)
04_18_FOS_20090721_PKS_LSM_0002 밭 매기 노래 (2)


## 이점열, 남, 1935년생

주 소 지 : 경상남도 함양군 마천면 덕전리 실덕마을
제보일시 : 2009.7.22

조 사 자 : 서정매, 김미라, 이진영

이점열은 1935년생으로 함양군 마천면 추성리에서 태어나 자랐다. 아버지를 따라 객지에서 생활을 많이 했고, 해방 후 16세 때부터 실덕마을에서 살기 시작하여 지금까지 살고 있다. 올해 나이 75세로 돼지띠이다. 부인과 함께 살고 있으며, 1남 3녀의 자식을 두고 있다.

흰 모시옷을 입고 안경을 쓰고 있었다. 현재 목수 일을 하고 있는데, 아는 노래도 많았고 목청도 좋았다. 분위기가 한창 무르익을 때는 벌떡 일어나 춤도 추고, 옆에 앉아 있던 부인의 손을 잡고 함께 춤을 추는 등 흥겨움을 더해 주었다. 젊었을 때 나무를 하거나 일을 하면서 노래를 많이 불렀다고 한다.

제공 자료 목록
04_18_FOT_20090722_PKS_LJY_0001 도깨비와 씨름한 영감
04_18_FOS_20090722_PKS_LJY_0001 창부 타령 (1)
04_18_FOS_20090722_PKS_LJY_0002 노랫가락 (1)
04_18_FOS_20090722_PKS_LJY_0003 양산도 (1)
04_18_FOS_20090722_PKS_LJY_0004 창부 타령 (2)
04_18_FOS_20090722_PKS_LJY_0005 창부 타령 (3)
04_18_FOS_20090722_PKS_LJY_0006 노랫가락 (2)
04_18_FOS_20090722_PKS_LJY_0007 남녀 연정요
04_18_FOS_20090722_PKS_LJY_0008 화투 타령
04_18_FOS_20090722_PKS_LJY_0009 양산도 (2)

## 임차점, 여, 1940년생

주 소 지 : 경상남도 함양군 마천면 구양리 등구마을
제보일시 : 2009.7.20
조 사 자 : 서정매, 문세미나, 이진영, 조민정

임차점은 1940년 마천면 의탄마을에서
태어났다. 올해 70세이며 의탄댁으로 불린
다. 1년 전 작고한 남편과의 사이에 2남 3
녀의 자녀를 두고 있다. 17세가 되던 해에
등구마을로 시집을 와서 지금까지 살고 있
다. 초등학교를 다녔으나 '빨갱이' 때문에
학교가 불에 타는 바람에 중퇴를 하였다고
한다.

긍정적인 성품이며, 세련된 밤색 블라우스를 입고 있었다. 검게 탄 얼
굴이지만 둥근 얼굴형으로 밝은 미소를 띠는 편이다. 나물 캐며 부르는
노래를 불러 주었는데, 젊었을 때 일하면서 친구들과 함께 부르기도 하고
어른들이 부르는 것을 따라 부르기도 했다고 한다.

제공 자료 목록
04_18_FOS_20090720_PKS_LCJ_0001 나물 캐는 노래

## 임행자, 여, 1946년생

주 소 지 : 경상남도 함양군 마천면 강청리 강청마을
제보일시 : 2009.7.22
조 사 자 : 서정매, 김미라, 이진영

임행자는 1946년생으로 올해 64세이며 개띠이다. 택호는 없고 마을에
서는 윤회 엄마로 불리고 있다. 현재 남편 허태오(67세)와 함께 살고 있으

며 남편과의 사이에 2남 1녀의 자식을 두고 있다.

강청마을이 고향으로 초등학교를 졸업하고 결혼하여 지금까지 살고 있다. 수줍음을 매우 많이 탔다. 다른 제보자가 노래를 부르면 함께 따라 부르다가 직접 민요를 불러 주었다. 노래를 부르다가 가사가 생각나지 않으면 가사를 다시 읊조리거나 음을 찾으려고 애썼다. 제공해 준 민요로는 그네 노래, 양산도, 사발가, 노랫가락, 숨바꼭질 노래, 다리 세기 노래, 대문놀이 노래, 장꼬방 노래 등이 있다. 어릴 때 놀면서 불렀던 동요가 여러 편 포함되어 있다.

제공 자료 목록

04_18_MPN_20090722_PKS_LHJ_0001 돌미륵을 도둑 맞은 할매당
04_18_FOS_20090722_PKS_LHJ_0001 노랫가락
04_18_FOS_20090722_PKS_LHJ_0002 그네 노래 / 노랫가락
04_18_FOS_20090722_PKS_LHJ_0003 사발가
04_18_FOS_20090722_PKS_LHJ_0004 진도 아리랑
04_18_FOS_20090722_PKS_LHJ_0005 아기 어르는 노래
04_18_FOS_20090722_PKS_LHJ_0006 다리 세기 노래
04_18_FOS_20090722_PKS_LHJ_0007 대문 놀이 노래
04_18_FOS_20090722_PKS_LHJ_0008 숨바꼭질 노래
04_18_FOS_20090722_PKS_LHJ_0009 시집살이 노래
04_18_FOS_20090722_PKS_LHJ_0010 장꼬방 노래

## 정길순, 여, 1953년생

주 소 지 : 경상남도 함양군 마천면 구양리 등구마을
제보일시 : 2009.7.20
조 사 자 : 서정매, 문세미나, 이진영, 조민정

정길순은 1953년 전라북도 남원시 운봉면에서 태어났다. 17살에 등구마을로 시집을 와서 지금까지 살고 있다. 현재 57세이며, 뱀띠이다. 마을에서는 운봉댁으로 불리고 있다. 남편 서정섭(58세)과 농사를 지으며 살고 있고, 슬하에 2남 1녀의 자녀를 두고 있다. 집에서 똥돼지를 키우고 있는데, 조사자들에게 보고 가라고 할 정도로 자상하고 친절했다.

정길순은 또 다른 제보자인 고순달의 큰며느리이다.

모심기 노래를 불러 주었고, 이 외에도 부인과 첩을 양옆에 두고 방귀를 뀐 남편, 귀신을 보고 무서워 옷에 오줌을 싼 아주머니, 호식 당한 시아버지 등 체험담을 구술해 주었다.

제공 자료 목록
04_18_FOT_20090720_PKS_JKS_0001 방귀 냄새로 부인과 첩을 시험한 사람
04_18_MPN_20090720_PKS_JKS_0001 징과 꽹과리 치는 귀신
04_18_MPN_20090720_PKS_JKS_0002 호식 당한 시아버지
04_18_FOS_20090720_PKS_JKS_0001 모심기 노래


**정명순, 여, 1941년생**

주 소 지 : 경상남도 함양군 마천면 구양리 등구마을
제보일시 : 2009.7.20
조 사 자 : 서정매, 문세미나, 이진영, 조민정

정명순은 1941년 함양군 마천면 추성리 지안에서 태어났고 16세가 되던 해에 등구마을로 시집을 오게 되어 지금까지 살고 있다. 올해 나이 69세로 뱀띠이며 지안댁으로 불린다. 남편은 10년 전에 작고하여 홀로 살고

있으며, 남편과의 사이에 2남 3녀를 두고
있다.

흰 목걸이를 하고 있으며, 머리숱이 적고
짧은 파마머리에 줄무늬 청색 티를 입고 있
었다. 소극적인 성품이었지만 적극적으로
제보에 임해 주었다. 불러준 노래는 젊었을
때 친구와 함께 부르며 배운 것이라고 하였
다. 다른 제보자들의 노래를 듣고 있다가
분위기가 흥겨워지자 흥이 나서 같이 부르기도 하다가 가사가 기억났는
지 직접 노래를 불러 주었다. 나물 캐는 노래와 그네 노래를 불러 주었다.

제공 자료 목록

04_18_FOT_20090720_PKS_JMS_0001 방아 찧는 도깨비
04_18_FOS_20090720_PKS_JMS_0001 그네 노래
04_18_FOS_20090720_PKS_JMS_0002 나물 캐는 노래

### 표갑준, 남, 1942년생

주 소 지 : 경상남도 함양군 마천면 강청리 강청마을
제보일시 : 2009.7.23
조 사 자 : 서정매, 김미라, 이진영

표갑준은 1942년에 강청마을에서 태어나
결혼하여 지금까지 살고 있다. 올해 68세로
말띠이며, 현재 부인과 함께 농사를 지으며
살고 있다. 슬하에 3남 1녀의 자식을 두었
으며, 현재 강청마을의 이장직을 맡고 있다.
안경을 쓰고 흰 와이셔츠에 회색 조끼를
입은 제보자는 초등학교까지 공부하였다고

한다. 자료 제공에 적극적이면서도 부끄러움이 많았다. 특히 노래를 부르는 것을 무척 부끄러워하였는데, 그러면서도 양산도 한 자락을 불러 주었다.

제공 자료 목록

04_18_FOT_20090723_PKS_PGJ_0001 소의 무덤에서 태어난 장군
04_18_FOT_20090723_PKS_PGJ_0002 가내소의 기우제
04_18_FOS_20090723_PKS_PGJ_0001 양산도


### 하재문, 남, 1940년생

주 소 지 : 경상남도 함양군 마천면 의탄리 금계마을
제보일시 : 2009.7.21
조 사 자 : 서정매, 김미라, 이진영

하재문은 1940년 생으로 올해 70세이다. 현재 부인(65세)과 함께 살고 있으며 슬하에 2남 1녀의 자식을 두었다. 금계마을에서 태어나고 자랐으며 중학교를 졸업했다고 한다. 현재 금계마을에서 총무를 맡고 있다.

단정한 머리에 흰 티를 입었는데, 체격이 큰 편이며 목소리도 컸다. 흥겨움이 많아서 노래를 적극적으로 구연해 주었다. 젊었을 때 어른들과 함께 부르기도 하고 친구들과도 많이 불렀다고 한다. 양산도, 청춘가, 창부 타령, 다리 세기 노래 등을 불러 주었다.

제공 자료 목록

04_18_FOS_20090721_PKS_HJM_0001 양산도
04_18_FOS_20090721_PKS_HJM_0002 창부 타령 (1)
04_18_FOS_20090721_PKS_HJM_0003 다리 세기 노래
04_18_FOS_20090721_PKS_HJM_0004 창부 타령 (2)
04_18_FOS_20090721_PKS_HJM_0005 청춘가

## 하행봉, 여, 1922년생

주 소 지 : 경상남도 함양군 마천면 의탄리 금계마을
제보일시 : 2009.7.21
조 사 자 : 서정매, 김미라, 이진영

하행봉은 1922년 생으로 올해 88세이며
개띠이다. 마천면 삼정리 음정마을에서 태
어나 살았기 때문에 음정댁이라 불리고 있
다. 유림면에 사는 남편에게 시집을 와서
유림면에서 살다가 마천면 금계로 이사를
왔다고 한다. 남편은 20년 전에 작고했으며
2남 4녀의 자식을 두고 있다.

연분홍 모시옷을 입고 짧은 커트머리를
하고 있었다. 멋스럽고 단아하게 보였다. 소극적이고 부끄러움이 많으면
서 차분하고 조용한 편이다. 노랫가락 1편을 불러 주었다. 어렸을 때 마
을 어른들에게 듣고 따라 부르면서 배웠다고 한다.

제공 자료 목록
04_18_FOS_20090721_PKS_HHB_0001 노랫가락


## 허상옥, 남, 1960년생

주 소 지 : 경상남도 함양군 마천면 추성리 추성마을
제보일시 : 2009.7.21
조 사 자 : 서정매, 김미라, 이진영

허상옥은 1960년에 마천면 추성마을에서 태어난 토박이로 10대 째 추
성마을에서 거주하며 살고 있다고 했다. 현재 부인과 아들 한 명과 함께
살고 있다. 제보자는 중학교를 졸업했다. 어릴 때부터 마을과 학교를 오

가며 지냈으며 특별히 객지로 나가서 산 적은 없다고 했다.

현재 임업을 하고 있는데, 마을 위쪽에서 민박도 치고 식당도 운영하고 있다. 조사자들에게 점심을 제공할 정도로 인정이 많았다.

깔끔하고 단정한 모습에, 인자한 인상과 구수한 말투로 조사에 적극적이었다. 나이가 젊어서인지 발음이 정확하고 적절한 비유로 자세히 설명을 하면서 이야기를 구술해 주었다.

제공 자료 목록
04_18_FOT_20090721_PKS_HSO_0001 마애 할머니와 공개바위
04_18_FOT_20090721_PKS_HSO_0002 지리산을 보호한 변강쇠
04_18_FOT_20090721_PKS_HSO_0003 홀딱 벗고 새


### 허옥남, 여, 1930년생

주 소 지 : 경상남도 함양군 마천면 의탄리 금계마을
제보일시 : 2009.7.21
조 사 자 : 서정매, 김미라, 이진영

허옥남은 1930년 생으로 이웃 마을인 마천면 의탄리 의평마을에서 태어났다. 올해 80세이고 말띠이며 의탄댁이라 불린다. 17세 때 금계마을로 시집을 와서 지금까지 살고 있다. 남편은 10년 전에 작고하였고, 남편과의 사이에 3남 3녀의 자식을 두었다.

얼굴이 작고 단아하며 연한 색의 모시옷

과 예쁜 분홍색 뜨개모자를 쓰고 나온 모습이 멋스러워 보였다. 원래 흥이 많고 노래 부르는 것을 즐거워하는 편이었다. 차분히 있다가도 문득 생각이 나는 노래가 있으면 목소리를 높여서 부르기도 하였고, 때로는 박수를 치며 장단을 맞추기도 했다. 한 곡씩 연이어 노래를 불러 주었는데, 그만큼 아는 노래가 많은 제보자였다. 제보된 노래는 13곡으로 금계마을에서는 가장 많이 불러준 제보자이다. 젊었을 때 친구들과 놀면서도 부르고, 일하면서도 불렀다고 한다.

제공 자료 목록

04_18_FOS_20090721_PKS_HON_0001 모심기 노래 (1)

04_18_FOS_20090721_PKS_HON_0002 밭 매기 노래 (1)

04_18_FOS_20090721_PKS_HON_0003 양산도

04_18_FOS_20090721_PKS_HON_0004 창부 타령

04_18_FOS_20090721_PKS_HON_0005 화투 타령

04_18_FOS_20090721_PKS_HON_0006 봄 노래

04_18_FOS_20090721_PKS_HON_0007 영혼 노래

04_18_FOS_20090721_PKS_HON_0008 청춘가 (1)

04_18_FOS_20090721_PKS_HON_0009 모심기 노래 (2)

04_18_FOS_20090721_PKS_HON_0010 청춘가 (2)

04_18_FOS_20090721_PKS_HON_0011 밭 매기 노래 (2)

04_18_FOS_20090721_PKS_HON_0012 시집살이 노래 / 사촌형 노래

04_18_FOS_20090721_PKS_HON_0013 밭 매기 노래 (3) / 부모 부음요

# 소나무 꽃당산

자료코드 : 04_18_FOT_20090720_PKS_KKY_0001
조사장소 : 경상남도 함양군 마천면 구양리 창원마을 마을정자
조사일시 : 2009.7.20
조 사 자 : 서정매, 문세미나, 이진영, 조민정
제 보 자 : 구길용, 남, 62세
구연상황 : 당산나무에 대한 질문을 하자, 마을에는 당산나무가 많이 있고, 나무마다 각기 이름이 있다며 당산나무에 관한 이야기를 구술해 주었다.
줄 거 리 : 마을에 당산나무가 많이 있는데, 나무마다 이름이 각각 있다. 그 중 소나무 꽃당산은 200년이 넘었다. 옛날 강씨들이 살면서 심은 나무인데, 꽃나무 동산이라는 의미로 지금까지 꽃당산이라고 부르고 있다.

여, 뭐, 인자 당씨들 당산 같은 거, 꽃당산이 어째서 꽃당산이지 이런 걸 확실하게 알아야 되는데, 노인들 있어야 알지, 저는 그런 걸 모른다고.

(조사자 : 여기 꽃당산이 있습니까?)

예, 여기 소나무 꽃당산

(조사자 : 왜 소나무 꽃당산입니까?)

소나무가 이런 놈이 많아요. 전부 다 고만, 온 산이 요런 겁니다.

아주 큰 소나무라요, 그런께 조기(저것이) 약 한 200년씩 이렇게 넘었는데, 그기 그 저거, 옛날에 강씨들이 여기 와서 살 때 아매(아마) 나무를 심었는 것 같애요. 그래가지고 인제 꽃당산이다. 꽃나무 동산이다. 그래가지고 꽃나무 동산이라고 지금 그렇게 이름을.

(조사자 : 당산에다 꽃이란 이름을 붙인 거네요?)

그렇겠지요. 인자. 옛날 그 사람들이 부쳤겠지. 자기들 산 이름을 갖다가 인자 꽃당산이라고 부쳤것지요. 머 꽃당산도 있고, 여 머 서평 당산도

있고 막 많아요. 막, 당산 이름도 많아요. 여(여기에). 꽃당산도 있고, 서평 당산, 동무정 당산. 서평 당산. 서쪽이라고 서평 당산.

(조사자 : 서평 당산?)

예, 또 꽃당산, 또 동무정 당산.

(조사자 : 아까 마을 입구에 보니까 굉장히 큰 나무가 있던데요.)

예. 그게 동무정. 여 여기 여기.

(조사자 : 당산 나무 이름이 동무정입니까?)

네, 동무정입니다. 거기도 가면 이렇게 해났거든요, 크게. 잘 해났어요.


# 마구할매가 쌓은 극심이 돌너덤

자료코드 : 04_18_FOT_20090722_PKS_MHS_0001
조사장소 : 경상남도 함양군 마천면 강청리 도촌마을(백무동) 느티나무식당
조사일시 : 2009.7.22
조 사 자 : 서정매, 김미라, 이진영
제 보 자 : 문호성, 남, 67세
구연상황 : 돌너덤에 대해 물었더니, 강청마을 뒤에 돌 너덜지대가 있다며 얘기를 해주었다.
줄 거 리 : 지리산 마구할매가 치마에 돌맹이를 싸 가지고 쌓아 놓았다. 지금도 그곳을 극심이 돌너덤이라 부른다.

(조사자 : 돌너덤 있다고 혹시 아십니까?)

돌너덤요?

(조사자 : 돌너덤. 노고할멈이 치마에 돌을 싸가지고 갔다는 얘기가 있는데 설명을 부탁합니다.)

극심이. 그게 인자 강청 뒤에 보면은 돌너덜이 있었거든요.

(조사자 : 어디 뒤에요?)

극심이 너덜듬이라고 있어요. 강청 뒤에. 그게 인자 '마구할매가 돌맹

이를 쌓아서 갖다 놨다' 그러한 전설이 있지요.

(조사자 : 그곳을 뭐라고 부릅니까?)

극심이 너덜.

(조사자 : 극심이?)

극심이. 극심. 지극히 할 때 극(極), 마음 심(心)자를 쓴 거 같애요. 마음을, 치성을 다한다 그런 의미인 거 같애요.


# 장승을 베다 화를 입어 죽은 변강쇠

자료코드 : 04_18_FOT_20090722_PKS_MHS_0002
조사장소 : 경상남도 함양군 마천면 강청리 도촌마을(백무동) 느티나무식당
조사일시 : 2009.7.22
조 사 자 : 서정매, 김미라, 이진영
제 보 자 : 문호성, 남, 67세
구연상황 : 제보자는 마천면지를 편찬할 때 편집위원이었고, 또 도촌마을의 이장직을 맡고 있었다. 조사자는 약간의 기대를 가지고 제보자를 찾아간 것이다. 그러나 알고 있는 것은 많았지만 이야기로 구연하는 것을 약간 힘들어했다. 변강쇠 이야기를 간단하게 줄여서 구술해 주었다.
줄 거 리 : 변강쇠가 함경도에서부터 내려와서 지리산 등구 마천에 정착을 하여 옹녀와 살았다. 변강쇠가 하도 게을러서 옹녀는 변강쇠에게 산에 나무를 해 오라고 했다. 나무를 한다고 한 것이 하필이면 장승을 잘라 냈다. 전국에 있는 장승들이 의논을 해서 변강쇠를 혼내기 위해서 질병에 걸리게 하여 바로 죽게 하였다.

변강쇠, 변강쇠는 가루지기 타령이잖아요, 그죠? 가루지기 타령. 가루지기 타령에서 인제 그 변강쇠가 함경도에서부터 쭉 내려오잖아요. 그죠?

그래 내려와서 그 뭐 옹녀하고 결혼하고, 옹녀가 워낙 인자 첫 결혼하면서 자기 서방이 죽고, 서방이 몇 번 죽다가 인제 변강쇠를 만나 가지고, 들어온 게 인자 등구 쪽에 들어 왔어, 등구 마천. 있잖아요, 그죠?

그래서 거기서 인자 변강쇠가 하도 게으름을 피우기 때문에 아 이거 저 옹녀가 변강쇠한테, 그 저 나무 좀 해오라고. 너무 게을러서 안 되겠다 싶어 가지고. 뭐, 장승을 자른 거 같애요. 장승을. 장승. 장승을 잘랐는데 갑자기 장승이 인자 기분 나쁘잖아요. 자르니까.

그래 장승들이 전부 우리나라에 있는 장승들이 전부 집합해서 전부 변강쇠를 좀 혼을 좀 내줘야 되겠다. 그때 질병으로 바로 죽게 했어요. 장승들이. 그래서 인제 등구 마천 백무골에 와서 나무를 해갔다 하는 변강쇠 가루지기 타령에 나와 있습니다.

# 빗자루가 변한 도깨비와 빗자루로 변하는 도깨비

자료코드 : 04_18_FOT_20090723_PKS_PSS_0001
조사장소 : 경상남도 함양군 마천면 삼정리 양정마을 마을정자
조사일시 : 2009.7.23
조 사 자 : 서정매, 김미라, 이진영
제 보 자 : 박순생, 여, 86세
구연상황 : 도깨비에 관한 이야기가 있으면 해 달라고 요청하자, 마을에서 예전에 많이 보았다며, 도깨비불을 본 이야기와 도깨비가 사람으로 둔갑하는 이야기를 구술해 주었다.
줄 거 리 : 옛날에는 저녁때가 되면 도깨비가 불을 들고 오는 것처럼 훤하게 줄지어서 다녔다. 그런데 꼭 날이 궂으려고 하면 나타났는데, 도깨비가 사람과 씨름을 하면 꼭 도깨비는 사람에게 진다고 한다. 그래서 씨름에 진 도깨비를 나무에 다 묶어놓고, 다음 날 아침에 가 보면, 빗자루로 몽둥이가 묶어져 있다고 한다. 이것은 부엌에서 쓰던 몽당 빗자루를 아무렇게나 던져놓으면 도깨비로 둔갑을 하기 때문이다. 다 쓴 빗자루는 반드시 불에 태워 없애야 이런 일이 없다.

옛날에는 하매 저녁만 묵으면, 도깨비가 주루루 니려 와(내려온다), 저 장대서. 요러고 와 가지고 막 허여이(훤하게) 똑 사람 불 모양이라. 똑 햇

불 갖고 댕기는 거 매로(처럼) 훤하지 뭐.

그런 거 뭐 날이나 궂을려고 하면 도깨비가 나왔어. 도깨비가 사람하고 씨름을 하면 도깨비가 진다네. 져, 사람한테.

(조사자 : 아, 왜 질까요?)

져, 도깨비를 그놈을 확 끄내끼로(끈으로) 확 좨매 묶어갖고 가서, 저 나무에다 딱 쪼매 달아놓고, 집에 가 자고 그 이튿날 간게, 이거 저 빗자루 몽둥이래.

(조사자 : 왜 빗자루 몽둥이였을까요?)

옛날에는 정지, 불을 꼭 때고 살았으니까, 정지 빗자루가 있지. 그 모지라졌거든. 불에 타지, 쪼께. 불에 타이(타니까) 그건 내버리거든.

(조사자 : 아, 그래요?)

고마 불 속케에다(속에다) 태워 없애 버렸으면 될긴데, 그냥 집어 던져 내 비린께, 그게 또 도까비로 거석을 한데, 둔갑을 해.

(조사자 : 그럼 쓰다가 남은, 버렸던 빗자루가 도깨비로 둔갑을 한 것이다, 그죠?)

빗자루가 쪼께 탄 거는 불속케 넣어 버려야 돼. 내삐리면 고만 도깨비 같은 거로 둔갑을 했어.

(조사자 : 그러면 쓰다가 버리는 빗자루는 버려야 되는 거네요. 아니 태워야 되는 거네요?)

하모, 태워서 없애야제. 그게 빗자루 몽댕이 고게 들어내도, 내가 묶어 달아난 기(것이), 죽었나 살았나 싶어 간께, 빗자루 몽둥이더래. 빗자루 몽둥이가 내동 도깨비불을 잡고 댕긴데.

# 두 성씨만 살았던 실덕마을

자료코드 : 04_18_FOT_20090723_PKS_PSS_0002
조사장소 : 경상남도 함양군 마천면 삼정리 양정마을 마을정자
조사일시 : 2009.7.23
조 사 자 : 서정매, 김미라, 이진영
제 보 자 : 박순생, 여, 86세

구연상황 : 부끄러움이 많았지만, 이야기를 시작하자 자세히 이야기를 구술해 주었다. 이
          야기가 구술되는 동안 청중들도 모두 조용히 경청해 주었다.
줄 거 리 : 옛날에 난리가 난 뒤 사람이 다 죽고는 딱 두 명이 살았다. 그중 한 명이 양
          씨였다. 양씨는 마천에서 물이 좋은 곳에 터를 잡고 오두막집을 지어 살았다.
          그 밑의 실덕마을에는 신씨가 살고 있었다. 둘은 의형제를 맺어 친형제처럼
          잘 지내다가 서로가 떨어지기 싫어서 결국은 한집에서 살게 되었다. 이후 동
          네가 번창을 해도 성 씨는 단 둘뿐이었지만, 세월이 지나면서 지금은 여러 성
          씨가 살고 있다.

옛날에 옛날에, 난리가 싹 나버리고, 사람이, 인종을 다 슞아버리고 딱
두 명 살았더래. 두 명이 살았어. 두 명이 살았는데 한 개가(한 명이) 양
가라, 양 가.

양 가가 마천을 떡 둘러서서, 산천을 둘러본께, 시방 우리 집이 안집이
라, 벼루가. 젤루(가장 먼저) 앞에 지었어.

거기로 온께, 다른 덤불이 탁 덮어갖고 있는 골짝에, 저 씨방 동네 작
아논께 이렇지, 옛날은 저런 숲속이거든, 여가(여기가).

그래 숲속으로 온다고 온께, 물이 촐촐촐촐촐촐 내려가는데 본께, 물이
땅속에서 나오는디, 물이. 먹어보니까, 그래 깊은 맛이 있고 물이 맛있더
래. 그래서 고마 다른 덤불 싹 쳐내비리고 오두막집을 하나 인자 지었지,
쪼깐하이(조그만하게). 집을 지이갖고 거기서 살았어 마. 물 고놈 욕심내
고. 살아논께, 그때는 인종 둘이 살았는데, 누구랑 살 끼라, 혼자 살지. 그
래 혼자 살았는디, 살다 본께로, 또 저리 저리저리 산천을 돌아다니다가
어디로 내려간께, 이 밑에 가면 실덕 동네 있어, 동네 실덕이라고.

실덕 동네 신가가 한 개 살더래. 두 가가 사니까 한 가가 살더래. 그래 그 사람을 좋게 요리 오자고 해 갖고 와본께 동네가 좋더라네, 터가. 그래서 그 사람하고 참 좋게 살고 의형제를 맺어갖고 형제간매로(형제간처럼) 좋게 살았어.

"이렇게 하나씩 떨어져 사느니, 우리 한가 한테 가서 살자."

양가가 신가보고 그러더라더만. 그래서 신가가 따라왔어 이리.

그래 갖고 옛날에는 신가, 양가 둘빽기라(둘뿐이라). 성받이가 둘밖이라. 동네 크게 생겨도. 근데 시방은 신가도 하나 들어오고, 또 차가도 하나 들어오고 성받이가 몇 돼, 시방.

옛날에는 딱 두 성만 삼슴(살면서) 어른 땐 혼자도 안 오더래, 형제간이라고. 형제간의 나이로 성을 맺어갖고, 그렇게 좋게 살고, 둘이서 왔다 갔다 둘이 살다 그만 한테로 뭉쳤대. 그래 갖고 형제간매로 산끼네, '우리 형제간은 혼자 못 온다' 그래서 혼사도 안 했는데, 시방은 혼사도 잘 하고.

인종 마이(많이) 나다 본게, 그만 신가, 양가 싸움도 하고 시방 그래 살아 인자는. 옛날에는 싸움도 안 하고 그리 좋게 살더래, 형제간매로. 그런 동네라 여가(여기가).


# 길을 안내해 준 호랑이

자료코드 : 04_18_FOT_20090723_PKS_PSS_0003
조사장소 : 경상남도 함양군 마천면 삼정리 양정마을 마을정자
조사일시 : 2009.7.23
조 사 자 : 서정매, 김미라, 이진영
제 보 자 : 박순생, 여, 86세
구연상황 : 제보자는 적극적으로 이야기를 구술해 주었다. 다만 옆에 있던 다른 할머니가 옆 사람에 얘기를 하는 바람에 조금 시끄럽기도 했지만, 제보자는 이야기에

몰두하여 구술해 주었다.

줄 거 리 : 저녁이 되면 호랑이가 산에서 내려와 대문에 묶어놓은 개를 잡아먹지 않고 장난을 치면 식구들은 무서워서 숨어서 그 광경을 보곤 했다. 또한 벽소령을 넘어 하동장에 소금을 지어다 먹곤 했는데, 그때마다 호랑이가 사람 앞에 나서서 길을 안내해 주곤 하였다. 결국 호랑이는 제 밥을 건드리지 않으면 상대를 해치지 않는다. 오히려 나쁜 사람이 더 무서운 것이다.

그리고 옛날에는 어떻게 호랭이가 샜던지(많던지), 호랭이하고 사람하고 클 때부터 한테(함께) 있었제.

(조사자 : 호랑이랑 같이, 호랑이가 많아 가지고.)

우리가 저 뒷산 문 앞에가 대문이 두 개거든. 저녁밥 먹고 저물어오도록 해묵고, 개를 기둥에서 딱 매 놓는데, 개를 키우면서. 호랭이가 초저녁에 어둡 밤 되고 나서 개하고 흠뻑 장난을 치고 놀더래, 마당에서.

(조사자 : 개랑?)

응, 개하고 둘이. 제 밥에 당해야 묵지, 안 잡아 먹는다네, 별로. 개하고 장난치는 걸 보려고 생전 그렇게 개를 매놓고 봤데, 어른들이. 무서워 밖에는 못 나오고, 아 그리 흠뻑 놀다가 한 시간쯤 놀다가 가고 가고, 놀다 가고 그러더래.

그러자 사람들이 동네 마이(많이) 생겼거든, 점점 더 사람이 하나 와서 자리를 잡아 갖고 살고.

그러니까 옛날에는 주막이라, 시방은 술집이라고 하제? 술집을 보고 옛날에는 주막이라고 해, 주막. 그 주막에 넘바우가서 주막이 인제, 저기 저저 저 백설령재(벽소령재) 만뎅이라고 요롱게 생긴 재 만뎅이가 있구마. 지금도 찾아가면 산 몬댕이, 요롱게 꼬부랑하이, 그걸 뭐라고 이름을 지었냐 하면 벽소령재.

(조사자 : 벽소령재.)

하, 벽소령재를 넘어 가지고 하동장에 가서 소금도 지어다 먹고.

(조사자 : 소금도 지어 먹고?)

소금. 하동장에 가서 저다가 그 재를 넘어왔단 말이지, 지고. 지고 넘어와서 장을 담아 먹고 살았는디. 거서(거기서) 호랭이가 나서더라네. 저녁 먹고 나면 호랑이가 딱 나서가지고 사람 뒤에 '졸졸졸졸, 질질' 따라와서 앞에 간대.

저 깍은 넘이 저 저기 질이(길이) 있구만, 동네 댕기는 질이(길이). 고리 질러서 졸졸졸 들어와 동네 데려다 주고 동네 밖에 가. 거길 저녁으로 저 물어서 거 갔다 오면, 꼭 딱 있다가 나서더래. 그래 갖고 '조르르르' 데려다 주고.

(조사자 : 데려다 주고 가고?)

하, 대려다 주고. 그 전에 호랑이가 친구매로 그리 살았다.

(조사자 : 호랑이가 친구처럼? 호랑이가 친구처럼 지낸 이야기.)

그렇게 호랑이를 보고 흠집이 나고 사람을 보면 찬바람이 난데.

시방 어른들 말이 그렇거든. 호랭이를 보면 겁이 나면 훈짐이 나고, 사람을 보면 겁이 나서 찬바람이 난다 캐. 그래 지금 사람은 나쁜 사람, 해치는 사람이 많다 이거지. 저하고 나하고 단둘이 있으면 해칠 수 있지. 저 재(거기) 가서 해치게 마이 하지마는. 호랭이는 절대로 제 밥을 안 괴롭히면. 그렇게 호랑이라고 벌로 자꾸 잡아먹는 게 아니라.


# 소금을 날랐던 벽소령 소금길

자료코드 : 04_18_FOT_20090723_PKS_PYH_0001
조사장소 : 경상남도 함양군 마천면 삼정리 음정마을 마을 입구 슈퍼 앞
조사일시 : 2009.7.23
조 사 자 : 서정매, 김미라, 이진영
제 보 자 : 박영현, 남, 75세

**구연상황** : 음정마을에 들어서자 슈퍼가 있었고 몇몇 마을 사람들이 평상에 앉아 얘기를 하며 나물을 다듬고 있었다. 그때 슈퍼 주인이기도 한 이장이 재미 있는 얘기 가 있다며 들려주었다.

**줄 거 리** : 옛날 하동의 화개장터에서 소금을 팔았는데, 지리산골의 사람들은 지게에 소 금을 지고 날랐다. 즉 벽소령은 소금길이었다. 그러던 어느 날 음정마을에서 이름도 성도 알 수 없는 어느 영감이 소금을 지고 날랐는데, 가족 없이 홀로 살다가 죽게 되었다. 마을 사람들이 모두 합심하여 묘를 만들었지만, 비석을 세우고 싶어도 이름과 성을 몰라서 해주지 못했다. 시간이 흐르면서 묘가 엉 망이 되었는데, 마을 사람들이 다시 묘를 정비해 주었다.

그러니까 그저 옛날에 인자 하동 화개장터라고 하면 다 알건데, 화개장 터. 그 탤런트 만날 방송하는 거 거긴데, 거가 화개장, 하동 화개장터라요.

소금을 인자 그 지역에서 그때 당시 나왔답니다. 그래서 인자 나 우리, 우리 선친도 부친도 소금을 지고 왔어요. 소금을 지고 여 동네까지 오면 저 벽송 밑에까지 가서 째깐해 가지고 가서 마중을 했어요. 그래가지고 인자 소금을 지고.

인자 그 소금장수가 있는데, 아주 상투를 이래 올리고 [머리를 가리키 며] 뾰쪽하이 요롷게 상투올리고 지게에다가 인자 소금을 짊어지고 다녔 거든요.

그래 가지고 소금을 짊어지고 인자, 근께 인자 저 가족이 없어요. 자기 뿐이라.

그래서 이 부락에다가 말하자면 그 인자 지고 다니면서. 이쪽에 여 여 게 시방 현민치들이 여 가면 집이 옛날 술을 해먹고, 막걸리 밀주를 해먹 고, 거다가 주인을 하고 다녀. 그 사람들이, 그 사람 영감이.

그래 인자 거기다가 밭을 하나 사줬어요. 밭을 한 3~400평 된 거를 사 줬어.

"나 죽으면 여기다가 좀 묻어 달라."고. 그래 인자, 그걸 여 계속, 죽은 뒤에. 우린 죽은 것도 몰라요. 그러니까 우리 앞에 죽었지. 그래, 우리 선친들한테 이야기를 들었어요. 그래 가지고 그 소금을 짊어지고 거창까지 갔었답니다. 장을 따라서 걸어서, 걸어서.

그런께 인자 단지에다가 쌀을, 지금 말하자면 옛날에 항고지방에 항고 비슷하게 만들은 기지. 흙으로 구은 단지. 그래 가지고 그 사람이 부어 가지고 물을 그 따라버리고 짊어지고 가다가 보면 인자 배가 고프단 말입니다.

그럼 거서 내라서 불을 떼. 불을 났고 걸어서 밥이 부르르 넘으면 도로 인제 지게에다 지게 구디에다 걸어가지고 짊어지고 인자 오다가, 인제 다 식어삐리고 배가 고픈게 내라놓고 인자 또 묵어.

(조사자 : 그러니까 단지에다가 밥을 해 가지고)

그렇지.

(조사자 : 단지를 걸어놓고.)

불을 떼.

(조사자 : 불을 떼 놓고 뜨거워질 때 올려놓고 간단 말입니까?)

아이가. 짊어지고 온다니까. 밥이 넘으면은. 솥에 밥하면 넘잖아. 그런 식으로 넘으면은 보르르 넘으면은 인자 뒤짊어지고 와. 또 와, 한참. 그럼 그 순간에 밥이 다 되버리지. 확 퍼지이.

(조사자 : 불이 없어도?)

그 뭐 단지가 뜨겁거든.

(조사자 : 뜨거우니까, 예.)

풀풀풀 넘는 걸 짊어지고 오니까.

그라고 오다가 인자, 배가 고프면 인자 또 묵어. 또 묵고 또 단지를 짊어지고 작대기를 지고 넘어 오는 기라. 벽소령을 지나서.

그게 벽소령이 옛날 그게 이 소금길이 그게 지금 살아 있어요. 지금도. 지금도 살아있는데.

(조사자 : 함양에서, 마천에서 벽소령을 넘어서 저기 건너편에 있는?)

화개장터로 가서.

(조사자 : 화개장터로 간단 말씀이시죠.)

네, 그래 가지고 인자 만날 왔다 갔다 그러던 영감이 땅을 사주고 죽어 버렸어. 그때 당시 죽어서 이쪽으로 가며는 이쪽에 리조트가 있거든. 리조트 앞에 그 물 건너 가면은 그 저 묘가 있어요.

그래 이 동네에서 만날 생묘를 해줘. 생묘를 해주는데. 그놈을 인자 저 동네에서 다 닦아 뭇으니까(먹었으니까) 생묘를 해줘야지. 계속. 안 해주면 안 되고, 그래했는데 계속 하는데 인자, 앞에다가 이 비석을 하나 깎아서 세워주고 싶어도 성도 모르고 이름도 몰라.

그 몇 살 잡혔는지도 몰라, 인자. 그래논께 시방 몬해주고 만날 그래 묘가 이래 틱 찌그러졌었는데 동네에서 사토를 해줬어. 사토를 해서 동민이 나서서 거서 막 놀기도 하고, 인자 술을 먹고 그렇게 해 줬는데, 그래 그것이 인자 옛날 소금길이라.

(조사자 : 소금장수 이야기네.)

그렇지 소금장수지. 그런께 벽소령 길이 옛날 소금길이라고 봐야 돼.


# 이첨지소

자료코드 : 04_18_FOT_20090723_PKS_PYH_0002
조사장소 : 경상남도 함양군 마천면 삼정리 음정마을 마을 입구 슈퍼 앞
조사일시 : 2009.7.23
조 사 자 : 서정매, 김미라, 이진영
제 보 자 : 박영현, 남, 75세
구연상황 : 벽소령에 관계된 이야기를 하던 중에 음정마을에 유래되는 이첨지소에 관한 전설을 이야기해 주었다. 제보자는 이장이어서인지 조사의 취지를 잘 알고 적극적으로 제보해 주었다.
줄 거 리 : 마을 위쪽으로 가면 굵은 나무가 있고 나무 밑에는 반석이 있다. 어느 날 이

첨지라는 노인이 반석에서 잠을 자다가 높이 30m되는 아래로 떨어져 소에 빠져 죽었다. 그래서 그 소를 이첨지소라고 부른다.

소에는 요쪽에 가면은 시방 나무가 굵은 기 있어요.

그 높은 데서 소 우에(위에)거든. 그 저저 나무 굵은 기. 그래서 거기서 말하자면 잠을 자다가 반석에서 나무 밑에서, 거가 높아요. 한 50m 될, 한 30m 이상 되요. 여 누자는(누워자는) 돌에서 떨어진 소가.

그래 그 사람이 그 자다가 떨어져서 죽었다. 인자 이것도 내가 직접 본 거는 아이고, 아주 할아버지들한테 얘기를 들었지.

(조사자 : 예. 이첨지라는 사람이 자다가 죽었더라.)

거 빠져서, 물에 빠져서 죽었더라 이거지.

(조사자 : 자기는 자다가 죽어서 모르겠네요.)

그렇지.

(조사자 : 그래서 그럼 소 이름이 이첨지소란 말입니까?)

예, 그 소 이름이 이첨지라.


# 백무동과 무당소

자료코드 : 04_18_FOT_20090723_PKS_PHK_0001
조사장소 : 경상남도 함양군 마천면 강청리 강청마을 박향규 씨 자택
조사일시 : 2009.7.23
조 사 자 : 서정매, 김미라, 이진영
제 보 자 : 박향규, 남, 75세
구연상황 : 조사자가 마을에서 전해 내려오는 전설에 대해서 이야기를 해달라고 하자, 제
　　　　　 보자가 잠시 생각하다가 다음 이야기를 하였다.
줄 거 리 : 국가에서 무당을 잡아 죽일 때가 있었는데, 그때 무당들은 지리산으로 와서
　　　　　 백무동에서 죽었다. 그 무당들이 죽은 곳을 무당소라고 하며, 백 명의 무당이
　　　　　 죽었다고 해서 백무동이라는 이름이 생겼다.

그렇게 삼천 궁녀 그때 막 잡아 직일 지(때) 무당을 국가에서 잡아 직일라고 명령을 내려 놓은께, 요꺼지 찾아온 기지. 확실히 여기 찾아와서 죽었어.

(청중 : 근께네 백무동을 인자 무당이라고 해 가지고 백무동이라 이름을 지었는가?)

응, 응. 하모, 하모. 그래서 죽은 기라. 확실히 죽기는 죽었어. 그래 백무(百巫)라고 하거든 백무.

(조사자 : 예, 그러니까 지금 말씀하신 것은 백무동의 뜻을 이야기하신 겁니까?)

하모. 백무동.

(청중 : 무당소는 백무동이라 카이.)

(조사자 : 무당소가 결국 백무동을 이야기하신 겁니까?)

하모.


# 흙과 물을 뿌리는 호랑이

자료코드 : 04_18_FOT_20090720_PKS_SMJ_0001
조사장소 : 경상남도 함양군 마천면 구양리 등구마을 마을회관
조사일시 : 2009.7.20
조 사 자 : 서정매, 문세미나, 이진영, 조민정
제 보 자 : 서명주, 여, 68세
구연상황 : 호랑이 이야기를 해 달라고 하니, 마을에 이미 소문이 난 이야기가 있었기 때문인지 여기저기서 호랑이 얘기를 들려주려고 하였다. 그때 제보자가 시끌한 가운데서 기다리고 있다가 실제로 있었던 이야기라고 하면서 차분하게 이야기를 구술해 주었다.
줄 거 리 : 옛날에 밤늦게 집에서 머리를 감으면 호랑이가 당산나무에서 흙을 사람에게 뿌리기도 하였고, 추석이나 설날 저녁에 전을 부치고 있으면 호랑이가 와서 물을 끼얹기도 했다.

11시나 넘어서 머리를 이래 깜으께네 와 갖고 막 찌끄리더래.

(청중 : 어디?)

당산에, 막 이리 흙을 재끼리서.

(조사자 : 당산에서 머리를 감은 거예요?)

집에서 머리를 감는데, 당산이라고 여기서 사는데, 집에서 머리를 이리 감은께, 막 호랭이가 와서 팍 찌끄리더래. 그래논께로 고마 무섭어 가지고 고마 마, 뭐시고 마.

(조사자 : 호랑이가 뒤에서 밀었다고요?)

아니, 찌끄려.

(청중 : 흙을, 호랑이는, 옛날에 호랑이는 저한테 조금 어찌 좀 거할 것 (괴롭힐 것) 같다 할 것 같으면, 이리 흙을 자꾸 사람한테 퍼서 찌기는데. 아이, 해꼬지 안 해도 밤이 오래 되면 시방 그런 법이 없어. 밤중에라도 안 그러고 뭐, 새벽이라도 안 그러고 머리를 아무리 깜아도 안 그랬는데, 옛날에는 밤이 쪼끔 오래됐는데 머리를 감으면 그래. 흙을 퍼 찌끼리더라 캐, 사람한테.)

(청중 : 그런께 진짜 호랭이는 사자 그런게 호랭이라고 하네.)

(청중 : 새집 할매는, 옛날에 할매는 갈가지라, 갈가지.)

마당에 찌짐 굽는데, 밤중에 찌짐 굽는데 호랭이가 와 갖고, 찌짐 굽는데 호랭이가 와 갖고, 호랭이가 물을 고마 팍 퍼뜨리더래, 호랭이가. 진짜로 봤대야.

전 부치면, 추석 돌아오고, 설 돌아오고 추석 돌아오고 하면, 마당에서 철 걸어놓고 옛날에는 구웠거든. 근데 막 호랭이가 막 물을 고마 촥 흩티 불을 끄더래야.

# 큰애기 금달의 비석

자료코드 : 04_18_FOT_20090720_PKS_SMJ_0002
조사장소 : 경상남도 함양군 마천면 구양리 등구마을 마을회관
조사일시 : 2009.7.20
조 사 자 : 서정매, 문세미나, 이진영, 조민정
제 보 자 : 서명주, 여, 68세
구연상황 : 마을에 있었던 이야기여서인지 청중들도 적극적으로 이야기에 동참해 주었다.
줄 거 리 : 옛날에 금달이라고 하는 큰애기가 살고 있었는데, 금달이 머슴과 연애를 했다
는 소문이 나돌게 되었다. 금달은 억울하게 누명을 쓰자 스스로 목을 매고 죽
었다. 이후 마을에 우환이 계속 생기자 금달을 위해 비석을 세웠는데, 그 이
후로는 마을의 우환이 사라졌다.

저 시방 요 밑에 올라오는데 와 쪼깨는(작은) 비석 하나 안 있디요?

(조사자 : 네.)

거가(거기가) 인자 금달이라고 하는 분이 옛날에 큰애기가 살고 있었는
데, 머슴을 인자 이리 연애를 했다고. 안 했는디. 그래 갖고 고만 목을 매
달아서 죽어삐드래야(죽어버렸다). 목을 매달아서 죽고난께, 우리 동네에
고마 재화가 자꾸 생기더래야.

그래 가지고 요 마을 앞에 와 비석 하나 있제? 그 비를 세워 놓고 난께
로, 마을이 좀 잠잠하이 그렇더래.

지금 내려가면 거 거.

(조사자 : 아까 밖에 비석 하나 있던데.)

(청중 : 응, 응. 정지나무 밑에.)

아니 고거 말고, 아까 정지 나무 밑에 와 하야이, 하야이 돌 우에(돌 위
에) 하야이 섰는 거, 그것이 금달이 비라고 거 세워 놨어.

(청중 : 이런 분들이 오면 그거 막 취재해.)

(조사자 : 금달?)

금달, 금달이. 옛날에는 연예시절이 없어 갖고. 예민한 소리를 들어 갖

고 머슴을 좋아했다고. 그래 가지고 목을 매달아 죽어 삐더래야. 예민한 소리를 해 갖고.


# 호랑이불

자료코드 : 04_18_FOT_20090720_PKS_SBN_0001
조사장소 : 경상남도 함양군 마천면 구양리 등구마을 마을회관
조사일시 : 2009.7.20
조 사 자 : 서정매, 문세미나, 이진영, 조민정
제 보 자 : 서복남, 여, 63세
구연상황 : 호랑이불을 본 애기를 해 달라고 했더니, 청중들도 큰 소리로 함께 구술에 동참해 주었다.
줄 거 리 : 옛날에 낮에는 콩밭에서 일하고 밤에 다시 삼을 삼고 있으면 몸이 피곤해서 잠이 쏟아졌다. 그때 호랑이불이 건너편에서 덩그렇게 내려오면 무서워서 잠이 퍼뜩 깨곤 하였다.

옛날에는 저 앞산에 저기서 막 호랭이불이 이만해. '검성 검성'. 우리가 삼을 삼꼬 앉았어 인자, 우리가. "삼배옷알제?"

삼 그걸 인자 마리에서(마루에서) 청에서 이리 삼을 삼고, 인자 막 시어머니랑 이리 삼고, 막 낮에 콩밭에서 콩을 매고 나면 저녁에는 막 잠이 와서 죽어. 삼 그놈을 삼을라면.

이리 자불고 있다가도 호랑이 불이 저 건네서 막 덩실하이 해 갖고 오믄 잠이 퍼뜩 깨이는 기라, 고마.

그래, 검성 검성 검성 내려와, 내려와 갖고 이 밑에 마을 앞에까지 왔다가 또다시 올라가. 앞집에 여기도, 여기도 마 도찌 있었는데 큰 바위가 하나 있었었어. 있었는데 막 덩실하게 서 갖고, 우리 마을을 처다보고 있었어.

# 성안의 평전과 망바위

자료코드 : 04_18_FOT_20090721_PKS_SKJ_0001
조사장소 : 경상남도 함양군 마천면 추성리 추성마을 마을정자
조사일시 : 2009.7.21
조 사 자 : 서정매, 김미라, 이진영
제 보 자 : 석광조, 남, 74세
구연상황 : 제보자는 부끄러움이 많아서 이야기를 하면서도 조심스러웠다. 조사자가 추
　　　　　성마을의 전설이나 설화에 대해서 물으니 구술을 해 주었다.
줄 거 리 : 옛날 전쟁 때 패잔병들이 추성마을로 쫓겨 왔는데, 부하들을 데리고 마을 위
　　　　　쪽 산에 성을 쌓고 큰 바위 뒤에서 망을 보고, 둑을 쌓았다. 지금도 예전에
　　　　　말을 달리던 평전과 망을 보던 망바위, 성을 쌓았던 성안이라는 곳이 남아
　　　　　있다.

　아니 저. 성안이라고 하면, 옛날에 저 저, 전장(전쟁) 할 때, 인자 요라
믄 패전병 되가지고 저, 저, 쫬기와서(쫓겨와서) 이리 저 부하들 데리고
성을 쌓고, 망을 보고, 둑을 쌓고.

　인자 바우가(바위가) 큰 게 하나 있는데, 그 위에서 인자 여기서 적이
쳐들어 오는가 안 들어오는가, 망을 보고. 또 그 위에 올라가면 말 달리는
평전이라고 있어.

　(조사자 : 말 달리는?)

　음. 말, 말 달리는. 그 말 달리는 평전이 있고 그래. 나 알기는.

　(조사자 : 아, 산 위에 저 평평한 데.)

　내동. 그, 그짜댕기(그쯤에) 인자 훈련하는 기라. 훈련. 나는 인자 어른
들 듣기에 말을 그리 들었거든.

　(조사자 : 아, 그럼 그것은 뭐라고 부릅니까?)

　저기는 성안. 인자 성을 쌓았다고. 돌로 저기서 [손짓을 하며] 이리
쌓고.

　(조사자 : 산 위에 돌로 쌓은 성이 있다 이 말씀입니까?)

응. 성이 있지. 성안이라고.

(조사자 : 아, 그럼 그 지역 이름이 성안입니까?)

인자 거(거리고) 가면 말 달리는 평전이 있고, 말 달리는 평전은 더 가야 되고. 또 고 밑에 요쪽으로는 성 쌓아 놓은 옆에는 인자 바우가 큰 게 있는데, 거 내려다가 망 보고.

(조사자 : 바위에서 망도 보면서. 그럼 바위 이름도 없고 그냥.)

음. 망바위라고.

(조사자 : 망바우? 아. 망을 보는 바위라 해서 망바우.)


# 사람을 입으로 던져서 받는 호랑이

자료코드 : 04_18_FOT_20090721_PKS_OSB_0001
조사장소 : 경상남도 함양군 마천면 의탄리 금계마을 마을정자
조사일시 : 2009.7.21
조 사 자 : 서정매, 김미라, 이진영
제 보 자 : 오수봉, 남, 79세
구연상황 : 조사자가 도깨비나 헛깨비 호랑이에 관한 이야기가 있지 않느냐고 물어보니
　　　　　제보자가 생각난 듯 이야기를 하였다.
줄 거 리 : 지리산에는 호랑이가 많다. 지리산 호랑이의 특징은 사람을 물어갈 때, 일단
　　　　　위로 물고 던진다. 그래서 사람이 땅에 떨어지면 더럽다고 물어가지 않고, 입
　　　　　으로 바로 받으면 가져간다.

호랑이가 저 거 옛날에는 그 저 그, 사람도 잡아갔거든. 압니까? 잡아갔는데, 저 거게는 인자 아주 옛날에, 아주 옛날에 지리산에는 범이 많았습니다.

범은 저, 사람을 물어 갈 때는 잡아다가 딱 던져가지고 땅에 널찌면(떨어지면) 안 물어가. 안 물어가. 땅에 널찐 거는 안 가져가. 탁 가다가 착 받아야 가져가제. [웃음]

(조사자 : 아니, 호랑이가 사람을 물고 던졌다가?)

혹 던지거든. 잡아가지고 딱 던져가지고 담 너머 가지고 착 받아야지 가져 가제, 땅에 떨어진 것은 더럽다고 안 가져가, 범이, 범이.

그런 유래가 있죠. 거게도 마천 유래가 옛날에 나와 있습니다.

(조사자 : 호랑이가 그러면 먹을 때는 던져서 사람을 물고 가져 간다.)

그렇죠. 근데 저 호랑이가 던졌다가 땅에 떨어지면 더럽다고 안 가져 가. 딱 받아야 가져 가제. [청중 웃음]


# 임금에게 벼슬을 받은 함양의 권병사

자료코드 : 04_18_FOT_20090721_PKS_OSB_0002
조사장소 : 경상남도 함양군 마천면 의탄리 금계마을 마을정자
조사일시 : 2009.7.21
조 사 자 : 서정매, 김미라, 이진영
제 보 자 : 오수봉, 남, 79세
구연상황 : 앞의 제보자가 열녀문 이야기를 하고 난 뒤 바로 이어서 권병사 이야기를 해 주었다. 적극적인 성격으로 재미있게 이야기를 해 주었다. 그런데 주위 청중들은 이야기보다는 노래를 부르고 싶어 해서 이야기를 빨리 끝내기만을 기다리는 눈치였다. 그런 와중에도 오수봉은 조금만 기다리라고 하며, 하던 이야기를 계속하여 마무리해 주었다.
줄 거 리 : 함양에 권병사가 있었다. 그는 축지법을 하여 몸을 날아다니며 사는 사람인데, 어느 날 힘이 솟아서 함양의 시리봉으로 갔다. 거기서 호랑이를 만나 호랑이 등을 타고 호랑이를 따라갔더니 서울 장안의 임금님의 딸에게로 갔다. 마침 딸은 신혼 첫날밤이어서 신랑과 단둘이 있었는데, 임금님 딸이 호식될 팔자여서 호랑이가 딸을 잡아먹으러 간 것이다. 그런데 권병사가 호랑이를 때려눕히고 나오다가 신발 한 짝을 떨어뜨렸다. 임금님은 신발의 주인을 찾기 위해 전국을 찾아다녔는데, 함양에서 권병사의 신발을 발견하고 병사라는 벼슬을 내렸다. 그리하여 권병사가 된 것이다.

그 그 뭐이가 함양에 보면은 여기가 함양군 마천이거든요.

(조사자 : 네.)

함양에 보면은, 함양에 보면 옛날에 권병사라는 분이 있었어. 권병사. 권병사. 이거는 얘기라.

이 권병사라는 분이 있었는데, 권병사가 함양군에 상림 아요(알아요)?

(조사자 : 예예, 상림.)

상림 거기 돌 더미 있는데, 거기 서당 공부를 댕기는데, 상림을 숲을 지나가니까, 만날 건딜건딜, 구신이 건딜 건딜 하는 기라. 그래 갖고 그래 뒤도 안 돌아보고 만날 가는데, 하도 그래사서(그렇게 해서) 뒤따라 봉께, "야 이놈아, 너는 병사뿐이 못 살아 묵겄다." 그러는 기라. 그래 인자 그분이 육지법을 해 가지고, 육지법. 요새 같으면은 날아다니는. 옛날에 와, 요새는 헬리곱터 타고 대니지마는(다니지만), 그때는 비행기도 없고 헬리콥터도 없는 기라, 옛날에는. 그래 가지고 이 사람이 육지법을 하는 기라. 자기 몸으로 날아가는 거.

응, 그래서 이 사람이 하마 힘이 나가지고 마, 인자 이 저 함양에 시리 봉이 있어. 시리봉. 거를 가니까 범이 나타나는 기라 범이. 이 범을 그마 이 사람이 잡아 탔는 기라. 타고 가니까, 어디로 가나 하니까네 이노무(이 놈의) 범이 서울 장안으로 가네. 요새 같으면 대통령이지만, 옛날에는 그 뭐입니까? 우리나라 지금은 대통령이죠. 옛날에는.

(청중 : 임금이지 뭐.)

임금님의 그 딸이 고마 첫날밤을 하고 있는데, 첫날밤을 집 짓고 있는데. 범이 가 가지고 마루 밑에 탁 그놈을 잡으로 갈라꼬, 범이. 그래 인자 그놈을 막 잡으로 갈라꼬. 인자 그 신부가 그 범에 홀치 갈 팔자가 되놓은께, 나올라고 막 발악을 하는 기라, 발악을.

그래서 이놈을 마, 범이 인자 그놈을 잡아 오는데, 그 신부, 신랑이 딱 잡아 가지고 범을 같다가 딱 뒷다리를 들고 치니께, 마당에 던지니까 범 이라.

그래놓고 인자 그기 권병사가, 예를 들어 권병사라는 사람이 담을 넘어 뛰는데, 옛날 나무짝 신발을 밑에 하나 흘렸단 말이야. 흘렸어. 담 넘어오다가.

그래 인자, 아이 이놈을 나무 궤짝을 도로 가져올 수도 없고, 마. 맨발로 왔는겨. 그래 가지고 함양까지 왔어. 함양까지 왔는데, 임금님이 말하길 종을 불러 가지고,

"나무 신짝 요놈을 갖다가 맞차가(맞추어) 오이라."

전국을 다 댕겼어. 이노무 자슥, 그마 그 요새 같으면 중앙청 가서 불렀다 카면 마. 그 그래 망태 짊어지고 곳곳을 헤매는 기라.

이노무 자슥. 함양 그거 저 뭐랑께 고(거기) 나무궤짝 마루 밑에 찾아보니까 똑 같거든. 딱 맞아 똑 같는 기라. 그래서 그 사람이 그 데려다가 옛날 임금님께 데려다가, 그래서 그 사람을 그 병사를 줬는 기라. 그래서 벼슬을 했어.


## 꼬라지가 방귀여

자료코드 : 04_18_FOT_20090721_PKS_OSB_0003
조사장소 : 경상남도 함양군 마천면 의탄리 금계마을 마을정자
조사일시 : 2009.7.21
조 사 자 : 서정매, 김미라, 이진영
제 보 자 : 오수봉, 남, 79세
구연상황 : 방귀 이야기를 하니 청중들이 이야기도 하기 전에 웃기 시작했다. 이야기를 하던 제보자도 웃음이 나서 모두가 화기애애한 분위기에서 구술을 하였다. 이야기가 끝나자 다 함께 웃음을 터뜨렸다.
줄 거 리 : 며느리가 시아버지 앞에서 방귀를 뀌니, 시아버지가 "꼬라지가 방귀여"라고 하며 며느리를 야단쳤다.

며느리가 인자 시아버지 앞에서 방구를 꼈다, 이 말이여. 근께 시아바

지가 뭐라 칸단 이 말이야.

"꼬라지가 빵구여."

(조사자 : 꼬라지가 빵구여?)

응, 꼬라지가. 그래 시아바지 앞에서 꼬라지값을 한다 이 말이여. [모두 웃음]


# 산두마을과 창원마을의 열녀문

자료코드 : 04_18_FOT_20090721_PKS_LSM_0001
조사장소 : 경상남도 함양군 마천면 의탄리 금계마을 마을정자
조사일시 : 2009.7.21
조 사 자 : 서정매, 김미라, 이진영
제 보 자 : 이선문, 남, 92세
구연상황 : 마을에서 최고 연장자인 이선문 할어버지는 92세의 많은 나이에도 불구하고 옛날이야기를 적극적으로 구술해 주었다. 발음이 정확하지는 않았지만 열정 적이면서도 재미있게 구술해 주었다.
줄 거 리 : 산두총각과 창원총각 둘이가 법왕절에서 함께 공부를 하였다. 공부를 하면서 결혼을 했고, 결혼 후에도 계속 공부를 하러 다녔다. 어느 날 장난기가 생겨 서 마누라를 떠보기 위해 둘 다 늦은 밤에 집으로 가서 자기 부인을 겁탈했 다. 그러나 이 두 부인들은 자기 남편인 줄 모르고 모르는 남자에게 당한 줄 알고 자살을 했다. 이후 이 두 여인의 마음을 기리기 위해 산두마을과 창원마 을에서 모두 열녀문을 세웠다.

여기 창원에를 가면은 열녀문이 있어.

(조사자 : 창원에 가면?)

예, 창원에 가면. 열려문이라고, 집을 지워 놓고 열녀문을 세워놨거든.

그리 했고, 산두 앞에, 휴천면에 산두 앞에로 가면 거기 열녀문이 있어 요. 열녀문이 두 개가 있어. 고거 있는 것이 열녀문이 어째서 열녀문이라 고 되었냐고 하면, 창원 총각하고 산두 총각하고 법왕절이라고 저거(저기

에) 있어. 법왕절에서 둘이서 공부를 했어. 옛날에 한문 공부를.

(청중 : 법왕절에서?)

하모, 저 법왕절에서 둘이서 공부를 했어. 산두 사람하고 창원 사람하고. 공부를 했는데, 이 사람들이 공부를 하면서 결혼을 하고 각시를 데려다 놓고 공부를 했어. 그래 하다가 아이 여럿 여자한테 이기 잘몬한 기라.

이것들이 저거 마느라 간을 떠본다고, 우리 오늘 저녁에 공부하다가 밤에 저거(자기) 집에 쫓아갔어. 저거 마누라한테 겁탈 해삐리는구마. 저거 마누래한테. 둘이 다 그랬네.

그라고 저거 마누라는 모르게 그마 도망 가삤어, 절로. 그래논께 그 여자들이 생전 모를 밤중에 웬 남자한테 그래 당했으니,

"내가 살아 뭐하것노."

둘 다 죽었어. 산두 사람도 그 여자가 죽었고, 여 창원 사람도 죽었어. 그러이 열녀문이 거(거기에) 선 기야.


## 도깨비와 씨름한 영감

자료코드 : 04_18_FOT_20090722_PKS_LJY_0001
조사장소 : 경상남도 함양군 마천면 덕전리 실덕마을 마을정자
조사일시 : 2009.7.22
조 사 자 : 서정매, 김미라, 이진영
제 보 자 : 이점열, 남, 75세
구연상황 : 조사자가 마을에서 전해 내려오는 전설이나 도깨비 이야기, 호랑이 이야기에 대해서 이야기를 해달라고 하자 제보자가 잠시 생각하다가 이야기를 하였다.
줄 거 리 : 옛날 의탄에 살던 영감이 외나무다리를 건너자 도깨비를 만나서 씨름을 하게 되었다. 무서웠지만 문득 도깨비의 왼다리를 홀치면 이긴다는 어른들의 말이 생각이 나서, 도깨비의 왼다리를 감아 홀쳐서 허리끈으로 아카시아 나무에 매달아 놓고 집으로 왔다. 다음날 아침잠에서 깬 후 다시 그곳으로 확인을 하러 가보니, 예전에 자기가 만들어 놓은 방앗고가 묶어져 있었다. 그것을 묶여진

그대로 가지고 내려와서 마을의 새장터 술집에 가서 "나 오늘 도깨비 한 마리 잡았다"라고 자랑하면서 해장국을 먹었다.

도깨비불 것은 겉는 옛날에 요새 겉이 장마지고 여름철 되면은 고마 보통 불을 많이 보는 기라. 저녁으로 나와보면은.

그러고 인자 어른들 얘기 들으면, 도깨비하고. 어디 갔다가 밤늦게 오다가 술 한 잔 먹고 어 묵고 오다가 도깨비하고 씨름했단 소리도 듣기고, 그걸 인자 씨름해서 경험이 있는 사람은 그걸 잡아서 옛날에는 여, 배에 허리끈를 매고 다녔거든.

그 배에 허리끈을 가지고 끌러서 묶어서 저 나무에 매 놓고, 그 이튿날 가보머(가보면) 빗자루 몽댕이 아니면 방앳구더래.

(조사자 : 아, 사람하고 싸웠네요?)

하모. 사람하고 싸웠는데, 저저저 의탄 여숫대요, 여숫대 저거 아버지가 옛날에 그랬거든.

(청중 : 빗자루 몽댕이 같은 거.)

그 외나무다리 싹 건너가서, 그래 갖고 붙어 갖고 씨름을 했는데 그 한 마을이라서 아는 사람이거든, 영감이.

그래 갖고 자기 딴에도 씨름을 하자 쿤께 놀래 갖고. 아, 옛날에 어른들한테 얘기를 들으니까 '도깨비는 외로(왼쪽으로) 홀치야 된다' 카더라 캐 갖고 왼다리를 감아 갖고 홀치 갖고. 홀다리를 감아 갖고 보칬어. 볼치 갖고 배 허리끈이라논께 이것을 가지고 매 가지고, 다리끄댕이를 그 논두렁 밑에 그 아카시아가 꽉 있었거든.

그 아카시아에다 꽉 잡아 매다놓고 갔는데, 그 이튿날 인자 술이 깨 가지고 아침에 새벽에 술이 깨 갖고 물을 한 그릇 마시고, 가만히 정신을 차리고 쳐다본께, 그기 가만히 생각이 나더래야. 그래, 이기 어떤 놈인고 싶어서 쫓아갔더라네요. 왼 다리꺼래를(왼쪽 다리 근처를).

쫓아간께 그, 저 자기 동네 디딜방애, 좀방앗구더래.[청중 모두 웃음]

그 양반이 목수라논께 자기가 다듬어 박아 논 게 그기 표가 난 기라. 아 여자들 방아 찧을 때 좀방앗구 많이 깔고 안 앉소, 그거. 그거.

(청중 : 월경하면은 인자 그.)

여자들 월경해서 그기 토깨비가 유전된다 카는 기라.

그래 갖고 그놈을 홀끈 맨 채 끌고 동네 와 가지고 새장터 밑에 술집이 거든. 거 가가서,

"나 도깨비 한 마리 잡았다" 카면서 해장해 도라 그러더랴.


# 방귀 냄새로 부인과 첩을 시험한 사람

자료코드 : 04_18_FOT_20090720_PKS_JKS_0001
조사장소 : 경상남도 함양군 마천면 구양리 등구마을 마을회관
조사일시 : 2009.7.20
조 사 자 : 서정매, 문세미나, 이진영, 조민정
제 보 자 : 정길순, 여, 57세
구연상황 : 며느리 방귀 뀐 이야기를 해 달라고 하니, 큰 각시 작은 각시를 데리고 살던 이야기를 해 주었다. 청중들도 즐거워하며 이야기를 경청하였다.
줄 거 리 : 옛날에 영감이 부인과 첩을 두고 살았다. 그러던 어느 날, 두 아내를 양옆에 다 두고는 방귀를 뀌고는 무슨 냄새가 나느냐고 물었다. 아내는 당연히 꾸렁 내가 난다고 하였고, 첩은 사탕내가 난다고 하였다. 그러자 영감은 방귀가 당 연히 꾸렁내가 나는 것이지 어찌 사탕내가 나겠냐며 첩을 내보냈다. 그 이후 로 아내와 함께 잘 살았다.

옛날에 저 큰 각시, 작은 각시를. 인자 저 큰마누라, 작은마누라를 얻었 는데. 큰마누라하고 살아 갖고, 작은마누라를 얻었는디.

큰마누라가 인자 신랑 앞에다가 영감 앞에다가 대고, 알랑을 자꾸 떤 기라.

근데 인자 방구를 고마 여, 큰애기 인자 말하자면 큰오마이, 작은오마이 양쪽에다 앉치 놓고, 자기가 영감이 앉치나 놓고는 인자 방구를 팍 뀌 버렸는 기라.

그런께 인자 큰어마이보고,

"방구를 뀐께 무슨 냄새가 나느냐?" 칸께로,

"꾸룽내 나지, 방구를 낀 께 꾸룽네 나지, 무슨 내 날거냐?"고 그러쿤께, 그러쿤께 막 획 돌아앉아 갖고 작은마누라를 보고는, 작은마누라를 보고는,

"그럼 너는 뭔 냄새나이?" 그러쿤께,

"사탕내가 난다." 카더래야. 그 인자 알랑째이라고 그래, 인자 작은마누래란께로. 알랑 낀다고 그래 인자 작은마누라나 놓케 사탕내가 난다 캐논께로.

"사탕내가 나? 사탕내가 나?" 그러더래야. 그래.

"사탕내가 난다."

오마이 옆에서 연신을 떨고 마, 머리를 한테다(한 곳에다) 갖다 대고 마, 그리 그슥을 한께로. 잘 받아 주더래. 잘 받아 주는데 인자, 그래 큰 아머이보고,

"너는 내게서 꾸룽내가 나냐? 내게서 꾸룽내가 나냐?" 그런께,

"아이, 꾸룽내가 나지, 그럼 뭔 내가 나?" 함써(하면서) 그래 큰오마니 가 획 돌아앉은께네로, 그래 요리 돌아 똑같이 앉으면서 양반을 착 개고 앉더만은 요러더랴.

작은마누래는 알랑댕이라고 그러고, 큰마누라가 젤로 정답이다고.

"내가 방구를 꼈는데 똥내가 나지 무슨 내가 나겠어? 똥내가 나지."

그래 작은마누래를 내보내 놓고 큰오매하고 그리 오손도손 잘 살더래.

# 방아 찧는 도깨비

자료코드 : 04_18_FOT_20090720_PKS_JMS_0001
조사장소 : 경상남도 함양군 마천면 구양리 등구마을 마을회관
조사일시 : 2009.7.20
조 사 자 : 서정매, 문세미나, 이진영, 조민정
제 보 자 : 정명순, 여, 69세
구연상황 : 도깨비를 본 이야기를 해 달라고 요청을 하니, 도깨비가 방아 찧는 소리를 들은 바가 있다며 구술해 주었다. 청중들도 귀 귀울여 이야기를 경청하였다.
줄 거 리 : 집에 방아가 있었는데, 밤이 되면 도깨비가 사람처럼 쿵쿵 소리가 나도록 방아를 찧었다. 그래서 그 소리를 듣고 직접 가보면 아무 것도 없었다. 전깃불이 생기기 전에는 도깨비가 불을 켜서 줄줄이 서서 다니곤 했는데, 전기불이 생기면서 도깨비가 사라지기 시작했다.

여 우리 여게, 우리 집 있는데 좀방실이 하나 있거든. 좀방애 요래 찧는 디딜방애가 있거든.

그래 옛날에는 방애를 막, 쿵쿵 사람이 찧는 거 맹키로 찧어. 쿵쿵 찧어. 그라믄 가 본 사람들도 있거든, 근데 가면 아무것도 없어, 허사라. 도째비가 찧어, 도째비가.

그럼 막 도째비가 불을 여, 막 줄줄줄줄줄 서 갖고 댕깄는디, 지금은 도째비가 없어. 도째비가 없고.

(청중 : 전기 불이 있어서 그런갑네.)

전기 불이 있어서 없고.

전에는 여 막, 맨스 같은 기 있으믄 깔고 앉으믄 거 막 피가 묻으면 그게 도째비 된디야. 근데 지금은 막 빗자루같은 것도 깔고 앉도 안 하고 한께 그런 것도 없고. 불이 있은께네로 도째비가 여기 방에 들어와서 문새로 들어와서 도째비가 호롱불을 따가 간대.

지금은 마, 전기불 많아가 몬 따 갖고 가. 그랬는데, 지금은 그런 것도 없고, 방애는 마 틀림없이 우리 앞에라 놓은께 쿵쿵 찧어.

# 소의 무덤에서 태어난 장군

자료코드 : 04_18_FOT_20090723_PKS_PGJ_0001
조사장소 : 경상남도 함양군 마천면 강청리 강청마을 박향규 씨 자택
조사일시 : 2009.7.23
조 사 자 : 서정매, 김미라, 이진영
제 보 자 : 표갑준, 남, 67세
구연상황 : 조사자가 마을에서 전해 내려오는 전설이나 어렸을 때 들었던 이야기가 있으면 해달라고 하자 제보자가 잠시 생각하더니 다음 이야기를 하였다.
줄 거 리 : 병자년 물난리에 소가 왼쪽으로 자빠지게 되어 죽었는데, 그 자리에 묘를 써서 장군이 태어났다. 그러나 소가 왼쪽으로 넘어졌기 때문에 장군은 제대로 행세를 못하고 일찍 죽어버렸다.

여여 지금 창암산에서 막 쪽 요 고리(그쪽에) 우리 부락 뒤에 그 인자 묘가 하나 있어, 묘가. 묘가 하나 있는데. 거가 인자 나도 그 이야기를 들었는데, 거가 소설이라고('소 자리'의 명당 터라고) 했소? 뭔 소리라 캤소.

소설. 아, 소설인디, 병자년 수파에 막 한파가 나서 마 한 짝 다리가 옛 수파였다 고마. 옛날 수파에 그랬다 그쟈?

(청중 : 하모, 옛날 백년 수파에.)

하! 옛날 수파에 고마 옆에 떨어져 나가버렸는 기고.

(조사자 : 수파?)

막 물이 마이 나고, 산사태가 나고.

(조사자 : 아 물이 너무 많이 엄청나게 와 가지고 떠내려갔단 말입니까?)

아, 그래 나갔는데, 나 그 소리는 들었어. 소가 외(왼쪽)로 자빠졌데, 소설인데.

(조사자 : 아, 소가 왼쪽으로.)

어, 왼쪽으로 자빠져 가지고 묘를 써서 장군대장으로 나와 갖고 장군대장 행실을 못하고 마 죽어 버렸는 거지 그런께.

그러니까 거기 구실소 그게 안 있는가? 안쪽 몬당꺼지 쫙 감아들었더라 캐.

그 소가 외로(왼쪽으로) 자빠져 놓으니까 장군대장도 힘을 못 쓰고, 장군대장으로 나도(태어나도) 힘을 못 썼는 기라. (장군)행세를 못한 기지.

(조사자 : 그러면 소가 넘어진 곳에서 장군대장이 났단 말입니까?)

하모, 거 묘를 써 가지고.


## 가내소의 기우제

자료코드 : 04_18_FOT_20090723_PKS_PGJ_0002
조사장소 : 경상남도 함양군 마천면 강청리 강청마을 박향규 씨 자택
조사일시 : 2009.7.23
조 사 자 : 서정매, 김미라, 이진영
제 보 자 : 표갑준, 남, 67세
구연상황 : 제보자는 앞의 이야기를 한 후에 잠시 생각하다가 다음 이야기를 하였다.
줄 거 리 : 옛날에 비가 오지 않을 때는 기우제를 지냈다. 마천면에서 돼지를 산 채로 잡아 새벽에 가내소까지 짊어지고 가서 거기서 돼지의 목을 따서 피를 흘리고 돼지머리고 던져 놓는다. 그러면 하늘에서 이 돼지의 피를 씻기 위해서 비가 온다.

옛날에는 비가 안 오면 그 기우제를 지냈거든.

기후제 지낼 때 여기서 인자 마천면에서 돼지를 한 마리 짊어지고 가가지고, 돼지를 그 가서 인제 산 채로 짊어 올라가.

(조사자 : 네)

그래 인자 거기서 모가지를 끊어서 갖고 그 사이에다 피를 흘리고. 그것도 한밤중에.

(조사자 : 아, 한밤중에 합니까?)

하모, 새벽에. 나도 한번 갔었어.

그러니까 인제 돼지를 거서(거기서) 쥑이가지고 피를 흘리고 돼지머리를 같다가 거 던지 놓으면 고놈 씻겨 낼라고 하늘에서 비가 온다 이거지. 그래서 기우제를 지내고.

(조사자 : 네, 그래서 가내소 하면은 기우제 지내는 장소다, 그지요?)

소(沼)가 무서운 소라. 거 디다(들여다) 보도 못해.

(조사자 : 무서워서?)

무섭지. 등산 코스에 있는데, 가 보면. 거 물이 내려오는데 시퍼러이.

(조사자 : 거기는 그럼 참 많은, 아까 소를 죽인다고, 아 아까 돼지를 죽였다고 했죠? 돼지가 참 많이 죽었겠습니다.)

그렇죠. [웃음] 그래서 여럿이 가 가지고 그리 안 하요. 막 이장들 다 가 갖고.

그때 막 이장들하고, 그 아들하고 막 다 가 가지고, 우리 서이(세 명이) 가도, 서이 가도 무서워서 몬 디다 봐(못 들여다 봐). 못 디다 봐.


# 마애 할머니와 공개바위

자료코드 : 04_18_FOT_20090721_PKS_HSO_0001
조사장소 : 경상남도 함양군 마천면 추성리 추성마을 마을정자
조사일시 : 2009.7.21
조 사 자 : 서정매, 김미라, 이진영
제 보 자 : 허상옥, 남, 50세
구연상황 : 제보자는 추성마을에서는 젊은 편에 속한다. 매우 차분하고 자세하게 이야기를 해 주었다.
줄 거 리 : 마애 할머니는 딸들이 여러 명 있었는데, 얼마나 큰지 남해 앞바다에서 치마를 올리면 바닷물이 무릎까지 오지 못했다. 함양의 산청에서 공기놀이를 했는데, 그 공기돌 하나가 자동차 두 대의 크기였다. 다섯 개의 돌이 지금도 비스듬히 쌓여 있다. 또한 마애 할머니가 지리산 천왕봉 쪽에서 치마를 펄럭거리면 함양에는 해가 가려졌다.

성모상은 마애 할머니라고 있는데, 그 마애 할머니가 딸들이 여럿이 있었던 모양이라. 그 근데 하나는 애기당수라고.

(조사자 : 애기당수? 애기당.)

용의당인데 애기당이라고. 그러고. 또 하나는 남해 쪽으로 갔어요. 서이, 말하자면 성모 할머니가 여럿이라고 있는데, 딸들이, 그 남해 앞 바다를 건너갈 때 남해 앞 바다에 그 치마를 요리 건지면 남해 앞 바다에 무릎에까지밖에 안 왔데. 그러니까 진짜 컸다는 거구요

그리고 산청에 가면은 공개바위가 있어요. 공개바위가 아마 돌을 공기처럼 쌓아놨다고 해서 공개라 해요.

다섯 개인데, 지금도 보면 비스듬히 쌓여 있어요.

공개놀이를 하다가 거기다 두고 갔데. 지금도 공개바위를 보면, 바위 크기가 아마 승용차 두 개만 한 게, 다섯 개 쌓여 있어.

(조사자 : 어디에 그게 있다구요?)

반곡에서 보면. 요 쭉 능선으로 가서 함양 쪽으로 보면 그 공개바위라고 있어요. 마애 할머니가 컸던 모양이라

(조사자 : 마애 할머니가 그걸 가지고 놀았단 말씀이시죠?)

그리고 마애 할머니가 천왕봉 쪽에서, 지리산 쪽에서 이 저 치마를 갖다가 요렇게 펄럭거리며는 그 해가 남쪽에서 뜨잖아. 함양 쪽에서 밀어주는 거라.

(조사자 : 다 가려져 가지고?)

다 가려져 가지고.)


# 지리산을 보호한 변강쇠

자료코드 : 04_18_FOT_20090721_PKS_HSO_0002

조사장소 : 경상남도 함양군 마천면 추성리 추성마을 마을정자
조사일시 : 2009.7.21
조 사 자 : 서정매, 김미라, 이진영
제 보 자 : 허상옥, 남, 50세
구연상황 : 제보자가 앞의 이야기가 끝난 뒤 이어서 다음 이야기를 했다.
줄 거 리 : 변강쇠가 지리산 마천 등구에서 살았는데, 땔감을 구하러 지리산으로 왔다.
그런데 막상 땔감을 할 나무를 찾으니 하나도 없었다. 왜냐하면 참나무는 도
토리가 나오니까 사람들이 먹어야 할 것이고, 어떤 것은 또 약초가 되기 때문
에 함부로 베어서는 안 되고, 또 백장이라는 큰 소나무는 나라를 상징하기 때
문에 베면 안 되기 때문이다. 그래서 결국 그냥 돌아 나오다가 벽송사 근처에
서 장승을 발견하고 그 장승을 베어 땔감으로 썼다. 그러자 전국의 장승들이
화가 나서 회의를 한 끝에 전국에 있는 질병을 한데 모아서 변강쇠에서 덮어
씌웠다. 결국 변강쇠는 몹쓸 병에 걸려서 죽게 되었다. 그러나 함부로 나무를
베지 않았기 때문에 변강쇠는 지리산을 가장 보호했던 사람이다.

여기 또 변강쇠라고, 변강쇠 고장이잖아요. 변강쇠의 고장인데, 제 생각
인데 변강쇠가 언뜻 보면 지리산을 가장 보호했던 사람이 아니었는가, 제
생각으로는.

왜냐하면 평안도에서 내려오다가 변강쇠, 저는 판소리 다섯 마당 중에
서 한 마당, 기록에 없어졌지만 그건 일반인으로 하여금 당시에 정서에 맞
맞지 아니 하고.

(조사자 : 일부러 뺐겠죠.)

그걸 전설에 영입이 안 된 거라. 그래 책을 좀 보면 지리산에 들어온
건 확실해.

변강쇠가 지리산으로 들어간다. 등구 마천. 등구 마천 지리산으로 들어
간다.

(조사자 : 네, 등구마을하고 마천마을 쪽으로.)

그러면 인자, 등구 쪽에서 아마 있었다라고 한다면 지리산으로 들어간
다고 하면 나무 같은 거 하러 가며는 어느 쪽으로 하러 갔겠어요? 지리산

으로 하러 온다고.

변강쇠가 하도 힘이 세고 그런데, 한날 옹녀가 나무를, 땔감도 일을 시켜야 되는데 나무를 해야 되는데 자기가 할 만한 나무가 없는 거라. 왜냐하면 참나무는 도토리를 갖다가 엄청 많이 달려 갖고 있는데, 이거는 백성들이 먹고 살아야 되거든. 또 어떤 나무는 약초가 되는 나무고. 또 백장이라고 큰 소나무를 갖다가 지리산 백장이라는, 이건 또 벨라 카니 애껴야 되는 것이 이 나라의 상징과 같은. 그러고 보니까 벨 나무가 아무것도 없거든.

그란께 여게 당시 여게에 장승이 있었던 가봐. 벽송사라는 이런 그 사찰을 기점으로 해 갖고, 이걸 갖다가 당시 큰 장승을 갖다가 '요놈' 하면서 장승을 베어서 가버린 거야.

장승을 베어 가 가지고 서울에 가면 장승축제하는 데 있죠? 장승을 베어 가니까 전국 장승들이 전부 모여서 회의를 한 거야. 그래 가지고 장승이 가지고 있는 모든 기운을 마 다 동원해 가지고 몹쓸 병, 있을 병을 모든 병을 다 동원해 가지고 변강쇠한테 다 덮어 씌웠던 거야.

그래서 변강쇠가 이제 나중에 몹쓸 병에. 그 전국에 있는 질병이란 질병은 다 안고 그리 가버렸다고. 그래 됐으니까, 어떻게 보면 변강쇠는 이 나무를 갖다가 베더라도 아무거나 베지를 않고, 지리산을 아꼈던 사람이 아닌가 생각이.

## 홀딱 벗고 새

자료코드 : 04_18_FOT_20090721_PKS_HSO_0003
조사장소 : 경상남도 함양군 마천면 추성리 추성마을 마을정자
조사일시 : 2009.7.21
조 사 자 : 서정매, 김미라, 이진영

제 보 자 : 허상옥, 남, 50세

구연상황 : 조사를 하던 중에 점심시간이 되어서 주민들은 모두 각자의 집으로 밥을 먹
으러 가게 되었다. 마침 허상옥 제보자가 집으로 안내를 하게 되어서 집에서
간단히 점심을 얻어먹게 되었는데, 밥을 먹으면서 얘기를 하던 중에 '홀딱 벗
고 새' 이야기를 듣게 되었다.

줄 거 리 : 어떤 처녀가 결혼을 해서 시집을 살고 있는데, 시집살이가 무척 고되었다. 그
이유는 시어머니가 부르기만 하면 바로 뛰쳐나가야 했기 때문이다. 그래서 옷
을 벗을 시간도 없어서 항상 옷을 입은 채로 살았다. 며느리의 소원은 옷을
한 번 홀딱 벗고 살아보는 것이었다. 세월이 지나서 나이가 들어 며느리가 죽
게 되었는데, 그 소원을 항상 마음속에 품고 있었다. 결국 새로 다시 태어나
게 되었는데, 새소리가 "홀딱 벗고, 홀딱 벗고"라고 우는 새로 태어났다. 그
새는 시어머니 묘 앞에 가서 "홀딱 벗고, 홀딱 벗고"라며 소리를 내었다.

새 이야기 한 번 할까요.

아마 저게 6월 20일 하지 무렵부터 7월 초까지, 6월 10일 정도부터 새
가 우는데, 그 새 이름이 뭐냐며는 홀딱 벗고 새라고 해. 홀딱 벗고 새.

그래 학명에 담는 이름이 있는데, 여기서는 인자 부르기로 '홀딱 벗고
새'라고 하는데, 그 새 이름이 왜 '홀딱 벗고 새'냐 하면, 옛날에 어느 젊
은 처녀가 시집을 갔는데 시집살이가 아주 고댄 거라.

그리고 이 항상 비상상태, 즉 대기상태, 시어머니한테. 그러니까 '야야'
하고 부르면 바로 뛰쳐나가야 되는 거야, 이게.

그래서 옷을 벗을래야 옷을 벗을 시간이 없어. 그래서 이 시간이 없고
한 번 자기도 옷을 한 번 홀딱 한 번 벗어봤으면, 맘 놓고 벗어봤으면 하
는데, 벗을 시간이 없거든.

그래 죽었는데, 근데 그 소망이, 소원이 '나도 홀딱 한 번 벗어봤으면'
하는 기 소원이었던 모양이라.

그랬는데, 이 사람이, 이 처녀가 시집살이 하면서 나이가 들다 보니까,
시어머니는 죽고. 시어머니도 죽고 보니까 자기도 벌써 머리가 하얀 할머
니가 돼버렸는 기라.

그래 한이 남는 거지. '나도 홀딱 벗고 한 번 살아봤으면' 하고. 이 며느리도 나이가 들어 갖고 죽었다고 그래요.

죽었는데 소원대로 새로 태어났어. 새로. 새로 태어나서 시어머니 묘 앞에 가서, 그 시어머니를 놀리는 것처럼,

"홀딱 벗고, 홀딱 벗고." 그래.

"홀딱 벗고, 홀딱 벗고." 그래. 들으면 꼭 그렇게 들려요.

# 아주머니 귀신

자료코드 : 04_18_MPN_20090720_PKS_KKY_0001
조사장소 : 경상남도 함양군 마천면 구양리 창원마을 마을정자
조사일시 : 2009.7.20
조 사 자 : 서정매, 문세미나, 이진영, 조민정
제 보 자 : 구길용, 남, 62세
구연상황 : 부끄러움이 많아서 처음에는 이야기를 하지 않고 있었는데, 할머니 한 분이
　　　　　도깨비 얘기를 시작하자 그때부터 얘기를 하기 시작했다. 처음 본 제보자들에
　　　　　게 농담도 건네면서 자상하게 이야기를 구술해 주었다.
줄 거 리 : 옛날 정부에서 마을 사람들에게 집을 지어주고 이사를 시킨 때가 있었다. 그
　　　　　래서 창원마을의 위쪽인 오도재 바로 밑의 촉동마을에 독가촌을 짓게 되었는
　　　　　데, 밤 12시까지 집 짓는 일을 하고 내려오곤 했다. 그런데 어느 날 비가 올
　　　　　려고 날씨가 어둑할 때에 갑자기 아주머니 한 사람이 나타나서 자기 쪽으로
　　　　　계속 걸어왔다. 결국 정면에서 부딪치게 되었는데, 자기도 모르게 발로 찼다.
　　　　　그 순간 아주머니가 갑자기 사라졌다. 귀신이었다. 당시 스물 두 살 젊은 나
　　　　　이로 무서운 것을 몰랐는데, 그 순간에는 너무도 무서웠다.

　소대지 쪽에서 했어. 하고 인자 12시나 됐는데, 그때 독가촌 질 때라.
촉동 독가촌 지을 때.

　그래 일을 하러 가야 되는데, 12시꺼지 건물 시고(짓고) 불군녕 몬당에
딱 올라오난께로 아주머니가 하나 딱 나타나는 기라. 감나무 있는 데 거
기서. 지금 조경산업 있는 데 거기서. 그래가지고 계속 오는데 딱 앞에 아
다리가 댔는데 발로 찬다고 찾는데, 그러니까 그때 나이가 스물 두 살인
가, 한 사십 년 이상 됐지. 근데 사람이 간 곳이 없더라고.

　그기 내가 알고 보니까 귀신이야, 사람이 아니고. 야(네). 근데 그거는
내가 본정신이 아니거든.

그래가지고 집에 와서 이불하고 베개하고 싸 짊어지고 여 소롱 재로 해 가지고 촉동을 갔었거든요. 부루꾸(블록을) 찍으로. 그 뒷날 아침에 부루꾸를 찍은께. 그래 내가 그때 그런 꼴도 봤어요.

(조사자 : 촉동이 집입니까?)

여가 집인데 촉동에 가 일을 했어. 옛날에 산에 있는 양반들, 그 정부에서 부루꾸를 찍어 가지고 집을 지서(지어서), 막 이사를 시켰거든. 황토로. 지금도 그 집이 있습니다. 부락 부락(부락마다) 댕기면. 그때 내가 그런 꼴도 봤다고.

[조사자를 보며] 그때는 한창 젊을 때 아닙니까? 스물 두 살, 이 때 묵을 때는 무서운 것도 없었고 그랬는데, 내가 그런 꼴을 한 번 봤어요. 그런 꼴을.

# 곰에게 할켜 눈이 빠진 사람

자료코드 : 04_18_MPN_20090721_PKS_OSB_0001
조사장소 : 경상남도 함양군 마천면 의탄리 금계마을 마을정자
조사일시 : 2009.7.21
조 사 자 : 서정매, 김미라, 이진영
제 보 자 : 오수봉, 남, 79세
구연상황 : 조사자가 옛날에 마을에서 전해 내려오던 전설이나 옛날이야기가 있으면 이 야기를 해달라고 하자, 마침 그런 이야기가 있다고 하면서 구술이 시작되었다. 그런데 구술을 시작하자마자 자신이 없는지 너무 긴 얘기이기 때문에 할 수 없다고 했다가 조사자가 길수록 좋다고 하자 다시 구술해 주었다.
줄 거 리 : 마천면 백무동에 사는 김경환이라는 분이 산에서 약초를 캐고 살았는데, 어느 날 산에서 곰을 만나 곰이 얼굴을 홀퀴게 되었다. 곰 발톱에 눈이 빠지고 얼굴도 새까맣게 엉망이 되어 내려왔다. 목숨은 건졌지만 눈이 빠지게 되어 천으로 항상 눈을 감싸고 살았다.

곰한테 물린 분은, 곰한테 물린 분은 저 마천면 백무동입니다. 백무동. 여기 이 마을이 아니고 백무동.

그래 인자 그 어른이 옛날에, 그거 다 하면 먼데요(긴데요). 그 아주 멀어요.

(조사자 : 예? 길다구요?)

그 저 그 설명을 다 할라면은 아주 깁니다.

(조사자 : 그런 걸 다 해야 글이 예쁘게 나오죠.)

그런 건 안 되는데, 그거 아주 깁니다.

(조사자 : 긴 게 좋아요.)

그래요? 그 어른이 인자 백무동 가면은, 저 백무동을 가면은 괴점이라는, 괴점이라는 마을이. 옛날에 마을이 있었어.

(조사자 : 무슨 마을이요?)

괴점. 괴점하는 마을이 있는데, 그 어른이 자기분자에 김경환이라고 하는 분이 있었어. 김경환. 그분이 있었는데, 그 어른이 인자 산에 인자 약초도 캐러 가고, 이런께로 하자 곰이 있는 기라. 곰이. 이 영감이 인자, 강아지 새끼매이로(새끼처럼) 새까마이 조 끄실었데. 망태인 거는 망태에다가 담았는 기라.

근데 곰이 산에 저 남개(나무에) 있다가 요짝으로 홀탔어. 사람을 홀탔어. 그래 가지고 그 어른을 우리가 봤는데, 그 어른이 눈까리가 딱 빠졌어.

(조사자 : 어!)

눈까리가 딱 빠져 가지고, 빠졌어, 마. 딱 곰 발톱이 딱 긁으니까 이기(이것이) 딱 빠졌는 기라. 빠져가 이리 요즘 같으면은 치료하는 방법도 있지만은 옛날에는 그대로 놔났거든.

그래가 우리 쪼만할 때 보면은 눈을 만날 이리 인자 싸매고 다녔어. 싸매고 다녔어.

(조사자 : 아, 그렇습니까? 앞을 못 보고 살았네요. 그러면.)

그렇죠. 그런 어른이 계셨죠.


# 돌미륵을 도둑 맞은 할매당

자료코드 : 04_18_MPN_20090722_PKS_LHJ_0001
조사장소 : 경상남도 함양군 마천면 강청리 강청마을 도로변
조사일시 : 2009.7.22
조 사 자 : 서정매, 김미라, 이진영
제 보 자 : 임행자, 여, 64세
구연상황 : 조사자가 옛날에 들었던 이야기가 생각나면 해달라고 하자 제보자는 그제서
　　　　　 야 이야기를 시작하였다.
줄 거 리 : 동네 마을에 할매당이라고 있었다. 돌로 미륵을 만들어 놓고 작은 부처님도
　　　　　 있었다. 애기 못 낳는 사람이 와서 절을 하면 애기를 낳는다고 해서 많은 사
　　　　　 람들이 기도를 하러 오는 곳이었다. 어느 날 그 돌할매가 도둑 맞아 버렸고,
　　　　　 지금은 그 자리에 고불사라는 절이 들어서 있다.

　우리 어렸을 때 친구가 이리 동갑이 우리 마을에 아홉이 있었고, 우리
보다 한 살 덜 묵은 기 열둘인가 그랬네. 그래 그 뭉치 다니면서 초등학
교 마치면 옛날에는 학교를, 중학교도 안 보냈잖아.

　그럼 인자 할매당이라고 있어요. 요 아래 가믄. 그 건너에 이리 미륵,
돌미륵을 딱 해놨는데 거(거기) 가서 우리가 항상 거가 애기터라는 데래.
애기 못 놓는 사람은 거 와서 인자 공들이면 애기 놓고 하는 덴데.

　우리가 우(우르르) 가 가지고 거기서 그 할매한테다 절을 하고 막 잔잔
한 부처를 이리 놔 놨는데(놓아 뒀는데),

　그래 막 손 대면 탈 난다고 손도 못 대구로 하고 그랬는데, 몇 년 후에
고마 거 도둑을 맞아 버렸어. 그걸, 그 보물을.

　그 할매를 누가 메(메고) 가버렸어. 메가 갔고. 하모. 옷이랑 좋게 입히

놓고 해 났는데.

　(조사자 : 그 할매는 어떤 모양새였습니까?)

　그 할매가 당 할민디(할매인데) 돌로 만들어 놓은 할맨데.

　(조사자 : 뭘로 만들었다구요?)

　돌. 돌. 돌로 만든 미륵할매를. 우리나라의 보물인데, 쉽게 말하면. 그걸 누가 훔쳐 가버렸어. 몇 년.

　그마 부처, 돌. 돌로 만든 똑(꼭) 우리보다 작게 만들어 놓은 걸. 그리 오래된 걸 갖다가 고만 뉘가(누군가) 훔쳐 가 갖고, 지금은 거가 절을 지어 가지고 몇 채가 들어앉았어. 지금 절을 지어 가지고 세 채가 딱 있어, 내려가다 보면 왼쪽, 고불사라고.


# 징과 꽹과리를 치는 귀신

자료코드 : 04_18_MPN_20090720_PKS_JKS_0001
조사장소 : 경상남도 함양군 마천면 구양리 등구마을 마을회관
조사일시 : 2009.7.20
조 사 자 : 서정매, 문세미나, 이진영, 조민정
제 보 자 : 정길순, 여, 57세
구연상황 : 귀신을 본 이야기를 구연하는데, 실제 겪었던 일이라며 무척 무서웠다고 하면서 이야기를 구연해 주었다.
줄 거 리 : 막내를 임신했을 때에 밭에 일하고 오는 길에 비가 부슬부슬 내리던 날에 징과 꽹과리 두드리는 소리가 났다. 처음에는 마을의 술집에서 나는 줄 알고 신경을 쓰지 않았지만, 자세히 들어보니 소리가 커졌다가 작아졌다가, 멀리서 들렸다가 가까이서 들렸다가, 올라갔다가 내려왔다가 하는 소리가 들렸다. 너무 놀라고 무서워서 마을로 돌아오다가 마을 입구에서 그만 오줌까지 싸버렸다.

　전에 귀신 우는 소리는 들었어.

　저 밭에 갔다 오다가 비가 부실 부실 오는데, 옛날에 저거 아를 두 개

놓고, 세 개째 아를 뱄는데 내가, 애기를 뱄는데 우리 막내 배 갖고 그 랬어.

그래 갖고 부실부실 하는데, 저 여 텃골 간께 텃골이라고 여기 있거든. 텃골이라고 카는데, 밭에를 갔는디, 인자 저녁거름 한다고 왔어, 집에를.

왔는디, 여 시방 올라오는 다리 우에 다리 건너오자면 여, 등구마을 들어오자면 여 다리 우에 들어오자면 이 집에 시방 살거든. 그때는 집도 안지었었어.

집도 안 짓고 인자 사는디, 이 시방 아재 밭 있는데 거거. 거 거 꼬랑에 거거를 찌부게 들어오는데, 비가 부실부실 왔었어. 부실부실 오는데, 막 징 깽맹이를 두드려, 거기서.

징 깽맹이를 막 '장근 장근 장근 장근.' 나는 고 소리를 선명히 들었어. 날이 굳고 비가 오면은 나는 거 안 가. 날이 좋을 때도 날이 쪼깨 쪼깨 좀 거슥하면 고마, 어둡어지면 고마 안 있고, 늦게까지 안 있고, 고마 일 찍 들어와버리고, 집에. 그라거든.

(조사자 : 무슨 소리라고요?)

귀신 우는 소리.

(조사자 : 징 깽맹이. 징하고 깽맹이?)

꽹과리.

(조사자 : 꽹과리.)

(청중 : 그러니까 여(여기) 말은 사투리라서 우리 말을 잘 못 알아들어.)

징, 깽맹이를 "장근 장근 장근 장근" 두드리더만은 멀리 들렸다가 가깝게 들렸다가, 멀리 들렸다가 가깝게 들렸다가 그래.

그래서 나는 술을 요집에서 인자, 요전에 술을 장사를 한 께로 술 묵고 노는 줄 알았어. 그래 갖고 나는 서서 여사 쳐다보고 그랬지. 그랬는디, 아이 가만이 들은께로 그게 아니라.

전 먼 동에 소리가 났다가, 낮추게 소리가 났다가, 나지게(낮게) 소리가 났다가 마, 뭐시 하 고마 징 깽맹이를 마 두드리고 올라가고 두드리고 내려오고, 또 간간히 들리다가 간간히 안 들렸다가 마 그러더라고.

그래 갖고 인자 몬당에 거 와 소집 만당에 거 와 안 있어, 거 온께로 쪼깨 점 낫데. 사람이 이리 인자 있은께로. 있걸래 아이 고마 거 와 갖고, 시방 거 저 논 있는, 밭 있는 데 거기 은행나무가 큰 게 안 있던가배, 시방 빼버렸지만은.

아이, 거게 온께 침침하이 마을이라도 한 마을이라도 고마, 거 온께 무서버서 고마 사람이 죽겠는 거라 고마, 꼬치를 따 갖고 오다가 마 꼬치 소쿠리를 고마 내버렸어. 거다가 또, 거 오다가 고마. 그래 갖고 인자 거여 디딜방에가 이 여 오며는 더들방애가 있거든.

더들방애가 있는데 거 오니까 더 무섭어. 내가 옷에다 오줌을 팍 싸버리고 와버렸어. 얼매나 무섭든지. 말도 못해.


# 호식 당한 시아버지

자료코드 : 04_18_MPN_20090720_PKS_JKS_0002
조사장소 : 경상남도 함양군 마천면 구양리 등구마을 마을회관
조사일시 : 2009.7.20
조 사 자 : 서정매, 문세미나, 이진영, 조민정
제 보 자 : 정길순, 여, 57세
구연상황 : 마을에서 있었던 이야기라며 들려주었다. 청중들도 모두 아는 이야기여서 인지 서로 말을 아끼지 않고 설명을 해 주었다.
줄 거 리 : 며느리와 함께 살고 있던 나이 많던 시아버지가 정신이 좀 없는 편이었다. 어느 날 며느리가 자고 일어나 보니, 시아버지가 호랑이에게 물려서 죽어 있었다.

(청중 1 : 사람을 싹 뜯어 먹어삐더래야.)

(청중 2 : 손가락을 끊어 먹어 버렸대야, 손가락만.)

(청중 3 : 손가락을 끊어 먹고 창자도 내 먹었더래야.)

손가락을 요리 요리 싹, 싹 끊어 먹었더랴야.

(청중 4 : 아이라, 그 영감이 나이가 많아 정신이 없었어.)

감나무골 내나 우리 시아바이, 사촌. 그런디 정신이 없더라네. 그래 갖고 하루 저녁에 누워 자는데, 아직에 저게 저 문이 열렸더래야. 며느리가 나가 본 게, 나가서 하우스 문이 쪼깨 열려서 저기 들여다 본께로. [목소리를 낮추며] 시아바이가 돌아갔는데, 이래 호랭이 발그치 해 갖고 손을 요렇게 발그치 긁어뺐더랴.

(청중 2 : 손가락 끊어 묵었다 카더만.)

손가락 끊어 묵었다 소리는 안 하던데.

(청중 2 : 아이가, 손가락 끊어 묷다.)

손가락 끊어 묷다 캐?

(청중 2 : 손가락을 싹 끊어 묷다 캐.)

(조사자 : 아주머니 얘기하시는 말씀은, 호랑이가 이렇게 할켜 가지고 손가락이 끊어져 나갔다 이 말씀이십니까?)

(청중 3 : 할키긴 했어도 끊어 묵지는 않았을 기라.)

그래 갖고 죽어 갖고 있더래아. 아들은 죽고 며느리하고 둘이 같이 시아바이하고 사는데. 며느리는 큰방에 자고 시아바이는 작은방에 산다 카더만, 아래채에.

그래 갖고 돌아가셨대.

(조사자 : 언제 적 얘기입니까?)

오래 됐어.

(청중 3 : 한 40년 너머 됐을 기라.)

40년은 안 됐고, 우리 여 이사 나와 갖고 얼매 있다 죽었어, 한 30년. 한 30년 이짝 저짝이라.

(조사자 : 호랑이가 있다는 말입니까?)

하모, 있지. 산짐승이 그랬지, 하모.

(조사자 : 산짐승인지 모르겠지만 호랑이가 그랬다.)

(청중 2 : 30년 전에는 호랑이가 있었지. 전기불 들어오고 나서는 인자 없어.)

(청중 3 : 호랑이라 캐도 진짜 호랑이가 아니라 이런 데는 갈가지라, 갈 가지.)

(조사자 : 갈가지가 뭡니까?)

(청중 2 : 표범 작은 거 있잖아.)

(청중 3 : 텔레비전 같은 데 나오는 얼룩달룩한 거, 고 종류라. 근께 뭐 사자 같은 거 이런 거는 보도 못했어.)

# 모심기 노래

자료코드 : 04_18_FOS_20090720_PKS_GSD_0001
조사장소 : 경상남도 함양군 마천면 구양리 등구마을 마을회관
조사일시 : 2009.7.20
조 사 자 : 서정매, 문세미나, 이진영, 조민정
제 보 자 : 고순달, 여, 81세
구연상황 : 고순달이 부르기 시작했으나, 함께 있던 청중들도 모두 큰 소리로 따라 불러
주었다. 그러나 뒷 가사가 생각이 나지 않아 노래가 끊어졌지만, 다시 고순달
이 천천히 긴 소리로 모심기 노래를 불러 주었다.

한모시~ 속적삼 안에 연젖것튼 저젖 나왔~네-
연젖이나 분젖이나~ 추자~도록 재~가 넌고
제가 이상 없네혜이만은 요내헤이 맘이~ 심란하네

물꼬는 철철 흘려나놓고~ 주인 한량 어데 갔소-
문애이전복(문어 전복) 에와 들고~ 첩의 방~에헤이 놀로 갔네~

# 모심기 노래

자료코드 : 04_18_FOS_20090723_PKS_KMN_0001
조사장소 : 경상남도 함양군 마천면 삼정리 양정마을 마을정자
조사일시 : 2009.7.23
조 사 자 : 서정매, 김미라, 이진영
제 보 자 : 김명남, 여, 69세
구연상황 : 제보자는 모심기 노래를 많이 불렀다며, 자신 있게 불러 주었다. 그러나 노래
를 부르다가 갑자기 한 소절이 기억나지 않아서 잠시 멈추었다가 말로 가사

를 이어 불러 주었다

모야~ 허이 모~야 노랑모야~
이달 크고 허이 훗달 크면 열매를 열~래-


# 양산도

자료코드 : 04_18_FOS_20090723_PKS_KMN_0002
조사장소 : 경상남도 함양군 마천면 삼정리 양정마을 마을정자
조사일시 : 2009.7.23
조 사 자 : 서정매, 김미라, 이진영
제 보 자 : 김명남, 여, 69세
구연상황 : 처음에는 청중들이 조용히 듣고만 있었으나, 노래를 부를수록 한 명씩 박수를
치면서 호응하게 되었다. 분위기도 박수 소리가 점점 커지면서 흥겨워졌다.

함양 산천~ 물레방아는 물을 안~고 돌~고~~
우러집에~ 등잔님은 나를 안고 돈~다
오여라 누여라 나 못 놀~겄~네~
열놈이~무나줘도 나는 못 노-리로~고~나


# 청춘가

자료코드 : 04_18_FOS_20090723_PKS_KMN_0003
조사장소 : 경상남도 함양군 마천면 삼정리 양정마을 마을정자
조사일시 : 2009.7.23
조 사 자 : 서정매, 김미라, 이진영
제 보 자 : 김명남, 여, 69세
구연상황 : 제보자가 노래를 부르니 청중들이 모두 즐거워하며 박수를 치고, 또 잘한다면
서 추임새를 넣어 주었다.

청춘만 되거~라이~ 청춘만 되거~라~

한오백년 살더래~도~ 에이헤 청춘만 되거~라~

가다가 놀아라~ 물레야 돌아라~

정 많이 드는 님은~ 좋~다 내 품에 있는구나~


## 다리 세기 노래

자료코드 : 04_18_FOS_20090723_PKS_KMN_0004
조사장소 : 경상남도 함양군 마천면 삼정리 양정마을 마을정자
조사일시 : 2009.7.23
조 사 자 : 서정매, 김미라, 이진영
제 보 자 : 김명남, 여, 69세
구연상황 : 박수를 치면서 다리 세기 노래를 불러 주었다. 부르다가 가사가 기억나지 않자 청중들에게 묻기도 하였다. 기억이 잘 나지 않았는지 짧은 가사로 불러 주었다.

이거리 저거리 각거리

진주맹근 도맹근

짝바리 희양근

도래줌치 사래육

똘똘몰아 장도칼


## 진도 아리랑

자료코드 : 04_18_FOS_20090723_PKS_KMN_0005
조사장소 : 경상남도 함양군 마천면 삼정리 양정마을 마을정자
조사일시 : 2009.7.23

조 사 자 : 서정매, 김미라, 이진영
제 보 자 : 김명남, 여, 69세
구연상황 : 아리랑을 불러달라고 했더니, 진도 아리랑을 불러 주었다. 손뼉을 치면서 박
자를 맞추며 노래를 불러 주었다. 청중들도 진도 아리랑은 다 알고 있어서인
지, 대부분 함께 불러 주었다.

아리아리랑 스리스리랑 아라리가 났~네~

아리랑 응응응 아라리가 났네~

문경새재는 웬 고개인가 구부구부야 눈물이로-구나~

아리아리랑 스리스리랑 아라리가 났네~에헤엥

아리랑 응응응 아라리가~났네~


# 보리타작 노래

자료코드 : 04_18_FOS_20090723_PKS_KMN_0006
조사장소 : 경상남도 함양군 마천면 삼정리 양정마을 마을정자
조사일시 : 2009.7.23
조 사 자 : 서정매, 김미라, 이진영
제 보 자 : 김명남, 여, 69세
구연상황 : 보리타작 노래를 불러 주었는데, 가사가 재미있어서인지 청중들 모두가 즐거
워하였다. 노래를 시작하기 전에 "보리타작을 한다"고 말로 먼저 알리고는 노
래로 불러 주었다. 노래 가사가 익살스럽다.

자, 보리타작 한다.

작은처남 여기 쳐라

큰처남 여기 쳐라

시원졌다 까꾸리

넓어졌다 개구녕

# 창부 타령

자료코드 : 04_18_FOS_20090723_PKS_KMN_0007
조사장소 : 경상남도 함양군 마천면 삼정리 양정마을 마을정자
조사일시 : 2009.7.23
조 사 자 : 서정매, 김미라, 이진영
제 보 자 : 김명남, 여, 69세
구연상황 : 제보자는 박수를 치면서 다음 노래를 불러 주었다. 노래를 부르다가 갑자기
　　　　　가사가 생각이 나지 않자 청중들에게 물었다. 청중들도 가사를 가르쳐주더니
　　　　　함께 노래를 불렀다.

　　　새들새들 봄배~추~는 밤이슬 오기만 기다리고-
　　　옥에 갇힌 춘향이는 이도령~ 오기만 기다린다


# 다리 세기 노래

자료코드 : 04_18_FOS_20090723_PKS_KBN_0001
조사장소 : 경상남도 함양군 마천면 강청리 강청마을 박향규 씨 자택
조사일시 : 2009.7.23
조 사 자 : 서정매, 김미라, 이진영
제 보 자 : 김복님, 여, 75세
구연상황 : 조사자가 젊었을 때 불렀던 노래나 들었던 노래가 있으면 불러 달라고 하자
　　　　　제보자는 잠시 생각한 후에 이 노래를 부르기 시작했다. 무척 수줍음이 많았
　　　　　지만, 적극적으로 불러 주었다.

　　　이거리 저거리 각거리
　　　진주맹근 도맹근
　　　짝바리 해양근
　　　도래줌치 사래육
　　　육도육도 전라도
　　　하늘에 올라 장도칼

# 양산도

자료코드 : 04_18_FOS_20090721_PKS_KSR_0001
조사장소 : 경상남도 함양군 마천면 추성리 추성마을 마을정자
조사일시 : 2009.7.21
조 사 자 : 서정매, 김미라, 이진영
제 보 자 : 김상록, 남, 67세
구연상황 : 제보자는 노래를 못 부른다고 거절하다가 계속된 요청에 다음 노래를 불러
　　　　　주었다. 노래를 많이 부르지는 않았는지 무척 쑥스러워 하였고, 중간에 이렇
　　　　　게 하는 것이 맞는 것인지 몇 번씩 확인하였다.

　　　에헤~이여~

　　　함양 산천 물레방아는 물을 안고~ 돌~고

　　　진주 기상 이애미~는 나를 안고 돈~다~

　　　에헤이여라- 누어라 아니 놀지는 못하겠다-


# 모심기 노래

자료코드 : 04_18_FOS_20090720_PKS_KSD_0001
조사장소 : 경상남도 함양군 마천면 구양리 창원마을 마을정자
조사일시 : 2009.7.20
조 사 자 : 서정매, 문세미나, 이진영, 조민정
제 보 자 : 김순달, 여, 80세
구연상황 : 마을의 제보자들이 이야기를 하고 더 이상 이야기가 나오지 않자, 노래를 기
　　　　　다렸다는 듯이 제일 먼저 노래를 불러 주었다. 그러나 메기는 소리만 하고 말
　　　　　았다.

　　　이 논에다 모를 숨궈~ 감실~감~실 영화로세-

# 화투 타령

자료코드 : 04_18_FOS_20090720_PKS_KSD_0002
조사장소 : 경상남도 함양군 마천면 구양리 창원마을 마을정자
조사일시 : 2009.7.20
조 사 자 : 서정매, 문세미나, 이진영, 조민정
제 보 자 : 김순달, 여, 80세
구연상황 : 노랫가락은 예전에 많이 불렀다며 한번 맘껏 불러 보고 싶어 했으나, 막상 노
　　　　 래를 부르다 보니 갑자기 가사가 기억나지 않아서 중간에 노래가 끊어졌다.

　　　정월 솔갱이 솔씨를 숨거

　　　이월 메조에 맺어 놓고

　　　삼월 사쿠라 산란한 맘이

　　　사월 흑사리 흩으러 놓고

　　　오월 난초 나는 나비에

　　　유월 목단에 춤 잘 춘다

　　　그러자 정든 님 만나 유월 유디(유두)

　뭐라이?

　[노래 가사가 기억나지 않아 노래가 끊어졌다.]

# 그네 노래

자료코드 : 04_18_FOS_20090720_PKS_KSD_0003
조사장소 : 경상남도 함양군 마천면 구양리 창원마을 마을정자
조사일시 : 2009.7.20
조 사 자 : 서정매, 문세미나, 이진영, 조민정
제 보 자 : 김순달, 여, 80세
구연상황 : 그네 노래를 기억하느냐고 물으면서 앞 부분 가사를 한 번 읊어 주었다. 그러
　　　　 자 그 가사를 받아서 바로 그 가사에 이어서 노래를 불러 주었다.

(조사자 : 수천당~.)

세-모시 낭계에 당사-실로만 군대를 매어

임이 뛰면 내가 밀고~ 내가 밀면~임이 밀고

임아 임아 줄 살살~ 밀어 줄 떨어지면 정 떨어지-네


# 예쁜 마누라 노래

자료코드 : 04_18_FOS_20090720_PKS_KSY_0001
조사장소 : 경상남도 함양군 마천면 구양리 창원마을 마을정자
조사일시 : 2009.7.20
조 사 자 : 서정매, 문세미나, 이진영, 조민정
제 보 자 : 김순열, 여, 85세
구연상황 : 모심기 노래가 제보되고 난 뒤에 분위기가 무르익자, 스스로 박수를 치면서
갑자기 노래를 시작하였다. 박수로 장단을 맞추며 노랫가락을 흥겹게 불러 주
었다.

예쁠레라~ 고울-레라~

우리집 마누라 예쁠레라~

달게달게 자는 잠을 쩔북쩔북 깨워노니~

기른 머리는 가닥가닥 연지볼은 붉그족족

우리 집의 마누라 예쁠레라~

마누라를 쳐다보니 반달 같고-

새끼들을 쳐다보니 꽃과 같네-

얼씨구- 절씨구 지화자 좋네~

이리 좋다가 또 딸 놓제~

# 처남 노래

자료코드 : 04_18_FOS_20090720_PKS_KSY_0002
조사장소 : 경상남도 함양군 마천면 구양리 창원마을 마을정자
조사일시 : 2009.7.20
조 사 자 : 서정매, 문세미나, 이진영, 조민정
제 보 자 : 김순열, 여, 85세
구연상황 : 노랫가락을 부르고 난 뒤 바로 이어서 불러 주었다. 스스로 박수를 치면서 장
단을 맞추었는데, 부르는 것을 무척 즐거워했다.

처남 처남-내 처남아~ 자네 누님 뭐라던고-

입던 적삼 등 받든가~ 신던 버선 발 밟던가~

볼도 등도 아니받고~ 네모 빤-듯~장판방에~

자형 오기만 기다려요~

# 모찌기 노래

자료코드 : 04_18_FOS_20090720_PKS_KSY_0003
조사장소 : 경상남도 함양군 마천면 구양리 창원마을 마을정자
조사일시 : 2009.7.20
조 사 자 : 서정매, 문세미나, 이진영, 조민정
제 보 자 : 김순열, 여, 85세
구연상황 : 노랫가락을 불러 주고 난 뒤 바로 모심기 노래를 불러 주었다. 계속 노래가
생각이 나는 듯 했다. 모심기 노래도 마찬가지고 스스로 박수를 치면서 즐거
운 듯이 불러 주었다. 주위 청중들도 작은 소리로 따라 불러 주었다.

물꼬는 철철~ 흘려~놓고~ 울언~님-은 오데 갔노-

이 논에~다~ 모를 부어~ 모쩌~내~기 난감~하~네-

이 논에~다- 모를 숨거~ 감실~감~실 영화~로~세-

# 모심기 노래

자료코드 : 04_18_FOS_20090720_PKS_KSY_0004
조사장소 : 경상남도 함양군 마천면 구양리 창원마을 마을정자
조사일시 : 2009.7.20
조 사 자 : 서정매, 문세미나, 이진영, 조민정
제 보 자 : 김순열, 여, 85세
구연상황 : 모심기 노래를 한 번 부르고는 연이어 가사가 생각이 났는지 계속 이어서 불
러 주었다. 그러나 가사는 모심기 노래의 가사이지만 노랫가락으로 불러 주었
다. 노랫가락이든 모심기 노래이든 관계없이 노래를 부를 때마다 계속 박수를
치면서 장단을 맞추었다.

날 저-물고 해- 다 진데~ 단장하~고 어데 가오-
저 건네-라 첩의 집-에- 단장하고~ 나는 가네~
첩의~ 집에 갈라-걸라큰 나 죽는- 꼴을- 보고 가요~

저 건네 첩의 집은 꽃밭이라 본처 방은- 연못이네~
첩아 첩아 날 놓아라 본-처 간장- 다 녹는다~
본처 생각을 할라걸랑~ 요내- 문-전을 오도 마오(오지 마오)~


# 노랫가락

자료코드 : 04_18_FOS_20090720_PKS_KSY_0005
조사장소 : 경상남도 함양군 마천면 구양리 창원마을 마을정자
조사일시 : 2009.7.20
조 사 자 : 서정매, 문세미나, 이진영, 조민정
제 보 자 : 김순열, 여, 85세
구연상황 : 한 번 노랫가락을 부르기 시작하고는 가사가 생각이 났는지, 생각이 나는 대
로 연이어서 불러 주었다. 스스로 박수를 치면서 장단을 맞추었다. 흥겨움이
많은 제보자였다.

임 마중 갈라고~ 곱게 빗은 가네 머리-

소소리 바람에- 좋다 절리가 마렸네~

산천 초목이~ 불 질러 놓고요~

진주 남강으로~좋-다 물 길러 갑시다~

산에끼 백발은~ 쓸 곳이 있건만은~

우리 인생 백발은~ 씰 곳이 없어~요~

우리 인생도~ 죽어-진다-면~

저 건네 저 무덤~어~ 우리 무덤 아닌~가~

잠재~기를~ 옷문에다 감고요~

수포리를~여~ 벗을~삼고~요~

밤이나~ 낮이나~ 무~슨 이유로~

어느 누기가~ 에헤~날 찾아올껜고~

일가 친지~ 많다해여~도~ 날 찾아오리~는~어~허

하나도 없구나~

석탄백탄 타는데~

연기만 보골통 나것만은~

요네-가슴은 다 타~도~

한품의~그님도 안나~네-

바람은 불수록~ 먼지만 나고~요~

우리 님은 볼수~록~좋다 사랑만 나노~랴~

나비 없는 청산~에~ 꽃에서 무엇해~

임 없는 이 세~상~ 에헤에 다 살아 뭣 하꼬~

# 종지기 돌리는 노래

자료코드 : 04_18_FOS_20090722_PKS_KJS_0001
조사장소 : 경상남도 함양군 마천면 덕전리 실덕마을 마을정자
조사일시 : 2009.7.22
조 사 자 : 서정매, 김미라, 이진영
제 보 자 : 김점순, 여, 83세
구연상황 : 조사자가 젊었을 때 불렀던 노래나 들었던 노래가 있으면 불러 달라고 하자
제보자는 잠시 생각하다가 부르기 시작한다. 무척 여성적이면서도 조용한 분
이었지만 제보에는 적극적이었다.

돌아간~다 돌아간~다

종-지 깍쟁이 돌~아간-다

이 구석 저 구석 돌~아간-다


# 창부 타령

자료코드 : 04_18_FOS_20090721_PKS_MJK_0001
조사장소 : 경상남도 함양군 마천면 추성리 추성마을 마을정자
조사일시 : 2009.7.21
조 사 자 : 서정매, 김미라, 이진영
제 보 자 : 문정권, 남, 71세
구연상황 : 제보자가 노래를 권하자 처음에는 무척 쑥스러워하다가 다른 제보자들의 노
래를 듣고 난 뒤에 한 곡을 불러 주었다.

노세 젊어서 놀아~ 늙어지면은-못 노~나~니-

화무는 십일홍이요 달도 차면은 기우나~니-

인-생은 일장춘-몽에 아니 놀지는 못하~리-라~

# 그네 노래 / 노랫가락

자료코드 : 04_18_FOS_20090721_PKS_MJK_0002
조사장소 : 경상남도 함양군 마천면 추성리 추성마을 마을정자
조사일시 : 2009.7.21
조 사 자 : 서정매, 김미라, 이진영
제 보 자 : 문정권, 남, 71세
구연상황 : 다른 제보자의 얘기가 끝나고 나자 어릴 때 배운 것이라며 노래를 불러 주었
다. 무척 부끄럼이 많은 제보자여서 노래를 부를 때도 수줍음이 배어져 소극
적으로 불러 주었다.

수-천당~ 세-모시 낭게~ 둘이 뛰자고 그네를 매~어-

임이 뛰면 내-가나-밀고~ 내가 뛰-면은 임이 밀~어-

임아 사랑아 줄~ 살살- 밀어 줄 떨어-진다면 정 떨어-진~다-


# 양산도

자료코드 : 04_18_FOS_20090721_PKS_MJK_0003
조사장소 : 경상남도 함양군 마천면 추성리 추성마을 마을정자
조사일시 : 2009.7.21
조 사 자 : 서정매, 김미라, 이진영
제 보 자 : 문정권, 남, 71세
구연상황 : 그네 노래를 부르고 이어서 불러 주었다. 부끄러움이 많은 성격이었지만, 노
래를 한 번 부르기 시작하자 점점 흥겨워하며 즐겁게 노래를 불러 주었다.

에헤이~요~

져라 봄 져라 오고가지를 마~라~

아까운 내 청춘 다 늙어-진~다~

어여라-누어~라~ 두리둥실 좋~네~

# 모심기 노래 (1)

자료코드 : 04_18_FOS_20090720_PKS_PKS_0001
조사장소 : 경상남도 함양군 마천면 구양리 창원마을 마을정자
조사일시 : 2009.7.20
조 사 자 : 서정매, 문세미나, 이진영, 조민정
제 보 자 : 박금순, 여, 72세
구연상황 : 김순달이 화투 타령과 그네 노래를 부르고 난 뒤, 본인도 무언가를 부르고 싶
         었던 듯 이어서 모심기 노래를 불러 주었다. 받는 소리만 짧게 부른 모심기
         노래이다.

　　　　고만보~고~ 영활랜가~ 끝을~봐야 영화로세~


# 모심기 노래 (2)

자료코드 : 04_18_FOS_20090720_PKS_PKS_0002
조사장소 : 경상남도 함양군 마천면 구양리 창원마을 마을정자
조사일시 : 2009.7.20
조 사 자 : 서정매, 문세미나, 이진영, 조민정
제 보 자 : 박금순, 여, 72세
구연상황 : 모심기 노래를 예전에 많이 부른 것으로 보이나 긴 가사로 잇지는 못하고 짤
         막짤막 조금씩 불러 주었다.

　　　　저 건네~ 농창~ 떴는 해는~ 서해~헤이 서~산 걸앉았네~


# 엿장수 노래

자료코드 : 04_18_FOS_20090723_PKS_PSS_0001
조사장소 : 경상남도 함양군 마천면 삼정리 양정마을 마을정자
조사일시 : 2009.7.23
조 사 자 : 서정매, 김미라, 이진영

제 보 자 : 박순생, 여, 86세
구연상황 : 엿 파는 노래를 불러 주었는데, 엿장수의 재담까지도 구연해 주어 청중들과
조사자들까지 모두 즐거워하며 웃었다.

엿을 사시오 엿을~ 사 마산 부산을 수루빠 갖고
정신 없이 주는 엿이 귀하 장착 파는 엿이오~
배 아푼 데 좋고 설사하는 데 약엿이오~


## 모심기 노래

자료코드 : 04_18_FOS_20090723_PKS_PSS_0002
조사장소 : 경상남도 함양군 마천면 삼정리 양정마을 마을정자
조사일시 : 2009.7.23
조 사 자 : 서정매, 김미라, 이진영
제 보 자 : 박순생, 여, 86세
구연상황 : 목소리가 쉬어서 안 난다고 했지만, 잘 불러 주었다. 긴 소리로, 메기는 소리
만 불러 주고, 받는 소리는 기억이 나지 않아 부르지 않았지만, 잘 구연되지
않았던 가사였다. 또 이어서 불러 준 모심기 노래는 앞 부분이 빠지기도 했지
만 뒷부분의 가사는 잘 연결해서 불러 주었다.

노랑노랑~ 세상 비추며~
주름주~름에 쌱내가 난~다

울 언님은~ 어디 가고~ 연기 낼~줄을 모르는고
울 언님은~ 저 건네라 잔솔밭에 새간 살~로야 가고 없네
무슨 놈의 새간살이~ 낮에~ 살고야 밤-에도 사는고
낮이로는~ 솔 지키고~ 밤으~로~는 잠을 자네

# 사발가

자료코드 : 04_18_FOS_20090723_PKS_PSS_0003
조사장소 : 경상남도 함양군 마천면 삼정리 양정마을 마을정자
조사일시 : 2009.7.23
조 사 자 : 서정매, 김미라, 이진영
제 보 자 : 박순생, 여, 86세
구연상황 : 사발가를 불러 주었으나, 선율은 메나리조의 가락으로 불러 주었다. 그래서인
지 후렴구가 없다.

석탄백탄 타는디~ 연기만 퐁~퐁 나는~디
요내 가슴 타는 데는~ 연기- 한 점도 안 나~네


# 그네 노래 / 노랫가락

자료코드 : 04_18_FOS_20090723_PKS_PSS_0004
조사장소 : 경상남도 함양군 마천면 삼정리 양정마을 마을정자
조사일시 : 2009.7.23
조 사 자 : 서정매, 김미라, 이진영
제 보 자 : 박순생, 여, 86세
구연상황 : 예전에 많이 불렀던 노래라고 하면서 스스로 박수를 치면서 노래를 불러 주
었다.

수-천당 세모시 낭게~ 늘어진 가-지에 그네를~ 매~어
임이 뛰면~내-가나 밀고~ 내가 뛰~면은 임이 민~다
임아 사-랑아 줄 살살 밀어~ 줄 떨어지면은 정 떨어~지~네


# 화투 타령

자료코드 : 04_18_FOS_20090723_PKS_PSS_0005

조사장소 : 경상남도 함양군 마천면 삼정리 양정마을 마을정자

조사일시 : 2009.7.23

조 사 자 : 서정매, 김미라, 이진영

제 보 자 : 박순생, 여, 86세

구연상황 : 청중들에게 화투 타령을 기억하는지를 물었더니, 알긴 아는데 잘 모르겠다며 청중들이 웅성거리고 있을 때, 제보자가 갑자기 노래를 시작하였다.

정월 솔갱이~ 숲숲에 앉아~

이월 매조에 맺어~ 놓고

삼월 사쿠라- 산란한 마음~

사월 흑사리 흔-트러 놓고

오월 난초 나비~ 날아

유월 목단에 춤 잘 춘다

칠월-홍돼지 홀로~ 누워

팔월 공산에 달 밝은데-

구월 국-화- 깊이나 핀 꽃~

시월 단풍에 떨어~진다


## 도라지 타령

자료코드 : 04_18_FOS_20090723_PKS_PSS_0006

조사장소 : 경상남도 함양군 마천면 삼정리 양정마을 마을정자

조사일시 : 2009.7.23

조 사 자 : 서정매, 김미라, 이진영

제 보 자 : 박순생, 여, 86세

구연상황 : 나물 캐는 노래를 불러 달라고 요청을 하자 도라지 타령을 불러 주었다. 원래는 흥겨운 노래인데, 청중들은 박수를 치지 않고 조용히 들어 주었다.

도라지 도라지 도-라지~ 심심-산천에 백도라지

어디-날 때가 없어~서~ 옆 바위 새이에다 났느냐

도라지 도라지 도-라지~ 심심-산천에 백도라지
한두-뿌링이만 캐-어도~ 대바구니 반실만 되노라
에이헤이용~ 에이헤이용~ 에헤~이용~
어야라난다 지화자 좋~다
니가 내 간장 스리살살 다 녹힌다-


# 청춘가

자료코드 : 04_18_FOS_20090723_PKS_PSS_0007
조사장소 : 경상남도 함양군 마천면 삼정리 양정마을 마을정자
조사일시 : 2009.7.23
조 사 자 : 서정매, 김미라, 이진영
제 보 자 : 박순생, 여, 86세
구연상황 : 계속 노래를 부르다 보니, 소리가 더욱 자신감 있게 크게 불렀다. 청중이 박
　　　　　수를 치며 박자를 맞춰 주었고, 또 함께 불러 주기도 했다.

노자 좋다- 젊어서 놀아~ 늙고 병들면 못 노~나니-
아무렴 십일홍이요~ 달도 차-면은 기-우나~니-


# 노랫가락

자료코드 : 04_18_FOS_20090723_PKS_PSS_0008
조사장소 : 경상남도 함양군 마천면 삼정리 양정마을 마을정자
조사일시 : 2009.7.23
조 사 자 : 서정매, 김미라, 이진영
제 보 자 : 박순생, 여, 86세
구연상황 : 높은 음으로 노래를 시작하여 부르다가, 숨이 막혀서 잠시 멈추기도 했다. 스

스로 숨이 막히는 것 같다. 조심해서 노래를 불러 주었다.

금산가래를~ 삼지화 삼고~서~
임의야 품 안~에~ 잠자로 갑시~다~


# 양산도

자료코드 : 04_18_FOS_20090723_PKS_PSS_0009
조사장소 : 경상남도 함양군 마천면 삼정리 양정마을 마을정자
조사일시 : 2009.7.23
조 사 자 : 서정매, 김미라, 이진영
제 보 자 : 박순생, 여, 86세
구연상황 : 양산도를 불러 주었다. 청중이 잘한다며 큰 소리로 추임새를 넣기도 하였다.
노래를 부르고 나서는 별것 아니라며 부끄러움을 표시하기도 하였다.

에헤~이여~
끌는다 끌는다 바지나 좔좔좔~ 끌~네-
열두 폭 치맛자락 아리잘좔- 끈~네-
열두 폭 치맛자락만 아리나좔좔~ 끌느~냐~
우리~장모 세로치마 아리나좔좔- 끈~데-


# 댕기 노래

자료코드 : 04_18_FOS_20090723_PKS_PSS_0010
조사장소 : 경상남도 함양군 마천면 삼정리 양정마을 마을정자
조사일시 : 2009.7.23
조 사 자 : 서정매, 김미라, 이진영
제 보 자 : 박순생, 여, 86세
구연상황 : 댕기 노래를 불러 주었는데, 아리랑의 곡조에 맞추어 노래를 불러 주었다. 그

러나 아리랑의 후렴구는 넣지 않고, 짧은 가사로만 불러 주었다.

칠-라당 팔-라당 홍갑사 댕~기~

고운 때도~ 아니 묻어~ 날받이 왔-네


# 삼 삼는 소리

자료코드 : 04_18_FOS_20090723_PKS_PSS_0011
조사장소 : 경상남도 함양군 마천면 삼정리 양정마을 마을정자
조사일시 : 2009.7.23
조 사 자 : 서정매, 김미라, 이진영
제 보 자 : 박순생, 여, 86세
구연상황 : 삼 삼는 노래의 기억을 되새기며 가사를 읊고 있어서, 조사자가 기억이 나는
데까지만이라도 괜찮으니, 노래로 불러 보라고 하자 바로 불러 주었다.

잠이 오네~ 잠-이야 오네~

이내~ 눈에서 잠-이 오네~

건삼가래를 얼른 삼고~

임의~ 품에~ 잠자러 가세


# 창부 타령 (1)

자료코드 : 04_18_FOS_20090722_PKS_PJC_0001
조사장소 : 경상남도 함양군 마천면 덕전리 실덕마을 마을정자
조사일시 : 2009.7.22
조 사 자 : 서정매, 김미라, 이진영
제 보 자 : 박재춘, 남, 91세
구연상황 : 조사자가 젊었을 때 불렀던 노래나 들었던 노래가 있으면 불러 달라고 하자
서로 모심는 노래를 불러 보라며 서로를 지목하고 있었는데, 가장 연장자인

91세의 박재춘 제보자가 선뜻 노래를 불러 주었다.

간다고 하더니 왜 오싰나 간다고 하더니 왜 오싰어
이-왕-에 오신 걸음에 하루-나절~ 못 놀겠노-
얼씨구나 좋네- 얼쩔거나 암만~해도~ 할 수 없다-


# 양산도 (1)

자료코드 : 04_18_FOS_20090722_PKS_PJC_0002
조사장소 : 경상남도 함양군 마천면 덕전리 실덕마을 마을정자
조사일시 : 2009.7.22
조 사 자 : 서정매, 김미라, 이진영
제 보 자 : 박재춘, 남, 91세
구연상황 : 분위기가 너무 화기애애하여 노래를 부르면 모두가 박수를 치며 즐거워하였
다. 박재춘 제보자가 유창한 목소리로 노래를 부르면 서로 따라서 부르기도
하고 이어서 받아 부르기도 하였다.

에~헤~이요-
지리산 흙들이 지남철이 깔린냥~
붙기만 붙으~면 떨어질줄을 몰~라~
오여라 누어라 못놓~컸~네~
태산이-무너져-가도 나는 못 놓-겄~네-


# 창부 타령 (2)

자료코드 : 04_18_FOS_20090722_PKS_PJC_0003
조사장소 : 경상남도 함양군 마천면 덕전리 실덕마을 마을정자
조사일시 : 2009.7.22
조 사 자 : 서정매, 김미라, 이진영

제 보 자 : 박재춘, 남, 91세

구연상황 : 마을에서 가장 연장자가 불러서인지 청중들이 모두가 박수를 치며 장단을 맞추었다. 마침 다른 마을에서 떡과 과일을 가져다 주어서 잔치를 하듯 흥겨운 분위기였다.

새들새-들 봄배추는~봄비- 오기만 고대하고-

옥에 갇힌 춘향이는~ 이도령 오기만 고대한다~

얼씨구나 절~씨구~ 아니-노지는~못하리라-


# 노랫가락

자료코드 : 04_18_FOS_20090722_PKS_PJC_0004

조사장소 : 경상남도 함양군 마천면 덕전리 실덕마을 마을정자

조사일시 : 2009.7.22

조 사 자 : 서정매, 김미라, 이진영

제 보 자 : 박재춘, 남, 91세

구연상황 : 다른 제보자가 노랫가락으로 그네 노래를 부르고 난 뒤 바로 이어서 다음 노랫가락을 불러 주었다. 분위기가 무척 무르익어서 모두가 즐거워하며 박수를 쳤다.

너도 날 잃고 몬~사는 세상~ 나도~ 널- 잃고 몬사~는 세상-

억만근절- 한-탄을 말고~ 있는 정- 하나 변치를 마~라-

이루(이후)에 남 되고 보~면은 후회하고 막심-

꽃 좋다 탐 내지 말고~ 모진 손~으로 끈지마라

보고 끈고 껑어바리믄~ 장부 할-일은 아니로다

얼씨구 어쩔이거나~ 나가 먹응께~할 수 없네

# 창부 타령 (3)

자료코드 : 04_18_FOS_20090722_PKS_PJC_0005
조사장소 : 경상남도 함양군 마천면 덕전리 실덕마을 마을정자
조사일시 : 2009.7.22
조 사 자 : 서정매, 김미라, 이진영
제 보 자 : 박재춘, 남, 91세
구연상황 : 다른 제보자가 창부 타령을 불러 주었는데, 노래가 끝나자 바로 이어서 창부
타령을 받아 불렀다. 모두가 박수를 치며 즐거워하는 흥겨운 분위기였다. 창
부 타령 두 곡을 이어서 불러 주었다.

배는 고파서 어떻게 묵고~ 방은 추워 내떨린데~

우런 님은-어디를 가고~ 나 요리하는 줄 모르느냐-

얼씨구나 좋네- 어쩔이거~나~ 기분 좋게 노다 가소-


에헤 노지는~ 못하리라~

청룡 한룡에-이 노는 자리는 비늘이 늘어져 퍼덕지고

비상 한량들 노는 자리는~ 장구 열채가 퍼덕이고

우리야 영감들 노는 자리는~ 막걸리 한잔이 퍼덕인다-

얼씨꾸나 어쩔이거나~ 나가(나이가)~ 먹으니 할 수 있나~


# 양산도 (2)

자료코드 : 04_18_FOS_20090722_PKS_PJC_0006
조사장소 : 경상남도 함양군 마천면 덕전리 실덕마을 마을정자
조사일시 : 2009.7.22
조 사 자 : 서정매, 김미라, 이진영
제 보 자 : 박재춘, 남, 91세
구연상황 : 양산도를 많이 불렀는지 굉장히 신명나게 큰 소리로 불렀다. 마을 주민들 모
두가 얼굴을 미소를 띠며 신나게 박수를 쳐 주었고, 노래를 부르고 나자 마치

교환창을 하듯 다른 청중이 바로 받아서 불러 주었다.

에헤~이~요-

참도 좋구나 정 드나 좋~네~

오늘 장방향이 좀조나 좋네~

오여라 누어라 못 놓~겠~네~

태산이- 무너져~도 나는 못 놀겠네-

(청중 : [노래로] 함양 산천 물레방아 물을 안고 돌고
우리 집에 서방님은 나를 안고 도네)

# 양산도 (3)

자료코드 : 04_18_FOS_20090722_PKS_PJC_0007
조사장소 : 경상남도 함양군 마천면 덕전리 실덕마을 마을정자
조사일시 : 2009.7.22
조 사 자 : 서정매, 김미라, 이진영
제 보 자 : 박재춘, 남, 91세
구연상황 : 다른 제보자가 양산도를 불렀는데, 끝나는 부분에서 바로 받아서 양산도를 불
러 주었다. 이렇게 노래가 끊어지지 않고 계속 받아서 부르는 것은 당연한 것
이라고 하였다. 이렇게 노래가 끊어지지 않아서 더욱 흥겨운 분위기였다. 마
을 어르신들 모두가 박수를 치며 즐거워하였다.

에헤~이요~

정 주지 말어라 정 주지를- 말~어라

남의 임자 보고~서 정 주지를 말어라~

오여라 누여라 하는 수가~ 있~냐

잡았던 헐목을 놓을 수가 없~네-

# 너냥 나냥

자료코드 : 04_18_FOS_20090722_PKS_BBS_0001
조사장소 : 경상남도 함양군 마천면 덕전리 실덕마을 마을정자
조사일시 : 2009.7.22
조 사 자 : 서정매, 김미라, 이진영
제 보 자 : 변복순, 여, 84세
구연상황 : 변복순 할머니가 너냥 나냥을 부르기 시작하자, 주위의 할머니들이 박수로 장
단을 맞추며 즐겁게 함께 불러 주었다. 부르고 나서도 너무 좋다고 하면서 즐
거움을 표시하였다.

　　　너냥 나냥 두리둥실~ 좋고요

　　　밤에 밤에나- 낮이 낮이나 참사랑이로~구나-

　　　내냥 너냥 두리둥실 좋고요

　　　밤이 밤이나 낮이 낮이나 참사랑이로~구나

　　　아침에- 우는 새는 배가 고파~ 울~고요-

　　　저~녁에 우는 새는 임이 기리워~ 운다-

　　　너냥 내~냥 두리둥실 좋-고요

　　　밤이 밤이나 낮이 낮이나 참사랑이로~구나


# 사발가

자료코드 : 04_18_FOS_20090722_PKS_BBS_0002
조사장소 : 경상남도 함양군 마천면 덕전리 실덕마을 마을정자
조사일시 : 2009.7.22
조 사 자 : 서정매, 김미라, 이진영
제 보 자 : 변복순, 여, 84세
구연상황 : 노래 부르는 것을 좋아하여, 녹음을 시작하자 먼저 하나 둘 셋을 외치며 박자
를 맞추었다. 그러자 조사자들이 다시 하나 둘 셋 넷을 외치며 박자를 맞춰
주었다. 무척 즐거워서 연신 웃음이 가득했다.

석탄- 백탄- 타는~데~ 연기도 짐도 나고~요-

요내- 가슴- 타는~데~ 연기도 짐도 안 나네-


# 양산도

자료코드 : 04_18_FOS_20090720_PKS_SMJ_0001

조사장소 : 경상남도 함양군 마천면 구양리 등구마을 마을회관

조사일시 : 2009.7.20

조 사 자 : 서정매, 문세미나, 이진영, 조민정

제 보 자 : 서명주, 여, 68세

구연상황 : 소극적인 성품이었지만, 자신있게 양산도를 불러 주었다. 노래를 부르는 동안 청중들은 박수를 치며 흥겨움을 더해 주었다.

함양 산청 물레방아는 물을 안고 돌~고~

우러집의 정든 님은 나를 안고 돈~다-


# 사발가

자료코드 : 04_18_FOS_20090720_PKS_SMJ_0002

조사장소 : 경상남도 함양군 마천면 구양리 등구마을 마을회관

조사일시 : 2009.7.20

조 사 자 : 서정매, 문세미나, 이진영, 조민정

제 보 자 : 서명주, 여, 68세

구연상황 : 첫 구절을 불러 주었더니 바로 기억이 난 듯 자신 있게 불러 주었다. 그러나 뒷부분에서 가사가 약간 틀리자, 청중들이 가사를 이야기해 주었다. 제보자는 웃으면서 다시 이어서 불렀다.

새들새들 봄배추는 밤이슬 오기만 기다리고

옥에 갇힌 우런 님은 [아니, 춘향이는] 이도령 오기만 기다린다~

석탄 백탄 타는 데는 연기만 오봉봉 나고야-

요내 가슴 타는 데는 연기도 김도 아니 나고 잘도 탄다

## 보리타작 노래

자료코드 : 04_18_FOS_20090720_PKS_SBN_0001
조사장소 : 경상남도 함양군 마천면 구양리 등구마을 마을회관
조사일시 : 2009.7.20
조 사 자 : 서정매, 문세미나, 이진영, 조민정
제 보 자 : 서복남, 여, 63세
구연상황 : 보리타작 노래를 불러달라고 했더니, 모두들 웃음바다가 되었다. 서복남은 말
을 재미있게 잘 하는 제보자로, 보리타작 소리는 혀가 짧은 시동생이 발음이
새어서 부르는 것이라며 재미나게 구연해 주었다.

새가(혀가) 안 돌아 간께,

에조 에조~

재수씨 앞에서 보지가 빼쪽

에조 에조

형수씨 앞에도 보지가 빼쪽

## 화투 타령

자료코드 : 04_18_FOS_20090720_PKS_SBN_0002
조사장소 : 경상남도 함양군 마천면 구양리 등구마을 마을회관
조사일시 : 2009.7.20
조 사 자 : 서정매, 문세미나, 이진영, 조민정
제 보 자 : 서복남, 여, 63세
구연상황 : 화투 타령을 불러 달라고 했더니, 자신 있게 불러 줬다. 청중들도 좋아하면서

손장단과 맞장구를 치면서 추임새까지 넣으며 흥겨워하였다.

정월 솔갱이 솔숲에 놀고~

이월 매조에 맺어 놓고

삼월 사구라 산란한 마을

사월 흑싸리 흔들어 졌네

오월 난초 나는 나비

유월 목단에 춤 잘 춘다[얼씨고]

칠원 홍돼지 홀로 누워

팔월 동산에 달도 밝다

구월 국화 굳은 마음

시월 단풍에 뚝 떨어졌네

오동지 섣달 긴긴 밤에

정든 님 생각이 절로 난다


# 너냥 나냥

자료코드 : 04_18_FOS_20090720_PKS_SBN_0003
조사장소 : 경상남도 함양군 마천면 구양리 등구마을 마을회관
조사일시 : 2009.7.20
조 사 자 : 서정매, 문세미나, 이진영, 조민정
제 보 자 : 서복남, 여, 63세
구연상황 : 너냥 나냥을 불러 달라고 요청을 하니, 흔쾌히 불러 주었다. 노래가 시작되자
옆에 있던 청중들도 즐거워하면서 손뼉을 치면서 흥겹게 함께 불렀다.

네냥 내냥 둘이둥실 놀고요

밤이 밤이나 낮이 낮이나 참사랑이로구나

아침에 우는 새는 배가 고파서 울고요

저녁에 우는 새는 임이 기러워 운다

네냥 내냥 두리둥실 놀고요~

밤이 밤이나 낮이 낮이나 참사랑이로구나~


# 청춘가 (1)

자료코드 : 04_18_FOS_20090722_PKS_SJE_0001
조사장소 : 경상남도 함양군 마천면 강청리 강청마을 도로변
조사일시 : 2009.7.22
조 사 자 : 서정매, 김미라, 이진영
제 보 자 : 신점임, 여, 64세
구연상황 : 강청마을 회관으로 갔다가 아무도 없어서 백무동으로 이동하는 중에 도로변
에 많은 어르신들이 풀을 뽑고 있어서 차를 세웠다. 알고 보니 강청마을과 실
덕마을 어르신들이 모여 일당을 받고 도로가의 잡풀을 제거하는 중이었다. 인
사를 드리고 잠시 휴식시간을 가지고는 도로가의 그늘에서 음료와 과자를 내
어 놓고 노래를 녹음하게 되었다.

지리산 상상봉에~ 애홀로 선 나무~

나와야 같이~도- 어허이 애홀로 섰구~나~

삼박골 큰애~기~ 삼 삼아 이고~서~

총각을 보~고서- 좋~다 옆걸음 치는구~나~


# 노랫가락

자료코드 : 04_18_FOS_20090722_PKS_SJE_0002
조사장소 : 경상남도 함양군 마천면 강청리 강청마을 도로변
조사일시 : 2009.7.22
조 사 자 : 서정매, 김미라, 이진영

제 보 자 : 신점임, 여, 64세

구연상황 : 도로변이었지만 나무 그늘에서 노래를 불러 주었다. 노래를 부르니, 옆에서
들던 청중들은 즐거워하며 박수로 장단을 맞춰 주었다. 노래를 아는 청중들은
따라서 불렀다.

산중- 산중~ 깊은~ 산중~ 오공콩 날 속이고

구슬만 오공콩 날~ 속이냐-

구집팔~ 처~녀~도~ 날 속인다-


# 청춘가 (2)

자료코드 : 04_18_FOS_20090722_PKS_SJE_0003

조사장소 : 경상남도 함양군 마천면 강청리 강청마을 도로변

조사일시 : 2009.7.22

조 사 자 : 서정매, 김미라, 이진영

제 보 자 : 신점임, 여, 64세

구연상황 : 노랫가락을 부르고 나서 임행자 제보자가 또 다른 가사의 노랫가락을 부르고
나니, 노래가 생각이 났는지 바로 받아서 불러 주었다. 청중들도 들으면서 박
수를 치며 장단을 맞추었다.

돌려라- 돌~려~라~ 청춘가로 돌려~라~

유행가를 집어던~지~고- 좋~다 청춘가로 돌려~라~


# 나물 캐는 노래

자료코드 : 04_18_FOS_20090722_PKS_SJE_0004

조사장소 : 경상남도 함양군 마천면 강청리 강청마을 도로변

조사일시 : 2009.7.22

조 사 자 : 서정매, 김미라, 이진영

제 보 자 : 신점임, 여, 64세

구연상황 : 신점임 제보자와 임행자 제보자가 서로 번갈아 가며 주고받는 형식으로 노래
를 불러 주었다.
갑자기 하니까 생각이 안 난다고 하였지만, 막상 첫 소절이 나오니 절로 노래
가 이어졌다.

도라지 꽃은~ 피어~도 요팽기 조팽기 대더니
보리밥 고랑에 앉아~서~ 시집 갈 궁리만 맴도~나

산나물을 캘거~나~ 개굴창- 나물을 캘거~나
총각-낭군을 다리~고~ 능구렁 산골을 갈거~나


## 화투 타령

자료코드 : 04_18_FOS_20090722_PKS_SJE_0005
조사장소 : 경상남도 함양군 마천면 강청리 강청마을 도로변
조사일시 : 2009.7.22
조 사 자 : 서정매, 김미라, 이진영
제 보 자 : 신점임, 여, 64세
구연상황 : 화투 타령을 아는지 물었더니, 그거야 누구나 안다고 하면서도 혹시 잊어버릴
지도 모르니까 함께 부르겠다고 하며 불러 주었다.

정월- 솔갱이 솔숲에 앉아~ 이~월 매조로 맺아 놓고-
삼월- 사쿠라- 산란한 마음~ 사월 흑싸리로 흩어졌네-
오월~ 난초~ 나는 나비~ 유~월 목단에 춤 잘 춘다-
칠월- 홍돼지- 홀로~ 누워~ 팔월- 공산에 놀러 왔네-
구월 국화 구직한 마음 시월- 동남~풍에 뚝 떨어진다

# 종지기 돌리는 노래

자료코드 : 04_18_FOS_20090722_PKS_SJE_0006
조사장소 : 경상남도 함양군 마천면 강청리 강청마을 도로변
조사일시 : 2009.7.22
조 사 자 : 서정매, 김미라, 이진영
제 보 자 : 신점임, 여, 64세
구연상황 : 종지기를 돌리며 노는 놀이에서 불렀던 노래를 기억하는지를 물었더니, 노래
보다는 종지기 놀이에 대한 설명을 먼저 해 주었다. 이후 조사자가 노래도 불
러 달라고 하니, 이것이 노래인지 몰랐다고 하면서 불러 주었다.


돌~아간~다 돌~아간~다

동네 깍쟁이~ 돌~아간-다

왼-쪽으-로 돌-아간-다

오-른쪽으로- 돌-아간-다



# 오죽대 노래

자료코드 : 04_18_FOS_20090722_PKS_SJE_0007
조사장소 : 경상남도 함양군 마천면 강청리 강청마을 도로변
조사일시 : 2009.7.22
조 사 자 : 서정매, 김미라, 이진영
제 보 자 : 신점임, 여, 64세
구연상황 : 신정임 제보자가 불렀는데, 끝부분에 가서 갑자기 기억이 나지 않자 임행자
제보자가 이어서 불렀다. 그 순간 다시 기억이 났는지 제보자가 노랫가락조로
함께 불러 주었다.


저 건네~라 남산~밑에~ 나무- 베는~ 남도~령아~

오만~ 남개 다 베~어도~ 오죽-설때랑 베지 마오-

올~ 키와 내년 키와~ 낙숫-대로만 후여 잡아

창문~ 앞에 그물~이져여 옥동~에 천년~을~ 낚을~래라-

낚을라면은 열녀로다 못 낚는다면 상사~로다

열녀~상사 골을 매자 골 풀리도록~만~ 살아보세-


# 밭 매기 노래 (1)

자료코드 : 04_18_FOS_20090721_PKS_LSM_0001

조사장소 : 경상남도 함양군 마천면 의탄리 금계마을 마을정자

조사일시 : 2009.7.21

조 사 자 : 서정매, 김미라, 이진영

제 보 자 : 이선문, 남, 92세

구연상황 : 제보자가 젊었을 때 부인과 밭을 매면서 불렀던 노래라고 하면서 불러 주었
다. 이선문 제보자는 92세로 마을의 최고령자이다. 노래라기보다는 거의 읊어
내는 듯 하였다. 강원도 아리랑의 선율과 비슷하였다. 박자도 5박자(3박+2박)
둘의 구조로 된 10/8박자이며, 엇모리 장단으로 노래가 구연되었다.


유자나무 그늘 속에 병아리 한~쌍-

느티나무 숲 사이에 우리도 한-쌍-

그 시절이 그리워 남은 싹을 매어

다시 한 번 돌아오소 그때 그 시~절-


저 기와집 처마 끝에 비둘기 한~쌍

노랑 꽃밭 물을 주는 우리도 한~쌍

그 시절이 그리워 나 살 수 없~네

다시 한 번 돌아오소 그때 그 시~절-


연당 물에 오고가는 원앙도 한~쌍-

원앙 속에 평풍 속에 우리도 한~쌍-

그 시절 그리워 나만 살~아-

다시 한 번 돌아오소 그때 그~시절-

# 밭 매기 노래 (2)

자료코드 : 04_18_FOS_20090721_PKS_LSM_0002
조사장소 : 경상남도 함양군 마천면 의탄리 금계마을 마을정자
조사일시 : 2009.7.21
조 사 자 : 서정매, 김미라, 이진영
제 보 자 : 이선문, 남, 92세
구연상황 : 예전에 부인과 함께 밭을 맬 때 부른 노래라고 하면서 불러 주었다. 앞에서도
밭매는 노래를 불러 주었는데, 10/8박자의 엇모리장단으로 불러 주었다. 많은
나이에도 불구하고 노래 부르는 것을 무척 즐거워하며 흥겹게 불러 주었다.

○○○ ○○○○ 숨굴 적~에-
수수밭 고랑에서 정들었-지-

수수밭 임자가 누구신~고-
구시월까지만 참아 주-소-

구시월꺼지만 참아 주~면-
수수 할 도지는 내 물어 줌-세-


# 창부 타령 (1)

자료코드 : 04_18_FOS_20090722_PKS_LJY_0001
조사장소 : 경상남도 함양군 마천면 덕전리 실덕마을 마을정자
조사일시 : 2009.7.22
조 사 자 : 서정매, 김미라, 이진영
제 보 자 : 이점열, 남, 75세
구연상황 : 도깨비불에 관한 이야기를 하고 나서 노래를 불러 주었다. 술도 잘 마시는 편
이어서 술을 한잔 하고는 부인의 손을 잡으며 불러 주었다. 목청도 좋고 흥이
많아서인지 분위기를 잘 이끌어 주었다.

얼씨구나 좋네 얼씨구 좋네 아니-놀지는 못하리라~

개야-개야~ 검둥~개야~ 이리- 와서~ 밥 먹어라-
믹기가 싫어서- 너~를 줬나 배~가 불러서 너를 줬나-
뒷집에 김도령- 담 뛰~넘거든~ 껑껑껑에 짖지 말라고 너를 준다-
얼씨구나 좋네이- 지화자 좋네~ 요렇게 좋다가 딸 놓겠네-


## 노랫가락 (1)

자료코드 : 04_18_FOS_20090722_PKS_LJY_0002
조사장소 : 경상남도 함양군 마천면 덕전리 실덕마을 마을정자
조사일시 : 2009.7.22
조 사 자 : 서정매, 김미라, 이진영
제 보 자 : 이점열, 남, 75세
구연상황 : 창부 타령을 한 곡 부르고 나서 이어서 노랫가락을 불러 주었다. 노래를 부
르다보니 계속 생각이 나서 연이어 부르기도 하고, 다른 이가 받아서 한 곡을
부르고 그 곡이 끝나면, 바로 이어서 받아 부르는 등 흥이 많고 분위기를 잘
유도하였다.

헤~헤~
지리산 상-상~봉~ 애홀로 선 나무~
널도야 날 같~이~ 애홀로 섰노~라~
부러진 몸뎅이~여~ 꾸부정하여도~
나 먹는 슬픔은 어허~ 어짜란 말인~고~


## 양산도 (1)

자료코드 : 04_18_FOS_20090722_PKS_LJY_0003
조사장소 : 경상남도 함양군 마천면 덕전리 실덕마을 마을정자
조사일시 : 2009.7.22

조 사 자 : 서정매, 김미라, 이진영
제 보 자 : 이점열, 남, 75세
구연상황 : 제보자들이 노래를 부르자 옆에 있던 청중들이 오늘 같이 좋은 날 너무 좋다
며 박수를 끊임없이 쳤다. 그러자 더욱 흥이 났는지 양산도를 불러 주었다.
목청이 좋고 노래를 좋아하여 분위기를 신명나게 만들어 주었다.

에헤~이~요-

긋는다~ 긋-는다 허리 좔좔 끈데-

열두 폭~치매 자락~ 허리 좔좔-끈~네~

에이어라 노여~라 아니 못 놓~것~네-

능지를 하여도 나는 못 노리로구~나~


에헤~이~요~

함양산천~ 물레방아~ 물을 안고~ 돌~고~

우리 집의~ 저~ 낭군~ 나를 안고- 돈~다~

에이여라~ 놓여~라 아니 못 놓~겄네~

능지를~ 하여~도 나는 못 노리로구~나~


에헤이~요~

물병을 여다가 삼일 중천에 놓~고~

병자산~ 쳐다보고~ 한숨만- 쉰~다~

에이여라- 놓어~라~ 아니 못 놓겄~네~

능지를 하여~도 나는 못 놓~으리로구~나


# 창부 타령 (2)

자료코드 : 04_18_FOS_20090722_PKS_LJY_0004
조사장소 : 경상남도 함양군 마천면 덕전리 실덕마을 마을정자

조사일시 : 2009.7.22
조 사 자 : 서정매, 김미라, 이진영
제 보 자 : 이점열, 남, 75세
구연상황 : 박재춘 제보자가 창부 타령을 부르니, 노래가 끝나자 바로 받아서 창부 타령
을 불러 주었다. 청중들은 모두 박수를 치며 즐겁게 장단을 맞추었다.

새들새~들~봄배~추는 봄비-오기만 기다리고

옥에~ 갇힌 춘향-이는~ 이도령 오기~만 기다리네-

얼씨구나 좋네- 지화자 좋네~ 요렇게 좋다가 딸 놓겄네-


# 창부 타령 (3)

자료코드 : 04_18_FOS_20090722_PKS_LJY_0005
조사장소 : 경상남도 함양군 마천면 덕전리 실덕마을 마을정자
조사일시 : 2009.7.22
조 사 자 : 서정매, 김미라, 이진영
제 보 자 : 이점열, 남, 75세
구연상황 : 박재춘 제보자가 창부 타령을 부르자 노래가 끝나고 난 뒤 바로 이어서 노
래를 받아 불렀다. 박재춘 제보자와 주고받는 식으로 노래를 받아 불렀다. 노
래가 끊어지지 않고 주고받아서인지 더욱 흥겨웠다. 청중들도 모두가 박수로
장단을 맞추며 즐거워하였다.

아니~ 놀고 어쩔이거나~

간다더니- 왜 오싰~나~ 간다고 하더니 왜 오-싰어-

이-왕-에 오신 걸음에~ 하루~ 나절을 못 놀겄노-

얼씨구나 좋네 어쩔~거나 이러다 큰일 났구나-

# 노랫가락 (2)

자료코드 : 04_18_FOS_20090722_PKS_LJY_0006
조사장소 : 경상남도 함양군 마천면 덕전리 실덕마을 마을정자
조사일시 : 2009.7.22
조 사 자 : 서정매, 김미라, 이진영
제 보 자 : 이점열, 남, 75세
구연상황 : 박재춘 제보자가 노랫가락을 부르고 나자 바로 노래를 받아서 노랫가락을 불러 주었다. 제보자가 노래를 부르고 나자 청중들은 박수로 환호를 하며 즐거워하였다.

깊이야 깊이- 들었던 잠을 질근-질근~ 깨와 놓고~

연지나 분통 벌거~죽죽~ 구실담실 지른 머리-

가닥~ 가닥이 노는구나-

얼씨구나 좋네 지화자 좋~네 요렇게 좋다가 딸 놓겄네-


# 남녀 연정요

자료코드 : 04_18_FOS_20090722_PKS_LJY_0007
조사장소 : 경상남도 함양군 마천면 덕전리 실덕마을 마을정자
조사일시 : 2009.7.22
조 사 자 : 서정매, 김미라, 이진영
제 보 자 : 이점열, 남, 75세
구연상황 : 박재춘 제보자가 창부 타령을 불러 주자, 노래가 끝나고 난 다음 바로 받아서 불러 주었다. 노래 실력이 좋은 편인 데다가 노래를 끊어지지 않고 계속 연결되니 분위기가 더욱 흥겨워졌다. 노래를 듣고 있는 청중들도 모두 박수를 치며 즐거워하였다.

얼씨구나~ 좋네- 지화자 좋네~ 아~니 노지를 못하리라-

남산 밑에 남도령아~ 서-산 밑에~ 숫처녀야-

내일 일기야 심심한데~ 강원도야 금강산 유람 가세~

잦다굴을 밥을~ 지어 숲에 우거서 밥을 먹고-

동대문이라 밖에 썩 나서니 남도령 숫처녀 만났구나

길을 지나 물을~ 건너~ 강원도 금강산에 올라갔네

올라감서 늦고사리~ 내-리옴~서 늦고사리-

올방~졸방~ 구경하고 저 건네라 경치도 좋우 반-석 위에~

점심밥을~묵고 가세 경치도 좋고 반석~ 위에~

남도령 숫처녀 올라앉아 남도령 밥을 끌러야 보니

수박씨 같은 꽁보리밥에~ 된장 한 숟가락 붙어 있고-

숫처녀 밥은 끌러 보니 백꽃 같은 쌀밥~에다~

복조구 한 동가리 붙어 있네 남도령 밥은 숫처녀 먹고

숫처녀 밥~은 남도령 먹고 잘근잘근 잘 먹네요-

얼씨구 좋네이- 지화자 좋네 아~니 놀지를 못하리라-

## 화투 타령

자료코드 : 04_18_FOS_20090722_PKS_LJY_0008
조사장소 : 경상남도 함양군 마천면 덕전리 실덕마을 마을정자
조사일시 : 2009.7.22
조 사 자 : 서정매, 김미라, 이진영
제 보 자 : 이점열, 남, 75세
구연상황 : 연속으로 노래를 불러 주었다. 흥과 끼가 무척 많아서 마을 어르신들의 흥겨
운 분위기를 신명나게 조절할 줄 아는 어르신이었다. 노래가 흥겨워지자 조용
히 앉아 있던 할머니도 박수를 치면서 후렴구를 불러 주었다.

정월 솔갱이 속속들이 놀고~

이월 매조에 맺어 놓고-

삼월 사꾸라 산란한 마음~

사월 초파일에 맡겨 놓고

오월- 난초- 나는~ 나비~

유월 목단~에~ 춤 잘 춘다-

칠월 홍돼지 홀로난 마음

팔월 공산에 달 뜨이고

구월 국화 맺은~마음~

시월~ 단풍에 뚝 떨어졌네~


(청중 : 얼씨구나 좋다 지화자 좋네 아~니 놀지는 못하리라)



# 양산도 (2)

자료코드 : 04_18_FOS_20090722_PKS_LJY_0009
조사장소 : 경상남도 함양군 마천면 덕전리 실덕마을 마을정자
조사일시 : 2009.7.22
조 사 자 : 서정매, 김미라, 이진영
제 보 자 : 이점열, 남, 75세
구연상황 : 제보자는 매우 즐거워하며 노래를 불러 주었다. 청중들 또한 즐거워하였다. 박수 소리는 더욱 커지고 신명이 났다. 아는 가사가 나오면 옆에 있던 청중들도 함께 따라 부르고 추임새가 여기저기서 나오곤 했다.

에헤~~이~요~

서산에- 지는 해는- 지고 싶어~지~냐~

날 버리고 가던 님이~ 가고 싶어 가~냐-

에이여~라 놓아~라~ 아니 못 놀겠~네~

능지를 하여도 나는 못 놓으리로구~나

에~헤~이요~

장연각~ 폭포수 물장구 소~리~

등구 마천~ 큰애기가 어깨 죽-밴~다

에이어~라 놓여라~아니 못 놓겄~네~

능지를 하여도~ 나는 못 놓으리로구~나


## 나물 캐는 노래

자료코드 : 04_18_FOS_20090720_PKS_LCJ_0001

조사장소 : 경상남도 함양군 마천면 구양리 등구마을 마을회관

조사일시 : 2009.7.20

조 사 자 : 서정매, 문세미나, 이진영, 조민정

제 보 자 : 임차점, 여, 70세

구연상황 : 나물 캐는 노래를 불러 달라고 요청하니, 흔쾌히 불러 주었다. 청중들도 박수를 치며 장단을 맞추고 추임새도 넣으며 흥겨움을 더했다.


산나물을 캘거나 개울창 나물을 캘거~나

총각 낭군 다리고 뜬구름 노름을 갈끼나 [옛날에는 그런 노래라]

에헤용 에헤용 에헤~용

어이라난다 지화자가 좋다~

네가 내 간장 스리살살 다 녹히네


## 노랫가락 (1)

자료코드 : 04_18_FOS_20090722_PKS_LHJ_0001

조사장소 : 경상남도 함양군 마천면 강청리 강청마을 도로변

조사일시 : 2009.7.22

조 사 자 : 서정매, 김미라, 이진영

제 보 자 : 임행자, 여, 64세

구연상황 : 신정임 제보자가 노랫가락을 부르자 생각이 난 듯 바로 이어서 불러 주었다.
신정임 제보자와 노래의 죽이 척척 맞는 듯 했다.

새들-새들~ 봄배~추는~ 봄비- 오기~만 기다~리고-
옥 안에 갇힌 춘향~이는~ 이도령 오기만을 기다린다-


# 그네 노래 / 노랫가락 (2)

자료코드 : 04_18_FOS_20090722_PKS_LHJ_0002
조사장소 : 경상남도 함양군 마천면 강청리 강청마을 도로변
조사일시 : 2009.7.22
조 사 자 : 서정매, 김미라, 이진영
제 보 자 : 임행자, 여, 64세
구연상황 : 신정임 제보자가 청춘가를 부르고 나자 바로 이어서 그네 노래를 불러 주었
다. 청중들도 흥겨운 듯 박수를 치며 장단을 맞추어 주었다.

수천당~ 세모~시 남개~ 늘어진 가~지에- 근대를 매~어-
임이 뛰면~ 내가야~ 밀고~ 내가 뛰-면은- 임이~ 민다~
임아 사랑~아 줄 살살 밀어 줄 떨어지~면은 정 떨어진-다-


# 사발가

자료코드 : 04_18_FOS_20090722_PKS_LHJ_0003
조사장소 : 경상남도 함양군 마천면 강청리 강청마을 도로변
조사일시 : 2009.7.22
조 사 자 : 서정매, 김미라, 이진영
제 보 자 : 임행자, 여, 64세
구연상황 : 석탄백탄을 아시냐고 물었더니, 바로 불러 주었다. 청중들도 모두 박수를 치
며 장단을 맞춰 주었다.

석탄백탄 타는~데는 연기만 폴~폴 나고~요-

이내-가슴 타는-데~는 연기도 짐도 아니 난다-

## 진도 아리랑

자료코드 : 04_18_FOS_20090722_PKS_LHJ_0004
조사장소 : 경상남도 함양군 마천면 강청리 강청마을 도로변
조사일시 : 2009.7.22
조 사 자 : 서정매, 김미라, 이진영
제 보 자 : 임행자, 여, 64세
구연상황 : 아리랑을 부르면 주로 어떤 아리랑을 부르는지를 물었더니, 그거야 뭐 주로
이런 걸 부른다며 불러 준 것이 진도 아리랑이었다. 청중들의 박수 소리에 맞
추어 노래를 불러 주었다.

아리아리랑 쓰리쓰리랑 아라리가 났네~

아~리랑 음음음 아라리가~났네

문경새재가 웬 고~갠가- 구부야 구부구부가 눈~물이- 난다-

아리아리랑 쓰리쓰리랑 아라리가 났~네

아~리랑 음음음~아라리가~났-네-

아라린가-지랄인-가- 용천~인가~

얼마나 좋으면은 요지랄을~하노-

## 아기 어르는 노래

자료코드 : 04_18_FOS_20090722_PKS_LHJ_0005
조사장소 : 경상남도 함양군 마천면 강청리 강청마을 도로변
조사일시 : 2009.7.22
조 사 자 : 서정매, 김미라, 이진영

제 보 자 : 임행자, 여, 64세
구연상황 : 아리랑을 부르고 난 뒤에 애기 어루면서 부르는 노래를 불러 주었다. 어릴 때
부터 들어왔던 노래라고 하였다.

어디 갔다 인제 왔나
석순이는 앞 세우고
동방신기는 뒷 세우고
그 가운데 오셨는가

얼음 구녕에는 수달피
담벼락 구녕에는 조애기인가
남강물에 뚱뚱인가


# 다리 세기 노래

자료코드 : 04_18_FOS_20090722_PKS_LHJ_0006
조사장소 : 경상남도 함양군 마천면 강청리 강청마을 도로변
조사일시 : 2009.7.22
조 사 자 : 서정매, 김미라, 이진영
제 보 자 : 임행자, 여, 64세
구연상황 : 화투 타령을 부르고 난 뒤 다리 세기 노래를 불러 주었다. 청중들도 아는 노
래여서 함께 불러 주었다. 노래의 끝부분이 재미있어서 노래가 끝나고는 모두
가 웃음을 터뜨렸다.

어거리 저거리 각거리
진주맹근 또맹근
짝발로 시양근
도래줌치 사래육
육도육도 전라육
먹으리 하늘에 장도칼

# 대문 놀이 노래

자료코드 : 04_18_FOS_20090722_PKS_LHJ_0007
조사장소 : 경상남도 함양군 마천면 강청리 강청마을 도로변
조사일시 : 2009.7.22
조 사 자 : 서정매, 김미라, 이진영
제 보 자 : 임행자, 여, 64세
구연상황 : 어릴 때 강강술래를 해 보았는지를 물었더니, 손을 잡고 노는 놀이 중에 대
　　　　　문 놀이가 있다며 불러 주었다. 노래를 부르고 난 뒤에는 놀이의 설명까지 해
　　　　　주었다.

　　　동-대문~이 어-디단-가

　　　여~기 여기가 동-대문이네

　　　동대문~이 장~기따면서

　　　값~을 주-면 끌-러 주-제


# 숨바꼭질 노래

자료코드 : 04_18_FOS_20090722_PKS_LHJ_0008
조사장소 : 경상남도 함양군 마천면 강청리 강청마을 도로변
조사일시 : 2009.7.22
조 사 자 : 서정매, 김미라, 이진영
제 보 자 : 임행자, 여, 64세
구연상황 : 강강술래를 불러 본 적이 있는지를 물었더니, 강강술래는 아니지만 숨바꼭질
　　　　　할 때 이렇게 노래를 불렀다면서 불러 주었다. 청중도 함께 따라 불러 주었다.

　　　강강수월래야

　　　누구 먼저 봤~냐

　　　점임이 먼저 봤~다

　　　꼭꼭~ 숨어라

　　　머리카락 보인다

# 시집살이 노래

자료코드 : 04_18_FOS_20090722_PKS_LHJ_0009
조사장소 : 경상남도 함양군 마천면 강청리 강청마을 도로변
조사일시 : 2009.7.22
조 사 자 : 서정매, 김미라, 이진영
제 보 자 : 임행자, 여, 64세
구연상황 : 종지기 돌리는 노래와 숨바꼭질 노래를 부르고 난 뒤, 주로 밭맬 때 부르던
시집살이 노래를 불러 주었다. 가사가 워낙 길어서 앞부분만 기억하여 불러
주었다. 옆에 있던 청중들도 낮은 소리로 따라 부르기도 했다.

성아 성아 사촌 성아 시접살이가 어떻던가-

시~접살이 개~접살이 십-리방아를 찌어다가-

오-리물을~길러다가- 아-홉솥에다 불내놓고

둥굴둥굴 두리상에 수저 놓기가 영 어렵고

둥굴둥굴 수박 씻기 밥 퍼-기도~영 어렵데


# 장꼬방 노래

자료코드 : 04_18_FOS_20090722_PKS_LHJ_0010
조사장소 : 경상남도 함양군 마천면 강청리 강청마을 도로변
조사일시 : 2009.7.22
조 사 자 : 서정매, 김미라, 이진영
제 보 자 : 임행자, 여, 64세
구연상황 : 꼬방꼬방 장꼬방을 아는지 물었더니, 바로 불러 주었다. 어렸을 때 이렇게 불
렀다고 했다.

꼬방꼬방 장꼬방에

지-추 닷말을 숨겼더니

우리 동생 봉악이는

지-추 캐기만 다 늙었네

# 모심기 노래

자료코드 : 04_18_FOS_20090720_PKS_JKS_0001
조사장소 : 경상남도 함양군 마천면 구양리 등구마을 마을회관
조사일시 : 2009.7.20
조 사 자 : 서정매, 문세미나, 이진영, 조민정
제 보 자 : 정길순, 여, 57세
구연상황 : 모심기 노래를 부르기 시작하자 청중이 잘한다며 박수를 치며 굉장히 즐거워
하였다. 모심기 노래는 모두가 기억하는 편이어서 노래가 시작되자 청중들도
큰 소리로 함께 불렀다.

이 논~에다 [잘한다 하이] 모를 숨거 감실감실 영화로세~(청
중 : 좋다 잘한다.)

울언님은 어데 가고 골골에다 연기 나네

해 다 진데 주인양반 오데 갔노
해는 펄펄 저 재를 넘~고 울언님~은 어데 갔소


# 그네 노래 / 노랫가락

자료코드 : 04_18_FOS_20090720_PKS_JMS_0001
조사장소 : 경상남도 함양군 마천면 구양리 등구마을 마을회관
조사일시 : 2009.7.20
조 사 자 : 서정매, 문세미나, 이진영, 조민정
제 보 자 : 정명순, 여, 69세
구연상황 : 그네 노래를 불러 달라고 하니, 흔쾌히 불러 주었다. 청중들도 모두 아는 노
래였지만, 박수를 치며 경청해 주었다.

수천당 세모시 남개 당사실로나 군대를 매어~

임이 뛰면 내가나 밀고 내가 뛴다면~ 임이 밀어

순님아 줄 살살 밀~어라 줄 떨어진다면 정 떨어~진다─

# 나물 캐는 노래

자료코드 : 04_18_FOS_20090720_PKS_JMS_0002
조사장소 : 경상남도 함양군 마천면 구양리 등구마을 마을회관
조사일시 : 2009.7.20
조 사 자 : 서정매, 문세미나, 이진영, 조민정
제 보 자 : 정명순, 여, 69세
구연상황 : 나물 캐는 노래를 불러 주었는데, 청중들도 박수를 치면서 즐겁게 호응해 주
          었다.

도라지 캐러 간다고~ 요리 핑계 조리 핑계 대더니-

덤불렁 밑에 앉아서~ 시집갈 궁리만 하는구나~


# 양산도

자료코드 : 04_18_FOS_20090723_PKS_PGJ_0001
조사장소 : 경상남도 함양군 마천면 강청리 강청마을 박향규 씨 자택
조사일시 : 2009.7.23
조 사 자 : 서정매, 김미라, 이진영
제 보 자 : 표갑준, 남, 67세
구연상황 : 조사자가 젊었을 때 불렀던 노래나 노랫가락, 청춘가 등이 생각나면 불러 달
          라고 하자 제보자가 부르기 시작하였다. 노래 부르기를 무척 꺼리는 듯 했지
          만, 막상 부르고 나서는 "좋다"는 말을 하면서 얼굴에 웃음이 가득 했다.

함양 산천 물레방아~ 물을 안고 돌고~

진주 기상 이애미가 날 안고 돈다~


# 양산도

자료코드 : 04_18_FOS_20090721_PKS_HJM_0001

조사장소 : 경상남도 함양군 마천면 의탄리 금계마을 마을정자
조사일시 : 2009.7.21
조 사 자 : 서정매, 김미라, 이진영
제 보 자 : 하재문, 남, 70세
구연상황 : 노래를 부르기 전에 술부터 한 잔 먹고 하자는 말에 술과 안주를 건네주자
한 잔 마신 후 노래를 불러 주었다. 제보자가 노래를 부르는 동안 함께 술을
마신 청중 한 명이 제보자보다 더 큰 소리로 따라 부르기도 했다.

함양 산천 물레방아 물을 안고~돌~고~
우리 집에 우런님~은 나를 안고 돈~다─
에헤야 데헤야 업어가지~말~아라~
아까운 내 인생~이 늘 감아진~다─


# 창부 타령 (1)

자료코드 : 04_18_FOS_20090721_PKS_HJM_0002
조사장소 : 경상남도 함양군 마천면 의탄리 금계마을 마을정자
조사일시 : 2009.7.21
조 사 자 : 서정매, 김미라, 이진영
제 보 자 : 하재문, 남, 70세
구연상황 : 술을 한 잔 마시고 난 다음에 노래를 부르기 시작했다. 노래가 시작되자 잔치
가 시작된 듯 모두가 박수를 치며 경청해 주었다. 거기서 함께 술을 마신 청
중 한 명은 제보자보다 더 큰 소리로 추임새도 넣고 따라 부르기도 했다.

아하 절씨구나 좋네 아니─노지는 못하리라
이리─놀면은 얼마나─ 좋으냐─ 아니─놀지는 못하리라─

마주 보니 천장이요 내리다 보니 술상이라
술상 곁에 앉으나~ 님은 어이나─보면은 반달 같소─
저리나 보며는 은달 같네─
얼씨구나 좋네 지화자 좋네 아~니 노지는 못하리라

# 다리 세기 노래

자료코드 : 04_18_FOS_20090721_PKS_HJM_0003
조사장소 : 경상남도 함양군 마천면 의탄리 금계마을 마을정자
조사일시 : 2009.7.21
조 사 자 : 서정매, 김미라, 이진영
제 보 자 : 하재문, 남, 70세
구연상황 : 제보자들은 주로 여성들이 많이 불렀는데, 남자인 하재문 할아버지가 부르니
청중으로 있던 할머니들이 이 모습이 재미있었는지 많이 웃었다. 자신 있게
시작을 하였으나 끝부분에 가서 잠시 가사가 기억나지 않았으나 다시 기억이
나서 마무리를 해 주었다.

이거리 저거리 각거리

진주맹근 또맹근

짝바리 해양근

도래줌치 사래육

육자육자 전라육

경상도 또맹근 [갑자기 기억이 나지 않아 멈추었다가 다시 부름]

육도육도 전라육

하늘에 올라 제비콩


# 창부 타령 (2)

자료코드 : 04_18_FOS_20090721_PKS_HJM_0004
조사장소 : 경상남도 함양군 마천면 의탄리 금계마을 마을정자
조사일시 : 2009.7.21
조 사 자 : 서정매, 김미라, 이진영
제 보 자 : 하재문, 남, 70세
구연상황 : 목청이 좋아서 뭐든지 부르면 술술 나오는 편이었다. 노랫가락을 불러 주었는
데, 후렴구부터 시작하였다. 노래를 부르고 나자 청중들이 또 다른 노래를 불

러 달라며 청중들이 오히려 노래를 더 요구했다.

얼씨구나~ 지화자 좋네 아~니 노지는 못하리라~
너도야 날 잃고 못살~ 세상 나도야 널 잃고 못살~ 세상
없는~ 금전을 한탄을 말고 깊이나 든 정을 변치 말자
얼씨구나 좋네 지화자 좋네~ 아~니 노지는 못하리라~


# 청춘가

자료코드 : 04_18_FOS_20090721_PKS_HJM_0005
조사장소 : 경상남도 함양군 마천면 의탄리 금계마을 마을정자
조사일시 : 2009.7.21
조 사 자 : 서정매, 김미라, 이진영
제 보 자 : 하재문, 남, 70세
구연상황 : 마을 주민들이 하재문 제보자의 노래를 들으면서 '잘한다' 등의 추임새를 몇
번이나 넣었다. 마을에서 가수라고 할 수 있을 정도로 노래를 잘 불렀다.

돌려라 돌려~라~ 청춘가를 돌려라~
어디로 갈꺼냐~ 어디로 갈거냐~

달아 달아~ 밝~은달아~
이 세상 세상이 오~ 평안하게 살아라~

우리가 살면은~ 몇 백년 살거~나~
한 오백년 살면~은~ 조그만해지리라~ 좋다


# 노랫가락

자료코드 : 04_18_FOS_20090721_PKS_HHB_0001

조사장소 : 경상남도 함양군 마천면 의탄리 금계마을 마을정자

조사일시 : 2009.7.21

조 사 자 : 서정매, 김미라, 이진영

제 보 자 : 하행봉, 여, 88세

구연상황 : 다른 제보자가 노랫가락을 한 번 부르자 문득 생각이 났는지 노랫가락을 불러 주었다. 나이가 88세로 많으신 데다 성품이 조용하여 노래도 작은 목소리로 불러 주었다.

대-천리 한바닥에 뿌리- 없는- 남기로세

가-지는 열-두 가지요 잎은 피어서 삼백예순-

그- 남개 열매가- 열어~ 가지- 가-지로 영~화로다-


# 모심기 노래 (1)

자료코드 : 04_18_FOS_20090721_PKS_HON_0001

조사장소 : 경상남도 함양군 마천면 의탄리 금계마을 마을정자

조사일시 : 2009.7.21

조 사 자 : 서정매, 김미라, 이진영

제 보 자 : 허옥남, 여, 80세

구연상황 : 다른 제보자들이 노랫가락과 밭 매기 노래를 불러 주니, 문득 생각이 났는지 용기를 내어 모심기 노래를 불러 주었다. 예전에 많이 불러서인지 긴 소리로 가락을 빼며 불러 주었다. 흥이 있어서 음이 쭉 빼어주는 부분에는 추임새도 넣으면서 노래를 불렀다. 노래를 부르다 잠시 가사를 잊어버리기도 했지만 곧 이어서 불러 주었다.

이 논~에다가 모를~ 숨~거~ 감실~ 감~실 영~화로~다- 좋다

제가야~ 무슨- 영~화란가~ [잊어버려서 잠시 멈춤]

어린 동생 곱게 키워~ 갓을~ 씌워 영~화로세

# 밭 매기 노래 (1)

자료코드 : 04_18_FOS_20090721_PKS_HON_0002
조사장소 : 경상남도 함양군 마천면 의탄리 금계마을 마을정자
조사일시 : 2009.7.21
조 사 자 : 서정매, 김미라, 이진영
제 보 자 : 허옥남, 여, 80세
구연상황 : 제보자는 모를 심을 때 부른 것이 아니고 밭을 맬 때 불렀던 노래라고 하였
　　　　　다. 긴 소리로 불러 주었는데, 듣고 있던 청중들이 이건 옛날 노래라고 하면
　　　　　서 경청해 주었다.

　　　다풀~ 다~풀~ 다박~머~리~ 해 다~진~데 에이 어디 가노~
　　　울 어~머니- 산소 등~에~ 젖 먹~으러 어히 나는 가네-

　　　해 다~ 지고야 날 저~문~데~에~ 에이여 웬수자 울고 가네
　　　그 수~자가 그니이라~ 백년~ 첩~을 잃고야 가~네


# 양산도

자료코드 : 04_18_FOS_20090721_PKS_HON_0003
조사장소 : 경상남도 함양군 마천면 의탄리 금계마을 마을정자
조사일시 : 2009.7.21
조 사 자 : 서정매, 김미라, 이진영
제 보 자 : 허옥남, 여, 80세
구연상황 : 일반적인 물레방아 노래와는 조금 다르게 불러 주었다. 재미있는 가사를 삽입
　　　　　하여 노래의 흥을 더해 주었다. 그런데 술에 취한 청중이 제보자보다 더 큰
　　　　　소리로 노래를 불러서 잠시 노래가 끊겼다가 다시 이어서 불러 주었다.

　　　함양 산천 물레방애 참나무 붕글탕 쌀나무 흑버근 사이
　　　사팔 삼십이 서른두 칸~ 물레방애- 물을 안고 돌~고
　　　이구십팔 숫처녀 나를 안고 돈~다~

에헤헤 에헤~요- [청중이 더 크게 불러 잠시 노래가 멈춤]

매정매정은 큰 태산 갔는데~ 시아중간 저 작자~가 정 끊고-
간~다-


에헤~헤요-

네가 죽고 내가 살면 뭣이냐 열녀~ 한강수 깊은 물~에 단둘이
죽~자-


# 창부 타령

자료코드 : 04_18_FOS_20090721_PKS_HON_0004
조사장소 : 경상남도 함양군 마천면 의탄리 금계마을 마을정자
조사일시 : 2009.7.21
조 사 자 : 서정매, 김미라, 이진영
제 보 자 : 허옥남, 여, 80세
구연상황 : 잊어버렸다고 하면서도 문득 생각이 났는지 바로 불러 주었다. 예전에 창부
타령을 많이 불렀었는지 가사가 긴 데도 잊어버리지 않고 기억하고 있었다.
노래를 잘 불러 주었는데도 부끄러움이 많은지 이제 그만 부를 거라고 몇 번
을 얘기하였다. 그러고는 또 불러 주었다. 부르고 난 뒤에는 "이제 못해"라는
말을 하면서 부끄러워하였다.

뒷동산 먹감나무는 한량의 칼자루로만 녹아나고~

동산중에~ 고드름은 오뉴월 영천에 녹아나요~

암삿골 빨갱이는~ 김경오 손길로 녹아난다-

저 가슴에 맺힌- 이 근심 어느야 하시절에 녹아나리-

얼씨구나 좋아~ 지화자 좋구나~ 아~니 노지를 못하리라-

석탄백탄이~ 타는-데는 연기나 퐁퐁퐁 잘 나건만-

요내- 가슴 타는데-는 연기야 김도 아니나요-

요내- 가슴 다 타는-데는~ 한품의 내사랑 모르리라-


## 화투 타령

자료코드 : 04_18_FOS_20090721_PKS_HON_0005
조사장소 : 경상남도 함양군 마천면 의탄리 금계마을 마을정자
조사일시 : 2009.7.21
조 사 자 : 서정매, 김미라, 이진영
제 보 자 : 허옥남, 여, 80세
구연상황 : 스스로 박수를 치면서 흥겹게 노래를 불러 주었다. 부르다가 갑자기 가사가
기억나지 않아서 노래가 잠시 멈추기도 하였으나 바로 생각이 나서 계속 노
래를 불러 주었다.

정월- 솔갱이는 속속들이 놀고~

이월- 매조에 맺은 마음

삼월- 사쿠라 산란하다

삼월 사쿠라 산란한 맴을

사월 흑사리에 축 늘어졌네

오월~ 난초 나는~ 나비

유월~ 목단에 춤 잘 춘다

칠월 홍돼지 홀로 노나리

팔월- 공산에 달 솟았네

구월 국화 굳은~ 마음이

시월 단풍에 뚝 떨어졌다

# 봄 노래

자료코드 : 04_18_FOS_20090721_PKS_HON_0006
조사장소 : 경상남도 함양군 마천면 의탄리 금계마을 마을정자
조사일시 : 2009.7.21
조 사 자 : 서정매, 김미라, 이진영
제 보 자 : 허옥남, 여, 80세
구연상황 : 정자에 마을 어르신들이 많이 나와 계셔서인지 노래를 부를수록 분위기가 무
르익어 가면서 서로 부르려는 분위기였다. 제보자가 노래를 부르는 중인데도
많이 시끄러웠다.

봄 들었-구나 봄 들었-구나 이 강산 삼천리에 봄 들었네-

퍼런 것은 버들가지요~ 노린 것은 꾀꼬리라-

황금 같은 꾀꼬리는 푸른- 버들가지를 왕래하고

흑설같은 흰나~비는 부모님의 몽상을 입으셨나-

그 곱던 정 곱~기만 하고 인간에~ 대청으로 날아든다-


# 영혼 노래

자료코드 : 04_18_FOS_20090721_PKS_HON_0007
조사장소 : 경상남도 함양군 마천면 의탄리 금계마을 마을정자
조사일시 : 2009.7.21
조 사 자 : 서정매, 김미라, 이진영
제 보 자 : 허옥남, 여, 80세
구연상황 : 청춘가를 부르고 나서 바로 이어서 불러 준 노래이다. 부르고 난 뒤에 "잘 모
르겠다"고 말한 것으로 보아 가사가 더 많이 있었지만 기억이 나지 않아서
짧게 끝낸 것으로 보였다.

배가 고파서- 죽은 영혼은~ 식-당에 문 앞에다 묻어주고-

술이 묵고자~ 죽은 영혼은 양-조장 문전에다가 묻어줘요-

옷이- 그리워 죽은- 영혼은 포목전 문턱에다 묻어줘요-

# 청춘가 (1)

자료코드 : 04_18_FOS_20090721_PKS_HON_0008
조사장소 : 경상남도 함양군 마천면 의탄리 금계마을 마을정자
조사일시 : 2009.7.21
조 사 자 : 서정매, 김미라, 이진영
제 보 자 : 허옥남, 여, 80세
구연상황 : 옛날에 홍갑사 댕기는 참으로 귀했다면서 노래를 불러 주었다. 노래를 부르면
서도 흥이 나서 박수를 칠 때에는 노래 가사 사이에 추임새를 넣듯이 박수를
치곤 했다.

칠라당 팔라~당~ 홍갑사 댕기~를~

고운때도 아니 묻어서 좋~구나 날 받으러 왔~네-

# 모심기 노래 (2)

자료코드 : 04_18_FOS_20090721_PKS_HON_0009
조사장소 : 경상남도 함양군 마천면 의탄리 금계마을 마을정자
조사일시 : 2009.7.21
조 사 자 : 서정매, 김미라, 이진영
제 보 자 : 허옥남, 여, 80세
구연상황 : 예전에 모심기 노래를 많이 불렀는지 긴 소리로 불러 주었다. 노래를 다 부르
고나자 청중이 "할머니, 오늘 도 닦네." 하면서 허옥남 할머니가 정말 노래를
잘 부르시는 어른이라며 박수를 쳤다.

물꼬는~ 철~철철 흘려~이 놓~고~ 주인~ 양~반 어~디 갔소

문애야~ 전~복- 에워이들고~ 첩의~ 집~에 가고 없네

첩아 첩아-이 날 놔도~라 본처~ 간~장 다~ 녹는다

본처~애~ 간장-이 다 녹~으~면~ 요내~ 문~전 오~지 마라-

# 청춘가 (2)

자료코드 : 04_18_FOS_20090721_PKS_HON_0010
조사장소 : 경상남도 함양군 마천면 의탄리 금계마을 마을정자
조사일시 : 2009.7.21
조 사 자 : 서정매, 김미라, 이진영
제 보 자 : 허옥남, 여, 80세
구연상황 : 모심기 노래를 부르고 난 뒤 곧바로 이어서 불러 주었다. 노래를 부를 때면
항상 박수로 장단을 맞추면서 적극적으로 불러 주었다.

지리산 몬당~에~ 애홀로 선 소나무~

날카야 같이도 에루야 애홀로 섰구~나~


지리산 사상봉에~ 비가 오나 눈이 오나~

어리야 장군만~해서- 좋~구나 잠자나- 말어~라~


산 너매 저 달은~ 구름 없는 탓~이오~

여자놈 밝힌거는- 좋구나 임이 없는 탓이로다~


# 밭 매기 노래 (2)

자료코드 : 04_18_FOS_20090721_PKS_HON_0011
조사장소 : 경상남도 함양군 마천면 의탄리 금계마을 마을정자
조사일시 : 2009.7.21
조 사 자 : 서정매, 김미라, 이진영
제 보 자 : 허옥남, 여, 80세
구연상황 : 모심기 노래와 청춘가를 불러 주고 난 뒤 연이어 청춘가 가락으로 다음 노래
를 불러 주었다. 밭을 맬 때 불렀던 노래라며 설명까지 해 주었다.

밭에 가면은 밭애기가- 원수요~

집에를 가면- 시어머니 웬수

시어머니 잔소리는~ 쓰디산 같고요~

우런님 잔소리는 좋~구나 눈물이 시들한다-

시어머니 죽어라고~ 축원 축사 했더~니~

보리방에다 물 부어논께- 좋~다 시어머니 생각나네~

시아바님 죽어라~고~ 축원 축사 했더니~

동지섣달 밝으신께 좋~다 시아바이- 생각나-요~


# 시집살이 노래 / 사촌 형 노래

자료코드 : 04_18_FOS_20090721_PKS_HON_0012
조사장소 : 경상남도 함양군 마천면 의탄리 금계마을 마을정자
조사일시 : 2009.7.21
조 사 자 : 서정매, 김미라, 이진영
제 보 자 : 허옥남, 여, 80세
구연상황 : 제보자는 옛날 못 먹을 때 불렀던 노래라고 하면서 요즘은 이런 일도 없다며
쓴웃음을 지었다. 나이가 80세여서인지 당시에 밭을 맬 때 불렀던 노래를 잘
기억하고 있었다.

성아 성-아 사촌~성아~ 상 한대면 차렸으면~

너도- 먹고 나도- 먹고~ 누룽지가 눌었으면-

성개- 주제~ 내 개~ 주까~ 밥 한커니 묵고 가자


# 밭 매기 노래 (3) / 부모 부음요

자료코드 : 04_18_FOS_20090721_PKS_HON_0013
조사장소 : 경상남도 함양군 마천면 의탄리 금계마을 마을정자
조사일시 : 2009.7.21

조 사 자 : 서정매, 김미라, 이진영
제 보 자 : 허옥남, 여, 80세
구연상황 : 밭 매는 노래를 불러 주었다. 이야기가 있는 서사민요여서인지 노래를 부르다
가 이 노래가 왜 나오게 되었는지에 대해 설명해 주었다. 예전에 무척 많이
불렀던 노래인지 사설을 잘 기억해서 불렀다. 노래도 좋지만 이야기로 더욱
들려주고 싶어 했다.

매꽃같이 치센~ 밭을 한 골 메고~ 두 골 맹께-

난데없는 편지 한 장~ 내 손으로 날아 왔네

한 손~으로 받은 편지를 두 손으로 펴-보니

엄마 죽은 부고 편지라

발 벗고 두발 벗어~신을 벗어 울넘에 던지고

비네 뽑~아~ 땅에 꼽고- 댕기 풀어 덤부렁에 걸고

한번 가고

한 모랭이 돌아~가니 곡소~리가 진동하네-

두 모랭이 또 돌아가니~ 문 잠그-는- 소리 나네-

들어닥친 한대문을 열고~보니

우리 오빠 성 나섬서~

에라 요~런 요망한 년- 니가 여기~ 왜 왔느냐-

보고~ 가요 보고- 가요~ 울 어머니를 보고 가요-

[이야기로] 그러 이제 이애기로(이야기) 해야 돼. 그 인자 이야기를 해
야 되는데.

그 맞상주고 나와 가지고 몬 오그로(못 오도록) 했어, 딸을. 딸을 몬 오
구로 했는데, 저거 어머니를 보고 갈라고 인자 은짝문을 끌렀어. 널. 널
그거 은짝문 소리가 났거든. 고걸 끌러 가지고, 인자 끌러 가지고 보니 옷
도 벗었어. 옷이 없어, 아무것도.

그런께 인자 맞상주 큰아들이 딸을 몬 보구로 하는 거라. 못 보구로 한

께네 그걸 다시 끌러 가지고 보고 그 딸이 이제 하정을 통해서 옷을 한 벌 갖다 입히면서 그래 울고 노래를 진 거여.

한 모랭이 돌아가고 두 모랭이 돌아가고 그런 노래를 지었는데, 옛날엔 옷이 없어서 벗어서도 가고. 그래 큰아들만 잘못이가 아니고 없다 보니 할 수 없는 세상이라. 그때는.

# 2. 백전면

**▌조사마을**

## 경상남도 함양군 백전면 구산리 구산마을

조사일시 : 2009.7.23
조 사 자 : 황경숙, 조민정

　구산마을은 단일 마을로서는 백전면 내에서 가장 작은 마을이다. 이 마을은 부촌마을과 재궁마을로 형성되어 있는데, 두 마을 사이에 거북머리 형상의 구산(龜山)이 있다. 이 중 부머리는 북머리가 와전된 것으로 이는 마을 뒷산에 두드리면 북소리가 나는 바위에서 유래한 지명이다. 달리 부촌(扶村)이라고도 칭한다.

　이 마을은 전라남도와 경상남도의 경계지로 남원시 아영면으로 넘어가는 매봉재와 비지재가 있다. 매봉재는 가뭄이 들 때 비를 기원하는 기우제를 지내던 곳으로 널리 알려져 있다. 기우제를 지낼 때에는 산돼지를 잡아 그 피를 매봉재 주변에 뿌린다 한다. 비지재 동쪽에는 참샘이란 우물이 있는데 피부병, 위장병에 효험이 있는 약수터로 널리 알려져 있다. 참샘은 여근곡으로 참샘에 작대기를 꽂으면 인근 마을 처녀들이 바람이 난다는 속신이 전하고 있다.

　현재 이 마을에는 44가구에 88명의 주민들이 살고 있다. 주민 대부분은 농사를 짓고 있는데, 주요 농작물은 산채, 밤 등이다.

　이 마을을 조사지역으로 선정한 이유는 마을 지명 및 지형물과 관련된 이야기가 널리 알려져 있을 뿐만 아니라, 전라남도와 경상남도의 경계지로 지역적 특성이 잘 드러나는 구비문학 자료가 상대적으로 많을 것이라 판단되었기 때문이다.

　사전 협조를 요청한 후 조사자가 마을을 방문했을 때에 마을 주민 상당수가 마을회관 앞 정자에 모여 조사자를 맞이하였다. 마을 정자에 모인 주민은 할아버지들로 할머니들은 참여하지 않은 상태였다. 마을 주민들은 조사에 상당히 협조적이었으나, 제보 사례는 상대적으로 미약했다. 할아버지들을 대상으로 한 조사에서는 이야기만 채록할 수 있었다. 채록된 이야기는 마을 지명과 민속신앙에 대한 이야기 그리고 이 마을 주민들 사이에서만 전해 오는 호랑이가 물어간 아이에 대한 이야기, 음담패설 등이다. 이후 할머니들을 대상으로 한 조사에서는 모심기 노래와 그네 노래를 채록하였다.

## 경상남도 함양군 백전면 대안리 대안마을

조사일시 : 2009.7.23
조 사 자 : 황경숙, 조민정

대안마을은 함양군의 서북쪽 상단에 위치한 마을로 전라도와 경계지이다. 산기슭에 위치한 마을이라 윗안골로 불리는 이곳은 지수땀, 양지땀, 음지땀, 섬땀, 대상골 등 5개 자연부락으로 형성되어 있는 마을로 도로에서 멀리 떨어져 있다.

마을의 형성 시기에 대해서는 정확히 알려진 바 없으나, 마을 주민들 사이에 전하는 바로는 17세기 무렵 안씨 성을 가진 이가 이곳에 들어와 삶의 터전을 일구면서 마을이 형성되기 시작하였다 한다. 현재 이 마을에는 안씨보다 김해 김씨가 많이 거주하고 있다.

마을에는 45가구에 83명의 주민이 거주하고 있다. 주민 대부분은 쌀농사를 짓고 있다. 예전에 지수땀은 닥나무를 재배하여 한지를 주로 생산하였으나, 한지의 수요가 격감하는 시대적 추이에 따라 한지 생산을 중단하고 말았다.

크게 편안한 마을이라는 의미를 지닌 대안(大安)마을은 마을의 지세가 좋아 장성과 학자를 많이 배출한 곳으로 마을 주민들의 자부심이 남다르다.

대안마을 전경

대안마을 마을회관

마을 주민의 제보에 의하면, 예전에 이 마을에는 마을 공동 신앙으로 당산제와 돛대제를 지냈다고 한다. 당산제는 마을 입구에 당산나무를 신격(당산할매라 칭함)으로 하여 매해 정초에 제를 올린 것이며, 돛대제는 이 마을의 지형이 배의 형상이기에 배의 순탄한 항해를 위해 세운 돛대에 매해 길일을 택해 제를 올린 것이라 한다.

　　이 마을을 조사지역으로 선정한 이유는, 마을 주민들 수가 적어 제보자 확보에 어려움이 있을 수 있다는 단점이 있지만, 이 마을의 지리적 특성을 고려할 때 다음과 같은 두 가지 장점이 있을 것으로 판단되었기 때문이다. 하나는 외부와 단절된 마을의 지리적 특성상 비교적 민속문화의 전승력이 상대적으로 강할 것이라는 점이며, 다른 하나는 전라도와 경계지로서 타 마을과는 차별화되는 민속문화적 특징을 살펴볼 수 있을 것이라는 점이다.

　　그런데, 조사과정은 쉽지 않았다. 조사를 위해 사전 협조 요청을 하였지만, 마을 주민들을 쉽게 만날 수 없었다. 조사자들이 조사를 위해 마을을 방문하였을 때, 마을 노인회 회장인 김용혁과 몇몇 주민들만이 조사자들을 맞이했다. 김용혁은 개인적인 사정으로 조사가 불가능할 것 같다며 양해를 구했다. 다른 주민들 역시 제보할 이야기나 노래를 알고 있는 것이 없다며 조사에 응하지 않았다. 조사자들의 간곡한 요청 끝에 조사가 이루어졌는데, 제보자는 김용혁(남, 76세)과 김용현(남, 82세)으로 제한되었다.

　　이 마을에서 채록한 구비문학 자료는 설화가 전부다. 이 중 특히 주목되는 제보자는 김용혁이다. 김용혁은 12편의 설화를 구술했다. 그가 구술한 설화는 당산제·기우제·돛대제·용신제 등과 같은 민속신앙을 소재로 한 이야기와 달래바위, 상사뱀과 같은 성적 욕망을 소재로 한 이야기, 꾀가 많아 위기를 극복하거나 이상적인 배우자를 얻게 되는 이야기 등 주제가 다양할 뿐만 아니라 이야기의 짜임새도 뛰어나 조사에 참여하였던 청중들에게 큰 즐거움을 주었다.

## 경상남도 함양군 백전면 양백리 서백마을

조사일시 : 2009.7.21
조 사 자 : 황경숙, 김국희, 문세미나

　이 마을은 면소재지에서 1킬로미터 떨어진 지점에 위치하고 있다. 마을의 옛 이름은 서잣밭으로 마을에 잣나무가 많았기 때문이라 한다. 1914년 행정구역이 개편되기 전에는 마을에 면사무소와 파출소가 있었으나 행정구역이 개편된 후 면사무소와 파출소는 평정리로 옮겨 갔다.

　예전에 이 마을에는 100가구 이상이 살았다 한다. 마을에 넓은 들이 많아 부유한 마을로 알려졌는데, 특히 안동 김씨가 이 마을에 살면서 재산을 모아 천석지기를 했던 부자 마을로 유명했다. 현재 이 마을에는 68가구에 80여 명이 살고 있다. 주로 80대 노인이나 초등학생 5명, 중학생 4명, 고등학생 4명 등 다른 마을에 비해 상대적으로 청소년들이 많은 편이다. 이 마을에서는 대부분 농사를 짓고 있으며, 주요 작물은 벼와 밤이다.

　마을 주민들은 대부분 불교를 믿고 있으며, 아직도 이 마을에서는 정월 초하루 자정에 당산제를 지내고 있다. 마을의 당산은 세 군데 있다. 당산신은 당산할배(당산나무), 당산할매(돌무덤)이다. 예전에는 마을 사람들 중 깨끗한 사람을 제관을 선정하여 제를 지냈으나, 근래에는 시대적 추이에 따라 이장과 새마을 지도자가 제관이 되어 제를 모신다. 당산제의 경비는 마을 공동 경비로 충당하며 제사 음식은 부녀회에서 장만한다. 한편, 이 마을에서는 가뭄이 들면 백운산의 용소에서 마을 주민들이 함께 기우제를 지낸다.

　이 외에 마을의 주요 행사로는 정월 대보름날 백전 초등학교 내에서 달집태우기가 있으며, 봄에 정례적으로 마을 주민들이 함께 하는 봄놀이 등이 있다.

　백전면은 다른 면에 비해 상대적으로 마을 수가 적을 뿐만 아니라, 각

서백마을 당산나무(당산할배)

서백마을 돌무덤(당산할매)

마을에 거주하고 있는 주민 수도 적은 편이다. 따라서 보다 많은 제보자를 확보하기 위해서는 우선적으로 마을 주민 수를 고려하지 않을 수가 없었으며, 그로 인해 서백마을을 우선적으로 조사지역으로 선정하였다. 또한 이 마을에서는 아직도 당산제를 지내고 있어 비교적 민속문화의 전승력이 강할 것이라는 점도 고려되었다.

마을 주민들이 상당히 협조적이어서 조사하는 데는 별 어려움이 없었다. 제보자들이 적극적으로 참여하여 설화와 민요가 고루 채집되었다. 설화는 민속신앙과 관련된 이야기와 교훈적인 이야기가 주를 이루었으며, 민요는 노동요와 유희요가 주를 이루었다.


## 경상남도 함양군 백전면 오천리 양천마을

조사일시 : 2009.7.21
조 사 자 : 황경숙, 김국희, 문세미나, 조민정

양천은 달리 양지말이라고 칭한다. 원래 양천마을은 윗말, 매치마을, 양지말 등 3개의 마을로 이루어졌다 하며 인근의 간모리와 한골에도 사람들이 살았다고 한다. 양지말과 윗말 사이에는 행화대(杏花臺)와 300여 년된 느티나무가 있다 한다. 행화대는 조선시대 이 지방에 관찰사로 부임하여 지냈던 송천희 선생이 양지말에 사는 아름다운 여인 해화와 연분을 나누면서 이곳에서 함께 풍유를 즐겼던 곳이라 하여 그 여인의 이름을 따붙인 이름이라 한다.

역사 자료에 의하면 이 마을의 역사는 상당히 오래되었음을 알 수 있다. 고려 말기에 당시 재상인 박홍택이 이성계가 왕위에 올라 조선을 건국하자, 고려 왕조에 대한 충절을 지키기 위해 벼슬을 버리고 이 마을에 내려와 살았다 한다. 그러나 이후 그 후손들이 계속 이 마을에 살았는지는 알려져 있지 않다. 전하기로는 조선 명종대에 진양 강씨가 진주에서

양천마을 전경

이 마을로 이주하여 삶의 터를 잡고 살았다 하며 그 후로는 단양 우씨와
남평 문씨도 입촌하여 살았다 한다.

양천의 지명에 대해 '오천'이라 불렀다고도 하는데, 마을 주민들은 이
마을에서 온천이 났기 때문이라 하기도 하고, 이 마을에 다섯 골짜기가
있기 때문이라 하기도 한다. 그러나 오천리라는 마을 지명의 유래에 대해
정확히 알려진 바는 없다.

현재 이 마을에는 20가구에 40여 명이 살고 있다. 마을의 주요 특산물
은 하고초꿀, 두릅 등이다.

이 마을을 조사지역으로 선정한 이유는 우선, 이 마을에 거주하는 주민
수가 백전면의 다른 마을보다 상대적으로 많고, 마을의 위치가 도로변에
서 멀리 떨어진 곳에 위치해 있어, 구비문학이 비교적 온전하게 전승되고
있을 것으로 여겼기 때문이다.

그러나 조사자들이 이 마을을 방문했을 때에는 마을 주민들을 쉽게 찾아볼 수 없었다. 마을 곳곳을 돌며 상황을 살피던 중, 할머니 한 분을 만나 방문 목적을 설명하고 도움을 청했으나 별 다른 도움을 받을 수 없었다. 이러한 사정으로 인해 처음에는 조사자들이 조사를 포기하고자 하였다. 그런데, 돌아가는 길에 장을 보고 마을로 돌아오던 할머니들을 만나게 되어 다행히 조사를 할 수 있게 되었다. 당시 마을 할머니들은 버스를 타지 못해 힘들어하던 중이었는데, 조사자들이 차를 태워줘 그에 대한 고마움으로 조사에 협조하게 된 것이다.

이 마을에는 마을 지명과 민간 신앙적 풍속과 관련된 단편적인 이야기를 제외하고는 달리 전승되는 설화는 없었다. 그리하여 설화는 대개 조사자의 질문에 응답하는 형식으로 진행되었다.

민요의 경우 설화에 비해 상대적으로 전승력이 강한 편으로 노동요와 유희요가 주를 이루고 있다. 민요 제보자 중 김계임(여, 73세)은 주로 서사민요를 가창하였다.

## 경상남도 함양군 백전면 평정리 평촌마을

조사일시 : 2009.7.21
조 사 자 : 황경숙, 조민정

평촌마을은 백전면 소재지 마을로서 개천을 사이에 두고 동쪽의 다랏터마을, 서쪽의 들말마을 두 마을로 이루어져 있다. 다랏터란 지명은 옛날에 개천이나 냇물을 건너는 수단으로 대개 징검다리를 놓았는데, 이 마을에서는 달리 나무로 만들었다 하여 붙여진 이름이다. 원래 다리터라 칭하였던 것이 이후 그 음이 와전되어 다랏터로 부르게 된 것이라 한다. 들말이란 지명은 마을의 방향이 들쪽으로 향해 있는 마을이라 해서 붙여진 이름으로 원래는 들마을이라 칭했던 것이 이후 그 음이 와전되어 들말로 부르게 되었다 한다. 1914년 행정구역 개편시 두 마을을 통합하여 평촌이 라 부르고 있다.

현재 이 마을에는 66가구에 141명이 거주하고 있으며, 주요 농산물은 산채, 밤 등이다.

이 마을을 조사지역으로 선정한 이유는 면소재지로서 협조 요청이 용 이할 뿐만 아니라 백전면 중 거주하는 주민 수가 가장 많은 곳으로 보다 많은 제보자를 확보할 수 있을 것으로 여겼기 때문이다. 그런데, 실제 조 사과정에서 제보자를 만나기가 쉽지 않았다. 조사 당시 마을 이장이 교체 된 지 얼마 되지 않아 조사에 실질적인 도움을 구하기 힘든 상황이었으 며, 면소재로서의 생업 구조가 개방적인 지역적 특성으로 주민들의 결집 력이 상대적으로 낮았기 때문이다.

평촌마을 마을회관

조사자들이 직접 마을을 돌며 제보자들을 물색하던 중 마을회관에서 담소를 즐기고 있던 할머니들을 대상으로 제한적인 조사를 실시하게 되었다. 이 마을에서 조사된 이야기는 무제와 고양이 이방을 소재로 한 민간신앙과 관련된 이야기와 시집살이하는 며느리를 소재로 한 이야기가 주를 이루었고, 민요는 노동요와 유희요가 주를 이루고 있다. 특히, 민요의 경우 완창을 하는 경우가 드물었는데, 제보자들은 그 이유를 근자에 농사를 짓는 이가 감소하였을 뿐 아니라, 주기적으로 여흥을 즐겼던 놀이문화도 오래전에 사라졌기 때문이라 했다.

# ▌제보자

### 강쌍수, 남, 1943년생

주 소 지 : 경상남도 함양군 백전면 구산리 구산마을
제보일시 : 2009.7.23
조 사 자 : 황경숙, 조민정

강쌍수는 1943년생 양띠로 올해 67세이
다. 이 마을에서 나고 자라 지금까지 살고
있다. 처 노복자(62세)와의 사이에 1남 5녀
를 두었다. 자녀들이 모두 외지로 나가 생
활해 현재는 처와 함께 농사를 지으며 살고
있다. 마을 일에 적극적이어 이장과 새마을
지도자를 역임하기도 하였다. 보통 체형에
키가 큰 편이다. 성격이 활달하고 유머 감
각이 뛰어나, 마을 할아버지를 대상으로 한 조사를 마친 뒤에도 자리를
뜨지 않고 마을 할머니들을 대상으로 한 조사에도 함께 참여하였다. 동네
어른들에게 들은 이야기라며 마을 지명 유래와 한글을 잘 몰라 우습게 되
어버린 편지 이야기를 하였다.

제공 자료 목록
04_18_MPN_20090723_PKS_KSS_0001 한글을 몰라 우습게 된 편지


### 강정수, 남, 1946년생

주 소 지 : 경상남도 함양군 백전면 구산리 구산마을
제보일시 : 2009.7.23
조 사 자 : 황경숙, 조민정

강정수는 1946년생 개띠로 올해 64세이
다. 이 마을에서 태어났다. 청년 시절 진주
에서 직장 생활을 하며 20년 살다 다시 고
향으로 내려와 지금까지 살고 있다. 처 김
고분(57세)과 사이에 1남 4녀를 두었다. 자
녀들은 모두 외지로 나가 생활하여 현재는
처 김고분과 함께 농사를 지으며 살고 있다.
보통 키에 마른 체형이다. 조사 초반부터
참여하였으며 조사자가 이야기를 청하자, 실제 마을에 있었던 일이라며
호랑이가 물어 갔어도 살아난 아이에 대한 이야기를 하였다.

제공 자료 목록
04_18_MPN_20090723_PKS_KJS_0001 호랑이에게 물려 갔다 살아난 아이

### 김계임, 여, 1937년생

주 소 지 : 경상남도 함양군 백전면 오천리 양천마을
제보일시 : 2009.7.21
조 사 자 : 황경숙, 김국희, 문세미나, 조민정

김계임은 1937년생 소띠로 올해 73세이
다. 17세에 양천마을로 시집왔고 남편은 오
래 전에 작고하였다. 슬하에 2남 2녀를 두
었다. 마을에서는 새재댁이라 부른다. 몇 년
전에 풍이 와서 몸이 불편한 상태이다. 특
히, 왼쪽 안면과 팔다리에 마비가 와 말을
하거나 거동하는 데 상당한 어려움을 겪고
있다. 몸이 불편해서 노래를 정확하게 부르

지는 못했지만 가사를 잘 읊어주었다. 성격이 신중하여 가창하기 전에 곰 곰이 사설을 생각한 뒤 들려주었는데, 한 차례 노래한 뒤 새로이 가사가 기억나면 다시 가사를 정리하여 노래했다. 건강 탓에 구연 도중 단절되는 경우가 많았다. 주로 서사민요를 불렀는데, 이들 노래는 젊어서 마을 어 른들이 부르는 노래를 듣고 자연스럽게 익힌 것이라 했다.

제공 자료 목록

04_18_FOS_20090721_PKS_KKI_0001 못 갈 장가 노래 (1)
04_18_FOS_20090721_PKS_KKI_0002 못 갈 장가 노래 (2)
04_18_FOS_20090721_PKS_KKI_0003 삼 삼기 노래 (1)
04_18_FOS_20090721_PKS_KKI_0004 삼 삼기 노래 (2)

### 김병곤, 남, 1933년생

주 소 지 : 경상남도 함양군 백전면 오천리 양천마을
제보일시 : 2009.7.21
조 사 자 : 황경숙, 김국희, 문세미나, 조민정

김병곤은 1933년생 닭띠로 올해 77세이 다. 양천마을의 토박이이며, 이 마을에서 소 학교까지 졸업하였다. 부인은 조사에 함께 참여한 정숙조(여, 70세)이다. 슬하에 2남 2 녀를 두었으나, 모두 외지로 나가 살아 지 금은 부인과 함께 농사일을 하고 있다. 마 른 체구에 키가 큰 편이다. 김병곤은 일을 마치고 집으로 돌아가는 길에 다른 제보자 들이 청해 참여하게 되었다. 예전에는 노래를 곧잘 했지만 근래에는 노래 를 부른 적이 없어 노래를 잘 기억하지 못할 뿐만 아니라, 건강이 좋지 않아 노래하기 힘든 상황이라 하였다. 대신에 마을에 전해 오는 이야기를 청하자 말똥바위에 대한 이야기를 해주었다.

제공 자료 목록

04_18_FOT_20090721_PKS_KBG_0001 말똥바위 유래


### 김삼순, 여, 1937년생

주 소 지 : 경상남도 함양군 백전면 양백리 서백마을
제보일시 : 2009.7.21
조 사 자 : 황경숙, 김국희, 문세미나

김삼순은 1937년 서백마을에서 태어났다. 올해 나이는 78세로 원숭이띠이다. 15세에 결혼하였는데, 남편은 5년 전 작고하였다. 작고한 남편과의 사이에 3남 3녀가 있다. 자녀들은 모두 외지로 나가 생활하고 있어 지금은 홀로 농사를 지으며 살고 있다. 지금까지 이 마을을 떠나본 적이 없다 한다. 보통 체형으로 전체 의치를 하고 있다. 남성적인 외모와는 달리 조용하고 여성적인 성격이다. 개 신세보다도 못하게 된 시아버지 이야기를 하였다.

제공 자료 목록

04_18_FOT_20090721_PKS_KSS_0001 개 신세보다도 못한 시아버지


### 김연숙, 여, 1937년생

주 소 지 : 경상남도 함양군 백전면 양백리 서백마을
제보일시 : 2009.7.21
조 사 자 : 황경숙, 김국희, 문세미나

김연숙은 1937년생 소띠로 올해 73세이
다. 서백마을에서 나고 자라 지금까지 생활
하고 있다. 21세에 결혼하여 남편과의 사이
에 1남 5녀를 두었다. 자녀들은 모두 외지
로 나가 살고 있으며, 현재 부부만 서백마
을에서 농사를 지으면서 살고 있다. 보통
체형으로 건강하며 부분 의치를 한 상태이
다. 성격이 적극적이고 다정다감할 뿐만 아
니라 재담이 구수하여 조사에 참여했던 모든 이들에게 웃음과 즐거움을
주었다. 흥이 많아 흥겨운 노래를 부를 때면 일어나 춤을 추었다. 제보자
가 구연한 노래는 자라면서 마을 어른들이 부르던 노래를 들으며 자연스
럽게 익힌 것이라 한다. 모심기 노래, 화투 타령, 치마 타령, 그네 노래,
사위 노래 등을 불렀다.

제공 자료 목록
04_18_FOS_20090721_PKS_KYS_0001 논 매기 노래
04_18_FOS_20090721_PKS_KYS_0002 화투 타령
04_18_FOS_20090721_PKS_KYS_0003 사발가
04_18_FOS_20090721_PKS_KYS_0004 사위 노래
04_18_FOS_20090721_PKS_KYS_0005 치마 타령
04_18_FOS_20090721_PKS_KYS_0006 그네 노래 / 노랫가락
04_18_FOS_20090721_PKS_KYS_0007 모심기 노래
04_18_FOS_20090721_PKS_KYS_0008 모찌기 노래

## 김용혁, 남, 1928년생

주 소 지 : 경상남도 함양군 백전면 대안리 대안마을
제보일시 : 2009.7.23
조 사 자 : 황경숙, 조민정

김용혁은 1928년생 용띠로 올해 82세이
다. 대안마을에서 나고 자랐다. 28세에 생활
을 위해 서울로 가 그곳에서 37년간 생활
한 뒤, 65세에 고향으로 돌아와 아내 김남
주(79세)와 함께 지금까지 농사를 지으며 살
고 있다. 현재 마을에서 노인회 회장직을
맡고 있다. 슬하에는 1녀를 두었는데, 지금
은 결혼하여 외지에 살고 있다.

보통 체구에 백발이다. 목소리가 우렁차고 유머감각이 뛰어나, 함께 참
여했던 청중들에게 많은 즐거움을 주었다.

조사 당일 김용혁은 평소 건강이 좋지 않아 병원에 가야 할 상황이었
으나, 조사자들이 청한 협조 요청을 거절할 수 없어, 병원에 가지 않고 조
사에 응하였다. 조사 초반에는 쉽게 조사에 응하지 않고 소극적이었으나,
마을에 전승되었던 민속신앙에 대한 이야기를 나눈 뒤부터 조사에 보다
적극적으로 임하였다. 조사가 진행되는 동안 조사자가 굳이 청하지 않아
도 이야기가 생각나면 자발적으로 제보하는 경우가 많았다.

제보한 이야기는 젊어서 부모님을 도와 농사일을 할 때 함께 일했던
이웃 어른들에게 들은 이야기라 하였다. 설화의 소재와 짜임새가 뛰어나
주목되는 제보자이다. 총 12편의 설화를 구술하였다. 구술에서 특징적인
사항은 민담을 구술할 때 이야기의 주인공을 실존하는 인물로 설정하여
현실감을 고조시키는 방식으로 마무리하였다. 이러한 종결 방식은 새로운
이야기를 이끌어 가는데 효과적일 뿐만 아니라 청중들과의 교감을 이끌
어 내는데도 효과적이어서 깊은 인상을 남겼다.

제공 자료 목록
04_18_FOT_20090723_PKS_KYH1_0001 방정맞은 아나 탓에 용이 못된 이무기
04_18_FOT_20090723_PKS_KYH1_0002 짝수 용이 들어야 좋은 이유

04_18_FOT_20090723_PKS_KYH1_0003 누이에게 욕정 느껴 자살한 동생과 달래바위
04_18_FOT_20090723_PKS_KYH1_0004 짝사랑하다 죽은 영혼이 환생한 상사뱀
04_18_FOT_20090723_PKS_KYH1_0005 방아공이가 변한 도깨비
04_18_FOT_20090723_PKS_KYH1_0006 거짓말을 잘해 부잣집 딸을 아내로 맞은 머슴
04_18_FOT_20090723_PKS_KYH1_0007 재치로 대접 받고 위기를 넘긴 선비
04_18_FOT_20090723_PKS_KYH1_0008 가짜 남편 노릇하다 진짜 남편이 된 선비
04_18_FOT_20090723_PKS_KYH1_0009 헛소문을 낸 과부와 결혼한 머슴

### 김용현, 남, 1934년생

주 소 지 : 경상남도 함양군 백전면 대안리 대안마을
제보일시 : 2009.7.23
조 사 자 : 황경숙, 조민정

김용현은 1934년생 개띠로 올해 76세이
다. 이 마을에서 나고 자라 지금까지 살고
있다. 큰 키에 마른 체형이며 성격은 다소
무뚝뚝한 편이다. 슬하에 3남 2녀를 두었으
나 모두 외지로 나가 생활하고 있으며, 지
금은 아내 노분순(66세)과 함께 농사를 지으
며 살고 있다. 조사 초반에 참여하여 예전
에 마을 어른들에게 들은 이야기라며 대나
보지 이야기와 호랑이 이야기를 하였다. 이야기는 단편적이었으나, 이야
기판의 분위기를 고조시키는 데는 중요한 역할을 했다. 자신의 이야기를
마친 뒤에는 자리를 떴다.

제공 자료 목록
04_18_FOT_20090723_PKS_KYH2_0001 대나 보지

## 김정애, 여, 1938년생

주 소 지 : 경상남도 함양군 백전면 양백리 서백마을
제보일시 : 2009.7.21
조 사 자 : 황경숙, 김국희, 문세미나

김정애는 1938년 진주에서 태어났다. 올
해 나이는 71세로 호랑이띠이다. 26세에 결
혼한 이후 지금까지 이 마을에서 살고 있다.
10년 전 작고한 남편과의 사이에는 2남 2녀
가 있다. 자녀들은 모두 외지로 나가 생활
하고 있어 지금은 홀로 농사를 지으면서 살
고 있다. 보통 체형으로 깔끔하고 단아한
모습이다. 설화를 주로 제보하였다. 성격이
차분하여 이야기 도중 내용이 기억나지 않으면, 잠시 시간을 갖고 기억을
되새긴 후 이야기를 하였다. 제보한 이야기들은 주로 책을 통해 알게 된
것이라고 하였다.

제공 자료 목록
04_18_FOT_20090721_PKS_KJA_0001 잡은 붕어 살려주고 부자 된 머슴
04_18_FOT_20090721_PKS_KJA_0002 남편 될 사람의 담력을 시험한 공주
04_18_FOT_20090721_PKS_KJA_0003 자식 죽여 어머니를 살린 효자
04_18_FOT_20090721_PKS_KJA_0004 은혜 갚은 까마귀
04_18_FOT_20090721_PKS_KJA_0005 호랑이보다 무서운 곶감

## 노인순, 여, 1935년생

주 소 지 : 경상남도 함양군 백전면 양천리 서백마을
제보일시 : 2009.7.21
조 사 자 : 황경숙, 김국희, 문세미나

노인순은 1935년생 돼지띠로 올해 75세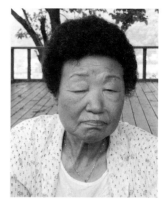
이다. 택호는 한지기댁이다. 경상남도 함양
군 백천리에서 태어났다. 17세에 양천마을
로 시집을 왔고 남편은 10년 전에 작고하였
다. 슬하에는 4남 1녀를 두고 있으나, 모두
외지로 나가 지금은 홀로 양봉을 하며 살고
있다. 체구는 약간 마른 편이나 상대적으로
키가 큰 편이다. 성격이 온화하고 다정다감
하여 조사 내내 웃음을 잃지 않고 조사자들을 배려하였다. 고향에 있을
때 자라면서 어른들에게 노래를 배웠던 것을 기억하고 있으나, 실제 생활
속에서 잘 부르지 않아 노랫말과 가락을 온전히 알지는 못하였다. 주로
다른 제보자가 노래할 때 따라 부르거나 장단을 맞추어 흥을 돋우는데 그
쳤다. 마을 지명, 민간 속신과 관련된 이야기를 들려주었다.

제공 자료 목록
04_18_FOS_20090721_PKS_NIS_0001 청춘가
04_18_FOT_20090721_PKS_NIS_0001 마시면 아들 낳는 옹달샘


**문삼순, 여, 1929년생**

주 소 지 : 경상남도 함양군 백전면 평정리 평촌마을
제보일시 : 2009.7.21
조 사 자 : 황경숙, 조민정

문삼순은 1929년생 뱀띠로 올해 81세이다. 택호는 대실댁이다. 함양군
백전면 평정리 평촌마을에서 나고 자라 지금까지 살고 있다. 남편은 7년
전에 작고하였고, 슬하에 2남 4녀를 두고 있으나 모두 외지로 나가 지금
은 홀로 농사를 지으며 생활하고 있다. 작은 키에 마른 체형이며 성격은

활달한 편이다. 마을 주민들 사이에서 민요
를 잘 부르는 것으로 유명했지만, 조사 당
시 노랫말을 기억하지 못해 조사가 단절되
는 경우가 많았다. 제보한 민요는 모심기
노래와 그네 노래로, 때로는 손으로 장단을
맞추기도 하고 때로는 편한 자세로 누워 노
래하였다.

제공 자료 목록

04_18_FOS_20090721_PKS_MSS_0001 그네 노래 / 노랫가락
04_18_FOS_20090721_PKS_MSS_0002 모심기 노래 (1)
04_18_FOS_20090721_PKS_MSS_0003 모심기 노래 (2)
04_18_FOS_20090721_PKS_MSS_0004 모심기 노래 (3)

### 박연옥, 여, 1940년생

주 소 지 : 경상남도 함양군 백전면 평정리 평촌마을
제보일시 : 2009.7.21
조 사 자 : 황경숙, 조민정

박연옥은 1940년생 용띠로 올해 70세이
다. 전라도 광주가 고향이고 17세 때 평촌마
을로 시집왔다. 마을에서는 학동댁이라 부른
다. 남편 박종순(77세)과의 사이에 3남 2녀
를 두었다. 현재 자녀들은 모두 외지로 나가
생활하고 있으며, 남편과 함께 농사를 지으
며 살고 있다. 보통 체형으로 깔끔한 성격이
다. 아직 전라도 억양이 많이 남아 있다. 시
집을 와서 마을 어른들에게 들은 이야기라며 호랑이를 만나 위험에 처한

소가 자신을 버린 주인을 원망하며 주인을 응징한 이야기를 하였다.

제공 자료 목록
04_18_FOT_20090721_PKS_PYO_0001 자신을 배신한 주인을 응징한 소

### 박한조, 남, 1936년생

주 소 지 : 경상남도 함양군 백전면 구산리 구산마을
제보일시 : 2009.7.23
조 사 자 : 황경숙, 조민정

박한조는 1936년생 쥐띠로 올해 74세이
다. 이 마을에서 나고 자라 지금까지 살고
있다. 처 서정임(72세)과의 사이에 2남 4녀
를 두었다. 자녀들은 모두 외지로 나가 생
활하여 지금은 처와 함께 농사를 지으며 살
고 있다. 키가 작고 마른 체형이다. 첫인상
은 무뚝뚝하지만 다정다감하고 소탈한 성격
이다. 조사에 우호적이어서 먼저 이야기를
건네며 이야기판을 활기차게 이끌어 갔다. 마을 지명 유래와 여근암에 얽
힌 속신 이야기를 제보하였다.

제공 자료 목록
04_18_FOT_20090723_PKS_PHJ_0001 두드리면 소리가 나는 북바위

### 서덕림, 여, 1924년생

주 소 지 : 경상남도 함양군 백전면 평정리 평촌마을
제보일시 : 2009.7.21
조 사 자 : 황경숙, 조민정

서덕림은 1924년생 쥐띠로 올해 86세이다. 전라남도 남원이 고향이다. 16세에 함양군 마천면으로 시집와 살았으며, 30년 전 평촌마을로 이사해 지금까지 살고 있다. 슬하에 3남 2녀를 두었다. 남편은 오래전에 작고하였으며, 자녀들은 모두 외지로 나가 생활하고 있어 지금은 홀로 생활하고 있다. 키가 작고 마른 편이다. 성격은 다정다감하  고 차분한 편이다. 조사 초기에는 조용히 앉아 다른 제보자들의 제보를 지켜만 보다, 분위기가 무르익자 적극적으로 조사에 참여하였다. 젊은 시절 마을 어른들에게 들어 알게 되었다는 '살림을 못해 쫓겨난 세 며느리 이야기'와 '무제 지낸 이야기'를 제보하였다.

제공 자료 목록
04_18_FOT_20090721_PKS_SDL_0001 살림을 못해 쫓겨난 세 며느리
04_18_FOT_20090721_PKS_SDL_0002 무제 지낸 이야기


### 양경림, 여, 1930년생

주 소 지 : 경상남도 함양군 백전면 양백리 서백마을
제보일시 : 2009.7.21
조 사 자 : 황경숙, 김국희, 문세미나

양경림은 1930년생 말띠로 올해 80세다. 전라도 신진 마을에서 태어났다. 이 마을에 시집온 이래 지금까지 살고 있다. 20년 전 작고한 남편과의 사이에는 3남 2녀가 있는데, 자녀들은 모두 외지로 나가 지금은 홀

로 농사를 지으며 살고 있다. 마른 체형에 키가 작은 편으로 단아한 모습이다. 전체 의치를 하고 있다. 제보자들 가운데 가장 적극적인 모습을 보였다. 노래에 대한 자신감이 강해 조사자가 청하면 거침없이 노래했다. 제보한 노래는 어릴 때 고향에서 자연스럽게 습득한 것이라 하였다. 모심기 노래, 시집살이 노래, 노랫가락 등을 불렀다.

제공 자료 목록
04_18_FOS_20090721_PKS_YGR_0001 모심기 노래
04_18_FOS_20090721_PKS_YGR_0002 시집살이 노래
04_18_FOS_20090721_PKS_YGR_0003 노랫가락

### 염정순, 여, 1940년생

주 소 지 : 경상남도 함양군 백전면 양백리 서백마을
제보일시 : 2009.7.21
조 사 자 : 황경숙, 김국희, 문세미나

염정순은 1940년 생으로, 경상남도 함양군 수동면 내백마을이 고향이다. 올해 나이는 75세로 돼지띠다. 17세에 이 마을로 시집을 와 지금까지 농사를 지으며 살고 있다. 자녀는 3남 4녀로 모두 외지로 나가 생활하고 있다. 보통 체형으로 아직도 쪽머리를 하고 있다. 성격이 활달하고 적극적이어서 다른 제보자가 이야기를 하거나 노래할 때,

홍이 나면 함께 참여하여 분위기를 돋우었다. 어릴 때 할머니에게 들은 이야기라며 고사리를 캐러 간 아낙이 호식을 당한 이야기를 하였다.

제공 자료 목록
04_18_FOT_20090721_PKS_YJS_0001 호식 당한 아내

## 오금순, 여, 1932년생

주 소 지 : 경상남도 함양군 백전면 평정리 평촌마을
제보일시 : 2009.7.21
조 사 자 : 황경숙, 조민정

오금순은 1932년생 원숭이띠로 올해 78
세이다. 이 마을에서 나고 자라 지금까지
살고 있다. 택호는 산래댁이다. 남편은 30년
전에 작고하였으며, 슬하에 5남 1녀를 두었
다. 자녀들이 모두 외지로 나가 생활하고
있어 지금은 홀로 살고 있다. 보통 체구에
키가 큰 편이다. 목소기가 우렁차고 성격은
활달한 편이다. 조사 도중에 참여하여 모심
기 노래와 시집살이 노래를 불렀다. 가락을 잊어 노래할 수 없다며 가사
만 제보하였다.

제공 자료 목록
04_18_FOS_20090721_PKS_OGS_0001 시집살이 노래
04_18_FOS_20090721_PKS_OGS_0002 모심기 노래


## 오정남, 여, 1932년생

주 소 지 : 경상남도 함양군 백전면 양백리 서백마을
제보일시 : 2009.7.21
조 사 자 : 황경숙, 김국희, 문세미나

오정남은 1932년 평곡에서 태어났다. 올해 나이는 76세로 개띠이다.
19세 때까지 평곡에서 살았으며, 이후 잠시 외지로 나가 생활하다 21세에
이 마을로 시집와 지금까지 살고 있다. 남편은 15년 전 작고하였으며, 작

고한 남편과의 사이에는 2남 2녀가 있다.
자녀들은 모두 외지로 나가 생활하고 있어
지금은 홀로 살고 있다. 생계를 위해 특별
히 하는 일은 없다. 작은 키에 다소 뚱뚱한
체형이다. 눈썹 문신을 하였으며, 전체 의치
를 하고 있다. 도깨비와 귀신을 소재로 한
이야기와 착하게 살아야 하는 이유를 담은
이야기를 하였다. 제공한 이야기는 분명하
지 않지만 어릴 때 이웃 어른들에게 들은 이야기라고 하였다.

제공 자료 목록
04_18_FOT_20090721_PKS_OJN_0001 귀신 나는 아장터


### 전병수, 남, 1938년생

주 소 지 : 경상남도 함양군 백전면 양백리 서백마을
제보일시 : 2009.7.21
조 사 자 : 황경숙, 김국희, 문세미나

전병수는 1938년생 범띠로 올해 72세다.
이 마을에서 나고 자랐다. 슬하에 3남 3녀
를 두었는데, 모두 외지로 나가 생활하고
있어 지금은 부인과 함께 농사를 지으며 살
고 있다. 2008년에 마을 이장을 역임한 적
이 있다. 성격은 적극적이며 인상은 온화하
다. 조사를 위해 직접 마을 주민을 모아 주
는 한편 마을 주민들이 조사에 협조할 수
있도록 적극 도와주었다. 조사 당시 마을 주민들이 망설이자, 가장 먼저

이야기를 꺼내 분위기를 환기시켜 주기도 하였다. 조사 후에는 직접 마을 당산을 돌며 조사자들에게 당산 신격과 당산제 제의 절차에 대해 알려 주기도 하였다. 마을 지명 유래와 당산제, 최치원에 대한 이야기를 하였다.

제공 자료 목록

04_18_FOT_20090721_PKS_JBS_0003 잣나무가 많았던 백전

### 정숙조, 여, 1940년생

주 소 지 : 경상남도 함양군 백전면 오천리 양천마을
제보일시 : 2009.7.21
조 사 자 : 황경숙, 김국희, 문세미나, 조민정

정숙조는 1940년생 용띠로 올해 70세이다. 택호는 읍내댁이다. 21살 때 함양읍에서 백전면 오천리 양천마을로 시집오면서부터 줄곧 이 마을에서 살고 있다. 현재 남편 김병곤(77세)과 함께 농사일을 하고 있다. 슬하에 2남 2녀를 두었는데, 자녀들은 모두 외지에 나가 살고 있다. 체격은 보통이며, 평소 다리가 아픈 것을 제외하고는 건강이 좋은 편이다. 성격이 다정다감하고 활달하여 다른 제보자들이 조사에 협조할 수 있도록 분위기를 유도하는 등 다방면으로 조사에 힘을 실어 주기도 하였다. 흥이 많아 노래를 부를 때에는 손장단을 맞추기도 하였다. 주로 노동요와 유희요를 제보하였다.

제공 자료 목록

04_18_FOS_20090721_PKS_JSJ_0001 그네 노래 / 노랫가락
04_18_FOS_20090721_PKS_JSJ_0002 시집살이 노래

04_18_FOS_20090721_PKS_JSJ_0003 모심기 노래 (1)
04_18_FOS_20090721_PKS_JSJ_0004 모심기 노래 (2)
04_18_FOS_20090721_PKS_JSJ_0005 모심기 노래 (3)
04_18_FOS_20090721_PKS_JSJ_0006 남녀 연정요
04_18_FOS_20090721_PKS_JSJ_0007 양산도
04_18_FOS_20090721_PKS_JSJ_0008 사발가


### 최계남, 여, 1944년생

주 소 지 : 경상남도 함양군 백전면 구산리 구산마을
제보일시 : 2009.7.23
조 사 자 : 황경숙, 조민정

최계남은 1944년생 원숭이띠로 올해 66
세이다. 택호는 논산댁이다. 전라남도 남원
에서 태어났으며, 17세 때에 이 마을로 시
집을 와서 지금까지 살고 있다. 남편은 20
년 전에 작고하였고 슬하에 2남 2녀를 두었
다. 자녀들은 모두 외지로 나가 생활하고
있어 현재는 홀로 농사를 지으며 살고 있다.
키가 크고 살찐 체형이며, 활달하고 다정다
감한 성격이다. 조사 도중에 참여하여 모심기 노래와 그네 노래를 불렀다.
조사자들이 노래를 청하자, 처음에는 아는 노래가 없다며 사양하였으나,
조사자들이 권한 막걸리를 마시고는 고향에서 마을 어른들에게 배운 노
래를 불러 주었다. 목청이 좋고 가락을 구성지게 불러 옆에 있던 청중들
이 모두 흥겨워했다.

제공 자료 목록
04_18_FOS_20090723_PKS_CGN_0001 모심기 노래 (1)
04_18_FOS_20090723_PKS_CGN_0002 모심기 노래 (2)

### 하영순, 여, 1934년생

주 소 지 : 경상남도 함양군 백전면 평정리 평촌마을
제보일시 : 2009.7.21
조 사 자 : 황경숙, 조민정

하영순은 1934년생 개띠로 올해 76세이
다. 택호는 도천댁이다. 함양군 병곡면 도천
리 도천마을이 고향이다. 21세 때 평촌마을
로 시집을 와서 지금까지 살고 있다. 남편
은 15년 전에 작고하였고 슬하에 1남 4녀를
두었다. 현재는 홀로 이 마을에서 생활하고
있다. 키가 작고 다소 통통한 체형이다. 성
격은 다정다감하고 활달하다. 조사에 우호
적이어서 다른 제보자들이 보다 많은 제보를 할 수 있도록 분위기를 이끌
기도 하였다. 화투 타령을 불렀다.

제공 자료 목록
04_18_FOS_20090721_PKS_HYS_0001 화투 타령


### 한금순, 여, 1923년생

주 소 지 : 경상남도 함양군 백전면 평정리 평촌마을
제보일시 : 2009.7.21
조 사 자 : 황경숙, 조민정

한금순은 1923년생 돼지띠로 올해 87세이다. 택호는 영동댁이다. 함양
읍에서 태어나 그곳에서 결혼하여 계속 거주하다, 10년 전부터 이 마을로

와서 살기 시작하였다. 남편은 오래전에 작
고하였고, 슬하에 1남 5녀를 두었으나 모두
외지로 나가 생활해 지금은 홀로 지내고 있
다. 마른 체형에 안경을 끼고 있다. 내성적
인 성격으로 조사에 다소 소극적이었다. 조
사 도중 자리를 옮겨 따로 쉬기도 하였다.
다른 제보자들의 이야기를 들은 뒤, 조심스
럽게 예전에 마을 사람들한테 들은 이야기
라며 자신의 어머니를 죽인 처를 용서한 아들 이야기와 자신을 키워 준
고모의 은혜를 잊지 못하는 조카 이야기를 하였다.

제공 자료 목록
04_18_MPN_20090721_PKS_HGS_0001 시어머니를 죽인 며느리
04_18_MPN_20090721_PKS_HGS_0002 자신을 키워준 고모의 눈을 치료한 조카

# 말똥바위 유래

자료코드 : 04_18_FOT_20090721_PKS_KBG_0001
조사장소 : 경상남도 함양군 백전면 오천리 양천마을 정자나무
조사일시 : 2009.7.21
조 사 자 : 황경숙, 김국희, 문세미나, 조민정
제 보 자 : 김병곤, 남, 77세
구연상황 : 조사자가 주변의 유명한 바위에 대해서 묻자, 옆에 있던 제보자가 말똥바위를
제시했다. 그리고 제보자가 말똥바위 유래에 대해 이야기하였다.
줄 거 리 : 이 마을에는 벼락이 내려 돌이 칠자로 갈라졌다 하여 벼락박골이라 하는 골
짜기가 있다. 그곳에는 말이 길을 가다 똥을 쌌다고 하여 말똥바위라 불리는
바위가 있다. 한편, 인근에는 마적들이 말을 타고 다니는 곳이라 하여 마적들
이라 불리는 곳이 있다.

(조사자 : 할아버지, 이 산 뒤에 유명한 바위 같은 건 없습니까?)

바위? 유명한 것도 없고.

(청중 : 말똥바위.)

(조사자 : 말똥바위요? 왜 말똥바위인가요?)

말똥바위라 하는 거는, 전에 여기 가니깐, 벼락박골이라고 하는 마을,
고을이 있는데, 거 가면 돌이 일곱 칠자로 딱 갈라졌다 하는데, 칠자로 갈
라졌다고 하는데, 내나 돌이 있는데 안에다 벼락을 줘서, 돌이 일곱 칠자
로 갈라졌다, 말이 그래 가지고.

그 원에 깨갱이들이(악사를 의미함), 뭐시 깨갱이 말을 타고 오는데, 이
길로 오는데, 말이 도랑가에 건너가다가 똥을 쌌는데, 거기 인자 말이 똥
을 쌌다고, 말똥바위라. 말똥바우라 이렇게 했다 그래. 그래 가지고 마적
들이 말을 타고 갔다고, 같은 마적들이라고 이렇게 이야기하고.

# 개 신세보다도 못한 시아버지

자료코드 : 04_18_FOT_20090721_PKS_KSS_0001
조사장소 : 경상남도 함양군 백전면 양백리 서백마을 마을회관
조사일시 : 2009.7.21
조 사 자 : 황경숙, 김국희, 문세미나
제 보 자 : 김삼순, 여, 78세
구연상황 : 주변에서 이야기를 시작하자, 자신도 아는 이야기가 있다면서 바로 이야기를
　　　　　시작했다.
줄 거 리 : 혼자 사는 시아버지를 며느리가 모셔 갔는데 며느리는 시아버지를 거들떠보
　　　　　지도 않고 개만 챙겼다. 이를 서운하게 여긴 시아버지가 개집에 가서 개를 끌
　　　　　어내고 대신 개집에 앉아 있으니 아들이 왜 그렇게 하느냐 물었다. 아버지는
　　　　　아들에게 사정을 이야기하고 다시 자신의 집으로 돌아갔다.

　　시아바이가(시아버지) 혼자 사는데, 며느리가 저게 모시 가더라요(모시
고 가더라). 모셔 가서, 인자 뒷방에다가 앉혀 놓고.

　　(청중 : 논이랑 밭이랑 다 팔아 가지고 갔제.)

　　인자 싹 팔아 가지고 며느리를 따라갔는데, 며느리가 뒷방에다가 앉혀
놓고, 사람들이 친구들이 많이 온께, 저기 아버지가 소변을 하러 나왔던
가 나온께,

　　"저 사람이 머슴이다."라고 하드라. 머슴이라고, 그래서 개는 갔다 오면
묵었나, 어쨌나 뒤다(들여다) 보면서, 생전 저거 아버지는 안 들여다 보더
래. 개는 안 묵는다고 소고기를 해주고 그라더라.

　　생전 저거 아부지(아버지)는 안 들다 봐서, 한번 개를 끌어내고 시아바
이가 개집에 가서 딱 앉아 있으니까, 앉아 있으니까는, 아들이 회사에서
오더만은,

　　"아부지! 와 개집에 앉았소?"

　　그런께네로,

　　"내가 뒷방에 앉아 있으니까, 개만도 못해서, 개는 묵었나? 소고기 사

다 해다 주고 그래 샀어. 그래서 내가 그놈쫌 얻어묵을라고, 개를 들어내고 개집에 앉았다."

그라더랴. 그래서 아들이 저거 그랬다고. 그래 가지고 영감이 고마 도로 저거 집에 와서 혼자 살았대. 그게 이야기 끝이라.


# 여인의 말 탓에 용이 못 된 이무기

자료코드 : 04_18_FOT_20090723_PKS_KYH1_0001
조사장소 : 경상남도 함양군 백전면 대안리 대안마을 마을회관 앞
조사일시 : 2009.7.23
조 사 자 : 황경숙, 조민정
제 보 자 : 김용혁, 남, 82세
구연상황 : 조사 마을에서 돗대의 기능으로 솟대를 세우고 제를 지냈다는 제보를 듣고, 마을 지형과 관련된 이야기가 있을 것 같아 조사자가 관련된 질문을 했다. 그러다 용소에 대한 이야기로 바꾸어 질문하자 제보자가 용이 못 된 이무기와 용소에 대해 이야기했다.
줄 거 리 : 이 마을의 용소굴에는 바위를 뚫고 흐르는 물길이 있었다. 용소굴에 있는 용소는 그 깊이가 가늠할 수 없을 정도로 크고 깊었는데, 그곳에 용이 못 된 이무기가 산다는 이야기가 전하고 있다. 어느 날 큰 구렁이가 용소에서 나와 하늘로 올라가려고 하였다. 그런데 마침 그때 마을 아낙네가 그 광경을 보고 그만 용이 올라간다라며 소리쳤다. 그로 인해서 그 구렁이는 용이 되지 못했다.

(조사자 : 배형이면 마을에 우물 안 파겠네요?)

우물? 여기는 우물이 없지, 없어.

(조사자 : 네. 그 왜 안 파는데요?)

우물이 인자 날 때가 없어.

(조사자 : 날 때도 없고. 배형은 구멍 난다고 안 파던데, 풍수로 그런 이야기 안 들으셨어요?)

이기 이야기를 자세히 들어야 하는데, 인자 요 우리 딴에는 물을 팔 때

가 없어. 물을 파도 안 했지만은, 인자 개울물도 묵고 그냥 밥해 먹고.

(조사자 : 물을 안 파면 뒤에 그 소가 있습니까? 여기 보니깐 용소도 있다던데?)

용소?

(조사자 : 네네. 용소 이야기 좀 해주세요.)

용소는 저기고!

(조사자 : 네. 거기는 왜 용습니까 어르신?)

용소. 이게 용쏜데, 용소가 아니고. 용쏘야 용쏜데, 소야. 그기 나중에 인자, 음 전설이, 이무기 난 전설이 있다 카던데.

이야기가, 저 요쪽에 가면은, 개천가에 집이 두 채가 있었어. 거기 물이 고스란히 이래 있었는데, 그 인자 우리가 태이날 전에(태어나기 전에)이라 태이날 적에. 그때 인자 물이 많이 나는데, 그 노인이, 안 노인이 그때만 해도 색시 있지? 색시. 그 물을, 물 구경 한다고 넘다 보니께로, 머 이가 큰 구덩이 같은데 집통만 한 기(집채만 한 것이) 차고 올라가더래, 이거야. 그래, 여자가 거기서 고함을 질러버렸어.

"용 올라간다."

그따가, 그만 그래, 그래 못 가고 잡아 돌려 버렀는 기라.

거기 가보면 우리가 인자 그 여나무 살(열살 남짓) 먹을 때, 칠팔 살 먹어서 스물한 살 먹을 때까지 들어갔는데, 용소굴이 여기서 저, 저 동네태기만치 기(기어) 들어가도 끝이 없어, 어두워서 못 들어가. 거기 들어가면 굴이 있었어, 용소굴이라고. 그때만 해도 소가 우리 하나 집 한 채 깊었거든. 그래 그 용소가 바위 이 구멍 뚫고 들어가는데, 여기 물이 댕긴다 말이다.

그래 여기 서서 목욕한다고 펄떡 뛰고 이리 댕깄는데, 그게 인자 다 막혀 버렸어, 막혀 버려서 그 구녕(구멍)이 없어져버렸어, 그 구녕이 없어지고 막혀버렸어. 그 물이 지금 요 논물이, 요 논물이 그 용소에서 나오는 물이라. 요 논의 물이라 하는 것이. 그기 인자, 옛날 그기 인자 우리, 우리 대로 하면, 내대로 하면, 한 5,60년 전에 일인 기라. 내가 그래 한밭댁이 라는 양반이 죽은 기라. 그분이 우리보다 5,60년 더 나이가 많은 사람이 니까 백 몇 년 됐겠지.

(조사자 : 그러면 어르신, 용소에 지금도 용이 삽니까? 이무기가 삽니까? 아니 옛날이야기로.)

옛날에도 우리 같은 것은 용도 못 보고, 이무기도 못 본 기라. 굴은 있 어. 하모 굴은 있었어.

(조사자 : 용 못 된 이야기만 있었다 그지예?)

그게 전설, 전설인 기라.


## 짝수 용이 들어야 좋은 이유

자료코드 : 04_18_FOT_20090723_PKS_KYH1_0002
조사장소 : 경상남도 함양군 백전면 대안리 대안마을 마을회관 앞
조사일시 : 2009.7.23
조 사 자 : 황경숙, 조민정
제 보 자 : 김용혁, 남, 82세
구연상황 : 제보자가 백운산 용소에서 기우제를 지낸 이야기를 마친 뒤 곧바로 용과 관
        련한 이야기가 또 있다며 이야기하였다.
줄 거 리 : 가뭄이 들고 장마가 드는 것은 용이 있기 때문이다. 그런데, 용의 수가 짝수
        가 되면 용들이 싸우느라 기후가 혼란스러워 그해 시절이 좋지 않고, 용의 수
        가 홀수가 되면 싸움에서 승패가 분명함으로 그해 시절이 혼란스럽지 않아서
        좋다고 한다.

(조사자 : 용이?)

하모. 용이 가뭄을 만들었다, 장마를 만들었다, 이래. 용이 와 그랬냐 하면은, 용이 짝이 맞으면 서로 싸운다는 기라.

(조사자 : 짝이 맞으면예?)

요래 둘이고, 저래 둘이고 그라면, 너는 말하자면,

"비를 내릴란다."

"나는 안 내릴란다." 하고, 싸우면 싸운께라(싸우니까), 그래 싸워다 보니께로, 가뭄도 주고 장마도 주는 기라.

(조사자 : 네.)

그러니깐 물 많이 주자 그라면, 짝이 안 맞으면 타협하다 보니께, 하나가 지는 거 아닌가베. 둘이요 서이나 되고 둘이나 되면은, 여야(여당과 야당을 말함) 하듯이 하나는 진단 말이야. 지면, 용이, 이긴 용이 저 물 주고 싶으면 주고, 적당하게 인자 안 주면 안 주고, 용이 인자 물을 준다 아인 기라.

(조사자 : 아! 그렇구나.)

여름이 칠용이니, 구용이니, 삼인용이니, 올해는 아홉 마리다, 그래.

(조사자 : 그걸 어떻게 구분합니까, 어르신?)

그게 인자 역사 책자, 그걸 올려 가지고 나오는 거거든. 그래 가지고 책력에도 나오고, 달력에도 나오고, 그거 하면 올해는 구룡이다, 내년에는 팔룡이다, 칠용이다, 그래.

(조사자 : 그럼 짝수가 좋습니까? 홀수가 좋습니까?)

(청중 : 홀수가 좋지.)


## 누이에게 욕정 느껴 자살한 동생과 달래바위

자료코드 : 04_18_FOT_20090723_PKS_KYH1_0003
조사장소 : 경상남도 함양군 백전면 대안리 대안마을 마을회관 앞
조사일시 : 2009.7.23
조 사 자 : 황경숙, 조민정

제 보 자 : 김용혁, 남, 82세

구연상황 : 조사자가 이 마을에 있는 달래바위에 얽힌 이야기를 청하자 제보자가 처음에
는 망설였다. 조사자가 다른 지역 달래바위 이야기를 먼저 띄우자 제보자가
우리 마을에도 비슷한 이야기가 있다며 이야기했다.

줄 거 리 : 비가 내리던 어느 날 남매가 길을 가고 있었다. 앞서 가던 누이의 옷이 비에
젖은 모습을 본 남동생은 자신도 모르게 누이에게 욕정을 느끼게 되었다. 그
러자 남동생은 돌로 자신의 남근을 잘라 죽었다. 누이가 그 모습을 보며 자신
을 달래 보지도 않고 죽은 남동생을 안타까워했다. 그래서 그 바위를 달래바
위라 한다.

그래 인자, 용마에 많이 있는데, 낮에 자기 누님이 앞에 가고.

(조사자 : 네.)

자기 동상은 아직 결혼도 안한 총각이라. 뒤에 가는데, 이 가다가 소나
기가 대게(많이) 와서 비가 홀 맞은께라, 앞에 간 누나가 옷이 싹 벗은 거
만키로(거처럼) 이리 된 기라. 그랑께, 저거 누나가 앞에 가는데, 마 이 총
각이 살이 고마 다 비다(보이다) 본께로, 전기가 다 통한 기라.

(조사자 : 맞아예.)

말하자면 전기가 통한 거야. 전기가 말하자면, 고마 상사가 어찌나 났
던지 야단이 났거든.

오는 질이 바우라. 아 바우에 요리 요리 오는 기라. 요리 오는데, 고만
돌맹이를 들어 가지고 제가 지를, 지 이놈을 탁 찍어뻐렸어. 돌아서 본께
로, 자기 누나가 보니깐, 동생이 여 그 잘라 직여버렸거든(죽어버렸거든).
그래 돌아와서 보니께네, 자기 누나가 보니께네, 동생이 그걸 잘라 직여
버렸거든.

"야, 이놈아! 니가 날 달래 보지. 달래 보지, 달래나 보지 와?"

(청중 : 그놈이 나쁜 놈이다.)

그게 인자 달래바위가, 요기 달래바우야. 달래나 봤으면, 그럴 때는.

(조사자 : 줄 수는 있는데.)

죽지는 안 하고, 안 그랬을 낀데.

"달래나 보지, 이놈아!"

그래서 달래바우라고 이름이 난 기라.


# 짝사랑하다 죽은 영혼이 환생한 상사뱀

자료코드 : 04_18_FOT_20090723_PKS_KYH1_0004
조사장소 : 경상남도 함양군 백전면 대안리 대안마을 마을회관 앞
조사일시 : 2009.7.23
조 사 자 : 황경숙, 조민정
제 보 자 : 김용혁, 남, 82세
구연상황 : 제보자가 남매의 근친상간을 다룬 달래바위 이야기를 한 후, 남자가 짝사랑하
다 죽으면 상사뱀이 된다며 상사뱀 이야기를 하였다.
줄 거 리 : 옛날에 가난한 총각이 부잣집 처녀를 짝사랑했다. 차마 사랑을 고백하지 못하
고 죽은 총각은 죽어 그 원한으로 상사뱀이 되었다. 상사뱀이 된 총각의 영혼
은 뱀이 되어 여자의 항문에 꼬리를 박고 온몸을 휘감은 뒤 머리를 여자의
턱 아래에 두고서 여자의 눈물을 받아먹고 살았다. 여자의 집에서 상사뱀을
없애기 위해 노력해도 실패를 거듭하게 되자, 그만 여자와 상사뱀을 함께 물
속으로 밀어 넣었다. 그랬더니 남자와 여자의 혼이 함께 어우러지며 사라졌다
한다.

　상사병이라는 거는, 자기가 그 요래하면 짝사랑하는 거라. 짝사랑한 게
상사병이 되지, 짝사랑 안 하면. 내가 저 처녀를 나 혼자만 좋아하는 기
라. 그래서 말을 못한 기라. 꼭 가서 내가 저 처녀랑 꼭 살아야 되겠는데,
차등이 많이 난다 이거라, 집안이.

　총각 집안은 말하자면 못살고, 처녀 집안은 잘사는 데다가 인물이 좋
고. 여자 보니깐 말을 못하게 생겼는데, 욕심은 꼭 나제, 그래서 요기 마,
병이 난 기라. 오만 약을 해도 안 돼. 약국에 가서 용한 약을 해도 안 되
고, 여기 민신한테 가서 물어보니깐, 이거 상사병이라서 그라는 기라. 상

사병이라는 것은 혼자서만 마음을 먹고. 이 사람이 저거 어매가, 이 처녀 저거 어매한테 가서 사정을 했어.

"내가 우리 아들 자식이 죽게 생겼는데, 어떻게 하겠느냐? 이거 천상 한 번만 살리 달라(살려 달라), 상사병이라는데."

상사병이 죽은 연애가 있고, 산 연애가 있는데, '그래 한 번만 보게 해 주마' 해서 본 사람이 있고, 상사병이니 남자가 죽어버린 기 있어. 남자가 죽어 갖고 그래 고마 배암이 된 기라. 뱀이 되 가지고, 처녀 항문에 오줌 옆에 딱 붙어 가지고, 요리 해 가지고 눈물을 받아먹는 기라.

(조사자 : 글쎄.)

이러다 보니깐, 처녀 눈물이 안 흘리겠는가? 그래 가지고 할 수 없이, 오만 짓을 해 가지고도 안 떨어지는가 못해 가지고, 이 남자하고 여자하 고 물에, 강물에다 밀어버린 기라. 남자가, 아니지 배암이지 배암이랑 그 래. 그래 여자 혼이 나와 가지고, 두 마리가 뭉쳐 가지고는 가더라 이기 라. 그게 인자 전설 이야기인 기라, 옛날이야기지.

(조사자 : 상사뱀 쫓는 방법도 있지요?)

방법이 없다데, 그기. 이게 상사병에다가 상에다가 죽니 하니, 살려 주 는 사람도 있고 안 된다 한게로, 남자가 죽고 혼이, 그만 죽는 즉시 혼이 돼 가지고, 영혼이 된께네, 여자한테 붙어 가지고 그래. 여자는 시집도 못 가는 기고, 살도 못하는 기고. 그래 하도 안 되고, 별짓 다 해도 띠네 버 릴라 해도(떼어내어 버리려 해도) 하니께네 안 되고. 할 수 없이 막 둘이 살고, 물에 갖다가, 강물에 집어넣어 버리는 거라.

처녀가 죽고, 거기서 혼이 나와서, 뱀이 두 마리가 뚤뚤 뭉쳐서 갔다고, 옛날이야기, 다 전설 이야기, 전설이거든.

# 방아공이가 변한 도깨비

자료코드 : 04_18_FOT_20090723_PKS_KYH1_0005
조사장소 : 경상남도 함양군 백전면 대안리 대안마을 마을회관 앞
조사일시 : 2009.7.23
조 사 자 : 황경숙, 조민정
제 보 자 : 김용혁, 남, 82세
구연상황 : 조사자가 재미있는 이야기를 해달라고 하자 제보자가 도깨비 이야기를 했다.
줄 거 리 : 도깨비는 큰 도깨비와 작은 도깨비가 있다. 큰 도깨비는 절구공이에 여자의
        월경 피가 묻어 생긴 것이고, 작은 도깨비는 빗자루에 여자의 월경 피가 묻어
        생긴 것이다. 어느 날 뒷산에서 산돼지가 마을로 내려오는 것을 막기 위해 망
        을 보고 있던 사람이 밤중에 도깨비를 만나 싸우게 되었다. 그 도깨비는 자신
        의 논에 꽂은 작대기에 양철통과 함께 달아 놓은 빗자루였다. 그 사실을 몰랐
        던 사람은 밤새도록 도깨비와 싸우다 마침내 창으로 도깨비를 찔러 물리쳤는
        데, 다음날 아침 그곳에 가보니 나락 한 짐이 쓸 수 없도록 훼손되어 있었다
        한다.

그기 여러 가지가 다 나와 있지만은, 인자 도깨비가 큰 놈이 있고, 쪼
깨난(작은) 놈이 있다 이기라. 그라면 큰 놈은 장골도 못 이기고, 쪼개난
놈은 이기는 기라. 그래 큰 놈 이기는 방아실에, 방아공이라고 아나?

(조사자 : 방아, 절구 방아공이.)

공이 그거를 빼놓은 데다가, 여자들이 앉아서, 앉아 놀 적에 피가 묻는
다 이기라, 몸에 있는 피가. 그게, 요것이 둔갑을 한다 이기라. 그래 가지
고 도째비가 된다는 거라.

그래 도째비 된 그놈이 큰 도째비고, 작은 도째비는 빗자루 있제, 빗
자루.

(조사자 : 몽당 빗자루 같은 거.)

하모. 인자 옛날에 신식 부엌이 아니다 보니, 빗자루로 쓸고 하는데,
빗자루 고놈 깔고 앉았다가 피가 묻으면, 고기(그것이) 인자 토째비가 되
는데.

옛날에 여 우리 동네 여기서도, 여 돼지, 촌에 돼지가 많이 옹께네, 저 농사짓는데 집에, 집 지어 놓고 그따(그곳에다) 저녁에 가 가지고 고함을 지르고 돼지를 보고 졸랐거든. 그래 요 위에 돼지를 보고, 여기서 또 돼지를 보고, 여도 돼지를 보고 그래 골짜기에서 전부 봤어.

여기서 본 사람이 그 머 전설이 아니라, 우리가 아닝께로. 여 돼지를 본 사람이, 자기 논에 요리, 요기 가득 물이 논이 요리 생겼는데. 여기다가 뭣을 달아 났냐면은 양철에다가 양철에 통, 양철통 안 있소? 거기에다가 빗자루 몽댕이를, 줄을 달아 매가지고 거기다가 멀(무엇을) 다냐면 빗자루 몽둥이를 달아 놓는 기라.

바람 불면 요래 똑똑 잘 해났어. 고함을 지르고 나오닝께, 내 돼지 나오는가 싶어서 나오닝께로, 토째비 참 달라드는 기라. 키가 커다란 게 달라들었어. 창을 들고 나가서, 창을 들고 나와서, 그랬는데 그래 이놈이 싸웠네. 그래 어찌어찌 해 가지고 창으로 폭 찔러삤딴(찔러 버렸다) 말이야. 그래 창대를 논에서 폭 꼽아 놀라(놓으려) 했는 기(것이). 그래 영감한테 내려온 기라. 저녁에는 여 돼지를 못 보고, 영감은 날을 세워 가지고, 날을 세워 올라하니까, 흙칠도 하고 싸운 그것도 있제, 올라가서.

그래 날이 세서(밝아서) 산에 올라가서, 창 꼽은 것을 꼭 꼽아났는데, 뭘 꼽아 났냐하면은 빗자루 몽댕이를 꼽아 논 기라 한복판에 폭 꼽아 놔 버렸어. 그래 요 나락 짚어지면 한 짐도 더 되는데, 다 베리삤써(버리게 되었어). 그건 옛날이 아니고 얼마 안 됐어.


# 거짓말을 잘해 부잣집 딸을 아내로 맞은 머슴

자료코드 : 04_18_FOT_20090723_PKS_KYH1_0006
조사장소 : 경상남도 함양군 백전면 대안리 대안마을 마을회관 앞
조사일시 : 2009.7.23

조 사 자 : 황경숙, 조민정
제 보 자 : 김용혁, 남, 82세
구연상황 : 조사자가 재미있는 이야기를 해 달라 하자, 거짓말 잘하는 사람 이야기를 해
주겠다며 이야기를 했다.
줄 거 리 : 머슴이 살던 집을 떠나 길을 가고 있었다. 한 마을에서 거짓말 잘하는 사람을
사위로 삼겠다는 글을 보고 그 집에 머슴을 살러 갔다. 그러던 어느 날 그 머
슴은 주인에게 큰 벌통을 발견했다며 거짓말을 했다. 거짓말인지 모르고 따라
나선 주인은 벌통도 찾지 못하고 곤혹을 치렀다. 머슴은 다시 주인에게는 살
던 집이 불에 탔다고 거짓말을 하고, 안주인에게는 주인이 죽었다고 거짓말을
했다. 주인과 안주인이 머슴이 한 거짓말에 속아 넘어가게 되자 하는 수 없이
주인은 머슴을 자신의 사위로 삼게 되었다.

양친이 없었지, 세상 베리고(버리고) 넘의 집에 살았어. 넘의 집에 살았
는데, 이 사람이 스물댓 살 먹도록 넘의 집에 살아바야 맨날 밥만 얻어묵
을라코 입을 옷만 주고, 밖에 못 얻어먹는 기라. 어릴 때부터 키웠다. 쪼
개만 할 때부터 키워 보니까 께로, 커서도 니는 밥만 먹고 옷만 입으라
그건 기라. 이놈이 생각을 해보니까, '평생 가야 밥만 얻어먹고, 옷만 입
을 테니께로 그 집에서 못 살겠다' 이거야.

에이, 짐을 싸 짊어지고 나섰어. 그래 한 동네를 가니깐, 길 옆에다가
간판을 붙여놨는데 진사 집이라. 어디 진사 집이라. 옛날 양반 진사 집,
부잣집이라. 아주 부잣집이라. 부잣집인데, 그래 가면 인자 '거짓말 잘하
는 사람을 사위로 삼을란다' 하고 적어놓은 기라. 거짓말만 잘하면 내가
사위 된다 이기라.

그래 인자 돈이 많고, 살림 많고, 처녀도 예쁘다 보니께로 별별 사람들
이 들어가 거짓말을 다 했겠지. 거짓말을 했는데, 그래 저거 아버지가 가
만히 듣고 있다가,

"야! 이놈아! 그거 거짓말 아니다. 참말이다." 이랬던 기네. 그라면 거
짓말이 안 되는 기라. 그냥, '거짓말이다.' 하면 되는데, 아무리 해도 안
되는 기라. 간판을 붙였는데, 그래 총각놈이 가 보니깐 붙여 놨는 기라.

아이고 잘됐다 싶어서 찾아 들어갔어. 찾아 들어가서 갔어. 찾아 들어가서,

"어찌 왔노?"

"내가 이만 저만해서, 내가 넘의 집 사는 머슴인데, 지금 넘의 집 살러 왔습니다."

"아이! 잘 왔다. 내가 머슴을 둘을 데리고, 큰 머슴을 둘 데리고 사는 사람인데, 정월달부터 머슴이 없어져 잘 들어왔다."

그래. 이기 어려서부터 일을 해 먹은 버릇으로 사니까, 일을 얼마나 잘하는지 몰라. 그 집에 일을 하는데, 머 옆집, 넘의 집 사는 머슴도 그렇게 일 잘하는 사람도 못 봤어, 그래 일을 잘하는 기라.

근데 인자, 봄에 풀을 비는데, 딴 사람들이 가서 풀을 빌 때(벨 때) 되면은, 한 열시나 되면은 한 이파리 지고, 벌써 내리와, 어찌나 잘하든지. 한 잎 지고 오면, 요다 깔아 놓고, 옷 갈아입고 있고, 또 점심 먹고 나서 한 잎 비 가지고 오면, 딴 사람들 저 빌 때 되면, 또 내리와 가만히 놀고 그라는데, 일 잘하는데. 작은 머슴은 만날 점심 때 늦게 내려와 바야, 그 사람보다 못 한다 이기라.

그래 베 가지고 다니는데, 하루는 머슴이, 큰 머슴이 해가 넘어가도 안 와 그렇게 일찍 오던 사람이. 그래 걱정이 됐는지, 주인이 걱정이 된다 말이다. 저녁 때 풀을 가지고 올 때 됐는데, 아직 안 오거든. 걱정이 많이 됐는데, 땀을 띡띡 흘리고 왔어.

"그래, 우짜느냐?"

"배가 고파 죽을 지경이라고, 내가 재 넘어 가면 벌집이 하나 있는데, 조선 꿀 따는 벌이 집이. 참 둥구나무에다가 벌이 집을 지어났는데, 고 둥 구나무 사이에다, 근방을 싹 풀을 다 깎아 났다."는 거기라. 다른 사람이 벌집을 알까 싶어서. 그래 벌집 딱 해 가지고 집에 들어오니께로,

"아! 그러냐." 근데 이놈이,

"인절미 좀 해주소." 이랬어.

"와 그러냐?" 하니께네,

"그 벌을 꿀을 딸라고." 하니까,

"인절미, 꿀 찍어 먹어, 인절미 해 먹을라 한다고."

"인절미 쫌 해도." 하는 기라.

(청중 : 거짓말 맡으러 간 넘이(놈이) 꿀 돌라캐?)

아니 인자 꿀 따러 갈라 칸 게라.

(청중 : 꿀 따러 갈라 한게로, 꿀 뜨면 될 낀데.)

인절미 꿀 찍어 먹을라고, 인절미 해 달라는 기라, 꿀 찍어 먹을라고. 그래 인절미를 해줘서, 짊어졌는데, 그 집주인이 뭐이고,

"나도 갈란다." 이기라.

"아이고! 어르신, 무서울 건데, 오지 마시오." 하니깐,

"아! 나 따라갈란다. 꼭 가야 되겠다."

"그라믄, 갑시다."

(청중 : 하루 점도록(하루종일) 데리고 다닌 모양이네.)

작은 머슴하고 큰 머슴하고, 꿀 담을 그릇하고, 또 인자 나무 벨 톱하고 기계 다 짊어지고. 그래 두 머슴이, 작은 머슴은 알도 못하지 큰 머슴 따라가는 거지. 그래 따라 이리 올라가다가, 그래 저리 산에 올라갈 낀데,

"어르신! 저 산 넘어, 저 산 넘어 저깁니다." 갈쳐졌데(가르쳐 줬데), 손 가락으로.

"좋은 길로 오시오. 우리는 바로 저기 넘어갑니다."

"어르신! 길 좋은 데로 오시오. 우리가 질러서 바로 갈랍니다." 이거야.

"우리가 빨리 가서 나무를 벨 테니께로, 길이 나쁩니다." 그랬거든. 그라면,

"그리 그럼 가거라. 나는 뺑뺑 돌아갈란다."

요 날만 질러 가는 기라. 그래 남랑이 중간치쯤 가 가지고 자리가 좋거든.

"여 앉아라. 여 앉아서 떡 먹자."

이놈의 떡만 먹고 노는 기라, 그기서. 벌집이 있는가, 그제? 벌은 없는 기고. 떡만 먹고 노니께로, 이놈의 것 배고픈지 모르지. 아 이 영감이 올라가니깐, 온 천지캉 머슴질을 불러 돌아 댕기니 어디 있는고? 없지. 떡 먹고 요 노는데. 그래서 인자,

"빨리 가자, 아 빨리 가."

웃통을 벗고 헐레 벌레 내려오니께로, 아이 안주인이,

"와 그래, 내려오느냐?" 그라는 기라.

"큰일 났습니다. 오지마라 해샀는데(오지 말라고 했는데) 하는데, 주인이 벌통 비는 데 거기 치여 죽었습니다."

그랬거든. 그래 치여 죽었다 하니께로, 그래 인자 자기 마누라가 그만 머리를 풀어다가 '아이고!' 울고 따라 나오는 거라.

"천천히 올라가시오. 하고 나는 빨리 가야 됩니다." 하고 빨리 왔어. 그래 배가 고파서 올라가더니만, 영감 배가 고파, 눈이 배가 고파 껌 해서 찾지 못하고 내려오는 판이거든.

"영감! 영감! 너는 장에 머 하러 갔든가?"

"아이고! 큰일 났습니다."

"와 그라노?"

"벌집 나무 벨라고 하다 보니깐, 동네 불이 나 갖고 쫓아갔더만, 우리 집이 다 타버렸어요."

저거 집 불났다 하니까네, 큰일 났다 하니께네, 배가 고픈 줄도 모르고 고함을 지르고 막 내리오는 기라, 마 자기 집 불 났다 하니까네.

"어!" 하고, 내리가니께네 둘이서 만났네. 저쪽에 저거 마누라는 울고 올라오고, 이 사람은 고함지르면서,

"왜 그러냐?" 하는 기야.

"영감 안 죽었네." 이라거든. 그래 난 남자보고 남자가 뭐랬는가면,

"집에 불 났다더만 어째 됐노?" 이기라. 불이 난 것도 불 안 났으니 거짓말, 그래 꼼짝도 못하는 기라. 거짓말이 아니라고 말도 못하겠거든. 폭 속겼거든(속았거든). 그래 할 수 없이 셋째 딸을 줬어. 사우를 삼고, 그 놈이 잘 되 갖고, 아래 우리 집 왔었어. 우리 집에 와서,

"잘 있으라." 하고 갔어.


# 재치로 대접 받고 위기를 넘긴 선비

자료코드 : 04_18_FOT_20090723_PKS_KYH1_0007
조사장소 : 경상남도 함양군 백전면 대안리 대안마을 마을회관 앞
조사일시 : 2009.7.23
조 사 자 : 황경숙, 조민정
제 보 자 : 김용혁, 남, 82세
구연상황 : 제보자가 앞의 이야기를 한 후 연이어 이야기를 했다.
줄 거 리 : 어느 사람이 배가 고파 남의 집에 신세를 지게 되었다. 그 집 문종이가 새까맣게 그을린 것을 보고 이 집이 자손이 귀한 집인 것을 알아챘다. 그리하여 자손이 귀한 집이라 말하니 집주인이 도사로 오해했다. 집주인은 이 사람에게 자기 집 반상기를 훔쳐간 도둑을 잡아 줄 것을 청했다. 도둑이 누구인지 알 길이 없는 그 사람은 밤에 김이 오르는 것을 보고 몽가라 말하니, 주인이 그런 줄 알았다며 몽가에게로 가서 반상기를 돌려 달라고 했다. 몽가는 자신이 반상기를 가져갔다는 것을 숨기고 개구리를 잡아 그 사람이 진짜 도사인지 아닌지를 시험하려 했다. 난관에 처한 그 사람은 자신의 이름이 개구리이기에 자신이 처한 상황을 "몽가 손에 개구리가 죽게 생겼다."라 이야기 하니, 몽가가 그 사람을 도사라 여기고 반상기를 돌려주었다. 우연한 말로 위기를 모면한 그 사람은 이후로 대접을 잘 받았다.

이 사람이 배가 고파서, 옷을 잘 해 입으라고 하는데, 밑천이 돈이 떨어져 갖고, 중우바지 저고리 그거 잘 해 입을라고 한데, 돈이 떨어져 가지고, 저 밥 먹을 집이 없다 이거라. 돈 때문에 밥 먹을 집이 없어. 그래 가다 보니깐 한 집에 가니깐, 그 집에서 사정을 해버렸는데,

"저녁 좀 먹고, 자고 갑시다." 하니께네,

"저녁 먹고, 자고 가라." 이라거든. 그래 작은 방문을 열어주는데, 작은 방 종이를 발라놓은 것이 십 년은 더 됐어. 얼마나 새카맣게 그을렀던지. 그래 이 사람이 가만히,

"아이고! 이 집에 자손이 귀하다." 이랬어. 그러니깐 이 여자가 생각한 게로 진작에 아는 사람이 왔거든. '우리 자손이 하나도 없는데, 자손이 귀하다 한께, 진땅(진짜로, 정말) 알면 아는 사람이 왔구나.'

"선생님 모시고 밥을 잘 얻어먹었는데, 우리 집에 어제 저녁에 도둑을 맞았는데, 그것 좀 가르쳐 줘야겠다."

이거라. 이건 와이라냐면(왜 이러냐면) 문이 새카맣게네, 아들이 많으면 문구녕을 뚫어 샀을 낀데, 문구녕이 하나도 안 뚫리고 가만히 있고, 그러니 자식이 귀하다 이기라. 이놈은 생전에 안 떨어지니께노, 종이가 안 버리고 새까맣게 십 년간 버텼어. 그래 이 사람은 저는 아무것도 모르고 밥은 아침은 잘 얻어먹었제.

"어(어제) 저녁에, 우리 집에 반상질을 한 벌 잃어버렸다." 이기라.

"반상질?"

(조사자 : 알아예.)

"그 한 벌 도둑을 맞았는데, 그래 가져간 사람은 알기는 알지만은, 도둑놈은 앞을 잡지 뒤를 잡지 못한다. 그 사람이 안 가져갔다 하면 어짜냐?" 이기라. 그 사람이 누구냐 물으니깐 대략 아무 모씨라고 가르쳐 주는 기라. 그래,

"밥을 한상 아침에 떠다 놓으시오. 밥을 하나 우루묵(윗목)에 해놓으시오." 이랬어. 밥을 한 상 잘해가지고 웃목에다 해다 놓은께네, 이놈이 가만히 생각해 보니깐, 도저히 저는 죽게 생겼는데, 할 말이 없다는 기라. 밥에서 다 김이 뭉게뭉게 올라오거든, '아하! 몽가 놈이 밥을 가져갔네.' '그러면 그렇지. 아이고! 그럼 그렇지. 아이고! 마음을 두고 있었다.' 이기

라. 뭉게 그놈이 틀림없이 가지고 갔다는 기라. 긍께네, 몽가한테 가서,

"야! 이놈아! 내 반상 내놔라."

이래 된 기라. 반상을 도둑질 시켜 놨어.

"반상을 내놓는다고 하는 게, 누가 갖다 놨냐?" 이기라.

"점쟁이니까 안다. 점쟁이가 와서 점을 하는데, 몽가놈이 가져갔다 하는데, 니밖에 더 있나?"

"요놈이 진짜 아는가, 잘하는지 함 보자."

그래 오다가 개구리를 잡아왔어. 쪼꼬만 한(작은) 거, 개구리를 그리 잡아왔어. 몽가라는 놈이, 개구리를 요래 갖고. 그래 이 점쟁이한테다가,

"너, 이놈의 손에 머가 있는지 알아봐라. 요것만 알면은 딱 참고, 모르면 넌 내 손에 죽는다." 이기라. 자기가 가만히 생각해 보니깐 꼭 죽게 생겼거든. 근데, 이 사람 이름이 개구리라. 내 이름이 개구리, 이건 몽가란 말이야.

"몽가 손에 개구리가 꼭 죽는다." 이기라.

(조사자 : 그 말이 그 말인데.)

내가 개구리인데, 손에 모르니께로, '모른다. 모른다.' 하면 맞아 죽을 판이니까. 그래,

"헤! 참 몽가 손에 개구리가 죽는다."

확 이리 됐는 기라. 개구리가 죽었다 이기라. 그래 잘 안다 이기라.

"잘못했습니다." 하고 반상을, 반상기를 갖고 오더래. 그놈이 이것도 제 운이 있을라니께, 밥 잘 얻어먹고 대우 잘 받고 갔어. 갔어.

어제 아레 갔어, 그 사람.

# 가짜 남편 노릇하다 진짜 남편이 된 선비

자료코드 : 04_18_FOT_20090723_PKS_KYH1_0008
조사장소 : 경상남도 함양군 백전면 대안리 대안마을 마을회관 앞
조사일시 : 2009.7.23
조 사 자 : 황경숙, 조민정
제 보 자 : 김용혁, 남, 82세
구연상황 : 제보자가 앞의 이야기를 마친 뒤 연이어 다음 이야기를 했다.
줄 거 리 : 가난한 선비가 길을 가다 어느 마을에 부자인 과부가 있다는 사실을 알게 되
었다. 선비는 그 과부를 아내로 삼을 작정을 하고는 마을 사람들에게 마치 자
신이 과부의 남편인 것처럼 행세했다. 그런데 마을 사람들은 그 선비가 진짜
과부의 새 남편인 줄 알았다. 일이 그러하다 보니 과부 역시 마을 사람들 앞
에서 그 선비가 자신의 남편이 아니라고 말을 못하게 되었다. 그러던 중 선비
는 과부의 집에 밤새 숨어 있다 아침에 과부의 방으로 들어가 마치 함께 밤
을 보낸 것처럼 속이고 주인 행세를 하였다. 과부는 남의 이목이 무서워 선비
를 무작정 쫓아낼 수 없어 망설이는 동안 선비는 자연스럽게 과부의 남편으
로 인정받게 되어 결국 과부와 함께 살게 되었다.

한 선비가 하나, 봄에 사월 달인가? 삼월 달에 모 숨굴(심을) 때, 한창
모 숨굴 때라. 인제 이 저, 저 바지 저고리를, 모시 바지 저고리를 쩍 하
나 입고, 작대기를 집골랑서(집고서), 아주 젊은 선비인데, 아주 젊은 사람
이. 그래 가지고 옷을 그리 잘 입어도 돈은 하나도 없는 기라.

(조사자 : 없는 기라.)

아무것도 없는 사람이라. 옷만 그리 잘 입었어. 그래 옷 잘 입골랑은(입
고서는) 그래 오데 들판, 시내 들판을 가는데, 뉘가 지게 듬어지고(짊어지
고) 땀을 쪽쪽 흘리고 오는데, 모 숨구는.

"나는 사주팔자가 더러워서 소금장사를 한다." 이기라. 소금 한 개를
짊어지면 얼마나 무겁겠냐? 그래 인자 소금장수를 하는데, '저 놈은 얼마
나 팔자가 좋아 갖고, 얼마나 팔자가 좋아가지고 저렇게 저 부자로 잘 사
는가 모른다' 그 말이야.

배는 고프제, 모 숨구는 데 사람이 몇 십 명이 모여서 모 숨구는 데, 그 소리가 들으니까 귀가 송굴이 돌거든.

"아가씨, 그 사람이 어떤 사람인가요?" 하니까,

"여기 정부자라고 하는, 혼자 사는 과부다." 이기라. 혼자서 과부라. 시집을 갈라고 해도 자산이 많으니깐, 사정이 많으니깐, 시집도 안 가고 혼자 저래 산데, 아주 머 만석군 부자라 하는 기라.

"아! 그렇냐고." 하고, 근데 이제 배는 고픈데, 점심도 똑 점심을 먹어야 되는데, 배는 고파 죽을 지경이제. 그래 논가에 가서 구석탱이(구석) 논두렁이를 돌아 댕기는 기라. 사방을 돌아 댕겨 가니께, 모 숨구는 사람이 한참 쳐다보더니, 이상한 일인 기라.

"그 정부자 아줌마가 시집을 갈라고, 그렇게 해사도 시집을 안 가더만, 저 남편이 하나 있구나."

마, 수군수군하는 기라, 여기도 수군수군하고. 시집을 안 가는 기라. 그라다 보니까네 점심때가 됐거든. 점심때가 되니깐,

"작은 머슴!" 하고 막 불렀어. 작은 머슴이 어데 있는지도 모르거든. 그라니깐 어떤 사람이,

"예!" 하고 일어나거든,

"집에 가서 점심 들고 오니라, 해가 점심 때 됐다." 점심 지고 간 기라. 그래 가 가지고,

"점심 가지러 왔는가?" 하니깐,

"네. 바깥주인이 가라해서 왔소."이라거든. 바깥주인이 어데 있는가? 그래 싸움도 못하고 아무 말도 못하는 그랬는 기라. 그래 인자 밥을 와서, 수십 명이 밥을 먹는다. 작은 머슴이 뭐라 하냐면은,

"주인어른! 주인어른!" 부르는 기라.

"와 그라나?"고, 고함을 지르는 기라,

"진지 잡수러 오시오." 부르거든.

"너거 먼저 먹으라. 나는 난중에 먹을란다."이랬어. 그래 인자 과부가 사람은 많제, 내가 남편이, 우리 남편이 아니라는 말도 못하고, 아이다(아니다) 소리도 못하고 그냥 그렇다 하고, 가만 듣고 말아. 나가삣는 기라. 가만 듣고 말아 뻐렸는데, 일을 하고 모를 다 숨구고, 싹 다 하고 난 뒤에, 물꼬 둘러본다고, 둘러본다고 있는데, 어두워, 캄캄 어두운데, 들어가네, 아무도 안 보이는데. 점심도 얻어 먹고, 저녁도 못 먹고 점심은 거서 얻어 먹었는데.

그 집에 뒤에 대밭이 있어 부잣집 뒤에. 대밭에다 딱 들어앉으니깐, 모구(모기)도 달라들제, 모구 대게(심하게) 달라 드네, 이거. 근데 잠도 못자고 앉았는데, 여자가 인자 방에서 이불 요 깔고 이불 덮고 잘라(자러) 하던 이래, 잘 자던 사람이 머슴들 밥 준다고, 아침 해 줄라고 하는 기라. 아침을 할라고 나간 기라. 대밭에 뒷문으로 쏙 들어와서, 그 자리로 쏙 들어가서 이불 덮고 들러 누웠어. 딱 문을 열골라커든(열고서는),

"큰 머슴!" 작은 머슴을 불러야 하니께,

"큰 머슴!" 부르는 기라. 큰 머슴 하니깐,

"네!" 하는 기라.

"어제 논 잘 숨궜는가? 둘러 바라."

여자가 가만히 있으니까, 아무도 없는 거 보고 밥을 하러 나왔는데, 큰 방에서 고함을 지른단 말이라. 그래 인자 가 보니께네, 드러 누웠어. 드러 누워서 '어데 왔나' 소리도 못하는 기라. 작은 머슴과 큰 머슴 밥을 넘기는데, 그게 머이냐면은 동네사람이 다 아니, 쫓아내도 안 나갈 놈. 쫓아날래(쫓아내려) 해도 창피하고, 아무 소리도 못하는 기라. 그래 퐁당이 고래 앉았어.

(조사자 : 그래 같이 살았다.)

그랬어. 그 사람이 어제 갔다 왔어. 아레 갔다 온 사람은, 다른 사람이고.

# 헛소문을 내어 과부와 결혼한 머슴

자료코드 : 04_18_FOT_20090723_PKS_KYH1_0009
조사장소 : 경상남도 함양군 백전면 대안리 대안마을 마을회관 앞
조사일시 : 2009.7.23
조 사 자 : 황경숙, 조민정
제 보 자 : 김용혁, 남, 82세
구연상황 : 제보자는 이야기 말미에 이야기의 주인공이 마치 실제 인물인 것처럼, 주인공
이 자신의 집에 놀러왔다며 이야기를 끝맺었다. 이 이야기는 앞의 이야기를
마친 뒤 조사자가 오늘 온 사람 이야기를 해 달라고 청하자, 제보자가 잠시
생각한 뒤 이야기 했다. 이야기 도중 작대기로 이야기의 소재가 되는 집 그림
을 그리며 설명하기도 하였다.
줄 거 리 : 어느 과부가 남의 집 살림을 돌봐 주며 살고 있었다. 어느 날 그 과부가 가을
이 되어 초가지붕을 새로 만들기 위해 여러 사람들을 일꾼으로 청해 일을 하
고 있었다. 그 집의 머슴이 과부에게 흑심을 품고는 과부가 소변 본 곳에서
마치 성행위 하듯이 행동한 뒤, "과부의 오줌 누는 구멍에 했다"는 소문을 퍼
뜨렸다. 과부가 억울하여 법에 호소하였으나, 과부가 오줌 눈 곳이 패여 구멍
이 나 있었고, 머슴이 그곳에 소변을 본 것이니, 소문이 틀린 말은 아니라고
판결하였다. 과부는 억울하지만 이미 소문이 난 뒤라 하는 수 없이 그 머슴과
결혼하였다.

인자, 또 한 사람은,

(청중 : 또, 내일 오고?)

오늘 오고 하면 끝나야지.

부잣집에 넘의 집에 사는데, 혼자 사는 여자가, 거기도 여자라. 왔을
때, 혼자 넘의 집에 살림을 사는데, 그 집에 넘의 집 사는데. 하루 인자
일 하고 나서, 일 년 내 일하고 가을이 됐은께네, 지붕을 이어야 된단 말
이야. 이엉을 엮어가지고 지붕을 짓는 기라. 지붕을 이어야 되는데, 그래
요기 인자, 녹을 서너 너되(세 되 내지 네 되) 얻어가지고, '작대기로 집
그림을 그리며] 지붕을, 딱 쪼개만케 집을, 딱 이래 앞에 있으면, 여래 이
리(여기 이곳에) 지붕을 삥삥 돌려야 인다 말이야.

부엌이 여기에 있어, 이기 부엌이라. 요 방이면, 요거 이 방이 여기 뒷문이 있단 말이야. 앞이 여기가 마당이라. 여기서 사람들이 ○○○○ 이엉을 짓는데, 이 아줌마가 점심을 딱 하다가 소변이 보고 싶어. 소변이 보고 싶은데, 이리는 남자가 댕겨서 못하겄고, 뒤로 간 기라. 그래 요 뒤로 쏙 가서 소변을 봤어.

꼭두새벽에 자기네 집에서 소변을 보는데, 아무것도 못했는데, 머슴이 딱 홀애비 머슴이, 딱 요리 가다가 여자가 오줌을 누눈(누었던)데, 그래 인자 오줌 눈(데, 그 딱 오줌 누눈걸(누는 것을) 보고 내려와 가지고, 오줌을 눈 데가 움푹 패였네, 거가. 흙에다 눈께로. 막 이리 오줌 눈 거짜다가 (거기다가) 헛짓거리를 한 기라, 오줌을 눈 데다 그랬거든. 그라니깐 이 여자가 쳐다보니께로, 자기 오줌 눈 데거든. 그러니깐 그 여자가 무슨 말도 못하는 기라. 아무 말도 못하는 기라.

집을 다 지었어. 집을 다 하고, 저녁을 먹고 싹 다 가고 난 뒤에, 이놈이 뭐라고 소문을 냈냐면은,

"오줌 눈 구멍에다 했다."고, 소문을 내뺏는 기라.

(조사자 : 여자가?)

남자가. 남자가 오줌 구멍을 냈다고 소문을 낸 기라. 그러니까 이 집안에서 여자 집에서 시집도 안 가고 야단이 난 기라. 법에다 갖다 집어넣은 택인 기라. 지세(지서) 간 기라. 그래서 인자 가 가지고 딱 찾아갔다. 따라 간께로,

"너!" 여자보고 올라 커거든.

"와 오줌 누고 했다고 안 했는데, 오줌 했다고." 남자가,

"나 아무데나 오줌 누는 거, 오줌 나오는 구멍이라 했다. 오줌 나오는 구멍에 했다." 한께로. 법에서 하는 말이,

"오줌 나오는 구멍, 거기 그 구녕이다."라는 기라.

"그 구녕인가? 어따 데고 그런 말을 하나 이거야. 나는 오줌 나오는 구

멍 아이가(아니가) 그건 무슨 거짓말이고?" 하는 기라. 할 말이 없이 꼼짝을 못 하고, 그래 여자가 찡겼는 기라 여자가. 그래 할 수 없이 데리고 사는 기라. 데리고 사는데, 아직 안 왔어. 우리 집에 오늘 올 끼라.


# 대나 보지

자료코드 : 04_18_FOT_20090723_PKS_KYH2_0001
조사장소 : 경상남도 함양군 백전면 대안리 대안마을 마을회관 앞
조사일시 : 2009.7.23
조 사 자 : 황경숙, 조민정
제 보 자 : 김용현, 남, 76세
구연상황 : 마을 유래와 지형에 대한 이야기를 나누던 도중 마을 뒷산에 달래바위가 있다는 말을 듣고 조사자가 달래바위에 얽힌 이야기를 청하자 제보자가 대신에 대보지 이야기는 들어본 적이 있다 하였다. 조사자가 대보지 이야기를 청하자 처음에는 망설이다 이야기하였다.
줄 거 리 : 소나기가 내리던 어느 날 오누이가 길을 가고 있었다. 앞서 가던 여동생이 비에 젖어 알몸이 드러나자 뒤에 따르던 오빠가 그 모습에 욕정을 품게 되었다. 그 일로 오빠는 스스로 목숨을 끊었다. 이 사실을 알게 된 여동생이 혼잣말로 "대나 보지."라 하였다. 그래서 오빠가 죽은 곳을 대보지라 불렀다.

(조사자 : 대보지 이야기 좀 해 주세요.)

그거 머, 이야기할 것도 없고.

(조사자 : 남맵니꺼?)

남매. 남매가 재를 넘어가는데, 소나기가 대게(많이) 오는 기라. 그래 비가 옹께네(오니까) 앞세우고, 여동생을 앞세우고 오라비가 가다 보니까, 비를 흠뻑 젖어 노니까, 나체 그대로 보이는 기라. 그래 이놈이 그만 상사가 걸려 가지고, 나무에 가가 죽어 버렸어. 그래 동생이 하는 말이,

"대나 보지." 하는 거지.

(조사자 : 그러니깐, 그래 가지고 대보지.)

# 잡은 붕어 살려주고 부자 된 머슴

자료코드 : 04_18_FOT_20090721_PKS_KJA_0001
조사장소 : 경상남도 함양군 백전면 서백마을 마을회관
조사일시 : 2009.7.21
조 사 자 : 황경숙, 김국희, 문세미나
제 보 자 : 김정애, 여, 71세
구연상황 : 이야기를 청하자 아는 이야기가 생각이 잘 나지 않는다면서 잠시 기억을 떠
올린 후 이야기를 시작했다.
줄 거 리 : 늙도록 머슴살이를 한 노인이 어느 날 자신의 논에서 큰 붕어를 잡게 되었다.
노인이 그 붕어를 살려주자 그날 밤 꿈에 초립동이가 나타났다. 초립동이는
마을 돌무더기 안에 돈이 든 항아리가 있다고 일러 주었다. 다음날 노인이 돌
무더기의 돌을 파헤쳐 보니 초립동이의 말대로 돈 항아리가 있었다. 그로 인
해 그 노인은 머슴살이를 면하고 부자가 되었다.

　제게 옛날에, 참 가난하게 살은(산) 남자가 너무 가난해서.

　(청중 : 이야기 잘해.)

　가난해 가지고, 항상 나이가 많아도 머슴만 살았는 기라, 장가도 못
가고.

　(조사자 : 네.)

　머슴만 살다가, 하루 저녁에는 요새 장마매이로 비가 많이 왔어. 비가
많이 와 가지고 자기, 자기 논에 물이 방챙이가 났는가 싶어 가지고 논에
를 나강께네, 붕어가, 큰 붕어가 한 마리 수파에 떠내려오다가 망에 걸리
갖고, 개울물에 못 떠내려가는 기라. 그래 그 붕어를 잡아 가지고, 머슴
사는 사람이 붕어를 잡아 가지고, 큰 냇물에다가 살리줬어.

　(조사자 : 네.)

　그래 살리 주고, 그날 저녁에 와서 누워 있으니까, 꿈에 그 붕어가, 꿈
에 참 붕어가 온 게 아니고, 이 인자 아주 어린 총각이, 한 총각이, 초립
동이가 와 가지고,

　“할아버지, 나를 따라오라.” 하더래. 꿈에 그 할어버지가 초립동이를 따

라가니까, 어떤 밭에, [조사자에게] "조산 알지요?"

돌을 항그쏙(많이) 모다(모아) 놓은 데, 그 돌을 다 주어 내라 하더라 해. 다 주워 내면은 안에 독이 묻혀 있으니까, 독을 열어 보라 하더라 해, 그 독을. 그 이야기를 듣고 가서 독을 열어보니까. 그 안에 돈이 가득 차 들었더랴.

그래 그 붕어 살리 준 공으로, 그 할아버지가 머슴살이도 면하고 부자가 돼가지고 잘 살더래요. 인자, 그기 끝이고.


## 남편 될 사람의 담력을 시험한 공주

자료코드 : 04_18_FOT_20090721_PKS_KJA_0002
조사장소 : 경상남도 함양군 백전면 서백마을 마을회관
조사일시 : 2009.7.21
조 사 자 : 황경숙, 김국희, 문세미나
제 보 자 : 김정애, 여, 71세
구연상황 : 제보자가 앞에서 부자 된 이야기를 하고 난 뒤에 바로 이어서 다른 이야기도 생각난다며 다음 이야기를 들려 주었다. 옆에 있던 청중들은 제보자의 이야기를 듣지 않고 제각기 이야기를 나누었다.
줄 거 리 : 시집 못 가는 공주가 시집 가기 위해서 마을마다 배우자를 찾는 광고를 돌렸다. 신분의 높낮이를 따지지 않는다는 광고를 보고, 가난한 두 형제가 공주의 배필이 되고자 했다. 먼저 형이 임금을 찾아 갔으나, 혼례 첫날 신부가 아기 무덤에서 시체를 꺼내는 모습을 보고는 겁이나 집으로 돌아왔다. 이후 찾아간 동생은 형과 같은 경험을 하였으나, 담대하게 받아들여 신부가 먹으라 한 아기의 시체를 먹었다. 그런데 그것은 시체가 아니었다. 공주와 결혼하게 된 동생은 이후 행복하게 잘 살았다.

한 마을에 임금, 지금으로 치면 대통령이지. 임금 딸이 시집을 못 가는 기라. 공부도 많이 했고, 돈도 많은데, 상대자가 없어요. 그래서 나(나이)는 자꾸 들어가는데, 돈 많으면 머 하끼라. 잘나면 머 하끼라, 공부 많이 하면 뭐 할끼라, 시집을 못 가. 그 사람하고 결혼할 사람이 없는 기라. 그 마을에 상대자가. 그런께네 이 딸이 자기 아버지를 보고,

"아부지(아버지), 이래 갖고(이렇게 해서는) 내가 처녀귀신이 되겠다고."

마을마장(마다) 마을마다 광고를 돌리라고 안 하나, 머슴도 좋고, 없는 사람도 좋고. 마을마다 광고를 돌리면은, '지한테 장개(장가) 올 사람은 아무것도 안 가지고 몸만 와도 좋다.' 그래 광고를 돌리니까, 거짓말이라고 안 가는 사람도 있고.

두 형지(형제)가 엄마 아부지 없이 장개를 못 하고, 참 불쌍하게 사는, 장가를 못 가고 사는 사람이 있는 기라. 그래 형님이, 내가 형님이니까. 아무것도 없어도 좋다 한께네, 되면 되고 안 되면 안 되고, 장개(장가)를 갔어, 그 집에를. 하루 저녁에 가니깐, 목욕을 싹 시키고, 비단 저고리 옷을 좋은 것 내놓고 입으라 하고, 인자 신혼 방을 채려 주는 기라.

잠이 와야지, 방도 좋고 잘 먹었제. 좋은 큰애기는 마 옆에 이부자리도 좋게 펴놓고 자라 하는데, 인자 이 사람이 마음이 마 '둥 둥 둥'하니 잠이 안 오는 기라. 그래 자는 겉이(척) 하고 있으니까, 이 여자가 일어나더니마, 그 색시가 일어나 가지고, 옛날에 집에는 벽장이 있어, 그 벽장 안으로 큰 애기가 들가더랴. 드가 갖고(들어거거서는) 아래 우로(위로) 피옷을 입고 입에다가 칼을 물고,

(청중 : 귀신이 나타났네.)

그래 갖고 그 사람이 일어나 갖고 그라더라니 까네, 내 소설책 본 기라, 그거. 일어나 가지고, 그래 들판을 가더라 해. 저 농사 짓는 그곳으로 가더라만은 산으로 올라가더라 해. 산에 올라 가더만은 요만한 애장을 파드라 해.

"애장 알지요?"

(조사자 : 네.)

요만한 애기 무덤. 애장을 파니까, '저기 여시(여우)구나, 백년 묵은 여

시라' 싶어서, 인자 그 질(길)로 도망을 오뻔 기라. 그 집에도 안 가고 온 기라. 그 다음날 보니까, 큰 애기도 안 가고 그대로 있고 그대로거든. 사람이거든. 그래 며칠 있다가 또 동생이,

"내가 형님, 내가 한번 가보게. 참말로 그러더냐고? 내가 한번 가서 지켜 보게." 하니까, 동생이 가서 또 그날 저녁에 자니까, 역시 형님 말대로 같은 행동을 하거든.

(조사자 : 네.)

그래서 그 묘를 팔 때까지, 집으로 돌아올 때까지 지켜본 기라. 그러니까 애기를 보듬꼬(안고) 오더라 해.

"이래가 살면 뭐 하겠노? 내가 저 손에 죽으면 죽고, 살면 살고."

다시 방으로 들어가서 누어 있으니까. 그 여자가 애기를 대꼬(데리고) 들어오드만은 칼로 가지고 애기 다리를 툭 잘라 가지고 남편을 일바시거든(일으켜 세우거든). 툭툭 썰어 놓고, 일바시 갖고, 칼 끄티(끝)에다가 살로 툭 찍어 가지고 무라(먹어라) 하는 기라. 그래 이 남자가 죽으면 죽고, 살면 살고 이걸 받아먹었어. 받아먹으니까 달콤해. 그것이 애기가 아니고, 그 여자가 인자 머리를 쓴 기라. 그 남자 담이 얼마만큼 남자다운고, 그거를 시험해 보기 위해서, 그런 머리를 쓴 기라. 그래 갖고는 받아묵거든 그 남자가.

"당신이 내 배운이다?" 하면서, 감으면서,

"당신이 내 백년 배운이다."

그래서 오히려 동생이 장개(장가)를 갔어. 그 재산 외동딸 집 재산을 많이 가졌다는 그 소설을 내가 본 기라.

(조사자 : 그럼 애기 시체는 먼가예?)

그 엿을 가지고, 엿을 가지고 맨들었어(만들었어), 맨들었어. 일부러 산에다가 애기 무덤처럼 해놓고, 담보기 위해서 머리를 썼어. 담이 큰 남잔가? 그 애기처럼 만들어 놓고, 돈은 없어도 남자다운가 그걸 알아보려고

시험을 해본 기라, 그 여자가. 그래 그 사람이 그래 지금은 대통령이고, 그전에는 정승. 내가 소설을 봤어, 세 가지가 있는데, 인자 많이 인자 빼 렸는데(잊어 버렸는데) 그거는 기억 나.

# 자식 죽여 어머니를 살린 효자

자료코드 : 04_18_FOT_20090721_PKS_KJA_0003
조사장소 : 경상남도 함양군 백전면 서백마을 마을회관
조사일시 : 2009.7.21
조 사 자 : 황경숙, 김국희, 문세미나
제 보 자 : 김정애, 여, 71세
구연상황 : 또 다른 이야기가 없느냐고 묻자, 잠시 생각해 본 후에 다음 이야기를 시작 했다.
줄 거 리 : 가난한 집안에 병든 어머니가 사람 고기가 자꾸 먹고 싶다고 하였다. 고민 끝 에 아들 내외는 아이를 삶아 어머니께 드렸다. 사람 고기를 먹은 뒤 어머니는 병이 나았다. 그런데, 얼마 후 어머니께 삶아 드린 줄 알았던 아이가 밖에서 놀다가 집으로 돌아왔다. 사람들은 산신령이 효자의 효심에 감동하여 아이를 살려준 것이라 여겼다. 이후 효자와 효부는 그 마을에서 상을 받았다.

효자 이야긴데. 참 가난하게 살았는데, 자기 어머니가 병중에 계셔. 병 중에 계시는데, 나무 그른 거(나무 같은 것)를 해 와서 팔아 끼니를 하고 이런 정도라.

그래 자기 어머니가 자꾸 고기를 먹고 싶어도, 고기를 사더리도(사드려 도) 자꾸 더 먹고 싶다고 하고, 사람 고기를 자꾸 묵꼬(먹고) 싶다 하더래.

(조사자 : 사람 고기가?)

사람 고기가 먹고 싶다고, 소원이라고 그러더라 해(그렇게 하더래). 산 에 가서 남자가 지게를 턱 놓고, 어떤 남의 묘 산소에 탁 앉아 가지고, 생 각을 하는 기라. '사람 고기를 어떻게 구해서, 사람 고기를, 산 사람 살은

(살아 있는) 사람 고기를 삶아서 달라 하는데, 어떻게 해야 되나?' 싶어서 고민을 하고 있는데, 저 까마구가(까마귀가) 자기 무릎에 빙빙 돌면서 울더라.

참 이상해서, 사람 고기를 좋아하니까, 이상하다 싶어 가지고, 그래 인자 생각을 하고 있는데, 자기 부인이 젊으니까, 자식은 또 놓으면 자석인께네(자식이니까), 자기 애를 삶아서 시어머니로 준 기라. 그래 시어머니는 모르지, 저가 손자를 그런 거.

"참 맛있다." 하면서, 그 고기를 시어머니가 먹고 병이 나았는 기라. 나았는데, 그 애기를 분명히 부인이 삶아서 먹였는데, 애기가 놀다가 들어왔어. 애기가 놀다가 들어왔어. 거기 산신령이 돌봐 가지고 그 애기를 정신을 준 기라.

그래 그 마을의 효자 효부상을, 그 마을에서 효부상을, 효자 효부상을 받았어. 그래 자식을 삶아 멕여도 그기 정신이라. 그게 끝이라.


# 은혜 갚은 까마귀

자료코드 : 04_18_FOT_20090721_PKS_KJA_0004
조사장소 : 경상남도 함양군 백전면 서백마을 마을회관
조사일시 : 2009.7.21
조 사 자 : 황경숙, 김국희, 문세미나
제 보 자 : 김정애, 여, 71세
구연상황 : 조사자가 또 다른 이야기가 없냐고 묻자, 이야기를 시작했다.
줄 거 리 : 옛날에 어느 선비가 과거를 보러 가는 길에 뱀이 까마귀를 잡아먹으려고 해서 뱀을 화살로 쏘아 죽였다. 날이 저물어 선비는 주막집에서 하룻밤 묵게 되었다. 그 주막집 색시가 뱀으로 변하여 자신을 죽이려 했다. 뱀은 종소리가 세 번 나면 살 수 있다고 하였는데, 뱀이 자신을 죽이려고 오는 도중에 종소리가 세 번이 울렸다. 알고 보니 까치가 자신의 머리로 종을 울려 선비의 목숨을 구한 것이다.

옛날, 옛날에는 서울로 가게(과거)를 보러 가는데, 뱀이가 까마구(까마귀)를, 까치를 잡아 먹을라고, 낭개(나무)서 낭개서, 그 까마귀를 잡아 물라고 하니까, 과거보는 사람이 활로 가지고, 그 뱀이를 쐈뿌어, 그만. 뱀이가 죽었네. 쐈으니까 죽었네. 그랑께 까마귀가 살았으니, 날라갈 거 아이요?

옛날에는 가게(과거)를 하러 가면, 교통이 좋아서 차를 타고 가지마는, 옛날에는 짚신을 달아매고, 그 짚신이 닳아지면 또 바까(바꾸어) 신고, 가다가 주막에도 자고, 인자 그런 식으로 가게를 보러 갔거든.

그런데 가게를 가는 도중에 주막집이 있어서 그 주막집을 들어갔어. 아무 손님도 없고, 그 예쁜 색시가 그 주막집에 있거든. 그래서 저녁에 쫌 요기를 하고 그 집에 잤는 기라. 자니까 초저녁에는 예쁜 색시가 있었는데, 밤이 되니깐 뱀이라. 뱀이가 옆에 누워 있는 기라, 아주 큰 뱀이가.

그래가 놀래 가지고 막 일어나서 도망을 간 기라. 뱀이 꼬랭이를 따(땅에) 부치고(붙이고), 자꾸 따라오거든. 따라와서 인자, 그 따라오다가 그 남자가 그 뱀이가 따라오니깐, 못 갈 거 아니라? 몸에 감을까 싶어서, 인자 깐치(까치)를 봤어. 그 까치, 그 까치가 돌을 물어다가 그 여자, 그 뱀이가 여자지.

내가 그 이야기를 우찌(어떻게) 하는가 모르겠다. 잊어버렸다.

(조사자 : 돌을 물어다가 그 여자를 그 뱀을?)

(청중 : 뱀을 까치가 물었어.)

뱀이가 나무에서 까치를 잡아먹으려고 항께, 과거 보러 가는 사람이 활을 쏴뺐어, 그 뱀이를. 그러니까 그 뱀이 쑥놈(수컷)이였던 모양이라. 그래 가다가 한 주막집에 가니 새댁이가 있어서, 그 집에 자는데 뱀으로 변해 갖고, 그 여자가. 그 과거 보는 사람, 뱀이로 변해 가지고 그랬다 해.

아! 그래 누자(누워)는데, 뱀이로 꿈을 꾸는데, 뱀이가 옆에 누워 있어 가지고 꿈을 꾸는데, 까치가 왔더 라더라(왔다 하더라), 참. 까치가 와서 무슨 쪽지를 물어다 줘서 보니까.

(조사자 : 네.)

"종을 세 번 울리면 당신이 살고 못 울리면 못 산다." 하더라하대. 근데 그 뱀이가 따라옹께, 종소리가 세 번 났어. 그러니까 그 남자가 살았는 기라, 종을 세 번 뚜두리께. 까치는 지 머리로 박아 죽고. 그 남자는 살았어.

그러니까 그 은혜를 한 기라, 그 까치는. 저는 도시(원래) 죽을 몸인데, 까치가 살린 기라. 서로가 살은 인자 공을 한 기라, 그거는 짤막해.

"안 그래요, 그지요?"


# 호랑이보다 무서운 곶감

자료코드 : 04_18_FOT_20090721_PKS_KJA_0005
조사장소 : 경상남도 함양군 백전면 서백마을 마을회관
조사일시 : 2009.7.21
조 사 자 : 황경숙, 김국희, 문세미나
제 보 자 : 김정애, 여, 71세
구연상황 : 제보자가 앞의 이야기를 마친 뒤, 마지막으로 생각나는 이야기가 있다면서 잠시 정리할 시간을 달라고 한 후 다음 이야기를 시작했다. 이야기 말미는 옆에 있던 청중이 부가 설명하면서 마무리를 지었다.
줄 거 리 : 아기 엄마가 아기를 달래기 위해 애를 먹었다. 그러다 엄마가 곶감 준다 하자 아이가 울음을 멈췄다. 아기를 잡아먹으러 왔다가 문 밖에서 그 소리를 들은 호랑이는, 자신보다 더 무서운 게 곶감인 줄 알고 다시 도망을 갔다.

그 애기가 너무 울어 사니까.

(조사자 : 네.)

그 보는 엄마가, 엄마겠지, 애기 엄마겠지. 오만거나(어떤 것을) 줘도 안 달래지고 하니까,

"곶감 줄께, 곶감 줄께." 하니까, 애기가 울어 사니까. 호랑이가 애기를 잡아먹으러 왔다가,

"곶감 주까? 곶감 주까?" 하니까, 호랑이가,

"곶감이 내보다 더 무서운 기 있는갑다." 항께,

"곶감 준다." 항께, 도망을 가뺐어.

(청중 : 예전에는.)

"호랑이 온다. 호랑이 온다." 해도 안 그친께.

"곶감 주까? 곶감 주까?" 그라니까 그치더랴.

"아! 곶감이 호랭이 나카마(나보다)더 무서운 거구나."

그렇게 도망을 가뻐렸댜.

(조사자 : 도망을 갔네요.)


# 마시면 아들 낳는 옹달샘

자료코드 : 04_18_FOT_20090721_PKS_NIS_0001
조사장소 : 경상남도 함양군 백전면 오천리 양천마을 정자나무
조사일시 : 2009.7.21
조 사 자 : 황경숙, 김국희, 문세미나
제 보 자 : 노인순, 여, 75세
구연상황 : 조사자가 마을에 유명한 곳을 묻자 옹달샘이 있다고 하였다. 옹달샘에 대한 유래를 물었더니 다음 이야기를 해 주었다.
줄 거 리 : 마을 뒷산에 옹달샘이 있다. 아이를 원하는 사람은 그 옹달샘에 가서 공을 들이는데, 종종 메기가 나와 좋은 일이 있을 것을 예고해 주기도 했다. 마을 사람들은 이 옹달샘을 '아들 낳는 옹달샘'이라 칭한다.

옹달샘이 저 올라가면은, 가 볼 수 있고, 희한해.

(조사자 : 거기 유래를 이야기해 주십시오.)

옹달샘이, 그거는 금년에 인자 만들었는데, 옛날 전년부터 우리 시집

온께네(오니까), 그 산비탈에서 물이 여름처럼 항상 여름메이로(여름처럼) 물이 '잘잘잘' 멋지게 내리와.

(청중 : 비리소에서?)

멋지게 내려오는데, 저 2009년도에, 인제 우리 여 하구초 축제 할려고 거기다가 시설을 했어. 돈을 들어서 시설을 해서 멋지게 잘해 놨거든. 그 인자 올라가는데, 물도 내려오는 것도 해놓고, 중간 중간에 내려오는 것도 해놓고, 원두막 지어놓고. 그런데 인자 예를 들어서 옛날에 아들 못 놓는 사람, 그 물 먹고 가서 아들을 낳았다는 그런 뭔가 설명해 놓고, 써 놨어요.

(청중 1 : 새미(샘) 싹 쳐놓고, 이튿날 아침에 가니깐, 메기가 확 나오더라고 하데.)

(청중 2 : 메기가? 눈에 그리 뵈겠제(보이겠지)?)

그래, 눈에 그렇게 뵈이서(보여서) 그런가, 뭐라 카더나?

(청중 1 : 붕어겠지.)

붕어가, 그 안날(전날) 저녁에 새미를 쳐 놓고, 공 드릴라고(드리려고) 새미를 싹 쳐 놓고 왔는데, 메긴가? 붕어가 확 나왔대, 좋으라고 비는 기라(보이는 기라).

그래 가지고 아들을 낳았어. 그래 그 옹달샘이 아들 낳는 샘이라.

(청중 1 : 막내이, 막내이가 그렇다 안 하더나?)

막내인가 중간인가 모르겠는데, 새벽에 가니깐, 메기가 확, 참 붕어가 확 나오더래. 눈에 고만 메기가 나왔겠지. 그렇게 공 드려 아들 낳았다고, 아들 낳는 옹달샘이라고 저기 해났어. 그래 그 옹달샘을 잘해 놨어.)

# 자신을 배신한 주인을 응징한 소

자료코드 : 04_18_FOT_20090721_PKS_PYO_0001
조사장소 : 경상남도 함양군 백전면 평정리 평촌마을 마을회관
조사일시 : 2009.7.21
조 사 자 : 황경숙, 조민정
제 보 자 : 박연옥, 여, 70세
구연상황 : 조사자가 이야기를 해 달라 청하자, 제보자가 자신을 지켜주지 않은 주인을 응징한 소 이야기를 하였다. 제보자는 이야기를 마친 뒤, 소는 주인이 옆에서 힘을 실어주면 아무리 무서운 호랑이가 와도 싸워 이길 수 있는 동물이라 하였다.
줄 거 리 : 어느 농부가 저녁에 소를 몰러 갔다. 막 소를 몰고 내려오려고 하는데, 산에서 호랑이가 내려와 달려들었다. 겁이 난 농부는 소를 버리고 홀로 집으로 도망쳐 왔다. 잠시 뒤 호랑이를 피해 집으로 돌아온 소는 자신을 버린 주인을 죽여 버렸다.

저녁 시간이 되도, 소를 안 가지고 와 가지고, 호랑이가 내려와 가지고, 어쨌다더라? 그 소를 몰러 가니까, 호랑이가 달라들더래.

그래 막 소를 놔뚜고(내버려 두고), 소를 고삐도 못 꺾고 쫓아와 집으로 쫓아왔어. 소라는 놈이 어띠 어뜩해 그래 와 갖고는, 집을 꺼집고 들어오더래, 소가. 그래 갖고는 백장으로 들어가더래, 백장까지 막 떠내려서 죽여 버리더래.


# 두드리면 소리가 나는 북바위

자료코드 : 04_18_FOT_20090723_PKS_PHJ_0001
조사장소 : 경상남도 함양군 백전면 구산리 구산마을 마을회관 앞 정자
조사일시 : 2009.7.23
조 사 자 : 황경숙, 조민정
제 보 자 : 박한조, 남, 74세
구연상황 : 조사자가 마을 지명과 관련된 이야기를 청하자, 제보자가 구산마을의 옛 이름

이 북머리 내력을 알려 주겠다며 이야기했다. 제보자 외에 옆에 있던 청중들이 참여해 이야기를 마무리했다.

줄 거 리 : 이 마을에는 두드리면 소리가 나는 큰 바위가 있었다. 소리가 나는 바위라 하여 그 바위를 북바위라 불렀다. 북바위가 있다 하여 구산마을을 달리 북머리라 불렀는데, 지금은 그 바위가 깨어져 없다.

북머리.

(조사자 : 아! 북머리.)

동네에 저 위에 올라가면, 큰 바위가 인자 북바위라고 하는 바위가 있어. 이래 동네 날쭉이, 내려오는 날쭉이. 그기 우리 어려서 말하자면 뭐를 두드리면 소리가 울렸어. 납찍하이 그게 큰바우가 있는데.

(청중 1 : 소리가 나.)

근데 뉘가 깼어. 시방은 떨어져 나갔어.

(조사자 : 왜요?)

몰라, 누가 그랬는가? 몰라. 깼는가?

(청중 1 : 인근에서 깬 거 아니가?)

인근에서 깬 거 아이다.

(청중 2 : 그걸 인자 쌔리(막) 몽둥이로 뚜드리면, 바우가 뚱뚱 소리가 나.)

(조사자 : 북소리가?)

(청중 2 : 그래. 그걸 북을 북바우라 해 가지고, 우리 구산이 북머리야.)


# 살림을 못해 쫓겨난 세 며느리

자료코드 : 04_18_FOT_20090721_PKS_SDL_0001
조사장소 : 경상남도 함양군 백전면 평정리 평촌마을 마을회관
조사일시 : 2009.7.21
조 사 자 : 황경숙, 조민정

제 보 자 : 서덕림, 여, 86세

구연상황 : 조사자가 시집살이하는 며느리를 소재로 한 옛날이야기를 여러 편 들려주자, 제보자가 어리석은 세 며느리가 시집에서 쫓겨난 이야기를 하였다. 옆에 있던 청중들이 재미있게 이야기를 들었다.

줄 거 리 : 어느 집에서 세 며느리를 보았다. 그런데 세 며느리 모두 살림을 제대로 살지 못하여 쫓겨나게 되었다.

한 집에서 며느리를 서이를 봤는디, 하루아침에 며느리 서이가 문 앞에다 쫓겨났더래. 그래,

"너는 와 쫓겨났니?" 한께,

"나는 ○○ 앞자리에 똥을 싸 가지고 불씨를 쓸어 넣으니께 쫓아내더라."

또 하나는, "너는 와 쫓겨났니?" 항께,

"체에다가 불을 담으니까 쫓겨났다."

(청중 : 밑이 빠졌을 것 아이가? 체에다 불을 담으면.)

또 하나는 뭐라 카더라? 아, 그때는 해우샘이라고 했어, 짐을 갖다가.

"너는 와 쫓겨났니?" 하니께네,

"해우샘 끌러 벗어버리고 물이고 온께 쫓아내더라."

그래 서이 쫓겨났더래.

(청중 : 그래 가지고 그런 이야기네 인자. 재미나네 그 이야기도.)

어째 그리 며느리가 고리(그렇게) 유식하게 그렇던고 몰라.


# 무제 지낸 이야기

자료코드 : 04_18_FOT_20090721_PKS_SDL_0002

조사장소 : 경상남도 함양군 백전면 평정리 평촌마을 마을회관

조사일시 : 2009.7.21

조 사 자 : 황경숙, 조민정

제 보 자 : 서덕림, 여, 86세

구연상황 : 조사자가 인근 마을에서 채록한 기우제 이야기를 들려주자, 제보자가 이 마을에서는 무제라 칭한다며 백운산에서 지냈던 무제 이야기를 했다.

줄 거 리 : 예전에 비를 기원하기 위해 백운산에서 무제를 지냈다. 무제를 지낼 때에는 돼지를 잡아 그 머리는 소에 넣고, 그 피는 백운산에 뿌렸다. 그런데, 어느 해 산에서 일하던 사람들이 무제를 지내기 위해 소에 넣은 돼지머리를 건져 삶아 먹자, 일하던 사람들의 산막이 불에 타고 소나기가 내려 혼이 났다.

옛날 무제 지낼라 하면, 저 지리산에나 저 말하자면은, 여서부터 같으면, 저 백운산에는 돼지를 잡아갖고 가서, 거기서 목을 질러가지고 쇼파에다가 힐그래 마 피칠을 해놓고. 그래 참 마 무제를 지내고 오면, 내려올 적에는, 올라 올 적에는 그리 좋은 날 올라가는데, 내려 올 적에는 마 옷을 홀딱 젖고 내려온다 쿠데.

그래 그 무제 지낸 돼지 대가리를 소에다 던져 놓았는데, 간에소라고 저 큰 소가 있어, 마천 저기 가면은. 우째 한번 살찌기 따라 가봉께, 꼬랑이라고 하는데 그렇게 커. 그래 돼지 대가리를 그래 소에 던져 놓았는데, 가서 동동 떠 놓응께, 전에는 마 산막도 쳐놓고 산에 가서 많이 일을 했다고 남자들이.

그걸 누가 건지다가 삶아 먹었더래. 그랬는데 그래 막 지어 놓은 게 불이 나서 확 타삐리고 그러고 나서 비가 얼마나 많이 왔던고 묘도 타고 없는데, 사람들이 오고 갈 때가 없어서 비를 홀딱 맞아서 죽을 판이 되더래. 그렇게도 했다 하데.


# 호식 당한 아내

자료코드 : 04_18_FOT_20090721_PKS_YJS_0001

조사장소 : 경상남도 함양군 백전면 양백리 서백마을 마을회관

조사일시 : 2009.7.21

조 사 자 : 황경숙, 김국희, 문세미
제 보 자 : 염정순, 여, 75세
구연상황 : 조사가가 옛날이야기가 듣고 싶다고 청하자, 제보자가 호랑이 이야기를 알고
　　　　　 있다며 이야기를 시작했다.
줄 거 리 : 어느 남자가 논에서 까마귀 울음소리를 듣고 불길한 생각이 들어 집으로 돌
　　　　　 아왔다. 집으로 돌아오니 아내가 이웃 사람들과 고사리 뜯으러 나가고 없었
　　　　　 다. 고사리를 뜯으러 간 아내는 헛것을 보다가 그만 호랑이에게 잡아먹혔다.

호랭이(호랑이) 이야기, 내 하나 해 주까?

(조사자 : 네.)

(청중 : 아무 끼나도(것이라도) 해.)

우리 젊어서, 나는 빼 살고, 저 풀밭 살았거든. 그래 남자가 논에를 가
니까, 까마구가(까마귀가),

"깍! 깍!"

울어 샀더래. 까마구가 깍깍 울어 사서, 무슨 일이 날라고 그런가 싶어
서, 그래 인자 그랬는데, 집으로 오니까 벌써 너믈댁이가 가고 없더라네.
고사리 배어 가고 없더라.

(조사자 : 각시가?)

각시가 가고 없어서, 그래 서이(세명) 갔는데,

"아무 무슨 띠기야! 저게 고주베기(고사리)가 없는데, 고주베기가 섰
다."

고주배기가 없는데, 고주베기가 섰다 그러더래.

(청중 : 아이가(아이고) 허세 보았구만.)

고주베기가 없는데,

"고주베기 섰다." 그러더랴. 그런데 그 사람이,

"고주베기 섰다." 그랬는데, 고주베기가 비어서 고마 자꾸 그리 가더랴.
앞으로 가드래. 그랑께(그러니) 먼가 문소리가 펄쩍 나더니만 고마 업고
가드만.

(조사자 : 그게, 호랑이네 예.)

응. 호랑이라. 우리 젊어서 호식한 이야기라.

(조사자 : 호식한 이야기.)

자빠지기라고 있어, 오감 자빠지기 있어.

(조사자 : 또 없습니까? 호식한 이야기?)

그래 호식한 이야기는, 호식을 그리 많이 해 쌌는가? 전에는 막 호랑이가 삼만 삼으면, 마당에 삼을 삼으면, 요리 그석큼게 내려와서 있더랴. 그래 갖고 호랑이 땜새(때문에) 가도 못하고, 삼 삼는 집에 자고 가고 그랬디야.

(조사자 : 삼 삼는 집에 자고 가고예?)

전에 호랑이가 많아 가지고.

(조사자 : 여기 호랑이가 많아 가지고예?)

그래 쌌대(그렇게 말하데). 우리 째깐(조그만) 했을 때.


# 귀신 나는 아장터

자료코드 : 04_18_FOT_20090721_PKS_OJN_0001
조사장소 : 경상남도 함양군 백전면 서백마을 마을회관
조사일시 : 2009.7.21
조 사 자 : 황경숙, 김국희, 문세미나
제 보 자 : 오정남, 여, 76세
구연상황 : 조사자가 귀신 이야기를 묻자, 제보자가 아장터에서 귀신 나온 이야기를 해 주겠다며 이야기를 시작했다.
줄 거 리 : 어릴 때, 장마철만 되면 덕거리마을 산에 있는 아장터에서 다듬이 소리가 났다. 날이 흐리고 비가 오면, 상여 소리나 다듬이 소리 같은 귀신 소리가 나서 사람들은 그곳을 귀신이 나타나는 곳이라고 여기게 되었다.

일곱 살 때, 학교 일학년 들어갈 땐데. 이런 날 인자 장마철에 이렇게 하면은, 아이고! 막 다듬이 소리가 난다꼬. 저기 바로, 와 애끼(아장터) 들어가는데 안 있소? 그래 무섭다 카네. 영상시리 고마 막 상이(상여) 매는 소리가 나고 마.

(조사자 : 네.)

왜냐면 거기 막 요랑에 사람 죽어서, 그 마이 갖다 놓은께, 사람 죽어서 그런다 칸께. 요새는 그런 게 어딨어? 근데 옛날에는 인자 막 사람도 적게 살고 이래 놓응께, 그래 그런 소리가 있더라. 그래 갖고 요는 사람이 그 소리 듣꼬 보믄(듣고 보면) 인자,

"아이고, 저 날이 굳어놓은께 다듬이 소리 봐라." 이라거든. 덕거리 동네 산에 거게, 사람이 죽으면 많이 갖다 묻어 놓았다고. 서년시리(을시년스럽게) 다듬이 소리가,

"달그락, 달그락."

그리 들기더라고. 그래 덕거리 들어가는데도, 그래 그리 무섭었다 카대. 그래 거기도 사람이 고마 가면 한 번씩 귀에 홀켰다고 그랴.

옛날에 우리 클 때 그랬었어, 하모.

(조사자 : 덕거리예?)

덕거리, 네나 병곡 덕거리 카는 데가 있어.

(조사자 : 아! 병곡 덕거리, 애기 시체 묻은 데?)

지게를 지고 소금을 팔로 갔다 아닌가배? 해가 저물어가지고, 우리 클 때 그런 이야기 하면, 막 무섭어 가지고, 하도 해가 저물어 집에는 못 가고, 그래 가다 보면 호롱불걑이 있어 갖고 간께, 귀신이 있어 갖고. 밥이라고 나오는 것이, 장이라고 나오는 것이, 피고, 깨고 본께네(보니까) 귀신이더라. 옛날에 딱 그런 식으로 이야기가, 그런 게 많이 나왔어.

# 잣나무가 많았던 백전

자료코드 : 04_18_FOT_20090721_PKS_JBS_0003

조사장소 : 경상남도 함양군 백전면 서백마을 마을회관

조사일시 : 2009.7.21

조 사 자 : 황경숙, 김국희, 문세미나

제 보 자 : 전병수, 남, 72세

구연상황 : 조사자가 제보자에게 옛 마을 이름의 유래를 묻자, 제보자가 지명의 유래에
대해 이야기했다.

줄 거 리 : 서백의 옛 이름은 서잣밭, 백전의 옛 이름은 자밭골이라 하였다. 그 이유는
이곳에 잣나무가 많이 있었기 때문이다.

(조사자 : 할어버님! 여기 이름이 서백이라던데, 서잣밭이라 되어 있대
예?)

서자밭. 옛날 이름.

(조사자 : 서자밭.)

옛날 백전골은 잣나무, 잣나무가 많아가지고 그래 백전골이라.

(조사자 : 백전골, 아!)

자밧골이라. 자밭이라 하는 것이, 잣나무를 자밭이라 하는 기라, 잣나무
를. 그래 옛날 이름은 자밧골이라. 옛 이름도 백전이라 하면, 잣 백자(栢)
밭 전자(田) 그래가지고 백전이라.

(조사자 : 네. 지금도 많습니까? 잣나무가 지금도 많습니까?)

지금은 인자 별로 없는데, 옛날에는 많았었던 모양이라. 나도 옛날에
뭐 잣나무가 많아가지고 있는 그런 거는 못 봤고. 지금도 인자 잣나무도
많이 요새 새로, 새로 나무를 베고 잣나무도 많이 심고.

# 한글을 몰라 우습게 된 편지

자료코드 : 04_18_MPN_20090723_PKS_KSS_0001
조사장소 : 경상남도 함양군 백전면 구산리 구산마을 마을회관 앞 정자
조사일시 : 2009.7.23
조 사 자 : 황경숙, 조민정
제 보 자 : 강쌍수, 남, 67세
구연상황 : 조사자가 재미있는 이야기를 청하자, 제보자가 재미있는 이야기를 한자락 해
　　　　　주겠다며 이야기 하였다. 옆에 있던 청중들이 재미있어 했다.
줄 거 리 : 한글을 잘 모르는 사람이 군에 가 집에 편지를 하게 되었다. '가족들을 본 지
　　　　　가 오래되었다'라 할 것을 '본지'에 'ㄴ'을 빼고 편지를 하니 모두 '보지'로
　　　　　표기되어 그 뜻이 우습게 되었다. 어머니가 그 편지를 보고는 내 것은 실제로
　　　　　봤다하더라도 다른 사람 것은 어찌 보았을까 궁금해했다 한다.

　그 옛날에 한 놈이, 인자 한글을 잘 모르는데, 군대를 갔더랴. 그래 군
대를 가가지고, 저거 집에다 편지를 했는데, 인자 보자 밑에 'ㄴ'이 들어
가면, 인자 '본' 자가 되는데, 편지를 턱하니 해놓은께로,

　"영자 보지도 새까맣고, 어머니 보지도 까맣고, 형수 보지도 까맣고."

　본 지가 까맣다는 말을, 밑에 'ㄴ'을 해야 하는데, 'ㄴ'을 못 쓰고 전부
보지가 된 기라.

　(조사자 : 못해 가지고?)

　못해 가지고, 전부 다 보지가 된 기라. 그래, 저거 어미가 편지를 받아
가지고, 뉘한테 보이주도 못 하고, 안 보이주도 못 하고, 인자 혼자 고민
을 했더랴.

　"자, 내 보지는 나오면서 봤다고 치자. 지 여동생 보지는 어째 봤는고?
형수 보지는 어떻게 봤겠느냐?"

이제 수수께끼가 된 기라. 그래서 인자, 편지를 접어놓고, 가만히 냅두고(놔두고), 아들이 구하러 오더래. 그래, 너 편지 한번 읽어 봐라 하니께. 저거 아들이 편지를 읽으니깐 말이 되더래.

"어머니 본 지도 까마득하고, 형수 본 지도."

# 호랑이에게 물려 갔다 살아난 아이

자료코드 : 04_18_FOT_20090723_PKS_KJS_0001
조사장소 : 경상남도 함양군 백전면 구산리 구산마을 마을회관 앞 정자
조사일시 : 2009.7.23
조 사 자 : 황경숙, 조민정
제 보 자 : 강정수, 남, 64세
구연상황 : 조사자가 마을에 전하는 이야기를 청하자, 제보자가 신기한 일이 마을에 있었다며, 호랑이에게 물려 가서도 살았던 아이 이야기를 하였다. 옆에 있던 청중들은 이미 그 이야기를 알고 있었음에도 불구하고 흥미를 보였다.
줄 거 리 : 마을에 한 아이가 한밤중에 사라졌다. 동네 사람들이 찾아 나섰다. 그런데 아이는 마을 위에 있는 바위에 있었다. 걷지도 못하는 아이가 스스로 바위 위에 갈 수 없을 것으로 여겨 마을 사람들이 의아해했다. 마을 사람들 중에는 그날 호랑이가 산에서 내려오는 것을 본 적이 있다는 이가 있었다. 그래서 사람들은 호랑이가 아이를 물어다 그 바위에 놓아둔 것으로 여겼다. 한편, 이후 아이의 코가 항상 붉었는데, 그 이유는 소가 아이의 코를 핥아서라고 했다.

비가 오고 그랬거든. 소를 몰고 댕기께네, 길바닥에 전시네(전부) 소똥이 가득 찼었어. 근데 자다가 어머니가 팔을 베고 누워 잤어. 베고 누워 잤는데, 자다보니깐 애가 없어졌어.

그래 인자, 사방 그때, 거시기 집에 많이 모여 놀았어, 저 은새 양반 집에. 아버지랑 모두, 대평 양반이랑 고함을 지르고, 아버지는 팬티 바람으로 당산까지 여까지 내려왔었어. 고함을 지르면서로. 내려오다 보니께, 사람 기척이 없어서 인자.

대평이 양반하고 우리 아버지는 모나들로 가고, 반골 양반하고 대평 양반하고 내하고, 지내뜨기(뜻을 알 수 없음) 횃불을 잡고, 짓골 도랑 가로 올라 강께로, 거 우에 바위가 하나 있었거든, 샘이 위에. 바위 위에 아(아이)가 딱 있는데, 횃불 비추니까, 휙 돌아봉께, 반골 양반하고 대평 양반하고는 무서워서 못 가.

나는 그때 무서운지도 모르고 고마 쫓아가서, 고마 안을라고 항께, 딱 보듬킬라(안기려고) 하더라고, 내가 간께로. 그래서 보듬고(안고) 왔어, 집에.

(조사자 : 호랑이가 그런 거예요, 그러면?)

응. 호랑이가 불 쓰고 들어왔어. 본 사람이 있어.

(조사자 : 호랑이가 눈에 불을 쓰고.)

불 쓰고 산에서 내려온 것을 봤어. 그래 인자 소똥이 많은데 발바닥이 말끔해 빠짝 말랐어.

(청중 : 걸어간 것도 아냐, 그래 걸어가지도 못 해.)

그래 그 뒤에 항시 코가 발그라(붉어). 코가 발그라니까, 대평댁이가 일 년 지나서 인자,

"자는 왜 코남방(코끝)이 왜 이리 빨그라?" 그러닝께로(그러니까),

"소가 홀타서(핥아서) 안 그렇냐." 그러드라고.


# 시어머니를 죽인 며느리

자료코드 : 04_18_MPN_20090721_PKS_HGS_0001
조사장소 : 경상남도 함양군 백전면 평정리 평촌마을 마을회관
조사일시 : 2009.7.21
조 사 자 : 황경숙, 조민정
제 보 자 : 한금순, 여, 87세

**구연상황** : 조사자가 이야기를 청하자, 처음에는 거절하였다. 이후 조사가 진행되자 예전에 들은 이야기라며 자발적으로 이야기하였다.

**줄 거 리** : 어느 집에 큰며느리와 작은며느리가 있었다. 큰며느리가 딸을 낳은 뒤 죽게되자, 그 아이를 작은며느리가 키웠다. 그러던 중 작은며느리는 재산이 탐나시어머니에게 읍내에 있는 집을 팔자고 청하였으나, 시어머니가 그 청을 거절하였다. 화가 난 작은며느리는 시어머니를 죽인 후 그 죄로 징역을 살게 되었다. 이후 사람들이 큰아들에게 자신의 어머니를 죽인 처와 함께 살겠느냐고 묻자, 큰아들은 함께 살겠다고 하였다.

옛날에, 옛날이 아니고. 함 보자 그때 한 30년 됐는가 몰라. 근데 말하자면 며느리가 둘이, 큰며느리 작은며느리. 큰며느리는 촌에서 농사 많이짓고, 소 많이 멕이고(먹이고) 농사를 짓고 살고, 작은며느리는 공부를 많이 시켰으니깐, 직장을 댕기고 그랬는데.

시내, 인자 진주 시내 집이 있고, 큰 사람은 촌에 집이 있고 딸을 하나놓고 죽었어. 시내 사는 사람이, 죽었는데, 작은 걸로 할머니가 있고 큰어머니 큰아버지가 있으니까, 인자 저거 아버지하고 거시 저기 딸 하나하고는, 저거 할매한테로 올 꺼 아니라? 온께네(오니까), 큰며느리가 한다는 말이, 하루아침에 그 아를 핵교(학교)를 보내야 되는데, 자꾸 일을 시키더라.

"저 소 아무데나 줘라. 아무데나 줘라 뭐 갖다 줘라."

그래 시키는께로, 할매는 그게 안 좋은 기라. 지각 시킬까 싶어서 안좋아서 그란께노. 그라고 하루하루 넘기고 사는데, 한 번은 며느리가 앉아서,

"아이고! 읍에 집을 팔아야겠다." 그라더라. 읍에 집을.

"그걸 와 팔아, 아버님 앞으로 놔둬라. 그래 애비가 있고 오마이(어머니)가 있고 앞으로 지가 지닌다." 하께네, 고마 시어머니 때리 직일라고(죽일라고) 한 기지. 시아마니를 고마 저 매로 때려도 안 죽은께, 담요를 씌워놓고 고마 망치로 갖다 때렸어, 망치로 갖다가 때렸어. 사월 초파일

무렵이었어. 그래서 그래 직인께로, 고마 저거 무신 힘이 있어. 나 많은 사람이 죽어 버렸어. 죽었는데 제를 채워 버렸어, 영장을 며느리가.

치우다가 가만히 생각해 본께, 이래선 안 되겠다고 하고 싶으더랴. 그래 인자 말하자면 친정에다 죽은 사람을, 친정에다가 기부한 기라 기부를 했어.

그래 그래 오라고 해서 왔더래. 와서, 참 오라바이가 와서, 오라바이가 와서,

"이래선 안 된다. 결국 거기서 알긴데, 갖다, 갖다 파묻어 놓고, 파고 어짜고 안 해야 된다." 그래, 그래고 안 했더랴. 그 사람은 쇠고랑 찬 기지. 그 길로 쇠고랑 차고. 그래 인자 초상을 치고, 그 사람은 몇 년 살았을 기라. 몇 년을 살았을 기라.

그런데 그러구로 인자 모두 이리 노인들이 앉아 노는데, 봄에 사월 초파일인데, 모두 노인들이 앉아 있는데,

"오늘 공판 한다더라. 우리 오늘 가보자." 이래 된 기라. 간께네로 안 나왔더래 여자가. 안 나왔더래. 첫 공판에 안 나왔더래.

"이래 형을 잘 받고 나오면, 데꼬(데리고) 살래?" 한께네로(하니까),

"데꼬 산다." 카더랴.

(청중 : 큰아들이?)

큰아들이 그랬지. 그래도 데꼬 산다 카대. 큰아들이 그랬지. 그래 갖고 데꼬 산다 카더랴. 우리 모두 거짓말이라 했거든, 근데 참말이래.


# 자신을 키워준 고모의 눈을 치료한 조카

자료코드 : 04_18_MPN_20090721_PKS_HGS_0002
조사장소 : 경상남도 함양군 백전면 평정리 평촌마을 마을회관
조사일시 : 2009.7.21

조 사 자 : 황경숙, 조민정
제 보 자 : 한금순, 여, 87세
구연상황 : 제보자가 앞의 이야기를 한 후, 연이어 이야기했다.
줄 거 리 : 어느 사람이 결혼하여 시집에 살면서 자신의 조카를 키웠다. 자신의 딸보다
조카를 더 귀하게 여겨 키웠다. 조카는 고모의 보살핌으로 잘 자랐다. 이후
그 조카는 결혼한 뒤에도 자신을 키워준 고모의 은혜에 보답하기 위해 적금
을 들어 고모의 눈을 고쳐주었는데, 고모는 그런 조카를 늘 자랑스러워했다.

올키 하나 시누 하난데. 시누는 여서 시집을 살고, 올키는 여 와 가지
고 머이마(남자아이)를 낳았는데, 그래 죽었는데. 그래 인자 조카를 나 놓
고 죽었어. 머시마를 놓고 죽었어. 올키가 조카 데려다가 키왔어.

시어른이 있는데, 데려다 키운께. 그 조카 그걸 키울라고 저거 딸은 앞
에서 ○○○○ 그 조카는 밑에 가시나 믹일라고 할라고 밑에 ○○○ 그
래 시엄마가 안 된다 하더라. 자기 손자 좋은 거 안 먹인다고, 그것만 먹
인다고.

그래도 눈치를 보고서도 그 아를 꼭 키웠어. 그 아를 키워 갖고, 아들
이 장손 그거를 그래도. 시어머니는 죽고, 그 아는 지가 키웠어. 공부를
시켰는데, 공부를 그래 잘하더라. 아가, 그 조카가. 그 조카가 안 죽었다
하더라. 고모, 고모가 안 죽었다 캐, 같이 키워 가지고. 그래 유사를 시키
고 직업을 내가 살렸는데, 그래 공부를 참 잘하더라. 어데 시험 치가 시험
붙어 가지고 어데 관공서 생활을 해가 잘 했어.

그래, 그래. 거기 장개를 살고 하면서도, 저거 마누라 몰래 적금을 했
어. 저거 고모 때미래(때문에), 고모 때미래 적금을 해 가지고, 고모가 고
마 눈이 어두워. 눈이 어두운께로, 그 적금을 찾아서 고모 눈을 해줬어,
조카가. 그니깐, 고모가 그리 눈을 떠놓은니 어떻게 좋은지, 만날(매일) 앉
으면,

"우리 조카나 날 눈뜨게 해줬다." 그래 좋다 해 샀더래. 그러고 죽었어,
고모가.

# 못 갈 장가 노래 (1)

자료코드 : 04_18_FOS_20090721_PKS_KKI_0001
조사장소 : 경상남도 함양군 백전면 오천리 양천마을 정자나무
조사일시 : 2009.7.21
조 사 자 : 황경숙, 김국희, 문세미나, 조민정
제 보 자 : 김계임, 여, 73세
구연상황 : 조사자가 사설 내용을 설명하고 사설의 일부를 가창하며 운을 띄우자 제보자
가 잘 알고 있는 노래이나, 부른 지 오래되었을 뿐만 아니라 노래가 너무 길
어서 다 할 수 있을지 모르겠다며 이야기하듯 들려주었다. 제보자가 중풍으로
말하기도 힘든 상태여서 대부분은 설명으로 대신하였다. 청중이 노랫말을 듣
고 잘 한다며 가락에 얹어 불러 줄 것을 청했으나, 건강이 좋지 않아 노래하
기 힘들다며 거절했다.

장개(장개)를 못 가서, 장개(장가)를 못 가서, 스물 아홉에도 궁합을 본
께(보니까),

앞집에 가서 궁합을 보고 뒷집에 가서 책력 보고
책력을 보고 못 갈 장가 궁합에도 못 갈 장가
내가 씌워(억지를 부려) 가는 장개 오는 내가 말이 없어

그래 장개길을 챙겨 집을 나선게, 모리(모퉁이) 모리 돌아강께(가니까),
나쁜 게 ○○○ 하더래. 까마귀가 있고, 마 재담이 많제(많지).
아버지를 앞세우고, 하인을 뒤 세우고, 마 각시가 죽어 버렸어. 그래서
앞집 가서 궁합 보고 뒷집에 가서도 책력 봐도 못 갈 장가더랴. 그래 억
지로 장가를 간께, 장가 집을.

(청중 : 노래로 불러줘라.)

그래 내가 정신 기운이 없어. 신랑이 장가 집을 이야기한 대로 막 챙겨 가니깐 죽어삐맀어.

> 한손으로 기린(그린) 편지 두 손으로 바라보니
> 뒤에 오신 아버님도 오던 질로 돌아서고
> 서방님도 오던 질로 돌아서고

각시가 그래도 편지를 했데, 그래서 죽어서. 그래도 이까지 오는 길에 신부 구경이나 하고 간다니깐. 동굴(동구) 밖에 가니깐 곡소리가 진동하더래. 그 다음에 죽어삐릿어.

(조사자 : 참 슬프다. 그지예?)

슬퍼. 곡소리가 진동하고 뒷대문을 열어본께, [바람 소리로 사설을 채록할 수 없음] 열다섯 대문이 다 있어. 근데 내가 다 할 줄을 모르제.

(조사자 : 기억이 안 나십니까?)

그래, 있제. 어떤 거 할 줄을 모르제. 그래 신랑이 신부 구경을 하러 방에 들어간께, 그리 재담은 대문마다 다 열고 방으로 들어감께,

> 원앙침 짝베개는 머리 위에다 놔두고
> 꽃을 베고 가고 없네

신랑이 그리 재담을 해.

> 둘이 덮자 해 놓은 거 혼자 덮고 가고 없네

그리고 머라 카더라? 어떤 거 할 줄을 인자 몰라. 신랑이 장가간 신랑이 장인 장모를 들어오라고 하더래.

나 줄려고 떡 해 놓은 거 임뜻(뜻을 알 수 없음)이나 잘해 줄라고, 나 줄라고 술 해 놓은 것 스물두 명 상두꾼이나 잘해 주라고 그리고, 재담을 싹 다 하고, 머 그런 노래가 있어.

# 못 갈 장가 노래 (2)

**자료코드** : 04_18_FOS_20090721_PKS_KKI_0002
**조사장소** : 경상남도 함양군 백전면 오천리 양천마을 정자나무
**조사일시** : 2009.7.21
**조 사 자** : 황경숙, 김국희, 문세미나, 조민정
**제 보 자** : 김계임, 여, 73세
**구연상황** : 조사자가 다른 노래를 청하자 제보자가 처음에는 잘 모른다고 거절하였다. 이
후 조사자가 앞서 부른 못 갈 장가 노래의 가사가 일부 다시 생각났다며, 다
시 동일한 노래의 사설을 이야기하듯 읊조렸다. 가사나 곡조가 앞의 노래보다
원곡에 충실하게 구성되어 있다.

서른한 살 노총각이

앞집에 가서 궁합 보고 뒷집에 가서 책력 보고

책력에도 못 갈 장개(장가) 궁합에도 못 갈 장개

나 씌워서(억지를 부려) 가는 장개 어느 누구가 말릴소냐

울 아부지 앞세우고 하인 쪽은 뒷 세우고

한 모랭이 돌아강게 까만까치가 깨작깨작

두 모랭이 돌아강게 피래새떼 영청영청

세 모랭이 돌아강게 부고로세 부고로세

신부 죽은 부고로세

한 손으로 그린 편지 두 손으로 받아보고

뒤에 오신 아버님도 오던 길로 돌아서고

앞에 오는 서방님도 오던 질로 돌아서고

내가 씌워 오는 장개 신부 구경이나 하고 갈래

한 대문을 열어봉께 곡소리가

동군밖에(동구밖에) 들어성게 곡소리가 진동하네

한 대문을 열고 봉께 물들이는 물들이고

두 대문을 열고 봉께 줄댕이는 줄들이고

세 대문을 열고 봉께 영장문 닫는 소리로세

네 대문을 열고 봉께 장인 장모 썩 나섬서

다섯 대문 열고 봉께

내 딸 죽고 내 사우야 울고 갈 걸 뭣 하러 오노

들어가세 들어가세 신부 방으로 들어가세

신부 방에 들어가 봉께

원앙침 작대기는 무릎 위에 놓아 놓고

혼자 베고 가고 없고

태산 같은 한 이불은 발밑에다 나아놓고(놓아두고)

혼자 덮고 가고 없고

장모가 들어오소, 들어오소, 신랑 들어오라 카든가, 내 말 한 자리 들어 보라 카더라. 그것도 말이 참 좋아.

나 줄라고서 떡 해 놓은 거 빈터시나(뜻을 알 수 없음) 잘 지내노소

나 줄라고 술 해 놓은 거 상두꾼이나 잘 갈라주소

그라면서 신랑이,

나는 가요 나는 가요 오던 질로 나는 가요

그라면서 왔삐맀던(와버렸던) 기래.

# 삼 삼기 노래 (1)

자료코드 : 04_18_FOS_20090721_PKS_KKI_0003

조사장소 : 경상남도 함양군 백전면 오천리 양천마을 정자나무

조사일시 : 2009.7.21

조 사 자 : 황경숙, 김국희, 문세미나, 조민정
제 보 자 : 김계임, 여, 73세
구연상황 : 조사자가 가사를 조금 띄워서 노래를 부탁했더니, 노래 가사가 잘 기억이 나
지 않는다며 이야기하듯이 해 주었다. 중간중간 노랫말에 대한 설명을 간략히
하였다.

방 씰어서 마리(마루) 주고 마루 씰어 뜰방 뜰방

뜰방 씰어서 마당 주고 마당에다가 모아 놓고

물 한 그릇 떠 놓고 인제 머리를 깎는 기라. 물을 한 그릇 떠 놓고,

아버지도 여 앉지소(앉으소) 어머니도 여 앉지소

동상들도 여 앉아라 해서, 머리를 깎는 기라.

삼단 같은 요 내 머리 내 손으로 깎아 갖고

(청중 : 절로 갈라고?)
절로 갈라고, 그렇게 깨끗이 싹 씰어서 모다 놓고 그런다 하데.


# 삼 삼기 노래 (2)

자료코드 : 04_18_FOS_20090721_PKS_KKI_0004
조사장소 : 경상남도 함양군 백전면 오천리 양천마을 정자나무
조사일시 : 2009.7.21
조 사 자 : 황경숙, 김국희, 문세미나, 조민정
제 보 자 : 김계임, 여, 73세
구연상황 : 제보자는 앞에 불렀던 동일 노래가 마음에 들지 않는다며, 잠시 노랫말을 생
각할 시간을 달라 하였다. 혼잣말로 가사를 몇 번 되새긴 후 보다 풍성해진
가사를 가락에 얹어 노래했다.

중내나네~ 방안에~ 중내나네

아부지요~ 그말 마소~

산간 초목 집 질 때에 중대목을~ 안 대릿쏘(데려왔소)

방 씰어서(방을 쓸어서)~ 마리 주고(마루에 주고)~ 마리 씰어 떠

렁(뜨락) 주고~

떠렁 씰어 마당 주고 마당 씰어 모아 갖고~

동굴동굴(둥근) 동굴상에~ 물 한 그릇 떠여 놓고~

아부지도 여 앉지소~ 어머니도 여 앉지소~

동상 너도 여 앉거라~

그것도 벌벌 떨린데, 어디 가서 그래야?

삼단 같은 요 내 머리~ 내 손으로 깎아 갖고~

바랑 짐을 짊어지고~ 열두 모리~ 돌아가서

절 찾아서~ 나는 가요~

그거는 끝이구만, 짤라서(짧아서).

## 논 매기 노래

자료코드 : 04_18_FOS_20090721_PKS_KYS_0001
조사장소 : 경상남도 함양군 백전면 양백리 서백마을 마을회관
조사일시 : 2009.7.21
조 사 자 : 황경숙, 김국희, 문세미나
제 보 자 : 김연숙, 여, 73세
구연상황 : 모심기 노래를 부르고 난 뒤에, 논 매기 노래도 있다면서 불러 주었다. 제보
자가 노래 중간에 가사가 정확히 생각나지 않아 망설이자 옆에 있던 청중이
함께 불렀다.

떠어허~ 뜸양 내품에~ 들어라~

얼씨구~

가이 별것이~ 없걸랑~ 내품에 들어라~


# 화투 타령

자료코드 : 04_18_FOS_20090721_PKS_KYS_0002
조사장소 : 경상남도 함양군 백전면 양백리 서백마을 마을회관
조사일시 : 2009.7.21
조 사 자 : 황경숙, 김국희, 문세미나
제 보 자 : 김연숙, 여, 73세
구연상황 : 조사자가 화투 타령 가사를 조금 이야기하자, 제보자가 자신이 아는 노래라면
서 가사를 몇 번 읊조리다가 손으로 장단을 맞추며 완벽하게 노래를 불러 주
었다.

정월 솔가지 속속한 마음~

이월 매조에 맺어 놓고~

삼월 사꾸라 산란한 마음~

사월 흑사리 허송 하네~

오월 난초 나비가 앉아~

유월 목단에 꽃이 피네~

칠월 홍돼지 홀로 누워~

팔월 공산만 쳐다보네~

구월 국화 구졌던(굳었던) 마음~

시월 단풍에 뚝 떨어졌네~

# 사발가

자료코드 : 04_18_FOS_20090721_PKS_KYS_0003
조사장소 : 경상남도 함양군 백전면 양백리 서백마을 마을회관
조사일시 : 2009.7.21
조 사 자 : 황경숙, 김국희, 문세미나
제 보 자 : 김연숙, 여, 73세
구연상황 : 제보자가 자신이 없는 노래라며 부르기를 꺼려하다가, 조사자가 아는 데까지
만 불러도 괜찮다고 하자 노래를 불렀다.

석탄 백탄은~ 타-는데~
요네 가슴은~ 다 타도록~


# 사위 노래

자료코드 : 04_18_FOS_20090721_PKS_KYS_0004
조사장소 : 경상남도 함양군 백전면 양백리 서백마을 마을회관
조사일시 : 2009.7.21
조 사 자 : 황경숙, 김국희, 문세미나
제 보 자 : 김연숙, 여, 73세
구연상황 : 조사자가 사위에게 불러 주는 노래가 있었냐고 묻자, 제보자가 한 곡조 뽑아
보겠다면서 노래를 시작했다.

찹쌀 백미~ 삼백 석에~ 백록 같이도 가련 사우(사위)
은행나무 구실(구슬)이 맺혀~ 구실 같은~ 내 사우야
은 접시에 술을 부어~ 이 술일랑 자네가 먹고~
내 딸 많이만 섬겨 주게

# 치마 타령

자료코드 : 04_18_FOS_20090721_PKS_KYS_0005
조사장소 : 경상남도 함양군 백전면 양백리 서백마을 마을회관
조사일시 : 2009.7.21
조 사 자 : 황경숙, 김국희, 문세미나
제 보 자 : 김연숙, 여, 73세
구연상황 : 조사자가 다른 노래를 청하자, 제보자가 치마를 입고 부르는 노래가 있다면서
일어서서 적극적으로 춤을 추면서 치마 타령을 불렀다. 제보자가 춤을 추며
노래를 부르자, 옆에 있던 청중들이 즐거워하며 손뼉을 쳤다.

요 치매(치마)가 요리 비이도(보여도)~ 나랏님한테는 충성 치매

요 치매가 요래 비이도~ 부모님한테는~ 소자(효자) 치매

요 치매가 요래 비이도~ 남편한테는~ 열녀 치매

요 치매가 요래 비이도~ 자석한테는~ 베풀 치매

요 치매가 요래 비이도~ 이웃간에는~ 인정 치매

요 치매가 요래 비이도~ 방에 가면~ 걸을 치매

정지에 나오면~ 조리 치매

요 치매가 요래 비이도~ 친정에 가면~ 나래 치매


# 그네 노래 / 노랫가락

자료코드 : 04_18_FOS_20090721_PKS_KYS_0006
조사장소 : 경상남도 함양군 백전면 양백리 서백마을 마을회관
조사일시 : 2009.7.21
조 사 자 : 황경숙, 김국희, 문세미나
제 보 자 : 김연숙, 여, 73세
구연상황 : 조사자가 가사를 조금 띄워서 노래를 부탁 했더니, 제보자가 잠시 생각을 한
뒤, 가사가 기억이 난다면서 노래를 불러 주었다. 제보자가 노래를 마치려 하
자, 옆에 있던 청중이 두 번을 해야 한다 하여 제보자가 한 구절을 더 불렀다.

수천당 세모시 낭구(나무) 늘어진 가지다~ 군대(그네)를 매고~
임이 뛰면~ 내가나 밀고~ 내가나 뛰면~ 임이 밀고~
임아 임아~ 줄 살살 밀어~ 줄 떨어지면~ 정 떨어진다
떨이질망정~ 정이 하나만~ 안 떨어지면 된~다


## 모심기 노래

자료코드 : 04_18_FOS_20090721_PKS_KYS_0007
조사장소 : 경상남도 함양군 백전면 양백리 서백마을 마을회관
조사일시 : 2009.7.21
조 사 자 : 황경숙, 김국희, 문세미나
제 보 자 : 김연숙, 여, 73세
구연상황 : 조사자가 이 마을에도 모심기 노래가 있냐고 묻자, 제보자가 당연히 있었다
하며 다음 노래를 불러 주었다.

서울~이라~ 왕-대밭에~ 금-비-둘기(같이)~ 알을~낳네
안아~보고~ 지어 보고~ 놓-고 가는~ 저 선보(선비)야

좋구나! 잘 한다!


## 모찌기 노래

자료코드 : 04_18_FOS_20090721_PKS_KYS_0008
조사장소 : 경상남도 함양군 백전면 양백리 서백마을 마을회관
조사일시 : 2009.7.21
조 사 자 : 황경숙, 김국희, 문세미나
제 보 자 : 김연숙, 여, 73세
구연상황 : 제보자가 앞에서 모심기 노래를 한 다음, 잠시 생각한 후 다시 모심기 노래를
했다.

한–강~에~다~ 모–를 부~어~ 모 쩌내~기 난–감하네~

이건 일번이고, 이번은,

백–산~에~다~ 상추를 부~어~ 상추 속–기~ 난–감하네~


# 청춘가

자료코드 : 04_18_FOS_20090721_PKS_NIS_0001
조사장소 : 경상남도 함양군 백전면 오천리 양천마을 정자나무
조사일시 : 2009.7.21
조 사 자 : 황경숙, 김국희, 문세미나
제 보 자 : 노인순, 여, 75세
구연상황 : 조사자가 어릴 때 일하거나 놀면서 불렀던 노래에 대해서 묻자, 제보자가 기
억이 잘 안 난다고 하여 조사자가 운을 띄워 주었더니 부르기 시작했다.

꽃 좋다 탐내지 마라~ 모진 손으로 꺾지를 마라~
그 꽃을 꺾어나 보면~ 꽃이 아니라 원수로다~


# 그네 노래 / 노랫가락

자료코드 : 04_18_FOS_20090721_PKS_MSS_0001
조사장소 : 경상남도 함양군 백전면 평정리 평촌마을 마을회관
조사일시 : 2009.7.21
조 사 자 : 황경숙, 조민정
제 보 자 : 문삼순, 여, 81세
구연상황 : 조사자가 먼저 운을 띄워 노래를 청했다. 제보자가 노랫말을 먼저 읊조렸는
데, 노랫말이 잘 생각나지 않아 노래가 중단되자 옆에 있던 청중들이 제각기
생각나는 노랫말을 알려 주었다. 다른 청중들의 도움을 받아 노랫말이 온전
히 생각나자 다시 하겠다며 노랫말만 알려 주었다. 노래의 마지막 구절인

‘줄 밀지 마라 줄 떨어지면 정 떨어진다’는 구절은 이후에 추가하여 알려 주었다.

수천당 세모시 남게 늘어진 가지다 군대를 매어
임이 뛰면 내가 밀고 내가 뛰면 임이 밀고
임아 임아 줄 밀지 마라 줄 떨어지면 정 떨어진다.


# 모심기 노래 (1)

자료코드 : 04_18_FOS_20090721_PKS_MSS_0002
조사장소 : 경상남도 함양군 백전면 평정리 평촌마을 마을회관
조사일시 : 2009.7.21
조 사 자 : 황경숙, 조민정
제 보 자 : 문삼순, 여, 81세
구연상황 : 조사자가 모심기 노래의 운을 떠우며 청하자, 잘 될지 모르겠다며 망설이다 노래했다. 제보자는 피곤하다며 누워서 노래했다.

서 마~지기~ 논배~미는~ 반~달만침~ 넘 남~았네~

다했어.

이 논~에다~ 모를~ 숨어~ 감실~감실~ 영화~로세

노래가 됐는가 안 됐는가 모르겄다.


# 모심기 노래 (2)

자료코드 : 04_18_FOS_20090721_PKS_MSS_0003
조사장소 : 경상남도 함양군 백전면 평정리 평촌마을 마을회관
조사일시 : 2009.7.21

조 사 자 : 황경숙, 조민정
제 보 자 : 문삼순, 여, 81세
구연상황 : 제보자가 앞의 노래를 마친 뒤 청중들의 요청으로 연이어 노래했다. 제보자는
　　　　　 누워서 노래했다.

　　　물꼬는 철철~ 흘리 놓고 첩의 방에~ 놀러~ 갔네~

　　　첩이란~ 게~ 무엇이간데 밤에~ 가고~ 낮에도 가노~

　　다 했어.


# 모심기 노래 (3)

자료코드 : 04_18_FOS_20090721_PKS_MSS_0004
조사장소 : 경상남도 함양군 백전면 평정리 평촌마을 마을회관
조사일시 : 2009.7.21
조 사 자 : 황경숙, 조민정
제 보 자 : 문삼순, 여, 81세
구연상황 : 제보자가 앞의 노래를 한 뒤, 옆에 있던 청중들이 잘한다며 띄워주자 연이어
　　　　　 노래했다. 제보자는 옆으로 길게 누워 노래하였는데, 기억이 잘 나지 않는다
　　　　　 며 중간에 노래를 멈추었다.

　　　뜸북~뜸북~ 뜬 수제비~ 사우상에~ 다 올랐네~


# 모심기 노래

자료코드 : 04_18_FOS_20090721_PKS_YGR_0001
조사장소 : 경상남도 함양군 백전면 양백리 서백마을 마을회관
조사일시 : 2009.7.21
조 사 자 : 황경숙, 김국희, 문세미나
제 보 자 : 양경림, 여, 80세

구연상황 : 조사자가 가사를 조금 꺼내면서 노래를 부탁했더니, 가사가 기억나지 않는다
면서 잠시 생각한 후에 다음 노래를 불러 주었다.

한 개 나~락~ 모를 부응께~ 참나락이~ 반치로-다~

올해 참 참나락이 많네, 참 맞아. 맞아, 그제 맞아? 올해 참나락이
많아.

금년에 돈~은~ 우둔대(뜻을 알 수 없음)는~ 줄~ 옆에~ 산을~
넘~어 나간다~


# 시집살이 노래

자료코드 : 04_18_FOS_20090721_PKS_YGR_0002
조사장소 : 경상남도 함양군 백전면 양백리 서백마을 마을회관
조사일시 : 2009.7.21
조 사 자 : 황경숙, 김국희, 문세미나
제 보 자 : 양경림, 여, 80세
구연상황 : 조사자가 다른 노래로 아는 것이 없느냐고 묻자, 바로 시집살이 노래를 청춘
가 가락에 얹어 불러 주었다. 노래를 마친 뒤, 노래는 술도 있고, 반주도 있
고, 흥이 있어야 제대로 나오는 것이라며 재담을 하자, 옆에 있던 청중들이
그렇다며 고개를 끄덕였다.

웬수 놈의~ 시집살이를~ 다 살고 나닝께~
검었던 머리가~ 좋다 파뿌리만 됐노라~

아이, 술 한잔 먹고, 반주가 있고 이래야 노래가 제대로 나오는 기지,
노래도 아무 데 가서도 나오는 거 아이라. 안 그려? 맞제?

# 노랫가락

자료코드 : 04_18_FOS_20090721_PKS_YGR_0003
조사장소 : 경상남도 함양군 백전면 양백리 서백마을 마을회관
조사일시 : 2009.7.21
조 사 자 : 황경숙, 김국희, 문세미나
제 보 자 : 양경림, 여, 80세
구연상황 : 제보자가 노랫가락을 알고 있는지 묻자, 조사자가 알고 있다며 자신감 넘치게
　　　　　불러 주었다.

노자 좋다 젊어서 놀아~ 늙고 병들면 못 노나니

아무렴 십일월이요~ 달도 차면 그만이다


# 시집살이 노래

자료코드 : 04_18_FOS_20090721_PKS_OGS_0001
조사장소 : 경삼남도 함양군 백전면 평정리 평촌마을 마을회관
조사일시 : 2009.7.21
조 사 자 : 황경숙, 조민정
제 보 자 : 오금순, 여, 78세
구연상황 : 조사자가 운을 띄워 주자 제보자는 시집살이 노래를 알고 있다고 하였다. 가
　　　　　락은 모르겠다며 가사만 읊어 주었다.

성아 성아 시집살이 어떻더노

뭐, 그것도 할라니까 안 나오네.

(조사자 : 고초 당초 맵다더니.)

시집살이야 좋더라만은

쪼고만한 도래상에 수저 놓기도 어렵더라

중우 벗은 시아재비 말하기도 어렵더라

뭐 그렇게 하는 기라. 다 잊어 먹었어. 우리 클 적에는 다 그런 것 했지.


# 모심기 노래

자료코드 : 04_18_FOS_20090721_PKS_OGS_0002
조사장소 : 경상남도 함양군 백전면 평정리 평촌마을 마을회관
조사일시 : 2009.7.21
조 사 자 : 황경숙, 조민정
제 보 자 : 오금순, 여, 78세
구연상황 : 조사자가 운을 띄워 주자 제보자는 노랫말만 읊조렸다. 가락에 얹어 불러 줄 것을 청하자 노래 부른 지 오래되어 가락이 기억나지 않는다고 했다.

다풀 다풀 다박머리 해 다 진데 니 어데 가노
울 어머니 산소등에 젖 묵으로 나는 가요

그래하지


# 그네 노래 / 노랫가락

자료코드 : 04_18_FOS_20090721_PKS_JSJ_0001
조사장소 : 경상남도 함양군 백전면 오천리 양천마을 정자나무
조사일시 : 2009.7.21
조 사 자 : 황경숙, 김국희, 문세미나, 조민정
제 보 자 : 정숙조, 여, 70세
구연상황 : 조사자가 어릴 때 일하거나 놀면서 불렀던 노래에 대해서 묻자, 제보자가 기억이 잘 안 난다고 했다. 조사자가 그네 뛰기 노래의 첫 운을 띄워 주었더니 이내 기억하고 부르기 시작했다. 옆에 있던 청중들이 제보자와 함께 노래했다.

수천당 세모시 낭게~ 늘어진 가지는~ 군대를 매어

임이 뛰면~ 내가나 밀고~ 내가 뛰면은~ 임이 밀어

임아 임아 줄 살살 밀어라~ 줄 떨어지면은~ 정 떨어진다

## 시집살이 노래

자료코드 : 04_18_FOS_20090721_PKS_JSJ_0002
조사장소 : 경상남도 함양군 백전면 오천리 양천마을 정자나무
조사일시 : 2009.7.21
조 사 자 : 황경숙, 김국희, 문세미나, 조민정
제 보 자 : 정숙조, 여, 70세
구연상황 : 그네 노래를 부른 후에, 연이어 노래했다. 청중들이 잘한다며 추임새를 넣었다.

성아 성아~ 사촌 성아~ 시접살이 어떻더노~

시접살이~ 좋더라마는~ 동글동글 식기 대접~

시아저씨 밥 담기가 어렵도다~

## 모심기 노래 (1)

자료코드 : 04_18_FOS_20090721_PKS_JSJ_0003
조사장소 : 경상남도 함양군 백전면 오천리 양천마을 정자나무
조사일시 : 2009.7.21
조 사 자 : 황경숙, 김국희, 문세미나, 조민정
제 보 자 : 정숙조, 여, 70세
구연상황 : 조사자가 일할 때 불렀던 노래를 부탁하자, 제보자가 손뼉을 치며 불러 주었다.

모야 모야~ 노랑 모야~ 너 언제 커서~ 큰소리할래~

맹년 삼월이면~ 큰소리한다

# 모심기 노래 (2)

자료코드 : 04_18_FOS_20090721_PKS_JSJ_0004
조사장소 : 경상남도 함양군 백전면 오천리 양천마을 정자나무
조사일시 : 2009.7.21
조 사 자 : 황경숙, 김국희, 문세미나, 조민정
제 보 자 : 정숙조, 여, 70세
구연상황 : 제보자가 앞에서 모심기 노래를 한 후, 생각이 계속 났는지 조사자가 다른 노래를 청했음에도 불구하고 모심기 노래를 연달아 불러 주었다.

  서 마지기 논뻬미는~ 반달만치~ 남았누나
  지가 무슨 반달이냐~ 초승달이~ 반달이지


# 모심기 노래 (3)

자료코드 : 04_18_FOS_20090721_PKS_JSJ_0005
조사장소 : 경상남도 함양군 백전면 오천리 양천마을 정자나무
조사일시 : 2009.7.21
조 사 자 : 황경숙, 김국희, 문세미나, 조민정
제 보 자 : 정숙조, 여, 70세
구연상황 : 제보자가 앞에서 모심기 노래를 연이어 불러 조사자가 계속 다른 사설의 모심기 노래를 부탁하자 기억이 안 난다고 하였다. 조사자들이 중간중간에 운을 띄워 주자 노래를 불렀다.

  다풀 다풀~ 타박머리~ 해 다 진데~ 너 오데 가노 ~
  울 어머니~ 산소나등에~ 젖 먹으로~ 내 갈라네~


# 남녀 연정요

자료코드 : 04_18_FOS_20090721_PKS_JSJ_0006

조사장소 : 경상남도 함양군 백전면 오천리 양천마을 정자나무
조사일시 : 2009.7.21
조 사 자 : 황경숙, 김국희, 문세미나, 조민정
제 보 자 : 정숙조, 여, 70세
구연상황 : 조사자가 어릴 때 일하거나 놀면서 불렀던 노래에 대해서 묻자, 제보자가 기
억이 잘 안 난다 하였다. 조사자가 운을 띄워 주었더니 노래가 생각난다며 부
르기 시작했다.

저 건네라~ 남산 밑에~ 나무 베는~ 남도령아

오만나무 다 베더래도~ 오죽설대랑 베지 마라

낚는다면~ 열녀로세~ 못 낚는다면은~ 상사로세

상사 열매~ 꼴을 베어~ 꽃볼이 도령만 살아보세


# 양산도

자료코드 : 04_18_FOS_20090721_PKS_JSJ_0007
조사장소 : 경상남도 함양군 백전면 오천리 양천마을 정자나무
조사일시 : 2009.7.21
조 사 자 : 황경숙, 김국희, 문세미나, 조민정
제 보 자 : 정숙조, 여, 70세
구연상황 : 조사자가 어릴 때 일하거나 놀면서 불렀던 노래에 대해서 묻자, 제보자가 기
억이 잘 안 난다고 하자 조사자가 이 노래의 운을 띄워 주었더니 부르기 시
작했다. 제보자가 노래하기 시작하자 청중들이 함께 노래했다.

함양 산청 물레방아~ 물을 안고~ 돌고~

우리 집에~ 우런님은~ 나를 안고 돈다~

아이야~ 둥게둥여라~ 아니나 못 놓겠네~

정기를 하여도~ 아니나 못 놓겠네~

에헤~이-요~

함양 산청~ 물레방아~ 물을 안고~ 돌고~

우리 집에~ 울언님은~ 나를 안고~ 돈다~

돈다 돈다 다 못 놓겠네~

연기를 하여도~ 나는 못 놀이로나


## 사발가

자료코드 : 04_18_FOS_20090721_PKS_JSJ_0008
조사장소 : 경상남도 함양군 백전면 오천리 양천마을 정자나무
조사일시 : 2009.7.21
조 사 자 : 황경숙, 김국희, 문세미나, 조민정
제 보 자 : 정숙조, 여, 70세
구연상황 : 조사자가 다른 노래를 불러줄 것을 청하자. 제보자가 요즘은 노래를 부르지
        않아 기억이 잘 안 난다고 했다. 조사자가 이 노래의 사설을 띄워 주니 제보
        자가 그 노래를 알고 있다며 다시 노래를 부르기 시작했다.

석탄 백탄 타는 데는~ 연기(김)도 안 나는데~

요 내 가슴이 다 타여도~ 한품에 든 님도 몰라 준다~

에헤요 데헤요 에헤-요~

어이라~ 난다~ 지화자가 좋-다

내가 내 간장 스리슬슬~ 다 녹인다


## 모심기 노래 (1)

자료코드 : 04_18_FOS_20090723_PKS_CGN_0001
조사장소 : 경상남도 함양군 병곡면 구산마을 마을회관 앞
조사일시 : 2009.7.23
조 사 자 : 황경숙, 조민정

제 보 자 : 최계남, 여, 66세

구연상황 : 제보자가 일을 마치고 조사장소 근처에 오니, 옆에 있던 청중들이 노래를 잘
한다며 조사자에게 소개했다. 술 한 잔을 권하며 일할 때 부르던 노래를 청하
자, 모심기 노래를 하겠다고 했다. 첫 어절은 가사만 알려 준 뒤 두 번째 어
절부터 노래하였다.

서 마지기 논빼미~가~ 반달만-큼~ 넘-남~았-네~

제-가~ 무~슨~ 반-달~이~냐~ 초-승달~이~ 반-달~이~
제~

초승-달~만 반-달~이~ 냐~


# 모심기 노래 (2)

자료코드 : 04_18_FOS_20090723_PKS_CGN_0002

조사장소 : 경상남도 함양군 병곡면 구산마을 마을회관 앞

조사일시 : 2009.7.23

조 사 자 : 황경숙, 조민정

제 보 자 : 최계남, 여, 66세

구연상황 : 제보자가 앞에서 모심기 노래를 한 뒤, 근래에는 노래를 부른 적이 없어 가사
를 잘 모르겠다며 잠시 생각을 한 뒤, 다시 노래했다. 옆에 있던 청중들이
"잘한다"며 추임새를 넣고 흥겨워했다.

논~배미~가 반달~만큼~ 넘 남았~네~

제가 무슨~ 반달이~냐 초승달이~ 반달이~제~

초승달만~ 반달이냐~ 그믐달~이~ 반달이~냐~

물꼬 철~철~ 물 냄기 놓~고~ 주인 양~반~ 어데를 갔소~

낮으로~는~ 놀러를 가~고~ 밤으로는~ 잠자로 가네~


(청중 : 첩의 방으로 간다, 그래야지.)

# 그네 노래 / 노랫가락

자료코드 : 04_18_FOS_20090723_PKS_CGN_0003
조사장소 : 경상남도 함양군 병곡면 구산마을 마을회관 앞
조사일시 : 2009.7.23
조 사 자 : 황경숙, 조민정
제 보 자 : 최계남, 여, 66세
구연상황 : 제보자가 모심기 노래를 한 뒤, 조사자가 다른 노래를 청하자 바로 노래했다.
제보자가 첫 음보를 가창할 때, 고개를 돌려 소리가 잘 들리지 않았다. 녹음
을 위해 다시 노래해 줄 것을 청했으나, 제보자가 청을 거절하고 계속하여 노
래했다.

수천당 세모시 낭게~ 늘어진 가지에~ 군대를 매어~

임이 뛰면~ 내가나 밀고~ 내가~ 뛰면 임이나 밀어~

임아 임아~ 줄 살살~ 밀어~ 줄 떨어지면~ 정 떨어진다~


# 화투 타령

자료코드 : 04_18_FOS_20090721_PKS_HYS_0001
조사장소 : 경상남도 함양군 백전면 평정리 평촌마을 마을회관
조사일시 : 2009.7.21
조 사 자 : 황경숙, 조민정
제 보 자 : 하영순, 여, 76세
구연상황 : 조사자가 운을 띄워 청하자 제보자가 기억이 난다며 노랫말을 알려 주었다.
가락을 얹어 불러 줄 것을 청했으나 노래에 소질이 없다며 거절하였다.

정월 솔갱이 속속해야

이월 매조에 맺었구나

삼월 사쿠라 산란한 마음

사월 흑사리 던져 놓고

오월 난초 날아든 나비

유월 목단에 앉았구나
칠월 홍사리 홀로 누워
팔월 공산에 달도 밝다
구월 국화 굳었던 마음
시월 그 단풍에 떨어졌네

# 3. 병곡면

증편 한국구비문학대계 ● 경상남도 함양군

# ▌조사마을

## 경상남도 함양군 병곡면 광평리 마평마을

조사일시 : 2009.7.18
조 사 자 : 황경숙, 채정윤

이 마을을 마평마을이라 부르게 된 데에는 여러 설이 있다. 하나는 오래전 마평마을에 아무도 살지 않았을 때 장흥 마씨가 이곳으로 들어와 삶의 터전을 일구고 살기 시작하였다 하여 마을 이름을 마평이라 부르게 되었다는 설이고, 다른 하나는 이 마을의 지형이 늙은 말이 새끼에게 젖을 먹이는 형국 곧 노마유구(老馬乳口) 형국이라 하여 마평이라 부르게 되었다는 설이다. 이 마을의 지형에 대해서는 말이 새끼에게 젖을 먹이는 형국이라는 설과 더불어 목마른 송아지가 어미소의 젖을 찾는 형국이라는 설이 있다. 이는 이 마을 서쪽에 있는 구못골에서 비롯된 것이다.

예전에 이 마을 입구에는 자물통 바위가 있어, 그 바위가 마을을 지켜준다 여겼다 한다. 마을 동쪽에는 시루소가 있다. 시루소는 깊이를 알 수 없을 정도로 깊은 소인데, 지금은 행하지 않지만, 예전에는 가뭄이 들면 이곳에서 기우제를 지냈다고 한다. 마을 주민들은 시루소에 묘를 쓰면 운기가 좋지 않아 가뭄이 든다고 여겼다. 가뭄이 들면 시루소에 있는 묘를 파내었는데, 수년 전에 마을 주민들이 기우제를 지내기 위해 시루소에 있는 묘를 파내었다가, 묘 주인이 고발하여 주민들이 곤혹을 치렀다 한다. 그 후로 이 마을에서는 시루소에서 기우제를 행하지 않고 있다.

이 마을은 병곡면 소재 마을 중 가구 수가 가장 많은 마을로 현재 94가구의 200여 명이 살고 있다. 시대적 추세에 따라 젊은이들이 도시로 나가는 현상이 일반적인데 비해, 이 마을에는 외지인들이 많이 들어와 살고 있다.

마을 주민들은 주로 벼농사를 많이 하고 있는데, 벼농사 외에도 밤나무를 기르는 가구도 상당수 있다 한다.

조사자 일행은 다른 마을에 비해 가구 수도 많을 뿐만 아니라, 인근 마을 조사 과정에서 이 마을에 있는 자물통 바위나, 시루소 등과 관련한 이야기를 많이 들었기 때문으로 마을에 전하는 이야기가 많을 것으로 기대했다.

그런데, 조사 과정은 쉽지 않았다. 세 차례의 방문 끝에 비로소 마을 어른들을 마을 입구 정자나무 쉼터에서 뵐 수 있었다. 이 마을 조사는 강금용(남, 67세) 제보자를 만나면서 본격화되었다. 강금용은 이 마을 토박이로 서사민요를 막힘없이 가창할 뿐만 아니라, 이야기 구연에도 뛰어났다. 조사 당시 강금용은 건강이 좋지 않아 알고 있는 노래와 이야기를 충분히 구연하지 못해 아쉬웠다.

마평마을 전경

# 경상남도 함양군 병곡면 도천리 도천마을

조사일시 : 2009.7.23
조 사 자 : 황경숙, 채정윤, 문세미나, 조민정

　도천마을의 옛 이름은 우리말로 우루목, 한자어로 우항(牛項)이다. 이 마을을 우항마을이라 지칭한 연유는 마을의 지세가 소가 누워 있는 형국 곧 와우형(臥牛形)이기 때문이었다. 이후 마을 이름은 우동(牛洞)이라 지칭 했는데, 그 이유는 우항의 우리말인 우루목과 뜻이 상통했기 때문이다. 지금의 지명인 도천은 1914년 행정구역 개편 때 붙여진 이름이다.

　한편, 마을 주민들의 제보에 의하면, 이 마을의 지세가 행주형(行舟形) 으로 도사가 마을 주민의 꿈에 나타나 마을이 번창하기 위해서는 배를 띄 울 수 있도록 마을 입구를 막아야 한다고 하여 마을 앞에 소나무 숲을 조 성하였다 한다.

　이 마을은 조선 중종 때 진양 하씨가 진주 단목에서 이주해 지금까지 대대로 삶의 터전을 일구어 온 곳으로 진양 하씨 집성촌이다. 마을 가운 데에는 조선 영조시대에 창건된 진향 하씨 문충공(文忠公)의 별묘(別廟)인 진산부원군묘가 있으며, 그 후손들이 지금도 매년 제를 올리고 있다.

　마을 앞 하천변에는 소나무 숲이 우거져 있는데, 그 곳에는 위수 하 제구가 유영하던 하한정(夏寒亭)이 있다. 하한정은 명칭이 뜻하는 바, 여름에도 겨울과 같이 시원한 바람이 불어 여름철 휴양지로 널리 알려 져 있다.

　마을에는 현재 93가구에 184명의 주민이 거주하고 있다. 마을 주민들 대부분이 농사를 짓고 있으며, 주요 특산물로 벼·배·밤·잎 들깨·양파 등이 있다.

　도천마을을 조사 대상지로 선정한 연유는 병곡면의 다른 마을에 비해 상대적으로 주민 수가 많을 뿐만 아니라, 조사에 우호적이었기 때문이다.

조사는 두 차례 걸쳐 이루어졌다. 첫 번째 조사는 조사 당일 정오 무렵 마을 입구 도로변에 있는 정자에서 이루어졌다. 비교적 좋은 분위기 속에서 조사가 이루어졌지만, 당시 조사에 응한 마을 주민들의 제보는 다소 제한적이었다. 조사 도중 이 마을에서 민요를 잘 부르기로 소문난 신말숙(여, 71세) 제보자가 조사 당시 읍내로 외출한 상황임을 알게 되어, 이 제보자가 마을로 돌아오는 시간에 맞추어 두 번째 조사를 실시하였다.

이 마을에 전승되고 있는 이야기로는 마을의 지형 및 지명과 관련된 이야기, 민속신앙과 관련된 이야기, 그리고 여러 교훈적인 이야기가 있었다. 민요로는 노동요와 유희요가 주로 구연되었다. 유희요가 상대적으로 강한 전승력을 보이고 있었다. 민요 제보자 중 신말숙 제보자는 기억력과 가창력이 뛰어났는데 노동요와 유희요, 서사민요 등 다채롭게 가창하여 분위기를 흥겹게 했다.

도천마을 조사 현장

# 경상남도 함양군 병곡면 송평리 송평마을

조사일시 : 2009.7.10
조 사 자 : 황경숙, 김국희

이 마을은 병곡면 송편리 소재 마을이다. 원래 이 마을의 이름은 건대(件大)라 하였는데, 그 의미는 전하지 않는다. 이후 달리 큰 바다라는 의미로 '바대', 한자어로는 해평(海坪)으로 불렸는데, 1914년 행정구역이 개편됨에 따라 지금과 같이 송평(松坪)으로 개칭되었다.

현재 이 마을에는 88가구에 178명이 살고 있다. 특히 초등학생 수가 45명으로 많다 한다. 마을 주민들은 주로 농사를 짓고 있으며, 주요 작물로는 벼, 밤, 들깨 등이 있다. 마을 주민들은 대부분 불교 신자이며 마을 내의 대안사라는 절에 다닌다.

마을 서쪽과 북쪽에는 바위들이 많다. 서쪽에 남바웃돌과 멍덕바우가 있으며, 북쪽(마을에서는 뒷들이라 부른다)에는 상여처럼 생겼다 하여 이름 붙여진 생이바위가 있다. 바위의 명칭으로 보아 지명과 관련한 전설이 전할 법하지만 조사 당시에는 들을 수 없었다. 또한 북쪽에는 옛날 서당이 있었던 서당터가 있는데, 섭정지 나무와 섭정지 샘이 있다. 마을 동쪽에는 왕무덤골이라 불리는 골짜기가 있는데, 예전 그곳에 고려시대 고려장 풍속이 행해지던 고려장터가 있었다 한다. 그러나 고려장과 관련한 전설은 전하지 않고 있다.

마을 내에는 문화재로 지정된 송호서원이 있다. 송호서원은 조선 순조대에 창건된 곳으로 현재 이 서원에서는 이지활, 정도공, 이어, 송계, 이지번을 배향하고 있다. 이 서원은 고종대에 훼철되었다가 1937년에 중건되어 지금에 이르고 있다.

이 마을은 면소재지와 인접한 마을로 마을 주민 수가 동일 면의 다른 마을에 비해 상대적으로 많다. 조사를 위해 협조를 요청하자 마을 이장이 적극적으로 나서 주었다. 그런데, 여러 차례의 협조 요청 방송에도 불구하고 참여한 주민들은 많지 않았다. 할머니들은 조사에 전혀 참여하지 않았고 할아버지 몇 분만 참여하였다. 마을 이장의 소개로 이병선(여, 94세) 할머니를 개별적으로 만나 조사할 수 있었을 뿐이다. 이러한 정황으로 조사가 원활히 이루어지지는 못하였다.

　이 마을에서 조사된 민요는 노동요가 설화는 특정 가문과 관련한 이야기와 민속신앙과 관련된 이야기가 주를 이루었다.

송평마을 제보자들

## 경상남도 함양군 병곡면 연덕리 덕평마을

조사일시 : 2009.7.10
조 사 자 : 황경숙, 김국희

　이 마을의 옛 이름은 덕거리다. 덕거리라 불리게 된 이유는 이 마을이 먹을거리, 입을 거리가 넉넉해 예로부터 덕을 갖춘 이들이 화목하게 살아왔기 때문이다. 마을 주민들은 이러한 의미를 새겨 오래도록 마을이 번창할 수 있도록 힘을 모으고 있다 한다.

예전에 이 마을에 천석지기를 한 부자 동북 오씨가 타 지역에서 이주해와 살았다 한다. 마을 주민들은 이 마을이 기미년 독립만세운동에 앞장섰던 김한익 선생이 살았던 곳이라는 점을 내세우고 있다. 아직까지도 김한익 선생은 마을 사람들의 정신적 지주로 자리 잡고 있다.

마을 입구에 수령이 400여 년인 팽나무가 있으며, 마을 뒤편에는 해마다 마을의 안녕과 풍년 농사를 기원하기 위해 당산신을 모신 제터가 있다. 현재 당산제는 지내지 않고 있으나, 당산제를 지냈던 곳을 산제밭골로 칭하고 있다. 현재 마을에는 44가구에 105명의 주민이 살고 있다. 마을 주민 대부분은 농사를 짓고 있으며, 주요 작물로 벼, 밤, 양파 등이 있다.

예전에 이 마을에는 주로 돌림병으로 인해 죽은 아이들을 묻었던 아장터가 있었다 한다. 아이를 묻을 때는 아이의 시신을 독에 담아 땅에 묻고 그 위에 아이의 시신을 들짐승들이 훼손하지 못하도록 돌무더기를 쌓고 삿갓을 씌워 두었다 한다. 이 마을에서는 아장터에 대한 설화가 달리 전해지지 않으나, 인근 마을에서 아장터과 관련한 귀신 이야기가 다수 전해지기도 한다.

덕평마을을 조사 대상지로 선정한 이유는 병곡면 소재 마을 자연마을 중에서 상대적으로 주민 수가 많은 곳이기 때문이다.

조사 당시 마을 정자에서 한담을 나누는 할아버지들을 대상으로 설화와 민요를 조사했으나, 마을의 역사와 관련된 이야기가 주를 이루어 자료 채록에 어려움을 겪었다. 반면 마을회관에서 한담을 나누는 할머니들을 대상으로 한 조사에서는 설화를 채록할 수 없었지만, 민요는 다수 채집할 수 있었다. 조사한 민요는 노동요와 유희요가 대부분이다.

## 경상남도 함양군 병곡면 옥계리 토내마을

조사일시 : 2009.7.23
조 사 자 : 황경숙, 채정윤, 문세미나, 조민정

　토내마을은 국도변에 있는 마을로 현재 44가구에 104명의 주민이 살고 있다. 마을 주민들은 주로 농사를 짓고 있는데, 주요 농작물은 벼, 감, 곶 감 등이다.

　이 마을의 옛 이름은 도안(島雁)이었다. 마을 양쪽으로 시냇물이 흐르고 있어 기러기나 물오리 등 철새들이 많이 찾았던 지역이기에 붙여진 이름 이다. 기러기가 찾아드는 섬이라 하여 이름 붙여진 도안마을은 이후 음이 와전되어 도한마을로 불리고 있다.

　토내는 1914년 행정구역 개편시 새로 붙여진 명칭이다. 토내란 지명은 도란에 모여든 새들이 새끼에게 자신이 먹었던 먹이를 토해 먹이는 모습 에서 연유한 것이라 한다.

　한편, 이 마을은 지세가 행주형(行舟形)이라 하여 마을의 번창을 위해 마을 내에 우물을 절대 파지 않도록 하는 금기가 전해지고 있다.

　다른 지역과 달리 이 마을 조사는 사전 협조 요청 없이 즉흥적으로 이 루어졌다. 조사 당일 예정된 조사 지역에서 주민들의 비협조로 조사를 하 지 못하게 되어 인근의 다른 조사지를 물색하던 중에 이 마을 이장을 만 나 조사를 실시하게 되었다. 그런데, 조사자들이 이장과 함께 마을을 방 문하였을 때는 이미 마을 노인들의 술자리가 무르익어 대부분이 취기가 오른 상태였다. 이로 인해 조사 초반에는 상당한 어려움을 겪었으나, 이 후 다른 마을 주민들이 다수 참여하면서 비교적 좋은 분위기 속에서 조사 가 이루어졌다.

　이 마을에서 조사된 구비문학 자료는 병곡면의 다른 마을에 비해 상대 적으로 열악하다. 채록된 설화는 마이산과 기우제를 소재로 한 단편적인 이야기에 국한되며, 민요는 유희요, 의식요, 노동요 등 다양한 갈래의 노래를 채록할 수 있었으나, 편수가 적고 완창된 경우가 없었다. 몇몇 제보자를 제외하고는 조사자가 제시한 가사를 바탕으로 기억을 되짚어 구연하는 경우가 대부분이었다. 이러한 현상에 대해 마을 주민들은 새마을운동 당시 동제와 민속문화의 전통이 단절되었을 뿐만 아니라, 마을 주민들이 함께 노래를 부르며 즐겼던 행사 역시 오래전에 단절되었기 때문이라 하였다.

토내마을 조사 현장

## 경상남도 함양군 병곡면 원산리 원산마을

조사일시 : 2009.7.26
조 사 자 : 박경수, 문세미나

원산(元山)마을은 '원터마을'로 불리는데, 행정구역 상 병곡면 원산리에 속한 마을이다. 1914년 행정구역 개편 이전에는 이 마을에 고을 원이 지나갔다 하여 원통(員通)이라 불렀다 한다. 이 마을에 언제부터 사람이 들어와 살게 되었는지는 알 수 없으나, 임진왜란 때 피난처로 많은 사람들이 들어와 살게 되면서 마을 규모를 서서히 갖추게 되었다고 전한다.

2009년 1월 현재 이 마을에는 58가구 119명이 거주하고 있는 것으로 나타나는데, 이농 현상이 심하기 이전에는 100가구 이상이 살았다고 전한다. 이 마을은 약초마을로 알려져 있을 정도로, 산나물과 각종 약초가 많이 나는 마을이다. 벼농사를 짓기도 하지만 밤, 매실, 산나물, 약초를 특산 작물로 재배하고 있다.

마을에는 한 부자가 먹거리가 없는 가난한 농민에게 팥죽 한 동이를 주고 강제로 논을 교환했다는 버선배미 이야기와 한 유부녀와 중의 파행적 사랑 행각을 담고 있는 '갈까 말까 논배미' 이야기가 전해지고 있다.

조사자는 함양읍 상림공원에서 함양산삼축제가 개최되는 기간(2009. 7. 25-29) 동안 원산마을의 산나물, 약초 등 특산물을 팔기 위해 온 마을 주민들을 2009년 7월 26일(일) 오전에 만나 구비문학 조사를 하게 되었다. 조사 당일 아침 조사자가 숙소에서 가까운 상림공원에서 아침 운동을 하다 약초장터 판매대에서 연세가 많은 노인들이 산나물과 약초 등을 다듬고 있는 것을 보고, 이들을 대상으로 구비문학 조사를 할 수 있는지 말을 붙이게 되었다. 이때 이들이 병곡면 원산마을에서 온 노인들로 민요 구연 능력이 상당함을 알게 되었다. 이들은 산나물이나 약초를 산다면 노래를 많이 불러 주겠다고 했는데, 일단 나중에 다시 오겠다고 약속하고 숙소로 돌아왔다. 그날 오전 함양읍의 여러 마을을 돌면서 구비문학 구연자를 탐문했으나 마땅치 않아, 이곳으로 와서 구비문학 조사를 하게 된 것이다. 박순덕(여, 78세)과 이내순(여, 74세)이 주로 민요 구연을 했는데, 두 제보자를 대상으로 조사한 민요는 모두 8편에 지나지 않아 아쉬웠다. 그렇지만 조사장소가 약초를 사고파는 현장이었기 때문에 조사를 오래 진행할 수 없었다. 그런 중에 이내순은 흥을 내어 민요를 잘 불렀는데, '나물 캐는 노래', '해방가'는 쉽게 들을 수 없는 노래였다. 특히 '해방가'는 창부타령 곡조로 해방 이후의 세태를 잘 반영하고 있는 사설을 불러서 관심을 끌만 했다.

함양읍 산림공원 내 약초장터

## 경상남도 함양군 병곡면 월암리 월암마을

조사일시 : 2009.7.18
조 사 자 : 황경숙, 채정윤

이 마을의 옛 이름은 덕바위, 덕암(德岩)이다. 그런데, 마을 주민들과 인근 마을 주민들은 덕바위라 칭하기보다는 덤바우라 칭하고 있다. 덕바위의 음이 와전되어 덤바우라 칭한다. 덕바위는 예전에 이 마을에 바위가 많았기 때문에 붙여진 이름으로 덤바우는 덕바위의 음이 와전된 것이다.

마을 주민에 의하면 이 마을을 덤바우라 칭하는 이유는 마을 뒷산이 돌산이라 덤벙덤벙 올라가야 한다는 데서 비롯되었다고 한다.

덕암마을을 달리 월암마을이라 칭하기 시작한 때는 행정구역을 개편하면서부터다. 월암은 마을의 지형이 반달형인 것에 착안한 것으로, 반달은 이후 온달로 되어가는 과정의 달로써 진취적인 기상과 미래지향적인 희망을 담고 있다 하여 덕암에서 월암으로 고쳤다 한다.

현재 이 마을에는 49가구 95명의 주민이 살고 있다. 주민들은 각성받이들로 구성되었으나, 동네 화합이 잘 된다고 한다. 마을 주민들은 대부분 농사를 짓고 있는데 주요 작물로는 벼, 양파, 장생 도라지 등이 있다. 그런데, 이 마을은 농지가 적어 마을 주민 상당수는 다른 마을에서 일하는 경우가 많다 한다.

이 마을 주민들은 생활력이 강하고 성격 또한 강한 편이라 한다. 마을 위에 마평마을이 있다. 예전에 정월 대보름날 달집을 태울 때 이 마을 주민들은 마평마을 사람들이 그냥 지나칠 수 없도록 짓궂게 대하곤 했다 한다. 마평마을 사람들이 밖으로 나가기 위해서는 월암마을을 지나쳐야 하는데 그때 상당히 곤욕을 치르기도 했다 한다.

이 마을에는 민속제의 전통이 상대적으로 강했던 것으로 보인다. 인근 마을과 달리 지신밟기와 기우제의 전승이 오랫동안 지속되었을 뿐만 아니라, 디딜방아를 거꾸로 세워 돌림병을 예방하였던 풍속 역시 오랫동안 성행하였다.

그러나 민요나 설화의 전승력은 상대적으로 약했다. 조사 당시 마을 주민들의 참여는 많았으나, 민요나 설화를 구연하는 이는 적었다. 설화의 경우 도깨비나 귀신 이야기, 기우제와 마마 퇴치 이야기가 대부분이며, 민요의 경우는 보리타작 노래와 지신밟기 노래만 채록되었을 뿐이다.

# 제보자

## 강금용, 남, 1941년생

주 소 지 : 경상남도 함양군 병곡면 광평리 마평마을
제보일시 : 2009.7.18
조 사 자 : 황경숙, 채정윤

강금용은 1941년생 뱀띠로 올해 67세다. 마평마을에서 태어나고 자랐다. 부인 박규남(58세)과 결혼하여 슬하에 아들 셋을 두었다. 현재 부인과 함께 이 마을에서 농사를 짓고 살고 있으며, 아들은 모두 외지로 나가 생활하고 있다. 작은 키에 마른 체형이며 전체 의치를 하고 있다. 강금용은 마을에서 노래와 이야기 잘하기로 꽤 유명했다. 아직도 마을에 초상이 나면 상여 앞소리를 한다. 어려서부터 노래에 관심이 많아 한 번 들으면 곧바로 그 노래를 읊을 정도였다 하는데, 노래를 잘했던 작은아버지의 영향을 많이 받았다 한다. 조사 당시 서사민요를 특히 좋아한다며 서사민요를 가창하였다. 이야기 구성력이 뛰어나 서사 구조가 복잡한 이야기를 짜임새 있게 들려주었다. 조사 당시 제보자가 목이 아파 크게 소리 낼 수 없었기 때문에 때로 목소리가 주변 소음에 묻혀 녹취가 불가능한 부분이 발생하기도 하였다.

제공 자료 목록
04_18_FOT_20090718_PKS_KGY_0001 동네 처녀들이 바람나는 여근바위
04_18_FOT_20090718_PKS_KGY_0002 호식 면하고 부잣집 딸과 결혼한 쉰둥이
04_18_FOT_20090718_PKS_KGY_0003 발복 못한 유계 선생의 묘

04_18_FOT_20090718_PKS_KGY_0004 살인한 남편 구한 조팔만 며느리
04_18_FOS_20090718_PKS_KGY_0001 처를 구한 남편 / 시집살이 노래
04_18_FOS_20090718_PKS_KGY_0002 어사용
04_18_FOS_20090718_PKS_KGY_0003 권주가
04_18_FOS_20090718_PKS_KGY_0004 못 갈 장가 노래
04_18_FOS_20090718_PKS_KGY_0005 베틀 노래
04_18_FOS_20090718_PKS_KGY_0006 홋낭군 타령 / 범벅 타령
04_18_FOS_20090718_PKS_KGY_0007 노랫가락


### 김갑생, 여, 1935년생

주 소 지 : 경상남도 함양군 병곡면 도천리 도천마을
제보일시 : 2009.7.23
조 사 자 : 황경숙, 채정윤, 문세미나, 조민정

김갑생은 1935년생 돼지띠로 올해 75세
이다. 택호는 들촌댁이다. 경상남도 함양군
함양읍이 고향으로 17세에 이 마을로 시집
온 이래 지금까지 살고 있다. 남편은 3년
전에 작고하였고 슬하에 5남 1녀가 있다.
자녀들은 모두 외지로 나가 살며 지금은 홀
로 농사를 지으며 살고 있다. 키가 크며 체
형은 보통이다. 성격이 활달하고 적극적이
다. 조사 초반에는 다른 제보자들의 제보를 묵묵히 듣고만 있다, 조사자
들이 적극적으로 구연을 요청하자 흔쾌히 조사에 응하였다. 집 나가는 아
내 노래와 사랑 타령을 불렀다. 사랑 타령의 경우는 가락이 생각나지 않
자 신가요풍으로 노래를 불렀다. 이외 어릴 때 할머니에게 들은 이야기라
며 3편의 설화를 제공하였다.

제공 자료 목록

04_18_FOT_20090723_PKS_KGS_0001 대보지 바위
04_18_FOT_20090723_PKS_KGS_0002 여자 말에 가다가 멈춘 산
04_18_FOT_20090723_PKS_KGS_0003 각시소에 빠져 죽은 며느리
04_18_FOS_20090723_PKS_KGS_0001 집 나가는 아내 노래
04_18_FOS_20090723_PKS_KGS_0002 사랑 타령


## 김삼복, 여, 1925년생

주 소 지 : 경상남도 함양군 병곡면 연덕리 덕평마을
제보일시 : 2009.7.10
조 사 자 : 황경숙, 김국희

김삼복은 1925년생 소띠로 올해 85세다. 택호는 옥계댁이다. 경상남도 함양군 병곡면 옥계리 옥계마을에서 태어나 16세 때 이 마을로 시집와 지금까지 살고 있다. 슬하에 4남 3녀를 두었으며 남편은 오래전에 작고하였다. 보통 키에 야윈 편이다. 쪽머리에 단아한 모습으로 전체 의치를 하고 있다. 성격이 차분하고 꼼꼼하게 보였으며 자신의 주장이 강하다. 조사 당시 조사 목적을 알려 주자 친절하게 조사자들을 맞이하여 조사가 잘 이루어질 수 있도록 배려했다. 조사자들이 민요를 청하자 흔쾌히 응하여 창부 타령과 모찌기 노래를 했다. 다른 제보자들이 가락에 맞지 않는 노래를 할 경우에는 가락이 잘못되었다고 지적하기도 하며, 가락에 맞게 부를 때에는 흥겹게 추임새를 넣으며 분위기를 고조시키기도 하였다.

제공 자료 목록
04_18_FOS_20090710_PKS_KSB_0001 창부 타령
04_18_FOS_20090710_PKS_KSB_0002 모찌기 노래
04_18_FOS_20090710_PKS_KSB_0003 청춘가

### 김영해, 남, 1917년생

주 소 지 : 경상남도 함양군 병곡면 월암리 월암마을
제보일시 : 2009.7.18
조 사 자 : 황경숙, 채정윤

김영해는 1917년생 호랑이띠로 올해 83
세다. 이 마을에서 태어나 지금까지 살고
있다. 현재 자녀들은 모두 외지로 나가고
부인과 농사를 지으며 살고 있다. 가족들에
대한 제보를 꺼려 부인의 이름과 나이를 알
수 없었다. 체형은 보통 체형이며, 성격이
활달하고 목소리가 우렁차다. 조사를 위해
마을 이장이 협조 방송을 하자 제일 먼저
조사장소를 찾아 주었다. 마을 주민들을 기다리는 동안에 도깨비불에 대
한 이야기를 하였다. 이후 마을 주민들이 모여 본격적인 조사가 이루어지
자, 이야기판의 분위기를 주도적으로 이끌어 나갔다. 보리타작 노래를 할
때는 마을 사람들을 설득해 함께 일어나 시연하면서 노래했다.

제공 자료 목록
04_18_MPN_20090718_PKS_KYH_0001 도깨비불
04_18_FOS_20090718_PKS_KYH_0001 보리타작 노래

## 김우임, 여, 1922년생

주 소 지 : 경상남도 함양군 병곡면 연덕리 덕평마을
제보일시 : 2009.7.10
조 사 자 : 황경숙, 김국희

　김우임은 1922년생 개띠로 올해 88세다.
이 마을에서 나고 자라 결혼하여 지금까지
살고 있다. 슬하에 3남 2녀를 두었다. 자녀
들은 모두 외지로 나갔으며, 남편은 오래전
에 작고하여 지금은 혼자 살고 있다. 작은
키에 뚱뚱한 체형이다. 짧은 머리에 전체
의치를 하였다. 성격이 적극적이고 활달하
여 다른 제보자들이 노래할 때면 손뼉을 치
며 장단을 맞추기도 하고 추임새를 넣기도 하였다. 지금은 건강이 좋지
않을 뿐 아니라 고령으로 노랫말을 잘 기억하지 못하지만, 예전에는 노래
를 잘 하는 이로 유명했다 한다. 조사자들이 여러 번 노래를 청했으나, 노
랫말과 가락이 기억나지 않는다며 거절하였는데, 다른 제보자의 청춘가를
들은 뒤에 자발적으로 청춘가를 불렀다.

제공 자료 목록
04_18_FOS_20090710_PKS_KWI_0001 청춘가


## 노한영, 남, 1930년생

주 소 지 : 경상남도 함양군 병곡면 월암리 월암마을
제보일시 : 2009.7.18
조 사 자 : 황경숙, 채정윤

　노환영은 1930년생 말띠로 올해 71세다. 이 마을에서 나고 자라 지금

까지 살고 있다. 슬하에 2남 2녀를 두었으나 자녀들은 모두 외지로 나가 생활하고 있어 현재는 부인 허경립(64세)과 함께 농사를 지으며 살고 있다. 보통 키에 마른 체형이다. 웃음이 많으며 농담을 잘해 조사 당시 여러 청중들에게 수시로 농담을 건네기도 하였다. 조사자가 여러 차례 이야기해 줄 것을 청했으나 거절하다, 다른 제보자들이
귀신 이야기와 도깨비 이야기를 하자 자신도 귀신 이야기를 들려주겠다며 체험적인 귀신 이야기를 했다.

제공 자료 목록
04_18_MPN_20090718_PKS_NHY_0001 귀신 따라 밤새 얼음판을 맴돈 사람

### 문계임, 여, 1938년생

주 소 지 : 경상남도 함양군 병곡면 옥계리 토내마을
제보일시 : 2009.7.23
조 사 자 : 황경숙, 채정윤, 문세미나, 조민정

문계임은 1938년생 호랑이띠로 올해 72세이다. 택호는 지네기댁이다. 고향은 경상남도 함양군 서하면 오현마을이며 19세 때 토내마을로 시집왔다. 남편은 20년 전에 작고하였고 슬하에 1남 6녀를 두었다. 자녀들은 모두 외지로 나가 생활하여 현재는 홀로 농사를 지으며 살고 있다. 키가 작고 마른 편이며 백발이다. 성격이 활달하고 웃음이

많다. 조사 도중에 참여하여 젊었을 때 마을 어른들에게 들어서 알게 된 것이라며 청춘가와 노랫가락 등을 불렀고, 마이산 유래와 기우제 이야기를 하였다.

제공 자료 목록
04_18_FOT_20090723_PKS_MGI_0001 여자 말에 자라다 멈춘 마이산 바위
04_18_FOS_20090723_PKS_MGI_0001 노랫가락
04_18_FOS_20090723_PKS_MGI_0002 연정요


### 박동호, 남, 1939년생

주 소 지 : 경상남도 함양군 병곡면 옥계리 토내마을
제보일시 : 2009.7.23
조 사 자 : 황경숙, 채정윤, 문세미나, 조민정

박동호는 1939년생 토끼띠로 올해 71세이다. 이 마을에서 나고 자라 지금까지 살고 있다. 부인은 10년 전에 작고했으며 슬하에 3남을 두고 있다. 홀로 농사를 짓고 살고 있는데, 현재 마을 이장을 맡고 있다. 보통 체형에 활달한 성격이다. 조사 당일 면사무소 앞에서 지인들과 담소를 나누고 있었는데, 조사자들이 조사 목적을 설명하고 도움을 청하자 흔쾌히 응하였다. 마을 주민들의 제보가 원활이 이루어지지 않자, 분위기 전환을 위해 자발적으로 춤을 추며 사발가와 흥타령을 불러 주었다.

제공 자료 목록
04_18_FOS_20090723_PKS_PDH_0001 사발가
04_18_FOS_20090723_PKS_PDH_0002 흥타령

## 박병순, 여, 1929년생

주 소 지 : 경상남도 함양군 병곡면 도천리 도천마을
제보일시 : 2009.7.23
조 사 자 : 황경숙, 채정윤, 문세미나, 조민정

박병순은 1929년생 뱀띠로 올해 81세이
다. 경상남도 함양군 병곡면 월암리 월암마
을이 고향이다. 결혼 후 30세에 도촌마을로
이사한 후 지금까지 살고 있다. 슬하에 1남
을 두었으며, 올해 정월에 남편은 작고하였
다. 키가 작고 마른 체형이며, 붙임성이 좋
고 다정다감한 성격이다. 조사에 적극적으
로 참여하였을 뿐 아니라 조사가 잘 이루어
질 수 있도록 제보자 확보에 도움을 많이 주었다.

이 마을에서 실시한 조사는 두 차례 이루어졌는데, 이 중 두 번째 조사
는 박병순이 직접 제보자를 확보하여 마련한 자리였다. 두 번째 조사에서
박병순은 제보자들이 제보할 때 흥을 돋우기도 하고, 다른 제보를 이끌어
내도록 유도하여 조사가 원활히 이루어질 수 있도록 배려하였다. 조사를
마친 뒤에는 조사자들과의 이별을 아쉬워하여 함께 노래하기를 청해 조
사자와 제보자들 모두 노래를 부르며 인사를 나누었다. 조사에서는 주로
유희요를 가창했다.

제공 자료 목록

04_18_FOS_20090723_PKS_BBS_0001 그네 노래 / 노랫가락
04_18_FOS_20090723_PKS_BBS_0002 창부 타령
04_18_FOS_20090723_PKS_BBS_0003 사발가
04_18_FOS_20090723_PKS_BBS_0004 님 타령
04_18_FOS_20090723_PKS_BBS_0005 너냥 나냥

## 박순덕, 여, 1932년생

주 소 지 : 경상남도 함양군 병곡면 원산리 원산마을
제보일시 : 2009.7.26
조 사 자 : 박경수, 문세미나

박순덕은 1932년 원숭이띠로 올해 78세
다. 함양군 유림면 대궁리 사안마을에서 태
어났다. 마을에서는 사라이댁으로 불린다.
남편은 20년 전에 작고했으며, 슬하에 4남
3녀를 두었다. 제보자는 약초를 파는 일을
하는 것을 자식들이 알면 안 된다고 하면서
자신을 드러내기를 매우 꺼렸다. 조사 당시
창이 넓은 모자로 얼굴을 많이 가렸으며,
노래를 할 때 수줍음을 좀 타는 점으로 보아 성격은 약간 내성적으로 느
껴졌다.

조사자가 제보자를 만난 곳은 2009년 7월 16일 함양군 상림공원에서
산삼축제가 열리고 있는 날, 상림공원 내 체육시설이 있는 곳에 병곡면
원산마을에서 약초 장터를 임시로 개설하고 있는 현장에서였다. 조사자는
7월 16일 아침에 상림공원 내의 약초 장터 근처에서 아침 운동을 하면서
약초 장터에 온 분들 중에 가장 나이가 많아 보이는 제보자에게 '모심기
노래' 같은 옛날 노래를 잘 하느냐고 묻자, 약초를 많이 팔아 주면 얼마
든지 부른다고 대답했다. 나중에 다시 오겠다고 약속하고, 그날 점심 무
렵에 다시 들러 조사를 하게 된 것이다. 조사자는 먼저 제보자가 파는 작
물 중 콩을 조금 사면서 민요 구연을 유도했다. 제보자는 처음에 부끄럽
다며 선뜻 민요 구연을 하지 않았으나, 계속된 요청에 모심기 노래 두 편
을 불러 주었다. 젊었을 때 모심기를 하면서 부르기도 했던 노래라고 했
다. 기대보다 민요 구연 편 수가 적었지만, 조사장소가 소란하여 오랫동

안 민요 조사를 진행하기가 어려웠다.

제공 자료 목록

04_18_FOS_20090726_PKS_PSD_0001 모심기 노래 (1)
04_18_FOS_20090726_PKS_PSD_0002 모심기 노래 (2)


## 박우달, 여, 1929년생

주 소 지 : 경상남도 함양군 병곡면 연덕리 덕평마을
제보일시 : 2009.7.10
조 사 자 : 황경숙, 김국희

　박우달은 1929년생 용띠로 올해 81세다.
경상남도 함양군 병곡면 옥계리 축동마을이
고향이다. 이 마을로 시집온 이래 지금까지
살고 있다. 슬하에 2남 4녀를 두었으며, 남
편은 오래전에 작고하였다. 자녀들이 모두
외지로 나가 생활하여 현재는 홀로 살고 있
다. 다소 큰 키에 마른 체형이다. 짧은 머리
에 전체 의치를 하였다. 성격은 활달하고
적극적이며 흥이 많다. 조사에 적극적이어 자발적으로 모심기 노래, 풍년
가, 노랫가락, 베짜기 노래 등을 가창했다. 그런데, 노랫말을 제 가락에
얹어 부르지 않고 모두 노랫가락 음율에 얹어 불러 옆에 있던 청중들이
맞지 않는 노래를 부른다며 타박을 주었다. 그러나 박우달은 가사만 맞으
면 되는 것이라며 이에 아랑곳하지 않고 자신의 노래를 끝까지 불렀다.

제공 자료 목록

04_18_FOS_20090710_PKS_PWD_0001 모심기 노래 (1)
04_18_FOS_20090710_PKS_PWD_0002 노랫가락
04_18_FOS_20090710_PKS_PWD_0003 베짜기 노래

04_18_FOS_20090710_PKS_PWD_0004 모심기 노래 (2)
04_18_FOS_20090710_PKS_PWD_0005 풍년 노래
04_18_FOS_20090710_PKS_PWD_0006 의암이 노래


## 박인섭, 남, 1929년생

주 소 지 : 경상남도 함양군 병곡면 옥계리 토내마을
제보일시 : 2009.7.23
조 사 자 : 황경숙, 채정윤, 문세미나, 조민정

박인섭은 1929년생 뱀띠로 올해 81세이
다. 이 마을에서 나고 자라 지금까지 살고
있다. 처 이분이(75세)와 사이에 자녀 2남 5
녀를 두었다. 자녀들은 함양 읍내에 거주하
고 있으며, 현재는 처 이분이와 농사를 지
으며 살고 있다. 보통 체구에 키는 작은 편
으로 안경을 착용하고 있다. 성격이 소탈하
고 흥이 많은 편이다. 마을에서 노래를 잘
부르는 것으로 유명하다. 예전에는 지신밟기 패를 이끄는 상쇠를 맡기도
하였으며, 초상 때 상여 소리의 앞소리를 전담하였다 한다. 지금도 청하
는 이가 있으며 초상 때 상여 앞소리를 메긴다고 한다. 조사 당시 박인섭
은 술에 취한 상태였다. 그럼에도 불구하고 조사자들과의 의사소통에는
무리가 없었는데, 조사자들이 노래를 청하면 근래에 즐겨 부르던 유행가
를 곧잘 부르기도 하였다. 제보한 민요는 갈래가 다양하여 모심기 노래,
지신밟기 노래, 상여 소리 등이다.

제공 자료 목록
04_18_FOS_20090723_PKS_PIS_0001 권주가
04_18_FOS_20090723_PKS_PIS_0002 모심기 노래 (1)

04_18_FOS_20090723_PKS_PIS_0003 모심기 노래 (2)
04_18_FOS_20090723_PKS_PIS_0004 지신밟기 노래
04_18_FOS_20090723_PKS_PIS_0005 상여 소리


## 박태우, 남, 1916년생

주 소 지 : 경상남도 함양군 병곡면 월암리 월암마을
제보일시 : 2009.7.18
조 사 자 : 황경숙, 채정윤

박태우는 1916년 소띠로 올해 84세다. 이
마을에서 나고 자라 지금까지 살고 있다.
현재 부인 윤남주(82세)와 함께 농사를 지으
며 살고 있다. 슬하에 3남 3녀를 두었는데,
지금은 모두 외지에 나가 살고 있다. 예전
에 마을 지신밟기 패를 이끄는 상쇠로 지금
도 가락을 치는 실력이 수준급이라 한다.
마르고 작은 체형이며 부분 의치를 한 상태

이다. 수줍음이 많아 조사에 소극적이었다. 지신밟기할 때 불렀던 노래를
청하자 오랫동안 망설이고 부르지 않다가 청중들이 여러 차례 청하자 한
대목만 들려주고는 그만 그치고 말았다. 이후 조사자의 간곡한 요청에도
불구하고 가창하기를 거절하였다.

제공 자료 목록
04_18_FOS_20090718_PKS_PTW_0001 지신밟기 노래


## 서기연, 여, 1942년생

주 소 지 : 경상남도 함양군 병곡면 광평리 마평마을

제보일시 : 2009.7.18
조 사 자 : 황경숙, 채정윤

서기연은 1942년생 말띠로 올해 66세이
며, 함양읍에서 태어났다. 마평마을에는 결
혼하면서부터 살게 되었는데, 남편은 20년
전에 작고하여 지금은 마을 이장을 맡고 있
는 아들 내외와 함께 살고 있다. 슬하에 2
남 3녀를 두었다. 함양댁으로 불리는 서기
연은 몸집은 작으나 성격이 활달하며 친절
할 뿐만 아니라 웃음이 많았다.

조사자가 이 마을을 조사하기 위해 몇 차례 방문하였으나, 때를 맞추지
못해 번번이 실패하였다. 이를 안타깝게 여겼던 서기연은 조사자들이 미
리 약속해 놓은 시간에 맞춰 마을에 갔을 때, 조사가 잘 이루어질 수 있
도록 도움을 많이 주었다.

제공 자료 목록
04_18_FOT_20090718_PKS_SGY_0001 그네를 뛰다 소에 빠져 죽은 중


### 신말숙, 여, 1939년생

주 소 지 : 경상남도 함양군 병곡면 도천리 도천마을
제보일시 : 2009.7.23
조 사 자 : 황경숙, 채정윤, 문세미나, 조민정

신말숙은 1939년생 토끼띠로 올해 71세이다. 택호는 장동댁이다. 경상
남도 산청군 금서면 장동마을에서 나고 자랐으며, 22세에 이 마을에 시집
와 지금까지 살고 있다. 남편은 9년 전에 작고하였고 슬하에 2남 2녀를
두었다. 보통 체형에 피부가 검은 편이다. 성격은 조용하고 차분하다. 마

을에서는 민요를 잘 부르기로 정평이 나 있
었다. 조사 당일 함양 읍내에 출타하여 첫
번째 조사에는 참여하지 못했다. 첫 번째
조사에 참여하였던 박병순(여, 81세)이 적극
적으로 제보자를 추천하여 제보자가 마을로
돌아오는 시간에 맞추어 두 번째 조사를 실
시하였다. 제보자는 기억력과 가창력이 뛰
어나 노동요와 유희요, 서사민요 등을 다채
롭게 가창하여 분위기를 흥겹게 했다.

제공 자료 목록
04_18_FOS_20090723_PKS_SMS_0001 각설이 타령
04_18_FOS_20090723_PKS_SMS_0002 모심기 노래
04_18_FOS_20090723_PKS_SMS_0003 남녀 연정요
04_18_FOS_20090723_PKS_SMS_0004 상사 노래
04_18_FOS_20090723_PKS_SMS_0005 곱추 대신 장가든 머슴 노래
04_18_FOS_20090723_PKS_SMS_0006 사발가
04_18_FOS_20090723_PKS_SMS_0007 범벅 타령


### 신현선, 여, 1938년생

주 소 지 : 경상남도 함양군 병곡면 도천리 도천마을
제보일시 : 2009.7.23
조 사 자 : 황경숙, 채정윤, 문세미나, 조민정

신현선은 1938년생 호랑이띠로 올해 72
세이다. 택호는 글윤댁이다. 고향은 경상남
도 산청군이며 22세에 이 마을로 시집와서
지금까지 살고 있다. 남편 하상술(76세)과의
사이에 2남 3녀를 두었으며, 현재는 남편과

함께 농사를 지으며 살고 있다. 작은 키에 뚱뚱한 체형이며 소탈한 성격으로 늘 웃는 모습이다. 시집살이 노래와 노루 노래를 가락에 얹어 부르지 않고 노랫말만 제보하였다.

제공 자료 목록
04_18_FOS_20090723_PKS_SHS_0001 시집살이 노래
04_18_FOS_20090723_PKS_SHS_0002 노루 노래

### 이내순, 여, 1936년생

주 소 지 : 경상남도 함양군 병곡면 원산리 원산마을
제보일시 : 2009.7.26
조 사 자 : 박경수, 문세미나

이내순은 1936년 함양군 병곡면 월암리 월암마을에서 태어났다. 올해 나이는 74세로 쥐띠이며 월암댁으로 불린다. 15살에 병곡면 원산리 원산마을로 시집을 왔으며, 1살 위(75세)인 남편 신단영과의 사이에 4남을 두었다. 큰아들이 김해시 대저에서 에어컨 공장을 하고 있는데, 나머지 세 아들도 그곳에서 함께 일을 하고 있다고 했다. 원산마을에는 부부가 함께 살고 있으며, 약초를 재배하여 파는 일로 생업을 삼고 있다.

조사자가 제보자를 만난 곳은 2009년 7월 16일 함양군 상림공원에서 산삼축제가 열리고 있는 날, 상림공원 내 체육 시설이 있는 곳에 병곡면 원산마을에서 약초 장터를 임시로 개설하고 있는 현장에서였다. 조사 당일 조사자가 아침 운동을 하면서 약초 장터에 온 제보자 등과 이야기를

나누며 구비문학 구연이 가능한지 파악한 후, 점심 때에 다시 들러 약간의 약초 등을 사면서 민요 구연을 유도했다. 이때 제보자는 약초를 사준 대가라며 자진하여 민요를 6편 구연했는데, 특히 '나물 캐는 노래', '해방가' 등은 다른 지역에서 쉽게 들을 수 없는 노래였다. 대부분의 노래를 창부 타령 곡조로 불렀지만, 소리를 꺾고 빼는 솜씨가 돋보였다. 조사자가 노래를 잘 한다고 하자, 함양군에서 열리는 노래자랑 대회에서 원산마을 대표로 참가해 일등 수상을 한 경력도 있다고 은근히 노래 실력을 자랑했다. 그런데 아쉽게도 민요를 조사하는 현장이 제보자가 약초를 팔아야 했을 뿐만 아니라 주위가 난장이 열리는 곳이라 소란했던 까닭에 조사를 오래 진행하기가 어려웠다.

제공 자료 목록
04_18_FOS_20090726_PKS_LNS_0001 모찌기 노래
04_18_FOS_20090726_PKS_LNS_0002 모심기 노래
04_18_FOS_20090726_PKS_LNS_0003 나물 캐는 노래
04_18_FOS_20090726_PKS_LNS_0004 댕기 노래
04_18_FOS_20090726_PKS_LNS_0005 쌍가락지 노래
04_18_MFS_20090726_PKS_LNS_0001 해방가


## 이병선, 여, 1916년생

주 소 지 : 경상남도 함양군 병곡면 송평리 송평마을
제보일시 : 2009.7.10
조 사 자 : 황경숙, 김국희

이병선은 1916년생 용띠로 올해 94세다. 이 마을에서 나고 자라 결혼을 하였으며, 마을에서 가장 연로한 분이다. 남편은 오래전에 작고하였으며, 현재는 아들 내외와 함께 살고 있다. 본인에 대한 자세한 정보를 밝히기 꺼려하였다. 작은 체구에 단아한 모습이다. 고령으로 인해 전체 의치

를 한 것이나 귀가 어두운 것을 제외하고는
건강한 상태이다. 마을 이장의 소개로 방문
하여 제보자 집에서 조사하였다. 조사에는
적극적으로 응하였지만, 기억력이 좋지 않
다며 질문에 간략히 응답하는 형식이 대부
분이었다. 민요로는 모심기 노래, 바느질 노
래, 신세 타령을 가사만 제보하였으며, 설화
로는 주로 민속신앙을 소재로 한 이야기로

도깨비 이야기, 깡철이 이야기, 기우제 지낸 이야기, 뱀 머리를 쌀독에
넣어 부자 된 이야기 등을 제보하였으나 설화성이 부족하여 채록하지 않
았다.

제공 자료 목록
04_18_FOS_20090710_PKS_LBS_0001 모심기 노래
04_18_FOS_20090710_PKS_LBS_0002 바느질 노래
04_18_FOS_20090710_PKS_LBS_0003 신세 타령

## 이종순, 여, 1931년생

주 소 지 : 경상남도 함양군 병곡면 연덕리 덕평마을
제보일시 : 2009.7.10
조 사 자 : 황경숙, 김국희

이종순은 1931년생 양띠로 올해 79세다.
택호는 송동댁이다. 경상남도 함양군 병곡
면 송평리 송평마을이 고향이다. 19세에 결
혼하면서부터 이 마을에 살기 시작하여 지
금까지 살고 있다. 슬하에 3남 1녀를 두었
다. 남편의 생존 여부에 대해 질문하자 답

변을 회피했다. 작은 키에 마른 체형이며 단아한 모습으로 나이보다 훨씬 젊어 보였다. 성격은 소극적으로 조사가 진행되는 동안 조사자의 간청에 도 불구하고 조용히 지켜만 보았다. 이후 다른 제보자의 모심기 노래에 대해 청중들이 가락이 잘못 되었다며 타박하자, 자신이 한 번 제대로 불러 보겠다고 하며 모심기 노래를 했다. 이종순이 모심기 노래를 하자 옆에 있던 청중들이 모두 제대로 된 노래가 나온다며 칭찬했다. 모심기 노래 후 청중들이 잘한다고 다른 노래를 청하자 창부 타령을 불렀다. 목소리가 우렁차고 가락에 흥이 실리자 청중들이 손장단에 맞추며 함께 노래했다.

제공 자료 목록

04_18_FOS_20090710_PKS_LJS_0001 모심기 노래
04_18_FOS_20090710_PKS_LJS_0002 창부 타령

### 이종식, 남, 1931년생

주 소 지 : 경상남도 함양군 병곡면 송평리 송평마을
제보일시 : 2009.7.10
조 사 자 : 황경숙, 김국희

이종식은 1931년생 양띠로 올해 79세다. 이 마을에서 태어났다. 젊어서 외지로 나가 생활하였는데, 얼마 전 고향에 내려오기 전까지는 서울에서 교직 생활을 하였다. 자녀들은 모두 외지에서 생활하고 있으며, 현재는 부인과 함께 이 마을에서 살고 있다. 키가 크고 다소 뚱뚱한 편이며 목소리가 우렁차다. 이종식은 조사 도중 참여하였다. 이종

식이 참여하자 본격적인 이야기판이 형성되었다. 이종식은 주로 자신의 가문에 대한 이야기를 오랫동안 하였다. 이야기 속에 등장하는 역사적 인물이나 사건에 대해서는 부가적으로 설명을 병행하기도 하였다. 가문에 대한 자부심이 상당하였다. 주로 자신의 가문과 관련된 묘사, 사당이나 묘터를 소재로 한 이야기를 하였다.

제공 자료 목록
04_18_FOT_20090710_PKS_LJS_0001 하씨네가 훔친 이씨 묘자리


## 정갑이, 여, 1932년생

주 소 지 : 경상남도 함양군 병곡면 도천리 도천마을
제보일시 : 2009.7.23
조 사 자 : 황경숙, 채정윤, 문세미나, 조민정

정갑이는 1932년생 원숭이띠로 올해 78세이다. 택호는 서무등댁이다. 전라도 동면에서 태어났다. 17세에 이 마을로 시집왔는데, 잠시 백전면에 살았던 적을 제외하고는 이 마을을 떠난 적이 없다. 남편은 4년 전에 작고하였고 슬하에는 3남 3녀가 있다. 보통 체형으로 성격은 차분하며 다정다감하다. 조사 초반에는 다른 제보자들의 노래를  듣고 있다 분위기가 고조되자 화투 타령과 다리 세는 소리를 했다. 목소리가 우렁차고 흥이 많아 조사에 참여하였던 이들이 흥겨워했다.

제공 자료 목록
04_18_FOS_20090723_PKS_JGI_0001 화투 타령
04_18_FOS_20090723_PKS_JGI_0002 다리 세기 노래

## 하군수, 여, 1923년생

주 소 지 : 경상남도 함양군 병곡면 연덕리 덕평마을
제보일시 : 2009.7.10
조 사 자 : 황경숙, 김국희

하군수는 1923년생 돼지띠로 올해 87세다. 택호는 성주댁이다. 경상남
도 함양군 병곡면 도천리 도천마을이 고향이다. 17세에 이 마을에 시집와
지금까지 살고 있다. 슬하에 3남 3녀를 두었으며 남편은 오래 전에 작고
하였다. 자녀들이 모두 외지로 나가 지금은 홀로 생활하고 있다. 성격은
다소 무뚝뚝하나 흥이 많고 다정다감한 편이다. 조사자가 노래를 청하자
알고 있는 노래가 없다며 거절하다, 이장이 노래를 청하자 마지못해 청춘
가를 불렀다. 이후 옆에 있던 청중들이 손으로 장단을 맞추고 흥을 돋우
자 양산도와 화투 타령을 연이어 불렀다. 목청이 좋고 소리가 흥겨워 하
군수가 노래할 때면 옆에 있던 청중들이 함께 노래를 부르며 즐거워했다.

제공 자료 목록

04_18_FOS_20090710_PKS_HGS_0001 청춘가
04_18_FOS_20090710_PKS_HGS_0002 양산도
04_18_FOS_20090710_PKS_HGS_0003 화투 타령

## 하말석, 남, 1940년생

주 소 지 : 경상남도 함양군 병곡면 도천리 도천마을
제보일시 : 2009.7.23
조 사 자 : 황경숙, 채정윤, 문세미나, 조민정

하말석은 1940년생 용띠로 올해 70세이
다. 이 마을에서 나고 자랐다. 1957년 외지
로 나가 잠시 생활 한 뒤 62년에 다시 고향
으로 돌아와 지금까지 처 최서운(68세)과 함

께 농사를 지으며 살고 있다. 슬하에 1남 4녀를 두었다. 보통 체형에 안경을 착용하였다. 다정다감한 성격으로 조사에 적극적으로 응해주었다. 젊었을 때 모심기 하며 불렀던 노래라며 모심기 노래를 했다.

제공 자료 목록

04_18_FOS_20090723_PKS_HMS_0001 모심기 노래 (1)
04_18_FOS_20090723_PKS_HMS_0002 모심기 노래 (2)


## 하인수, 남, 1926년생

주 소 지 : 경상남도 함양군 병곡면 도천리 도천마을
제보일시 : 2009.7.23
조 사 자 : 황경숙, 채정윤, 문세미나, 조민정

하인수는 1926년생 호랑이띠로 올해 84세이다. 이 마을에서 나고 자라 지금까지 살고 있다. 슬하에 1남 2녀를 두었으며, 현재는 자녀들이 모두 외지로 나가 생활하여 처 박연이(79세)와 함께 농사를 지으며 살고 있다. 키가 작고 통통한 편이다. 전체 의치를 하고 있으며 백발에 안경을 착용하고 있다. 소탈하고 다정다감한 성격으로 조사 당

시 가장 먼저 이야기를 들려주었다. 마을의 유래와 마을에 전승되었던 민간신앙, 효자를 지켜 준 호랑이 이야기를 하였다.

제공 자료 목록

04_18_FOT_20090723_PKS_HIS_0001 도천마을 유래
04_18_FOT_20090723_PKS_HIS_0002 시묘 사는 효자를 지켜 준 호랑이

## 하충식, 남, 1956년생

주 소 지 : 경상남도 함양군 병곡면 도천리 도천마을
제보일시 : 2009.7.23
조 사 자 : 황경숙, 채정윤, 문세미나, 조민정

하충식은 1956년생 원숭이띠로 올해 54
세이다. 이 마을에서 나고 자라 지금까지
농사를 지으며 살고 있으며, 현재는 마을
이장직을 맡고 있다. 처 이연선(50세)과 사
이에 2남 2녀를 두고 있다. 키가 큰 편이며
보통 체형이다. 조사를 위해 협조 요청을
하자 흔쾌히 응했으며, 조사가 원활히 이루
어질 수 있도록 적극적으로 도움을 주었다.
마을 어른들로부터 들은 이야기라며 도천마을의 지형에 대한 이야기와
월암마을의 명당에 대한 이야기를 하였다.

제공 자료 목록
04_18_FOT_20090723_PKS_HCS_0001 꾀를 내어 친정의 명당 자리를 뺏은 딸

# 동네 처녀들이 바람나는 여근바위

자료코드 : 04_18_FOT_20090718_PKS_KGY_0001
조사장소 : 경상남도 함양군 병곡면 광평리 마평마을 정자나무 밑 쉼터
조사일시 : 2009.7.18
조 사 자 : 황경숙, 채정윤
제 보 자 : 강금용, 남, 67세
구연상황 : 조사자가 인근 월암마을 조사 시 마평마을에 건드리면 마을 처녀들이 바람난
다는 여근바위 이야기를 들었다. 제보자에게 그 사실을 전하고 사실을 확인하
자 제보자가 그런 이야기가 있었다 하며 이야기를 들려주었다.
줄 거 리 : 마평마을 옆 산비탈에 여근바위가 있었다. 이 바위를 건드리면 마을 처녀들이
바람이 난다는 속신이 있다. 이후 새마을운동이 있을 당시 마을 주민들이 이
바위를 없앴다.

옛날에 역사로 말하면, 옛날 역사로 말하면, 저 건너 저 산비딱(산비탈)
에 저런 게 있으니, 그 조상 모셔놨던데, 쉽게 말하자면 조상을 모셔놓고,
인자 그 때 돌을 갖고, 산을 쌓아 났어요.

산이, 젊은 새댁들에게 말하기 뭐하지만, 그게 여자날(여근)이라고 합니
다. 조 건너 조게. 옛날 말이라서. 여자날을 건드리면, 이 부락에 있는 처
녀들이 바람이 나서 손수강당 팔도강산으로 저녁에 다닌다 이 말이라, 옛
날 역사로.

옛날에 바위가 그렇다 해서, 산이 그런 산자락이라서, 그만한 걸 없애
기 위해서, 동민들이 돌을 주어서, 주민들이 인력으로 돌을 가지고 깼어.
짝 깨고, 그런 역사도 있고.

# 호식 면하고 부잣집 딸과 결혼한 쉰동이

자료코드 : 04_18_FOT_20090718_PKS_KGY_0002
조사장소 : 경상남도 함양군 병곡면 광평리 마평마을 정자나무 밑 쉼터
조사일시 : 2009.7.18
조 사 자 : 황경숙, 채정윤
제 보 자 : 강금용, 남, 67세
구연상황 : 조사자가 재미있는 이야기를 해 달라고 청하자, 제보자가 처음에는 사양하였
　　　　　 으나 잠시 생각을 한 뒤 이야기했다.
줄 거 리 : 아버지가 쉰 살에 낳은 자식이라 이름이 쉰동인 아이가 호식 당할 운명을 타
　　　　　 고 났다. 어느 날 시주 온 스님이 그 사실을 알려주자 쉰동의 아버지는 호식
　　　　　 할 운명을 면하도록 하기 위해 쉰동이를 스님에게 맡긴다. 쉰동이가 열 살이
　　　　　 되자 스님은 쉰동이에게 호랑이를 물리칠 방도를 알려주고 피리와 날개옷을
　　　　　 준다. 쉰동은 스님이 준 날개옷과 피리로 부잣집 잔치에 가서 그 집 막대딸을
　　　　　 만나게 되었고 마침내 혼인을 하였다. 이후 과거에 급제한 쉰동이는 자신의
　　　　　 집으로 돌아오는데 이미 아버지는 세상을 떠난 뒤였다.

(조사자 : 쉰동이 이야기 한번 해 주세요.)

쉰동이라 하는 그 사람이, 그 인자 노파서 사는데, 아들딸이 하나도 없
는 기라요. 없어서 인자, 아들 딸 하나 구할려고 하는 기, 간신히 구하는
기, 쉰동이가 났어. 아버지가 쉰 살에 아들을 낳았단 말입니다. 그래 아
들 이름을 쉰동이라고 지었어. 근데 이기 사주팔자를 보니께노, 호식할
팔자라.

다섯 살 먹어서, 이렇게 인자 아버지가 공부를 가르치고 했으니까. 그
래서 이래 보는데, 신동이 한번은 그때는 시주를 왔더래 중이. 그래 인제
저거 아버지가,

"쉰동아! 가서 시주 하라."

이랬단 말이야. 근데 이놈의 자슥이, 무조건 퍼다 주는 기라. 무조건 퍼
다 주는 기라. 한 그릇을 퍼다 주는 기라. 스님이 하는 소리가

"아야! 신동이가 좋다만은. 신동이가 좋다만은." 하니깐, 군담을 했는

기라, 군담을 하니께노, 하는 소리가 뭐냐 하면, 인자 저거 아버지한테 와서 그랬어.

"아버지, 아버지. 저 시주를 하니께노. 아야 신동이를 하는 게 좋다고 하고 그라는데요. 왜 그래요?"

물었단 말이야. 그런게 저거 아버지 하는 소리가, 가만히 생각하니까 괘씸하거든.

"그래 너 쫓아내려 가이라. 니가 쫓아가서 그 중을 잡아가지고 오니라."

이래서 그때 대여섯 살 먹은 놈이 쫓아간께로, 벌써 바랑을 짊어지고 내려 갔더래 중이. 그래 그 중을 잡아가저 와 가지고,

"이래 이래 해서 아버지가 군담을 하고 하노니, 우리 아버지한테 갔다 갑시다."

"내가 너거 아버지한테 잘못한 일도 없고, 아무 한 일도 없으니깐 나는 바로 갈란다." 하니까, 요놈의 새끼가 꼭 데리고 가더래. 끄집고(끌고) 가더래. 당그라(묶어) 매 가지고. 그래서 하는 수 없이 자기 아버지한테로 온 기라.

"우리 아들 시주를 줬으면, 받았으면, 알뜰이 시주를 할 일이지, 왜 군담을 했느냐. 뭐라고 군담을 했느냐?" 하니깐,

"나는 아무 소리를 안했습니다." 마 그렇게 이야기를 하는 기라. 긍께,

"우리 아가 보는데 꼭 군담을 했는데, 왜 안 했다고 거짓말을 한다고 스님이 거짓말을 하면 되냐?"고 머라(야단)하는 기라. 그런게 도저히 안 된다고,

"똑 바른대로 얘기해라."

긍께, 도저히 안 된다고 꼭 바른 데로 이야기해라 한께로 하는 기라.

"이 아가 시도 잘 났고 태도 잘 났고, 참 운도 잘 났고, 명도 좋고 다 좋은데, 머리도 영리하고 다 좋은데, 단 호식할 팔자다." 카더래. 호랑이

한테 잡혀간다 이거래.

"그래, 이 일을 어째할꼬 싶어서, 하도 내가 아도(아이도) 잘 생기고 해서, 내가 군담적으로 하는 소리가 그랬으니. 용서해 주십시오. 내가 뭘 압니까? 사주팔자라는 게 그렇다고."

그러니깐 저거 아버지가 하는 수 없이, 자식 하나 얻었는데, 그런 팔자라니까 기가 찰 노릇이 아닙니까?

"그럼 문제를 냈으면, 문제를 풀어야, 답을 주고 가야 안 되겠나? 문제를 풀고 답을 주고, 가르쳐 주고 해주고 가야 안 되겠나? 답변을 해주고 가야 안 되겠나? 액땜 해주고 가야 안 되겠나?"

"아이고! 내가 뭐라고 해야 되겠는고?"

[바람 소리로 이야기를 녹취할 수 없음]

꼭 해달라고 당부를 하더래. 안 해주면 자기가 죄가 되고, 꼭 가르쳐 달라 한께, 그래 인자,

"이 애가 열다섯 살만 먹으면 호식할 팔자니, 하는 수 없이 이거 내가 대신 액을 때울 수도 없고, 이거 어떻게 하면 좋겠냐?" 하니깐, 아무런 답이 없다고 둘이서 한참 실갱이를 하는 기라. 그러니깐 그 중이 하는 소리가,

"내가 그라면 내 힘닿는 데까지 이 저거 뭐꼬? 호식할 팔자를 액을 때우도록 해 볼 안건이 있으니까, 나를 나한테로 인수인계를 하겠냐?" 하니까,

"아이고! 그리 한다."고 했어. 자식 명을 이어서 준다 하면 그리 한다 해 가지고,

"지금부터 날 따라주시오. 날 데리고 가라고."

그래 일곱 살 여섯 살 먹은 놈을, 저거 스님 따라 가라 하는 기라. 저거 아버지한테 공부 배우다가. 따라 가라 하니까 이놈아가 따라 가는 기라.

"니가 나를 데리고 가라. 내가 너를 데리고 갈테니깐 따라 가자."

딱 그래 고 소리 하더만, 발길을 탁 긋는 기라. 죽자고 따라간 기라. 어쨌던 저 스님을 따라 가야 내가 산다고 따라 가고, 그래서 아무리 따라 가도 못 따라 가고, 나중에는 고만 아우성을 쳤어.

"스님! 스님! 왜 나를 데리고 간다더니만, 왜 나를 버리고 가냐고?"

"야! 이놈아! 나를 따라 오라 하면, 니가 따라 와야지, 내가 니를 어찌 데리고 가느냐? 니 발로 니가 와야지."

그래 인자 깊은 산중으로 가는데, 절이 하나 딱 있더래. 그래 거 가서 절하고 스님하고 지하고 딱 둘이삐리더래(둘밖에 없더래). 그게 사는데, 스님이 시키는 대로 아침으로 불 때라 하면 불 때고, 청소를 하라고 하면 하고, 아무것도 안 가르쳐 주고 그것만 하는 기라, 공부도 안 가르쳐 주고. 그래 한 5년 동안 하고 그라니깐, 열 살이 넘었다 아닙니까? 그런 께로,

"스님! 나를 공부 가르쳐 주고, 또 뭐 합기도 가르쳐 주고, 무술 가르쳐 준다고 하더만, 왜 아무것도 안 가르쳐 주나?" 하니깐,

"니가 시가 되면, 때가 되면, 다 가르쳐 줄끼다. 근게(그러니) 걱정하지 말고 나 시키는 대로만 하기라."

그래, 중이 한 번 나가면 한 열흘도 안 들어오고, 한 달도 안 들어오고, 자기 혼자 그 큰절을 지키고 살았다 말입니다. 지금은 전화가 있어 전화를 하면 되지만, 그 때는 전화가 어데 있습니까? 그래, 그래 갖고 인자 십 년이 넘었답니다. 아무리 인자 그렇게 십 년이 지나고 나니깐, 공부를 가르쳐 주더래. 선생이 공부를 가르쳐 주고 때는 울릴 때는 울리대. 울릴 때는 울리(울려)가. 그 얘기를 다 할라면, 길어서 안 되고. 그 원리를 다 가르쳐 주고, 사람을 사는 법도를 그때서 갈쳐 주더래, 열 살 넘어서.

쉰동이가 이름이 쉰동이라. 쉰동이가 한 개를 가르쳐 주니깐 두 개를 아는 기라. 그놈이 머리가 영리하니깐, '그 영리한 놈을 어찌 저놈을 어찌 그걸 호식 팔자를 면하나' 생각하니 사람이 미친다 말이야. 하는 수 없이

한번은, [바람 소리로 이야기 녹취가 불가능함] 공부를 가르쳐 주면서,

"너는 몇 월 몇 일 날, 인자 높은 산에 가면, 산에 큰 나무가 있으니, 니가 올라갈 정도만 올라가라." 하더래. 올라가서 몸뚱이하고 허리끈하고, 맨 끈텅어리(끝에)에 매달아 놓으래. 호식한 액을 때운다고. 그래 액을 땐다고, 액을 때우고 한다고.

자상 머슴이라고, 지금으로 말하면 자상 머슴이라고 큰 머슴이라, 자상 머슴을 갖다 맡긴 기라 스승이. 그기다 갖다 맡겨 놓고,

"너는 우선 내가 여기서 공부를 가르쳐 줄 텐게로, 여기서 자상 머슴한테 배울 게 많다."

농촌을 배우는 기라. 그래 그날 되니깐 도승이,

"내가 그날 저녁에 나서면, 댕기 줄로 밤이라도 환하도록 보이도록 가르쳐 줄 테니."

중이 도사라 도사, 알고 보니깐.

"댕기 줄을 따라가면, 큰 나무가 하나 있으니 그 나무에 올라가라."

갈쳐 주는 기라.

"맨 꼭대기에 가서 밧줄을 매고 있으라."

그래 이라니까능, 그래 가지고 있으라 하니까네,

"그날 저녁에 올 테니, 만약에 호랑이가 세 마리가 온다 하더라. 세 마리가 와서 너를 해칠려고 하니깐, 니가 거기다가 꼭꼭 매고 있어라." 하더래.

"그래 세 마리가 다 올라서서 너 발끝터머니에 닿는다. 닿게 되걸들랑 니 몸띠이(몸뚱이)가 호랑이한테 뺏길려고 하면, 니 코를 지박아라(쥐어박아라). 지박아서 피를 내면, 비린내 나면은 호랑이가 못 올라온다." 하더래. 니한테 못 한다. 그래 그리 가르쳐 주고, 도사가 간 기라. 내가 잘 못 들었다 그래 머슴애가 올라가서 어떻게 된 기라.

그래 인자 닥쳐서 질을 가르쳐 줘서 가니까, 가서 보니깐, 참 밤 열두

시가 된께로 호랑이가 와서 세 마리가 어디를 쳐다보고, 한 마리 쳐다보더니만 홀딱 뛰어올라 오고, 두 마리째 올라서서 흑딱 올라서고, 세 번째 최고로 올라와 확 뛴께로, 제 발 뒤꿈치가 탁 젭혀버렸더래. 호랑이한테 물리면 땡기리거든. 그래 하는 수 없이, 그래 하는 수 없이 지 코를 지가 쥐어박아서 피가 줄줄줄 나니깐, 호랑이가 고마 웃으면서 세 마리가 똑같이 돌아가더래.

그래서 액을 때운 기라. 사람 피를 호랑이가 먹었으니깐, 호식한 팔자를 때운 기라, 때운 기라. 그래 내려와 가자고 그래 참 자상 머슴한테 따라간 기라. 그래 그 이튿날 보니 그가 끌지(끊지) 못하고 당그랑 매어 있거든. 도승이 갈쳐줬어, 도사가.

그 이튿날 그때는 산에 풀 하러 댕기는 머슴들이 한정도 없거든. 자기가 자기를 못 끌러서, 기진을 해서 당그랑 매달려 있는 기라. 자상들이 와서 쉬 가지고 있으니, 피비린내가 나고. 자상들이 올려다보니, 아가 하나 매달리가 있거든. 그래 그걸 데리고 나무에 못 올라 가지고, 보듬고 내려오는 기라. 내가 사실을 물어본께로,

"내가 이러이러해서 이래 왔다. 도승이 와서 호식할 팔자라 이리 됐다."

이리 갈쳐준 게로, 그래 동네 머슴들이,

"생긴 바탕도 이만하면 잘생기고 영리하게 생겼으니, 우리 동민들이 데리고 가서 우리 자상 머슴들이 이 아이를 키워보자."

최고 부자 가장 머슴이 데리고 갔어요. 뭣을 시킨 기라. 근게 모든 것이 천재라. 머슴들이 거진 탄복을 하는 기라.

그래 갖고 갔다 와서, 하루는 부잣집에 일찍, 저거 친척에 잔치가 있어서 잔치를 싹 가버리더래, 잔치를 없으니깐, 하필 그날은 나락을 못 건드리고 가더래.

"그래, 쉰동아! 새 한 마리 못 보고구러 하고 지키고, 오늘 놀아라." 카

더래. 그래 가만히 놀고 있으니께로 사람이 미치겠더래. 사람들은 다 맛 있는 것 먹으로 가는데, 저는 저 혼자 있으니깐 얼마나 자기 신세가 한탄 하고. 참 이래 참 이래 누워서 김삿갓이 시조 짓듯이 시를 지은 기라. 시를 짓고 있으니까, 그 도승이 가르쳐 주더래.

"쉰동아! 쉰동아! 너 지금 이 자리에서 십 보 열 보 열 걸음을 좌측으로 나가서, 수채 구멍맹터(구멍같이)로 있으니, 거기 가면은 그 구멍을 들여다보면 뽀재기(보자기)가 하나 있다. 그 뽀재기를 찾으면은, 그 뽀쟈기를 열어보면, 보면 니 날개옷하고 피리가 들었으니, 니가 부를 만하면 얼마든지 불 수 있고, 니가 부르는 노래를 퉁소가 소리가 그리 나온데 날개옷을 입고. 그래 인제 대체 잠 길에 부르고 할끼니, 니가 찾아와서 한번 불러 봐라."

그래 와서 피리를 불러 가지고 와서 보니깐, 대체 가 찾으러 가라 한데 가 찾아가니깐 그래 있더래요. 그래 있어서 보니깐, 피리하고 날개옷하고 있더랴. 그래 날개옷 그놈을 갖고 한번 입어본 기라. 거 참 머슴 주제에 사람이 좋을 것 아닙니까.

[바람 소리로 이야기 내용을 녹취할 수 없음]

그러자, 그 집에, 온 손님들이 갔다 온 이웃집에 하객 손님이 오더래, 쭉 오더래. 공중에서 그런 것이 있으니, 쉰동이라는 것은 모르고, 쉰동이라는 사람은 모르고, 아 옥황상제가 내려왔다고 좋다고 마 구경을 하고. 그 사람들이 다 돌아간 뒤에, 자기가 내려와 옷을 착착 접어서 넣고,

"니 아주 기운이 좋고, 니가 아주 기분이 좋고 아주 울적할 때만 그 옷을 입어보고 불러보지, 그 옷을 입어보고 벌로(함부러) 했다가는 니 에나 망신 당하니깐 조심해라."

이랬 갖고 밤새도록 그리 있으니까, 그날 저녁에 있으니까, 손님 갔다 온 사람은 싹 들어가고 그날 저녁에 있는 기라. 자기, 안방에 머슴 방에 그라고 있는 기라.

그 집에 딸이 있었어. 그 딸 세이가 [바람 소리로 이야기 내용을 녹취할 수 없음]고마 공중에 그것을 보고 환장을 하는 기라. 밤새도록 저거서이서 이야기를 하는 기라. 나도 봤다. 그것 아무것도 아니라 그렇게 된 거라.

"아이고! 그게 아니고."

그러니 이놈의 쉰동이가,

"그 옥황상제 나도 봤다, 그 아무것도 아니다."

이렇게 나와서,

"야! 이놈아! 니 같은 놈이, 보도 안 한 놈이, 그게 기고(옳다) 아니고 뭐가 있노?"

신동이가 발을 어쩌다가 빠져다가 발이 쌔까맣는 기라. 셋째 딸이 나와,

"신동아! 니 발이 왜 그러냐?"

물었다 말이야. 그 수채간에 가다가 발이 빠졌단 말이야. 그래 그것도 모르고 노래만 불렀어, 기분이 좋으니. 그래 셋째 딸이 곡절이 이상하다 싶어서,

[바람 소리로 이야기 내용을 녹취할 수 없음]

셋째 큰 애기가 하는 소리가, 곡절이 이상하다 싶어서, 신도 막내딸이 뒷조사를 해보니까,

그래 인자 머꼬 [바람 소리로 이야기 내용을 녹취할 수 없음]

"봐라. 그거 내가 그랬어."

"니같은 놈이, 미친놈이 참말로."

"니가 꼭 그랬다면 흉내라도 내봐라."

이라니께로, 그럼은 셋째딸 이름이, 이름이 있겠지. 그래 세쩻딸 이름을 불러서,

"내가 해줄 긴게, 긴가 아닌가 실제로 실험을 보여줄 낀게, 참말로 긴

가 아닌가 보여 줄 긴께, 그렇게 알아라."

옷을 입고 사실 뜨니까,

"아! 조끔 기긴 긴데(맞는데), 아이다, 아이다."

"피리가 없는데 피리 한번 불어 볼까."

피리를 불껜 마 아까 그 택이거든. 막내딸이 머슴이라고 저거 언니들이 본다고, 어서 내려오라고 사정을 하고 내려왔어요. 그렇게 내려와 가지고, 보고 있다가 마,

"쉰동이가 확실하는구나."

[바람소리로 이야기를 녹취할 수 없음]

처녀들 둘은 종이 쪼각 하나도 안 주는데, 막대딸 요거는 옷도 사 주고 발도 씻어주고. 그래가 삼 년은 살았어. 그서(그곳에서) 삼 년은 살았어. 살아갖고 그래,

"나도 갈 데를 가야 된다."고. 쉰동이가 이랬 갖고. 그래 스님을 다시 찾아와서 자상 머슴에게 데려준 데로. 그래가지고 살다가, 그기서 인지, 그때서야 완전 공부를 시작해 가지고, 공부가 완전 천재적인 공부더래. 고마 매사가 천재적인 공부고, 그래 진사급제를 하고 이래 갖고, 그래 인자 자기 아버지를 찾아갔어.

참 그러자, 내가 이야기를 단축을 시킨다. 그 인자 나중에는 셋째 딸이 저거 언니한테 얘기를 했어.

"쉰동이가 옥황상제다. 옥황상제다." 한께,

"야! 이놈의 새끼야! 그게 어데 옥황상제고?" 한께,

"참말로 기다(맞다)."고 한께, 하도 딸이 서이 나와서 한번 보여 달라해서 보여주니깐, 딸 서이서 기절초풍을 하는 기라. 저런 사람이 쉰동이라는 게, 옥황상제라 하면 말이 되냐고 하면서.

그래 그게 진짜 그래서 공부를 시키고, 혼인식을 시켰다 해. 막 딸 둘이는 앞에 나두고 막내딸부터. 그때는 막내딸부터 시킬려면 난리가 났을

긴데, 절에 스님이,

"결혼을 막내딸부터 시키자."

[바람소리로 이야기를 녹취할 수 없음]

그날따라 고마 큰딸 작은딸이 미워서, 고만 그슥이 나가지고 그 뭐라 카노? 그 와 뭐이라 카노? 미워서 샘이 나서, 샘이 나서 깨방(방해)을 놓는 기라. 깨방을 놓고 혼인식을 차릴려고 하는데 깨방을 놓고 그라는 기라.

아무리 그래도 언니가 그 지랄을 하니 사람이 미칠 지경이라. 막내딸이라고 하는 소리가,

"나 결혼하면 언니는 가면 될 낀데. 이런 경지에서 이렇게 하나." 하니, 바람이 때리는 기라. 돌바람이 부는 기라. 돌바람이 불어. 이야기는 거짓말이라고 언니들 둘은 저 산 나무에다가 당그라(매달아) 놨더래. 그래 스님이 그랬는가 모르지? 그래 둘이 결혼식을 하고, 그래 인자. 스님이 그렇게 갈케(가르쳐) 딸을.

[바람소리로 이야기를 녹취할 수 없음]

저거 아버지를 찾아온께로. 모시는 사람이 아무도 없어서 자기 살던 그 방에 그대로 운명을 해서, 그 자리에다가 그 인자, 신동이가 와서 아버지 얼굴이나 보고, 그래 그따가(그곳에다) 묻었대.

[바람소리로 이야기를 녹취할 수 없음]

# 발복 못한 유계 선생의 묘

자료코드 : 04_18_FOT_20090718_PKS_KGY_0003
조사장소 : 경상남도 함양군 병곡면 광평리 마평마을 정자나무 밑 쉼터
조사일시 : 2009.7.18
조 사 자 : 황경숙, 채정윤

제 보 자 : 강금용, 남, 67세

구연상황 : 제보자가 먼저 이야기를 마치고서는 마을 근처에 있는 유계 선생 묘 이야기
를 해 주겠다 하며 이야기했다.

줄 거 리 : 유계 선생이 고기를 잡아 준 것을 감사하게 생각한 마을 원님이 유계 선생이
죽자 명당 자리를 잡아준다. 그런데 묘자리를 잡아준 풍수 굿필이가 친구를
만나고 오다가 그만 하관 시간을 놓치게 되었다. 우여곡절 끝에 하관을 마친
뒤 굿필에게 묘자리의 풍수를 묻자 굿필은 유봉설이라 답한다. 유봉설은 버들
유자에 봉할 봉자이기에 이후 유계 선생의 후손들은 자손은 흔하되 이름 난
후손은 없을 것이라 예언한다. 이에 후손들이 유가를 류가로 고쳤다 한다.

저기 유계 선생[1] 묘라고 유계 선생. 저기 지금 묘가 안 보이네 가려서.
유계 선생은, 옛날에 선생이라 하면 벼슬 아니요?

(조사자 : 유기?)

유계선생, 유계, 유계.

(조사자 : 유계?)

응, 유계 선생. 내나 여기여 상림에 건너 거 솔숲이라고 있어. 송림 위
에. 거친봉에서 거서 옛날에 거서는 물이 깨끗하고 그랬은께.

거서 아침으로 물을 낚시를 해가지고 서울 임금의 ○○○○○ 아침을
해 반찬을 하고.

[바람소리로 이야기를 녹취할 수 없음].

그리 해서 묘심는 ○○○ 그래 유계 선생이 인자 죽게가 됐어. 몇 월
몇 일 날 죽는다고 신고를 해서 유계 선생한테다가.

그러니까 유계 선생이 하도 고맙다고. 굿필이가. 유계 선생이라는 사람
이 내가 몇 월 몇 일 죽는다고, 그날 자기 죽는 날까지는 아는 기라.

그래 인자 고을 원이지, 고을 원한테 그런 이야기를 했지. 얘기를 한
께로,

---

1) 조선 중기의 문신이자 학자인 유계(兪溪, 1607~1664) 선생을 말하는 것인지 분명하지
않다.

"하도 내한테 아침 반찬 해다 준게, 이렇게 고마워서 고마운 공을 한 다."고, 굿필을 불렀는 기라. 저게 유계 선생이라는 사람이, 죽으면 나는 이리했지만, 유계 선생이 공을 드리기 위해서,

"아침에 고을 원으로서 나는 장지를 하나 정해 주겠다."

이래 가지고 굿필을 불렀는 기라. 굿필을 불러 가지고 굿필보고 인자,

"유계 선생 묘를, 함양을 거쳐서 함양 거친봉이라는 봉우리를 거쳐서 그 인자 장지를 정해 봐라?"

[바람소리로 이야기를 녹취할 수 없음]

장지를 정해 놓고 몇 월 몇 일 날 죽으면 인자, 죽으면 그날 인자 가서, 그 다음 날 곽을 파놓는 기라. 곽을. 곽을 파놓고 ○○○ 하관을 할라 카 니깐께노, 굿필이 안 내려오는 기라. 그 시간에 내려와야 하는데, ○○○ ○ 굿필이 그만 오는 도중에 친구를 만나 가지고 늦게 오게 되었어, 늦게. 늦게사 오니까.

어느 안전이라고 옛날 같으면 벼슬아치들이 누구의 안이라고 날을 그 렇게 시간을 거역했다고, 그 시간에 입관을 해야 될 낀데, 그래 해 버렸다 고 뭐라고 그랬단 말이야. 그러니깐 소리를 말끈(전부) 듣고 가만히 생각 하니 요란한 기라. 처벌을 그래 인자 막 하니깐, 거꾸로 달아 매놓고, 콧 구멍에다 고춧가루를 뿌리더라 이라더라. 근게 얼마나 고문을 당했어. 인 자 근께, 그래 그 한 사람이 있다가,

"그렇지만 우리 선생은 ○○○○ 좀 늦게 왔다고 이렇게 처벌할 수 있 나. 끌러자. 끌러 가지고 이 사람을 얘기를 들어보고, 묘를 어떻게 써야 이 유계 선생의 자손들이 잘되게 할 건가? 얘기를 들어봐야지 원칙이지, 고춧물을 부어 기함하는 것이 원칙이냐?"고, 그 사람이 그러더래. 그래 인자,

"장지를 얼마나 깊이 파야 되냐?" 하니깐, 그 사람이 하는 소리가,

"저짜 땅바닥까지 파야 된다. 땅바닥에 볕이 들어오도록 파야만이 이

유씨들이 그만침 복을 보게 된다."

그래 판 기라, 파가지고 어느 안전이라고 깊이 파가 해놓고 국가 원수들이 인자 그대로 했는 기라.

그대로 하고 그러다 본께로, 인자 참말로 인자 하관을 해야 하는데, 하관했단 말이요. 하관을 하고 인자 다 종부를 지어 놓고 굿필한테다가 물었는 기라.

"이 설이 무슨 설이냐?"

아무리 묘를 써도 큰 자리는 설이 다 있거든, 설. 무슨 설, 무슨 설, 설이 다 있는데, 무슨 설이냐고 물으니께로, '유봉설.'이라 그래. 유봉설, 버들 유(柳)자 봉할 봉(封)자. 듣고 보니깐 잘 뭣이라 하는 기, 참 말소리도 좋고 의미도 좋다 그런단 말이야.

굿필이 가고 나서, 그 소리하고 그만 가삣어(가버렸어). 가면서 유계 선생 자손들이 인물이 안 나고, 인물이 안 난다 하더래. 저 가서 뒤에 가서 그러더래.

"인물이 안 나고, 자슥이 흔하걸랑 유선생 운을 받는 줄을 알아라." 그라더래. 자손이 흔하면, 그라면 떨어진 가문이 많고 외동이 많고 그런 역사가 있어. 그게 실제 맞거든.

유계 선생이라 하는 게, 버들 유자에다 나중에 해석을 하고 본께, 버들 유자에다 봉할 봉자를 썼단 말이야. 버들 유자를 봉합을 한께, 어찌 일어날 끼요? 못 일어났는 기라. 못 일어났는 기라.

그래 자식들이 이름이 안 나고, 얼굴이 그 전부 말 쪼가리로 생기고, 유가들이 그렇데.

그런 전설이 있어 가지고, 그래 유가가 안 좋다고 해서 우에(위에) 선조들이 이름을 바꾼 기라. 유가를 류가로. 유씨가 류씨로 많이 나오지요?

그 사람들이 그래서 그렇더랍니다. 그래, 그래서 그런 전설이 있고.

# 살인한 남편 구한 조팔만 며느리

자료코드 : 04_18_FOT_20090718_PKS_KGY_0004
조사장소 : 경상남도 함양군 병곡면 광평리 마평마을 정자나무 밑 쉼터
조사일시 : 2009.7.18
조 사 자 : 황경숙, 채정윤
제 보 자 : 강금용, 남, 67세
구연상황 : 조사자가 앞의 이야기에 이어 다른 이야기도 해달라고 청하자 제보자가 곧바
　　　　　 로 조팔만 이야기를 해 보겠다고 하였다. 제보자가 이 이야기를 구술할 동안
　　　　　 그동안 지켜보던 청중들이 자리를 뜨기도 하고 다시 돌아오기도 하는 등 주
　　　　　 위가 산만했으나, 제보자는 산만한 분위기에 아랑곳하지 않았다.
줄 거 리 : 진주에 조팔만이라는 사람이 아들이 없어 양자를 들이게 되었다. 그런데 그
　　　　　 아들은 살인죄를 지을 운명이라 하였다. 조팔만은 아들의 운명을 막기 위해
　　　　　 아들이 결혼하자 아들을 깊은 산중으로 보내 공부를 하도록 하였다. 그런데
　　　　　 어느 날 아들은 산에 나무를 하러온 이들과 장기를 두다 시비 끝에 장기판을
　　　　　 상대에게 던져 그 사람을 죽이고 말았다. 한편 조팔만 아들의 아내는 미인으
　　　　　 로 그 마을의 원님이 사모하여 만나기를 청하여 인연을 맺게 되었다. 이후 조
　　　　　 팔만의 아들이 살인죄로 죄값을 치르게 될 때 고을 원님이 조팔만 아들의 처
　　　　　 와의 인연으로 그 죄값을 감할 수 있도록 도움을 주었다.

　　진주에 조팔만이라는 사람이, 이름은 다른 이름인데, 팔만석을 하다 보
니깐 그만 이름이 조팔만이라고 이름이 지어버렸다는 거야. 그런데 그 사
람이 다른 건 다 풍부한데, 거시기 없어가지고 자기 아들이 없는 기라, 아
들이. 아들이 없어서 겨우 천신만고 끝에 아들을 하나 구해 가지고 아들
을 하나 구해 가지고 키웠어. 그래 결혼식을 시켰어요.
　　결혼을 시키니깐 그 인자 딸도 없고 아들 하나 딱 있는데, 소중하니까
일도 안 시키고 공부만 시켰어. 아무것도 안 시키고. 공부를 가르치는데,
거기도 운이 나빠. 사람 죽이는 살인죄로 그 사람이.
　　조팔만이라는 사람이 며느리를 봤는데, 살인죄로 사람이 언젠가는 살인
죄에 걸리는 사주팔자라, 팔자가. 살인죄에 걸린다 말이야. 아버지가 아들
을 살인죄에 안 걸릴라고, 저 산중에다가 휴양을 시켜놨어요. 휴양을 시

켜놓고, 거기 가서 공부를 시켜놓으니깐, 스승하고 저거 아들하고 앉혀놓고 공부를 갈친 께로, 공부에 공부를 더하고 공부에 공부를 하고 이러다 보니깐, 그래 인자 며느리 혼자 집에 놔두고. 이게 어떤 소문이 났냐면, 조팔만 며느리라는 사람 아주 일류 고만 아주 미인이라 해요. 그렇게 잘 났더랴. 아무리 봐도 잘 났더랴. 잘 나고.

조팔만 며느리가 혼자 살제. 그러니깐 그 도중에 아무리 옛날에 그만침 그 참 남자와 여자를 그만치 분별했지만은, 그래도 인자 하는 수 없어서. 어떤 남자가 조팔만 며느리라는 사람을 참 꿈에라도 보고 싶어서 애가 타는 사람이 있었다 캐. 그런데 아무리 볼라 해도 밖을 나와야 볼 수 있죠, 밖에를 나와야. 그래서 옆에 어떤 아줌마를 보고,

"이렇게 이렇게 해서, 내가 조팔만 며느리라는 사람을 한번 보고 싶어서, 이렇게 애원을 하고 참 눈병이 날 정도로 보고 싶으니, 하는 수 없이 아주머니가 매파 역할을 해서 그래 나를 좀 보여주십시오. 이러면 내가 어떠한 한이 있더라도 아주머니 후환을 하겠습니다." 하는 약조를 하고, 조팔만 며느리를 한번 보기를 원을 했어. 그 사람이 누구냐 하면 지금으로 말할 거 같으면,

[바람 소리로 이야기를 녹취할 수 없음].

그래 가서, 조팔만 며느리 집에 가서, 두부장사 식으로 하는 기라. 두 번도 가고 세 번도 가고 그랬지. 엄청 여러 번 가는 도중에 조팔만 며느리를 말 상대를 하고 이야기를 하게 되었어. 그래 인자 이러한 사람이 애가 달은 이 사람 얘기를 하면 안 되겠거든, 비밀로 하고.

"내가 어떠 어떠해서, 저 뭣이 보물이 있는데, 그 보물을 구경하러 나랑 갑시다."

말로 연극을 좋아해 가지고, 이리저리 구경을 하고 그래 한번 봤단 말입니다. 보고 싶은 사람을 그래 또 봐도 보고 싶어서, 참 말로만 듣던 사람이 아니고, 참말로 미색이 반달이다. 생것을 통째로 씹어 먹어도 비린

내가 안 나겠더래요. 그래 그만치로 잘났더래요.

그래 인자 한 마디 집에 안 났더래요. 그래 참 자기 신분을 이야기를 안 하고,

"내가 몹쓸 사람이고 몹쓸 사람인데. 내가 하도 무슨 말이 이름이 있겠지. 사돈이라 하든지 하도 얼굴이 잘 나고 귀염성이 있고 좋다고 해서 한번 보기를 원했지만, 이제 내가 한번을 봤으니깐, 원도 한도 없어 이 세상 다 살았다 해도 원도 한도 없다."고 했어. 한이 없고, 그러니깐, 여자가 뭐라고 하나 하면,

"천하에 잘 나도 못한 여자가 여자로서 남자 마음을 혼선을 만들었으니, 나도 죄도 이만저만도 아니다." 그러더래.

"그래, 천상 나를 위해서 그렇게 보고 싶어서 애타고 해서 왔다면 그랬으면, 딱 오늘로써 세 번째를 봤으니깐, 세 번을 보고 이걸로서 마지막으로 해야지, 다시 한 번 더 한다고 봤으면, 나도 마음이 편치 못하노니, 귀하신 몸이 어찌 나 같은 천하를 다시 한 번 더 이런 일이 없도록 바랍니다." 하고 갔어. 헤어지기로 했어. 이와 동시에 아들이 무슨 일이 있었냐면은, 저 산중에 공부를 하고 있었는데, 이 동네사람들이 일하러 가다다 풀을 하러 갔다가 앉아 놀았어. 앉아 놀면서 장기를 뒀다 말이야. 동네사람이 장기를 두고 있었단 말이지. 그래 옥신각신하다가 사람을 장기를 두다 보면 옥신각신하다가,

[바람소리로 인해 이야기를 녹취할 수 없음]

어떤 사람이 조팔만 아들이 짝 바위로 확 던져 버렸어. 그 사람이 인자 고만 죽어 버렸어. 사람 팔자가 사주팔자 되어 먹는다고, 이 사람이 살인자로 징역을 가야 된다고 징역을 가게 되었어. 그래 결정이 되고, 인자 그래 판검사에 다 결정되고, 살인마로 몰려 들어가네.

그래 가만히 고을 원쯤 되는 사람이, 뭐 이라카노 국회의원 정도나 된 사람이 되나놓으니, 끗발이 그 정도니, 이 사람이 가만히 생각하니, 조팔

만이 처가, 마침 자기 남편을 위해서 그렇게 독수공방을 하고 살았고, 자기도 그만치 저 큰 산에 가서 도통을 하고 살았는데, 결국 액운을 못 때우고 살인자로 불렸으니, '나도 조팔만 며느리가 그만치 나를 위로하고 동정해줬으니께로, 나도 벼슬아치로서 그만한 공을 해야겠다.' 이래 해 가지고, 살인자를 된 사람을 판결한 기라. 검 판사를 다 데려다 놓고 검 판사에게 얘기를 한 거지

"이러이러한 사람을, 사람이 그럴라고 한 것이 아니고. 장기를 띄고 옥신각신하다가 장기판을 던졌는데, 그런 수야 어느 누가 그럴 수가 있는데, 그게 운이 나쁘고 죽은 사람 운명이라서, [바람소리로 인해 이야기를 녹취할 수 없음] 사람으로서 있을 수 있는 일인데, 이것으로 징역을 가나?"

[바람소리로 인해 이야기를 녹취할 수 없음]

아무리 절개가 있지만, 남편을 위해서 그러지는 않았지만은, 남편을 위한 도리에서 말 한 마디 했다고 나쁜 일도 해야 된다는, 옛날에 그런 말이 있다고.


## 대보지 바위

자료코드 : 04_18_FOT_20090723_PKS_KGS_0001
조사장소 : 경상남도 함양군 병곡면 도천리 도천마을 마을정자
조사일시 : 2009.7.23
조 사 자 : 황경숙, 채정윤, 문세미나, 조민정
제 보 자 : 김갑생, 여, 75세
구연상황 : 조사자가 마을에 전하고 있는 대보지 바위에 대한 이야기를 묻자, 제보자가 잘 알고 있다며, 이야기 해 주었다.
줄 거 리 : 어느 비 오는 날 남매가 도루목으로 길을 떠났다. 앞서 가던 누이의 옷이 비에 젖은 모습을 본 동생이 자신도 모르게 누이에 대한 욕정을 품게 되었다. 이로 인해 동생은 자신을 탓하며 자신의 남근을 돌로 찧어 죽었다 한다. 이 사실을 뒤늦게 알게 된 누이는 동생을 탓하며 자신에게 "대나 보지"라 하였

다. 지금도 그 자리에는 돌이 두 개 서 있는데, 대보지 바위라고 한다.

대봐지 가는데, 인자 저게.

(청중 : 거시기 도루목이라 카는데, 가는데. 남매가 갔더랴, 남매가 갔는데. 인자 비가 와서 이리 흠츠레기 저거 누나를 앞에 세워놓고 가니께로, 그래 딱 요래 옷이 딱 붙어갖고, 뒤에서 보니까노, 고마 일어나더랴. 그기 일어나더랴. 그래 누님은 앞에 가구로 내뚜골랑은(내버려 두고는) 이래 내 가지고, 독으로 콱콱 찧대야.

"내가 와 저게 뭐꼬. 누님을 보고 그것이 일어나냐?" 함시로,

"요거, 안 된다." 함서, 그걸 콕콕 찧어서 죽었대야. 죽었는데, 그래 인자 하도 억울하고, 죽어 노이니께, 누나가 이러카더라아.

"대나 보지. 대나 보지."

그래, 거 대보지라고 그래 나왔어. 대보지라 나왔어.

(청중 : 돌 두 개가 딱 섰어. 지금도.)

거 섰어, 하믄. 그 누님이 그래 동상을, 지가 동상이 그걸 이리 내 가지고 돌로 찧니께, 죽는 거 아이라? 하믄, 그 기 죽었지.

"왜 누님을 보고 그것이 생각나나? 나가 사람이가? 나가 죽어야 한다." 카면서, 그래 돌로 콕콕 찧어서. 응, 그래 갖고 누우가(누나가) 하도 억울해서, 인자 저한테,

"대나 보지. 대나 보지."

인자 그래서, 거 이름이 대보지여, 그게.

# 여자 말에 가다가 멈춘 산

자료코드 : 04_18_FOT_20090723_PKS_KGS_0002
조사장소 : 경상남도 함양군 병곡면 도천리 도천마을 마을정자
조사일시 : 2009.7.23
조 사 자 : 황경숙, 채정윤, 문세미나, 조민정
제 보 자 : 김갑생, 여, 75세
구연상황 : 조사자가 방정골에 대한 이야기를 묻자, 제보자가 이야기를 해주었다.
줄 거 리 : 산이 도읍지를 정하기 위해 걸어가는데, 그만 방정맞은 아낙네가 산이 걸어가
는 것을 보고 "산이 걸어간다."라 소리쳤다. 여자가 소리치자 산은 더 이상
가지 않고 멈추어 섰다. 그 곳을 방정맞은 여자 때문에 산이 멈추어 선 곳이
라 하여 방정골이라 한다.

(조사자 : 그거는 어떻게 된 겁니까?)

여, 우리 동네인데, 마침 요 넘어가는데 여게 있어.

(청중 1 : 마침, 여게라.)

(조사자 : 네.)

거게는, 넘어갈 때 이란다 캐, 그 산이 넘어 걸어 가드라 캐. 여 앞동산
이 넘어가니께, 여자가,

"저, 산이 걸어간다."

이렇게, 해 가지고 막 거어 멈춰섰디야. 걸어갔으면, 거 싸악 나갈 낀
데, 요 산이, 앞동산이라고 방정골이라 있어. 그래 방정맞은 여자가,

"저 산이 걸어간다."

이래서, 방정골이 됐다.

(청중 1 : 그래 방정골이 이름이 됐어.)

(청중 2 : 그래 안 하믄, 이기 여 서울 되었을 끼라.)

여가 서울이 되었을 끼라 캐. 거, 여자가 방정맞구로,

"저, 산이 걸어간다. 걸어간다." 이라더랴.

# 각시소에 빠져 죽은 며느리

자료코드 : 04_18_FOT_20090723_PKS_KGS_0003
조사장소 : 경상남도 함양군 병곡면 도천리 도천마을 마을정자
조사일시 : 2009.7.23
조 사 자 : 황경숙, 채정윤, 문세미나, 조민정
제 보 자 : 김갑생, 여, 75세
구연상황 : 조사자가 예전에 제보자가 각시소에 대한 이야기를 한 적이 있다는 사실을
       알고, 제보자에게 각시소에 대한 이야기를 청하였다.
줄 거 리 : 옛날 물나들이 대실댁에서 며느리를 맞이하였다. 며느리는 일 하러 떠난 남편
       대신 시댁 식구들을 보살피며 살고 있었다. 그런데, 시어머니의 시집살이가
       너무 심해 견디지를 못하고 마침내 스스로 목숨을 끊고자 하였다. 그 며느리
       는 치마에 돌을 담고 손에 꽃을 쥐고는 각시소에 뛰어들어 목숨을 끊었다. 그
       뒤로 그 며느리가 빠져 죽은 소를 각시소라 불렀다 한다.

(조사자 : 시원하게 각시소?) 에? (조사자 : 각시소.) 각시소? (조사자 :
예.) 각시소가 있어. (조사자 : 그건 왜 각시소 인데예?) 각시소는. (조사
자 : 비녀언덕도 있고.) 비녀언덕도 있고, 물나들이 앞에가 거가 긔라(그곳
이라).

근데, 각시가 빠져 죽은 데는 각시소. 그 우에 올라가서 비녀가 널쩌서
비녀손데. 그게 물나들이 대실댁에 며느리가 보리쌀을 앉치 놓고,

"작은 외씨야! 여 불쫌 떼라."

저게, 뭐꼬 내 투하(뜻을 정확히 알 수 없음)가, 저 옛날에 투하 안 있
소? 옛날에는 투하가. 점도록(하루 내내) 벌벌 떨고. 막. 열이 나고 한 거.

근데 거 그 집에 아들이, 딸이 다섯이고, 아들이 여섯인데, 큰며느리요,
큰며느닌데, 저게 큰 아들이 인자, 그때만 해도 지금 그 사람이 팔십
팔, 저, 저, 저, 팔십 여덟 살이라 지금. 그 사람이.

근데 그 때만 해도, 고등학교 선생을 했어, 부산서 인자. 부산서 고등학
교 선생을 했는데, 옛날에는 긍께, 결혼을 해도 인자, 각시를 몬 뎄고(못
데리고) 갔어. 어른들한테 내뚜고(놔두고), 거어(그곳에서) 자취를 하지, 못

뎄고 갔어. 근데, 열하나에 저게 뭐꼬, 신랑꺼징 형제가 열하나라, 열하난 데 자기가 맏이거든. 근데 머슴을 너이(넷) 데리고, 시아버지, 시어머니. 사람이 몇이여? 그래 갖고 살면서 너무나 시집살이가 댄 기라(힘들었다는 의미).

그래 갖고 옛날에는 토마도는 참 귀했거든, 근데 그 집에는 부잣집이라서 그런가, 텃밭에 토마도를 숨가 가지고(심어서) 이리 따서 묵고, 뿌리는 된장을 썰어 놓고 그라더마. 밀양댁이 저거 외갓집 있는 데라, 내나 그게. 그래 갖고껄랑은(그래 가지고) 토마도를 한 쪼가리 묵으니께, 시어마이 그거 뭤다고(먹었다고) 뭐라 카더라 캐(야단치더라 해).

그래 갖고 고마 그 사람이 죽을라고, 및 번이나 거에 각시소 올라 갔어. 각시소 올라가라꼬는 죽을라꼬, 이리 들어가갖고 몬 죽고.

누가 보니께는, 치매에다가 돌을 한 치매 싸더라. 싸가꼴랑은 들어가드만 푹 들어갔다가 쏙 올라오더랴. 거어 안 죽거든. 안 죽으이께네, 거 어 덕이 참 무섭어(무서워) 쳐다 보면, 물나들이 건네(건너) 치다 보면 양지마 을이라고, 쳐다 보면 거 게, 거어 올라 가가꼴라고는, 고마 소만 오면 떨어지는 기라 저게.

뭐꼬, 꽃나무 그거 참꽃나무, 배꽃나무 거기 인자 쫌 폈어, 그걸 내나 금쥐고 있다까꼬랑 고마. 금쥐고 있고. 치매에다 돌을 요리 탁 싸갖고 와가꼴라고는 탁 나뻤어. 나뻤지니 뉘가 그 우에, 밑에 논매는 사람이 보이까는, 폭 들어가디만 폭 솟구치고 고만 폭 밀고 안 뜨더랴. 두 번을 그래 갖고 거 올라가서 거 올라가서 죽었어.

그 사람이 저게. 한개에서 왔는데, 한개 거서 왔는데, 참 저게 부자 집이고, 그 사람이 결혼을 할라 칼 때(하려 할 때).

인자 사자 할라고 신랑은 일흔 날 신부는 사흘 날, 이자 사자 보름 되면 만내고. 저게 또 상제를 데부다가 잠자는 거까징 다 보고, 밥 먹는 거까징 다 보고, 걸음 걷는 거까징 다 보고 그랬어.

그 사람들이 부자라노이께노, 물나들이. 그래 가꼴랑은(그렇게 해서) 그 여자가 고마 물에 빠져버려 죽어버렸어. 아도 하나 안 낳고, 죽어버렸어.

너무 다 좋다 아입니까? 너무 다 좋은, 시어마니가 그렇게 시집을 살리제. 머슴을 몇 데리고 시누들이 그런 게 다섯이제. 시동상이 다섯이제. 열한 놈이 나아갖고껄랑은 잘 살았어.


# 여자 말에 자라다 멈춘 마이산 바위

자료코드 : 04_18_FOT_20090723_PKS_MGI_0001
조사장소 : 경상남도 함양군 병곡면 옥계리 토내마을 마을 정자나무
조사일시 : 2009.7.23
조 사 자 : 황경숙, 채정윤, 문세미나, 조민정
제 보 자 : 문계임, 여, 72세
구연상황 : 조사자가 마을에 유명한 바위에 대해 묻자, 마을에 유명한 바위는 없다고 하며 대신에 마이산의 바위 이야기를 해주었다.
줄 거 리 : 마이산에 남매인지 형제인지 모르는 두 바위가 저절로 자라고 있었다. 그런데 어느 날 방정맞은 아낙네가 그 광경을 보고 "바위가 저절로 큰다."라 외치자 더 이상 바위가 자라지 않았다. 그래서 지금도 마이산에 가면 두 바위가 있는데, 크기가 서로 다르다.

남맨가? 뭐, 저거 형젠가? 이리 바위가 커 올라 가더랴. 커 올라가는데, 하나는 지금 커고 얕으고(낮고) 그렇거든. 그런께로 여자가 딱 내다보고는,

"아이고, 저기 바위가 자꾸 큰다. 큰다."

그런께로, 딱 멈춰 버렸더랴. 그래 가지고 요렇게 생겼더랴. 하나는 크고, 하나는 높으고. 형제가 그리 크다가, 여자가 쳐다 보고,

"아이고! 저 바위가 큰다."

그런게 딱 멈췄대야. 그래 가지고 하나는 높으고, 얕으고 그렇다 하데, 마이산에.

# 그네를 뛰다 소에 빠져 죽은 중

자료코드 : 04_18_FOT_20090718_PKS_SGY_0001

조사장소 : 경상남도 함양군 병곡면 광평리 마평마을 정자나무 밑 쉼터

조사일시 : 2009.7.18

조 사 자 : 황경숙, 채정윤

제 보 자 : 서기연, 여, 66세

구연상황 : 조사자가 재미있는 이야기를 해 달라고 청하자, 제보자가 이 마을에 전하는
전설이 있다며 이야기했다.

줄 거 리 : 마을에서 시주하러 오는 중에게 그네를 백 번 뛰면 동네 주민들이 시주하겠
다고 하였다. 중이 그네를 뛰게 되었는데, 그만 나무가 부러져 소에 빠져 죽
게 되었다. 그 뒤로 마을 사람들이 그 넋을 달래기 위해 중이 그네를 뛴 나무
에 줄을 달아 놓았다.

　전에, 동네 인자 조그마하게 처음에 섰을 때, 여 동네 중이 살았대요.
그래 살았는데. 그래 인제, 옛날에는 못 먹고 살았다 아이요? 그래 모두
묵고 살기 없는데. 중이 만날 와서 시주 돌라고 안 해요? 묵을라 하니깐.
우리 먹고 살 것도 없는데, 만날 먹을 거 달라고 하니깐, 그때는 모두 꾀
가 나가지고, 중을 보고,

　"저게 가면 큰 나무가 있는데, 그 나무에 군대(그네)를 백 번을 뛰면은,
동네에서 먹여 살린다." 캤대. 그래 인자, 줄을 매놓고 군대를 뛰다가 고
만 나뭇가지가 쪽 찢어져서 널쩌서(떨어져서), 시리소가 있거든 소가, 소
에 고만 빠져서 돌아가셨대야. 그래 뫼가 그기에 있는데, 그게 가면 사람
들이 줄 매고 있더라고. 그래서,

　"왜 줄 매느냐?" 칸께네(하니까), 그러니깐 그래 이야기를 해 주더라고.

# 하씨네가 훔친 이씨 묘자리

자료코드 : 04_18_FOT_20090710_PKS_LJS_0001

조사장소 : 경상남도 함양군 병곡면 송평리 송평마을 정자
조사일시 : 2009.7.10
조 사 자 : 황경숙, 김국희
제 보 자 : 이종식, 남, 79세
구연상황 : 제보자를 제외한 다른 청중들의 얘기가 거의 없는 상황에서, 제보자가 계속
　　　　　 집안 얘기를 해 줬다.
줄 거 리 : 송계공의 묘자리 옆에 하씨네가 묘를 쓰려 하자, 이씨 문중 사람들이 그 묘를
　　　　　 파 버렸다. 하씨네가 고발하자 주재소의 헌병들이 이씨 문중 청년들을 잡아갔
　　　　　 다. 주동자를 찾으려 했으나 모두 자기가 주동자라 하자 헌병들은 그들 모두
　　　　　 의 상투를 잘라버리는 처벌을 내렸다. 이씨 문중 사람들이 상투를 잘리고 부
　　　　　 끄러워 문 밖 출입을 못한 틈새에 하씨네가 밀장을 했다. 지금도 그 무덤이
　　　　　 있다.

　저, 송계공 할아버지 산소 옆에, 사대 사성받이가 묘를 써갖고, 묘사를
같이 지내고 같이 공동으로 운영했다는 거는 아까 이 얘기를 했고.

　거기에 인자, 이전이나 지금이나 나라가 망할라 할 거 같으면, 명산 자
리를 많이 찾아요. 똑 나라 망할 때, 그때 명산을 많이 찾는 기라.

　그래 똑 우리나라 1910년에 한일합방 되고 할 무렵에, 1900년이 되고,
고 무렵 전후 해 갖고, 어떻게 명산 자리를 많이 찾아서 말이야. 뭐, 돈
있는 사람들이고, 권력 있는 사람들이, 자리 좋다 할 것 같으면, 오만 짓
을 다 해 가지고, 그걸 차지할려고, 난리를 지기고 했을 땐데.

　그래 그게, 우리 송계공 할아버지 산소 옆에 자리가 좋은께노, 우리 문
중에서도 그때 어떤 어른이 산소를 썼는 기라. 그런게노 우름 하씨네들도,
또 그 씬 옆에다가,

　"너거 쓰께, 우리도 쓴다." 하면서, 또 산소를 썼는 기라. 그런게노 우
리 문중에서 가만히 생각해보니깐 기가 찰 노릇이거든. 그래서 동네 집안
어른들이, 성주 이씨 어른들이, 그 때 한 이십여 명 됐어, 그래 갖고 총
출동해 갖고, 막 거동을 해 가지고, 가서 묘를 다 파내 버렸는 기라.

　그때 시기가 어느 때냐 하면, 일본 놈들이 차관정치 할 때라, 헌병정치

해 갖고 주자소가, 헌병 주자소(주재소)가 있고 할 땐데, 1910년 쯤에.

이거는 묘를 파내고 한께노, 그 후손들이야 오죽할 꺼가, 자기 선친 웃대 할아버지 묘를 다 파내 집어 던지버리고 난리가 낭께네, 고소를 해서 헌병들이, 순사도 그때는 없고 헌병들이 올라왔는 기라. 올라와 갖고, 그래 한 사람들을 다 찾아냈어. 그래 우리 문중에 어른들이 열일곱 명이, 주최측 주동자들 열일곱 명을 잡아 갖고 갔어. 젊은 사람들이나 이런 사람들은 나두고.

"누가 주동자고?" 한께노, 전부 자기가 주동자라 캐.

"내가 주동했다고, 내가 주동했다고, 내가 앞장섰다고."

전부 그러니, 이거는 단디(단단히)하나로 죄를 지어서, 재판을 저저 넘기고 이래야 되는데, 그래 할 수가 없는 기라. 그래서 그 때만 해도 단발령이 내렸을 때라. 다 상투를 쥐고 있을 땐데, 고마 헌병대에서 고마 열일곱 명 어른들, 고마 상투를 다 잘라버렸어.

그런게노 그 어른들이 명예로 묵고 살고, 체면으로 묵고 사는 사람들이, 상투를 짤렸으니 이거는 그마 난리가 나버렸는 기라.

그래 인자, 그마 앞으로 다시는 그라지 말라 하면서, 그걸 저 사람들한테도 고소인들한테도 상투를 다 잘랐으니께노, 그 이상할 수 없다고 하면서. 그래 석방을 해갔고, 다 집에 와서 문 밖 출입을 못하고 인자 어른들이 있을 때, 그 때 우리 마을 저 산에, 그것도 우리 집안 종파 어른들 산인데.

고마 우씨네들이 그 산을 사가지고 묘를 쓸라 하는데, 도저히 동네 앞이라고 동네 백호날이라 해 가지고 못 쓰구로 하거든. 그래 이때다 싶어서, 고마 그 사람들이 저녁에 와서 살찌기(살짝) 전부 열일곱 주동자들은 머리를 깎아서 문 밖 출입을 안 하고 있으니까, 이때다 해 갖고 쫓아와 갖고, 저녁에 밀장을 해 갖고 묘를 썼어. 우씨네들 묘가 인자 생기게 된 내력이 그기라.

그래 안했으면 묘를 절대, 산을 사도 묘를 못 썼을 낀데, 우리 어른들이 그만 충절 한다고 문 밖에를 못 나오니깐, 체면 때문에. 그것도 낮에는 못하고, 밤에 모르게 살짜기 와 갖고 묘를 써 갖고, 그래 그 이후로 더 파내지도 못하고, 그래 우씨들 묘가 그래 쓰게 돼있는 기라. 그 시기가 차관 정치 하고 단발령 내렸을, 고 무렵이라.

# 도천마을 유래

자료코드 : 04_18_FOT_20090723_PKS_HIS_0001
조사장소 : 경상남도 함양군 백전면 도천리 도천마을 마을정자
조사일시 : 2009.7.23
조 사 자 : 황경숙, 채정윤, 문세미나, 조민정
제 보 자 : 하인수, 남, 84세
구연상황 : 조사자가 마을 유래에 관한 이야기를 묻자, 제보자가 마을 이름에 대한 유래를 해주었다.
줄 거 리 : 도천마을의 옛 이름은 우항이다. 우루목은 우항의 의미를 새겨 붙여진 이름이다.

저, 뭐꼬, 고려 때는, 우루목이 아니고, 우항이라고 불렀어. 소 우자(牛) 목 황자(項), 우항(牛項)이라고 불렀었는데, 우항. 그러니 우항이라고 부르다가 내려 오면서, 이 말하자면 시대가 자꾸 개체되고 왕이 개체되면서, 이러다가 내려오다가, 인자 뭐꼬? 삼국으로 내려오면서 우루묵이라고, 그 인자 소 우자, 목 항자 우항이었는데. 그 인자 그냥 이래 들으면, 그게 글자를 새기면, 그게 우루목이라 그래.

목 황자껜 우루목이라 그런 우루목이라는 전설이 있어요. 그 철령지라는 책에 보면 그렇게 되어 있어.

# 시묘 사는 효자를 지켜 준 호랑이

자료코드 : 04_18_FOT_20090723_PKS_HIS_0002
조사장소 : 경상남도 함양군 백전면 도천리 도천마을 마을정자
조사일시 : 2009.7.23
조 사 자 : 황경숙, 채정윤, 문세미나, 조민정
제 보 자 : 하인수, 남, 84세
구연상황 : 마을에 유명한 효자에 대한 이야기를 묻자, 들은 이야기라고 하며 호랑이에게
도움 받은 효자에 대한 이야기를 해주었다.
줄 거 리 : 부모님이 죽고 3년 시묘를 지내던 효자가 있었다. 쌀을 가져다 놓았는데, 도
둑이 쌀을 가지고 가던 중에 호랑이를 만나 무서워서 쌀을 갖다 놓았다. 호랑
이가 시묘살이를 하는 효자를 지켜주고 있었던 것이다. 그 후, 호랑이가 함정
에 빠졌는데 다른 사람은 아무도 호랑이를 잡지 못하였다. 그런데 효자가 다
가가니 해치지도 않고 잘 따랐다. 이런 일이 있은 뒤로 그 마을을 내범이라
불렀다.

그전에 있긴 있는데,

(조사자 : 네, 그거 말씀해주십시오.)

저 짜는 뭐꼬? 내나 우리 할아버지가, 할아버지가 적어 났어. 이야기를
해 가지고, 그래 인자 함양읍 저쪽에, 신갈리라 하는 저쪽에, 무슨 리고
호정지라 하는, 지금 무덤도 거기 계시고 한데.

이 어른이 내나 인자, 효자를 하면서 움막을 짓고, 시묘로 살면서 3년
시묘를 살았는데, 3년 시묘를 살 때. 거기서 말하자면, 인자 쌀을 갖다 놓
아 놓고, 거기서 그때는, 그때 당시는 목욕도 안 하고, 이가 있어도 이도
안 잡고, 옷도 안 씻어 입고. 그냥 그래 가지고, 그게서(그곳에서) 자면서,
계속 자면서, 물도 들어다 놓고 쌀도 갖다 놓고, 거기를 떠나면 안 되는
기라. 그래서 어쩔 수 없이 옷도 갈아입고 해도, 3년 상 날 때는 옷도 잘
안 갈아입고, 머리도 안 빗고, 이가 있어도 이도 안 직이고, 그러는데.

하루저녁에 거기 있다가 보니깐, 무엇을 이름을 자꾸 잊어버려. 기억력
이 없어서 이야기를 옮기지를 못해. 그래 그때 당시 쌀이 다 떨어져 가는

데, 쌀이 인자 와 가지고, 머시가 도둑이 와 가지고, 쌀을 갖다 놓고 갔단 말이야. 그때는 쌀이 굉장히 중요했는데, 그 쌀을 털어가는 도중에, 호랑이가 그것해 가지고 호식해 갈라고 해서, 그 쌀을 다시 갖다 놓고 그래.

그렇게 해서 시묘를 사는데, 사는 걸로 그렇게. 저게 그 호랑이가 계속 신변을 보호해 주고 거기를 지켜 주었어. 그러니깐 호랑이가 어데 가서 함정에 빠졌는데, 거기가 어디냐 하면 산청 내범이라 하는 데인데, 거기 인제 명칭이 말하자면 내범이라. 내범, 그 함장에 빠졌는데, 다른 사람이 잡을라 캐도 그거 하는데, 이 어른이 가니깐은, 이 호랑이를 범접도 안 했는데, 이 어른이 가니깐 해꼬질도 안 하고, 도로 살리 가지고 올라왔다고. 그랬다고 그래서 동네 이름이 내범이라 하는 기라.

그래 내범이라고, 지금 산청 고 가면 다리 건너 내범이라고, 동네가 그렇게 있어. 그래 갖고 시묘를 살면서 그거 했다고 해서, 그 전설을 그 이름도 요게 함양읍이라고 가면 신천이라고 하는데, 거가 호정지라. 거기 지명이 호정지라 범 호자(虎)를 쓰고 호정지라 호정지. 지금 거, 지금 우리 그 산소가 거기 있는데, 이번에 고속 도로 생기면서 이장하게 됐어. 그래서 그 어른을 정묘, 그 어른이 효자 정부 정려각, 정려각 효자이니라. 세 어른이 전부 다 효자.

그래 그 어른의 정려는 임금이 내려다 준 정려이기 때문에, 전설인데 그게 전설인데, 사실상 책으로 엮어져 있는 게 없어서, 전설이 되가(되어) 있단 말이야.


# 꾀를 내어 친정의 명당자리를 뺏은 딸

자료코드 : 04_18_FOT_20090723_PKS_HCS_0001
조사장소 : 경상남도 함양군 백전면 도천리 도천마을 마을정자
조사일시 : 2009.7.23

조 사 자 : 황경숙, 채정윤, 문세미나, 조민정
제 보 자 : 하충식, 남, 54세
구연상황 : 제보자는 앞서 마을에 내려오는 전설 이야기를 하다가 생각이 났는지 다음
　　　　　이야기를 해주었다.
줄 거 리 : 진양 하씨네 집에 성주 이씨네 딸이 시집을 와서 친정(성주 이씨)에서 잡은
　　　　　명당자리를 시집(진양 하씨)의 것으로 만들기 위해 친정 할아버지의 장례 때
　　　　　먼저 가 물을 부었다. 이 사실을 몰랐던 친정에서는 묘자리에 물이 든 것을
　　　　　보고는 그 곳에 묘를 쓰지 않았다. 지금도 그 후손들이 그 곳에 모여 매년 묘
　　　　　사를 지내 오고 있다.

월암이라는 부락이 저 위에 가면 있거든요, 덤바우.

(조사자 : 네. 덤바위.)

덤바우(덤바위), 덤바우에 가면은, 저 돌로만 끝이 나와 가지고 망월이
라 쿠는, 들어가는 산이 초우통골 돌로 뭉쳐진 산이기 때문에, 덤바우라
고 이름을 지었어요. 거기 가면은 덤바위 뒤에 가면은, 주릉이 엄청나게,
벼슬을 할 수 있는 주릉이고. 부자가 될 수 있는 주릉이고. 자숙(자식)을
많이 생산할 수 있는 주릉이 하나 있는데, 그 주릉에 지금도 가면은 우암
박씨, 단양 우씨, 성주 이씨, 진양 박씨, 세 선조들이 쪽 묻혀 있어. 나는
진양 하가라요.

근데 저 인자 전설을 보면은, 우리 하가 집으로 성주 이씨네들 따님이,
우리 웃대(윗대) 어른들이 혼사가 이루어졌어. 아무개 아무개 그 딸이 우
리 진양 하가 집으로, 어느 집으로 시집을 오게 어른들이 승낙을 했어. 그
래 인자 우리 하가 집으로 시집을 오시고, 우리 하가에 선조 어른은 장가
를 갔지요.

그런데 시집을 와서 보니깐, 웃대 조부님께서 연세가 많아서 세상을 베
려야 돼, 세상을. 세상을 베리야 되는데, 묘를 써야 돼. 묘를 써야 되는데,
우리 친정집에서는 이 자리가 좋은 자리이기 때문에 여기에다가 지적을
했어요.

근데 시집을 와서 시가에 보니깐, '그 자리가 봐서 우리 시할아버지가 들어가 있으면, 우리도 자식도 번창하고, 벼슬도 하고 하겠는데, 친정에서 이란께.' 이란께 물을 이고 가다 생각을 해 봤어요. '친정이 잘되면, 내게 덕이 없어요. 내가 시집을 와 가지고, 우리가 잘 될 것 같으면, 벼슬 하고 부자가 되고, 자석이 번창하면 이익이 되는데.' 이 두 자리를 놓고 지금도 전설이 그렇게 내려와.

그 부암 시집을 오신 분이, 정계 일품들, 옛날 같으면 종이라고 하는. 그 여자들을 시켜서, 옛날에는 어른들이 세상 베리면(버리면) 3일장 5일장 7일장 해서 이렇게 생여를 만들고, 이렇게 부고를 만들고, 걸어서 가면은 한 80리 같은데, 지금은 전화로 했지만 옛날엔 걸어 부고를 갔거든. 그러면 7일장을 해야 되는데, 7일장 하는 도막에(덕택에), 이 자리에 청강을, 저거 친정 어른을 모실려고 내려났는데, 이게 욕심인 기라. 여짜다(이곳에다) 우리 모셔야만 우리가 부자 되는데, 친정은 소용이 없단 말이여.

그래 인자, 정지꾼들을 시켜서 밤새 물을 갖다 부었어, 여기다. 청강을 내라(내려) 났거덩. 그래서 그 어른 사체가 들어갈려고. 정지꾼에게 시켜서 밤새도록 물을 갖다 부었어. 그래서 안 부은 것처럼, 자기는 우리 하가 성주 이씨네들이, 아침에 일찍이 생사를 매고 가서 모실려고, 하려고 하니까,

"그 안에 상여도 지고 해라." 하니까, 종이 갔다 오더만,

"아이고! 이거 마 여쭐 말이 있습니다."

"와, 머꼬?"

"어제 할아버지 모실려는 청강에 물이 나가지고."

"아이고! 그럴 일이 없지. 거기가 얼마나 좋은 명당인데, 대체 물이 나느냐? 어, 안 된다 거기 치워라, 덮어라." 해서, 그래서 밑에다가 팠어요. 현재 거기가 영사당이라 쿠면은(하면은), 사문정이 들어 있어요. 진양 하가, 성주 이씨, 단양 우씨, 우암 박씨, 그래서 인자 영사당이라고, 덤바우

라고 하는 그 뒤에 가면은 그런 전설이.

지금도 하가들이 시월 보름날이면은 거 올라가지고 시사라고 해 가지고, 서울, 부산에서 오고, 우씨네들도 오고, 박씨네들도 오고, 그리 해 가지고 묘사를 모시는데, 지금도 그런 전설이 내려오고 있어요.

# 도깨비불

자료코드 : 04_18_MPN_20090718_PKS_KYH_0001
조사장소 : 경상남도 함양군 병곡면 월암리 월암마을 마을회관 앞 쉼터
조사일시 : 2009.7.18
조 사 자 : 황경숙, 채정윤
제 보 자 : 김영해, 남, 83세
구연상황 : 제보자가 조사자에게 도깨비불 본 이야기를 해주겠다며 이야기 하였다.
줄 거 리 : 어느 날 한 사람이 밤중에 등불을 들고 어머니와 형을 마중 나갔다가 도깨비
불을 보았다. 도깨비불은 처음에는 하나였다가 나중에는 여러 갈래로 흩어졌
다. 도깨비불은 저 혼자서는 불이 되지 못하고 사람들이 켜 놓은 등불 불빛을
빌어 만들어진다고 한다.

옛날에 우리가 사는 것이 참 사는 게 사는 게 아니라. 사랑방에서 우리
동네 머슴이 여럿이 많이 있었거든. 명도라 같이 있으면서 저녁으로 되면
은, 낮으로는 쌔가 빠지게 지게지고 다니면서 일하고, 저녁 되면은 신도
해야 되요(짚신을 삼아야 돼요).

신을 한판 신어야, 내일 산에 신고 그래 하거든. 그리 하는데, 어머니가
마지막까지(마지막으로) 데리고 온 기라 나를. 마중을 가야 하는데, 가자
하는 기라. 어머니가 가자 한께로 가야 되는 기라. 그래 한참 신을 삼고,
한참 새끼를 꼬는데, 우짤 기라? 어머니가 가자 하니 따라가야지.

옛날에 등잔불, 옛날에 호롱불, 호롱불 그놈을 잡고, 길도 쪼매 이렇지
만 길도 없는 기라. 옛날 길이 없는 기라, 산 밑으로 요리 요리. 근데 우
리가 다리를 건너야 돼, 세 개를 건너가야 돼, 노지를. 시장을 건너가 가
지고, 가다 가다 봉께네로(보니까), 저기 저 시방(지금) 저 아래, 저 신문이
논물이. 거기 논이 좀 높았거든, 그게 첫 논이란 말이다. 첫 논인데.

거기 등불 잡고, 엄마 등불 잡고 섰고, 나는 이제 머라 하면은,

"오나. 오나." 하는 기라.

"오나. 오나." 고함지르는 기라. 저 아래 노지 건너오나,

"오나. 오나." 하고, 그러고 보면, 아무도 없거든. 그냥 등불이 파딱 하드만, 파딱한 게 보니까네, 저기 보면 파딱 해. 그게 바로 도깨불인 기라. 하모 퍼뜩 하는데.

(청중 1 : 도깨비 그걸 봤나?)

그게 불이 쭉 가는 기지. 어데 가 있는고? 사람인가 긴가 하는 건 그거는 몰라.

불삐니 안 비요(불밖에는 안 보여요). 근데 불이 확 가는데, 하나 가는데, 저 가면은 착 둘이 되삐리요. 하나가 여러 개가 되버려요, 여러 개 되버리요. 하나가 고마 착착 퍼져 나가더라고. 그때는 나는 뭐 나이도 적고 해서, 그게 토깨비(도깨비)인가 뭔가 몰랐거든. 근데 그제, 삼방삼방 이야기를 들으니깐, 그래 그거 토깨비, 사람이 사는 게, 불이 댕기고 간다 이거야. 저거는 불을 못 키고, 사람이 있어야 댕겨 가가지고 불을 비친다 그기라.

(청중 1 : 하모. 횃불에다 비치고 그런 거지. 횃불에서 따라 가는 기라. 등불에다 비추고 그랬지.)

(청중 1 : 도깨비가 어떤 동물일까? 동물은 동물이제?)

동물이지, 이름은 모르는 기라. 불밖에 모르는 기라.

(청중 2 : 동물도 아니고, 그냥 인이라 카는 기라, 인. 몸에서 나오는 거. 귀신이랑께 불이 번쩍번쩍 인이다 인.)

"오나. 오나." 하고 가는 판인데, 불만 번쩍거리고 그러니깐, 사람도 기척도 모르는 기라. 어머니가,

"등불을 잡고 가자, 알로(아래로)." 하는 거라. 동네로 간 기라, 하모. 인제 어머니가 가자 하는 기라. 그래서 인자 가운데 논으로 가니께노, 솔

숲 안 있소? 거 가니깐, 한쪽 불이 착 하는 거라. 근데 집을 건너가 보니 깐, 불빛이 하나도 없어지버렸어.

그래서 삼방삼방 가니께로, 찾아 가끼네로 해영이 집으로 간끼네로 노는데, 딥띠게 놀아. 그것도 모르고, 어디서 왔는지 모르고. 장구 치고 노는데, 그 뭐뭐 마지 왔다고, 어머니랑 마중 왔다고 하더래요. 벼락 끝에 가이나들이(여자들이) 죽 쒀 가지고 와 가지고 한 솥 주는데, 그거 얼마나 맛있노?

그놈의 막걸리 그것. 그냥 머 그냥 한 사발 먹고는, 어머니는 저 만침 섰고,

"행님! 어머니하고 마중 왔어요."

그랬지. 행님은,

"좋다. 가자가자. 어머니 와서 좋다." 하는데, 우리 행님은 안 가.

# 귀신 따라 밤새 얼음판을 맴돈 사람

자료코드 : 04_18_MPN_20090718_PKS_NHY_0001
조사장소 : 경상남도 함양군 병곡면 월암리 월암마을 마을회관 앞 쉼터
조사일시 : 2009.7.18
조 사 자 : 황경숙, 채정윤
제 보 자 : 노한영, 남, 71세
구연상황 : 조사자가 도깨비, 귀신 이야기를 한 대목 들려주자, 제보자가 듣고는 실제로 경험한 이야기가 있다 하며 해 주었다.
줄 거 리 : 어느 사람이 한 겨울날 술을 마시고 밤늦게 집으로 돌아오는 길에 여자 귀신에 게 홀려 밤새도록 얼음판 위를 뛰었다. 그 사실을 아침이 되어서야 알게 되었다.

읍에서, 그래 인자 술을 자시고 올라오면서, 그 뒤로 숲 가운데로 안 가면은 대맛질로 그리 걸어왔다 아이가, 하모. 그래 숲 가운데, 거는 그전 에 깡패들이 나와사서(나와서), 벌로(함부로) 못 들어가는 기라 겁이 나서.

나도 뚜드리(때려서) 맞았다. 우리도 나도 뚜드리 맞았다. 하모 우리도 뚜드러 맞았다 아이가. 근데 대마질로 살살 걸어오다가, 한랑봉과 그 메이 골짜기, 그 무슨 골짜기라 하노?

(청중 1 : 한람봉.)

아니라, 거 들 이름이 있어.

(청중 2 : 갈매꼬지.)

갈매꼬지. 그 밑에 그리 이래 돼있었단 말이야. 지금은 대맛질을 이래 해삐니께(해놓으니) 모르는데, 그전에는 아랫구실 이래 했다는 기라. 거기 오다가, 고마 술이 꽉 채놓으께뇨(취했기에), 그때 겨울이농께네(겨울이라서) 다 휜거리였거든 전부다. 얼음이 꽝꽝 얼었는데, 거기 간께네, 귀신한테 홀키 가지고 여자가 앞에 가는데, 따라 갔더랴. 따라가니깐, 얼음장에 밤새도록 뛰고 댕겼더라 캐. 그래 오짝 하고 정신이 바짝 들걸레(드니), 버썩 한께로, 본께로 내나 밤새도록 얼음장을 계속 돌아 댕깄대. 그래 정신이 파딱 들길래(들어서) 펄쩍 해 가지고 보니깐, 내나 얼음장 위에 저녁 내도록 있었다 그래. 귀신한테 홀키 가지고.

그래 그 소리를 듣고는 내가 몇 년 지냈지, 5,6년 지냈는가? 그래 내가 지냈지, 5~6년 지냈는데, 내가 저 우에서 묘사 지내고, 비가 오는 기라. 그때만 해도 내가 담배를 안 피왔었거든. 아 그래 무섭기는 무섭고, 내리기는 남중학교 앞에서 내렸는데, 버스로. 올라갈 일이 큰일인 거라. 내가 겁이 나서 '이제 틀림없이 그리 가면, 나도 맥히겠다(먹히겠다)' 싶었어.

그래, 그때는 묘도 지내고, 뭐고 원보 보따리(제사 음식을 나누어 담은 보자기) 안 있는가베? 그래 나는 또 어른들이 더 가지고 왔단 말이다. 이런, 내리 짐을 짊어지고, 거서 성냥을 한통 샀어. 중학교 앞에 가게에 들어가 가지고. 이래 이전에 고등학교 안 있는가? 아닌가베. 거기 쪼금 올라오면, 사람들이 있나 없거든. 내가 거서부터 담배담(뜻을 알 수 없음) 앞까지 성냥불을 켜가지고 오는데, 내가 식겁을 했어(혼이 났어), 그래.

# 처를 구한 남편 / 시집살이 노래

자료코드 : 04_18_FOS_20090718_PKS_KGY_0001
조사장소 : 경상남도 함양군 병곡면 광평리 마평마을 정자나무 밑 쉼터
조사일시 : 2009.7.18
조 사 자 : 황경숙, 채정윤
제 보 자 : 강금용, 남, 67세
구연상황 : 조사자가 예전에 즐겨 부르던 노래를 해달라고 청하자, 제보자가 처음에는 목
이 아파 잘 할 수 없다며 거절하였다. 조사자가 거듭 조사 취지를 설명하고
청하자, 제보자는 잠시 혼잣말로 노랫말을 되새겨 보다 노래했다.

저 건네라~ 방추난 두 개라(뜻을 알 수 없음)~ 삼칸초립을~ 들
어라

그 집에 있던~ 삼 년 만에~ 시아바시가~ 감사 나고

감사가 나던~ 삼 년 만에~ 서방님이가~ 군수 나고

군수 나던~ 삼 년 만에~ 시아바시~ 숙직하다

꽃둥 물둥~ 유리잔을~ 깨었구나

이런저런 곰방두나 한두(뜻을 알 수 없음) 새끼 서 발 챙겨서나
들고~

장도칼을 받아 들고~ 대동강 주변으로~ 나오너라~

듣고 있던~ 낭군님이~ 기가나 막혀~

여보세요~ 아버님요~ 불효자 말을 들어 보소~

꽃을 놓아서 유리나 잔은 지갑만 준다면 또 건만(있건만)

오봉실~ 꽃같은 님은~ 한 번 가면~ 못 온다요~

# 어사용

자료코드 : 04_18_FOS_20090718_PKS_KGY_0002
조사장소 : 경상남도 함양군 병곡면 광평리 마평마을 정자나무 밑 쉼터
조사일시 : 2009.7.18
조 사 자 : 황경숙, 채정윤
제 보 자 : 강금용, 남, 67세
구연상황 : 조사자가 산에 나무하러 가면서 부르는 노래를 청하자 제보자는 예전에 그런
        노래를 많이 불렀다고 하였다. 제보자는 목이 아파 노래하기 힘들다며 사설만
        일러주겠다며 구술했다.

세 살 먹어 부친 잃고 다섯 살 먹어 모친 잃고

삼오세 번 다섯 살에 결혼이라고 맺었더니

이십팔 열여덟에 홀로 넘긴 내 팔자야

찾아가자 찾아가자 아제 삼춘 찾아가자

아제 삼춘 찾아가니 아주머니가 성 나시면

은가락지나 끼었던가 이 뺨 치고 저 뺨 치네

아이고 금방 설움이야

아제 삼춘 썩 나서니 구두깨나 신었던가

내 자식도 귀찮은데 니 앞가림 다할소냐

이 뺨 치고 저 뺨 치고 내 설움이야

밥이라고 달라 하니 삼 년 묵은 씬 보리밥 된장 접시 가에 발라
주고

밥이라고 달라 하니 삼년 묵은 씬 보리밥 된장 사발 가에 발라
주네

[바람 소리로 인해 사설을 정확하게 알 수 없음]

거슴게(거름지게)를 주었다가 그 밥을 달게 먹고

앞 동네라 무섭더나 뒷 동네라 무섭더나

나무가자 나무가자 뒷동산에 장두나무가자
가기사(가기야) 가지마는 정월이라 대보름날 왠말이요
정월이라 대보름날 그 지게를 탁 벗어 던져서
그만 그 지게를 탁 벗어던지고
가요 가요 나는 가요 아지 삼춘 잘 있으소
금강산 절로만 나는 간다 카더라
금강산 절로 가서 다섯 살에 입학하야
십 년 공부하였건만 열다섯에 졸업하야
진사 급제를 하였건만 안가걸랑 벼슬을 쓰고
하녀들은 뒤에 달고 마누라는 앞세우고
찾아가자 찾아가자 아제 삼춘 찾아가자
아제 삼춘 찾아가니 아주머니 썩 나심서
꽃방석를 썩 펴 내놓으며 이리 앉게 저리 앉게
어디 갔다 이제 왔노 아제 삼촌 썩 나심서
천군 같은 내 조카야 이리 앉게 저리 앉게
몸은 불고 돈을 벌고 찾아본들 소용있나
니가 왔으니 찾아본다 이래 쌌더래(이렇게 하더래)

그러면서 하는 말이 그래,

은방석도 내 자리가 아니요 꽃방석도 내 자리가 아니요
짚방석이 내 자리요

그러더래 조카가. 벼슬 해 가지고 온 사람이.

짚방석이 내 자리요
여보세요 아제 삼촌 사람 괄시 그리 마소

그만키 십 년 공부 해 갖고 출세해 놓으니, 그만큼 큰소리를 해. 그 노래 끝이 한정 없어 노래로 다 할라면.


## 권주가

자료코드 : 04_18_FOS_20090718_PKS_KGY_0003
조사장소 : 경상남도 함양군 병곡면 광평리 마평마을 정자나무 밑 쉼터
조사일시 : 2009.7.18
조 사 자 : 황경숙, 채정윤
제 보 자 : 강금용, 남, 67세
구연상황 : 조사자가 권주가를 청하자 제보자가 장모에게 바치는 권주가를 불러 주겠다고 하였다. 옆에 있던 이웃 할머니들이 그 노래 참 잘한다고 조사자에게 일러 주자 손으로 장단을 맞추며 노래했다.

진주-단성~ 얼기란둥에~ 쌀로나 길러~ 노나주요(나누어 줘요)~

한 달을 길러~ 두 달을 길러~ 이십 중년~ 길러 가네~

유문낭 효자다(뜻을 알 수 없음) 맡길 적에는~ 백년 장모님~ 길러 가고~

스물네 칸~ 세안 밑에다~ 열두 발 꽃병풍을 둘러 주고~

암탁 장닭을~ 마주나 놓고~ 곱게 잡이를~ 씌워 주게~

당신 절은 두 대~ 요내 절은 한 대~ 백 년 산다고~ 기약하세

이 술 한 잔~ 잡으나시고~ 만수무강 하옵시고~

백 년 장모님~ 기약하세~

# 못 갈 장가 노래

자료코드 : 04_18_FOS_20090718_PKS_KGY_0004
조사장소 : 경상남도 함양군 병곡면 광평리 마평마을 정자나무 밑 쉼터
조사일시 : 2009.7.18
조 사 자 : 황경숙, 채정윤
제 보 자 : 강금용, 남, 67세
구연상황 : 앞의 노래가 끝나자 청중 중 한 명이 혼례 전에 죽은 신부를 만나러 가는 노
　　　　　래를 해보라고 청하자 제보자가 조사자에게 내용이 좋은 노래라 일러주며 노
　　　　　래했다.

　　　앞집에서~ 궁합을 보고~ 뒷집에서는~ 책력을 보고~

　　　궁합 봐도~ 못 갈 장가요~ 책력을 봐도~ 못 갈 장가~

　　　못 갈 장가를~ 가는데 내가 좋아서~ 가던 장가를~

　　　그 누가를 말릴손가

　　　한 모랭이를~ 돌아를 가니~ 여수 새끼가~ 길을 넘고~

　　　두 모랭이를~ 돌아를 가니~ 까막 깐치가~ 진동하네~

　　　세 모랭이를~ 돌아를 가니~ 만났구나 만났구나~

　　　편지 한 장을 만났구나~

　　　[바람 소리로 인해 사설을 알아들을 수 없음]

　　　앞에 가시던~ 이내 손님~ 뒤에 오시던 이내 손님~

　　　오던 길로만 돌아 주소~

　　　이왕 문전~ 나시난 걸음에~ 내나 한번~ 다녀오제~

　　　동네 동네를~ 다 지나가고서~ 처갓집에 동네가~ 보여던가~

　　　대문 대문을~ 다 열어서 보고~ 처갓집에 대문이~ 걸려든가~

　　　한 대문을~ 열고서 보니~ 곽장사가~ 곽을 짜고~

　　　두 대문을~ 열고서 보니~ 꽃장사가~ 꽃을 버리고~

　　　세 대문을~ 열고서 보니~ 피래이 진 자가~ 거들 잡네

네 대문을~ 열고 보니~ 상주꾼들이~ 발 맞추고~

다섯 대문을~ 열고서 보니~ 사찬 인산부가~ 썩 나서심서~

사우 사우~ 내 사우야~ 내 딸 방으로만~ 들어가제~

떨리는 가슴을~ 부둥켜 안고~ 문고리를~ 잡고 보니~

자는 듯이도~ 누웠겠만~ 일세 반달이~ 그리오네~

왔소 왔소~ 내가 돌아왔소~ 당신 볼려고~ 내가 왔소~

자거들랑 일어나서

[바람소리로 인해 사설을 알아들을 수 없음]

자는 듯이도~ 누웠건만~

대답 한 마디 없고 보니~ 영영 아주 가셨구나~

가신다면 아주를 갔소이~ 거짓말로 갔소~

정말 정말~ 아주 갔소~

기왕질이야~ 가시거든~ 기왕 만신이나~ 편하시소 ~

둘이 덮자고~ 해놓은 이불을~ 혼자 덮고~ 누웠구나~

원앙의 은침 저 베개를~ 단둘이 베자고 만들었지~

혼자 벨라고~ 만들었소~

가요 가요~ 나는 가요~ 오든 길로- 나는 가요~

장인 장모님 잘 계시소~

사우 사우~ 내 사우야~ 이제 가면~ 언제 올꼬~

동솥에다~ 앉혀 놓은 닭이~ 꼬끼오 하면은~ 내가 오요~

형부 형부~ 우리야 형부~ 인제 가면은~ 언제 봐요~

뒷동산에라~ 개 뼈따귀가~ 꼬리를 치면은~ 내가 오요~

매형 매형~ 우리나 매형~ 인제 가면은~ 언제 오요~

뒷동산에~ 썩은 고목~ 꽃 피고 잎 피면~ 내가 오요~

나 줄라고~ 해놓은 술을~ 상두꾼들이나~ 날라 주소이~

한 발 두 발~ 뚝 띠고 보니~ 눈물에 가려서~ 못 가겠고이~

세 두발 네 두발~ 뚝 떼고 보니~ 사랑에 지쳐서~ 못 가겠네~

세 발자국을~ 뚝 떼고서 보니~ 요놈의 팔자는~ 왜 요런고이~

얼씨구나 좋다~ 저저절씨구서~ 아니 노지는~ 못하리로다~


# 베틀 노래

자료코드 : 04_18_FOS_20090718_PKS_KGY_0005
조사장소 : 경상남도 함양군 병곡면 광평리 마평마을 정자나무 밑 쉼터
조사일시 : 2009.7.18
조 사 자 : 황경숙, 채정윤
제 보 자 : 강금용, 남, 67세
구연상황 : 조사자는 베틀 노래가 사설이 참 좋더라 하며 베틀 노래를 알고 있는지 묻자,
제보자가 전에는 사설 모두를 알고 있었으나 지금은 부른 지 오래되어 잘 기
억이 나지 않는다 하였다. 조사자가 알고 있는대로 불러 달라고 청하여 제보
자가 노래했다.

오늘날도~ 하심심하니~ 베틀이나~ 놓아 보자~

하늘에다가~ 베틀을 놓고~ 구름 잡아~ 잉아걸고~

안개 속에~ 꼬리를 삶아~ 놓고 쨍쨍~ 들고 쨍쟁~

들고 쨍쨍~ 잉여나무 마고리를~ 긁어서도~ 소리 난다~

앞다릴랑~ 돋아 놓고~ 뒷다릴랑~ 낮춰 놓고~

베틀 다리는~ 내 다리요~ 이내 다리는~ 두 다리요~

가르지라~ 칠광단을~ 실로강으로~ 벌려 놓고~

북이라고~ 도는 양은~ 서울이라 삼각산에~


[바람소리로 사설을 알 수 없음]

이코 저코~ 말코에는~ [바람소리로 사설을 알 수 없음]

옆방같은~ 난전에~ 큰애기가~ 앉았구나~

잉앗대는~ 삼 형제요~ 눌림대는 홀애비~

형님 없이도~ 더 잘 논다~ 앙금자추 저팔을랑~

양편으로 지른 모양~ 봉계정산 물 위에다~ 물 잘 친다~

높은 곳은~ 날가리요~ 낮은 곳은~ 도가리요~


# 홋낭군 타령 / 범벅 타령

자료코드 : 04_18_FOS_20090718_PKS_KGY_0006
조사장소 : 경상남도 함양군 병곡면 광평리 마평마을 정자나무 밑 쉼터
조사일시 : 2009.7.18
조 사 자 : 황경숙, 채정윤
제 보 자 : 강금용, 남, 67세
구연상황 : 청중들이 제보자에게 춘향이 노래를 해보라고 청하자, 제보자는 그 노래 사설
이 좋다며 조사자에게 사설 내용을 간단히 소개한 뒤 노래했다.

김도령은~ 홋낭군이요~ 이도령은~ 본낭군이라~

김도령이가~ 이도령 없는 줄을 알고~

내가 왔서이~ 문을 열게~

춘향이가~ 반가를 와서~

여보세요 김도령님~ 요내 방으로만 들어가소~

허를 떨친~ 김에도령~ 고목두지야~ 짊어지고~

김도령 춘향이가~ 마주나 누워서~ 주고 받고~ 하는 말이~

우리 둘이서~ 요로케나 놀다가~ 이도령 오시면~ 어찌 할꼬~

그때 마침~ 이도령이~ 내가 왔소이~ 문을 열게~

춘향이가~ 깜짝이나 놀라서~ 버선발로~ 뛰어 나와~

여보세요~ 이도령님~ 백반장사로 줄짝(출장)을~ 가신다고 하더니 ~

어찌 그리도~ 쉽게 왔소이~ 도중에라 도사를 만나서~

[바람소리로 녹음이 불량하여 사설을 알 수 없음]

열 년 해마다 내온 두지가~ 탈났다는 말이가~ 왠 말이가~

어쩔 어쩔지~ 김에도령~ 고목두지를 짊어지고서~

여보세요 이도령님~ 한번의 용서는~ 병가지상사(兵家之常事)요~ 십분 용서를 하여 주소~

니 수행을~ 본다고나 한다면은~ 대동강변에다가~ 목 치지만은~

너도 남의 집의 귀동자요~ 나도 너머 집 귀동자요~

차마 너를~ 죽일 수가 없다~

[바람소리로 녹음이 불량하여 사설을 알 수 없음]


# 노랫가락

자료코드 : 04_18_FOS_20090718_PKS_KGY_0007
조사장소 : 경상남도 함양군 병곡면 광평리 마평마을 정자나무 밑 쉼터
조사일시 : 2009.7.18
조 사 자 : 황경숙, 채정윤
제 보 자 : 강금용, 남, 67세
구연상황 : 제보자가 앞의 노래를 가창한 뒤 연이어 처녀에게 수작 건 총각 노래를 해 보겠다 하였다. 제보자가 노래할 때 청중들이 추임새를 넣으며 같이 장단을 맞추었다.

울도 담도~ 없느난 집에~ 명주를 짜는~ 저 처녀야~

명주벨랑~ 됬다가 짜고~ 고개 살끝만~ 들어보소이~

아따나~ 그 총각 끼도 많다~

마냥에 고개를 들면은~ 선 볼라꼬 그리만약하제~

물레야 같으면 돌려를 보고~ 고기 같으면~ 낚아 보제~

낚도 잡도~ 못할 여러 사정을~ 요놈의 간장만~ 다 타는구나


# 집 나가는 아내 노래

자료코드 : 04_18_FOS_20090723_PKS_KGS_0001
조사장소 : 경상남도 함양군 병곡면 도천리 도천마을 마을정자
조사일시 : 2009.7.23
조 사 자 : 황경숙, 채정윤, 문세미나, 조민정
제 보 자 : 김갑생, 여, 75세
구연상황 : 제보자에게 노래를 청하자 처음에는 가사가 잘 기억나지 않는다며 거절했다.
　　　　　잠시 후 다른 사람들이 부르는 것을 보고 있다가 기억이 난다며 불러 주었다.

직일 년아~ 살릴 년아~ 대동강에다 목을 질러

어린 자석 배 골리~놓고 병든 가장~ 장 지지 놓고

새북(새벽) 바람 찬바람에- 반보따리가~ 웬 말이고


# 사랑 타령

자료코드 : 04_18_FOS_20090723_PKS_KGS_0002
조사장소 : 경상남도 함양군 병곡면 도천리 도천마을 마을정자
조사일시 : 2009.7.23
조 사 자 : 황경숙, 채정윤, 문세미나, 조민정
제 보 자 : 김갑생, 여, 75세
구연상황 : 조사자가 제보자에게 사랑을 소재로 한 노래를 청하자 사랑 타령이라고 하면

서 불러 주었다. 처음에는 민요 가락으로 가창하다 중반부터는 신가요 풍으로
가창하였다.

사랑 사랑 닐리리 사랑이로세
무정 세월아 왔다 가지 말어라
인생은 이홀로 다 늙는다
에-헤~옹 에-헤~옹 오~ 홈마 둥개디어
사랑 사랑 닐리리 사랑이로세

# 창부 타령

자료코드 : 04_18_FOS_20090710_PKS_KSB_0001
조사장소 : 경상남도 함양군 병곡면 연덕리 덕평마을 마을회관
조사일시 : 2009.7.10
조 사 자 : 황경숙, 김국희
제 보 자 : 김삼복, 여, 85세
구연상황 : 조사자가 노래를 청하자, 노인정에 모인 어른들이 서로 노래를 하라고 미루는
가운데 제보자가 모르지만 해 보겠다고 했다.

아니 아니~ 놀지는 못 하리라~
하늘같이 높은 사랑(사랑) 하해같이도 깊은~사량
칠년 대하(대한) 가물로해(가뭄으로)~ 빗발같이도 반견 사량(반긴
사랑)
당미화에 양귀비냐~ 이도령~의 춘향이냐~
일 년 삼백에 육십 일을~ 하루만 몬 봐도(못 봐도) 못 살겄네~

# 모찌기 노래

자료코드 : 04_18_FOS_20090710_PKS_KSB_0002
조사장소 : 경상남도 함양군 병곡면 연덕리 덕평마을 마을회관
조사일시 : 2009.7.10
조 사 자 : 황경숙, 김국희
제 보 자 : 김삼복, 여, 85세
구연상황 : 조사자가 모심기 노래를 불러 달라고 하자 노래가 길어 다 기억하지 못 한다
　　　　　며 불러주었다. 잘 기억하지 못해서 주위에서 도와주었다.

들어~ 내~세~ 들어~내~세~ 이~모자리~를~ 들어~내~ 세~
나무 가락~ 새 가락에-해~

뭐라고 들어내 노꼬?

(청중 : 날랜 가락.)

날랜 가~락~ 들어내~세~


# 청춘가

자료코드 : 04_18_FOS_20090710_PKS_KSB_0003
조사장소 : 경상남도 함양군 병곡면 연덕리 덕평마을 마을회관
조사일시 : 2009.7.10
조 사 자 : 황경숙, 김국희
제 보 자 : 김삼복, 여, 85세
구연상황 : 분위기가 무르익으면서 서로 한 곡씩 돌아가면서 부르게 되었다. 제보자의 옆
　　　　　에 있던 청중들이 거들면서 같이 불렀다.

열라는 콩밭은~ 왜 아니 열리고~
아주까리 동백만~ 에-히 왜 열렸나~

노자 좋구나~ 젊어서 놉시다~
늙고야 뱅들면(병들면)~ 에-헤 못 노나니~

# 보리타작 노래

자료코드 : 04_18_FOS_20090718_PKS_KYH_0001
조사장소 : 경상남도 함양군 병곡면 월암리 월암마을 마을회관 앞 쉼터
조사일시 : 2009.7.18
조 사 자 : 황경숙, 채정윤
제 보 자 : 김영해, 남, 83세
구연상황 : 조사자가 보리타작하는 노래를 청하자 청중들이 제보자에게 부르도록 했다.
　　　　　 제보자가 상황 설명을 섞어 가창하자 청중들이 호응을 하며 장단을 넣었다.

　　　때리라- 어-
　　　뭐함지- 나온다-
　　　어따- 잘한다-
　　　때리라-

　그런 것도 도리깨질하는 자리는,

　　　어-허 어-허
　　　때리라-

　또 메기는 사람이, 또 군담이 나오는 기라, 군담이 들어가고 그러는 기
라. 궁디(엉덩이)가 들썩들썩하고.

　　　허-뜩 허-뜩
　　　잘한다
　　　허-뜩 허-뜩

　도리깨도 여리끼리(여기까지) 넘어가는 기라.

# 청춘가

자료코드 : 04_18_FOS_20090710_PKS_KWI_0001
조사장소 : 경상남도 함양군 병곡면 연덕리 덕평마을 마을회관
조사일시 : 2009.7.10
조 사 자 : 황경숙, 김국희
제 보 자 : 김우임, 여, 88세
구연상황 : 김삼복 씨의 청춘가에 이어 제보자가 불렀다. 주위에서 노래를 잘 부른다고
추천했지만, 건강이 좋지 않았고 가사 내용도 많이 잊어버린 상태였다.

간다고 말도 없이~ 청춘은 다-가고~
온다는 말도 없이~ 백발이 와 서 있네~


# 노랫가락

자료코드 : 04_18_FOS_20090723_PKS_MGI_0001
조사장소 : 경상남도 함양군 병곡면 옥계리 토내마을 마을정자나무
조사일시 : 2009.7.23
조 사 자 : 황경숙, 채정윤, 문세미나, 조민정
제 보 자 : 문계임, 여, 72세
구연상황 : 조사자가 노래를 청하였으나, 제보자가 가사를 잘 모르겠다며 거절하였다. 조
사자가 가사를 띄워 주니, 제보자가 기억이 난다며 흥을 내며 노래하였다.

명사십리~ 해당화야~ 꽃 진다고~ 서러 마라
맹년(올해) 삼월~ 봄이 오면~ 너는 다시~ 오련만은
우리 인생은~ 한번 가면~ 다시 오지~ 못하리라

# 연정요

자료코드 : 04_18_FOS_20090723_PKS_MGI_0002
조사장소 : 경상남도 함양군 병곡면 옥계리 토내마을 마을정자나무
조사일시 : 2009.7.23
조 사 자 : 황경숙, 채정윤, 문세미나, 조민정
제 보 자 : 문계임, 여, 72세
구연상황 : 조사자가 운을 띄워 주니 제보자가 함께 흥얼거렸다. 조사자가 노래 부르기를
청하자 거절하며 가사만 일러 주었다.

새들새들 봄배추는 밤이슬을 기다리고

그 다음에 뭐야?

우리 집에 우린 님은 날만 오기를 기다린다


# 사발가

자료코드 : 04_18_FOS_20090723_PKS_PDH_0001
조사장소 : 경상남도 함양군 병곡면 옥계리 토내마을 마을정자나무
조사일시 : 2009.7.23
조 사 자 : 황경숙, 채정윤, 문세미나, 조민정
제 보 자 : 박동호, 남, 71세
구연상황 : 제보자가 다른 제보자가 부르는 것을 듣고 있다가, 춤을 추면서 노래를 불러
주었다. 옆에 있던 다른 청중들도 흥겨워하며 장단을 맞추었다.

석탄 백탄 타는데~ 연기만 폴폴 나고요~

요내 가슴 타는데~ 연기도 짐도 안-난다~

에헤요~ 에헤요~ 에헤~요~

어여라 난다~ 지화자~ 좋다

# 홍 타령

자료코드 : 04_18_FOS_20090723_PKS_PDH_0002
조사장소 : 경상남도 함양군 병곡면 옥계리 토내마을 마을정자나무
조사일시 : 2009.7.23
조 사 자 : 황경숙, 채정윤, 문세미나, 조민정
제 보 자 : 박동호, 남, 71세
구연상황 : 제보자가 앞의 노래를 한 뒤, 연이어 마을에서 잔치가 있을 때 부르는 마을
노래라고 하며 뱃노래 가락에 얹어 불러 주었다. 제보자가 춤을 추며 노래하
자 옆에 있던 청중들이 즐거워했다.

술 부어라~ 너 하나뿐-이냐 ~

산 넘어 고개 넘으면은~ 도랑이 있단다~

어라~ 어라~ 에여라 좋다


# 그네 노래 / 노랫가락

자료코드 : 04_18_FOS_20090723_PKS_BBS_0001
조사장소 : 경상남도 함양군 병곡면 도천리 도천마을 마을정자
조사일시 : 2009.7.23
조 사 자 : 황경숙, 채정윤, 문세미나, 조민정
제 보 자 : 박병순, 여, 81세
구연상황 : 조사자가 운을 띄워 부탁했더니 불러 주었다. 노래하는 도중에 가락이 생각나
지 않아 옆 사람의 도움을 받아서 불렀다.

수천당 세모시 낭게~ 늘어진 가지를~ 휘어잡아

임이 뛰면 내가나 밀고~ 내가 뛰면은~ 임이 밀어

임아 임아 줄 매지 마라~ 줄 떨어지면은~ 정 떨어진다

# 창부타령

자료코드 : 04_18_FOS_20090723_PKS_BBS_0002
조사장소 : 경상남도 함양군 병곡면 도천리 도천마을 마을정자
조사일시 : 2009.7.23
조 사 자 : 황경숙, 채정윤, 문세미나, 조민정
제 보 자 : 박병순, 여, 81세
구연상황 : 가사를 조금 띄워서 부탁했더니 불러 주었다. 중간에 가락이 생각나지 않
아 주위 사람의 도움을 받았다. 노래 말미에는 흥거워 손장단을 맞추며 노
래했다.

새들새들 봄배차(봄배추)는~ 밤이슬 오기만~ 기다리고~

옥에 갇힌 울언 님은~ 나오기만 기다린다

얼씨구 좋다~ 절씨구 좋네~ 지화자가 절씨구~

아니 놀지는~ 못 하리라


# 사발가

자료코드 : 04_18_FOS_20090723_PKS_BBS_0003
조사장소 : 경상남도 함양군 병곡면 도천리 도천마을 마을정자
조사일시 : 2009.7.23
조 사 자 : 황경숙, 채정윤, 문세미나, 조민정
제 보 자 : 박병순, 여, 81세
구연상황 : 제보자가 앞의 노래를 부르면서 생각이 났는지 연달아 계속 불러 주었다.

석탄 백탄 타는데는~ 연기만 폴쏭 나고요~

요내 가슴은 다 타도~ 연기도 짐(김)도 아니 난다~

# 님 타령

자료코드 : 04_18_FOS_20090723_PKS_BBS_0004
조사장소 : 경상남도 함양군 병곡면 도천리 도천마을 마을정자
조사일시 : 2009.7.23
조 사 자 : 황경숙, 채정윤, 문세미나, 조민정
제 보 자 : 박병순, 여, 81세
구연상황 : 조사자가 가사를 조금 띄워서 부탁했더니 불러 주었다. 제보자가 노래 중간에
         노랫말이 생각나지 않아 마무리를 짓지 못했다.

간데쪽쪽이~ 정 들이 놓고~ 이별이 찾아서~ 나는 간다

그 다음에 모린다(모른다).

나도야~ 학이나 되어~ 천리 만년이라도


# 너냥 나냥

자료코드 : 04_18_FOS_20090723_PKS_BBS_0005
조사장소 : 경상남도 함양군 병곡면 도천리 도천마을 마을정자
조사일시 : 2009.7.23
조 사 자 : 황경숙, 채정윤, 문세미나, 조민정
제 보 자 : 박병순, 여, 81세
구연상황 : 가사를 조금 띄워서 부탁했더니 불러 주었다. 처음에는 가락이 생각나지 않아
         망설이다가 주위에 도움을 받아 손뼉을 치며 노래했다. 노래 말미에는 옆에
         있던 청중들이 노래하였다.

너냥 나냥~ 두리둥실~ 놀고요~
낮이 낮이나 밤이 밤이나 참사랑이로구나~
우리때~ 서방님은~ 명태잡이를 갔는데~
바람이~ 강풍아~ 석 달 열흘만 불어라~

너냥 나냥~ 두리둥실~ 좋아서~

낮이 낮이나 밤이 밤이나 참사랑이로구나~

키 크고~ 곧은 낭군~ 전봇대 세우고 ~

호리낭창 키 큰 처녀야 내 품 안에 들어라


# 모심기 노래 (1)

자료코드 : 04_18_FOS_20090726_PKS_PSD_0001
조사장소 : 경상남도 함양군 함양읍 상림공원 내 원산마을 약초장터 현장
조사일시 : 2009.7.26
조 사 자 : 박경수, 문세미나
제 보 자 : 박순덕, 여, 78세
구연상황 : 조사자가 아는 노래를 부탁하자, 제보자는 수줍은 듯이 쉽게 노래를 하지 않
　　　　　았다. 조사자가 다음 모심기 노래의 앞 사설을 조금 부르면서 노래를 부탁했
　　　　　더니, 이 노래를 불러 주었다.

　　　　물꼬는-철-철~ 물-실어 놓-고~ 주인-양-양반- 어-데를 갔
노~
　　　　문에야~전-복 오-려나 들-고~ 첩의~방-방에- 놀러나-갔네~


# 모심기 노래 (2)

자료코드 : 04_18_FOS_20090726_PKS_PSD_0002
조사장소 : 경상남도 함양군 함양읍 상림공원 내 원산마을 약초 장터 현장
조사일시 : 2009.7.26
조 사 자 : 박경수, 문세미나
제 보 자 : 박순덕, 여, 78세
구연상황 : 조사자가 앞의 노래에 이어 계속 노래를 부탁하자, 제보자가 이 노래를 불러
　　　　　주었다. 일명 '타박네 노래'라 하는 것이다.

다풀-다풀 타박머리~ 해 다~ 진-진데- 어-데를- 갔노~

우리- 엄마 산소나 등-에~ 젖-묵으-으로- 놀로만- 갔-네~


## 모심기 노래 (1)

자료코드 : 04_18_FOS_20090710_PKS_PWD_0001
조사장소 : 경상남도 함양군 병곡면 연덕리 덕평마을 마을회관
조사일시 : 2009.7.10
조 사 자 : 황경숙, 김국희
제 보 자 : 박우달, 여, 81세
구연상황 : 모심기 노래를 하는 중에 조사자가 '문어야 전복을 들고 주인 양반은 어디 갔
나'라는 노래를 해 달라고 하자 제보자가 불러 주었다. 제보자가 노래하자 청
중들이 가락이 틀렸다고 지적하자 제보자가 가사만 맞으면 된다고 응수했다.

물꼬는 철철 흘러-간데~ 주인 양반~ 어데 갔소~

문어 전복을~ 오리 들고~ 첩의 집에~ 놀러 갔소~

첩이 지가 뭐시라서~ 낮으로는 놀러 가고~ 밤으로-는 자로 가
요~

첩아 첩아 무정한 첩아 ~ 백년 부부를 와 가르노


## 노랫가락

자료코드 : 04_18_FOS_20090710_PKS_PWD_0002
조사장소 : 경상남도 함양군 병곡면 연덕리 덕평마을 마을회관
조사일시 : 2009.7.10
조 사 자 : 황경숙, 김국희
제 보 자 : 박우달, 여, 81세
구연상황 : 노랫가락을 불러 보겠다며 불렀다. 제보자가 노래를 부르자 주위 청중이 가락
이 맞지 않다고 지적하거나, 제보자가 가사를 잊을 때는 알려 주는 등 많은

관심을 보였다. 이 노래는 유희 공간에서 즐겨 부른 노래라고 했다.

청산골 좋은 낮골에~ 처녀 총각이 단둘이 만-나~

(청중 1 : 되도 안 해서.)
그 이후로 뭐이라? 뭐이라?
(청중 2 : 대장부 잡은 홀목을.)

대-장부 잡은 홀목(손목)을~ 살리는~ 글로 쓰소~
처녀 총각 만나나 갖고~ 좋은 곳으로 노리나 가요~


# 베짜기 노래

자료코드 : 04_18_FOS_20090710_PKS_PWD_0003
조사장소 : 경상남도 함양군 병곡면 연덕리 덕평마을 마을회관
조사일시 : 2009.7.10
조 사 자 : 황경숙, 김국희
제 보 자 : 박우달, 여, 81세
구연상황 : 조사자가 베틀 노래를 불러 달라고 하자 잘 기억하지 못한다고 했다. 그러던
중 제보자가 불러 보겠다고 했다. 제보자의 노래가 같은 가락으로만 이어지자
옆에 있던 청중들이 가락이 틀렸다고 지적하였다.

오늘 일기는~ 하 심심하여서~ 베틀에나~ 올라갈까 ~
낮에 짠 베는~ 일광단이고~ 밤에야 짠 베는~ 월광단이다 ~
일광단 월광단~ 베짜나 갖고~ 서방님 와이샤스를~ 지어 줄까~


# 모심기 노래 (2)

자료코드 : 04_18_FOS_20090710_PKS_PWD_0004

조사장소 : 경상남도 함양군 병곡면 연덕리 덕평마을 마을회관

조사일시 : 2009.7.10

조 사 자 : 황경숙, 김국희

제 보 자 : 박우달, 여, 81세

구연상황 : 모심기 노래를 불러 달라고 해서 부른 노래이다. 초반에는 노래로 들려줬으나 가사를 다시 기억한 후에는 구술로 했다. 청중들이 가락이 맞지 않다며 계속 타박을 하였다.

서 마지기~ 논빼미가~ 반달만치~ 남았구나~

지가 무신~ 반달일까~

(청중 : 되도 안 했어.)

그믐달이 반달이라 카나? 음 잘 몰라. 에 그래.

그믐달이 반달이냐 초생달이 반달이제

# 풍년 노래

자료코드 : 04_18_FOS_20090710_PKS_PWD_0005

조사장소 : 경상남도 함양군 병곡면 연덕리 덕평마을 마을회관

조사일시 : 2009.7.10

조 사 자 : 황경숙, 김국희

제 보 자 : 박우달, 여, 81세

구연상황 : 청중과 제보자의 구분 없이 한 사람씩 돌아가며 노래를 불렀지만, 중간에 맥이 끊기면 주로 박우달 씨가 노래를 하겠다며 불러 줬다. 풍년가를 아느냐고 묻자 풍년 노래라며 불러 줬다.

풍년이 왔소 풍년이 왔소~ 금수야 강산에~ 풍년이 왔소~

올해도 풍년 내년에도 풍년 후년 춘삼월 호시절에~ 화전놀이를 가요~

헤헤야~ 정도 좋다 얼~씨구 정도 좋다

풍년이 왔소 풍년이 왔소 가을 새 단풍 새 단풍에 단풍놀이를 갑시다

얼-씨구~ 정도 좋다 절씨구 정도 좋다

그리고 절씨구~ 정도 좋다

꽃이 피네~ 꽃이 피어 우리 마을 질가에는(길가에는)

날이 날마둥 춤을 추고~ 웃고 있는~ 중입니다

섰소 섰소 우리 마을 앞에~ 나무 목자~ 나무를 심어

밤낮으로 춤을 추고~ 우리 마을을~ 지켜 주요

얼-씨구~ 정도 좋다 절씨구야 정도 좋아

이렇게 좋은 게 어데 있소~ 어-허~야~ 어허야

그게, 풍년 노래.


# 의암이 노래

자료코드 : 04_18_FOS_20090710_PKS_PWD_0006
조사장소 : 경상남도 함양군 병곡면 연덕리 덕평마을 마을회관
조사일시 : 2009.7.10
조 사 자 : 황경숙, 김국희
제 보 자 : 박우달, 여, 81세
구연상황 : 구연하던 분위기가 차츰 정리되던 상황에서 부른 노래이다. 진주가 가까워 진주 난봉가나 논개 노래를 아는가 하고 물으니 제보자가 논개 노래라며 들려 줬다.

진주 남강~ 의암이는~ 대-장군 목을 안고~ 낙동강에~ 떨어졌네~

반지 열 개를~ 둘러 끼고~ 빠질 깐이(빠질 것을)~ 염려했소

# 권주가

자료코드 : 04_18_FOS_20090723_PKS_PIS_0001
조사장소 : 경상남도 함양군 병곡면 옥계리 토내마을 마을정자나무
조사일시 : 2009.7.23
조 사 자 : 황경숙, 채정윤, 문세미나, 조민정
제 보 자 : 박인섭, 남, 81세
구연상황 : 조사자가 권주가 노래를 청하며 가사와 운을 띄워 주었더니, 제보자가 권주가
를 불러 주었다.

　　　잡으시오 잡으시오~ 이 술 한 잔을 들으시오~
　　　이 술은 다름이 아니라~ 백 년 묵은~ 술입니다


# 모심기 노래 (1)

자료코드 : 04_18_FOS_20090723_PKS_PIS_0002
조사장소 : 경상남도 함양군 병곡면 옥계리 토내마을 마을정자나무
조사일시 : 2009.7.23
조 사 자 : 황경숙, 채정윤, 문세미나, 조민정
제 보 자 : 박인섭, 남, 81세
구연상황 : 조사자가 일할 때 불렀던 노래를 부탁하자, 제보자가 불러 주었다.

　　　논-에~ 모-를~심어~ 장잎이 나서 나풀나풀 춤을 추고~
　　　가-헤야~ 에헤야~
　　　노자 좋다~ 영화-로다~


# 모심기 노래 (2)

자료코드 : 04_18_FOS_20090723_PKS_PIS_0003
조사장소 : 경상남도 함양군 병곡면 옥계리 토내마을 마을 정자나무

조사일시 : 2009.7.23
조 사 자 : 황경숙, 채정윤, 문세미나, 조민정
제 보 자 : 박인섭, 남, 81세
구연상황 : 제보자가 앞에 노래를 부르고 계속 생각이 났는지 연달아 불러 주었다.

이 논에다~ 짚신을 매는데~ 영감 영감해서~ 영감하네~

아이가~ 아이가~ 얼씨고 좋다~ 영화로다~


## 지신밟기 노래

자료코드 : 04_18_FOS_20090723_PKS_PIS_0004
조사장소 : 경상남도 함양군 병곡면 옥계리 토내마을 마을정자나무
조사일시 : 2009.7.23
조 사 자 : 황경숙, 채정윤, 문세미나, 조민정
제 보 자 : 박인섭, 남, 81세
구연상황 : 제보자가 예전에 이 마을에서 정초에 지신밟기에 참여하였다 하여, 조사자가
지신밟기할 때 불렀던 노래를 청하자 노랫가락에 얹어 노래했다.

에헤-야~

지신을 맨다~ 지신을 맨다~

우리달 새벽에 지신을 매네~

영화로다 오~호~ 영화로구나~

영화 영화 영화가~ 들어온다


## 상여 소리

자료코드 : 04_18_FOS_20090723_PKS_PIS_0005
조사장소 : 경상남도 함양군 병곡면 옥계리 토내마을 마을정자나무
조사일시 : 2009.7.23

조 사 자 : 황경숙, 채정윤, 문세미나, 조민정
제 보 자 : 박인섭, 남, 81세
구연상황 : 제보자는 지금도 마을에 초상이 나면 상여 나갈 때 앞소리를 한다고 하였다.
조사자가 상여 소리를 청하자, 상여 소리는 그때그때 상황에 따라 달리 부르
는데, 공통되는 부분만 노래하겠다며 불러 주었다.

오호~ 어어~ 호~

오늘날로~ 나갑니다~

동네 양반들~ 잘 계시소~

어호~ 어어~ 호~

아이라 떴네 언제 나올까~

오늘날로~ 가신다하면~

어느 때~ 오시겠소~

내년 춘삼월에~ 만나 볼까~

어호~ 어-호 ~


# 지신밟기 노래

자료코드 : 04_18_FOS_20090718_PKS_PTW_0001
조사장소 : 경상남도 함양군 병곡면 월암리 월암마을 마을회관 앞 쉼터
조사일시 : 2009.7.18
조 사 자 : 황경숙, 채정윤
제 보 자 : 박태우, 남, 84세
구연상황 : 제보자가 예전에 지신밟기 패를 이끄는 상쇠였다 하여, 조사자가 지신밟기 노
래를 청하자 제보자가 한 대목만 들려 주겠다며 가창했다. 마을 주민들이 후
렴을 넣고 장단을 맞추었다.

갑시다!

어-

앞으로 보니 만석군-

뒤로 보니 천석군-

아들 놓으면 서울 보내고-

딸 낳으면 제주도 보내고-

명복을 두드리고~

잡구 잡신을 쳐내고~

지지자 볶자 지지자~

쿵-따쿵따 쿵-따쿵따


# 각설이 타령

자료코드 : 04_18_FOS_20090723_PKS_SMS_0001
조사장소 : 경상남도 함양군 병곡면 도천리 도천마을 마을정자
조사일시 : 2009.7.23
조 사 자 : 황경숙, 채정윤, 문세미나, 조민정
제 보 자 : 신말숙, 여, 71세
구연상황 : 조사자가 각설이 타령을 부탁했더니 주위에서 제보자가 각설이 타령도 잘한
다고 칭찬하며 같이 노래 부르기를 청했다. 잠시 가사를 생각하던 제보자가
한 번 불러 보겠다며 손뼉을 치며 노래를 시작했다.

얼씨구 씨구씨구 들어간다~

요봐라 선덕아~

너거 부모는 널 놓고~

우리 부모는 날 놓고

길가에 초단에 집을 지어~

양친 부모 모시 놓고

어- 품바나 각설아

이자를 들고가~

비늘이 송송 하송송

밤중 새벽에 동여맷네~

북두칠성도 날아든다

삼-자를 들고가~

사마실령 조실령

칠 년 중에도 어른이요~

말 년 중에도 어른이요~

어- 품바나 각설아

사-자를 들고나봐~

사식책분 밥 굶기네

점심참이 늦어간다

오-자를 들고가

초간에 든 장 가는 길

벽두마를 집어 타고

제거리 선생을 찾아간다

어- 품바나 각설아

육-자를 들고나봐~

육한대왕 선심이~

팔선을 거느리고 희롱한다

어- 품바나 각설아

팔자 했나? 팔자 하더나?

구자를 들고가~

크고 늙은 중

바보 집으로 날아든다

어 품바나 각설아

장-자를 들고가

범아 범아 뛰지 마라~

일등 포수가 날아든다

어 품바나 각설아

이 각설이가 요래도~

한 장단만 끊이면~

제 집 자슥이 다 굶는다

어- 품바나 각설아


# 모심기 노래

자료코드 : 04_18_FOS_20090723_PKS_SMS_0002
조사장소 : 경상남도 함양군 병곡면 도천리 도천마을 마을정자
조사일시 : 2009.7.23
조 사 자 : 황경숙, 채정윤, 문세미나, 조민정
제 보 자 : 신말숙, 여, 71세
구연상황 : 조사자가 가사를 띄워 노래를 청하자 제보자가 손뼉으로 장단을 맞추며 노래
했다. 노래 중간에 가사가 생각나지 않아 제보자가 당황하자 옆에 있던 청중
들이 도와주었다.

농-창~ 벼루 끝에~ 시누 올키야 꽃 꺾다가~

떨어졌네~ 떨어졌네~ 낙동강에 떨어졌네~

우리 오빠~ 그 말을 듣고~ 옆에 있는 동상을 두고

깊이 들은 못 적은 정~ 나도 죽어 후세상에~

낭군부터~ 샘길나네(섬길라네)~

# 남녀 연정요

자료코드 : 04_18_FOS_20090723_PKS_SMS_0003
조사장소 : 경상남도 함양군 병곡면 도천리 도천마을 마을정자
조사일시 : 2009.7.23
조 사 자 : 황경숙, 채정윤, 문세미나, 조민정
제 보 자 : 신말숙, 여, 71세
구연상황 : 조사자가 가사를 조금 띄워 청했더니 노래했다. 제보자가 노래 중간에 가사가
         생각나지 않아 망설이자, 옆에 있던 청중들이 가사를 알려주고 함께 불렀다.

　　　산 밑에~ 나무 캐는~ 남도령아
　　　오만 남군(나무)~ 다 베어도~ 오죽설대들랑 베지 마오~
　　　올 키와(올해 키우고) 내년을 키와~ 낙숫대로(낚싯대로)~ 후어잡
아~
　　　낚는다면~ 열녀로다~ 못 낚는다면~ 상사로다
　　　열녀 상사~ 고를 맺아~ 골 풀리드리며(고가 풀릴 때까지) 살아
보세~


# 상사 노래

자료코드 : 04_18_FOS_20090723_PKS_SMS_0004
조사장소 : 경상남도 함양군 병곡면 도천리 도천마을 마을정자
조사일시 : 2009.7.23
조 사 자 : 황경숙, 채정윤, 문세미나, 조민정
제 보 자 : 신말숙, 여, 71세
구연상황 : 조사자가 다른 노래를 청하자 제보자가 몸을 벽에 기대고 앉아 눈을 감고 가
         창했다. 박수하며 노래 장단을 맞추었는데, 옆에 있던 청중이 노래 중간에 잘
         한다며 추임새를 넣었다.

　　　진사달래 못딸애기(맏딸애기) 하 잘났단~ 소문 듣고~

한 번 가도~ 못 볼래라~ 두 번을 가여도 못 볼래라~

삼세 번 선보러강께~ 삼세 번 마리(마루) 끝에서 날 보라꼬~ 그
래 앉았네~

가르매를 보라고 하니~ 장지 들키~ 휘감듯이~

눈썹을 보라 하니~ 세 붓으로 보인듯이

이삭을 보라고 하니~ 당사실로 엮은듯이~

중줄 비단 접저고리~ 수실 비단 깃을 달아~

맹자 고놈을 살껴붙혀~ 베로 벳던 처매에다 ~

백나무 주름을 잡아 입고~ 애당목 접보선에다가 ~

갈짝신을 바타(받혀) 신고~ 누구 간장을 녹힐라고

저렇게 곱게도 생겼는고~ 하물며 여자로 되어~

대장부 간장을 못 녹히리~


# 곱추 대신 장가 든 머슴 노래

자료코드 : 04_18_FOS_20090723_PKS_SMS_0005
조사장소 : 경상남도 함양군 병곡면 도천리 도천마을 마을정자
조사일시 : 2009.7.23
조 사 자 : 황경숙, 채정윤, 문세미나, 조민정
제 보 자 : 신말숙, 여, 71세
구연상황 : 조사자가 다른 노래를 청하자 제보자가 노래했다. 가사를 구성지게 읊자 옆에
있던 청중이 "참 잘하요" 하며 추임새를 넣었다. 노래 중간에 가사가 생각나
지 않아 노래를 마치고 사설 내용을 이야기처럼 간략히 설명했다.

진주 덕산 안사랑에~ 오늘 오신~ 새 선비님

한숨조차 쉬어 샀소~ 정의 말씀을 하고 가소~

정의 말이사 있소마는~ 천 냥짜리뿐이로다

왔소 왔소~ 나 여기 왔소 곱사(곱추) 대신 나 여기 왔소~

　　　숙본 조끼~ 지은 옷을~ 누를 입히서 그래 보꼬

　　　숙본 조끼~ 지은 버선~ 누를 신기(신도록) 그래 보꼬~

　　　나를 신기 그래 보제

　　　천하 문전~ 배웅걸어~ 누랑 앉아서 술을 하꼬~

　　　나랑 앉아 술을 하제

　　　오늘 오신 새 선부님~ 정의 말씀을~ 하고 가소~

　　　왔소 왔소 나 여기 왔소~ 곱사 대신에~ 나 여기 왔소

　부잣집에. 이야기를 내 할께, 아들이 곱사더래요. 그래 장개(장가)를
갔어.

　장개를 강께네, 부자 집에 종이 안 있소? 그쟈? 종을 가서 예를 지냈데.

　옛날에 이야기도 듣고, 노래도 배웠어. 그래 예를 지나고 나니깐, 곱사
가 마리(마루) 밑에 들어가고, 그시기 종이 인자 갔어. 종이 가서 예를 지
내고, 들어가서 앉아 있으니까 한숨을 쉬샀더래(쉬더래).

　(청중 1 : 대신 가농께?)

　하.

　　　진주 당산 하늘 아래 오늘 오신 새 손부야

　　　정의 말을 하고 가라

　항께, 마루 밑에서 나와서,

　　　왔소 왔소 나 여기 왔소 곱사 대신에 내가 왔소

　　　곱시 대신에 나 여기 왔소

　(청중 1 : 아, 곱사 대신에 나 여기 왔소, 곱사 대신에.)

(청중 2 : 그게 언제 노래고?)

곱사가 대신으로 종갓집에서 장개를 왔는데, 한숨을 쉬사니깐(쉬니깐) 그래,

> 진주 당산 하늘 아래 오늘 오신 새 손부야
> 한숨 쉬어 샀소 정의 말을 하고 가라

함께,

> 정의 말이야 있지만은 천 냥짜리 종이로다

그니깐 곱사가 썩 나와서,

> 왔소 왔소 내가 왔소 곱사 대신 나 여기 왔소

그래, 그때는 아가씨가,

> 숙번 조끼 지은 옷을 뉘를 입히라고 그라냐

그러니깐 곱사가,

> 나를 입히 그래 보지
> 숙본 조끼 버선 지은 것을 뉘를 신기 그래 보꼬

하니깐, 곱사가,

> 나를 신겨 그래 보지

그라드랴. 그래 또,

> 천하 문전 대원군을 뉘랑 앉아 술 할까

하니깐, 곱새가,

　　내랑 앉아 술을 하지

그래 첫날밤에 누워 잔께 몸을 더듬드랴. 그래 발로 빡 차 버리니까,

　　곱새 손모가지 더덕 같은 손모가지로 이내 몸을 더듬었네

두 발질로 차 버리니까, 구슬렁 구슬렁 하더래.

　　저녁조차 굶었는가 군담조차 그리하네

그리고 아들이 없어논께,

　　하늘이라 옥황님네 그 마음은 잠깐이라

아들 놓고 잘 살더랴. 이야기도 하고, 노래도 하고 그랬어.


# 사발가

자료코드 : 04_18_FOS_20090723_PKS_SMS_0006
조사장소 : 경상남도 함양군 병곡면 도천리 도천마을 마을정자
조사일시 : 2009.7.23
조 사 자 : 황경숙, 채정윤, 문세미나, 조민정
제 보 자 : 신말숙, 여, 71세
구연상황 : 조사자가 운을 띄워 주었더니 제보자를 중심으로 다른 청중들이 함께 박수를
　　　　　치며 함께 불렀다.

　　석탄 백탄 타는데~ 연기만 모래몰쩍(몰래) 나고-요~
　　요내 가슴 타는데는~ 연기도 짐(김)도~ 아니 나네

# 범벅 타령

자료코드 : 04_18_FOS_20090723_PKS_SMS_0007
조사장소 : 경상남도 함양군 병곡면 도천리 도천마을 마을정자
조사일시 : 2009.7.23
조 사 자 : 황경숙, 채정윤, 문세미나, 조민정
제 보 자 : 신말숙, 여, 71세
구연상황 : 제보자가 노래 사설 내용을 설명한 뒤 노래를 청하자, 제보자가 재미있는 노
래라 했다. 옆에 있던 청중들이 가사의 내용을 음미하며 추임새를 넣었다.

이도령 없는 줄 어찌나 알고~ 김도령이 놀러 왔네

춘향아 문 열어라~ 이도령이 내가 왔다

금에금실 하던 일은~ 이리저리~ 제쳐 놓고

얼컥절컥 잼긴(잠긴) 문을~ 철그덕 그럼서(하면서) 꺼내 줌서(꺼
내 주면서)

들어오소 들어오소~ 요내 방으로 들어오소

우리 둘이 만난 짐(김)에~ 재미있게 놀아 본다

우리 둘이 요로케 좋을 때~ 김도령이 오시고 보면

이 놀기를 어이 할꼬~ 그때 마침 김도령이

춘향아 문 열어라~ 김도령이 내가 왔다

헐뜩벗은(벌거벗은)~ 이도령은 고목두지다(고목으로 만든 뒤주에
다) 떨쳐 놓고

얼컥절컥 잼긴 문을~ 철그덕 그림서(그렇게 하면서) 꺼내 줌서

사개병사에 가신다더니~ 어이 그리도 속히 오요

가다가 도사를 만나~ 고목두지가 탈 났더나

삼사대대로 고목두지를~ 탈 났단 말은 웬 말이요

에라 요년 요망한 년~ 새끼 서발 챙기 들고

뒷동산 솔나무로~ 올라가자~

한 번 실수는 병가지상사요~ 십분 용서만 하여 주소
나도 넘의 집 귀동자라~ 너도 넘의 집 귀동자라
내가 너를 직일소냐~ 이담엘랑 그리 마라


## 시집살이 노래

자료코드 : 04_18_FOS_20090723_PKS_SHS_0001
조사장소 : 경상남도 함양군 병곡면 도천리 도천마을 마을정자
조사일시 : 2009.7.23
조 사 자 : 황경숙, 채정윤, 문세미나, 조민정
제 보 자 : 신현선, 여, 72세
구연상황 : 가사를 조금 띄워서 부탁했더니 다른 사람들과 함께 가사만 읊어 주었다.

성아 성아 사촌 성아 시집살이 어떻더노
시집살이 좋더만은

뭐라 하니라?
(청중 1 : 중우 벗은 시아제 말하기도 애럽더라, 그란다고 안 하더나.)


## 노루 노래

자료코드 : 04_18_FOS_20090723_PKS_SHS_0002
조사장소 : 경상남도 함양군 병곡면 도천리 도천마을 마을정자
조사일시 : 2009.7.23
조 사 자 : 황경숙, 채정윤, 문세미나, 조민정
제 보 자 : 신현선, 여, 72세
구연상황 : 제보자가 앞의 노래를 한 뒤 연이어 생각나는 노래가 있다 하였다. 조사자가
노래를 청하자, 가락은 잘 모르겠다며 가사만 읊어 주었다.

노루가 이란디야.

사슴 사슴 노루 사슴 내릿단에 시영뜰에
걸렸구나 삿뜬 물에 도와 주소 도와 주소
이내 짐승 도와 주소 인간에도 해도 없고
짐승에도 해도 없는데 아홉둘 아홉 새끼가
젖 달라고 우는 소리 귀에 쟁쟁 못 들겠소

그러면서, 놔 돌라(놓아 달라) 하더래.


## 모찌기 노래

자료코드 : 04_18_FOS_20090726_PKS_LNS_0001
조사장소 : 경상남도 함양군 함양읍 상림공원 내 원산마을 약초장터 현장
조사일시 : 2009.7.26
조 사 자 : 박경수, 문세미나
제 보 자 : 이내순, 여, 74세
구연상황 : 조사자가 모심기를 하기 전에 모부터 쩌야 되지 않겠느냐며, 모찌기 노래를
부탁했다. 아쉽게도 받는 소리 없이 비슷한 사설을 메기는 소리로 두 번 연달
아서 했다.

이 논-에-다~ 모-를- 부-여~
모-쩌내-기~도~ 난-감도 하~네-
한강~논-에-다 모-를- 부여~
모-쩌~내~내기도~ 난-감도~ 하네~

# 모심기 노래

자료코드 : 04_18_FOS_20090726_PKS_LNS_0002
조사장소 : 경상남도 함양군 함양읍 상림공원 내 원산마을 약초장터 현장
조사일시 : 2009.7.26
조 사 자 : 박경수, 문세미나
제 보 자 : 이내순, 여, 74세
구연상황 : 제보자는 앞의 모찌기 노래에 이어서 이 모심기 노래를 했다. 역시 메기는 소
리를 하고 멈출 뻔하다가, 제보자와 청중들이 받는 소리를 말하자, 바로 이어
서 받는 소리를 불렀다.

　　　서 마-지-기~ 논~빼미-는~ 반-달~만-만큼- 넘-남-았네~

　　(청중 : 어이고 잘 하네.)
　　(조사자 : 니가 무슨 반달이냐.)

　　　니가~ 무-슨~ 반-달-인가~ 초승~달- 달이- 반-달-이제-


# 나물 캐는 노래

자료코드 : 04_18_FOS_20090726_PKS_LNS_0003
조사장소 : 경상남도 함양군 함양읍 상림공원 내 원산마을 약초장터 현장
조사일시 : 2009.7.26
조 사 자 : 박경수, 문세미나
제 보 자 : 이내순, 여, 74세
구연상황 : 조사자가 산에서 나물을 캐며 부르는 노래가 없느냐고 하자, 제보자가 이 노
래를 불렀다. 산에서 나물을 캐다 남녀가 연정을 나눈다는 내용의 노래이다.
노래는 창부 타령 곡조로 흥겹게 했는데, 노래를 다 부르고 나서 스스로 "잘
하요?"라고 물으며 노래 솜씨를 은근히 자랑했다.

　　　남산- 밑에~ 남도-령아~
　　　서산- 밑에- 숫처녀-야~

나물 캐로~ 안 갈란가~

나물-캐러- 갈라고 해도~

신도 없고~ 칼도 없네~

남도령- 줌치를 탈탈 터니

한돈 반이- 남았구나~

한돈 을랑~ 신 사신꼬~

반돈 을랑- 칼 사담아~

올라감서~ 올개아리(올고사리)~

지끈지끈 꺾어 담아~

내려-옴서 늦개아리(늦고사리)

넘출넘출 끊어 담아~

물도-좋고~ 갱치(경치)도 좋은데

점심밥을 먹자하니~

남도령-밥은 쌀밥이고

숫처녀 밥은- 꽁보리밥이라~

숫처녀-밥은 남도령이 먹고~

남도령 밥은- 숫처녀가 먹고~

점심밥을 먹고 난 후에~

백년에- 언약을 맺었구나~

잘 하요?

(조사자 : 창부 타령으로 하시네.)


# 댕기 노래

자료코드 : 04_18_FOS_20090726_PKS_LNS_0004

조사장소 : 경상남도 함양군 함양읍 상림공원 내 원산마을 약초장터 현장
조사일시 : 2009.7.26
조 사 자 : 박경수, 문세미나
제 보 자 : 이내순, 여, 74세
구연상황 : 제보자는 앞의 노래를 부른 후 조사자가 노래를 잘 한다고 칭찬을 하자, 바로
　　　　　이 노래가 생각났는지 노래를 부르기 시작했다. 앞의 노래와 같이 남녀 연정
　　　　　을 읊은 노래로 역시 창부 타령 곡조로 불렀다.

　　　　　한 냥- 주고~ 떠온~ 댕기-
　　　　　두 냥- 주고 접은 댕기~
　　　　　성 안-에서~ 널을 뛰다가
　　　　　성 밖-에서~ 댕기를 잃고~
　　　　　열다-섯 명 서당-꾼들아
　　　　　댕기를 줍걸랑- 나를 줌세-
　　　　　빈말- 없이도- 주여난(주운) 댕기~
　　　　　빈말 없이도~ 못 주-갔네~
　　　　　반지를 사서~ 은혜를 알까~
　　　　　줌치를 집어서- 은혜 할까~
　　　　　반지도 싫고~ 줌치도 싫고~
　　　　　그때가 되면~ 너를 줌세~
　　　　　너는- 좋아- 내 팔을 베고~
　　　　　나는- 좋아- 베개 베고~
　　　　　그때 되면- 너를 줌세~
　　　　　오동-나무 장롱을 맞춰~
　　　　　내 옷 옇고~ 네 옷 옇고~
　　　　　그때가 되면- 너를 줌세~
　　　　　동솥-걸고 큰솥-걸고
　　　　　그때 되면~ 너를 줌세-

인자 그렇게 애를 터자(애를 먹여).


## 쌍가락지 노래

자료코드 : 04_18_FOS_20090726_PKS_LNS_0005
조사장소 : 경상남도 함양군 함양읍 상림공원 내 원산마을 약초장터 현장
조사일시 : 2009.7.26
조 사 자 : 박경수, 문세미나
제 보 자 : 이내순, 여, 74세
구연상황 : 조사자가 쌍가락지 노래를 아느냐고 하자, 제보자가 노래를 아는 듯 하며 이
　　　　　 노래를 불렀다. 서두 부분에 청중이 잠시 끼어들어 노래를 불렀으나, 다시 제
　　　　　 보자가 받아서 끝까지 불렀다.

　　　쌍금-쌍금- 쌍가락지~

　　　수싯때기 밀가락지-

　　　호작질로 닦아-내여

　　　졭(곁)에서 보니 처녀-로다~

　　　먼데-보니~ 달이로다~

　　　저-처-녀 자는 방에~

　　　숨소-리가 둘일레라~

　　　홍달-복송 양오라방(양오라버님)~

　　　거짓 말씀- 말으세요~

　　　동지- 섣달 설한풍에

　　　문풍지 떠는 소리로다~

그렇습니다.

# 모심기 노래

자료코드 : 04_18_FOS_20090710_PKS_LBS_0001
조사장소 : 경상남도 함양군 병곡면 송평리 송평마을 이병선 씨 댁
조사일시 : 2009.7.10
조 사 자 : 황경숙, 김국희
제 보 자 : 이병선, 여, 94세
구연상황 : 조사자가 제보자에게 모심기 노래를 청하자, 제보자가 노래하는 대신 가사만 읊었다.

쌍금 쌍금 쌍가락지 수씻대기 밀가락지
호작질로 닦아 내어
먼데 보니 달이로다 젙에(곁에) 보니 처녀로다


# 바느질 노래

자료코드 : 04_18_FOS_20090710_PKS_LBS_0002
조사장소 : 경상남도 함양군 병곡면 송평리 송평마을 이병선 씨 댁
조사일시 : 2009.7.10
조 사 자 : 황경숙, 김국희
제 보 자 : 이병선, 여, 94세
구연상황 : 제보자가 모심기 노랫말을 알려 준 뒤, 연이어 바느질 할 때 부르는 노래라 하며 가사를 읊조렸다. 조사자가 노래를 청하니, 노래 부른 지가 오래되어 기억이 나지 않는다고 했다.

잠아 잠아 오지 마라 이삼 삼아 옷 해 입고
친정집에 가고지아 친정집에 갈라쿠니
웬수 무은(원수가 되어버린) 시아머니 척독조차 지고 갔네

# 신세 타령

자료코드 : 04_18_FOS_20090710_PKS_LBS_0003
조사장소 : 경상남도 함양군 병곡면 송평리 송평마을 이병선 씨 댁
조사일시 : 2009.7.10
조 사 자 : 황경숙, 김국희
제 보 자 : 이병선, 여, 94세
구연상황 : 조사자가 시집살이 노래를 청하자, 제보자가 가사만 일러 주겠다며 가사를 읊
조렸다.

어하 봉혜야

우리는 무상 질로(무슨 죄로) 주중(규중)에 여자 되여

주중을(규중을) 옥을 삼고 옥황같이 같이 앉아

빈질밴질(바느질) 벗을 삼아 청명한(뜻을 알 수 없음) 어라아라

# 모심기 노래

자료코드 : 04_18_FOS_20090710_PKS_LJS_0001
조사장소 : 경상남도 함양군 병곡면 연덕리 덕평마을 마을회관
조사일시 : 2009.7.10
조 사 자 : 황경숙, 김국희
제 보 자 : 이종순, 여, 79세
구연상황 : 구연 분위기가 무르익자 서로 돌아가며 노래를 권했다. 모심기 노래를 부탁하
자 제보자는 다 기억하지는 못한다며 아는 만큼만 부르겠다고 했다. 제보자가
노래하자 청중들이 이제야 제 가락으로 노래한다며 칭찬하였다.

서~마~지~게~  논~빼~미~가~  반~달~만-치~  넘~남~
았~네~

제~가~무~신~  반~달~이~고~  초~승~달-이~  반~달~
이~제~

# 창부 타령

자료코드 : 04_18_FOS_20090710_PKS_LJS_0002
조사장소 : 경상남도 함양군 병곡면 연덕리 덕평마을 마을회관
조사일시 : 2009.7.10
조 사 자 : 황경숙, 김국희
제 보 자 : 이종순, 여, 79세
구연상황 : 제보자가 모심기 노래에 이어서 놀 때 부르는 노래라며 부르자, 주위 청중들
이 같이 불렀다.

꽃같이 고우나 님은~ 열매같이도~ 맺어 놓고~

열매같이~ 맺이는 정은~ 뿌리같이도 깊이 들어

백 년이 다 지나도록~ 이별 없이나 살아 보세


# 화투 타령

자료코드 : 04_18_FOS_20090723_PKS_JGI_0001
조사장소 : 경상남도 함양군 병곡면 도천리 도천마을 마을정자
조사일시 : 2009.7.23
조 사 자 : 황경숙, 채정윤, 문세미나, 조민정
제 보 자 : 정갑이, 여, 78세
구연상황 : 앞선 제보자들의 노래로 노래판이 무르익었을 때, 조사 동안 옆에서 구경만
하던 제보자에게 가사를 조금 띄워서 부탁했더니 불러 주었다. 목소리가 크고
시원시원하게 부르니 옆에 있던 이들이 잘한다고 칭찬하였다.

정월 솔가지 홀로 앉아~

이월 매주에 맺어 놓고~

삼월 사꾸라 산란한 마음~

사월 흑사리 홀로 앉아~

오월 난초 나는 나비~~

유월 목단에 앉아있네~

칠월 홍돼지 홀로 누워~

팔월 공산만 바라본다~

구월 국화 굳었던 몸이~

시월 단풍에 뚝 떨어졌네 ~

오동이야 값 많다 해도~

비싼 십에다 당할소냐~


# 다리 세기 노래

자료코드 : 04_18_FOS_20090723_PKS_JGI_0002
조사장소 : 경상남도 함양군 병곡면 도천리 도천마을 마을정자
조사일시 : 2009.7.23
조 사 자 : 황경숙, 채정윤, 문세미나, 조민정
제 보 자 : 정갑이, 여, 78세
구연상황 : 조사자가 몸짓을 하고 가사를 조금 띄워서 부탁했더니 불러 주었다. 제보자가
부를 때 다른 이들도 함께 했다. 어릴 때 놀면서 불렀던 노래라며 몸짓을 하
면서 즐거워하였다.

이거리 저거리 갓거리

진주 남강 도남강

짝바리 히양근

도래줌치 사래육

육도육도 전라육

하늘에 올라 벼리 콕

똘똘 말아 장도칼

# 청춘가

자료코드 : 04_18_FOS_20090710_PKS_HGS_0001
조사장소 : 경상남도 함양군 병곡면 연덕리 덕평마을 마을회관
조사일시 : 2009.7.10
조 사 자 : 황경숙, 김국희
제 보 자 : 하군수, 여, 87세
구연상황 : 조사자가 제보자에게 노래를 청하자 제보자가 처음에는 노래 부르기를 거절
했으나, 이장이 권하자 부르게 되었다.

청춘만 되거라~ 소년만 되거라~
오백리나 자라도~ 에-헤~ 청춘만 되거라~


# 양산도

자료코드 : 04_18_FOS_20090710_PKS_HGS_0002
조사장소 : 경상남도 함양군 병곡면 연덕리 덕평마을 마을회관
조사일시 : 2009.7.10
조 사 자 : 황경숙, 김국희
제 보 자 : 하군수, 여, 87세
구연상황 : 조사자가 '함양 산청 물레방아'라는 노래를 불러 달라며 운을 띄우자, 제보자
가 아는 노래라며 부르게 되었다. 제보자가 노래할 때 주위 청중들이 노래를
잘한다며 호응해 줬다.

함양 산청~ 물레방에~ 물을 안고 돌~고
우리 집에~ 서방님은 나를 안고 돈~다
에라난다 누여라 나 못 놓겠네~
명이사질을 하여도 나 못 놓겠네~

# 화투 타령

자료코드 : 04_18_FOS_20090710_PKS_HGS_0003
조사장소 : 경상남도 함양군 병곡면 연덕리 덕평마을 마을회관
조사일시 : 2009.7.10
조 사 자 : 황경숙, 김국희
제 보 자 : 하군수, 여, 87세
구연상황 : 화투 타령을 불러 달라고 하자 하군수 씨가 주로 부르고 주위 청중들도 따라 불렀다. 동지섣달부터는 박우달 씨가 불러 마무리했다. 주위에서 박우달 씨에게 제법 잘한다고도 하며 온갖 것도 다 안다고 했다.

정월 속속히 속속한 마음~

이월 메조에 맺어 놓고~

삼월 사쿠라 만발하여~

사―월 흑싸리 흐렀더니~

오월 난초~ 범나비 짱짱~

유월 목단에 춤 잘 춘다

칠월 홍돼지 홀로 누워~

팔월 동산에 달도 밝다

구월 국화 굳었던 마음~

시월 단풍에 뚝 떨어졌네

동지섣달 서런~ 품에~

백 살만 먹어도 임의 생각

앉았으니 임이~ 오나

누웠으니 잠이~ 오나

임도 잠도 아니

# 모심기 노래 (1)

자료코드 : 04_18_FOS_20090723_PKS_HMS_0001
조사장소 : 경상남도 함양군 백전면 도천리 도천마을 마을정자
조사일시 : 2009.7.23
조 사 자 : 황경숙, 채정윤, 문세미나, 조민정
제 보 자 : 하말석, 남, 70세
구연상황 : 조사자가 모심기 노래를 부탁했더니 불러 주었다. 그러나 메기는 소리만 하고
　　　　　 받는 소리는 기억하지 못했다.

서~　마~지~기~　논-빼~미~가~　반-달~만~큼~　남~았~
네~


# 모심기 노래 (2)

자료코드 : 04_18_FOS_20090723_PKS_HMS_0002
조사장소 : 경상남도 함양군 백전면 도천리 도천마을 마을정자
조사일시 : 2009.7.23
조 사 자 : 황경숙, 채정윤, 문세미나, 조민정
제 보 자 : 하말석, 남, 70세
구연상황 : 제보자가 앞에 모심기를 부르고 난 뒤, 다른 노랫말이 생각이 났는지 잠시 머
　　　　　 뭇거리다 계속해서 불러 주었다.

다~풀~다풀~　타~박~머~리~　해~ 다 진~데~　오데~ 가노~
엄마 등~에~　업혀 갖고~
등 넘어~ 배 고~파~　젖 먹으로~ 나는 가~요

# 해방가

자료코드 : 04_18_MFS_20090726_PKS_LNS_0001
조사장소 : 경상남도 함양군 함양읍 상림공원 내 원산마을 약초장터 현장
조사일시 : 2009.7.26
조 사 자 : 박경수, 문세미나
제 보 자 : 이내순, 여, 74세
구연상황 : 조사자가 '해방가'를 불러도 되느냐고 해서, 조사자가 좋다고 하자 이 노래를
했다. 해방의 상황과 세태를 잘 반영하고 있는 노래인데, 노래의 곡조는 앞의
노래들과 마찬가지로 창부 타령 곡조였다.

진양-보국대~ 갔을~적에~ 다시-못 올 줄 알았더니~

일천-구백~ 사십에오년~ 팔월 십오일 해방와서~

이내-내 몸을 연락에다가 실고(신고) 부산항을- 다다르니~

문전-문전- 애국 깃발~ 거리-거리- 만세 소리~

서울-이라 너룬 운동장에 삼천만의 민족이 다 모았네~

다른-님은~ 다 오시는데~ 울언-님은 왜 안 올까~

외국-으로 유랑을 가셨나~ 원자탄에~ 맞으싰나~

서울-이라 고깔~봉에 편지가 되면~ 오실란가~

동솥-에라~ 안치논 밥이~ 미가 되면 오실란가~

하루가-가고 한 달이-가고~ 일 년이-가도~

임은-점점- 안 오시네~

끝입니다.

# 4. 서상면

증편 한국구비문학대계 ● 경상남도 함양군

# ▍조사마을

## 경상남도 함양군 서상면 금당리 방지마을

조사일시 : 2009.7.20
조 사 자 : 박경수, 정혜란, 김미라

　방지(芳池)마을은 못에서 연꽃이 피어나는 연화출수(蓮花出水)의 지형이라 하여 마을 이름이 붙여졌다고 한다. 깃대봉에서 내린 능선이 병드미제에서 남북으로 갈라져 감싸 돌면서 마주보고, 그 아래 또 작은 능선이 다시 마을 복판에서 봉두를 이루며 마을을 안고 있는 형국이다. 역사적으로는 마을 앞산에 방지성이 있었기 때문에 마을 이름이 붙여졌다고 한다. 삼국시대 이 지역은 백제와 신라의 경계지대였는데, 신라 군사들이 백제의 침입을 막고자 방지성(芳池城)을 쌓았다 한다. 이 성은 또한 쌀을 비축하기 위해서 성을 쌓았다 하여 함미성(含米城)이라 하기도 한다.

　이 마을 오른쪽 탑시기골에는 최경회 장군의 묘가 있는데, 1980년대 말부터 그 아래 논개묘의 봉분을 새로 조성하는 등 주변을 정화하여 성역화하는 사업을 진행했다. 마을에서 전해지는 논개묘에 대한 이야기를 토대로 이런 사업을 진행한 것이다. 그런데 조사자 일행이 현장에 가본 당시에는 관리가 잘 되지 않은 탓인지 입구 주변이 풀이 무성하게 자라고 가축의 분뇨 등으로 지저분했다.

　조사자 일행은 2009년 7월 20일(월)부터 23일(목)까지 서상면 구비문학을 조사하기로 하고, 우선 서상면 면사무소를 방문했다. 면사무소에서 이태식(남, 53세) 면장을 만나 조사 목적을 이야기하고 조사지역을 추천해 달라고 하자, 이태식 면장은 이 방지마을을 첫 번째로 추천하고 직접 마을 이장에게 전화를 하여 우리가 가면 잘 안내해 줄 것을 부탁했다. 방지마을은 면사무소에서 서상 IC 쪽으로 50m 정도 아래로 내려가면 오른편에 마을 안내 간판과 함께 그 아래 '주논개묘'의 안내 표지판이 나온다. 이 마을 입구에서 500m 정도 안쪽에 마을이 자리잡고 있었다. 비닐하우스가 줄 지어 있는 마을 어귀에서 마을 이장을 만나니 그는 직접 이성하(李性夏) 노인 댁을 안내해 주었다. 이성하 노인은 미리 마을 이장의 연락을 받은 탓인지 옷을 차려 입고 집 앞에 나와 있었다. 조사자는 다시 조사의 취지를 이야기한 후, 이성하 노인을 모시고 마을회관이 있는 곳으로 갔다. 마을회관 바로 옆에 거의 조성이 완료된 노인정이 있었는데, 노인정 마루판에 조사자 일행과 이성하 노인이 걸터앉은 채 조사가 진행되었다. 이성하 노인을 제보자로 하여 성씨와 역사 관련 인물 설화 등 9편의 설화와 민요 2편을 조사할 수 있었다. 그러나 아쉽게도 마을 노인들이 거의 다 들판에 일을 하러 갔기 때문에 다른 제보자를 더 만날 수 없었다.

방지마을 입구

# 경상남도 함양군 서상면 금당리 추하마을

조사일시 : 2009.7.21

조 사 자 : 박경수, 정혜란

추하마을 입구

　추하(楸下)마을은 함양군 서상면 금당리에 속한 마을로 '가르내'라 불리는 작은 마을이다. '가르내'란 본래 마을에서 멀리 있는 뒷산의 깃대봉에서 시작되는 추천(楸川)이란 하천을 우리말로 일컫게 된 것인데, 언제부턴가 이 마을을 지칭하는 용어로 사용되었다. 이 마을은 이처럼 가르내가 마을과 들 한 가운데를 흐르면서 사방이 넓은 들로 둘러싸여 있는 곳으로, 농사를 짓기에 좋은 지형적 조건을 갖추고 있다. 따라서 마을 사람들 대부분은 농사를 지으며 살고 있는데, 2009년 1월 현재 49가구 91명의 주민들이 거주하고 있다.

　이 마을 입구에는 솔밭이 있는데, 소나무들이 군집을 이룬 가운데 수백

년 된 느티나무가 군 지정목이 되어 있다. 그리고 솔밭 옆에는 공자를 모신 사당이면서 유학의 강학소 역할을 했던 천상재(天上齋)가 있다. 지금도 봄과 가을에 이곳에서 제사를 지낸다고 했다.

조사자 일행은 오전에 함양군청을 방문하여 2006년도에 박종섭 선생이 조사한 구비문학 조사 결과를 열람하는 등 조사를 위한 협조를 거듭 구한 다음, 서상면 금당리 추상마을을 먼저 방문했다. 그러나 마을회관에 사람이 없었을 뿐만 아니라 마을 이장도 만날 수가 없어서 발길을 추하마을로 돌렸다. 추하마을에서 일단 마을 이장 댁을 수소문하여 찾아가니, 바로 전병원 제보자(남, 69세) 자택이었다. 전병원 제보자는 봄에 부산외대 학생들이 농촌봉사활동을 하고 갔다며 같은 학교에 재직하고 있는 조사자를 반갑게 맞이했다. 그는 조사자와 학생들의 봉사활동을 비롯한 여러 이야기를 주고받은 후 마을의 지명, 장소, 인물 등에 얽힌 이야기를 해주었다. 그리고 조사자 일행을 직접 마을회관으로 안내하여 그곳에 있던 여성 노인들에게 소개하고, 그들에게 이야기와 노래를 많이 해줄 것을 부탁하고 자리를 떴다. 마을회관에는 7명 정도의 노인들이 화투를 치고 있었는데, 우리를 보자 화투판을 거두고 조사에 임했다. 서말임(여, 73세) 할머니가 민요 4편을 불렀으며, 양가매(여, 79세), 이경순(여, 74세), 조복이(여, 77세) 할머니가 각각 민요 1편씩을 불러서 모두 민요 7편을 조사할 수 있었다. 노래를 잘 했던 분들이 모두 작고하고, 현재는 특출한 제보자가 없는 실정이었다. 조사자 일행은 조사를 마친 후, 전병원 제보자가 이야기한 천상재 등을 둘러본 후 근처의 옥산마을로 갔다.

## 경상남도 함양군 서상면 대남리 대로마을

조사일시 : 2009.7.22
조 사 자 : 박경수, 정혜란, 김미라

대로(大蘆)마을은 함양군 서상면 대남리에 속한 마을로 '큰가내'라고 불린다. 풍수지리상 이 마을은 서상면의 3대 명당자리 중 한 곳으로, 마을 뒷산이 백마(白馬) 자리의 명당자리라는 것이다. 이 마을에 언제부터 사람들이 들어와 살게 되었는지 정확하게 알 수 없지만, 약 500년 전부터 김해 김씨, 밀양 박씨, 달성 서씨 등이 들어와 살게 되면서 일정한 규모를 갖추었다는 것이다. 현재는 이농현상으로 42가구에 78명(2009년 1월 현재)이 벼농사를 주로 하며 거주하고 있지만, 그 이전에는 100여 호가 넘는 마을이었다고 한다.

조사자 일행은 7월 22일(수) 대남리에 속한 대로마을, 소로마을, 오산마을, 칠형정마을 등을 조사하기 위해 가장 먼저 대로마을로 갔다. 서상면사무소에서 왼쪽으로 난 군도를 따라 들어가면 먼저 오산마을을 만나고, 오산마을에서 두 갈래로 난 갈림길에서 왼쪽 길로 오르면 길 끝자락에 이 대로마을이 위치하고 있다. 시골 농가라고 말하기엔 2층 양옥 등, 현대식으로 개조된 집들이 생각보다 많은 마을이었다. 그런데 아쉽게도 마을회관은 텅 비어 있었고, 서상면장이 한번 만나보라고 권유한 김종렬 씨(전 진주교대 학장)와 우태현 씨는 출타 중이었고, 민요 구연자로 탐문한 김일순 씨 역시 대구에 일이 있어 출타하여 2-3일 뒤에나 돌아온다고 했다. 결국 대로마을 조사에 실패하고, 소로마을, 옥산마을을 차례로 발길을 옮겼지만 이들 마을도 사정은 마찬가지였다.

대로마을에 사는 김춘택 제보자를 만난 곳은 서하면에서 서상면으로 진입하는 24번 지방도의 도로변에서이다. 서상면사무소에서 실시하는 희망근로에 참여한 풀베기 작업조 중 3조의 작업팀에서 이 제보자를 만났다. 오산마을로 들어가는 입구를 가로지르는 24번 지방도로 아래의 굴다리에서 만난 1조의 작업팀이 3조의 작업팀으로 가면 노래를 잘 하는 사람들이 많다는 정보를 얻어 조사자 일행은 이들을 찾아갔던 것이다. 김춘택 제보자는 이렇게 만난 작업조의 한 사람으로 3편의 민요를 불러 주었다. 이 마을에서 설화와 민요를 직접 조사하지 못했다는 점에서 아쉬움이 크지만, 김춘택 제보자로부터 이 마을의 민요를 새롭게 조사했던 것으로 위안을 삼았다.

24번 지방도 도로변 조사 모습

## 경상남도 함양군 서상면 대남리 소로마을

조사일시 : 2009.7.22
조 사 자 : 박경수, 정혜란, 김미라

소로(小蘆)마을은 행정구역상 함양군 서상면 대남리에 속한 작은 마을이다. 오산마을을 지나 만나는 갈림길에서 하천을 끼고 오른쪽 길로 오르면 '작은가내'라고 불리는 마을이 현재의 소로마을인데, '큰가내'라 불리는 대로마을의 남쪽에 위치하고 있는 셈이다. 현재는 달성 서씨, 김해 김씨 등이 모인 20가구 34명이 거주하는 마을이지만, 한때는 50여 호의 가구가 있었던 마을이다. 농촌의 이농현상으로 마을의 규모가 절반 이상으로 줄어든 것이다. 마을 주민들은 벼농사를 주로 하지만, 화훼 작물을 하기도 한다.

24번 지방도 도로변 조사 모습

이 마을 뒷산에는 홍수 때 물에 잠겨 감투만큼 봉우리만 남았다고 해서 감투봉이 있고, 마을 앞쪽에는 '음족들'이라 불리는 들판이 펼쳐져 있다.

조사자 일행은 2009년 7월 22일(수) 대로마을을 거쳐 소로마을에 들렀으나 2006년 박종섭 선생이 주도한 조사 때 설화를 구연한 이호임, 조순희, 권길순 등은 밭일 등으로 모두 출타 중이었다. 이 마을의 특출한 제보자인 최순남(여, 74세)을 만난 곳은 소로마을이 아니라 24번 지방도의 도로변에서였다. 조사자 일행이 오산마을 입구에서 민요 구연자에 대한 제보를 받고, 서상면사무소에서 실시하는 공공근로 작업팀이 제초작업을 하고 있는 24번 지방도의 도로변 현장을 직접 찾아갔던 것이다. 이곳에서 만난 분들 중에서 소로마을의 최순남 제보자는 제초작업을 하다 잠시 쉬는 틈에 10편의 민요와 1편의 설화를 구연했다. 그만큼 민요를 짧은 시간에 집중적으로 다양하게 구연했는데, 민요 조사를 하려면 이분을 꼭 찾아가라는 말이 빈말이 아니었다. 마을에서 직접 설화와 민요를 채록하지 못한 아쉬움이 있지만, 걸출한 민요 구연자인 최순남 제보자를 만남으로써 그 아쉬움을 떨치게 되었다.

## 경상남도 함양군 서상면 도천리 피적래마을

조사일시 : 2009.7.20
조 사 자 : 박경수, 정혜란, 김미라

피적래(避賊來)마을은 함양군 서상면 도천리에 속한 작은 마을로, 마을 이름이 '도적을 피해서 왔다'는 뜻을 가진 만큼, 이 마을에 대한 유래가 두 가지로 말해지고 있다. 하나는 육십령 고개에 도적떼가 많아서 지나가는 사람들이 도적떼를 피하여 이곳에 자리를 잡아서 살았기 때문이라는 것이고, 다른 하나는 임진왜란 때 논개의 의거로 화가 난 왜적들이 진주성이 함락되지 논개가 태어났다는 전북 장수군 계내면 대곡리 사람들을 심하게 박해하자, 이를 피해 이곳으로 사람들이 와서 살게 되었기 때문이라는 것이다. 전자가 후자보다 설득력이 있어 보이나 그렇다고 단정할 수 없다.

서상 IC를 빠져나와 우회전하여 서상면 사무소가 소재한 곳의 입구에 위치한 서상중과 서상상고 옆길로 들어가면 도천마을을 지나 더 들어가면 들판 한 가운데 아늑하게 자리 잡은 마을을 만나게 되는데, 이 마을이 바로 피적래 마을이다. 2009년 1월 현재 이 마을에는 17가구 31명이 거주하고 있는데, 장수군의 대곡리에서 왔다는 신안 주씨들이 많고, 김해 김씨 등 여러 성씨들이 살고 있다. 마을 주민들은 주로 벼농사를 생업으로 하고 있다.

조사자 일행은 이 피적래마을을 처음부터 조사할 목적을 가지지 않았다. 주민이 30명 남짓한 작은 마을이었기 때문이다. 그런데 2009년 7월 22일(수) 방문한 마을의 주민들 대부분이 딸기밭이나 인삼밭에 일당으로 일을 나갔거나, 일부는 서상면 면사무소에서 실시하는 희망근로에 나갔다는 말을 들었다. 가능하면 일터로 가서 이들을 직접 만나서라도 조사를 해야 하겠다는 생각이 들었다. 그런 중에 오산마을로 들어가는 다리 아래 10명 정도의 노인들이 일을 하다 쉬고 있는 상황을 보게 되었다. 그런데 마침 그곳에는 하루 전날 옥산마을에서 민요를 많이 부른 김순임(여, 68세)이 있었는데, 자신들보다 도로(24번 지방도)변에서 풀베기 작업을 하는 3조의 작업팀 중에 노래를 잘 하는 분들이 많으니 그곳으로 가보라고 일러주었다. 피적래마을에 거주하는 엄순덕(여, 71세)을 바로 3조 작업팀에서 만나 노래를 듣게 된 것이다. '양산도' 1편을 구성지게 잘 불러 주었다.


## 경상남도 함양군 서상면 상남리 동대마을

조사일시 : 2009.7.23
조 사 자 : 박경수, 정혜란

동대마을은 함양군 서상면 상남리에 속한 9가구 21명이 거주하는 조그만 마을이다. 서하면 면사무소에서 도로를 타고 북쪽으로 가다보면 복동마을이 있는 아래쪽에서 덕유산국립공원으로 가는 길과 육십령을 넘어가는 갈림길을 만나는데, 동대마을은 덕유산국립공원으로 가는 길을 따라 1km 남짓 가다보면 오른쪽 편에 마을로 들어가는 입구를 만나게 된다.

거기서 조금 안쪽으로 오르면 언덕바지에 옹기종기 모인 마을을 보게 된다. 이 마을 사람들은 벼농사를 짓기도 하지만, 인삼이나 담배 농사를 많이 한다고 했다.

조사자 일행은 서상면 조사 넷째 날인 2009년 7월 23일(목)에 상남리에 속한 조산마을, 신기마을, 식송마을, 동대마을, 복동마을을 조사하기로 하고 길을 떠났다. 먼저 서상면에서 가장 북쪽에 위치한 조산마을에서 남성 노인들을 상대로 민요 조사를 성공적으로 마친 뒤, 신기마을에 들렀으나 유능한 제보자로 알려진 최순애 노인이 병환중에 있다고 하여 발길을 식송마을로 돌렸다. 그러나 그곳에서도 미리 파악한 조경임 제보자가 출타 중이어서 조사를 포기하고 동대마을로 갔다.

동대마을에서도 마을회관이 모두 비어 있어 난감한 상황이었는데, 마침 제보자를 수소문한 끝에 조옥이 제보자를 자택에서 만날 수 있었다. 조옥이 제보자도 큰 수술을 한 뒤라 건강이 썩 좋지는 않았다. 제보자는 그래도 조사자 일행을 반갑게 맞으며 자신이 아는 노래를 적극 구연해 주었다. 제보자를 통해 이 마을에서 '달거리 노래', '그네 노래', '도라지 타령' 등 민요 5편을 조사하는 것으로 만족해야 했다.


## 경상남도 함양군 서상면 상남리 조산마을

조사일시 : 2009.7.23
조 사 자 : 박경수, 정혜란

조산(造山)마을은 함양군 서상면 상남리에 속한 마을로, 서상면은 물론 함양군에서 가장 북단에 위치한 마을이다. 마을 앞쪽으로 난 길을 조금 더 오르면 덕유산국립공원에 이르게 되고, 거창군 북상면으로 넘어가게 된다.

이 마을은 영서동(靈西洞)으로 불리기도 했는데, 신라 헌강왕 2년에 창

조산마을

건한 영각사(靈覺寺)의 서쪽에 마을이 위치하고 있기 때문에 그렇게 불렸다는 것이다. 마을이 언제부터 형성되었는지는 정확하게 알 수 없으나, 조선 세종 4년 무신란 때 거창군 황산마을에 살던 창녕 조씨들이 화를 두려워해 이 마을을 개척하게 되었다고 한다. 현재 창녕 조씨들은 주민들의 반 이상을 차지하고 있고, 신창 표씨, 청주 한씨들이 마을의 주요 성받이를 이루고 있다. 2009년 1월 현재 이 마을은 63가구 122명의 주민이 거주하고 있는 비교적 큰 마을에 속한다.

조사자 일행은 2009년 7월 23일(목) 서상면사무소에서 서상면장을 제보자로 설화 조사를 마친 후 정오 무렵에 조산마을로 이동했다. 먼저 마을 이장 집을 찾았는데, 때마침 마을 이장이 일을 마치고 점심을 먹으러 집에 도착했다. 마을 이장에게 조사의 취지를 말하자, 집안에 들어오라고 하며 점심을 하지 않았으면 같이 하자고 하며 친절하게 조사자 일행을 대

했다. 식사를 준비하는 동안 마을 이장은 조병옥, 한구기달, 양정화 등 제
보자에게 일일이 전화를 걸어 옛날이야기와 노래 조사를 나왔다고 알리
며 마을회관 옆 정자에 나와 달라고 부탁했다. 식사를 거의 마칠 무렵 한
귀달 제보자가 마을 이장 댁에 들러서 마을 이장의 모친, 한귀달 등과 함
께 조사장소로 이동했다.

   조사장소에 나가서 잠시 기다리자 조병옥 제보자와 양정화 제보자도
도착했다. 먼저 한귀달 제보자가 조산마을 주변의 산과 바위 등의 명칭에
대해 이야기했다. 설화로 채록할 만한 것이 없어 조병옥 제보자를 대상으
로 민요 조사에 들어갔다. 조병옥 제보자는 미리 종이에 자신이 부를 노
래 제목을 적어왔는데, 차례대로 노래를 하나씩 부르기 시작했다. 베틀
노래부터 긴 사설의 서사민요를 한 편씩 불렀는데, 사설을 잘 기억하고
있었을 뿐만 아니라 소리를 재미있고 구성지게 잘 불렀다. 남성 제보자가
여성들이 길쌈을 하면서 주로 불렀던 노래를 잘 기억하여 불렀다. 조병옥
이 노래를 부른 후에 조사자의 유도에 따라 한귀달 제보자와 조병옥 제보
자가 번갈아 가며 아는 노래를 불렀다. 잠시 한점순 제보자가 끼어들어 3
편의 노래를 짧게 불렀다. 노래판에 큰 관심이 없던 양정화 제보자가 자
리를 뜨려 하자, 바로 양정화 제보자를 상대로 설화 조사를 했다. 주로 사
찰에 얽힌 이야기가 많았는데, 청중의 관심을 끌도록 이야기를 하는 능력
이 뛰어났다. 이야기 중간에 한귀달 제보자도 설화 2편을 구술했다. 조산
마을은 이들 제보자들 덕분에 아직도 설화와 민요가 구전의 명맥을 잘 잇
고 있었다.


## 경상남도 함양군 서상면 옥산리 옥산마을

조사일시 : 2009.7.21
조 사 자 : 박경수, 정혜란

옥산(玉山)마을은 함양군 서상면 옥산리에 속한 마을이다. 과거에는 이 마을은 '갈미동' 또는 '갈뫼동'이라 불렀는데, 박한주(남, 67세)에 의하면, 이 마을이 들어서기 전에 마을 자리가 갈대밭이었기 때문이라 했다. 언제부터 이 마을이 형성되었는지 자세히 알 수는 없으나, 마을 근처의 창터, 말공구리재(또는 말강구리재) 등의 명칭을 보면 신라시대부터 이곳에 사람들이 살았음을 알 수 있다. 즉, 창터는 백제와 맞서는 신라의 최전방 군창터를 말하고, 망공구리재는 전쟁에서 말이 굴러 떨어져 죽었다는 것에서 붙여진 명칭이라는 것이다.

이 마을에는 현재 58가구 127명의 주민이 거주하고 있다. 서상면에서 이 마을은 대남리 칠형정마을, 도천리 도천마을 다음으로 큰 마을인데, 이농현상으로 점차 마을을 떠나는 사람들이 많아지고 있다. 마을 주민들 대부분은 마을 앞으로 펼쳐진 들판에서 벼농사를 지으며 살고 있으며, 일부는 산머루를 재배하고 있다.

박한주 씨에 의하면, 마을 뒷산에는 과거 연가사라는 절이 있었고, 그 뒤에 상원사라는 큰절이 세워졌는데, 지금은 그 자리에 법전사가 있다는 것이다. 그리고 상원사 근처의 벼랑 위에 극락사라는 암자가 있었는데, 그곳으로 가는 길옆에서 고려시대의 것으로 추정되는 한쪽 팔이 없는 미륵불을 발견하여 '극락사지 석조여래입상'이라 하여 도유형문화재 제44호로 지정했다.

조사자 일행은 2009년 7월 21일(화)에 금당리 추하마을 조사를 끝내고, 마을 앞으로 난 길을 돌아서 근처에 있는 옥산마을로 갔다. 옥산마을에는 마을회관 옆에 따로 노인정이 있었는데, 이곳에 여성 노인들 7명이 쉬고 있었다. 이들에게 조사 취지를 설명한 다음 민요를 잘 하는 분이 없느냐고 하자, 전영숙(여, 73세)을 불러야 한다고 했다. 잠시 후 막 일을 하고 온 듯 목에 수건을 두른 채 전영숙 씨가 노인정으로 왔다. 전영숙 제보자는 고달픈 삶을 이야기한 뒤, 청중과 조사자의 요청에 따라 먼저 노래를 부르며 노래판을 만들었다. 그런데 김순임(여, 68세) 전영숙의 노래를 따라 부르다 노랫가락을 부르며 노래판에 끼어들었다. 전영숙과 김순임이 번갈아 가며 노래를 불렀는데, 각각 민요 4편과 민요 6편을 부르며 노래판을 고조시켰다. 이 사이에 임명득(여, 75세)과 박순분(여, 65세) 씨도 민요 1편씩을 부르며 노래판에 가세했다. 노래판이 끝나갈 무렵 이제 옛날 이야기를 아는 분이 있으면 좀 해달라고 하자, 청중 중에 박한주 씨가 이야기를 잘 할 것이라 하며 그가 와야 한다고 했다. 마침 노인정 옆에 있는 집에서 꼴을 베기 위해 트랙터를 몰고 나가던 박한주 씨를 보고 여성 노인들이 그를 노인정으로 불렀다. 그에게 마을과 마을 근처의 지명과 사적에 얽힌 이야기를 들었는데, 이중 설화적 요소를 갖춘 사찰 연기 설화 등 4편을 채록할 수 있었다.

옥산마을 입구

# 경상남도 함양군 서상면 중남리 맹동마을

조사일시 : 2009.7.22

조 사 자 : 박경수, 정혜란, 김미라

맹동(孟洞)마을은 함양군 서상면 중남리에 속한 마을로, '맹골마을'로 불리던 곳이다. 현재의 마을 이름은 1914년 행정구역 개편 시에 정해진 것이다. 본래 이 마을은 동대마을 입구에 있는 터골에 위치하고 있었는데, 현재의 위치인 맹골로 옮겨 왔다. 서상면 면사무소에서 북쪽으로 난 도로를 가다보면 수개마을 입구를 지나 조금 더 위로 올라가면 왼편에 자리잡고 있는 맹동마을을 만나게 된다. 이 마을은 24가구 50명이 사는 작은 마을이다. 마을 주민 중에는 박씨 성이 많으며, 대부분 마을 앞에 있는 농토에서 벼농사를 하고 있다.

조사자 일행은 2009년 7월 22일(수) 대남리에 속한 대로, 소로, 오산마을을 방문했으나, 민요나 설화를 구술할 만한 분들이 모두 일터로 나가 만나지 못하고, 중남리에 속한 수개, 맹동, 복동마을을 들러보기로 했다. 먼저 간 수개마을에서도 마을회관이 텅 비어 있을 정도로 민요나 설화를 구연할 만한 분들이 일터로 나가 있었기 때문에 조사에 실패하고, 이 맹동마을로 왔다. 오후 2시 경에 들른 맹동마을 역시 마을주민들이 대부분 일터로 나가 있는 바람에 마땅한 제보자를 만날 수 없었다. 여기에 3년 전 박종섭 선생이 함양군 구비문학을 조사할 때 민요를 구연한 바 있는 김옥심, 신고만단도 출타 중이었고, 김복녀가 있었으나 병환 중에 있어서 조사가 불가능했다. 그런데 오후 3시경에 다시 들렀을 때 다행히 신고만단 할머니를 만날 수 있었다. 그런데 신고만단 제보자도 불과 3년 사이에 건강과 기억력이 많이 쇠하여 민요 2편만 들려 주었다.

## 경상남도 함양군 서상면 중남리 수개마을

조사일시 : 2009.7.22, 2009.7.24
조 사 자 : 박경수, 정혜란, 김미라

수개마을

　수개(樹介)마을은 '진골마을'이라 불리는 곳으로, 함양군 서상면 중남리
에 속한 마을이다. 본래 마을 뒤쪽의 학골에 사람들이 들어와 살기 시작
했는데, 터가 좁아 현재의 마을 터로 옮겨 왔다고 했다. 현재 이 마을에는
전주 이씨, 합천 이씨 등 여러 성받이들이 모여 살고 있는데, 22가구 42
명이 거주하는 작은 마을이다. 이 마을에는 마을 뒷산에 산제를 지냈던
산지골, 장구처럼 지형이 생긴 장구막이, 자라처럼 생긴 자래바우, 옛날
각시가 빠져 죽었다는 각시소가 있다.
　이 마을은 서상면 면사무소가 있는 곳에서 북쪽으로 다리 하나만 건너
면 지척의 거리에서 마을 안내 표지를 만나게 된다. 그러나 도로의 왼편

으로 나 있는 마을 입구에서 산쪽으로 800m 정도 더 들어가야 옹기종기 모여 있는 마을의 집들을 보게 된다. 마을 사람들은 대부분 마을 앞에 펼쳐져 있는 논에서 농사를 지으며 살고 있는데, 농한기인 7, 8월에도 근처 마을에 있는 딸기밭이나 인삼밭에 나가서 일당을 받으며 일을 한다.

조사자 일행이 2009년 7월 22일(수) 오전에 이 마을을 처음 들렀지만, 마을회관에는 사람들이 없고, 일을 할 만한 노인들은 남녀를 불문하고 대부분 밭일 등으로 출타 중이었다. 수소문 끝에 민요를 잘 부른다는 한대분 제보자의 집을 알아서 방문했는데, 다행히 밭일을 하러 가기 이전이라 집에서 만날 수 있었다. 그러나 곧 딸기밭에 일을 하러 가기 위해 자신을 태워 갈 차를 기다리고 있다면서 민요를 구연하기를 꺼렸다. 근근이 설득하여 차가 올 때까지라도 알고 있는 노래를 불러 달라고 하자, 마지못해 집 마루에 앉아 민요 3편을 불러 주었다. '베틀 노래'를 거의 완벽하게 부르는 등 민요 구연에 뛰어난 능력을 가진 분이었다. 그러나 제보자를 태워갈 차가 금방 도착하는 바람에 더 이상 조사를 하지 못하고 다음을 기약하며 마을을 떠나와야 했다.

조사자 일행은 7월 23일(목) 오후에 다시 수개마을을 들렀다. 이종윤 할아버지를 만났으나, 근래 병환을 겪고 기억력이 급격하게 쇠퇴해 마을 유래에 관한 간단한 설명만 들을 수 있었으며, 한대분과 이화자 할머니 모두 아직 일터에서 돌아오지 않았다. 다시 저녁을 먹고 일터에서 돌아온다는 저녁 8시에 맞추어 수개마을로 갔으나 9시가 가까워도 두 분 모두 일터에서 돌아오지 않았다. 결국 조사를 하지 못하고 숙소로 돌아왔지만, 한대분 제보자의 민요 구연 능력을 보았기에 제보자를 상대로 한 조사를 포기할 수 없었다. 7월 24일(금) 오전, 일정상으로 서하면 조사를 시작하기로 한 날이지만, 마침 비가 내리고 있는 상황이라 잘 하면 제보자를 만날 수 있겠다는 생각에 수개마을로 다시 갔다. 그날은 마침 제보자가 일을 나가지 않고 집에 있었다. 이렇게 해서 마침내 한대분 제보자를 상대로 2차 조사를 하게 된 것이다. 민요를 구연한 목록은 그렇게 많은 편은 아니지만, 조사한 자료들이 쉽게 들을 수 없는 서사민요 자료들이 대부분 이어서 만족할 만한 조사 성과를 거둔 셈이다.

# ▌제보자

## 김순임, 여, 1942년생

주 소 지 : 경상남도 함양군 서상면 옥산리 옥산마을
제보일시 : 2009.7.21
조 사 자 : 박경수, 정혜란

김순임은 1942년 말띠 생으로 함양군 서
상면 대남리 노상마을에서 태어났다. 택호
는 노상댁으로 불린다. 11세 되던 해 거창
으로 피난을 가서 7년 동안 거창에서 생활
하다가 다시 노상마을로 갔다. 그리고 그해
18세의 나이에 1살 연상(69세)의 남편(이영
길)과 결혼하여 현재의 옥산리 옥산마을로
와서 지금까지 생활하고 있다. 슬하에 3남

2녀를 두었는데, 모두 도시로 나가서 살고 있으며, 옥산마을 집에는 현재
남편과 둘이서 생활하고 있다. 학교는 6·25 전쟁으로 피난을 가는 바람
에 초등학교 4학년 때까지만 다닐 수 있었다고 했다.

제보자는 염색을 한 검은 머리 덕분에 나이보다 젊게 보였다. 전영숙
제보자와 번갈아 가며 노래를 불렀는데, 모두 6편으로 가장 많이 민요를
불러 주었다. 노랫가락으로 부른 '그네 노래', '모심기 노래' 3편, '양산
도', '청춘가'가 노래 목록인데, 이들 노래를 어릴 적 어른들이 부르는 것
을 듣고 따라 부르면서 알게 된 것이라 했다. '모심기 노래'를 제대로 빼
면서 불렀으며, 다른 노래들도 가락에 흥을 실어 제대로 불렀다. 옥산마
을을 조사한 다음 날인 2009년 7월 22일(수)에는 오산마을로 가는 다리
아래에서 공공근로를 나와 쉬고 있는 제보자를 만났는데, 그때 제보자는

노래를 잘 하는 소로마을 최순남 씨가 있는 작업팀에 가보라고 하며 조사에 도움을 주기도 했다.

제공 자료 목록

04_18_FOS_20090721_PKS_KSI_0001 그네 노래 / 노랫가락
04_18_FOS_20090721_PKS_KSI_0002 모심기 노래 (1)
04_18_FOS_20090721_PKS_KSI_0003 모심기 노래 (2)
04_18_FOS_20090721_PKS_KSI_0004 모심기 노래 (3)
04_18_FOS_20090721_PKS_KSI_0005 양산도
04_18_FOS_20090721_PKS_KSI_0006 날 데려 가거라 / 청춘가

### 김춘택, 여, 1940년생

주 소 지 : 경상남도 함양군 서상면 대남리 대로마을
제보일시 : 2009.7.22
조 사 자 : 박경수, 정혜란, 김미라

김춘택은 서상면 대남리 방지마을에서 1940년 용띠 생으로 태어났다. 20살 때 서상면 대남리 대로마을로 시집을 갔다가, 서울에 가서 30년을 살다 다시 고향인 현 거주지에 3년 전부터 와서 살기 시작했다고 했다. 마을에서는 방지댁으로 불리는데, 73세인 남편(서태식)과 함께 살고 있으며, 아들딸은 각각 2명을 두고 있다. 현재 자녀들은 서울 등 외지에서 살고 있다. 제보자는 초등학교를 다니다 중간에 그만두었으며, 생업으로 논농사를 짓고 있다. 작은 체격에 밝게 웃는 모습을 하고, 재치 있게 말을 잘 했다. 노래는 스스로 박수를 지켜서 흥을 내어 불렀다. 제보자가 제공한 '베틀 노래', '그네 노래', '노들강변' 등

3편의 민요들은 젊은 시절 나물을 캐러 다니면서 배워서 부른 것이라고 했다.

제공 자료 목록
04_18_FOS_20090722_PKS_KCT_0001 베틀 노래
04_18_FOS_20090722_PKS_KCT_0002 그네 노래 / 노랫가락


## 박순분, 여, 1945년생

주 소 지 : 경상남도 함양군 서상면 옥산리 옥산마을
제보일시 : 2009.7.21
조 사 자 : 박경수, 정혜란

박순분은 1945년 닭띠 생으로 함양군 서상면 상남리에서 태어났다. 택호는 상남댁으로 불린다. 6살 때 전쟁을 피해 친정어른들이 있는 옥산리 옥산마을과 대남리 오산마을로 거주지를 옮기면서 3년간 피난 생활을 했으며, 9살 되던 해 다시 상남리로 돌아왔다. 그때 이후 상남리에서 계속 생활하다가, 19살 때 6살 연상의 남편과 결혼하여 현재의 옥산마을로 오게 되어 계속 살게 되었다고 했다. 슬하에 5남을 두었는데 모두 도시로 나가 있고, 10년 전 남편이 작고한 이후부터 제보자는 혼자서 옥산마을 집에서 생활하고 있다. 학력은 초등학교를 3년 다니다 만 것이 전부이다. 제보자는 청춘가 가락으로 신세 타령 노래를 1편했는데, 일하러 가서 듣고 따라 부르다 알게 된 노래라고 했다. 노래는 1편밖에 부르지 않았지만, 다른 제보자들에게 노래를 불러보라고 권하는 등 조사에 도움을 주려고 노력했다.

제공 자료 목록
04_18_MFS_20090721_PKS_PSB_0001 신세 타령요

## 박한주, 남, 1934년생

주 소 지 : 경상남도 함양군 서상면 옥산리 옥산마을
제보일시 : 2009.7.21
조 사 자 : 박경수, 정혜란

박한주(朴漢珠)는 밀양 박씨로, 1934년 갑
술년 생이다. 함양군 서상면 옥산리 옥산마
을에서 1남 3녀 중 첫째로 태어났다. 1살
연하(75세)인 부인(이처자, 상남댁)과는 당시
로서는 늦은 나이인 24세 때 결혼했으며,
슬하에 2남 3녀를 두었다. 자녀들은 모두
객지에 거주하고 있어 현재는 둘이서 옥산
마을 집에서 생활하고 있다. 제보자는 논
21마지기를 직접 짓고 있는데, 그만큼 부지런히 일을 하고 있었다.

제보자는 동국대학교를 2년 다니다 중퇴를 하였고, 군대를 제대하고 서
상면 총무계장으로 공직 생활을 시작했다. 총무계장으로 24년을 근무하다
함양군청으로 들어가 산업계장으로 4년간 근무를 하였다. 공직생활 중 부
모님 병환으로 명예퇴직을 신청하였다. 어머니는 중풍이 들고, 아버지는
폐병이 들어서 병수발을 하기 위해서였다. 그러나 명예퇴직 신청이 받아
들여지지 않아, 6개월 동안 출근을 하지 못하고 부모님 병환을 돌보았다.
그러다 1990년 산업계장직으로 명예퇴직을 하였는데, 그 일로 그해 정초
에 삼성재단에서 효자상을 받기도 했다. 제보자의 조부 또한 마을 입구
에 효자비가 세워져 있을 정도로 효자였는데, 마을에서 대대로 효자상을
받아 효성이 깊은 집안으로 소문이 나 있었다. 제보자의 큰아들 역시 고

향으로 돌아와 부모님을 모시고 산다는 것을 제보자가 만류하고 있다고
했다.

조사자 일행은 2009년 7월 21일(화) 옥산마을 노모당에 여성 노인들을
대상으로 한 민요 조사를 마치고 설화를 조사하려고 하자 제보자가 있으
면 이야기를 잘 할 것이라 했다. 제보자의 자택이 노모당 옆에 있었는데,
마침 제보자는 꼴을 베러 가려고 경운기를 몰고 집 밖을 나서려고 하던
참이었다. 노모당에서 그를 부르자 경운기를 멈추고 들어왔다. 그는 마을
의 지명과 근처 사적에 얽힌 이야기를 했다. 특히 사찰에 얽힌 이야기에
관심이 많은지 사찰 연기 설화를 2편 하고, 조부의 효행 이야기, 그리고
마을의 귀신바위에 얽힌 이야기 등 모두 4편을 구술했다. 살짝 웃음을 머
금은 모습이 인자함을 느끼게 했으며, 이야기도 차분하게 천천히 구술했
다. 사찰 연기 설화나 귀신바위 이야기는 어렸을 때 어른들로부터 들었던
것이라 했다.

제공 자료 목록
04_18_FOT_20090721_PKS_PHJ_0001 빈대 때문에 망한 절
04_18_FOT_20090721_PKS_PHJ_0002 조상단지를 넣어 둔 귀신바위
04_18_FOT_20090721_PKS_PHJ_0003 낭떠러지에 세운 극락사(極落寺)
04_18_FOT_20090721_PKS_PHJ_0004 허벅지 살을 떼어 부모 살린 효부


## 서말임, 여, 1937년생

주 소 지 : 경상남도 함양군 서상면 금당리 추하마을
제보일시 : 2009.7.21
조 사 자 : 박경수, 정혜란

서말임은 1937년 소띠 생으로, 함양군 서상면 오산마을에서 태어났다.
마을에서는 오모댁으로 불리고 있다. 18살에 7살 연상인 남편(김종엽)과
결혼을 하고 친정인 오산마을에서 1년을 지낸 후, 19살에 서상면 금당리

추하마을로 왔다. 남편은 5년 전 세상을 떠
났고, 슬하에 아들 셋을 두었는데, 모두 도
시로 나가 생활을 하기 때문에 추하마을 집
에는 제보자 혼자 지내고 있다. 제보자는
학교 공부를 하지 않아서 한글을 익히지 못
한 것을 매우 안타깝게 생각하고 있었다.
노래를 부르기 전에는 잘 부르지 못한다며
부끄러워하는 기색을 보였지만, 조사자의
요청으로 노래를 부르기 시작하면서 적극적으로 조사에 임했다. 제보자는
두 다리를 쭉 뻗은 자세로 노래를 했는데, '청춘가', '노랫가락'과 '양산
도' 등 4편의 민요를 불러 주었다. 어린 시절 친구들과 놀면서 불렀거나
결혼 후에 추하마을에서 일하면서 배웠던 노래라고 했다.

제공 자료 목록
04_18_FOS_20090721_PKS_SMI_0001 청춘가
04_18_FOS_20090721_PKS_SMI_0002 그네 노래 / 노랫가락
04_18_FOS_20090721_PKS_SMI_0003 타박머리 노래
04_18_FOS_20090721_PKS_SMI_0004 양산도


### 신고만단, 여, 1936년생

주 소 지 : 경상남도 함양군 서상면 중남리 맹동마을
제보일시 : 2009.7.22
조 사 자 : 박경수, 정혜란, 김미라

신고만단은 1936년 함양군 안의면 귀곡리 귀곡마을 태생으로, 20살에
서상면 중남리 맹동마을로 시집을 와서 지금껏 살고 있다. 올해로 74세이
며, 마을에서는 귀곡댁으로 불린다. 남편은 자신과 3살 차이로 29년 전,
48세의 나이에 세상과 이별했다. 슬하에 4남 1녀를 두었는데, 모두 서울

등지에서 살고 있다고 했다. 학교는 당시 소학교 2학년까지 다녔으나, 해방이 되면서 그만두게 되었다고 한다.

조사자는 2009년 7월 22일(수) 오후 2시경에 제보자를 만나러 갔으나 출타중이어서 만나지 못했다가, 1시간 후인 오후 3시에 다시 들렀을 때 막 귀가를 하는 상황이었다. 관절이 아파 병원을 갔다 오는 길이라고 했다. 무릎 관절이 너무 아파 고통스럽고 생활하기 힘들다고 했다. 하루 식사 중 한 끼는 배급을 받는다고 했는데, 혼자 지내는 생활이 무척 힘들어 보였다. 조사자가 제보자에게 민요 구연을 요청했으나, 힘이 없어 노래로 하지 못하고 읊조리거나 이야기를 하듯이 했다. 읊조리듯이 '화투 타령'을 했고, 짤막하게 이야기로 '댕기 노래'를 했다. 제보자는 건강이 좋지 않아 노래가 기억나지 않는다고 말했는데, 더 이상 조사자를 상대로 한 민요 조사가 어렵다고 판단하고 제보자의 집을 나왔다.

제공 자료 목록
04_18_FOS_20090722_PKS_SKM_0001 화투 타령
04_18_FOS_20090722_PKS_SKM_0002 댕기 노래


**양가매, 여, 1931년생**

주 소 지 : 경상남도 함양군 서상면 금당리 추하마을
제보일시 : 2009.7.21
조 사 자 : 박경수, 정혜란

양가매는 1931년 양띠 생으로 함양군 서상면 오산마을에서 태어났다. 택호는 오산댁 또는 오모댁으로 불린다고 했다. 19살에 9살 많은 남편과

결혼했으며, 결혼과 동시에 서상면 금당리 추하마을로 옮겨 왔다. 슬하에 2남 2녀를 두었는데, 모두 도시에서 거주하고 있다고 했다. 2년 전인 2007년에 남편이 88세로 작고한 이후 혼자서 생활하고 있다. 학교는 다닌 적이 없다고 했다. 체구는 작고 다부진 모습이었다.

제보자는 다른 사람들이 부르는 노래를 듣고 있다가 '다리 세기 노래'를 한 편을 불렀다. 어렸을 때 동무들과 놀면서 불렀던 노래라고 했다.

제공 자료 목록
04_18_FOS_20090721_PKS_YKM_0001 다리 세기 노래


### 양정화, 여, 1932년생

주 소 지 : 경상남도 함양군 서상면 상남리 조산마을
제보일시 : 2009.7.23
조 사 자 : 박경수, 정혜란

양정화는 1932년 원숭이띠로, 함양군 서상면 신기마을에서 태어났다. 신기마을은 예전에 장구지마을로 불리기도 했기에 택호는 장구지댁으로 불린다고 했다. 17세의 나이로 결혼을 하기 전까지는 신기마을에서 계속 살아왔다. 17세에 9살 연상의 남편과 결혼하여 서상면 상남리 조산마을로 옮겨와서 살았다. 1년 후, 한국전쟁으로 솥단지를

32번이나 걸 정도로 피난 생활을 했다고 말했다. 부산에서도 7년 동안 가게를 하면서 살았다고 했다. 슬하에 2남을 두었다. 두 아들은 다 도시로 나가 있고, 남편은 12년 전에 작고했기에 현재는 제보자 혼자 생활하고 있다.

제보자는 일제 강점기에 2년 동안 다니는 간이학교를 졸업하였다. 그후 서상초등학교에 들어가려고 하였으나 제보자의 아버지가 연애편지를 쓴다고 못 가게 하였다고 했다. 어린 시절, 친정아버지께 천자문을 배워서 다 뗄 정도로 영특하였다고 했다.

제보자는 마을 이장의 주선에 의해 전화 연락을 받고 조사장소인 마을 회관 옆 정자로 나왔다. 처음에는 다른 제보자들의 노래를 듣고 있다가 건강운동을 하러 가야 한다며 조사장소를 떠나려 했다. 노래에는 크게 흥미가 없었던 제보자는 자신이 이야기할 차례가 오지 않았기 때문이었다. 조사자는 이를 눈치 채고 바로 제보자에게 이야기를 해달라는 부탁하자, 자신이 알고 있는 이야기부터 먼저 적극적으로 구연했다. 제보자는 모두 8편의 설화를 구연했는데, 특히 사찰 관련 설화를 많이 알고 있었다. 절에서 오랫동안 보살 생활을 하며 들었던 이야기라고 했다. 이야기 자체에 관심이 많았을 뿐만 아니라 이야기하기를 좋아했다. 청중들이 이야기에 관심을 가질 수 있도록 이야기에 궁금증을 가지게 한 다음 그 사연을 재미있게 풀어가면서도 실감 나게 구연했다. 서상면에서 가장 뛰어난 이야기꾼이었다.

제공 자료 목록
04_18_FOT_20090723_PKS_YJH_0001 밤송이를 무서워 한 호랑이
04_18_FOT_20090723_PKS_YJH_0002 이야기를 싫도록 해서 임금 사위 된 선비
04_18_FOT_20090723_PKS_YJH_0003 남녀도 구분 못한 상좌승
04_18_FOT_20090723_PKS_YJH_0004 공주로 환생하여 절을 시주한 할머니
04_18_FOT_20090723_PKS_YJH_0005 상사병으로 죽어 뱀이 된 총각과 용추폭포의
상사바위

04_18_FOT_20090723_PKS_YJH_0006 걸어가다 멈춘 진안 수속금산과 암속금산
04_18_FOT_20090723_PKS_YJH_0007 닭을 풀어 지네를 쫓아낸 유점사
04_18_FOT_20090723_PKS_YJH_0008 소를 바꿔 타고 갔다 딸 덕분에 낭패 면한 사돈

## 엄순덕, 여, 1939년생

주 소 지 : 경상남도 함양군 서상면 도천리 피적래마을
제보일시 : 2009.7.20
조 사 자 : 박경수, 정혜란, 김미라

　　엄순덕은 1939년 서하면 운곡리 은행마을 태생으로 올해 71세이며, 20세에 서하면 도천리 피적래마을로 시집을 갔다. 남편(최영철)은 4살 연상(75세)이며, 슬하에 3남 2녀를 두었다. 자녀들은 부산과 김해 등지에서 살고 있다고 했다. 제보자는 남편과 함께 피적래마을에서 계속 농사를 지으며 살았는데, 마을 이장직을 6년을 하기도 했다.
그러다 농사짓기도 싫고 돈을 벌기 위해 1980년에 부산으로 가서 20년 가까이 살았다. 2000년에 다시 피적래마을로 돌아와서 지낸다고 했다. 마을에서는 부산댁으로 불린다. 빨간 수건을 목에 두른 모습이 다른 사람들보다 세련되어 보였으며, 성격도 활달해 보였다. 초등학교를 3년 다니다가 그만두었다고 했다. 조사자는 서하면에서 서상면으로 진입하는 24번 지방도의 도로변에서 제초작업을 하다 잠시 쉬고 있는 제보자를 만나서 노래를 듣게 되었다. 가장 먼저 노래를 했는데, '양산도' 1편을 구성지게 노래했다. 어려서 듣고 배운 것이라 했다.

제공 자료 목록
04_18_FOS_20090722_PKS_ESD_0001 양산도

## 이경순, 여, 1936년생

주 소 지 : 경상남도 함양군 서상면 금당리 추하마을
제보일시 : 2009.7.21
조 사 자 : 박경수, 정혜란

이경순은 1936년 병자생으로 함양군 신곡에서 태어난 제보자는 20살에 9살 연상의 남편(전용권)과 결혼하여 수동면에서 1년 동안 생활했다. 21살에 경기도 부천으로 이사를 가서 40년 동안 살다, 61살 되던 해에 추하마을로 내려와서 지금까지 살고 있다. 그런데 70세에 심장판막증을 진단받고 2년 동안 서울에서 병원 신세를 졌으며, 당시 수술로 인해 왼쪽 다리와 가슴에 큰 상처가 있다. 병환으로 지쳐 보이는 기색이 있었지만 시종일관 밝은 웃음을 띠고 있었다. 남편과의 사이에 5남 1녀를 두었으며, 자식들은 현재 모두 서울에서 거주하고 있기 때문에 추하마을에서는 남편과 둘이서 생활하고 있다. 택호는 부천댁으로 불리며, 학력은 초등학교를 졸업한 것이 전부이다. '화투 타령' 1편을 불러 주었는데, 어려서 학교에 다닐 때 오빠가 가르쳐 주었다고 했다.

제공 자료 목록
04_18_FOS_20090721_PKS_LKS_0001 화투 타령


## 이성하, 남, 1930년생

주 소 지 : 경상남도 함양군 서상면 금당리 방지마을
제보일시 : 2009.7.20
조 사 자 : 박경수, 정혜란, 김미라

이성하(李性夏)는 1930년 함양군 서상면 금당리 방지마을에서 태어났다. 본은 전주이며, 이 마을에서 4-5대째 살아왔다고 한다. 부인 장기열(81세, 좌동댁) 씨와 15살때 결혼하여 4남 3녀를 두었다. 현재 부인과 막내아들네와 함께 살고 있는데, 과거에는 재산이 제법 많았으나 자식의 부도로 재산을 모두 날리고 남의 땅을 붙여먹기도 한  때가 있었다고 했다. 지금은 농촌진흥청의 지원과 자식의 도움으로 14마지기 농사를 짓고 있다고 했다.

제보자는 서상소학교를 졸업했으며, 혼자 한문 공부를 했다고 했다. 군대를 갔다왔다 17살 때부터 경찰에 투신하여 감찰계장 등을 역임했으며, 은퇴 후에는 서상면 노인회장을 3년, 경우회 함양지회장을 3년 동안 하다 2008년 퇴직했다. 제보자는 나이는 들었지만 다부진 모습이었으며, 조사자가 만났을 때는 중절모에 모시옷을 위아래 입고 있었다. 다리가 불편한지 지팡이를 짚고 걸음을 걸었다. 한시나 한문 문장이 들어간 이야기를 주로 하고, 지역 인물과 집안 관련 이야기를 많이 구술했다. 불교, 기독교도 유교에서 나왔다고 이야기를 할 정도로 유가로서의 의식을 가지고 유가적 전통을 중시하고 있다는 인상을 받았다.

조사자가 제보자를 만난 것은 서상면장의 추천이 있었기 때문이다. 서상면장이 방지마을 이장에게 미리 제보자를 조사자 일행에게 소개하여 마을에 관한 전설을 들을 수 있도록 배려한 것이다. 방지마을 이장의 안내로 제보자를 자택 앞에서 만난 후, 설화의 구연을 위해 마을회관이 있는 곳으로 자리를 옮겼다. 제보자는 많은 이야기를 구술했는데, 그 중 설화성을 갖춘 이야기로 채록된 이야기는 9편이었다. 기억력도 비교적 좋았고 구연 능력도 상당했으나, 한 이야기를 하다 다른 이야기가 생각나면 그 이야기를 한 동안 하다 처음 이야기를 잊어버리는 등의 혼란을 보이기도 했다. 틀니를 해서 발음은 분명했으나, 마을회관 옆의 노인정에 붙은 마루에 앉아 조사를 하다 보니 주위의 차 소리, 경운기 소리 등 소란스러움 때문에 이야기를 잘 들을 수 없는 부분도 있었다.

제보자는 민요도 2편을 구연했다. 그러나 젊었을 때 어른들이 부르는 민요를 듣기는 했지만 잘 부르지는 못한다고 했다. 더구나 목소리가 잘 나오지 않아서 못 부른다고 사양하다, 조사자의 요청에 '모심기 노래' 2곡을 불렀다.

### 제공 자료 목록

04_18_FOT_20090720_PKS_LSH_0001 방지에 매장된 논개 시신
04_18_FOT_20090720_PKS_LSH_0002 중국 황제에게 받은 명씨 성
04_18_FOT_20090720_PKS_LSH_0003 시묘살이가 생긴 내력
04_18_FOT_20090720_PKS_LSH_0004 유교, 불교, 기독교는 모두 하나
04_18_FOT_20090720_PKS_LSH_0005 영리한 아이와 더 영리한 산신령
04_18_FOT_20090720_PKS_LSH_0006 과거에 낙방하고도 대감의 사위가 된 선비
04_18_FOT_20090720_PKS_LSH_0007 남의 땅에 몰래 묘 쓰고 망한 전씨
04_18_FOT_20090720_PKS_LSH_0008 사화 때 피난 왔던 진사의 후손들
04_18_FOS_20090720_PKS_LSH_0001 논 매기 노래
04_18_FOS_20090720_PKS_LSH_0002 모심기 노래
04_18_MPN_20090720_PKS_LSH_0001 술에 취해서 만난 귀신


### 임명득, 여, 1935년생

주 소 지 : 경상남도 함양군 서상면 옥산리 옥산마을
제보일시 : 2009.7.21
조 사 자 : 박경수, 정혜란

임명득은 1935년 돼지띠 생으로 함양군 서상면 금당리 추하마을에서 태어났다. 택호는 내풍댁으로 불린다고 했다. 9살 연상(84세)인 남편과 17

살에 결혼하여 옥산마을로 온 제보자는 4남
을 두었으나, 일찍이 큰아들을 잃고 세 아
들만 남았는데, 모두 서울에서 거주하고 있
다고 했다. 현재의 옥산마을 집에서 제보자
는 남편과 둘이서 생활하고 있다. 논 5마지
기에 직접 농사를 짓고 있으며, 고추 농사
도 조금 한다고 했다. 학교는 다닌 적이 없
으며, 어렸을 때 불렀던 '다리 세기 노래' 1
편을 직접 다리를 펴고 앉아 노는 동작을 하며 불러 주었다.

제공 자료 목록
04_18_FOS_20090721_PKS_IMD_0001 다리 세기 노래


### 전병원, 남, 1941년생

주 소 지 : 경상남도 함양군 서상면 금당리 추하마을
제보일시 : 2009.7.21
조 사 자 : 박경수, 정혜란

전병원(田炳元)은 1941년 신사년 생으로,
함양군 서상면 금당리 추하마을에서 태어났
다. 본은 담양이다. 부산에서 군 생활을 한
3년의 기간을 빼고 계속 고향 마을에서 살
아왔다고 했다. 4살 연하인 부인(박경숙)과
는 당시로서는 상당히 늦은 26세 때 결혼했
으며, 슬하에 2남 2녀를 두었다. 특히 장남
은 서울대 약대를 나와 한독제약에서 수석
연구원으로 근무하고 있다고 했는데, 제보자의 어렸을 때의 꿈인 약사를

자식이 실현했다고 하면서 자랑을 하곤 했다. 다른 자녀들도 모두 서울에 거주하고 있어, 현재는 부인과 둘이서 추하마을에서 생활하고 있다.

제보자는 서상중학교를 졸업하고, 고향 마을에 있는 천상제에서 한문을 5년 동안 수학했다고 했다. 1967년부터 1997년까지는 농협에서 근무하다 전무로 퇴직을 하였고, 1998년부터 2002년까지는 함양군의회 의원을 지냈다. 현재 제보자는 담양 전씨 함양거창지역종친회 회장직을 맡고 있으며, 과거의 직에 연연하지 않고 2009년 3월부터 추하마을 이장을 하며 마을의 발전을 위해 힘쓰고 있다. 제보자는 직접 농사를 짓지는 않지만 3,000평 정도의 논을 가지고 있다고 했다. 군의원을 할 시절에는 90kg이 넘을 정도로 건장한 체격이었지만, 한 번 크게 아프고 난 뒤로 지금은 살이 많이 빠졌다고 했다. 그런데도 훤칠한 키와 안경을 쓴 모습이 여전히 건장함을 느끼게 했다. 성격은 약간 외향적이면서 엄격하게 보였다.

조사자는 추하마을을 방문하여 마을 이장을 맡고 있는 제보자를 수소문하여 직접 집으로 찾아가 만났다. 집은 300평 규모로 잘 가꾸어진 정원을 가지고 있었다. 제보자는 조사자와 다양한 이야기를 나눈 후, 마을의 지명과 관련된 이야기 5편을 구술했다. 어릴 적 어른들로부터 들었던 이야기들인데, 자신이 직접 경험했던 내용들도 있고, 개인적으로 관심을 가지고 조사한 내용을 이야기한 것이라 했다. 실제 제보자는 마을과 관련된 이야기와 관심 사항들을 함양군 신문에 투고하고 있었다. 제보자는 자택에서 이야기를 구술한 후 마을회관으로 조사자를 직접 안내하여 마을의 여성 노인들에게 우리를 소개하고 구비문학 조사를 잘 할 수 있도록 배려하기도 했다.

제공 자료 목록
04_18_FOT_20090721_PKS_JBW_0001 소원을 들어주는 연리목
04_18_FOT_20090721_PKS_JBW_0002 마을 사람 구하고 죽은 조장군의 무덤
04_18_FOT_20090721_PKS_JBW_0003 최경회 장군과 주논개

04_18_FOT_20090721_PKS_JBW_0004 금당사란 절이 있었던 금당리
04_18_MPN_20090721_PKS_JBW_0001 박정희 대통령의 시해를 예언한 박제현


## 전영숙, 여, 1937년생

주 소 지 : 경상남도 함양군 서상면 옥산리 옥산마을
제보일시 : 2009.7.21
조 사 자 : 박경수, 정혜란

전영숙은 1937년 소띠 생으로 함양군 서
하면 송계리 송계마을에서 태어났다. 택호
는 서하댁으로 불린다. 18세에 2살 연상(75
세)의 남편(한규창)과 결혼을 하고 3년을 더
친정에서 머무르다 첫째를 낳고 21세 되던
해 시집이 있는 옥산리 옥산마을로 이주했
다. 그리고 지금까지 옥산마을에서 살고 있
다. 슬하에 5남 1녀를 두었는데, 자녀들은
모두 서울, 대구, 부산 등지에서 거주하고 있어 현재는 남편과 둘이서 농
사를 지으며 생활하고 있다. 집안 어른들이 글을 배워봤자 친정에 편지나
보낸다고 학교 공부를 시켜주지 않아 학교를 가 본 적이 없어 아쉬워했
다. 성격은 매우 적극적이고 활달해 보였다.

제보자는 마을 주민들에게 노래를 잘 하는 분으로 알려져 있었다. 노인
정에 조사자 일행이 도착했을 때 제보자는 일을 하러 나가 없었으나, 노
인정에 있던 노인들이 그가 와야 한다며, 그를 일부러 데리러 가서 노인
정으로 불러왔다. 수건을 목에 두른 채 일하다가 오게 된 제보자는 노인
정에 앉자마자 마음에 든 노래를 하겠다며 노래를 부르기 시작했다. 노래
를 부른 후 고달픈 삶에 자식 걱정 등으로 걱정이 끊이지 않는다고 속내
를 말하며 심각해지기도 했지만, 이내 '청춘가'에 이어 노랫가락과 청춘

가 가락으로 '부부 정 노래', '잘난 낭자 노래', '고운 낭자 노래' 등을 부르며 노래판을 흥겹게 만들었다. 이들 노래는 일하러 다니면서 어른들이 부르는 노래를 듣고 따라 부르며 배우게 된 노래라고 했다.

제공 자료 목록

04_18_FOS_20090721_PKS_JYS_0001 청춘가
04_18_FOS_20090721_PKS_JYS_0002 부부 정 노래
04_18_FOS_20090721_PKS_JYS_0003 잘난 낭자 노래
04_18_FOS_20090721_PKS_JYS_0004 고운 낭자 노래

### 조병옥, 남, 1927년생

주 소 지 : 경상남도 함양군 서상면 상남리 조산마을
제보일시 : 2009.7.23
조 사 자 : 박경수, 정혜란

조병옥은 1927년 토끼띠로 함양군 서상면 상남리 조산마을에서 태어났다. 본은 창녕이다. 26세부터 제주도에서 3년 동안 군대 생활을 한 것을 빼고는 계속 고향 마을에서 살아왔다. 3살 연하(80세)인 부인과는 20세 때 결혼했으며, 슬하에 3남 2녀를 두고 있다. 4명은 서울에서, 1명은 부산에서 거주하고 있으며, 현재의 집에는 부인과 둘이서 생활하고 있다.

제보자는 초등학교를 졸업하고 계속 농사일을 하며 살아왔다. 취미를 자신 있게 노래라고 할 정도로 노래를 많이 알고 있었고 또한 노래를 부르는 것을 좋아했다. 지금도 텔레비전에서 괜찮은 노래가 나오면 가사를 적어 외운다고 할 정도로 노래를 좋아했다.

제보자는 마을 이장의 주선으로 조사장소로 나왔는데, 미리 조사의 취지를 들어서인지 종이에 자신이 부를 노래 제목을 적어왔다. 노래를 부를 때 자신이 적어온 쪽지를 보면서 순서대로 노래를 불러 주었다. 제보자는 여성들이 길쌈을 하면서 잘 부르는 베틀 노래는 물론이고 긴 서사민요도 잘 불렀다. 모두 10편의 민요를 불렀다. 이들 노래들은 어렸을 때 배웠던 노래라고 했는데, 특별히 누구에게 배우지는 않았다고 했다. 자신이 적어온 노래는 모두 가사를 잘 기억하고 있었으며, 목소리도 비교적 좋았다. 물론 나이 탓에 높은 소리를 내야 할 때 기침을 하거나 쉰 목소리가 가끔 날 때도 있었다.

제공 자료 목록
04_18_FOS_20090723_PKS_JBO_0001 베틀 노래
04_18_FOS_20090723_PKS_JBO_0002 훗낭군 타령 / 범벅 타령
04_18_FOS_20090723_PKS_JBO_0003 봄 사건 났네
04_18_FOS_20090723_PKS_JBO_0004 농사일 노래
04_18_FOS_20090723_PKS_JBO_0005 못갈 장가 노래
04_18_FOS_20090723_PKS_JBO_0006 양산도
04_18_FOS_20090723_PKS_JBO_0007 창부 타령
04_18_FOS_20090723_PKS_JBO_0008 청춘가
04_18_FOS_20090723_PKS_JBO_0009 다리 세기 노래
04_18_FOS_20090723_PKS_JBO_0010 주머니 노래


## 조복이, 여, 1933년생

주 소 지 : 경상남도 함양군 서상면 금당리 추하마을
제보일시 : 2009.7.21
조 사 자 : 박경수, 정혜란

조복이는 1933년 닭띠 생으로 함양군 서상면 금당리 방지마을에서 태어났다. 마을에서 금당댁이라 하지 않고 금동댁으로 부른다고 했다. 19살

에 결혼을 해서 친정에서 1년을 보낸 후, 20살에 동갑인 남편을 따라 금당리 추하마을로 왔다. 14년 전 작고한 남편과의 사이에는 3남 2녀를 두었다. 자녀들은 모두 부산에서 거주하고 있는 관계로 제보자 혼자 마을에서 생활하고 있다. 제보자는 쪽머리를 하고 비녀를 꽂고 있었다. 현재 추하마을 노모당 회장을 맡고 있으며, 성정이 인자하면서도 곧아 보였다. 학교를 다니지 못한 제보자는 공부를 하지 못한 것을 매우 아쉬워했다. 다른 사람이 부르는 노래를 듣고 있다가 '다리 세기 노래' 1편을 불러 주었다. 이 노래는 어린 시절 동무들과 다리 세기 놀이를 하면서 불렀던 것이라 했다.

제공 자료 목록
04_18_FOS_20090721_PKS_JBI_0001 다리 세기 노래


### 조옥이, 여, 1933년생

주 소 지 : 경상남도 함양군 서상면 상남리 동대마을
제보일시 : 2009.7.23
조 사 자 : 박경수, 정혜란

조옥이는 1933년 닭띠 생으로, 함양군 서상면 방지마을에서 태어났으며, 방지댁으로 불린다. 올해 77세로, 19살 때 서상면 상남리 동대마을로 1살 연상인 남편과 결혼을 했으며, 슬하에 4남 3녀를 두었다. 자녀들은 서울, 대구, 부산 등지에서 살고 있으며, 8년 전 남편이 작고한 이후 혼자서 살고 있다. 결혼 후에 함양읍에서 살다가 이곳으로 이사를 와서 계속 거주하고 있다. 3남매 중 첫째로 태어난 제보자는 아버지가 일찍 돌아가

는 바람에 학교 공부를 할 수 없었으며, 야
학을 다니며 조금 공부를 했다고 했다. 시
집을 왔을 때는 논이 5마지기 정도 있었으
나, 지금은 마을 앞에 있는 밭을 조금 가꾸
고 있는 정도라고 했다.

제보자는 몸이 좋지 않아 큰 수술만 4번
을 받았는데, 자녀들이 병원비와 병 간호를
군말 없이 해주어 효자 효녀를 두었다며 자
랑을 하곤 했다. 조사자는 조사 취지를 말하고, 제보자가 노래를 잘 한다
고 하여 수소문 끝에 찾아왔다고 했다. 제보자는 어려운 발걸음을 했다면
반갑게 맞이했으며, 방안에서 조용히 아는 노래를 불렀다. '달거리 노래',
'도라지 타령', '노랫가락(일명 그네 노래)' 등 5편을 불러 주었다. 이들
노래는 제보자가 열 대여섯 살 때 어른들이 부르는 것을 따라 부르면서
배웠던 것으로, 삼을 삼으면서 많이 불렀다고 했다. 특히 '달거리 노래'는
긴 노래 가사를 잘 기억하여 구연해준 것이다.

제공 자료 목록
04_18_FOS_20090723_PKS_JOI_0001 달거리 노래
04_18_FOS_20090723_PKS_JOI_0002 봉숭아 꽃같이도
04_18_FOS_20090723_PKS_JOI_0003 그네 노래
04_18_FOS_20090723_PKS_JOI_0004 물레방아 노래
04_18_FOS_20090723_PKS_JOI_0005 도라지 타령


**최순남, 여, 1936년생**

주 소 지 : 경상남도 함양군 서상면 대남리 소로마을
제보일시 : 2009.7.22
조 사 자 : 박경수, 정혜란, 김미라

최순남은 1936년 쥐띠 생으로 함양군 서
상면 상남리에서 태어났다. 17세 때 서상면
대남리 소로마을로 시집을 가서 현재까지
거주하고 있다. 4살 연상인 남편(정민욱)과
의 사이에 2남 3녀를 두었는데, 현재 소로
마을 집에는 남편과 둘이 살고 있다. 마을
에서는 덕산댁으로 불리며, 일제하에서 초
등학교 1학년 과정만 다녔다고 했다.

조사자는 2009년 7월 22일(수), 서하면에서 서상면으로 연결된 24번 지
방도의 진입로 근처 도로변에서 제보자를 만났다. 서상면사무소에서 공공
근로 사업을 시행하고 있었는데, 작업 3팀으로 도로변에서 제초 작업을
하고 있던 분들 중에 있었다. 사전 탐문을 통해 이 작업 3팀에서 제보자
가 민요를 잘 한다는 이야기를 듣고 찾아갔던 것이다. 소문대로 제보자는
짧은 시간에 민요를 10편이나 계속 부를 수 있을 정도로 민요의 구연 능
력이 뛰어난 분이었다. 민요 중 '꿩 노래' 1편에 대해서는 노래를 부르게
된 전후 사정을 담은 이야기로 다시 구술했다. '못 갈 장가 노래', '상사
노래' 등 이야기를 담은 여러 편의 서사민요를 불렀다는 점과 '꿩 노래'
와 같이 이야기가 동반된 민요를 불러준 점이 제보자의 민요 구연에서 나
타나는 특징이라 말할 수 있다. 제보자는 열 너댓 살 무렵, 6·25 전쟁이
나기 전 어머니가 책을 보고 가르쳐 주는 노래를 배워서 알게 되었다고
했다. 노래할 때 박수를 치며 매우 흥을 내어 부를 뿐만 아니라 노래 가
사의 내용에 따라 감정적인 반응을 나타내는 등 제보자는 노래 구연을 매
우 실감나게 했다.

### 한귀달, 여, 1931년생

주 소 지 : 경상남도 함양군 서상면 상남리 조산마을
제보일시 : 2009.7.23
조 사 자 : 박경수, 정혜란

한귀달은 1931년 양띠 생으로 함양군 서
상면 상남리 조산마을에서 태어났다. 5남매
중 막내딸로 한점순 제보자가 11살 위인 언
니가 된다고 했다. 어릴 적 이웃마을인 서
상면 상남리 신기마을의 장구지로 이사를
갔던 적이 있어서 택호는 장구지댁으로 불
린다. 한국전쟁 때는 서상읍에서 피난생활
을 했는데, 엉덩이에 총알이 관통한 상처가
있다고 했다. 19세 되던 해 1살 연상의 남편과 결혼을 하여 다시 조산마
을로 온 제보자는 슬하에 3남 2녀를 두었다. 큰아들은 현재 부산에서 거
주하고 있고, 다른 두 아들은 서상에 있어 자주 아들을 만난다고 했다. 10
년 전 남편이 작고하면서 현재는 혼자서 생활하고 있다. 학력은 간이학교

2년을 다닌 것이 전부인데, 글자를 잘 알지 못해서 아쉬움이 크다고 했다.

　제보자는 노래를 부를 때 수줍은 듯이 손으로 입을 가리면서 부르는 것으로 보아 부끄러움을 많이 타는 내성적인 성격으로 보였다. 목소리도 작아서 신명을 내지 못했다. 그렇지만 자신이 아는 노래를 가능한 많이 불러 주려고 노력했다. 모두 6편의 민요를 불렀다. 그리고 양정화 제보자가 이야기를 하는 틈틈이 자신도 알고 있는 설화 2편을 구술했다. 이바지 음식을 도로 가져온 바보 이야기와 우연히 한 말로 병을 낫게 한 선비 이야기였다. 목소리는 작았지만 차분하게 이야기를 구술했다.

### 제공 자료 목록

04_18_FOT_20090723_PKS_HKD_0001 이바지 음식을 도로 들고 온 바보 아들
04_18_FOT_20090723_PKS_HKD_0002 우연히 한 말로 병을 낫게 한 선비
04_18_FOS_20090723_PKS_HKD_0001 모심기 노래
04_18_FOS_20090723_PKS_HKD_0002 이별 노래
04_18_FOS_20090723_PKS_HKD_0003 다리 세기 노래
04_18_FOS_20090723_PKS_HKD_0004 낚싯대 노래
04_18_FOS_20090723_PKS_HKD_0005 댕기 노래
04_18_FOS_20090723_PKS_HKD_0006 양산도

## 한대분, 여, 1931년생

주 소 지 : 경상남도 함양군 서상면 중남리 수개마을
제보일시 : 2009.7.22, 2009.7.24
조 사 자 : 박경수, 정혜란, 김미라

　한대분은 1931년 양띠 생으로 함양군 서하면 월평리 태어났으며, 15세 때 서상면 중남리 수개마을로 시집을 가서 현재까지 살고 있다. 마을에서는 목우재댁으로 불린다. 남편은 4, 5년 전에 작고를 하고 슬하에 2남 2녀를 두고 있다. 자식들은 모두 외지에 나가 살고 있는데, 40대의 막내딸이 아직 성혼을 하지 않아 걱정이라고 했다. 학교를 다니지는 못했지만,

야학을 잠시 다녔는데 1등을 한 때도 있었 다 한다. 이때 글을 깨쳐 쓰지는 못하지만 읽을 수는 있다고 했다.

조사자 일행은 2009년 7월 22일(수) 오전 에 수개마을에 도착하여 마을회관을 들렀지 만, 회관에는 사람이 아무도 없었다. 다행히 3년 전에 박종섭 선생이 함양군에서 이 마 을에서 구비문학을 조사할 때, 한대분과 이 화자가 여러 편의 민요를 구연하고, 이종섭이 마을의 전설을 구술했음을 파악하고 온 터였다. 그런데 이화자, 이종섭 두 분의 집을 직접 찾아갔으 나 밭일 등으로 출타 중이었다. 다행히 한대분 제보자만이라도 집에서 만 날 수 있었다. 그렇지만 한대분도 곧 딸기밭에 일을 하러 갈 참이었다. 제 보자를 어렵게 설득하여 차가 올 때까지라도 민요 구연을 부탁했다. 조사 자가 멀리서 왔다고 말하며 거듭 민요 구연을 부탁하자, 일 하러 가는 차 림 그대로 마루에 앉아 노래를 시작했다. 그런데 제보자를 태워갈 차가 금방 도착하는 바람에 '베틀 노래' 등 3편만 근근이 들을 수 있었지만, 제 보자를 상대로 잘 조사하면 서사민요 등 많은 민요 자료를 끌어낼 수 있 겠다는 생각이 들었다.

조사자 일행은 다음 날인 7월 23일(목) 오전에도 혹시나 하는 생각에 제보자의 집을 방문했으나 이미 일터로 나간 뒤였다. 전날 제보자로부터 저녁 8시경에 일터에서 돌아온다는 것을 알고 그 시간에 맞추어 다시 집 을 방문했으나 9시가 가까워도 돌아오지 않았다. 조사자 일행은 7월 24일 (금) 오전에 서하면 조사를 하기 전에 다시 제보자를 만나 보기로 하고 집 을 방문했다. 때마침 비가 내리고 있었기 때문에 제보자는 일터로 가지 않고 집에 있었다. 한대분 제보자를 상대로 2차 민요 조사를 했는데, 1차 조사 때의 민요 2편을 다시 부른 것을 포함하여 10편의 민요를 추가로 조사할 수 있었다. 그런데 그가 부른 민요 목록에는 노랫가락도 포함되어 있지만 여러 편의 서사민요를 비롯하여 '베틀 노래', '각설이 타령' 등 쉽게 들을 수 없는 민요들이 많았다. 제보자는 노래 가사를 잘 기억하고 있었으며, 서사민요를 차분하게 부르는 모습은 인상적이었다. 이들 노래는 제보자가 젊었을 때 밭을 매거나 삼을 삼으면서 듣고 배워서 불렀던 것이라 했다. 제보자는 민요도 유행이 있다며 자신들이 어렸을 때는 사연을 담은 노래들을 주로 불렀으며, 노랫가락 등은 그 아래 나이대의 사람들이 부른 것이라고 했다.

### 제공 자료 목록

04_18_FOS_20090722_PKS_HDB_0001 베틀 노래 (1)

04_18_FOS_20090722_PKS_HDB_0002 첫날밤 노래

04_18_FOS_20090722_PKS_HDB_0003 그네 노래 / 노랫가락

04_18_FOS_20090724_PKS_HDB_0004 베틀 노래 (2)

04_18_FOS_20090724_PKS_HDB_0005 댕기 노래

04_18_FOS_20090724_PKS_HDB_0006 못갈 장가 노래

04_18_FOS_20090724_PKS_HDB_0007 주머니 노래

04_18_FOS_20090724_PKS_HDB_0008 시집살이 노래

04_18_FOS_20090724_PKS_HDB_0009 각설이 타령

04_18_FOS_20090724_PKS_HDB_0010 권주가

04_18_FOS_20090724_PKS_HDB_0011 물레 노래

04_18_FOS_20090724_PKS_HDB_0012 나비 노래 / 노랫가락

04_18_FOS_20090724_PKS_HDB_0013 도라지 타령

## 한점순, 여, 1920년생

주 소 지 : 경상남도 함양군 서상면 상남리 조산마을

제보일시 : 2009.7.23

조 사 자 : 박경수, 정혜란

한점순은 1920년 원숭이띠로 함양군 서상면 상남리 조산마을에서 태어

낳다. 한 마을에서 자라고 결혼까지 하였기
때문에 한점순은 본동댁으로 불리고 있었다.
4살 연상의 같은 마을사람인 남편과 16세
되던 해 결혼을 하여 슬하에 5남을 두었다.
같은 마을의 제보자 한귀달의 큰언니가 된
다. 25년 전 남편이 작고한 뒤, 현재 큰아들
과 같이 살고 있고, 나머지 아들은 부산에
서 거주하고 있다고 했다.

　5남매의 첫째였던 제보자는 어려운 집안 환경 때문에 학교 공부를 하
지 못했다. 제보자는 큰아들과 손자의 자식 공부 뒷바라지를 위해 타지
생활을 했다. 65세 때부터 진주에서 4년을 지냈고, 손자의 대학 공부를
위해 마산에서도 생활하였다. 그 뒤, 손자를 따라 부산으로 가서 살면서
손자 결혼까지 시키고 다시 마을로 돌아왔다. 어릴 적에는 동네에서 노래
잘 부른다고 칭찬도 많이 듣고 했는데, 세월이 흘러 많이 알던 노래도 다
잊어버려서 현재는 기억하고 있는 노래가 거의 없다고 했다. 기억을 더듬
으며 민요 3편을 어렵게 불러 주었다.

제공 자료 목록
04_18_FOS_20090723_PKS_HJS_0001 탄로가(歎老歌)
04_18_FOS_20090723_PKS_HJS_0002 청춘가
04_18_FOS_20090723_PKS_HJS_0003 놀아나 보자

# 빈대 때문에 망한 절

자료코드 : 04_18_FOT_20090721_PKS_PHJ_0001
조사장소 : 경상남도 함양군 서상면 옥산리 옥산마을 노인정
조사일시 : 2009.7.21
조 사 자 : 박경수, 정혜란
제 보 자 : 박한주, 남, 76세
구연상황 : 제보자는 마을의 지명에 관한 유래담을 말한 뒤, 이 이야기를 기억해서 했다.
　　　　　제보자는 사찰에 관심이 많은지 이 이야기에 이어 극락암 이야기도 했다.
줄 거 리 : 서부 지역에서 제일 큰 절이 상원사인데, 옛날에는 그곳에 세운암이 있었다.
　　　　　그 절이 빈대 때문에 망했다. 그 절터에서 빈대 꺼풀이 나오고, 구들장도 나
　　　　　왔다. 세운암이 망한 뒤에 연각사에 부처를 모셨다.

　　그런데 상원사 중이 인제 그 올라가는 상원산데, 그 당시에는 세운암
해 가지고.

　　(조사자 : 세운암?)

　　세운암 해 가지고 고 절이 있었는 기라. 그래 절이 있었는데, 그 당시
에 그 절이 상당히 컸었는데, 요 서부 지역에서는 아마 제일 컸다고 캐,
과언이 아닐 기라. 그런데 우연히 그 옛날에 거기 빈대 때문에 망했다, 전
설은 그래.

　　(조사자 : 예예, 빈대 때문에.)

　　빈대 때문에 망했다 이카는데, 우리가 알기로도 빈대 꺼풀이 나오고 구
들장도 나오고 그래 했었거던.

　　(조사자 : 아, 그래 상원사 절이 그래 빈대 때문에 없어, 망했네요.)

　　상원사 절 바로 앞에, 앞에 그랬거든. 근데 저 절이 망해서 간 기 그 부
처님이 모시고 간 기 저게 연락사라.

(조사자 : 아, 연각사.)

고기 그래 돼 있어.


## 조상단지를 넣어 둔 귀신바위

자료코드 : 04_18_FOT_20090721_PKS_PHJ_0002
조사장소 : 경상남도 함양군 서상면 옥산리 옥산마을 노인정
조사일시 : 2009.7.21
조 사 자 : 박경수, 정혜란
제 보 자 : 박한주, 남, 76세
구연상황 : 제보자가 빈대 때문에 망한 절 이야기를 마치자, 조사자는 마을 지명에 관해
이야기할 때 말한 귀신바위를 두고 그 유래를 묻자 이 이야기를 했다.
줄 거 리 : 옛날 세운담 가는 길목에 지금의 귀신바위가 있고, 그 앞에 돌을 모아 탑을
쌓았다. 이 돌탑을 조상바위라 했는데, 새마을사업이 시작되어 그 조상바위가
허물어졌다. 그 이후 조상바위를 쌓던 돌을 귀신바위 밑에 넣거나 조상단지를
넣어 두었다. 귀신바위라는 이름은 그렇게 조상바위나 조상단지를 넣으면서
붙여진 것이다.

귀신바우가 어떻게 해서, 귀신바우를 갖다가 그 귀신이라고 부르짖게
됐냐고. 바로 귀신바우 밑에 그 상원사 가는 그 당시에, 그러니께 세운암
가는 절에 가는 길목이 되논께노, 바로 그 귀신바우 있고, 귀신바우 앞에
다가 뭣을 모았냐면 조상바우를 모았어.

(조사자 : 뭘요?)

조상. 오고 가면 돌을 던져가지고 그 탑을 세워. 세와 놨는데, 그게 어
느 적부터 없어졌냐 하면은, 새마을, 당시에 이 뭐 없애도 관계가 없다 그
래가지고, 고걸 갖다가 헐어가지고 도로로 쓰기도 되고 그리하고 그 귀신
바우는 그 전설에 의하면 거게(거기에) 옛날에 우리들이 모시는 조상 있
지요.

조상을 모시다가 안 모시게 되면은 그 저게 바우 밑에 갖다 옇은 기라.

(조사자 : 응, 조상단지를 바우 밑에.)

바우 밑에 갖다 옇었는 기라. 우리 알기만 해도 그 안에 그 [손동작으로 크기를 표시하며] 요만한 조상단지들아 더러 있었지요.

(조사자 : 우째 그 조상단지를 거 옇어? 대개 조상단지를 집에 안에.)

올라가고 내려오는 질터가, 그래 절에 가는 질목이 되어 놓은께노. 그래서 거게 귀신이 나온다 이래 가지고 귀신바위.

(조사자 : 누가 거기서 귀신을 봤는가요?)

[웃으며] 전설이니까.


# 낭떠러지에 세운 극락암(極落菴)

자료코드 : 04_18_FOT_20090721_PKS_PHJ_0003
조사장소 : 경상남도 함양군 서상면 옥산리 옥산마을 노인정
조사일시 : 2009.7.21
조 사 자 : 박경수, 정혜란
제 보 자 : 박한주, 남, 76세
구연상황 : 제보자는 사찰에 관한 관심이 많은지 앞의 이야기에 이어 바로 이 이야기를 했다.
줄 거 리 : 극락사라는 암자가 있었는데, 낭떠러지 바위 위에 세워져 있었다. 군과 도에서 문화재를 발굴한다고 여러 차례 왔는데, 그 절터에서 기와 등이 나왔다. 그런데 낭떠러지에 어떻게 기와를 올렸는지, 그리고 어떻게 춘수를 연결하여 집을 세웠는지 알 수 없다. 그리고 그곳에 식수가 발견되었는데, 사람들이 그것을 먹고 살았음을 알 수 있다.

극락사라는 카는 암자가 있었는데.

(조사자 : 네, 극락사.)

아주 낭떠러지죠. 보통 낭떠러지가 아니고, 근데 그 집을 질 때 어찌

됐냐 할 거 같으면 고 딱 암자 그삐이(그것밖에) 못 올라앉아. 그 바우 위에.

(조사자 : 바위 위에 암자만 딱 올릴 수 있네요.)

하모. 고리 위치가 딱 되어 있는데, 거게 군에서라든가 도에서라든가 그 문화재 발굴 한다 이래가지고 한두 번 온 게 아니지. 수십 번 와서 거쳐 가고 기와도 가져가고 이런 걸 했는데, 크게 다른 그슥 나온 게 없다 이런 기고.

근데 그따 대고 집을 어찌 시웠냐 하는 거는 아직까지 모른다 카는 기라. 그기 왜냐할 것 같으면, 집을 세우는데, 우리 춘수라 카는 기, 와 절에 가면 서까래에 걸린 춘수 있지요. 춘수가 밖에 가서 걸린 거지. 낭떠러지 밖에.

(조사자 : 아, 밖에.)

근데 그걸 갖다가 춘수를 그리 걸어가지고, 그 춘수에 연결해 가지고 인자 우를 어떻게 잇느냐? 그 어찌 잇는고를 모른다 카는 기지.

(조사자 : 아하, 신기하네요 그기.)

지금 겉으면 철근이라도 연결시켜가지고 할 수도 있는데, 그 당시로는 어찌 해 가지고 연결했는 것도 모르고, 또 그 기와가 지금도 발굴하러 와 가지고 본 사람들이 지금까지 남아있는데, 그 무거운 기와를 어떻게 올렸고를 그기 상상도 못하겠다 캐.

(조사자 : 극락암이?)

음. 그래서 그 극락암이 그만큼 유명한 일화로. 그래 저게 다할 극(極)자, 떨어질 락(落)자, 그래 극락암(極落庵)이지.

(조사자 : 아, 극락, 다할 극자 떨어질 락자, 떨어질 락자를 쓰네요.)

아무 떨어질 락자. 그리 되가 있고, 그런데 우리가 그리 생각하는데, 그 서부터 거는 큰 난망인데도 식수가 발굴이 되가지고 묵고 살았다 카거던.

(조사자 : 아, 식수가 근처에, 예.)

고런 지역이라. 그래서 여게 실지가 문화재를 발굴하기 위해서 도라든가 군에서는 여기를 갖다가 수십 거쳐 갔어.


# 허벅지 살을 떼어 부모 살린 효부

자료코드 : 04_18_FOT_20090721_PKS_PHJ_0004
조사장소 : 경상남도 함양군 서상면 옥산리 옥산마을 노인정
조사일시 : 2009.7.21
조 사 자 : 박경수, 정혜란
제 보 자 : 박한주, 남, 76세
구연상황 : 조사자가 다른 이야기를 해 달라고 요구했다. 그러자 제보자가 마을 사람들이
         이야기했던 효부비에 대해서 이야기를 했다.
줄 거 리 : 증조부가 팔십 노인이었는데, 말라리아 병에 걸렸다. 별 약을 다 써도 병이
         낫지 않았다. 조부가 허벅지 살을 떼어서 국을 다려 드리니, 그것을 먹고 병
         이 나았다. 이 사실이 사방에 알려져서 조부가 상을 받고, 성균관에서 인증서
         를 받았다. 후에 효자비도 세워졌다.

증조부님께서 아주 나가(나이가) 많았었죠. 팔십 노인인데, 그 때에 인
자 뭣을 했날(했느냐 할) 것 같으면 하루걸이 그 병을 했어.

(조사자 : 하루걸이?)

초하.

(조사자 : 예?)

초하.

(조사자 : 초하.)

그걸 갖다가 그 무에라 카노 그슥할 때 물리가지고 얻는 기 있어, 초하
그걸 갖다가. 마라리아.

(조사자 : 아, 말라리아. 예예예.)

말라리아거던. 그래가지고 말라리아가 도위습해 가지고 장질부사가 왔

어. 그래가지고 안 나슨께로(안 나으니까) 벨 약을 다 써도 안 낫는 기라.

그 그러니까 조부님께서 이 살을, 허벅지 살을 떼가지고 다려서 드리니께로 나샀다(나았다). 낫아가지고 좀 더 살다가 그래 인자 작고하셨거든.

그서 그기 인자 그 여러분들이 면에서 또 지방 이장들한테도 말이 되고 이래가지고, 사방서 인자 상을 받고 이래가지고 성균관에서 그 인증서를 받아가지고 그래 효자비가 세웠지.

# 밤송이를 무서워 한 호랑이

자료코드 : 04_18_FOT_20090723_PKS_YJH_0001
조사장소 : 경상남도 함양군 서상면 상남리 조산마을 마을회관 옆 정자
조사일시 : 2009.7.23
조 사 자 : 박경수, 정혜란
제 보 자 : 양정화, 여, 78세
구연상황 : 조사자가 제보자에게 아는 호랑이 이야기가 있느냐고 하자 다음 이야기를 했다.
줄 거 리 : 호랑이가 배가 고파서 새벽에 깊은 골짜기에서 먹을 것을 찾고 있었다. 어디서 바스락 소리가 나서 그곳에 가 보니 밤송이가 떨어져 있었다. 밤송이를 고슴도치로 착각하고 이것이라도 먹어야 하겠다고 한 입으로 무니 그만 입을 찔려서 도망을 쳤다. 다른 골짜기에 가니 밤송이들이 또 있었다. 전에 본 밤송이보다 작아서 "아까 그분 자제분 되십니까?" 하고 물었다. 호랑이는 밤송이를 계속 고슴도치로 잘못 알고 그랬다.

호랭이가 하도 배가 고파서 새벽이 된께로 인자 짚은 골짜기 가서 어슬렁 어슬렁 한께 뭣이 쪼매난 게 빠시락 빠시락 하더래. 그래서, '아따 이기라도 묵어야 되겠다.' 싶어서 팍 무니까 고마 입을 팍 찌르거든. 그래 어띠(어찌나) 겁이 나서 팍 쏟아 놓고 고마 저 한 멧 마을로 너머가 달아났삤어, 무십아서(무서워서).

그래 또 한 골짜기 가서 살살 헤맨께노 아 뭣이 여게도 있고 저게도 있

고 아까 그 놈 같은 기 쭝긋쭝긋한 있거든. 아까 그놈보다 좀 작은 놈이.

그래서 어떻게나 무섭던지,

"아까 그분 자제분 되십니까?"

이라고 본께로 밤송이가 마 웅긋쭝긋 [웃으며] 밤송이보고도 그라더래.
그래 그 이야기라.

(조사자 : 호랑이도 밤송이가 제일 무섭네 그지요.)

그래 고슴도친지 알고 고마 아까 그분 자제분 되십니까 그라더래.


# 이야기를 싫도록 해서 임금 사위 된 선비

자료코드 : 04_18_FOT_20090723_PKS_YJH_0002
조사장소 : 경상남도 함양군 서상면 상남리 조산마을 마을회관 옆 정자
조사일시 : 2009.7.23
조 사 자 : 박경수, 정혜란
제 보 자 : 양정화, 여, 78세
구연상황 : 조사자가 메뚜기와 관련된 이야기를 말하자 바로 이야기를 해 주었다.
줄 거 리 : 옛날에 한 선비가 이야기를 아주 잘 했다. 나라 임금이 소문을 듣고 그 선비
를 불렀다. 이야기를 듣기 싫도록 하면 사위를 삼겠다고 했다. "메뚜기 한 마
리가 논두렁에서 팔짝팔짝 뛰고 있다."는 이야기를 했다. 어디까지 뛰었느냐
고 물으면 아직도 뛰고 있다고 하자, 임금은 더 이상 듣기 싫다고 했다. 약속
대로 그 선비는 임금의 사위가 되었다.

그 전에 저저 한 선비가 그 이야기를 잘 하더래. 그란께로 그 나라 임
금님이 그 선비를 불렀어.

"니가 이야기를 그리 잘 한담서 나 이야기 소리 듣기 싫도록 나한테 해
도라."

이랬거든.

그런께로 이 선비가 머리가 좋았던 모양이지. 할 이야기는 없고, 가만

히 본께 ○○○○○○○○(녹음 상태 불량으로 청취 불능이나, "논두렁에 메뚜기가 팔짝팔짝 뛰고 있거든."이란 말을 한 것으로 추정됨). 그런께로 가가주고,

"그러믄 이야기를 임금님한테 이야기를 듣기 싫도록 해드리면 나를 사우로 삼을랍니까?"

하거든.

"아 이야기를 듣기 싫도록만 해주면은 내가 너를 사우로 삼는다."

이랬거든. 그 임금도 이야기를 되게 좋아했던 모양이라. 그래,

"메뚜기 한 마리가 논두렁에서 팔딱팔딱 뛰더랍니다."

그랬거든.

"그래서?"

"또 논두렁을 뛰더랍니다."

"그래서? 그 메뚜기가 언제까지 뛰더노?"

하니까,

"아직 멀었습니다."

사흘을 뛰었어.

"계속 뛨습니다."

이러거든. 그래,

"오늘도 뛰었나?"

그래,

"또 뛨습니다."

"그래 언제까지 뛰노?"

"아직 멀었습니다."

그러거든. 그래 또 있다가,

"다 뛨나?"

"지금도 뛰고 있습니다."

자꾸 메떼기만 뛴다고 해싸키로 고마 임금이 듣기 싫거든, 오래 하니깐.

"야 이놈아! 이제 고만해라. 듣기 싫다."

"옳습니다. 그라믄 내가 인자 임금님 사우가 되겠습니다."

그래서 약속을 해논 기라서 메떼기 한 바리 그 이야기에다가 고마 사우로 삼더래.


# 남녀도 구분 못한 상좌승

자료코드 : 04_18_FOT_20090723_PKS_YJH_0003
조사장소 : 경상남도 함양군 서상면 상남리 조산마을 마을회관 옆 정자
조사일시 : 2009.7.23
조 사 자 : 박경수, 정혜란
제 보 자 : 양정화, 여, 78세
구연상황 : 조사자가 제보자에게 과거에 이야기를 조사할 때 한 '갱이 이야기'를 해달라고 하자, 제보자가 바로 다음 이야기를 했다.
줄 거 리 : 옛날에 어린 아이를 상좌승으로 삼아 십여 년을 절에서 데리고 공부를 시켰다. 어느 날 공부한 것을 시험하고 동냥도 할 겸 마을로 데리고 갔다. 마을에 내려가니 냇가에서 처녀와 아주머니들이 빨래를 하고 있었다. 상좌승이 스님에게 저것들이 무엇이냐고 묻자, 마음이 흩어질까 걱정하여 '물까마귀'라고 대답했다. 그 다음 자신의 성기를 보며 이것이 무엇이냐고 물었다. 스님은 '솔갱이', 즉 솔방울이라고 대답했다. 그러자 상좌승은 "저 물까마귀를 보니 내 갱이가 일어난다"고 했다.

그거는 절에서 불교에서 하는 이야기라. 불교에서.

옛날에 노스님이 애려서 쪼그만 아를 데려다가 자기 상좌로 삼았어.

상좌로 삼아갖고 몇 십년을, 십 몇 년을 자기가 데꼬 공부를 시킸는데, 그래 이놈이 공부가 얼마만큼 머리에 드갔는가 싶어서 데리고 인자 마을에를 내려갔어. 동냥도 하고 그란다고.

데꼬 내려가니까 마을에 처녀랑 아주마시(아주머니)들이랑 냇물에서 죽 앉아서 모두 빨래를 해쌌거든. 빨래를 한께노 그 상좌가 있다가 산중에서 몇 십년 있다본께 여잔지 남잔지도 구분도 못했던 모양이제. 그래,

"스님 저 물에 앉은 게 저게 뭡니까?"

이라거든. 그래 그 여자라 카먼 또 또 뭣이 맘이 다를까 싶어서,

"아, 그기 물까마구(물까마귀)다."

이랬거던.

"아, 그기 물까무다."

그란께, 스님, 그전에 인자 장거, 그 인자 둘이서 생활함서나,

"내게 달린 게 이게 뭡니까?"

이랬거던.

"그래 그기 저 소나무에 갱이(방울) 안 있더나? 그기 솔갱이다(솔방울이다)."

이랬거든.

(조사자 : 아, 솔갱이다.)

솔갱이다. 그래논께노,

"스님 스님, 저 물까마구를 본께 내 갱이가 일어납니다."

그라더래. [일동 웃음]

(조사자 : 아 그래서.)

그기 인자 절에 불교에서 난 말이라.

(조사자 : 아, 그렇는교.) [일동 웃음] (조사자 : 아, 그래 그기 갱이다.)

예. 그래 인자 그기 머 꼬춘지 뭣인지 하면 마음이 또 이상할까봐 스님 이 그기 인자 소나무에 달린 갱이다 캤다요. 소나무매로 인자 사람에게도 그런 갱이가 달린다 이랬던 모양이지.

# 공주로 환생하여 절을 시주한 할머니

자료코드 : 04_18_FOT_20090723_PKS_YJH_0004
조사장소 : 경상남도 함양군 서상면 상남리 조산마을 마을회관 옆 정자
조사일시 : 2009.7.23
조 사 자 : 박경수, 정혜란
제 보 자 : 양정화, 여, 78세

구연상황 : 조사자는 제보자에게 공주가 절에 시주했다는 이야기는 무엇이냐고 묻자 바로 다음 이야기를 시작했다. 제보자는 절에 자주 다니고 생활했기 때문인지 사찰이나 승려에 대한 이야기를 많이 알고 있었다.

줄 거 리 : 옛날에 혼자 사는 할머니가 밭에 오줌을 주고 내려오다가 스님을 만났다. 스님은 절을 짓는다고 할머니에게 시주를 하라고 했다. 할머니는 아무 것도 모르고 스님 마음대로 적으라고 했다. 스님은 절 한 채를 다 시주하는 것으로 적고, 할머니 손바닥에도 그 사실을 적었다. 아무 것도 없는 할머니는 시주를 할 길이 없어 그만 소에 가서 빠져 죽고 말았다. 그런데 죽은 할머니는 그 나라의 공주로 환생을 했다. 그렇지만 세 살까지 손도 펴지 못하고 말도 하지 못했다. 임금은 답답하여 종을 시켜 아이를 업고 장안 안을 돌라고 했다. 어느 날 공주는 시주를 하러 다니는 스님을 보고, "저 중." 하며 갑자기 말을 하고 손을 폈다. 손바닥에는 절 한 채를 시주한다는 글이 적혀 있었다. 임금은 공주가 말을 하고 손을 폈으니, 그 댓가로 스님에게 절 한 채를 지어 주었다.

그 할무니가, 혼자 산 할무니가 어 인자 오줌을 저 들밭에 갖다주고, 오강(요강)단지다 여다 오줌을 주고, 밭에 뿌렸다가 내려오니까, 스님이 인자 시주를 하러 댕기더래, 절을 짓는다고. 그래 인자 그 할무니를 보고,

"할무니가 젤로 처음으로 만난 분인데, 할무니 저게 성의대로 시주를 좀 하세요."

그랬거든. 그래 머 혼차 사는 할매가 머 뭣이 있소? 아무 것도 없는 기라.

"내가 뭣을 시주를 할 것도 아무것도 없고, 그런데 고마 스님 마 마음대로 고마 적을 만치 적으이소."

이랬거든.

"스님 마음대로 고마 적을 만치 적으이소."

이란께로 고마 절 한 채를 다 적어뿌렸어, 그 할마이한테다가. 절 한 채를 다 적은 기라. 그래 손바닥에다가 적어줬어, 할매 손바닥에다가. 가마 드다본께 참 기도 안 차는 기라, 할매가. 아무것도 없는데 절 한 채를 절, 시주 다 하라 카니 기도 안 차서 고마 니려오다가 그 밑에 고마 소(沼)에다 빠져 죽어뿌렸어. 오강단지도 집어내 삐리고 고마 빠져 죽어뿌렸어. 갚을 길이 없어서.

그래 떡 죽었는데, 그래 원을 세워도 크게 세워야 되는가 봐.

그래고 마 이 할매가 죽어갖고 어디가 태있냐면(태어났느냐 하면) 그 나라에 고마 공주로 태어난 기라. 나라 고마 임금의 딸로 태어난 기라.

공주로 태어났는데, 이 공주가 세 살이나 먹도록 말을 못 해. 손도 고마 한쪽 손을 쪼막손매이로 패(펴)갖고, 패도 못하는 기라. 한쪽 손도 쪼막손이제, 말도 못하제. 그란께노 하도 답답해서 인자 그 종들 보고,

"그 아를 업고, 공주를 업고 장안 안에를 돌으라."

캤어, 서울 장안 안에를. 슬슬 인자 돈께노, 바람도 쐬고 돌아라 칸께, 그래 참 몇 해가 흘렀던가. 그 스님을 다시 만냈던 모양이제.

그 스님 그때까지도 시주하러 장안 안에 댕겼는데, 그래 고마 댕긴께로 마 그 보고는 그 세 살 먹은 어린아가,

"저 중."

하면서 손을 쫙 패더래. '저 중' 하면서 손을 쫙 패더래. 그래 본께로 그 절 한 채가 다 적힜는 기라. 그랑께로 그 스님보고 말 하제, 손 폈제. 그란께 인자 그 인자 대번 임금이 알았는 기라. '아 그 스님보고 말도 하고 손도 패고.'

그래 인자 그 내역을 인자 그 스님이 관가에 가서 다 이얘기를 한 기라.

"그래 몇 십 년 전에 그런 노파 할머니한테 적어준 그기 내나 여기 있다."

그래 그기 할무니가 죽어서 그 공주가 됐다 카는 걸 아는 기라. 그래 전생이 있고 어 현시대가 있는 기라. 그기, 과거 전생이 꼭 있다 이기요. 하모. 과거 전생이 있다 카는 기 그때 한 말이라.

(조사자 : 그래, 아 그래도 다시 태어나는 바람에 절 한 채 시주 인자 하게 됐네.)

그란께 고마 나라에서 지(지어)주니까 얼마나 좋아요. 이제 자기 딸이 다 말도 하제, 손도 폈제 한께로 그 절 한 채 다 지줬지, 나라에서.

그래 그래서 그런 이야기가 있어.

# 상사병으로 죽어 뱀이 된 총각과 용추폭포의 상사바위

자료코드 : 04_18_FOT_20090723_PKS_YJH_0005
조사장소 : 경상남도 함양군 서상면 상남리 조산마을 마을회관 옆 정자
조사일시 : 2009.7.23
조 사 자 : 박경수, 정혜란
제 보 자 : 양정화, 여, 78세
구연상황 : 조사자가 용추폭포 이야기를 해 달라고 부탁하자 제보자가 바로 이야기를 해
　　　　　주었다.
줄 거 리 : 옛날에 총각이 처녀를 너무 사모해서 상사병에 걸렸다. 그런데 처녀가 자기에
　　　　　게 시집을 오지 않자 그만 죽고 말았다. 죽은 총각은 뱀이 되어 그 처녀의 몸
　　　　　을 감고 턱 밑에서 날름거렸다. 상사풀이 굿을 하니 뱀이 폭포로 들어갔다.

(조사자 : 용추 폭포, 고 그이까 저 용추폭포가 있는데.)

예 용추, 요 너매 드가모 용추라 카는 고기 있어요. 고게 참 폭포가 유명하거든예.

(조사자 : 어째 유명한가요?)

그래 그 전설에 그 저게 옛날에 그 전달이 있다꼬 그러대. 저게 상사든 사람이 상사병 걸린 사람이 상사풀이를 하면 상사가 풀려서 그 저게 그스기 폭포로 들어가더래.

상사라 카는 건 왜 상사냐 하면은, 저게 총각이 처녀를 너무 사모해서 그 처녀가 자기한테 안 오니까, 그래 자기가 죽어서 그 처녀 몸에 뱀이 되갖고 요래 갬기더래요(감기더래요). 갬기갖고 만날(매일) 요 택 밑에서 맨날 아래서 나와 갖고 택 밑에 요 와서 낼롱낼롱낼롱 하더래, 뱀이. 옛날에는.

그 처녀가 그 총각이 사모하다가 죽었거든. 자기한테 시집 안 온다고,

그래논게 그게 배암이 되갖고 그 처녀 몸에가 갬기갖고 상사가 되가지고 그 용추폭포 그 와서 마 상사풀이를 한께로 그 배암이 소로로록 그리 들어가더래. 폭포로 들어가더래요.

그래 그기 용추폭포가 유명하다고 그 옛날부텅 전설이 있어요. 지금도 가면은 그 막 촛불 켜 놓고 거 와서 공을 많이 디리고 가대. 그 폭포에서.

(조사자 : 영험이 있다고.)

예. 그 물은 아무리 가물아도 그대로 폭포가 내리 백히. 아무리 가물어도 줄지를 안 해. 그래서 그 용추폭포가 유명해요.

# 걸어가다 멈춘 진안 숫속금산과 암속금산

자료코드 : 04_18_FOT_20090723_PKS_YJH_0006
조사장소 : 경상남도 함양군 서상면 상남리 조산마을 마을회관 옆 정자
조사일시 : 2009.7.23
조 사 자 : 박경수, 정혜란
제 보 자 : 양정화, 여, 78세
구연상황 : 조사자가 진안 속금산 이야기를 아느냐고 물어보자 제보자가 이야기를 해 주었다.

줄 거 리 : 진안 속금산은 숫속금산과 암속금산으로 있는데, 둘이 돌아앉아 있다. 두 속
금산이 돌아앉아 있는 이유가 있다. 두 속금산이 한양으로 가고 있는데, 새벽
에 어떤 여자가 방정맞게 "아, 저 산이 걸어간다."고 말했다. 그래도 숫속금산
은 괜찮다고 계속 가자고 했는데, 암속금산은 그 말을 듣지 않고 멈추고 말았
다. 화가 난 숫속금산은 암속금산이 밉다고 돌아앉게 되었다.

진안 속굼산(마이산, 조선 초기에 속금산이라 불렀다).

(조사자 : 진안 속굼산 이야기 뭐 압니까? 와 속굼산인지.)

진안 속굼산은 그 저게 암속굼산이 있고 수속굼산이 있고 요래요래 등
을 지고 있거든.

(청중 : 빼쪽하게 요렇게.)

그래 우리 그때 그 젊어서 구경을 간께, 그 밑에서 넉수구룸한 할아버
지가 한 분 올라오맨서,

"그래 저 산이 왜 저리 등을 지고 앉았는지 압니까?"

이라더라고.

"우리 처면(처음) 와서 모릅니다."

이란께,

"그래 옛날부텀 거 전설이 있다."

고 이야기를 하더라꼬.

그 산이 인자 저 한양으로 갈라꼬, 한양 가서 앉을라꼬 걸어가는 도중
인데, 걸어가는 도중인데, 여자가 방정맞고로, 그래 여자가 아무라도 방정
맞아. 새복(새벽)에 일찍 일어나갖고 정지문을 탁 열어 젖힌께로 산이 걸
어가거든, 새복에 컴컴한데. 걸어가니까,

"아! 저 산이 걸어간다."

이랬어. 산이 걸어간다 그란께노 고마 저기 탁 멈촤 뻐렸어.

(조사자 : 걸어가는 산이 마.)

하모. 탁 멈촤 뻐렸는데, 그 인자 수속굼산이,

"괜찮다고 가자."

캤어. 가자 칸께노 안속굼산이,

"못 간다."

캤어, 여자 소리에. 그란께 밉다고 탁 차버려서 등을 지고 앉았어.

(조사자 : 아, 그 둘이가.)

그래서 그 전설이 이야기가 있다 카면서.

(조사자 : 아, 그래요. 맞아요.)

(청중 : 속굼산 밑에는 물이 좋아요.)

그 이야기를 하대. 그래서 그거 나도 할아버지한테 그 전설 이야기를 들었어, 저게.

(청중 : 속굼산 밑에는 물이 참 좋아요.)

(청중 : 참 물이 좋고말고.)

그래 그 산이 그 전에는 한양으로 갈라 캤었대.


# 닭을 풀어 지네를 쫓아낸 유점사

자료코드 : 04_18_FOT_20090723_PKS_YJH_0007
조사장소 : 경상남도 함양군 서상면 상남리 조산마을 마을회관 옆 정자
조사일시 : 2009.7.23
조 사 자 : 박경수, 정혜란
제 보 자 : 양정화, 여, 78세
구연상황 : 조사자가 절이 빈대 때문에 망했다거나 하는 이야기가 없느냐고 물어보자, 제
          보자가 그 이야기는 모르지만 다른 이야기를 안다며 해주었다.
줄 거 리 : 강원도에 유점사라는 절이 있다. 옛날에 이 절에 스님들이 많이 살았는데, 하
          룻밤만 지나면 스님 한 명씩 없어졌다. 한 도인 같은 스님이 이 절에 닭을 많
          이 길러야 이런 일이 없어지겠다고 했다. 스님의 말을 듣고 닭을 수십 마리
          사서 풀어 놓았다. 하루는 아침에 일어나니 닭들이 모두 입에 빨갛게 피가 묻
          어 있었다. 주위를 살펴보니 커다란 지네가 죽어 있었다. 그 지네가 그동안

절 지붕의 용마루에 있으면서 스님을 잡아먹은 것이다. 닭이 지네와 상극이라서 닭들이 지네를 쪼아서 죽게 한 것이다. 그래서 유점사라는 절은 닭 유(酉)자, 유점사라 하게 된 것이다.

어데 그 유점사(본래 한자 명칭은 '楡岾寺'이지만, 이야기에서는 '酉岾寺'라고 인지되고 있다), 유점사가 저 아매 강원도 어데 저금에 있는가 봐.

(조사자 : 예, 강원도, 맞습니다. 유점사.)

유점사가 왜 유점사냐 하면은, 달구 유(酉)자, 유점사라고 그러대. 달구 유자, 유점사라고.

그래 그 내 그거 아주 애려서 들은 기억이 있는데, 그 유점사가 왜 그리 유점사냐고 이란께노, 옛날에 스님들이 그 절에 많이 살았는데 하룻밤만 지내면 스님들이 하나씩 없어지더래. 그래 쥐도 새도 모르게 자꾸 없어지더래.

그래 이상해서 가만 또 한 스님이 보니까, 도인이던 모낭이라.

"이 절에는 저기 닭흘(닭을) 많이 믹이야, 이 스님이 안 없어지겠다."

고. 그래 스님이 와 갖고,

"이 절에는 닭흘 여러 수십 마리 사다가 도랑에다 풀어놓고 키우라."

카더래. 그전에나 예나 지금이나 절에 닭구튼(닭은) 안 키우거든예.

근데 자꾸 스님이 없어지니까, 그래 그 스님이 하는 말이라서, 인자 스님들 살기 위해서 막 닭흘 많이 사다가 풀어놨더래. 닭흘 많이 사다 풀어 노니까, 아이 이 닭이 고마 하루 지녁에는, 닭이 죽는게 아니고 아침에 일 나니까 막 닭이 입이 막 뻘그래(빨갛게) 피가 묻어갖고 전부 다 어디서 막 나오더래.

그래 이상하다 싶어서 주위를 살린께, 살피니까 막 큰 챙기짝만한 지네가,

(조사자 : 지내가?)

지네가 그마 쭉- 뻐드러졌더래요.

(청중 : 지네 그놈이 그랬구나. 지네 고거 무섭다 카더라.)

그래서 인자 그걸 보니까 어디서 내려왔는가 가마꿎(가만히) 살피니까, 절 지으면 큰 용마름(용마루)이 있잖아요, 용마름이. 그 용마름에 거게서 딱 엎드리갖고 있다가 스님들 하나씩 잡아다 묵은 기라, 거기서. 스님들 그 지네가. 그래 인자 닭하고 그 지네하고,

(조사자 : 천적이지.)

상각(상극)이거든. 그래 인자 닭을 많이 풀어 놓으니까 이 닭히 막 지붕에 올라가서 주 팬 기라. 하모. 그 닭을, 저저 지네를 막 쪼슨(쪼은) 기라. 쫓으니까 지네가 고마 떨어졌어. 그래서 그 절이 유점사, 달구 유자 유점사.

(조사자 : 달구 유자. 아-, 닭 유자네, 유자를 쓰고.)

예. 그래 옛날부텀 그래서 유점사라고 이름을 짔다고.


# 소를 바꿔 타고 갔다 딸 덕분에 낭패 면한 사돈

자료코드 : 04_18_FOT_20090723_PKS_YJH_0008

조사장소 : 경상남도 함양군 서상면 상남리 조산마을 마을회관 옆 정자

조사일시 : 2009.7.23

조 사 자 : 박경수, 정혜란

제 보 자 : 양정화, 여, 78세

구연상황 : 조사자가 사돈끼리 소를 바꿔 타고 간 이야기를 조금 꺼내자, 그런 이야기가 있다며 제보자가 이야기를 하기 시작했다.

줄 거 리 : 두 사돈이 소를 타고 장에 갔다. 장에서 두 사돈은 오랜만에 만나서 술을 취하게 마셨다. 두 사돈은 술에 너무 취해 서로 소를 바꿔 타고 가게 되었다. 소는 자기 집으로 갔지만, 각자 다른 사돈 집으로 가게 되었다. 아침에 자고 일어나니, 세수하라는 며느리 말에 급한 김에 바지를 입는다는 것이 안사돈 고쟁이를 입고 나갔다. 며느리가 아닌 자기 딸이 보니, 친정아버지가 우사를

당할 난감한 상황이었다. 딸은 기지를 발휘하여, 자신이 어렸을 때 어디 우사를 당해야 오래 산다고 하여 일부러 그렇게 했다고 설명을 했다. 그래서 친정 아버지는 다행히 낭패를 면했다.

두 사돈끼리 만내갖고 소를 타고 장에를 갔는데, 장에를 가니까 사돈끼리 만나진 기라. 그래 인자 사돈끼리 귀한 손님 만났다고,

"우리 탁주 한 잔 하고 갑시다."

하고 소는 인자 말뚝에다가 매 놓고는 탁주를 한 잔썩 자꾸 권하다 본께로 고마 술이 잔뜩 취했더래. 그래서 마 갓은 빼또롬한(비뚜름하게) 젖히 쓰고, 두루매기를 해서 입고, 그래 장을 가갖고는,

"그라몬 사돈은 인자 집으로 가이소. 나 우리 집으로 갈래요."

하고는 고마 소를 인자 몰았는 기지. 니 손지 내 손지도 모르는 기라. 사돈 손지 내 손지도 모르고 고마 끌러 갖고 집어 탄 기라. 소를 타고 집에를 왔는데, 소는 저거 집으로 바로 간 거요. 소는 자기 집으로 바로 갔는데, 사람이 사돈 소를 바꽈(바꾸어) 탔는 기라.

그래 인자 캄캄한 밤에 가논께노 뭐 인자 뭐 할마이가 누(누워) 자는 기라. 누 잔께, 뭐 소는 드가거나 말거나 고마 마루에 고마 내삐리고, 방에 가서 누 자고, 아침에, 아침에 나와본께노,

"저게 아버님 세수 하이소."

그라거든. 자고 난께,

"아버님 세수 하이소."

그래서, 고마 마 급해서 고마 옷을 주(주워) 입는다고 입은 기 고마 안사돈 꼬장주(고쟁이)를 주 입었어. 안사돈 꼬장주를 주 입고, 나가서 세수를 한께, 가만 꼬바마(꼼짝없이) 이놈의 메누리가 본께노, 영감이 막 붕알이 막 [웃으며] 덜렁덜렁 덜렁 하거던. 꼬장주 그 가래 탄 꼬장주 밑으로. 그래 본께 저거 친정아부지인 기라.

(청중 : 아이구 꼬랑아.)

저거 친정아부지라. 인자 저거 시아버진 줄 알고 본께, 저거 친정아부지가 저거 시어마이 속곳을 해서 입고 나와 갖고. 아 환장하겠는 기라. 그래서, '참 이거 우리 아부지 물금(난감한 일, 즉 낭패)을 어떻게 터줄꼬.' 싶어서 인자 고민인 기라. 얼매나 그 머 거 할 일이요 사돈집에 와 갖고.

그래서 밥상을 떡 갖다 놓고 제가, 그 딸이 그 집 인자 메누리지 말하자몬, 설명을 한 기라.

"이리 이약하고, 나 애렸을 직에 클 적에 어디 물은께로, 우리 아버지가 이런 위사(우사)를 해야 내가 맹(명)이 길다 캐서, 그래 이 못난 나를 위해서 아부지가 이런 위사를 했노라."고, 그래 설명을 다 해주더래. 그래 갖고 그 물금을 껐대요.

(조사자 : 딸이 영리하네.)

하모요.


# 방지에 매장된 논개 시신

자료코드 : 04_18_FOT_20090720_PKS_LSH_0001
조사장소 : 경상남도 함양군 서상면 금당리 방지마을 노인정
조사일시 : 2009.7.20
조 사 자 : 박경수, 정혜란, 김미라
제 보 자 : 이성하, 남, 80세
구연상황 : 제보자가 이야기를 하던 중에 '논개 묘'라는 말이 나오자 조사자가 논개 무덤에 대해 이야기를 해 달라고 요구했다. 제보자는 곧바로 조사자의 요구에 응했다. 이야기 구연 도중에 바람이 많이 불고 비행기가 지나가는 등 어수선했지만, 제보자는 주위에 신경 쓰지 않고 착실하게 이야기를 구술했다.
줄 거 리 : 최익현이 논개 시신을 고향인 장수로 모셔야 한다고 생각해서, 송장군, 조장군, 박도감 등을 시켜서 논개 시신을 모셔 오도록 했다. 그런데 이곳 방지마을에 도착하니 주위에 왜군들이 깔려 있었다. 오도 가도 못하고 암자에 하루 묶게 되었다. 낌새를 알아차린 왜군들이 암자를 부셔버렸다. 암자에 있던 탑

은 밭 임자에게 쌀 두 가마니를 주고 일본 사람이 가져갔다. 급한 김에 이곳에 논개를 매장했다. 그렇지만 일본 세상으로 바뀐 상황에서 이곳이 논개 묘라고 아무도 말할 수 없었다.

(조사자 : 그 논개 무덤이 어째 여게 저 장수로 넘어가다가 요게 안자 있는지, 고 이야기좀 한 번 해주이소.)

아이 가서, 저 최익현 그 어른이 '가 모셔 와야 된다' 하고 델고(데리고) 와서, 실고(싣고) 오다 버드나무인테 여게 오니까, 여 도착하니까, 아 왜놈들이 바글바글한께 어디 갈 데가 있소. 오도가도 모하지. 그래서 인자 자기, 고마 그 앞에 암자가 있었소, 암자. 요 앞에, 암자가 있었는데, 암자에 하루 저녁 묵었더래요.

(조사자 : 응, 하루 저녁.)

어 묵었는데, 일본놈들이 그 흔적을 알고 막 암자를 때려 뿌사삐고(때려 부숴버리고) 후두껴내고(쫓아내고), 야단법통(야단법석)을 직이고, 그 탑이 있은께, 탑까지, 탑 가져간 놈은 일마라고 일본눔이 가져갔어.

일마라고 여 서상에 와서 거석을 하고, 저 대서방 사법서사를 하고 있던 놈이 있었어. 일본놈이, 그러면 아주 씰데없는 그거를 우리가 치아(치워)줄 거 있나 카고, 치아 주고는 그거 밭 임자한테 돈 얼마 줬냐 하면, 그때 돈으로 쌀을 두 가마이 줘노니까, 그때 쌀 한 가마몬 논을 닷(다섯)마지기 샀어요. 잠깐 부자되고 좋단 말이지 뭐, 그까짓 거 뭐.

(조사자 : 돌 하나 갖고가는 거 뭐.)

돌 하나 갖고가는 거. 쌀 두 가마로 부자됐다. 그래서 팔아먹은 어른은 누구냐 하면은 함양 오씬데, 오자, 윤자, 오윤재라고 그 어른이 팔아 묵고, 아마 그 어른도 세상 베리고(버리고) 자석들도 다 떠나고 없어요.

또 여게 인자 묻어 놓고도 요게 논개 묘다 이 소리를 갖다 표시를 못하게 됐어요. 왜 못하게 됐나? 일본놈 세상으로 바뀌어서 죽을 판인데, 그래 이 부락 사람이 누가 아는 사람이 있겠어요.

(조사자 : 그래 인자 논개 무덤 여기 묻은 사람이 최익현 선생이네요.)

그 어른이 시긴(시킨) 기제.

(조사자 : 아 다른 사람 시켜가지고?)

아모. 그래 묻은 사람은 즉, 송장군, 조장군, 박도감 이 세 어른들이 와서 했는데, 그 어른들 이름도 안 나와요.


## 중국 황제에게 받은 명씨 성

자료코드 : 04_18_FOT_20090720_PKS_LSH_0002
조사장소 : 경상남도 함양군 서상면 금당리 방지마을 노인정
조사일시 : 2009.7.20
조 사 자 : 박경수, 정혜란, 김미라
제 보 자 : 이성하, 남, 80세
구연상황 : 조사자가 사랑방에 앉아 우스갯소리도 좋고 주고받는 이야기도 좋으니 옛날 이야기를 해달라고 부탁하자, 제보자는 웃으면서 '중국 이야기'를 해보겠다고 하며 이 이야기를 했다.
줄 거 리 : 중국 명나라 때, 황화강 상류 주변에 일광사와 월광사 두 암자가 있었다. 두 암자로 가는 갈림길에 미망인이 된 주막집 안양반이 술장사를 하고 있었다. 심한 장마가 들어 두 암자에서 온 중이 주막집에 머물게 되었다. 그런데 그 주막집 미망인이 태기가 있어 아이를 낳으니 아들이었다. 그 여인은 황제에게 사내아이에게 성을 줄 것을 요청했다. 황제가 아들을 낳게 된 사연을 듣고, 날 일자와 달 월자를 합한 명씨 성을 하사했다. 명나라에서 뒤늦게 황제 성과 같다 하여 여인을 찾아 아이를 죽이려고 했다. 그 여인은 함경북도까지 도망 와서 살다, 임종 시에 명씨 성을 받은 내력을 이야기하고 말았다. 이 때문에 명씨들이 어디 가서 다른 성씨에 대해 입을 대지 못하게 되었다.

(조사자 : 옛날이야기 하나 해주이소.)

옛날이야기. 저 중국 이야깁니다.

(조사자 : 중국 이야기 예, 예.)

중국 명나라 때, 고 성이 명씨입니다. 명씬데, 고때에 중이, 저 월광사,

일광사 두 암자가 있었는데, 고게 어데냐면 황하강 상류 주변이라, 비만 왔다 하면 중이 고게서 안 자고는 못 베겨요.

고게 저 갈림길 주막이 있는데, 거기 주막에서 자야 하는데, 그 주막집 안양반이 나가 제법 많았더랬는데, 어쩨 미망인으로서 술장사를 하고 있었는데, 그래 마 자꾸 날이 장마가 지고, 그 9년 장마에 있던 그 핸데, 9년 동안 장마가 지놓으까네 중들이 먹을 게 있소. 동냥 하러 나와 가지고, 고 들어오면 고기(그곳)만 오면 비가 내도록(하루 종일) 쏟은께 주막에서 못 가.

그래서 고만 그서 월광사 중도 먹고, 일광사 중도 먹고 먹었다. 먹고 이래 자고 한테(함께) 구불다 보니까 그 주막에 여인이 태기가 있어. [조사자 웃음]

그러니까 그때만 해도 임금의 승낙 없이는 성을 못 받아요. 우리 한국 역사도 대략 아실 거요. 한국도 어데, 고려시대 그 어데 성이 있었던가요.

(조사자 : 예, 성 없이 그냥 지냈죠.)

그냥 권력자가 넌 내 아들이다 내 손자다 하면 성을 준 기제. 그래 성을, 그러이 그 여자가 머리가 영리하던 모양이지. 이래가지고,

"이 아를 성을 안 줘서 안 되겠다고."

그러이 나라 임금한테 상종을 하니까,

"그래 니 사는 데가 어데고?"

이라니깐, 그 설명을 했더란 말이오.

"일광사하고 월광사하고 그 어름에 주막을 하고 있었는데, 상대를 해서 태기가 있어서 아를 낳았는데 머스매래서 성을 줘야 되겠습니다."

"어, 그랴."

그때 명나라 임금이 이놈의 작거 지 성인 줄 모르고,

"날 일(日)자, 달 월(月)자면 명(明)가 해라."

(조사자 : 아, 일광사, 월광사 합쳤네요.)

[웃으며] 하하, 그래논께 그러면,

"아이고 고맙습니다."

절하고 고만 이 여자가 고마 숨어뻐렸다. 찾아 쥑이거든, 당장. 숨어서 는 고마 나가더니, 그런 명가 성을 갖다가, 자석을 갖다가 가르쳤는데, 이 놈을 갖다가 중국에서, 명나라에서 그걸 알다본께 뇌둘라 하겠소?

그래서 쫓겨와 가지고 넘어온게 함경북도까지 넘어왔더라요. 아를 데리 고 넘어와 거서 살면서, 그 전설도 안 터져야 될낀데, 살라몬. 저가 죽을 임종시에 인자 저거 아들한테다 그걸 이야길 했어요.

(조사자 : 니가 어째서 명가다, 그것을 이야기했네요.)

해노니까, 그때는 인자 저 여진족하고, 고려족하고, 신라족인지 뭐, 거 다 같이 달랐잖아요. 그래 여진족이 넘어와서, 고려 와서 고려족한테 그 이야길하니까, 이것 참 이거 까딱을 하면 명나라 이걸 알게 되면, 또 쥑있 단 말이야. 그래도 그 양반이 자살해뿐지고, 아들은 어디 가삤는 기라. 그 래 저 명씨가 우리 한국에도 희성이지만은, 몇 성받이 있어요.

(조사자 : 아하. 아이고, 할아버지 그 이야기 재밌네요. 응, 명씨 성이 그 래 안자 생겼네요 그지요.) [웃음]

그래서 헤이, 그 명씨가 양반, 그래도 국성인께 양반이라 안 카겠소. 양 반이다 이래가 순흥 안씨를 갖다가.

(조사자 : 그래도 중국 황제인테 받은 성인데.)

그기 계집이 갓을 쓰고 있다고. 계집 녀(女) 위에 갓 아요? 갓. 계집이 갓을 쓰고 있으니까 '상놈이다. 상놈이다' 캐사서, 그래 그 전설 이야길 해삔게, 명씨가 그러캔도로 나는 상놈이지마는 모르지만은 그러케 돼삤 다. 그래 명씨가 입을 딱 다물더래요.

# 시묘살이가 생긴 내력

자료코드 : 04_18_FOT_20090720_PKS_LSH_0003
조사장소 : 경상남도 함양군 서상면 금당리 방지마을 노인정
조사일시 : 2009.7.20
조 사 자 : 박경수, 정혜란, 김미라
제 보 자 : 이성하, 남, 80세
구연상황 : 제보자는 자신과 주변 인물들에 관한 여러 경험적인 이야기를 하다가, 갑자기 이 이야기가 생각났는지 이야기하기 시작했다.
줄 거 리 : 공자의 며느리가 개가를 했다. 공자의 손자 자사가 세 살 때의 일이다. 개가를 한 며느리는 아들 형제를 낳고 살다가 죽었는데, 자식인 자사가 부고를 받고 물을 떠 놓고 눈물을 흘리며 곡을 했다. 자사가 할아버지인 공자에게 어머니 상에 가보야 하는지 물었다. 공자는 출가외인이라 하며 가지 못하게 했다. 자사가 문상을 가지 못하는 것을 마음 아프게 여기자, 자사의 부인이 시묘를 하자고 했다. 이때부터 시묘살이가 생겨났다.

아, 공자님 며느리가 살러를 갔거든.

(조사자 : 어데 살러갔다고요?)

개가를 했어.

(조사자 : 아하.)

개가를 했는데, 고기 개편에 본게 나와. 그기 공자님 며느리, 공자님 아들이 준인데, 손지는 자사고.

(조사자 : 응, 자사.)

그래 아를 세 살 묵어서 떼어놓고, 고마 공자님 며느리가 살러를 가노니까, 가서 그 가서 아들 형제를 낳았더라요. 낳았는데, 세상 베려서 인자 부고가 오니까, 자사 그 어른이 물을 살에 받쳐 떠, 양손에 떠가지고 그슥 놓고, 그 저 부고 놓고 삽작에 나와 가지고 그만 곡을 하거든.

공자님이 들으니까, '아하! 필연 저검마(저 사람 어머니, 즉 자사의 어머니)가 세상을 버렸는갑다.' 하고 슬픈 곡하는 소리를 들으니까, 공자님도 사람인데 그만 눈물만 줄줄 흘리고 앉아서, 아들 며느리가 들어와도

몰라. 모르구로 눈물을 흘리더라요.

'혈루, 문자가 나오는데, 혈루이방하고 근시조처라' 근시, 가까이 있는 사람도 못 봤다, 안 보인다 이 말이라.

[지팡이로 땅을 이리 저리 짚으며] 그래서 그 어른이, 인자 자사 그 어른이 한단 말씀이,

"할아버지, 저 생모가 세상을 버렸다는데 동상(동생)들은 삼년복을 입고, 삼년상을 입고 복을 입어주는데, 제가 그리 못할망정 가야 하오리까 아니 가야 하오리까?"

이라까네로, 천륜을 태로 달구똥(닭똥)겉은 눈물을 흘리면서로, 그때에 공자님이,

"출가외인이라."

이캤어, 출가외인. 대나깨나 출가외인이 아니고 신도 있는 사람이 출가외인이라. 그래 두 말도 안 하고 나와 가지고 곡소리도 내도 못하고 이불 밑에 두 내외간에 울면서,

"어떻게 내가 ○○○ ○○ ○○○○(바람 소리 때문에 들을 수 없으나, 문맥상 부고를 받고도 문상을 하지 못한다는 뜻을 말한 듯함) 하겠느냐."

자기 부인이,

"시모(시묘)를 지내자."

시모가 그때 나온 기요, 자사이. 그래 시모를 지내자 이래가지고 묘가에 가서 울막을 지놓고 삼년 동안 시모를 지냈어. 고담에 그 글귀가 나와. 사략에는 이야기 거리가 많지.


# 유교, 불교, 기독교는 모두 하나

자료코드 : 04_18_FOT_20090720_PKS_LSH_0004

조사장소 : 경상남도 함양군 서상면 금당리 방지마을 노인정

조사일시 : 2009.7.20

조 사 자 : 박경수, 정혜란, 김미라

제 보 자 : 이성하, 남, 80세

구연상황 : 앞의 시묘살이 유래 이야기가 끝나자, 제보자는 조사자에게 기독교와 불교와
유교가 본래 하나인데 분리된 이유를 아느냐고 조사자에게 묻고는 다음 이야
기를 시작했다.

줄 거 리 : 기독교, 불교, 유교는 본래 하나였다. 『소학(小學)』에 하나님이 만백성을 낳았
다고 공자님이 말했다. 그리고 하늘에 죄를 지은 사람은 하늘을 볼 수 없다고
도 했다. 공자보다 백 년 뒤에 석가모니가 공자와 같이 하늘이 인간을 낳았다
하고, 공자보다 천 년 뒤에 예수가 하늘을 섬겼다. 그런데 기독교가 유교와
불교를 무시하는 것은 옳지 못하다. 종교의 원리로 말하면 유교가 종교의 머
리이다. 불교를 두고 말하면, 선덕여왕이 원효대사에게 송경사를 부탁해서 지
었는데, 이것도 유교의 경전에 나온다. 이를 대부분의 승려가 모르고 있다.

선생님은 예수와 불교와 유교가 분리돼 가지고, 그랬다 카는 원인이 모
르죠?

(조사자 : 모르죠.)

예수, 불교, 저 유교는 분리된 게 아닙니다, 원칙은.

(조사자 : 하나.)

예, 그 당시에는 소학(小學) 삼 권에 볼 것 같으면, '천생(天生)진면하시
니 유물(有物)유치비로다.' 하나님이 만백성을 낳았으니 만물에 법도가 있
습니다. 그래서 하나님이 우리 사람을 낳았다는 걸 같다가 반드시 공자님
도 말했습니다.

그래가지고 하늘에 죄진 사람은 천벌육지하고, 하늘이 뵌다 이 말이요.

그래 죽이삔다 한들 그게 하늘에 죄 지면 뵐 곳이 없다, 그래서 그 어
른이 하느님을 믿었어요.

저, 석가모니는 머라(뭐라) 캤냐 하면, '황천생활하고 황제재활올시다.'
하느님이 날 낳으시고 하느님의 낸 땅에 내가 살고 있습니다 캤거든.

그런께 세 어른도 다, 두 어른들이 다 하느님을 전제하고 섬기고 했는데, 여 예수교는 천년 뒤엡니다. 천년 뒤에라요, 천년 뒤에고.

저 공자님이 젤 앞이고, 공자님 뒤에 백년 뒤에 그 지금 석가모니라, 고리 되가 있습니다. 천년 뒤에 나오자 이게 왜곡을 해 가지고, 고마 '그 불교도 아무 것도 아니다. 사탄이다. 머 유교도 아무 것도 아니다. 불경이다.'

이거 참 내가, 하독 나하고 가장 친한 그 여자하고, 친구도 남자도 있고, 친구 한단 말이, 서로 유교가 낫다 이야길 하다가 그 말을 하걸래,

"너가 대학교 나와 가지고 소위 이 종교를 숭상하면서 종교의 원리, 종교의 두상, 머리도 모르고, 너거가 하모 무슨 종교가 되노 그거?"

그래 내가 또 설명을 한게,

"에에 공자님이 그런 그석이 없다고."

"없걸랑은 소학 삼 권 첫 대가리 가 한 분(한 번) 읽어봐라, 머라 캤는고. 또 불교하모, 불교 경문 첫 대가리를 가서 한 분 읽어 봐라, 어찌 되가 있는고. 너거가 염불한다고 덜 좋아하제. 염불도 이 사람아."

그래 내가 그 이야글(이야기를) 했어.

"저 선덕여왕이 나가는께노로 원효대사한테 머라 캤는고 아나? 내 떠날 때에 송경사나 해주십사."

하고, 원효대사한테 송경사 해달라고 부탁을 했어요.

고것이 거기 나와 있는 것이 그 머라고 나왔냐 하면, '무상심심미묘법(無上甚深微妙法)', 아무 생각 없는 마음에 묘한 법이 나왔다, 내독 그말이라. 무상심신미묘법, 그 아따 그도 내가 다 외왔었는데 잃어무었다.

그래서 선덕여왕은 송경사를 그걸로, 고것이 경문에 고대로 박해(박혀) 나와요.

무상심심미묘법 백천만겁난조우(無上甚深微妙法 百千萬劫難遭遇), 백번이나 천번이나 어려운 일을 맞이했단 말이야.

그 안 그렇소 거. 그걸 그래 고 뒤에 안자 그 슬프다고 그까지 다 그 경문에 나와 있어, 그런 기록에. 원효대사가 즉 말하자면, 저 선덕여왕한 테 송경사 한 기라. 중놈도 모를 끼라, 중놈도. 이 동에 중으로 하나가 공 부를 하고 있는데, 젊은 아가. 내가 그 이야글 했지.

"하이고 적어야 돼. 필기를 적어. 저 다른 데 가서는 모를 끼고, 해인사 나, 안 그라모 조계종이나, 조계종은 이거 모린다 이기라. 조계종은 그 ○ ○○○ 모르고, 해인사에 가면 잘 알끼라, 안그라모 부산 통도사나 그리 가야 되겠다."

저 겨울에 갔다 오디만은(오더니만),

"하이 그 찾을라 하이까 막 그 하도 신경질내쌓고 해싸서 저우(겨우) 찾긴 찾았습니다. 나옵디다."

이거라. 그게 송경사라, 불교에서 원효대사가 지어서 낸 거 아니요.

고걸 와 녹음해서 마이(많이), 불경 녹음해서 마이 나오죠?

(조사자 : 많이 나오죠, 예.)


# 영리한 아이와 더 영리한 산신령

자료코드 : 04_18_FOT_20090720_PKS_LSH_0005
조사장소 : 경상남도 함양군 서상면 금당리 방지마을 노인정
조사일시 : 2009.7.20
조 사 자 : 박경수, 정혜란, 김미라
제 보 자 : 이성하, 남, 80세
구연상황 : 앞의 이야기에 이어 제보자가 이야기를 계속 이어 나갔다. 무엇이든 알아맞히 는 영리한 아이 이야기였는데, 산신령이 자신보다 더 영리하다는 것을 깨닫는 다는 이야기이다.
줄 거 리 : 강원도 횡성에 월산암이란 암자가 있었다. 이 암자에 말로서 이길 수 없는 영 리한 아이가 있었다. 소 장사가 소를 몰고 가면서, 아이에게 두각족이 천이면 소가 몇 마리인지 알아맞혀 보도록 했다. 아이는 큰 소 166마리에 송아리 1

마리가 있다고 대답했다. 그런데 자신만 신동인 줄 알았는데, 절에 중들이 모두 어디 있는지 알아맞히는 산신령이 자신보다 더 똑똑하다는 것을 깨달았다.

강원도, 지금 그게 횡성이라 카는 데가 있어요.

(조사자 : 횡성, 횡성 있지요. 예.)

횡성소는 이 아래로 사오질 모하요(못해요), 횡성군에서 차단시키뿐게고(차단시켜 버린 것이고).

(조사자 : 횡성소가 유명하죠, 예.)

거게 횡성 가면, 내 안중 가보질 안했는데, 글로만 배우고 말로만 들은 게제, 거게 가면 저 월산암이라고 암자가 있다요. 있는데, 거게 인자 소 장사꾼이 소를 몰고, 그 전엔 소를 걸렸어요.

낮에 축산하면서 그 거시기꺼징, 아따 그 고령꺼징 가서 사가지고 소 몰이꾼한테 몰리고 그랬어요. 그래 소를 걸렸는데, 그람 인자 장근 어데 가면 어느 주막이 있고, 어데 가면 뭐시 있고, 소, 소죽을 끓이(끓여)놓고, 소 죽을 주는 집이 있어요.

그래 한 소 장사가 한단 말이, 어떻게 이놈이 머리가 영리하든지, 아가. 말로서는 이길 사람이 없어. 그래 소도 몰도 안 하고, 이 사람이 가가지고, 인자 또 소 몰고,

"몇 바리나 되요?"

"두각족이 천이다."

알아보소. 두각족이 천이면 얼만고?

(조사자 : 두각족이 천이다. 다리가 천개라는 말인지?)

다리, 뿔. 다리, 뿔이 천개라. 두각족이 천이다. 그래 소가 몇 바린가 알아봐요.

(조사자 : 몇 바린가요? 한 마리에 다섯 개씩 있으니까.)

여섯 개지, 여섯 개.

(조사자 : 다리가요?)

뿔 두 개.

(조사자 : 아 여섯 개, 아 맞아요.)

"두각족이 천이다."

이란께네, 일마가 한단 말이,

"에헤-이 애 새끼 하나 딸렀네."

이라더란다. 애 새끼가 무슨 말이냐면, 뿔 없는 거.

(조사자 : 음, 송아지.)

나놔(나누어)보면 그게 송아지라(1,000을 6으로 나누면 몫이 166이고 나머지가 4이다. 따라서 큰소 166마리에 뿔이 없이 네 발만 있는 송아지 1마리가 있다는 말이다.), 나와. 그래 그래도 도저히 이길 도리가 없거든. 그래 내가, 그 이 양반이 있다가, 산 중에게 ○○○ 커믄(하면),

"야 이놈아 중놈은 어디 갔노?"

이란께, 그래 한단 말이,

"이 산 중이 운심하(雲深何)요 부지처(不知處)요, 구름이 하도 짙어서 어디 있는고도 모릅니다."

"그래 머하러 갔노?"

"채약치수(採藥)에 범지사(梵之事)라, 약을 캐가지고 그 우리 범종, 범인을 둔다고 가셨다."

이라이, 가만 생각한게 큰일 났거든.

그래 훌훌 날아갔삔게 가만 생각케이 저만 신동인 줄 알았제. 산신령이 오셔서 그렇게 한 줄 몰랐더라 이 말이야.

# 과거에 낙방하고도 대감의 사위가 된 선비

자료코드 : 04_18_FOT_20090720_PKS_LSH_0006
조사장소 : 경상남도 함양군 서상면 금당리 방지마을 노인정
조사일시 : 2009.7.20
조 사 자 : 박경수, 정혜란, 김미라
제 보 자 : 이성하, 남, 80세
구연상황 : 제보자의 앞의 이야기를 마치고 잠시 쉰 다음, 다음 이야기를 했다. 이야기는 한 선비가 과거에 낙방하고도 대감의 사위가 되었다는 내용이 중심인데, 이야기의 전체적 전개 과정은 인물과 사건의 일관성을 제대로 유지하지 못하고 있다.
줄 거 리 : 전주 최씨 후손들 중에 한 사람은 과거에 합격하고, 다른 한 사람은 낙방하여 자살했다. 자살한 사람의 미망인이 매우 슬퍼서 '서울 선비 노래'를 지어 불렀다. 또 광주(廣州) 이씨의 한 사람이 과거를 보러 가다가 어떤 여인이 슬피 울고 있어 다독여 주다가 그만 과거 시간을 놓치고 도로 돌아가게 되었다. 또 한 선비가 과거를 보러 가다 잠시 쉬는데, 종이 그 집의 여인을 탐하다 죽이는 것을 보게 되었다. 이 선비가 그 종을 죽여서 함께 두고 과거를 보러갔으나, 과거 시간이 넘어 자신이 공부를 배운 이 대감 집으로 갔다. 그런데 이 대감 집에는 미망인이 된 며느리가 있었다. 이 며느리는 평소 이 선비를 사모하다 이날 야밤에 시를 지어 유혹했다. 그런데 오히려 이 선비는 며느리를 타이르는 시를 지었다. 이 대감이 자신의 며느리와 함께 있는 선비를 죽이려다 이런 상황을 보고, 두 사람을 혼인을 시켰다. 선비는 이 대감의 사위가 되었다. 이 대감의 사위가 된 선비는 백천 이씨의 성을 하사받고, 동생 즉, 며느리의 전 남편의 시신을 찾아 장례식을 잘 치렀다.

거가 전주 최씨라고 살고, 후손들이 살고 있는데, 이 어른들이 과거 보러 서울로 갔더라요. 과거 보러 갔었는데, 과거 보러, 그 저 자기 집안에서만 인자 저 둘인가 서인가 갔었는데, 한 집에 간 양반은 과거에 낙방이 되가지고 고마 그저 내려오질 못하고 거서 자살해 죽어뻐지고,

한 집 양반은 과거에서 인자 저 알성급제해 가지고 내려왔는데, 그래서 그 도중에 들은 사람이 저 누구나 하면은 바로 미망인이라. 자기의 남편이 죽었다는 걸 알고, 미망인인데, 그래 노래를 머라고 불렀냐 하면, 하도

한심해서 말도 못하고,

  그 전에 양반하고 어데 남녀간에 유별해서 같이 서군해서('서먹해서'의 뜻인 듯함), 서로 앉게냐고 말을 했던가!

  (조사자 : 그렇지.)

  말도 못하고, 그 밭을 매면서 노래를 불렀어.

  "서울 갔던 선부님네 우리 선부 못오시나."

  그러게 노래 소리를 듣고 내려오던 하인 한 놈이,

  "오기야샀도 오지만은 거 칠성판에 실려온다."

  그래 하도 어이가 없은게네로,

  "원하던, 그렇게도 원하던 일산대를 내비러두고 명정(銘旌)공포(功布)가 왠말이냐고."

  (조사자 : 명정공포?)

  어 생이(상여(喪輿)) 나가모 다른 사램이 내가는 명정하고 공포하고.

  (조사자 : 아, 명정 공포요. 예, 예.)

  명전공포가 왠말이냐고, 그래 통곡을 하고 노래를 부르더라요.

  (조사자 : 할아버지 인제 실제 노래를 부르실 수 있습니까?)

  아이고 인자 노래, 거기 그전에는 불렀지만은 내 목이 가서 못 불러.

  (조사자 : 그 옛날 모심기나 논 매기하면서 부르던 소리.)

  그게 인자 모내기하면서 그래 여자들이 그 노래를 불렀고, 또 인자 그저, 그 한 분은 거기 그것도 전라도도 일어난 사람이제, 아 거시 광주 이씨라고 있어, 광주 이씨. 빛 광(光)자 광주 이씨가 아니고 너를 광(廣)자.

  (조사자 : 너를 광자, 경기도 광주네.)

  예. 맞아요. 광주 이씨라고 있는데, 그 양반들이 제주도에서 나와 가지고 공부를 하면서, 인자 서울로 과거 보러 갔는데, 과거를 보러 가니까 아이놈의 것 도중에서 어떤 여인네가 죽는다고 통곡을 하고 해싸서 인자, 사람이 마음이 약하던 모냥이제, 울음을 다독거려주고,

"그래 안 된다고. 가십시오."

하걸랑은 달래 저거 집에 데려다 주고, 과거장에 드간께 시간이 그만다 되서 입실을 못했네. 못하고 인자 도로 돌아오는 판인데, 나왔는데, 그분이 또 내려오다가, 그분이 배우길 누구한테 배웠냐 하면, 그 저 아따 그 양반에 [잠시 생각하다가] 성주 이씨제? 맞다! 성주 이가다, 그거 이판감 대감이. 성준가 모르겠다. 아마 그럴 기라. 성주 이씨 아닌가? 좌우간 이 대감이라, 대감인데.

그 집에 인자 거서 글을 배와 가지고 신중을 했었는데, 자기 아들하고 같이 갈 때는, 저그 아들은 나구(나귀) 타고 말꼭지 짚히고 그리 가고, 저는 그리 못할 형편인게 그양 개나리 보따리 짊어지고 인자 걸어올라가는데, 가다보니까 말이 되짚어 돌아온섬, 막 그 그 사람도 같이 늘 말 주고할 때 따독거리고 할 때 봤던가, 막 고개를 이래 끄덕거리면서 말이, 말굽장개(정강이)를 꿇고 막 흥흑거고(흑흑거리고) 울어쌌거든.

"그래 오냐 알았다. 알았으니까 너는 내려가거라."

과거길이 갈 길이 바빠노께 가라 캐야 될 거 아요? 근데 가거라 하고막 내라보냈는데, 보내고 나서 그 장거리 걸음을 걷다본게, 고게가 어디냐 하면, 아따 그놈의 지명도 다 잃어묵었다.

용추폭포라고 폭포사가 있는데, 거게서 쉬고 좀 그 저 몸을 식후고(식히고) 간다고 폭포를 내리다 보고 있은게네로, 아이 머이(무엇이) 떨어져있는데 보이까 사람이 분명햐. 죽었단 말이라. 그래 참 내려가 발길이 바빠는게, 올라오다 보이께네로 머시 툭탁 하는데 본께, 하고 종놈이 그만그 여자 그 저거 집에서 과거 보러 가는 여자를 욕심내가지고 그걸 죽어삐린 기라.

그래 종 그놈이 고만 톡톡 눈에 띠이서, 이놈이,

"너도 죽어 봐라."

함서, 그래도 그 선비가 제비깨나 하던 모냥이지. 그래 집어던져삐리서 고마 한테(함께, 같이) 죽고럼(죽도록) 해놓걸랑(해놓고서) 서울 갔다. 갔다 와 가지고 서울 가서 과거 시간은 넘어서 보지도 못하고, 뒤집어 내려와서 이 대감 집으로 드가니까, 이 대감이 있다가,

"이 사람아 우찌 된 일인고?"

"예, 제 앞에 갔었는데, 저게 입실도 못하고 늦어서 횡 하고 왔습니다."

"그랴."

그럼 그칸게 더 물어볼게 없거든. 그래 한단 말이, 그런데 고때 고 당시에 그 대감의 며느리가 자기 남편보다도 그 사람을 굉장히 숭배했던 모양이제, 속으로. 그래 오라 캐가지고 뭣하로 대감이 고마 아직도 저그 메느리 별장 안으로 들어가거든. 손짓을 하는 거 봤는데,

"그래 와 그라시냐?"

한게,

"저녁에 저 글이나 한 개 짓구로, 야밤에 좀 와주십사."

이래.

"그래 하자고."

자기는 인자 심심한게 그런다고. 그래 죽었다는 소문을 갖다 어데서 메느리도 알고 있어, 대감 며느리도. 알고 있으면서, 이대감도 알고 있으면서 그래 물어논게 답변할 자료가 있어야제. 그래 머라고 쓴 게 아니라 글로 한단 말이,

"글을 한 개썩 짓도록 하자고. 그라모 내가 바깥짝을 부를 테니까 안짝을 맞차(맞추어)보시오."

인자, 그 소리를 한게,

"불러보라."

한게, 그 한단 말이,

"금야오등(今夜五等)이, 금야오등. 금야오등이 결혼(結婚)이면 혼인, 혼결(婚結)처면."

이랬거든.

"오늘 저녁에 우리가 혼인을 결정지운다 카면은, 다음에 글귀를 맞차보시오."

한게,

"흙발(黑髮)이 백발(白髮) 되도락 백년해로(百年偕老)하리다."

이래 나오거던. 그래,

"안 됩니다. 금야혼결(今夜婚結)이면 지하혼신대통곡(地下魂神大痛哭)이라, 지하의 혼신이 대성통곡 한다. 그러면 내가 당신하고 혼사하고 되도 안 됩니다."

고때 이 대감이 칼로 목을 쳐뻴라고 칼을 빼가지고 와서 문 밖에 와 기다리고 섰는데, 말하는 기 기가 맥히거든. 그래 고마 쫓아서 칼을 집어던지고 쫓아 들어와서 며느리 손목하고 그 사람 손목하고 딱 잡고는 한테 붙여주면서,

"결혼을 해라. 단 조건이 있다."

그래,

"대감이 말씀해 보이소."

"나는 인자 자식이 없다. 니가 내 자식 노릇을 해줘라"

"아, 예. 그리 하옵죠."

고것이 그때 백제시대라. 그때도 백제도 임금이 성은을 많이 줬거든. 그런게 그 성을 갖다 이가로 갈고, 고것이 성이 본이 어디냐면 백천 이가라, 백천. 백천 이가라. 그래서 인자 저 자기 대감한테 쉬님, 대감이 소리도 못하고 아버지라 캐야 될 판이거든.

"아버지 동상을 찾으러 가야겠습니다."

한게,

"응, 그래 그래야제."

"그래 나졸을 몇 명 내주이소."

"그래라."

그래 마 나졸을 말을 풀어서 딸려 보냈단 말이라. 딸려 보냈는데,

"그 폭포 거 가서 수색을 해라."

이란게, 용도폭포(앞에서는 '용추폭포'라 했다.)에 가서 수색을 해라, 수색을 해본게, 거서 인자 두 놈이 죽었거든. 그래 설명을 했다 말이라.

"이래 된 놈을 내가 쥑있노라."

그란(그러니) 이놈이 저 친구를 죽였다는 것을 그래 거기 증거 아라, 안 그랬으면 지가 죽었다고 카겄어? 그래난게 이 대감이 와서 그석을 장례식을 얼파이(성대하게) 해주고 한게, 자기 성을 따가 자기 아들 삼더란다.

(조사자 : 그래 과거는 못 봐도 대감집 사위가 됐다 그죠.)

아-모 못하고.


# 남의 땅에 몰래 묘 쓰고 망한 전씨

자료코드 : 04_18_FOT_20090720_PKS_LSH_0007
조사장소 : 경상남도 함양군 서상면 금당리 방지마을 노인정
조사일시 : 2009.7.20
조 사 자 : 박경수, 정혜란, 김미라
제 보 자 : 이성하, 남, 80세
구연상황 : 제보자는 여러 이야기를 하는 도중에 갑자기 이 이야기가 생각났는지 이야기를 하기 시작했다. 이야기를 마치면서 역사적으로 중요한 이야기라는 생각을 덧붙였다.
줄 거 리 : 경복궁을 지을 때, 전희대라는 사람이 대원군의 책사였다. 이 사람이 대원군의 명을 받아 중산이라는 곳에 가서 몰래 당백전을 만들었다. 이 사람이 죽고 아들이 없었는데, 양자가 경씨, 김씨, 설씨가 사는 동네 앞에 몰래 묘를 쓰고자 했다. 이들이 반대하자 함석으로 만든 가짜 당백전을 뿌리며 동네 사람들을 딴 곳으로 가게 했다. 그 틈을 타서 몰래 묘를 썼다. 그리고 매일 와서 동네 사람들을 못살게 굴어서 그들의 재산을 가로챘다. 후에 그 일이 나라에 알려져서 도로 재산을 빼앗기고 가난하게 살게 되었다.

경복궁을 그 일본놈들이 쳐냈지요. 그 경복궁을 지은 것은, 그때 대원 대감의 책사가, 책사란 말은 무슨 말이냐면 자기를 가르치고 선비고, 그 런 책사라고 있어요. 그 책사가 누구냐면, 여 새들에 전씨, 전희대씨라고, 희자 대자 하는 그 선생님이 대원 대감의 책사라. 대원 대감이 그 책사를 시키서,

"대넬랑 고향에 내려가서 이 경복궁을 질라면 돈이 없으니까 당백전을 맨글라라(만들어라)."

(조사자 : 당백전, 에 예.)

당백전 이야기 들었소?

(조사자 : 아니 전 모릅니다. 이야기해 보십시오.)

"당백전을 맨글라라."

당백전을 갖다 중산이라 카는 데 고 건네, 새들 건네, 중산이라 카는 데 거 들어가서 당백전을 맨글었어. 맨글아가지고 서울로 올려보내서 경 복궁을 짓구로 한 양반이 전희대씨인데, 이 어른이 인자 그런게 지금 말 하자면 그 어른이 죄 제지른 게 아니제.

그 어른은 아들이 없는데, 양자손이 그 당백전을 갖다가, 그 어른 묘가 요 내리가모 요놈의 방주골로 드가는 데하고 부락으로 들어오는 데하고 고 가운데 달덩이 쪼매 나온 데 있어, 그 하우스 옆에. 그 하우스를 날덕 에(낮에) 처다보몬 그 한 날망에 그저 비가 서가지고 있어, 참 전희대씨 비가. 고 묘 쓸 때에 고 앞에 부락, 하우스 앞에 부락에 살기를, 아따 그 경씨하고 김씨하고 설씨하고 세 성받이가 살았는데, 고만 동네 앞에 뫼 쓰게 한다고 막 남녀노소가 없이 나와 가지고 막 행상을 짓두룩 못두룩 (못 하도록) 하게 했단 말야.

그러논게 희대씨의 자기 조카되는 양반이 당백전을 갖다가 마 보있단 말이라.

"너거 당백전을 보기는 봤나? 여 이놈을 집어 떤질 테니까 너거 줏

어라.”

하모, 당백전을 이놈을 조가(주어서) 죽 뿌리갖고, 그놈도 기술도 묘하지 당백전을 안 뿌리고, 거석 그 거 머꼬 이름 머꼬, 함석 또 매일만(계속 그것만) 쎄리 뿌리고 그래. 날아간께 당백전 날아가는 맹이거든(것과 같거든). 이놈 주우러 따러 댕기다가, 이놈 저 따라 댕기다가 저 깃대봉이라 카는 데까징 올라갔다가 니리오고 보니까, 야 이놈의 묘 그새 다 쓰고 형태 짓고 니리오더란다.

그때만 해도 묘 써놓으면 손을 못 대야. 못 대는데 손도 못 대고 당백전도 줍도 못 하고, 한넘인가 주웠다고 카더라고. 줍는데, 아이 이놈의 거 할 수 없이 그래 묘 쓰구로 뺏긴 게제. 뺏긴 거로 묘를 썼는데, 삼우제에 올라와 가지고는 고마 나졸들 데꼬 올라와 가지고,

“묶어 내라라.”

그래가지고 지금 현재 하우스, 질가에 하우스 지논 거게다가,

“덕석 있는 대로 다 갖고 나오이라.”

머 싯(셋) 집에 덕석 있는 대로 다 갖고 나와가, 고마 덕석말이로 시키가지고 하루 종일 도리깨 타작에 마 뚜디리(두드려) 팼부는(패는) 기라.

[웃으며] 그래서 이놈의 한 해 한 분썩만 그라고 말 것 같으몬 괜찮은데, 춘하추동으로 와 가지롱안 한 메칠 동안 와서 뚜디리 패니, [기침하며] 살 수 없다 해 가지고 재산이고 머고 다 내삐리고 고만 도망을 가뿄어.

고게서 부자로 살던 사람이 누구냐 하면 김남수씨라고, 마지막에 팔아간 논 일곱 마지기 내가 샀다가 팔았지.

그래서 그런 예가 있어.

그래서 야 그걸 알고 경상감사가 ‘이놈의 자석 도둑놈이다’ 하고 역모로 쎄리 몰아 잡아 옇을라(넣을라) 카는데, 그라고 보니까 고 당시에 그때가 마 당장 서울로 파말을 시키가 올라보냈어. 이놈 파발 올리고 나서 파

발이 빨리 들라가지고(들어가서) 뒤집어 니리오는데, 니리와 가지고는 한 단 말이,

"재산은 몰수하되 인명은 손상시키지 마라."

전가들, 전씨네들 한 명도 인명은 다친 데 없어. 안자 천 석 재산은, 육 대째 천 석으로 묵던 재산은 뺏기고, 고곳도 재산들도 묘하제, 저 집안 사람 도씨라고 집을 가로채뺏네(가로채 버렸네).

그것도 여 죽은 동상(동생)이라 죽었구만. 동상 저그 새이(형)가 나가서 얻어묵구 하다본게, 없이 그라다 본게, 몸을 풀라고 집에 고향에 돌아와 보니께 억시구로(억수로, 매우 많이) 없제, 재산을 뺏기버렸인게.

"고 안 된다고. 어데 아 놓을 데가 있냐고."

후둑가(쫓아서) 내뺏네. 그래 방아실에 가서 아를 낳았어, 나비라 카는 그 양반을. 그때 동상이 저그 어른이라.

저그 어른인데, 고 내력을 알고는 디립다 해 가지고는 고마 재판을 했네. 시 놈들이 다 재판을 해 가지고 마 미라(미루어)졌는 거라. 그래 그것 이 그런 참 역사상으로 깊은 일이라.


## 사화 때 피난 왔던 진사의 후손들

자료코드 : 04_18_FOT_20090720_PKS_LSH_0008
조사장소 : 경상남도 함양군 서상면 금당리 방지마을 노인정
조사일시 : 2009.7.20
조 사 자 : 박경수, 정혜란, 김미라
제 보 자 : 이성하, 남, 80세
구연상황 : 앞의 이야기가 끝나자 이어서 조사자가 이 이야기를 했다. 무오사화 때 거창 월성에 피난 왔던 선비들의 후손들 중 제보자의 외가인 안씨 집안만 족보를 제대로 찾고, 다른 집안의 후손들은 모두 대가 끊기거나 족보를 찾지 못했다 고 하며, 은근히 자신의 노력과 집안을 자랑했다.

줄거리 : 무오사화 때 최 진사, 안 진사, 김 진사의 후손들이 거창군 북상면 월상리에
　　　　피난 와서 살았다. 최 진사의 후손은 그 며느리가 두 아들을 낳았지만 모두
　　　　죽어버렸고, 그 며느리는 보쌈을 당해 함양군 서상면에 와서 살고 있었다. 나
　　　　중에 알고 보니 월성 최씨 집안임에도 그 남편은 백정 노릇을 하고 있었고,
　　　　그 자식인 손자도 상놈이 되었다. 김 진사의 후손도 해방 이후에 조상의 내력
　　　　을 알아서 족보에 올리고자 했으나, 그만 죽고 말았다. 안 진사 집안만 족보
　　　　를 제대로 찾아 그 후손들의 이름이 올려졌다.

(조사자 : 무오사화 때.)

상소를 잘 못해 가지고 쫓겨내리 와서, 여 와서 월성이라 카는데, 북상
월성(거창군 북상면 월성리를 말함.)이라 카는 데 와서 숨어 있다가, 그래
그 어른들이 누구냐 하면, 성씨가 최 진사 안 진사 김 진사 이랬어.

진사들이 그랬는데, 최 진사 후손은 어찌 되가 있었냐 하면, 저 최 진
사 메느리가 아를 막 뜨네길(갓 태어난 아이를) 낳아놓골랑 아들이 마 죽
어삐짔다(죽어버렸다).

그래가지고 옛날 법은 고 보쌈을 씌와 가지고 고만 뒷집에 메고 가서
그 집에 하루 지녁(저녁) 자면 그냥 고게 법이라. 못가게 ○알치도록.

(조사자 : 보쌈을 해가.)

아아. 그래 최 진사 메느리가 여게 와, 서상 와서 살비기제 넘어와서
살고 있었는데, 그거이 어찌 해서 발각이 됐냐면, 내 외가가 월성이라, 월
성인데 안씨라요.

안씨라서 그래, 아 이 외조부가 거서 걸어서 넘어오니까, 아이 그때 늦
게 나서서 해거름이 해가 골골 하는데, 물동을 새댁이 이고 가다가 고
마 픽 주좌서(떨어뜨려서) 물통을 픽 깨뺐더란다.

그 어짠 일로 가보께네로 최 진사 메느리더래야. 그래 안 진사 집안이
라논께네 비밀을 알겄더래.

"이게 먼 짓이냐고. 어서 일어서 가라."고. 그래서,

"알도 못해샀는데(알지도 못했는데), 내가 머라 카까요. 그러치 쌓나요.

(그렇게 하나요.)"

그래 안자 외조부를 모시고 드가 가지고, 그놈이 뭘 하느냐모 백정 노릇을 했어요. 여서 서상 서하서 ○○에서 ○○했는데. 그래 우리 외조부 세상 버릴 임종 시에 나한테다가 최재수라 카는 아가, 최 진사 손지인데,

"네가 그 그 사람들 집안을 찾고 족보를 찾아줘라." 하는데,

"예, 그래 하지요." 하는데, 이놈 자식이 고마 일찍 죽어 삐렀다, 저 아들 둘만 놔 놓고.

그 저 자석한테라도 그석을 연관을 시켜줄라 하이껜도로, 이것도 어데 간데 온데 없어.

그이 월성 최씨라. 소위 저 지금 말하자면 저 거시기 최익현, 그 면암 선생 한 집안이라. 그래 고마 최 진사 손주가 상놈이 되삐지고, 어데 최가라도 드가 있는지도 모르지. 그리 되고.

또 김 진사 손주는 거 늘 살지, 거 살고 계시다가 팔일오 해방되고 나선가 나한테 한번 찾아왔더라고. 와서 교지를 하는데,

"우리 내력을 좀 어찌 그석해 주라."

"그리 하자고."

그러나 내가 저그 돈 디리가면서 해줄 수가 있는가. 그래 인자 월성으로 넘어갔제. 차를 타고 북상하고 월성까지 넘어가서,

"같이 가자고."

이란께, 이놈의 자석 나한테 왔다 가고 나서 죽어삐졌어 고마.

그래도 그 김 진사 후에 내지 그석도 못하고, 안 진사 우리 외가집만 고거 인자 내가 거시기 해논께 거시기 됐제. 그러대이, 저 아무라도, 저 아무 집안 없이 사람 하나 죽어삐지모 고마 그 집안이 무너지뿌는 기여.

# 소원을 들어주는 연리목

자료코드 : 04_18_FOT_20090721_PKS_JBW_0001
조사장소 : 경상남도 함양군 서상면 금당리 1021번지(추하마을 전병원 자택)
조사일시 : 2009.7.21
조 사 자 : 박경수, 정혜란
제 보 자 : 전병원, 남, 69세
구연상황 : 제보자가 천상재에 관한 이야기를 마친 후, 연리목과 관련된 당산제 이야기를 꺼냈다. 조사자가 당산제에 관한 이야기를 해달라고 하자 이 이야기를 했다.
줄 거 리 : 추하마을에는 당산제를 지낸 연리목이 있다. 이 연리목은 기목나무와 소나무가 삼백 년 이상 붙어 있어서 붙여진 이름이다. 이 나무는 사랑나무, 부부나무, 화목나무, 소원나무 등 별칭이 많다. 연리목이 있는 마을에는 부부 이혼이 없으며, 이 나무에 소원을 빌면 소원을 들어주었다.

(조사자 : 예, 그럼 당산제 이야기 좀.)

당산제가 있는데, 그럼 인자 저기는 연리목이, 기목나무하고 솔나무하고 삼백 년 이상 붙어가 있어요. 그래서 인쟈 사랑나무라 카기도 하고, 부부나무라 카기도 하고, 화목이라도 하고, 소원나무라 하기도 하는데,

그래서 인자 그 인자 그 그 연리목이 돼 있는 부락에는 그 그 동네 집안이나 부부간에 그 요새매로 이혼이나 그런 기 없다는 기라, 그런 기.

그래가지고 거기서 소원을 하고 그거를 하면은 소원을 들어준다는 그기 전설이거든. 전설인데, 당산제를 그 옛날에는 지냈는데, 그것도 농경사회 유교사회가 쇠퇴하니까, 저것도 사람도 없고 그런 기라.

그러면 인자 고게서 제일 제주로 선정이 된 사람은 1년 전에 관리를 하는 기라. 어디 궂은 일에도 안 가고, 일 그 참 안 보는 기라. 그래 해가지고 그렇게 하면은, 아침에 새벽에는 그거 하고, 정월 대보름날 제사를 지내고 소금을 뿌리고, 그리고 동네 사람들 그거를 하면은, 그래 여기서 뭐 인자 자식을 못 낳으면 자식도 놓고, 그래 별거했던 사람은 합해지도 되고, 그런 것들이 확실한 증거는 없어도, 그래가지고 이뤄지는 사실들이 역사가 내려오는 기라.

# 마을 사람 구하고 죽은 조장군의 무덤

자료코드 : 04_18_FOT_20090721_PKS_JBW_0002
조사장소 : 경상남도 함양군 서상면 금당리 1021번지(추하마을 전병원 자택)
조사일시 : 2009.7.21
조 사 자 : 박경수, 정혜란
제 보 자 : 전병원, 남, 69세
구연상황 : 조사자가 조장군 무덤에 대하여 아느냐고 제보자에게 묻자 제보자가 바로 조
　　　　　장군 무덤에 대한 이야기를 했다.
줄 거 리 : 임진왜란 이전에 조장군이란 사람이 있었다. 어느 날 마을에 큰 수해가 났다.
　　　　　조장군이 물 속에 들어가서 많은 사람을 구했지만 자신은 죽게 되었다.

(조사자 : 어르신, 여기 저 혹시 조장군 무덤에 대해서 뭐 아십니까?)

어?

(조사자 : 조장군 무덤.)

조장군 무덤은 동네 입구에 있어요, 여여 동네 입구에. 동네 입구에 있
는데, 거기가 창녕 조씨입니다, 함안 조씨가 아니고.

(조사자 : 아, 창녕 조씨입니까?)

어어, 그 당시만 하더라도 임진왜란 이전에 동네가 저 위에고 개울이
좋고 사람도, 한데 큰 수해가 났답니다, 큰 수해가.

그런데 이게 장군이라요. 그래가지고 전설에 의하면 냇가에 서가지고
물팍(무릎팍)을 여가지고 손을 들어가지고 장군잉께로 이래 타도 제끼는
사람이 있고, 저래 해도 제끼는 사람도 있고 해서 많이 구했겠지요. 그래
가지고 결국은 자기는 사람은 다 구하고 자기는 그랬다.

이래가지고 지금 비가 서고 있지요. 비가 서고 있는데, 그 풍수지리에
묻습니다만, 그 풍수지리에 그 사람들 자손들이 면장도 하고 왕성하게 하
더만은, 비를 세우고 나서 일시에 고마 집구석이 절단이 나버렸어요.

# 최경회 장군과 주논개

자료코드 : 04_18_FOT_20090721_PKS_JBW_0003
조사장소 : 경상남도 함양군 서상면 금당리 1021번지(추하마을 전병원 자택)
조사일시 : 2009.7.21
조 사 자 : 박경수, 정혜란
제 보 자 : 전병원, 남, 69세
구연상황 : 조사자가 논개에 대한 이야기가 있느냐고 묻자 제보자가 이 이야기를 했다.
줄 거 리 : 주논개의 아버지가 서당 훈장이었는데 노름을 해서 집안이 망했다. 아버지는 논개를 최경회 현감의 식모로 보냈다. 최경회 장군이 진주성으로 가자 논개도 따라갔다. 진주성싸움에서 최경회가 죽자 기생으로 변장해서 왜군 장군과 함께 물에 빠져 죽었다. 논개가 물에 빠진 바위가 의암이다.

그 인쟈 꽃다발 방(芳)자에 못 지(池)자라. 그 인쟈 못은 없는데 지명만 그렇거든. 그래가지고 이제 못을 넣어가지고 해서 온천 개발한다고 물이 나오고 항께로, 그래서 연화봉이라 그러는데.

(조사자 : 그럼 그 뒷산이 연화봉입니까?)

앞, 그럼 고개 앞에 앞산이 죽 늘어선 게 합미성이라. 옛날맨치로 군대 가 많은 것도 아닌께 서로 침범을 항께로 서상의 중심지라 쌀 창고라.

합미성을 했는데 그 전설이 있는데 그 샘이 있고 항께, 이제 그 안에 들어오면 논개 묘가 있어요. 그럼 그거는 고증이 안 되고 그한데(그런데), 하나의 전설이라.

(조사자 : 우째 논개 묘가 거기에 있는지,)

왜 그러냐 하면 주논개가 그럼 인쟈 왜정 때, 우리 클 때만 하더라도 세월이 그래가지고 그걸 항께 그 집안이 그걸 항께로 주논개 그 아버지가 형제가 있었답니다.

우리 전설에 의하면은 그래 인쟈 그거를 다 없애고 미화를 해버리고 그러는데, 훈장이라 서당.

그래가지고 노름을 해 가지고 그러니까, 최경현 장군이 고놈의 장수에,

요새 말하면 군수지. 하모.

(조사자 : 군수, 현감.) 그래가지고 그 ○○○○로 팔아먹은 기라. ○○○○ 식모.

(조사자 : 그러니까 주씨 어른이 그 논개 딸을.)

다른 사람이 해 가지고 그렁께로.

그래가지고 최경현 본실이 ○○에 와 가지고 죽고 해놓으니까, 그 항께로 인쟈 요새로 말하면 식모 겸 뭐 여러 가지 역할을 했겠지.

그러다 거기 진주성 난이 터진 거야. 그럼 변방에 있는 장군들을 불렀겠지. 그래 거길 간 기라. 진주만에서 최경현 장군은 거기서 전사를 하고, 그 내려와 가지고 변장해 가지고, 기생을 해 가지고 마지막 축하연을 하는데, 그 들어가 가지고 그 의로울 의(義)자, 의로 해 가지고 의암(義菴)이 바위다.

요 묘를 만드는 게 아닌데, 음력으로 7월 7일이 제사라.


# 금당사란 절이 있었던 금당리

자료코드 : 04_18_FOT_20090721_PKS_JBW_0004
조사장소 : 경상남도 함양군 서상면 금당리 1021번지(추하마을 전병원 자택)
조사일시 : 2009.7.21
조 사 자 : 박경수, 정혜란
제 보 자 : 전병원, 남, 69세
구연상황 : 제보자가 계속 마을의 지명에 관한 이야기를 이어서 했다.
줄 거 리 : 방지마을, 추하마을 등을 합쳐서 금당리라 한다. 금당리에는 옛날에 절터가 있었다. 금당이라는 이름으로 추정컨대 매우 큰 절이었다. 이곳에는 또한 큰 절골, 작은 절골이 있는데, 이를 한문으로 바꾸면 대곡사, 소곡사가 있었던 것을 알 수 있다. 옛날에는 계곡마다 빈 절이 많았다. 먹을 것이 없었기 때문에 빈 절이 되었던 것인데, 소곡사 대곡사도 그런 절이었다.

여를 여기 와서 천상재 얘기 하고, 방지 얘기 하고, 요 이 동네 얘기 하면, 통틀어서 금당리라 캅니다.

(조사자 : 금당이라.)

예, 금당, 새 금(金)자, 집 당(堂)자라 하는데, 그 금당의 유래가 전설이 이래, 여기는 금이 나온다니, 근데 내가 문헌 조사를 해보고, 골짜기 해봉께로, 금당이 절이라.

(조사자 : 여기 절터가 있었네?)

금당이 그런께로, 금당이라 카는 그거 그 이름 자체가 아주 큰 절이라.

절인께로, 그럼 인자 여기 절 이름들이 많은데, 그래서 인자 큰 절골, 작은 절골 이리 카는데, 그건 이름이 안 되는 기라.

그래서 내가 조사를 했어요. 그래서 양씨네들 족보를 본께네 소곡사(小谷寺), 요 산소 위치가, 이름이 지명이 소곡사라, 소곡사. 그럼 작은 절골이거든. 절 사(寺)자, 그래서 작은 절골, 큰 절골이, 그런 인쟈 그게 내려와 가지고 요새는 정골이 된 기라, 절골이 된 기 아니고. 그래서 인자 한문으로 하면, 소곡사 대곡사라.

절이 있고 하면, 그라모 인자 옛날에는 그 시대는 절이 상주를, 중이 상주를 하는 절이 있고. 그렁께 인자 표고승 금방 이름 지고, 그 먹을 것도 그카고, 그 이리 하면서 전부 빈 절이라.

골짝에, 골짝들이 요 그 중상들 이름들이 있고, 막 이리 걸 하거든요. 이리 걸 하는데, 그래 인쟈 이리 중 한께네, 그래 인자 통틀어서 금당이라.

세 개 부락이 금당인데, 그러고 인자 그 나름대로 구전이 전설이 있는데, 전부다 뭉개버리는 기라.

# 시집 삼 년 벙어리로 살다가 쫓겨 갔다 돌아온 며느리

자료코드 : 04_18_FOT_20090722_PKS_CSN_0001
조사장소 : 경상남도 함양군 서상면 진입 24번 지방도 도로변
조사일시 : 2009.7.22
조 사 자 : 박경수, 정혜란, 김미라
제 보 자 : 최순남, 여, 74세
구연상황 : 노래가 끝나자 이야기 하나를 해보겠다며 이야기를 시작했다.
줄 거 리 : 옛날에 시집 온 며느리가 시집을 가서 말을 하지 않았다. 시아버지가 벙어리를 데리고 살 수 없으니 아들에게 친정으로 데려다 주라고 했다. 아들이 부인을 데리고 가는데, 부인이 꿩이 날라가는 것을 보고 '꿩 노래'를 불렀다. 아들이 부인에게 말을 잘 하면서 왜 시집 와서 말을 하지 않았느냐고 물었다. 친정 부모가 시집살이 삼 년 동안 벙어리로 살아라 해서 말을 하지 않았다고 했다. 아들이 부인을 데리고 다시 집으로 왔다. 시아버지가 고함을 치며 왜 다시 데려왔느냐고 야단을 쳤다. 부인이 말을 잘 하더라며, 부인이 부른 '꿩 노래'를 했다. 시아버지가 듣고 옳은 소리라며 감탄했다. 이후 며느리는 시집살이를 잘 하며 잘 살았다.

저 전에는 시접(시집)을 가면 삼 년 안에는 말을 하지 말라 캤디야.

그래 며느리라 시아바가 야야 카모 쫓아와도 꾸꾸하이 서고, 또 시어머마가 야야 카면 쫓아와서 꾸꾸하이 서고, 아 이거 도시 말을 안 해서 못 살겠는 기라. 그래 신랑을 보고,

"데다(데려다) 줘라. 버버리로 떽고(데리고) 살 수가 있나. 데다 줘라."

칸께, 그래 참 신랑이 데다 주기 싫은 기라, 내호간이 좋아서. 그래 억지로 억지로 여러치면 객지 재나 넘어갔던가비제. 간께는 막 참 꽁이 퍼드덩 허구 날라거더란다. 그란께 각시가, 각시가 그러더랴.

"껄껄겆는 저 꿩을 잡아 뚝 부루뜬 눈꾸녕 괴기는 시아반(시아버지) 상에 놓고, 꼭꼭 쫓는 주둥이 괴기는 시어머만(시어머니) 상에 놓고, 싹싹 더러빈 발목 떼이 시누 상에 놓고, 턱 덮는 날개는, 신랑은 턱 덮어주거든, 오만 숭(흉)을. 그래 턱 덮는 날개 괴기는 임의 상에 놓고, 앞가슴에

복장살은 이내 내가 묵을란다."

카더래.

(청중 : 복장이 얼매나 상했으모 복장살을 먹노.)

응. 그래서,

"너 말 잘 하네. 왜 말을 안 했느냐?"

칸께, 그래,

"우리 어무이, 아버지가 나를 보냄서(보내면서) 삼 년 안에는 좋은 소리고 낮은 소리고 말을 하지 말어라. 그래서 그래 말을 안 했다."

칸께,

"그라모 집에 가자."

그카며 신랑이 집에 데꼬 오거든. 데꼬 온께, 참 과연 집에 데꼬 들온께, 막 시아바이가 눈을 툭 부릎,

"와 버버리를 데꼬 오냐."

고, 감(고함)을 지르더래야. 그래 아들이 한단 말이,

"말만 잘 합니다."

"그래 머라고 말을 하디? 가가(그 아이가)."

그래 인자 아들이 말에 첫 글자는, 그 노래를 부르더랴. 시아버지가 참 의론이 너른 사람이라 캐. 딱 들어본께 딱 맞거든.

"아이구 우리 대단한 며느리라."

카더란다.

그래 조선에 없는 며느리로 잘 살더랴.

# 이바지 음식을 도로 들고 온 바보 아들

자료코드 : 04_18_FOT_20090723_PKS_HKD_0001
조사장소 : 경상남도 함양군 서상면 상남리 조산마을 마을회관 옆 정자
조사일시 : 2009.7.23
조 사 자 : 박경수, 정혜란
제 보 자 : 한귀달, 여, 79세
구연상황 : 제보자가 먼저 이야기를 바로 해 보겠다며 이야기를 했다.
줄 거 리 : 바보 같은 아들이 하나 있었다. 이 바보가 장가를 가게 되어, 이바지 음식을
해서 처갓집에 갖다 주고 오라고 했다. 그러면서 어머니가 음식을 많이 하지
않아서 빛만 보라고 말하라고 했다. 힘들게 처갓집을 찾아가니 장인은 지붕을
이고 있었다. 그리고 처남댁이 베를 짜고 있었는데, 처남댁을 자신의 부인으
로 잘못 알고 "꼴에 명주베를 짠다" 하고 말했다. 그리고 마당에 이바지 음식
을 펴놓고 빛만 보라 했다고 하면서, 절 한번 하고는 그만 음식을 다시 싸서
가져와 버렸다.

반피(바보)같은 아들이 있는데 인자, 장개를 갔는데, 그래 장가를 가서
사흘토록 처갓집을 가 있게 되는 기라.

그래 [녹음 상태 불량으로 일부 청취 불능] 뭐 음식같은 걸 여러 가지
로 해 가지고 보냈는데 그래 인자 이바지를 짊어지고 가서 인자,

"가서 빛이라도 보라 캐라. 많지는 안하지마는."

이랬디만은, 그런구로 해서 짊어지고 인자 동네로 드가 갖고,

"어데 자리 잃든 집이 어데냐?"

칸께로, 개를 보고,

"저기 저 집 개, 그 집 개요?"

"그래 개만 따라가소."

그란께, 이놈의 개가 바로 가모 하이튼간에 막 어데 뭐 담벼락 새로 어
데로 해서 간께로, 그놈을 해서 짊어지고 막 그래 인자 또 갔더라. 가서
인자 집은 옳게 찾아갔는데, 쟁인(장인)이 저 거시기 지붕에서 지붕을 거
시기 집을 이더란다. 집을 인께로 그놈을 마당에다가 막 피놓고, 빛이나

보라 칸다고 마 마 절 한분 하디마는, 숯방에 드간께로 처남우 댁이가 베를 짜고 있은께 저거 각신 줄 알고,

"아이 꼴에 명주베 짠다."

고 그러디마는 아, 그래 빛만 보라 캤다고 빛만 보고 [녹음 상태 불량] 보따리를 싸갖고 도로 마 짊어지고 갔부.

(조사자 : 바보가?)

그래 빛만 보라고 캤디 빛만 보였더라고 도로 짊어지고 왔더라요 그래.

(조사자 : 좀 적게 했다고 이야기하고 오라 했는데.)

하모.

(조사자 : 살짝 빛만 보라 했다고 싸가 왔네.)

그래 처남댁이가 베를 짜는데 인자 마누랜 줄 알고 꼴에 명주베 짠다고 그라더란다. [일동 웃음]


# 우연히 한 말로 병을 낫게 한 선비

자료코드 : 04_18_FOT_20090723_PKS_HKD_0002
조사장소 : 경상남도 함양군 서상면 상남리 조산마을 마을회관 옆 정자
조사일시 : 2009.7.23
조 사 자 : 박경수, 정혜란
제 보 자 : 한귀달, 여, 79세
구연상황 : 제보자가 이야기를 생각한 후 바로 다음 이야기를 해 주었다.
줄 거 리 : 옛날에 어떤 선비가 길을 가다가 저물어서 어느 집에 가서 좀 자고 가자고 청했다. 그러자 주인은 자고 갈 수는 있지만, 아들이 병이 나서 아파 누워 있다고 했다. 집을 쳐다보니, 집을 중수를 했는데, 서숙(조) 모가지가 매달려 있었다. 집 주인은 선비가 무엇을 좀 안다고 생각하고 아들이 나을 수 있도록 해달라고 애걸했다. 그래서 선비는 서숙 모가지가 천정에 매달려 있는 것을 보고, "대롱대롱"이라 했더니, 주인은 죽은 대롱이가 왔다고 하면서 신통하게 생각했다. 선비는 아무 것도 모르고 빌었더니 아들 병이 나았다. 아들이 나은

덕분에 양식을 많이 얻어 잘 먹고 살았다.

옛날에 저 머꼬 선비가 인자 질을 갈라고 나섰는데, 그래 가다가 저 거시기 저물어갖고,

"저 어데 드가서 좀 자고 가자."고 한께,

"저 아이구 자고 가는 건 좋은데, 우리 아들이 아파갖고 저리 ○○ 병이 났다."고 그러더래. 그래 그랬는데, 그래 이리 쳐다본께로 집을 헌 집을 중수를 했더라네요. 그래, 그래 그람시네 '아 이 집이 중수를 했구나!' 그란께 한문(한 번) 달라붙어 가지고는,

"뭐 아는 거 있냐?" 고 그라더래.

"그래 뭐 아는 거는 없는데, 그래 중수를 했다."고 그람서, 그래 저 거시기 좀 낫구로 해돌라고 막 낙루를 하더라. 그래서 그래 뭐 아무 뭐 그런 것도 해보도 안 해서 뭘 수도 없고 그래, 팔아본께 서숙 모감지가 대롱대롱 있더라네. 그래서 대롱-.

(조사자 : 뭣이예?)

서숙 모감지.

(조사자 : 서숙 모감?)

조, 조.

(조사자 : 서숙, 아, 서숙. 서숙 모감지.)

서숙 모감지가 대롱대롱 해 갖고 있더래요. 그래 인자, 아무 것도 아는 거는 없고,

"대롱대롱." 한께로,

"아이고 우리 죽은 대롱이가 왔는가베." 그라더라네.

"그래 왔다고."

그란께네로, 아이고 막 그람시난 어떻게 참 모르나따나 빌었디만은 낫더란다.

낮은께로 그 이튿날 막 옛날에는 돈도 없으까이 쌀을 짊어지고 가라고 한 푸대(포대)를 주더랴. 그래서 그놈을 갖고 가서 그래 막 양식을 하고 잘 먹었대요.

그런 소리가 있더래. [일동 웃음]

# 술에 취해서 만난 귀신

자료코드 : 04_18_MPN_20090720_PKS_LSH_0001
조사장소 : 경상남도 함양군 서상면 금당리 방지마을 노인정
조사일시 : 2009.7.20
조 사 자 : 박경수, 정혜란, 김미라
제 보 자 : 이성하, 남, 80세
구연상황 : 조사자가 이곳에 산이 많아서 나무꾼과 선녀 이야기와 같은 것이나 호랑이 또는 도깨비 이야기가 없느냐고 하자, 제보자가 옛날에는 도깨비나 귀신이 있었다고 하며, 자신의 경험담을 섞어 귀신을 본 이야기를 했다. 그렇지만 이야기 말미에 도깨비불은 쇠나무가 죽어서 바람에 그 잔해가 날리는 것이라고 나름대로 해석하기도 했다.
줄 거 리 : 내가 타락을 하여 노름도 하고 술을 먹고 다녔다. 형사 대장하던 사람이 나를 노름을 못하게 하려고 찾아오다가 마을 입구에서 키 큰 노인이 서 있는 것을 보았다. 아무리 위협해도 가지 않았다. 귀신을 보고 놀라서 그만 돌아가고 말았다. 어느 날 내가 술을 먹고 달밤에 집을 가는데, 웬 여자가 논두렁에서 울고 있었다. 가까이 가 보니 아무도 없었다. 놀라서 담배를 피우며 진정하고 있는데, 뒤 따라 온 사람이 내가 그 여인을 때려서 울렸느냐고 물었다. 자신이 아니라고 하며, 자기도 놀라 담배를 피우고 있다고 했다. 후에 그 사람은 또 다시 그 귀신을 보았다. 기질이 약해서 귀신에 홀렸는지 의심된다. 도깨비불도 쇠나무가 죽어 그 잔해가 바람에 날리는 것이다.

'도까비(도깨비)도, 귀신이, 신이 없다.' 현대 사람은 그러카는데, 지금 으로부터 30년 전에만 해도 귀신이 나타나고, 다 있었어요.

(조사자 : 이 마을에도 뭐, 도깨비 이야기가 있습니까?)

도깨비 이야기가 아니라, 그때 내가 인자 집에 그카고 있다 보니까, 다른 친구들은 지가, 내가 서장이다 라고 찾아 인사를 오고, 술을 먹고 이런께, 속이 안 좋대요, 마음이.

내가 타락이 돼가지고, 어찌 참 친구들하고 어울리는데, 노름을 해 가지고, 노름방에 노름을 해 가지고, 그래 안자 돈을 많이 잃었는데, 이것을 누가 알았느냐면 그 당시에 지소 주임, 그 사람이 형사 대장하던 사람인데, 그 사람이 그마 날 적극적으로 말길라고 밤낮을 막론하고, 순경 하나 데리고 성 모탱이를 돌아오다가, 가다보면 고 성안으로 올라가는 질이, 고 지금 하우스 앞에 성안으로 올라가는 질이 있소.

고게서 고만 두루마기 입고, 머리도 대가리도 볼 수도 없고, 치큰(키가 큰) 큼직한 사람 노인이 지팡이를 짚고 서가지골랑, 누구냐고 감을 질러도, 쏜다 쏜다 해도 답변도 하도 안하고, 대답도 하도 안하고, 밀치보고 있는데, 고마 거기서 아따 그 사람이 김 머꼬, 지소주임이 뭔 생똥을 쌌다 카는 기라.

그래 서장한테 보고하기를,

"나는 사표 내고 내일 갈랍니다."

"와카노?"

"방지 이성하씨 노름 말길라 카다가 내가 죽겠습니다."

그람서 그 이야길 쭉 다 하더란다.

(조사자 : 귀신을 만났는 거, 오다가요?)

[웃으며] 어, 그래서 인자 그대로 듣고는 서장이 당장에 쫓아 올라와 가지고는,

"이게 뭔 짓이고, 도대체. 당신, 당신 동상은 당신 좀 잡아다 가두라고 막 생야단인데, 우짤라고 카고 있냐고?"

그때 내 동상이 경찰이었어요.

(조사자 : 할아버지 한때, 저 머 노름도 하시고 좀.)

그래. 그때만 해도 귀신이 많고 이래서, 내가 소재지 가 술을 먹고 우수달밤인데, 걸어, 서서히 걸어오다보니까, [조사자에게] 지금 질가에 하우스 지났죠? 고 밑에 논다라이 하나 있습니다. 거 있어.

(조사자 : 예, 논두렁.)

논빼미 하나 있어. 쪼깐한게 하나 있는데, 고 밑에 논두렁에 버드나무가 큰 기 세 개가 서 있었는데, 거기서 여자가 목을 놓고 울걸래, '와 이거 또 어데 부부간에 싸움을 해서 이런갑다.'고 데리고 갈라고 가본께 사람이 없어. 고마 [휴대폰 벨 소리로 잠시 중단] 가보니까 사람이 없어서 머리끝이 꼿꼿하이 올라가는데 그때 정신을 차리가지고, '내가 이라다 이거 안 된다. 홀리는갑다.' 하고, 그래 아무리 걸어가도, [조사자에게] 요 아래 숲 있죠 숲. 그땐 숲이 좋았고 울창하고 좋았었어.

그래 들돌이 있었는데, 여 들돌. 들돌을 깔고 앉아서 담배를 한 대 피우고 있은게, 내도 이 동네 소 거간도 하고 하는 김이진씨라고, 이 어른이 막 욱북욱북해삼서 오걸래, 내가 잇으면서(웃으면서),

"아이 머시 또 걸렸소? 이리 오소."

이런께, 고마 나한테 따구(따귀)를 한 대 때리더이,

"장난을 쳐도 유만부덕이지."

그래 내가 허 잇음서,

"엉 내가 무슨 장난을 치노?"

한께,

"아이 자네가 안 그랬는가?"

"내가 뭘 그래요?"

한께, 그래 거서 울더래요. 그래서,

"나도 땅이 안 떨어져서 여게 담배 풋고 앉았소."

이랑께,

"나가 말음 푸주까요?(담배를 말아 피울 수 있게 할까요?)"

이랑께, 담배 풋고 앉았은게,

"아이구, 담배 가졌걸랑 하나 주게."

담배를 태우고 그래 왔는데, 그 기질이 약한께 그런 기 있는가, 고 뒤에 그 어른이 또 한번 걸렸어. 걸리가지고.

(조사자 : 그때도 여자가 그리 울고 있던가요.)

아 울고 있어서, 그래 나중에 본게 여자도 아니고, 대갈빼이도 못 보고, 하이 이 넘한테, 도까비한테 홀리가 걸리가 있었는데, 도깨비불이라고 놔두는 것이, 내가 볼때는 도깨비불이 아이라요.

왜냐하면 에- 또 키목나무도 아니고, 그 저 쇠나무라고 있지요? 정지나무, 쇠나무.

(조사자 : 예, 예.)

그 큰 나무가 죽어서 썩어가지고 고들방치가 돼 내린데, 바람만 불면 뭐이 풀풀풀풀 날라가모, 저 먼 데서 보몬 마 불이라.

(조사자 : 아, 인불이 비쳐서.)

비쳐서. 그래 그게 도깨비불이다 이카는데, 도깨비불을 실은 서가 못 봤고, 고골로 가지고 도깨비불이란 그석을 하긴 했고.


# 박정희 대통령의 시해를 예언한 박제현

자료코드 : 04_18_MPN_20090721_PKS_JBW_0001
조사장소 : 경상남도 함양군 서상면 금당리 1021번지(추하마을 전병원 자택)
조사일시 : 2009.7.21
조 사 자 : 박경수, 정혜란
제 보 자 : 전병원, 남, 69세
구연상황 : 조사자가 마을에 있었던 천상재란 곳에 대해 이야기해 달라고 하자 제보자가
　　　　　다음 이야기를 했다.
줄 거 리 : 천상재(天上齋)는 추하마을에 있었던 유학의 강학소였다. 천상재 출신 중에는
　　　　　유명한 분들이 많았다. 의병대장 문태수를 비롯하여 한의학, 풍수지리학, 병
　　　　　학, 역학 등에 뛰어난 분들이 많았다. 그중 제산 박재현 선생은 역학에 뛰어
　　　　　난 분으로, '단풍월하에 차전박살(丹楓月下 車前搏殺)'이라 하여 박정희 대통
　　　　　령의 시해를 예언했다.

천상재(天上齋)는, 그기 인자 공자가 금년에 탄신이 이백, 이천 오백 육십년, 2560세라요, 공자 탄생일이. 그래가지고 그 공자가 그 인자 이름이 구, 언덕 구(丘)자. 언덕 구자, 자가 중니(仲尼)라. 자가 중니, 자가 중니인데, 그래서 천상재라 카는 데가 거게(거기)가 진흙밭이라, 이전(泥田)이라, 이전.

그래갖고 공자가 그 어머니가 기도를 했던 곳과 위치가 같다. 그래가지고 사당을 지어가지고 공자가 냇가에 걸어간다 카는 그 도랑이 있어요.

그래 올라가지고 니구평이라고 하는데, 그래 인자 공자의 냇가에서 걸어가는 형상과 같다고 캐가지고 천상재라요.

천상재, 천상잰데 그럼 인자 천상재가 옛날에 유명한 것이 뭔가 하냐 하면, 그럼 인자 그 유교의 지금 성균관 그 제도매이로 그 인자 사설 강학소(講學所). 사설 강학손데, 그럼 인자 한 방에는 그 인자 천자문하고 초등반을 가르치고, 그래 인자 한 방에는 사서삼경이나 고학을.

그럼 옛날에 의병대장 문태수 장군 같은 분들도 그 저저 한일합방에 유명한 의병대장인데, 중앙에 비도 서고 한데, 여기 와서 수학을 했거든.

(조사자 : 천상재에서.)

그럼 인자 기초학을 거치고는 요즘매이로 인자 과별로 전공 분야매이로 일어서고, 인자 서상에는 한의학, 풍수지리학, 또 인자 병학, 역학하는 사람들이 많았어요. 그럼 인자 그 박대통령 그 시해 사건을 예언한 사람도 거서 공부한 사람이거든.

(조사자 : 아 천상재에서?)

아 천상재에서 공부한 사람이. 그 분의 예언이 뭐이냐 하면, '단풍월하(丹楓月下)에 초전박살박살이라', 차전박살(車前朴殺). 그럼 단풍월하는 그럼 단풍월하면 월한대로 달밤 아입니까 그죠? 시월 이십팔일 아이라? 시월 이십팔일. 단풍에? 밤에? 그런께네 차전박살이니까 차만 조심했다 이거라.

그래서 인자 그걸 해인사 그 그 조계종 종중 스님, 혜암 스님이, 그분이 인자 그 천기누설 아입니까? 아는 거야, 자기는. 아는데 누설할 수 없제. 누설할 수 없는데, 그러고 글자를, 사후에 두 분 다 죽었어요. 예언한 사람도 죽고, 박대통령도 죽었는데. 그기 뭐이냐 하면 단풍월하가 궁정동이라요. 단풍이 피바다라.

(조사자 : 아하.)

붉을 단(丹)자가. 월하는 궁정동 희미한 불빛이라.

(조사자 : 아하. 차는 또 차가 아니고 차지.)

차는 차지철이라.

(조사자 : 아하, 아하.)

박살은 박대통령이 차지철한테 죽는 기라.

(조사자 : 네, 그 내나 천상재에서 공부한 분이네.)

그래 그 분이 제산(霽山) 박재현(朴宰顯, 1935~2000. 한국의 3대 명리학자로 꼽히는 인물이다) 선생이라.

(조사자 : 박재현 선생이라.)

박재산 선생이라고 유명했어요.

(조사자 : 그 분이 예언하신 거예요?)

그런데 인자 우리나라 그 동양 삼국에서는, 그 인자 삼인 중에서 직설로 하는 데는 그 분을 못 따라간다 카는 기제. 못 따라 간다 카는데. 그런께 인자 사자성어로 딱 해놓은 기라, 사자성어로. 단풍월하에 차전박살.

(조사자 : 아유 재미나네요.)

그걸 못 피한 거라요.

# 그네 노래 / 노랫가락

자료코드 : 04_18_FOS_20090721_PKS_KSI_0001
조사장소 : 경상남도 함양군 서상면 옥산리 옥산마을 노인정
조사일시 : 2009.7.21
조 사 자 : 박경수, 정혜란
제 보 자 : 김순임, 여, 68세
구연상황 : 조사자가 제보자에게 노래를 한 곡 부른다고 했다며 한 곡 부르기를 요청하
자, 제보자는 노랫가락으로 부르는 이 노래를 불렀다. 노래 뒷부분에서는 청
중도 같이 따라 불렀다.

　　수천당(추천당) 세모시(세모진) 낭게(나무에) 늘어진 가-지 그네를
매어-
　　내가 뛰면- 임-이나~ 밀고 임이- 뛰면은 내가 밀어-
　　임아 임아- 줄- 살살 밀어 줄 떨어-지-면은 정 떨어-진-다

# 모심기 노래 (1)

자료코드 : 04_18_FOS_20090721_PKS_KSI_0002
조사장소 : 경상남도 함양군 서상면 옥산리 옥산마을 노인정
조사일시 : 2009.7.21
조 사 자 : 박경수, 정혜란
제 보 자 : 김순임, 여, 68세
구연상황 : 조사자가 모 심을 때 부르는 노래가 있지 않느냐고 말하자 제보자가 나서서
노래를 불렀다. 제보자가 부르는 동안 청중도 중간에 따라 불렀다. 청중 중
한 명은 직접 모심는 흉내도 내면서 흥을 돋우었다.

서 마~지~기 논-빼-미-는~ 반-달-만-만큼- 남-아-있-네-
니가 무~신 반-달-인-가~ 초승-달-달이- 반-달-이-지~


## 모심기 노래 (2)

자료코드 : 04_18_FOS_20090721_PKS_KSI_0003
조사장소 : 경상남도 함양군 서상면 옥산리 옥산마을 노인정
조사일시 : 2009.7.21
조 사 자 : 박경수, 정혜란
제 보 자 : 김순임, 여, 68세
구연상황 : 제보자는 앞의 모심기 노래를 부른 뒤 또 다른 모심기 노래를 바로 이어서
시작했다. 노래 중간에 잠시 가사가 생각나지 않아서 청중에게 묻고, 다시 가
사를 기억하여 불렀다. 청중 한 명이 따라 노래를 불렀다.

타-박~ 타~박~ 단-발-머-리~

또.

(청중 : 뭐라 카꼬.)

(조사자 : 해 다 진데 어데 가노.)

해- 다~ 진-진데- 어-데- 간-고-
저- 건-네~라~ 무-덤- 속-에~ 젖 먹-으-으로 가고-마-네-

(조사자 : 이이고 잘 하시네.)


## 모심기 노래 (3)

자료코드 : 04_18_FOS_20090721_PKS_KSI_0004
조사장소 : 경상남도 함양군 서상면 옥산리 옥산마을 노인정

조사일시 : 2009.7.21

조 사 자 : 박경수, 정혜란

제 보 자 : 김순임, 여, 68세

구연상황 : 조사자가 "물꼬 철철"이란 가사를 말하며 모심기 노래를 마저 불러야 하지 않겠느냐고 말하자, 제보자가 다른 사람들에게 도와 달라고 하며 불렀다.

물-꼬~ 철-철- 물- 실어 놓-고~ 첩-의~ 방-방에 놀-러-갔네~

무-슨~ 첩-이- 대-단-해-서~ 낮-에- 가고 밤-에- 간-고


# 양산도

자료코드 : 04_18_FOS_20090721_PKS_KSI_0005

조사장소 : 경상남도 함양군 서상면 옥산리 옥산마을 노인정

조사일시 : 2009.7.21

조 사 자 : 박경수, 정혜란

제 보 자 : 김순임, 여, 68세

구연상황 : 조사자가 '함양산천 노래'를 불러달라고 요청하자 서로 노래 가사를 이야기하더니 제보자가 나서서 양산도 가락으로 이 노래를 불렀다. 노래판의 분위기를 돋우기 위해 조사자가 따라 부르자, 다른 할머니들도 같이 불렀다.

에헤~이~요~

함양 산천 물레방아는 물을 안고~ 돌~고~

우리 집의~ 우런(우리) 님은~ 나를 안고 돈~다~

아서라- 말어라 네 그리를 마~라 사람의 괄세(괄시)를 안그리-한~다

에헤~이~요~

네가 잘나 내가 잘나 그 누가 잘~나~

만구통에 십 원짜리 썩 잘났구~나

아서라– 말어라 네 그리를 마~라~

사람의 괄세를 그리를 마~라~


# 날 데려 가거라 / 청춘가

자료코드 : 04_18_FOS_20090721_PKS_KSI_0006

조사장소 : 경상남도 함양군 서상면 옥산리 옥산마을 노인정

조사일시 : 2009.7.21

조 사 자 : 박경수, 정혜란

제 보 자 : 김순임, 여, 68세

구연상황 : 제보자가 앞의 노래를 부른 뒤 다음 노래가 생각났는지 바로 불렀다. 노래는
청춘가 가락에 맞추어 불렀다.

에~에~

날 다리(날 데려) 가거–라– 날 다리 가거–라~

돈 많고 고운 님아 에헤– 날 다리 가거–라

반달만 실어갈 맘은~ 요모요모 하지만은~

동정심이 없어–서 에헤– 못 다리– 갈래–라~


# 베틀 노래

자료코드 : 04_18_FOS_20090722_PKS_KCT_0001

조사장소 : 경상남도 함양군 서상면 진입 24번 지방도 도로변

조사일시 : 2009.7.22

조 사 자 : 박경수, 정혜란, 김미라

제 보 자 : 김춘택, 여, 70세

구연상황 : 김춘택 제보자가 여러 편의 민요를 부르고 잠시 쉬는 사이에 조사자가 제보
자에게 노래를 요청하자, 제보자가 이 노래를 불렀다.

베틀 다리는 두 다리 잉앗대는 삼형지

석달 열흘 짤 베를~ 하루 아척(아침)에 다 짰네

지-었네 지-었네 도북(도포) 한 쌍을 지었네

날아든다~ 날아든다~ 범나비 한 쌍이 날아든다

군-군으로 해서는~ 군수 어른이 제적(제격)이고

맨-맨(면면)으로 해서는~ 맨장 어른이 제적이고

동-동네로 해서는~ 구장 어른이 제적이다

집-으로 해서는 시아바씨가 제적이다

날아든다~ 날아든다~ 범나비 한 쌍이 날아든다

시아바씨 성낸 데~ 소주 약주가 제적이고

서-방-님~ 성낸 데는 기상(기생) 첩사이(첩실)가 제적이고

시오마씨~ 성낸 데~는 머른 이(무른 이)가 제적이고

시누애씨~ 성낸~ 데는 화장품이 제적이다

요네나 성난 데는~ 함박 쪽박이 요질낸다

날아든다~ 날아든다~ 범나비 한 쌍이 날아든다


# 그네 노래 / 노랫가락

자료코드 : 04_18_FOS_20090722_PKS_KCT_0002

조사장소 : 경상남도 함양군 서상면 진입 24번 지방도 도로변

조사일시 : 2009.7.22

조 사 자 : 박경수, 정혜란, 김미라

제 보 자 : 김춘택, 여, 70세

구연상황 : 제보자가 앞의 베틀 노래를 부른 후, 조사자가 다음 노래의 앞부분 가사를 말
하며 제보자에게 한번 불러 보라고 하자, 제보자가 이 노래를 불렀다. 노랫가
락으로 부른 일명 '그네 노래'이다.

수천~당(추천당) 세-모시(세모진) 낭게(나무에) 늘어진 가지다~

그네를 매-어

임아 임이 뛰면 내가 밀고 내가 뛰-면~ 임이 밀고

임아 임아~ 줄 살살- 밀어라 줄 떨어져면은 정 떨어젼~다


# 청춘가

자료코드 : 04_18_FOS_20090721_PKS_SMI_0001

조사장소 : 경상남도 함양군 서상면 금당리 추하마을 마을회관

조사일시 : 2009.7.21

조 사 자 : 박경수, 정혜란

제 보 자 : 서말임, 여, 73세

구연상황 : 조사자는 마을회관에 있는 할머니들을 대상으로 먼저 노래판을 만들고자 했
다. 다른 마을 사람들의 노래 실력을 칭찬하며 경쟁심을 부추긴 후 이 마을
사람들도 멋지게 노래판을 만들어보자고 했다. 먼저 제보자에게 노래를 권하
자, 처음에는 부끄러워하며 노래를 하지 않으려 했지만, 청중들에게 박수를
치게 하여 분위기를 만들자 이 노래를 불렀다.

청춘(청천)- 하늘-에~ 잔별도 많고서~ 어~

요내- 가슴-에~ 수심도 많구나~

높은- 산살봉('높은산 상상봉'을 이렇게 불렀다)에~ 홀로 선 나
무~우~

날과-같이~도 에헤~ 애(왜)- 홀로 섰는가~


# 그네 노래 / 노랫가락

자료코드 : 04_18_FOS_20090721_PKS_SMI_0002

조사장소 : 경상남도 함양군 서상면 금당리 추하마을 마을회관

조사일시 : 2009.7.21

조 사 자 : 박경수, 정혜란

제 보 자 : 서말임, 여, 73세

구연상황 : 조사자가 그네뛰기 노래의 앞부분을 사설을 말하면서 제보자에게 노래를 요청했다. 제보자가 이 노래를 부르자, 청중들이 모두 이 노래를 알아서인지 함께 따라서 불렀다.

　　수-천당(추천당) 세모시 남개(나무에)~ 늘어전(늘어진) 가-지다-

군대(그네)를 매~여-

　　님이 뛰면- 내-가나- 밀고~ 내가 뛰면은 임~이 밀어-

　　임아 임아- 줄 살-살 밀어 줄 떨어지-면은 정 떨어-전다-


# 타박머리 노래

자료코드 : 04_18_FOS_20090721_PKS_SMI_0003

조사장소 : 경상남도 함양군 서상면 금당리 추하마을 마을회관

조사일시 : 2009.7.21

조 사 자 : 박경수, 정혜란

제 보 자 : 서말임, 여, 73세

구연상황 : 조사자가 여러 노래를 유도해 보았으나 모두 잘 기억하지 못한다며 부르지 않았다. 그러다가 조사자가 '타박타박'으로 시작하는 노래가 있느냐고 하자 제보자가 이 노래가 생각났는지 부르기 시작했다. 그렇지만 노래의 뒷부분은 기억하지 못해 앞부분만 부르고 말았다.

　　타박타-박 타박~머-리 언제- 질어~ 절방머리

　　아홉- 가닥 땋던-머리 애(외) 가닥 머리가 웬일인고

# 양산도

자료코드 : 04_18_FOS_20090721_PKS_SMI_0004
조사장소 : 경상남도 함양군 서상면 금당리 추하마을 마을회관
조사일시 : 2009.7.21
조 사 자 : 박경수, 정혜란
제 보 자 : 서말임, 여, 73세
구연상황 : 조사자가 노래를 하나 더 해 줄 수 있겠냐고 하며, 이 노래를 유도하자 제보
자는 함양에서 잘 알려진 다음 양산도를 불렀다.

에헤이-여~

함양 산천 물레방아는 물을 안고 도올~고~

우리 집의- 울은(우리) 님은 나를 안고 도~온다-

어야라- 누워라~ 나 못 놀-겼~네~

늙기를 하야~도 나는 못노리로구~우~나~


# 화투 타령

자료코드 : 04_18_FOS_20090722_PKS_SKM_0001
조사장소 : 경상남도 함양군 서상면 중남리 맹동마을 신고만단 자택
조사일시 : 2009.7.22
조 사 자 : 박경수, 정혜란, 김미라
제 보 자 : 신고만단, 여, 74세
구연상황 : 조사자가 화투 노래를 불러 보라고 하자, 제보자는 읊조리듯이 노래했다. 나
이 탓에 가사가 바로 생각나지 않아서 머뭇거리기도 했는데, 조사자의 도움을
받아 가사를 이어서 읊었다.

정월이라 속상한 마음

잊아 뿌랐다.


(조사자 : 이월.)

[다시 읊으며]

이월 매조에 맺아 놓고

삼월 사쿠라 필듯 말듯

사월 흑사리에 춤을 추네

오월 난초 나는 나비

유월 목단에 춤 잘 추고

칠월 홍돼지 홀로 누워

팔월 공산에 달 돋았네

구월 국화 굳은 마음

시월 단풍에 다 떨어졌다

오동추야 달 밝은 밤에

임의 생각 절로 나네

## 댕기 노래

자료코드 : 04_18_FOS_20090722_PKS_SKM_0002

조사장소 : 경상남도 함양군 서상면 중남리 맹동마을 신고만단 자택

조사일시 : 2009.7.22

조 사 자 : 박경수, 정혜란, 김미라

제 보 자 : 신고만단, 여, 74세

구연상황 : 조사자가 댕기 노래를 해보라고 권유하자, 제보자는 노래를 부르지 못하고 이야기를 하듯이 했다. 서사민요이기 때문에 이야기하듯 가사를 말한 것도 의미가 있다고 판단하여 채록한 것이다.

언니도 마다 카고, 동생도 마다 카고, 그런 댕기를 그래 인제 접어서 대리곤, 담 안에다 널 뛰다가 담 밖으로 잊어삐렸어. 그래 인자 서당꾼아, 전에 서당꾼이 있었지.

(조사자 : 응, 서당 다니는.)

서당꾼이 그래. "꾼아꾼아 서당꾼아 줏은 댕기 나를 다오." 칸께네, "동
솥 큰솥 걸어놓고 살림할 때 너를 주마." 그래 안췄쁐어.


# 다리 세기 노래

자료코드 : 04_18_FOS_20090721_PKS_YKM_0001
조사장소 : 경상남도 함양군 서상면 금당리 추하마을 마을회관
조사일시 : 2009.7.21
조 사 자 : 박경수, 정혜란
제 보 자 : 양가매, 여, 78세
구연상황 : 조복이 할머니가 다리 세기 노래를 할 때 제보자가 다른 사설을 부르는 것
을 보고, 조사자는 다리 세기 노래는 마을마다 다를 수 있다고 하면서 제보자
에게 어렸을 때 어떻게 불렀는지 물었다. 그러자 제보자는 다리를 세는 동작
을 다시 하면서 다음 노래를 불렀다.

한다리 전다리
기승 다리
어른 저른
목도 짐도
가다리 셋
가매 물로
들어 서거라
떽 콩

# 양산도

자료코드 : 04_18_FOS_20090722_PKS_ESD_0001
조사장소 : 경상남도 함양군 서상면 진입 24번 지방도 도로변
조사일시 : 2009.7.20
조 사 자 : 박경수, 정혜란, 김미라
제 보 자 : 엄순덕, 여, 71세
구연상황 : 제보자는 최순남이 잠시 노래를 멈춘 사이 이 노래를 자진해서 불렀다.

에이이여~

함양 산천 물레방아~는 찌그리 배뱅글 사시야사철 돌~고~

우리 집에~ 서방님은~ 나를 안고 돈~다~

오혀라 난단다 둥개디어라 그래도 못녹-혀~

내~ 연기를~ 하여도~ 나는 못노로리로구~나


# 화투 타령

자료코드 : 04_18_FOS_20090721_PKS_LKS_0001
조사장소 : 경상남도 함양군 서상면 금당리 추하마을 마을회관
조사일시 : 2009.7.21
조 사 자 : 박경수, 정혜란
제 보 자 : 이경순, 여, 74세
구연상황 : 조사자가 화투 타령을 아는 사람이 있으면 해보라고 하자 대부분 모른다고
하면서 노래하기를 주저했다. 그러자 제보자에게 청중들이 한번 해보라고 권
하자 다음 노래를 불렀다.

정월 솔-솔 들은 정~은

유월('이월'의 잘못) 매조에 맺어 놓고-

삼월 사쿠라- 산란한 마~음

사월 흑싸리 흔들흔들

오월 난-초 나비-한쌍

유월 목-단에 춤을 춘~다-

칠월 홍돼지- 홀로-누워

팔월 공산에 달도 밝다

시월 단-풍 들었

(조사자 : 구월 국화.)

[다시 구월부터 부름]

구월 국-화 만월한데

시월 단풍이 떨어진다

오동동추야 달이-밝~아

임의~생각이 절로 난다


# 논 매기 노래

자료코드 : 04_18_FOS_20090720_PKS_LSH_0001
조사장소 : 경상남도 함양군 서상면 금당리 방지마을 노인정
조사일시 : 2009.7.20
조 사 자 : 박경수, 정혜란, 김미라
제 보 자 : 이성하, 남, 80세
구연상황 : 조사자가 이곳에서 부르는 모심기나 논매는 노래를 권하자 설명을 하고는 잊
어버렸다고 하면서도 이런저런 다른 이야기를 하다가 부르기 시작했다.

녹음~방~초- 욱-어~진-데~ 슬피야 우~는 저- 새야~소리

새~소~래~이는 곱~다만~은 이~모야 병-병세 짙-으-지-네-

# 모심기 노래

자료코드 : 04_18_FOS_20090720_PKS_LSH_0002
조사장소 : 경상남도 함양군 서상면 금당리 방지마을 노인정
조사일시 : 2009.7.20
조 사 자 : 박경수, 정혜란, 김미라
제 보 자 : 이성하, 남, 80세
구연상황 : 조사자가 모심기 노래를 더 권하자, "진개만경"으로 시작되는 이 노래를 다른
지역의 노래라고 하며 가창하기 시작했다.

진-개~만-경 넓-은-들-에~ 갱-피야 훑~는- 저-마-누~라
간~대~ 쪽~쪽 팔-자가 좋~아~ 갱피야 자-자~루 몸~배아~
난~다


# 다리 세기 노래

자료코드 : 04_18_FOS_20090721_PKS_IMD_0001
조사장소 : 경상남도 함양군 서상면 옥산리 옥산마을 노인정
조사일시 : 2009.7.21
조 사 자 : 박경수, 정혜란
제 보 자 : 임명득, 여, 75세
구연상황 : 조사자가 다리 세는 놀이 흉내를 내며 이런 놀이를 할 때 부르는 노래가 있
지 않느냐고 하자, 제보자가 웃으면서 이 노래를 불렀다. 청중들도 모처럼 하
는 놀이에 노래 가사가 우스운지 따라서 웃었다.

이거리 저거리 각거리
진도맹도 도맹도
짝발이 세양근
도래줌치 장두칼
머구밭에 덕서리

칠팔월에 무서리

# 청춘가

자료코드 : 04_18_FOS_20090721_PKS_JYS_0001
조사장소 : 경상남도 함양군 서상면 옥산리 옥산마을 노인정
조사일시 : 2009.7.21
조 사 자 : 박경수, 정혜란
제 보 자 : 전영숙, 여, 73세
구연상황 : 청중들이 제보자에게 노래 한 번 해보라고 권했다. 조사자도 여러 노래의 앞
부분 사설을 부르며 노래를 유도했지만, 제보자는 자신이 없는지 노래를 부르
지 않다가 심중에 있는 노래를 해보겠다며 다음 노래를 불렀다. 청춘가의 가
락에 맞추어 불렀다.

청춘에- 미나는 배를~ 다- 셀 수 있느-냐~

내 심중에 있는 말을- 에-헤- 다 할 수 있-느냐~


# 부부 정 노래

자료코드 : 04_18_FOS_20090721_PKS_JYS_0002
조사장소 : 경상남도 함양군 서상면 옥산리 옥산마을 노인정
조사일시 : 2009.7.21
조 사 자 : 박경수, 정혜란
제 보 자 : 전영숙, 여, 73세
구연상황 : 제보자가 나서서 한 곡조 부르겠다며 불렀다. 노래를 부른 뒤, 내외간의 깊은
정을 이야기한 노래라며 설명했다. 가슴에 응어리진 한이 있는지, 노랫가락으
로 부르는 노래가 그런 한 서린 응어리를 느끼게 했다.

꽃-같이 고우난 님은 열매-같~이도 맺아 놓~고-

가지가지 뻗어난- 정은 뿌랭이걸-이도- 깊이나 든~ 정

아마도- 깊이나- 든 정 외로워 좋고도 잊을 날 없네-

(조사자 : 아유 좋네요. 이기 무슨 노랜교?)

이기? 부부 내우간에 살 때 참- 그게 의미가 깊은 노래라.

(조사자 : 깊은 정이지.)

응. 뿌리겉이도 맺어 놓고 자기 혼차 어디 가뿐지면 그래도 여자는 못 잊어서.


## 잘난 낭자 노래

자료코드 : 04_18_FOS_20090721_PKS_JYS_0003
조사장소 : 경상남도 함양군 서상면 옥산리 옥산마을 노인정
조사일시 : 2009.7.21
조 사 자 : 박경수, 정혜란
제 보 자 : 전영숙, 여, 73세
구연상황 : 제보자가 앞의 노래를 마치자 청중들이 잘 한다며 또 노래를 해보라고 하자, 바로 이어서 이 노래를 불렀다. 노래는 노랫가락조로 불렸는데, 노래 제목은 여인의 잘난 모습을 노래한 가사 내용을 고려하여 '잘난 낭자 노래'라 붙였다.

검고도- 태도난 머리 석자 당-귀를 골을 매여-
두 주먹- 태도난 허리 포랑 각-띠로 잘라나 매고-
채라사- 제 잘난 체로 대장부 간장을 다 녹히-네~


## 고운 낭자 노래

자료코드 : 04_18_FOS_20090721_PKS_JYS_0004
조사장소 : 경상남도 함양군 서상면 옥산리 옥산마을 노인정

조사일시 : 2009.7.21
조 사 자 : 박경수, 정혜란
제 보 자 : 전영숙, 여, 73세
구연상황 : 제보자는 앞의 노래를 부른 뒤 바로 이어서 같은 청춘가 가락으로 다음 노래를 불렀다. 조사자가 어깨춤을 추며 흥을 돋우자 제보자와 청중들이 모두 흥을 내어 노래판을 만들었다. 노래 제목은 노래 가사를 고려하여 붙였다.

한 주먹 턱 놓고~ 늘어진 낭자-는~

누구 간장을 녹힐라고- 에~헤 저리 곱게 생겼-노~


## 베틀 노래

자료코드 : 04_18_FOS_20090723_PKS_JBO_0001
조사장소 : 경상남도 함양군 서상면 상남리 조산마을 마을회관 옆 정자
조사일시 : 2009.7.23
조 사 자 : 박경수, 정혜란
제 보 자 : 조병옥, 남, 83세
구연상황 : 제보자는 마을 이장의 연락을 받고 왔는데, 조사의 취지를 이미 이해했는지 옛날 노래를 불러야 한다며 자신이 부를 노래의 제목을 종이에 적어왔다. 조사자는 제보자가 적어온 종이를 보면서 노래 한 편씩을 천천히 불러줄 것을 부탁했다. 종이에 먼저 적힌 베틀 노래를 한 번 불러 달라고 하자 다음 노래를 바로 불렀다.

오늘겉이 좋은 날에 베틀 노래나 불러 보자

하늘이라 선영님(선녀님)네 지화당에 나려와서

이산 저산 나무를 비어 걸고 보니 베틀이라

베틀 다리는 사 형제요 큰애기 다리는 단형제라

하 앉을깨에 앉은 양은 우리나라의 높은 양반 용상 우에도 앉은 듯이

부-태라 두룬(두른) 양은 만첩청산을 썩들어서니 허리 안개를 두

른듯이

말코라 감은 양은 삼대독신 애동(외동)아들 명주 한 필을 감은 듯이

들락날락 드나든 북은 씨암닭이 알놔 놓고 알 품니라고 들락날락

얼그렁철그렁 치는 바디 조명설한에 찬비같고

잉앳대(잉앗대)라 삼형제는 사시사철 바쁘구나

앞의 거리라 칠행제(칠형제)는 지몸(자기 몸)이 괴로워서 떼장떼장

도투마리 넘어진 소리는 오뉴월 급한비에 베락 처는(벼락 치는) 소리같고

오댁때기라 늘어진(늘어진) 양은 구십월 시단풍에 내 젖같이도 떨어진다


## 홋낭군 타령 / 범벅 타령

자료코드 : 04_18_FOS_20090723_PKS_JBO_0002

조사장소 : 경상남도 함양군 서상면 상남리 조산마을 마을회관 옆 정자

조사일시 : 2009.7.23

조 사 자 : 박경수, 정혜란

제 보 자 : 조병옥, 남, 83세

구연상황 : 제보자가 적어 온 목록을 보고 조사자가 '이도령 노래'를 불러 보라고 말하자 바로 다음 노래를 불렀다. 긴 노래를 마치고 숨이 가쁜지 한숨을 내쉬며 힘든 모습을 보였다. 제보자의 노래 솜씨에 청중들이 잘 한다며 박수를 치며 감탄했다.

이도령은 본남편이오 김도령은 홋낭군이라

이도-령이 없는 줄 알고 내가-왔으니 문 열어라

춘-향-이 목소리 듣고 들어오세요 내 방으로

문을 열고 들어서서 치다-보니 능나도 장판

안 나려다보니 미닫이 장판

청실홍실 오죽대는 이리저리도 흔쳐(흩어) 놓고

고운 반지에 걸린 시계 금실금실 잘도 논다

우리 둘이 요렇게 놀 적에 본낭군 이도령 오면은 어이할꼬

그때 마침 이-도령이 내가 왔으니 문 열어라

아 춘향이 까암짝 놀래 홋낭군 김도령을

고무곽 디주다(뒤주에다) 숨키 놓고

금반시에 가신다더니 어찌 그리도 속히 왔오

오가다가 도중을 만나 고목곽 두지에 탈 났단다

수수연연 나려오는 고목곽 두지에 탈났단 말이 웬 말이오

에라 요년 물러서라 새끼 서 발을 챙기 들고

고목곽 디주를 둘러메고 고 뒷동산으로 올라가니

살려 주소 용서해 주소 한 문(한 번)의 실수는 병가상사요

춘향이 소위로 봐서는 부사나 절도에 못박지만은

너도 남우 집에 귀동자고 나도 남우 집에 귀동자다

아 조심해라 김도령아 홋날부터는 조심해라


# 봄 사건 났네

자료코드 : 04_18_FOS_20090723_PKS_JBO_0003
조사장소 : 경상남도 함양군 서상면 상남리 조산마을 마을회관 옆 정자
조사일시 : 2009.7.23
조 사 자 : 박경수, 정혜란
제 보 자 : 조병옥, 남, 83세
구연상황 : 제보자가 적어 온 목록을 보고 바로 불렀다. 노래가 끝나자 조사자와 청중이
잘 한다며 박수를 쳤다. 신민요로 불렸던 노래로 생각된다.

남원에 봄 사꾼(봄 사건) 났네

전라남도 남원골 바람났네 춘향이가
신발 벗어 손에 들고 보선발로 걸어 오네-
쥐도 새도 모르게 살짝살짝 걸어온다
오작교로 광한로로 도령 찾아 헤매도네

남원에 봄 사꾼 났네
일부종사 굳은 절개 옥에 갇힌 춘향이가
창살 너머 달을 보고 눈물 젖어 우는구나
기진맥진 산발머리 나풀나풀 보인(보이는)구나
한양 가신 우리 낭군 보고 싶고 가고 싶네

남원에 봄 사꾼 났네
학설(학수)고대 기다리던 한양 낭군이 돌아왔네
낡은 도복 거지되어 반매(방망이) 차고 돌아왔네
춘향이를 얼싸안고 둥글둥글 곡가락지
삼백 년을 변치 말자 너랑 나랑 약속했제
남원의 봄 사꾼 났네

# 농사일 노래

자료코드 : 04_18_FOS_20090723_PKS_JBO_0004
조사장소 : 경상남도 함양군 서상면 상남리 조산마을 마을회관 옆 정자
조사일시 : 2009.7.23
조 사 자 : 박경수, 정혜란
제 보 자 : 조병옥, 남, 83세
구연상황 : 제보자는 앞의 노래에 이어 다음 노래를 불렀다. 농사일을 하는 재미를 흥
겹게 노래하는 내용이다. 청중들이 제보자가 노래를 잘 부른다며 계속 감탄
했다.

노랑노랑 금송아지를 곱게곱게만 길러갖고

은쟁기는 은줄을 달고 나무 쟁기는 집줄 달아

상개하천 너른 들에 이랴저랴 밭을 갈아

아 추진데는(습한 데는) 상두를 갈고 마른 땅에는 목화 갈고

머리머리 들깨를 심구고

쏙쏙들이 참깨 넣고

오욱웃둑에 수수 옇고

목화밭을 둘러보니 봉지 봉지도 지었구나

상두밭을 둘러보니 심자리가 일었고나

집에와 돌아와 보니

아들 형제는 글공부하고 딸 형제는 집일하고

보온댁은 얼그렁철그렁 베를 짜고

첩은 첩첩에 술 들이고

만단에 자미가 절로 난다


# 못 갈 장가 노래

자료코드 : 04_18_FOS_20090723_PKS_JBO_0005
조사장소 : 경상남도 함양군 서상면 상남리 조산마을 마을회관 옆 정자
조사일시 : 2009.7.23
조 사 자 : 박경수, 정혜란
제 보 자 : 조병옥, 남, 83세
구연상황 : 제보자가 앞의 노래를 부르고 잠시 호흡을 가다듬고 쉰 뒤에 다음 노래를 이
어서 불렀다. 긴 서사민요를 남성 제보자가 이렇게 잘 부르는 경우는 드물 것
이다.

앞집에서 궁합을 보고 뒷집에서 책력 보고

책력에도 못 갈 장개 궁합에도 못 갈 장개
내가 세와 가는 장개 어느 누가 말길소냐
아하 한 모링이 돌아가니 까막까치가 진동하고
오 두 모링이 돌아가니 여수 새끼가 진동하고
오 세 모링이 돌아가니 빈대 이 선사미 벗득갑득
왔소 왔소 부구(부고)가 왔소 신부 죽은 부구 왔소
오 한손으로 받아서 들고 두 손으로 들어보니
부구로세 부구로세 신부 죽은 부구 로세
앞에 가신 상각 아바 뒤에 오는 혼신 아바
돌아서소 돌아서소 집으로 돌아시소
한 대문을 열고 보니 우묵대겉은 머리에다
연초 댕기 반만물고 자는 듯이 가고 없네
무슨 잠이 깊이 들어서 나오신도 모르신고
두 대문을 열고 보니 꽃장사가 꽃을 하고
세 대문을 열고 보니 상두꾼이 발 맞춘다
재인 장모 건너와서
사우 사우 우리 사우 이제 가면은 언제 오나
아 뒷동산에 고목나무에 꽃이 피면은 올랍니다
정제(정지, 즉 부엌) 솥에 삶은 개가 오공공 짖으면 올랍니다
아하 여기요 하적(하직)이오 요번 길에 하적이오

# 양산도

자료코드 : 04_18_FOS_20090723_PKS_JBO_0006
조사장소 : 경상남도 함양군 서상면 상남리 조산마을 마을회관 옆 정자
조사일시 : 2009.7.23

조 사 자 : 박경수, 정혜란
제 보 자 : 조병옥, 남, 83세
구연상황 : 조사자가 함양 산천으로 시작하는 노래를 불러달라고 요청하자, 다음 노래를 불렀다. 사설을 매우 빠른 자진 가락으로 엮어서 불렀던 까닭에 사설을 정확하게 알아듣기 어려웠다. 그렇지만 노래 사설이 재미있게 엮어지자 청중들은 제보자의 노래 솜씨에 거듭 감탄했다.

에-에-에~에-
함양 산천 물레방애 팔모잽이 국물 먹은 사구삼십육 서른 여섯
바꾸(바퀴)
주야장천 물만 안고 빙글뱅글 돌~고~
날안굴 큰아기 날 안고 돈~다

에-에-에~에-
니정 내정은 없는 정 있는 정 모지랑 빗자루로 상사 실어다가
구포 한강에다가 옇~고~
없는 정도 있는 듯이 잘 살아 보~자~

에-에-에~에-
대구 정묘사 논빼비 쪼금쪼금 내려와서 삼오시오 열닷 마지기
논빼미에다가 대정기 정을 짓~고~
전기차 오기만 기다러신~다~

에-에-에~에-
저기 가는 저 큰애기 단인 운농지차 내돈 삼백 냥 주놓곤 갖다 씨고
혼인 밑에 잠 잘 적에는 좋다고 하~지~
그 돈 서 발 흐느적 날같지 아니하네

# 창부 타령

자료코드 : 04_18_FOS_20090723_PKS_JBO_0007
조사장소 : 경상남도 함양군 서상면 상남리 조산마을 마을회관 옆 정자
조사일시 : 2009.7.23
조 사 자 : 박경수, 정혜란
제 보 자 : 조병옥, 남, 83세
구연상황 : 제보자가 잠시 노래 가사를 생각하는 듯 하더니 바로 다음 양산도를 불렀다.

> 아니~ 노지는 못하리라
> 송죽같이 굳은 절개 매 맞는다고 항복하니
> 임이 괴로워서 병들은 눈매 약을 산다고 호복날까
> 아 얼씨구 좋아 지화자 좋네 아-니 놀지는 못하리라
>
> 물이라도 검수가 지면 놀던 고기도 아니 놀고
> 옻나무라도 고목이 되면 오던 새도 아니 놀고
> 우리 인생 늙어지면 어느 누가 날 찾으리
> 에 노세 놀아 젊어서 놀아 늙어지면 못노나니
>
> 강원도라 ○○○○○(심한 바람소리로 청취불능) 주추 캐는 저 처녀야
> 아 자네 집에 오데관대 해 넘어간 줄도 모르신고
> 우리 집은 저 산 너매요 주추 캐기만 늦어가요
> 오 주추는 내 캐어 줌세 요내 품안에 잠 들어라

# 청춘가

자료코드 : 04_18_FOS_20090723_PKS_JBO_0008
조사장소 : 경상남도 함양군 서상면 상남리 조산마을 마을회관 옆 정자

조사일시 : 2009.7.23

조 사 자 : 박경수, 정혜란

제 보 자 : 조병옥, 남, 83세

구연상황 : 제보자는 앞의 노래에 이어 다음 노래를 부르기 시작했다. 청춘가 가락조로
시작한 노래인데, 높은 소리가 잘 나오지 않아서 부르다가 잠시 쉬기도 했다.

산이 높아야 골도 깊으제~

조그마한 여자 속이- 음음음 얼마나 깊으리~

산은 첩-첩에 청산이 되고요~

우물은 출렁에 에에에 대동강이 되노라~

알뜰히 살뜰히 기르신 우리 부모~

얼마나 보-면은 음음음 싫더락(싫도록) 볼까요


# 다리 세기 노래

자료코드 : 04_18_FOS_20090723_PKS_JBO_0009

조사장소 : 경상남도 함양군 서상면 상남리 조산마을 마을회관 옆 정자

조사일시 : 2009.7.23

조 사 자 : 박경수, 정혜란

제 보 자 : 조병옥, 남, 83세

구연상황 : 조사자가 옛날에 다리 세면서 부르는 노래를 어떻게 했느냐고 하면서 제보자
에게 부탁하자 다음 노래를 빠르게 불렀다. 그런데 너무 빨리 사설을 불러서
조사자가 하나씩 물어보자 천천히 말해 주었다.

콩 하나 팥 하나

앵끼 쟁끼

서울지 가락지

개매 꼭지

철그렁

(조사자 : 그래 할아버지 어렸을 때 그래 했습니까?)


# 주머니 노래

자료코드 : 04_18_FOS_20090723_PKS_JBO_0010
조사장소 : 경상남도 함양군 서상면 상남리 조산마을 마을회관 옆 정자
조사일시 : 2009.7.23
조 사 자 : 박경수, 정혜란
제 보 자 : 조병옥, 남, 83세
구연상황 : 제보자가 바로 불렀다.

열다섯 명 수제꾼들 주소 주소 나를 주소
응당질 은혜 함세 줌치 뒤집어서 은혜 함세
응당질 내사 싫어 줌치도 내가 싫어
정지 땋은 머리 마주 풀고 맞절할 때
그때 되면은 너를 주마
막 정제 안에 솥을 걸어 점삼(점심) 다려 먹을 적에
그때 되면은 너를 주마


# 다리 세기 노래

자료코드 : 04_18_FOS_20090721_PKS_JBI_0001
조사장소 : 경상남도 함양군 서상면 금당리 추하마을 마을회관
조사일시 : 2009.7.21
조 사 자 : 박경수, 정혜란
제 보 자 : 조복이, 여, 77세

구연상황 : 조사자가 다리를 세는 동작을 하며 "이거리 저거리 각거리" 하며 노래하지
　　　　　 않았느냐고 하면서 좌중에서 노래해 보기를 권유했다. 그러자 제보자가 다리
　　　　　 세기 놀이를 하는 동작을 하면서 다음 노래를 불렀다.

　　이거리 저거리 각거리
　　진도맨도 도맨도
　　짝발이 해양근
　　도래매 줌치 장도칼
　　머구밭에 덕서리
　　칠팔월에 무서리
　　동지 섣달 대서리


# 달거리 노래

자료코드 : 04_18_FOS_20090723_PKS_JOI_0001
조사장소 : 경상남도 함양군 서상면 상남리 동대마을 382번지(제보자 자택)
조사일시 : 2009.7.23
조 사 자 : 박경수, 정혜란
제 보 자 : 조옥이, 77세
구연상황 : 제보자가 먼저 '열두 달 그네 노래'를 부르면 되겠느냐고 조사자에게 물어보
　　　　　 자, 조사자가 좋다고 하니 멋쩍은 듯 "아이구 싱겁네"라며 웃고는 잠시 숨을
　　　　　 돌린 후 이 노래를 불렀다. 죽은 어머니를 그리는 애틋한 마음을 달거리 형식
　　　　　 에 맞추어 불렀다. 매우 귀중한 구송 민요 자료이다.

　　병자-년 윤동지달에 모녀간의 깊은 정을 싫은 듯이 이별하고
　　혼자 놀기- 궁금해서 요내 나이를 세워 보니 열 하고도 한 살이오
　　섣달 그-믐 넘어-가고 새달 초순이 돌아왔네
　　섣달이라 그믐-날은 사람 사람 새옷을 입고 사랑 사랑이 세배가
　　는데

우리 엄마는 어디 가시고 세배 가실 줄 모르실고

그달 그믐 넘어-가고 새달 초순이 돌아왔네

정월이라- 대보름날은 만 인간이 달구경 가는데

우리 엄마는 어딜 가시고 달구경 가실 줄 모르신고

그달 그믐~ 넘어-가고 새달 초순이 돌아왔네

이월이-라 석-석에는 만물에 곡식을 봉지를 짓는데

우리 어머니는 어디를 가시고 봉지 질 줄을 모르신고

그달 그믐- 넘어가고 새달 초순이 돌아왔네

삼월이-라 삼짇날은 강-남서 나-온 제비 지지배배 지지배배 인
사하는데

울 어머니는 어디를 가시고 인-사할 줄을 모르신고

그달 그믐이 넘어-가고 새달 초순이 돌아왔네

사월이-라 초패일날은 나무대선배님 등 다는-데

우리 어머니는 어디를 가시고 등- 달 줄을 모르신고

그달 그믐이 넘어가고 새달 초순이 돌아왔네

오월이-라 단옷날은 청실홍실 구네(그네)를 메어 주-야농창 뛰어
난데

우리 어머니는 어디를 가시고 구네(그네) 탈 줄을 모르신고

그달 그믐이 넘어가고 새달 초순이 돌아왔네

유월이라 유-둣날은 계곡 서산 깊은~ 물에 목욕 가기 즐겨대니

우리 어머니 어디를 가시고 목욕 가실 줄 모르신고

그달 그믐 넘어가고 새달 초순이 돌아왔네

칠월이-라 칠석날은 견우직녀가 만나는데

우리 어머니 어디를 가시고 만날 줄을 모르신고

그달 그믐이 넘어~가고 새달 초순이 돌아왔네

팔월이-라 한가위에는 만물의 곡식을 심리한데

우리 어머니는 어디를 가시고 심리-할 줄을 모르신고
구월이-라 구일날은 담 안-에서 꽃이 피어 담 밖으로만 휘늘어졌네
그꽃 한 쌍 데쳐내야 속곳잔에다가 술을 부-어
우리 어머니 어디를 가시고 진지할 줄을 모르신고
그달 그-믐 넘어가고 새달에 초순이 돌아왔네
시월이-라 상~달에는 덩치도 없는 허사로세
얼씨구나 절씨구 기화자자 아니 놀지는 못하리라


## 봉숭아 꽃같이도

자료코드 : 04_18_FOS_20090723_PKS_JOI_0002
조사장소 : 경상남도 함양군 서상면 상남리 동대마을 382번지(제보자 자택)
조사일시 : 2009.7.23
조 사 자 : 박경수, 정혜란
제 보 자 : 조옥이, 77세
구연상황 : 제보자가 예전에 불렀던 노래라며 이 노래를 불렀다.

봉숭아 꽃같이도~ 피어나던- 내 얼굴이-
서방꽃같이-도 좋구나 철골이 졌네~요


## 그네 노래

자료코드 : 04_18_FOS_20090723_PKS_JOI_0003
조사장소 : 경상남도 함양군 서상면 상남리 동대마을 382번지(제보자 자택)
조사일시 : 2009.7.23
조 사 자 : 박경수, 정혜란
제 보 자 : 조옥이, 77세
구연상황 : 조사자가 이 노래 앞부분을 말하자 제보자가 불러 보겠다며 이 노래를 바로

불렀다. 노랫가락으로 부른 노래이다.

수천당(추천당) 세모시 낭게 늘어진 가지다 그네를 메-어
임이 뛰면- 내가 밀고 내가 뛰면은~ 임이 밀어-
임아 줄 살살 밀어 줄 떨어지-면은 정 떨어진-다


## 물레방아 노래

자료코드 : 04_18_FOS_20090723_PKS_JOI_0004
조사장소 : 경상남도 함양군 서상면 상남리 동대마을 382번지(제보자 자택)
조사일시 : 2009.7.23
조 사 자 : 박경수, 정혜란
제 보 자 : 조옥이, 77세
구연상황 : 조사자가 다음 노래의 서두를 꺼내며 한 번 불러 보라고 권하자, 제보자가 바
　　　　　로 이 노래를 했다.

함양 산천 물레방애 물을 안고 돌~고-
우리집의 우린 님은 나를 안고 도~네

그런 거 짤막짤막한 거, 그런 거 불렀어.


## 도라지 타령

자료코드 : 04_18_FOS_20090723_PKS_JOI_0005
조사장소 : 경상남도 함양군 서상면 상남리 동대마을 382번지(제보자 자택)
조사일시 : 2009.7.23
조 사 자 : 박경수, 정혜란
제 보 자 : 조옥이, 77세
구연상황 : 조사자가 다른 노래를 또 부탁하자, 제보자는 이 노래가 생각났는지 바로 불
　　　　　렀다. 유행가로 불렸던 도라지 타령과 사설과 가락에서 많은 차이가 난다.

도라지- 돈도라지~ 산에 산에 산도라지

잘난 댕기 살랑살랑 새끼 없는 도라지

네 나이-가 몇 살이-냐 대답해도 살살 대답해

아이 대답해 아이 대답해 정말로 대답해

저건네 갈비봉에 비~ 묻었~네

소낙비 아리살꼴 내-리네

요내-눈에 눈-물은~ 구룸(구름)- 없이도 흐-른~다


(조사자 : 그럼 그 다음에 에헤헤에용 불렀는교.)

안 불렀어.

(조사자 : 아 그래 안 하고.)


# 상사 노래

자료코드 : 04_18_FOS_20090722_PKS_CSN_0001
조사장소 : 경상남도 함양군 서상면 진입 24번 지방도 도로변
조사일시 : 2009.7.22
조 사 자 : 박경수, 정혜란, 김미라
제 보 자 : 최순남, 여, 74세
구연상황 : 제보자는 유행가로 성주풀이를 부른 후에 또 박수를 치면서 이 노래를 흥겹
게 부르기 시작했다. 청중들도 같이 박수를 치며 노래를 잘 한다며 화답했다.
중간에 숨이 차서 잠시 쉬었다 다시 부르기도 했다. 어려서 고아가 된 여인이
서울 도령을 연모하다 상사병으로 죽어 상여가 나가는데, 속적삼을 상여 위에
올려놓고 냄새나 맡고 가라고 했다는 내용의 서사민요이다.

한 살- 묵어~ 어맘(어머니) 죽고 두 살 묵어 아밤(아버지) 죽고

홋다섯에 절에 올라 열다섯-에 말에 내려

서-울이라 장안- 안에 가지- 낮다 소문 듣고

곤때나 묻어 자지창은 짐만 잡아서 들춰 입고
진동전에 짐- 못지니 애실배실 돌아간께
저게 가는 저- 도령님 양안-인가 상안인가
둘러가소 둘러가소 잠 한심(잠 한숨)-만 둘러가소
악심으로 배운 글을 열심인-들 잊을소냐

아이구 가마 있어. 숨이 찬다.
[잠시 쉬고]

무주- 비단 한 이-불에 공비단으로 안을 받쳐
고치 비단 질 따라서 백비-단으로 동여 달고
덮을 듯이 들쳐 놓고 오광-대와 발끝마동 밀차(밀쳐) 놓고
오죽 쓸 때 진담 밭에 먹을듯-이 밀쳐 놓고

굼배 새끼 했나?

굼배나 새끼 노는 방에 매매 새끼 노는 방에
꾀꼬리로 기린 방에
둘러가소 둘러가소 잠 한심만 둘러가소
악-심으로 배운 글을 열심인들 잊을소냐
서울이라 짚이(깊이) 올라 글 한 자를 지어놓고
대문 밖에 썩 나온께
떠들-오네 떠들오네 생이(상여) 한 쌍이 떠돌오네
저 상부가 왠 상부요
서울이라 도령-보고 수심뱅에 죽은 상부
너는 죽어서 호-사라도 나는 살아 이사로다
속적삼을 벗어- 줌서

숨내나 맡고 네 가거라 땀내나 맡고 네 가거라

활살같-이 곧은 질에 속살겉-이 잘도 간다

끝이라.


## 장가 만류 노래

자료코드 : 04_18_FOS_20090722_PKS_CSN_0002
조사장소 : 경상남도 함양군 서상면 진입 24번 지방도 도로변
조사일시 : 2009.7.22
조 사 자 : 박경수, 정혜란, 김미라
제 보 자 : 최순남, 여, 74세
구연상황 : 제보자는 앞의 노래에 이어 노래 한 마디 더 하겠다며 이 노래를 불렀다. 노래를 자신있게 시작했으나 뒷부분 사설을 기억하지 못하고 중단하고 말았다.

천령개야 만령개야

만구봉상 우리 오매

전치(전처) 자식 나를 두고

천하 장개를 가지 마오

아이구.


## 못 갈 장가 노래

자료코드 : 04_18_FOS_20090722_PKS_CSN_0003
조사장소 : 경상남도 함양군 서상면 진입 24번 지방도 도로변
조사일시 : 2009.7.22
조 사 자 : 박경수, 정혜란, 김미라
제 보 자 : 최순남, 여, 74세

구연상황 : 제보자는 이 노래를 부르면서 몇 차례 가사를 잊어서 중단했지만, 청중의 도움을 받아 끝까지 불렀다. 노래 중간에 신부가 죽어서 상여가 나가는 대목에서 "아이구 떨린다"라고 하며 슬픈 감정에 젖기도 했다.

앞집에서 궁합 보고 뒷집에서 책력 보고
궁합에도 못 갈 장개 책력에도 못 갈 장가
지(자신이)세와서 가는 장개 어느 누가 말길소냐
한 모랭이를 돌아간께 여수(여우) 새끼가 방전(방정)일세
두 모랭이 돌아간께 피래이 쓴 놈이 건들먼들

그라고 뭐라 카더라.
(청중 : 삼사 세 모랭이 돌아가니.)
세모랭이 했나?
(조사자 : 세 모랭이 안자 할 차렙니더.)

세 모랭이 돌아간께 까막 깐치가 진동한다

그거 배꼈다(바뀌었다). 순서가 배꼈다.

앞에 가는 상각 아바이

아이.

한 손으로 받은 팬지 두 손으로 펴보니
부고로다 부고로다 신부 죽은 부고로다
앞에 가는 상각 아바이 뒤에 오는 혼신 아바이
돌아시오(돌아 서시오) 돌아시오 오던 길로 돌아시오
한 대문을 열고 보니 꽃쟁이들이 꽃을 하고
두 대문을 열고 보니 널쟁이가 널을 짜네
세 대문을 열고 보니 곡소리가 진동한다

네 대문을 열고 보니 상두군들이 발 맞추네

다섯 대문 열고 본께 분통같은 젖통일랑 서럼서럼 앉히 놓고

삼단같은 그 머리는 서럼서럼이 사리 놓고

나 줄라고 떡 해논 거 상두군들 많이 주소

아이구 떨린다.

나 줄라고 술 해논 거 상두군들 많이 주소

가요 가요 나는 가요 오던 길로 나는 가요

고래빽이야(그것뿐이야).


# 못된 신부 노래

자료코드 : 04_18_FOS_20090722_PKS_CSN_0004

조사장소 : 경상남도 함양군 서상면 진입 24번 지방도 도로변

조사일시 : 2009.7.22

조 사 자 : 박경수, 정혜란, 김미라

제 보 자 : 최순남, 여, 74세

구연상황 : 제보자는 앞서 부른 민요가 마음에 들지 않았는지, 바로 이어서 이 노래를 불렀다. 중간에 청중들을 보고 따라 하라고도 하고, 조사자가 따라 부르니 "아네! 따라 부르네" 하면서 놀라는 표정을 지었다. 중간에 숨이 찬다고 하며 잠시 가사를 생각하여 다시 부르기도 했지만, 전체적으로 흥을 내어 신나게 불렀다.

김해~ 김씨 김도-령아 강에 강~씨 강도령아

너거 처가 소문~낫대 너거~ 처~가

좀 따라 해라.

(청중 : 뭐 따라 해.)

어떻더노

(청중 : 알면 내가 하겠다.)
우리가 불꺼모(부를 것 같으면), 지랄하네.

　　앞대문에~ 진지~를 달고 뒷대문~에 번질 달고
　　방 안에라– 피못이라 방문– 밖에 연꽃이라

아를 낳어. 장개를 간께.
(조사자 : 장가를 간께네 살지도 않고 아를 낳어요?)
그래 소문이 났네. 고담에, 아이고 그래. [한숨을 쉬며] 휴우– 숨이 찬다.

　　방 안에라 피못이라~ 팽풍 뒤에 우는 아기~ 무슨 일로 우는가요
　　젖을 줘라~ 젖을~ 줘라~ 조랑~ 말고 젖을~ 줘라
　　들어보소 들어~보소 재인(장인)장모~ 들어보소 오던~ 길로 나
는 가요
　　사우사–우 내 사우야 진지 나–빠 갈라 하나 술이 나빠 갈라 하나
　　술안주–도 아니– 나빠 장모님 딸리미(따님이) 걸러 가요
　　이왕질에 가실라면 아가 이름을 짓고 가소

아네, 알아 따라 하네.

　　아가 이름을 짓고 가소
　　저가부지 어따 두고 내가 들어 이름~ 지요
　　무왕~실 대실~골이 서리 와서 어찌~ 가요
　　마당 앞에~ 목화꽃~ 꺽어 울면터~면 와 못가리
　　아가 이름~은 숨은 개고 네 이름은 더런 년이다

[웃음]

# 닐니리야

자료코드 : 04_18_FOS_20090722_PKS_CSN_0005
조사장소 : 경상남도 함양군 서상면 진입 24번 지방도 도로변
조사일시 : 2009.7.22
조 사 자 : 박경수, 정혜란, 김미라
제 보 자 : 최순남, 여, 74세
구연상황 : 제보자는 흥이 나 있는 상태에서, 다른 제보자가 마음에 들지 않게 부르자 본
인이 나서서 이 노래를 다시 불렀다.

닐리리야~ 닐리리야~ 니나노 난실로 내가 돌아간다

닐리 닐리리 닐릴리야

청사초롱 불 밝혀라~아~ 잊었던 낭군이 다시 찾아온다

닐닐릴닐리리 릴리리야~


# 양산도

자료코드 : 04_18_FOS_20090722_PKS_CSN_0006
조사장소 : 경상남도 함양군 서상면 진입 24번 지방도 도로변
조사일시 : 2009.7.22
조 사 자 : 박경수, 정혜란, 김미라
제 보 자 : 최순남, 여, 74세
구연상황 : 조사자가 제보자에게 양산도를 권하자 곧바로 이 노래를 불렀다.

에헤이~요~

당글당글~ 당글당글 사장군아~ 소~리~

밤새도락 들어봐~도 정든님~ 소~리~

이여라난다 둥개 뒤-여라 아니야 못놀이로구~나~

열-놈이 죽어~도 내가야 못살리로구~나~~

# 댕기 노래

자료코드 : 04_18_FOS_20090722_PKS_CSN_0007
조사장소 : 경상남도 함양군 서상면 진입 24번 지방도 도로변
조사일시 : 2009.7.22
조 사 자 : 박경수, 정혜란, 김미라
제 보 자 : 최순남, 여, 74세
구연상황 : 청중들이 제보자에게 댕기 노래를 해보라고 하자, 다음 노래를 불렀다. 가사
　　　　　가 정확하게 생각나지 않은지 청중들에게 물어서 확인하기도 했다.

　　　한냥-주고 떠온

　따라 햐, 좀 얘편네야(여편네야), 따라 햐.

　　　떠-온 댕기
　　　두 냥 주-고 접은 댕기
　　　성안에-서 널-뛰다가 성 밖에-다 흘렸구나(흘렸구나)
　　　열-둘-이~ 서냥꾼

　서냥군이라 카나?
　(조사자 : 서당꾼.)

　　　서당~꾼들 주연(주은)~ 댕기 나를~ 주소
　　　너구메(너의 어머니)하고 우리메(우리 어머니)하고 사돈하면~ 너
　　　를 주지
　　　동숱- 걸고~ 밥솥- 걸고 시간을 살면 너를 주지-

　그라고 또 뭐라 카노?

# 꿩 노래

자료코드 : 04_18_FOS_20090722_PKS_CSN_008
조사장소 : 경상남도 함양군 서상면 진입 24번 지방도 도로변
조사일시 : 2009.7.22
조 사 자 : 박경수, 정혜란, 김미라
제 보 자 : 최순남, 여, 74세
구연상황 : 앞의 노래가 끝나고 잠시 쉬었다가 이 노래를 부르기 시작했다. 첫 소절을 부
르다가 잠시 생각하고는 다시 이어서 불렀다. 노래 가락의 흥을 타면서 사설
의 사연을 새기면서 부르는 능력을 보여 주었다.

껄껄-껓는 저꿩을 잡아~

껄껄, 가만 있어. 가만 있어봐.

뚝 부르뜨~는 눈구녕떼기 시아바씨 상에~ 놓고
꼭-꼭 쫓는 주둥이 괴기(고기) 시어마씨 상에~ 놓고
싹싹거리는~ 발목 뒤 괴기 시누애씨 상에~ 놓고
턱턱 덥는 날개 괴기 우런(우리) 님의 상에~ 놓고
앞가-슴에 복장의 살은 이내 내-가 묵을란다


# 모심기 노래

자료코드 : 04_18_FOS_20090723_PKS_HKD_0001
조사장소 : 경상남도 함양군 서상면 상남리 조산마을 마을회관 옆 정자
조사일시 : 2009.7.23
조 사 자 : 박경수, 정혜란
제 보 자 : 한귀달, 여, 79세
구연상황 : 조사자가 모심기 노래를 해달라고 하며 "서 마지기"라고 사설의 서두를 말하
자, 제보자가 자신이 없는 듯 입을 가리며 읊조리듯이 노래를 불렀다.

서 마-지-기 논빼미는- 반달만치- 남았구나-

제가 무슨 반달이라 초승달이 반달이지-


# 이별 노래

자료코드 : 04_18_FOS_20090723_PKS_HKD_0002
조사장소 : 경상남도 함양군 서상면 상남리 조산마을 마을회관 옆 정자
조사일시 : 2009.7.23
조 사 자 : 박경수, 정혜란
제 보 자 : 한귀달, 여, 79세
구연상황 : 제보자는 조사자에게 아무 노래나 불러도 되냐고 묻고는 다음 노래를 불렀다.
　　　　　노래는 노랫가락의 곡조로 불렀다.

하날(하늘)이 높다고 해도~ 삼사옥영에 이슬을 주-고-

북만주가 멀다고 해도 북만주 길-은 이리 왕래를 하-고-

황천길은 얼마나 멀어 한번 가면은 올 줄을 몰-라-


# 다리 세기 노래

자료코드 : 04_18_FOS_20090723_PKS_HKD_0003
조사장소 : 경상남도 함양군 서상면 상남리 조산마을 마을회관 옆 정자
조사일시 : 2009.7.23
조 사 자 : 박경수, 정혜란
제 보 자 : 한귀달, 여, 79세
구연상황 : 옛날에 다리를 세며 노는 놀이를 할 때 노래를 어떻게 했느냐고 제보자에게
　　　　　묻자, 다리 세는 동작을 하면서 다음 노래를 불렀다.

이거리 저거리 각거리

진도맨도 도맹근

짝바리 해양금

도래줌치 사래육


# 낚싯대 노래

자료코드 : 04_18_FOS_20090723_PKS_HKD_0004
조사장소 : 경상남도 함양군 서상면 상남리 조산마을 마을회관 옆 정자
조사일시 : 2009.7.23
조 사 자 : 박경수, 정혜란
제 보 자 : 한귀달, 여, 79세
구연상황 : 제보자는 이 노래를 읊조렸는데, 조사자가 노래로 불러달라고 요구하자 부르
기 시작했다. 그런데 바람소리 때문에 녹음 상태가 좋지 않아 사설로 읊조린
부분과 노래로 부른 부분을 합하여 채록했다.

[말로 사설을 읊조리며]
남산 밑에 남도령아 김산 밑에 김도령아

오만 나무 다 베어도 오죽설대는 베지 마라

올 키우고 내년 키와 삼사오 년 키와 내서

후아 내어 후아 내어 낚숫대를 후아 내어


[웃으며] 그래.

(조사자 : 후아 내어 낚싯대를 후아 내어.)

그래 낚아며는 상사고 못 낚으면 능사고.

(청중 : 낚으면 열녀고.)

아 낚으면 열녀가?

(청중 : 진주 있을 적에, 진주덕실로 사장소리.) [이하 청취불능]


[노래로 다시 부르며]

남산 밑에 남도령아 [이하 바람 소리로 녹음 상태가 불량함]

낚숫대를 후아 내어

낚는다면 능사로다 못 낚는다면 상사로다

능사 상사 고를 매자 고 풀리도록 살아나 보자


## 댕기 노래

자료코드 : 04_18_FOS_20090723_PKS_HKD_0005
조사장소 : 경상남도 함양군 서상면 상남리 조산마을 마을회관 옆 정자
조사일시 : 2009.7.23
조 사 자 : 박경수, 정혜란
제 보 자 : 한귀달, 여, 79세
구연상황 : 제보자는 다음 노래가 생각났는지 앞의 노래에 이어 바로 부르기 시작했다.
　　　　　청춘가의 곡조로 불렀다.

　　　총각이 떠다 준~ 홍갑사 댕기는~

　　　고운 때도 안묻어- 에~헤 날받이 왔구-나


## 양산도

자료코드 : 04_18_FOS_20090723_PKS_HKD_0006
조사장소 : 경상남도 함양군 서상면 상남리 조산마을 마을회관 옆 정자
조사일시 : 2009.7.23
조 사 자 : 박경수, 정혜란
제 보 자 : 한귀달, 여, 79세
구연상황 : 제보자는 양산도를 한 번 해 보겠다고 하면서 이 노래를 불렀다.

　　　에헤이-요~

　　　진도-맹도 흐르는 물~은~

곰돌아진다 아하 우행노아로다

아서라- 말어라 네가 그리를 마~라~

사람에 괄세를 내가 그리 마~라-


# 베틀 노래 (1)

자료코드 : 04_18_FOS_20090722_PKS_HDB_0001

조사장소 : 경상남도 함양군 서상면 중남리 172번지(수개마을 제보자 자택)

조사일시 : 2009.7.22

조 사 자 : 박경수, 정혜란, 김미라

제 보 자 : 한대분, 여, 79세

구연상황 : 조사자는 곧 일을 하러 가야 할 제보자를 태워갈 차가 올 때까지만 노래 몇
자리 불러 달라고 부탁했다. 처음에는 부끄러운 듯이 거절했지만, 조사자의
거듭된 요청에 일 하러 가는 차림새 그대로 자택 마루에 앉아 이 노래를 했
다. 베틀 노래의 긴 사설을 잘 기억하며 끝까지 차분하게 잘 불렀다.


베틀 다리는~ 사 행지(사 형제)요~

큰애기 다리는~ 두 다린데~

앉을깨라 앉은 냥은~

우리나라 선-은님네~

용상 위에서 앉은 듯이~

쳇발이-라 부르는 양은

좋-은 듯이 할속이요~

얼커덕 절커덕 짜-는 바디

쪼맨 듯이 참빗이네~

들락날-락 드나는 북은

씨암탉이 알-을 놓고~

알품~으~로 들락날락~

잉앳대는 삼형진데~

눌기때는 혼차 노네

철기시라 노는 양은

우리나라 선-은님네~

구름 속에서 왕래를 하고

도투마리 넘어가는 소리

오뉴월 바쁜- 비에

낙-엽 떨어지는 소리로~다


# 첫날밤 노래

자료코드 : 04_18_FOS_20090722_PKS_HDB_0002
조사장소 : 경상남도 함양군 서상면 중남리 172번지(수개마을 제보자 자택)
조사일시 : 2009.7.22
조 사 자 : 박경수, 정혜란, 김미라
제 보 자 : 한대분, 여, 79세
구연상황 : 조사자는 제보자가 일하러 나가기 전에 가능한 민요 몇 자리라도 듣고 싶어
제보자에게 노래를 불러줄 것을 계속 부탁했다. 이렇게 해서 제보가 두 번째
로 부른 노래이다.

꼬꼬닭은 마주- 앉고 달밤 대추는 건니(건너) 앉고

너와 나와 정 많이 들제~ 목화 선정이 선 둘렀나

이 밤중에 처~남들아 새는 날로 다시보세~

팽풍 넘에(병풍 넘어) 봉숭화꽃이 나를 오기만 고대하니~

임의야팔-은 댕기 베고~ 푸르나 등-불은 니가 끄고~

팽풍 내랴 붙은 팔이야 가는 걸음이 끄고나 가게~

# 그네 노래 / 노랫가락

자료코드 : 04_18_FOS_20090722_PKS_HDB_0003
조사장소 : 경상남도 함양군 서상면 중남리 172번지(수개마을 제보자 자택)
조사일시 : 2009.7.22
조 사 자 : 박경수, 정혜란, 김미라
제 보 자 : 한대분, 여, 79세
구연상황 : 제보자는 차가 곧 올 것 같다며 더 이상 노래 부르기를 주저했다. 조사자는
　　　　　마지막으로 잘 부르는 노래 한 자리만 해달라고 부탁하자 또 거절하지 못하
　　　　　고 이 노래를 했다.

　　수-천당(추천당) 세-모시 낭게(나무에) 늘어진 가지다 군데(그네)
를 매어~

　　임이 뛰면~ 내가 밀고~ 내가 뛰면은 임이 민다-
　　임아 임아- 줄 살살 밀-어 줄 떨어지-면 정 떨어진-다


# 베틀 노래 (2)

자료코드 : 04_18_FOS_20090724_PKS_HDB_0004
조사장소 : 경상남도 함양군 서상면 중남리 172번지(수개마을 제보자 자택)
조사일시 : 2009.7.24
조 사 자 : 박경수, 정혜란, 김미라
제 보 자 : 한대분, 여, 79세
구연상황 : 조사자가 제보자에게 노래를 잘 한다고 부추기며 오늘 알고 있는 노래 다 풀
　　　　　어 보라고 하며 부탁하자, 처음에는 멋쩍은지 노래하기를 망설였다. 조사자가
　　　　　다시 1차 조사 때 부른 '베틀 노래'를 다시 불러보라고 하자 마침내 이 노래
　　　　　를 불렀다.

　　우리나-라~ 서-넌(선녀)님네~
　　땅밑-에라이 일 있어서
　　이산 저-산 나무를 베어~

들고 보니~ 베틀이네~

베틀 다리는 사~ 행지(사 형제)고~

큰애기 다리는 단행지(단형제, 즉 독자)라

앉을깨-라 앉은 양은

우리나라 서-년님네~

용상 위에 앉은 듯이

부-태-라 두르는 양은~

만첩첩상 썩들어-심서

허리안개를 두른 듯이

말-코-라 감은 양은

삼대 독신 외-동아들

명주 한 필을 감은 듯이

쳇발이라 버투는 양은

조-맨 듯이 할소리요

얼크덕절크덕 짜는 보디(짜는 바디)

좋은 듯-이 참빗이고

들락날~락 드나는 북은

씨암탉-이 알을 놓고

알품으로~ 들락날락

잉잇대(잉앗대)는 샘 행진(삼 형제)데

눌기~때는 혼차(혼자) 노네

철기신이라 노-는 양은

우리나라 서~년 님네~

구름 속에서 왕래를 하고

도투마-리 넘어가는 소리~

오뉴-월 바쁜~ 비에

베락(벼락) 치-는 소리로다

박타구라 떨어지는 소리~

구세-월 설-한풍에

낙엽~ 떨어지는 소리로다


# 댕기 노래

자료코드 : 04_18_FOS_20090724_PKS_HDB_0005
조사장소 : 경상남도 함양군 서상면 중남리 172번지(수개마을 제보자 자택)
조사일시 : 2009.7.24
조 사 자 : 박경수, 정혜란, 김미라
제 보 자 : 한대분, 여, 79세
구연상황 : 제보자는 앞의 노래에 이어 이 노래가 생각났는지 호흡을 가다듬고 차분하게
　　　　　불렀다. 처녀가 널을 뛰다가 댕기를 잃자, 이것을 주운 서방 도령이 함께 산
　　　　　다면 주겠다고 수작하는 노래이다.


울 아버지- 장에 가서~

한 냥 주고 떠온 댕기

우리 어머니는 저온(지어온) 댕기

성안에 널뛰다가

성밖에다이 댕기를 잃고

시봄엔 서당꾼아

주운 댕기를 나를 도라

줍기-사 줍내만은

큰애기 댕기를 그저 줄까

동솥 걸고 밥솥 걸고

세간 살 적에 너를 주마

오동나무 장-롱에다-

니 옷 옇고 내 옷 옇을 때

그때나 너를 주마

너는 좋다 내 폴(내 팔) 베고

나는 좋다 니 폴(너 팔) 벨 때

그때나 되걸랑 너를 주마


# 못 갈 장가 노래

자료코드 : 04_18_FOS_20090724_PKS_HDB_0006
조사장소 : 경상남도 함양군 서상면 중남리 172번지(수개마을 제보자 자택)
조사일시 : 2009.7.24
조 사 자 : 박경수, 정혜란, 김미라
제 보 자 : 한대분, 여, 79세
구연상황 : 앞의 노래에 이어 부르고 중간에 가사가 기억이 안나 잠시 망설이다 다시 불
렀다. 역시 길게 부르는 서사민요를 구송했다.

앞집에 가서 챽력 보고~

뒷집에 가서~ 궁합 보고

챽력에-도 못갈 장개

궁합에도 못갈 장개

내가 세와서 가는 장개

날이라꼬 받-으닝께

긴긴 삼월에 열여섯 날

마당 우에 덕석 피고

덕~석 우에는 재울 치고

그 위에다 갖추갖추 자리 놓고

한 맹태(한 명태)는 대추 물고~

한 명태는 알밤 물고

한 병에는 솔잎 꽂고~

한 병에는 댕이 꽂고

정제(정지에, 즉 부엌에) 있는 저 조화가

강수자 오는가 내다 봐라

안옵디-다 안옵-디다~

말로나 한 쌍 하인 한 쌍~

그래붓기(그렇게 밖에)는 안옵디다

평풍 넘어 저 큰아가~

머리 풀-고 발설해라~

홀목(손목) 한 분 쥔 일 없고~

잠 한숨도 잔~ 일 없이

언제나 봤던 임~이라고

머리를 풀고이 발설할꼬

상각 양-반 한~단 말이

이리 봐도 내- 며느리라

저리 봐-도 내 며느리라

여시아(여우)같은 시동상을

너~한테다 전당하마

# 주머니 노래

자료코드 : 04_18_FOS_20090724_PKS_HDB_0007

조사장소 : 경상남도 함양군 서상면 중남리 172번지(수개마을 제보자 자택)

조사일시 : 2009.7.24

조 사 자 : 박경수, 정혜란, 김미라
제 보 자 : 한대분, 여, 79세
구연상황 : 조사자가 제보자에게 계속 노래를 권하자, 역시 긴 서사민요를 불렀다.

　　　　우리 행지(형제) 숭~군(심은) 나무~
　　　　삼오 행지간(삼, 오 형제간에)에 물을 줘서~
　　　　육항사로 뻗은 가지
　　　　팔도~강산에 꽃이 폈네~
　　　　한 가지는 중밸 열고
　　　　한 가지는 상밸 열고
　　　　상배를 따~서 상탕 놓고
　　　　중배를 따서 중탕 놓고
　　　　간중간중 숭~근 나무에
　　　　꺽어뜨리만 걸어 놓고 ~
　　　　올라가는 신간(신관)들아
　　　　내려오~는 후간(후관)들아
　　　　팔도 기경을 다 했걸랑
　　　　줌치 기경~이나 하고 가게
　　　　줌치~사 좋으나마는
　　　　누구 솜씨가 지었는고~
　　　　달 가운데 얼순이요
　　　　배필 떴다 유년이라
　　　　서이 앉아~ 끼~은 줌치
　　　　은돈아 천 원 돈도 천 원
　　　　삼천 원이 봉값이네

# 시집살이 노래

자료코드 : 04_18_FOS_20090724_PKS_HDB_0008
조사장소 : 경상남도 함양군 서상면 중남리 172번지(수개마을 제보자 자택)
조사일시 : 2009.7.24
조 사 자 : 박경수, 정혜란, 김미라
제 보 자 : 한대분, 여, 79세
구연상황 : 조사자가 앞머리 가사를 부르자 제보자가 이 노래를 불렀다.

성아 성-아 사-촌 성아

시집살이가 어떻더노

시집살-이 좋더라마는

맹지(명지) 수건 석- 자 세 치

눈물닦이로 다 썼더라

중우(중의) 벗은 시-동상은

말하기도 어렵더라

동글동글 도~래판에

수지(수저) 놓기도 어렵더라


# 각설이 타령

자료코드 : 04_18_FOS_20090724_PKS_HDB_0009
조사장소 : 경상남도 함양군 서상면 중남리 172번지(수개마을 제보자 자택)
조사일시 : 2009.7.24
조 사 자 : 박경수, 정혜란, 김미라
제 보 자 : 한대분, 여, 79세
구연상황 : 조사자가 각설이 타령을 한번 해보라고 권하자, 잠시 숨을 돌린 후 노래를 시
작했다. 혼자서 하는 노래라서 그런지 조용하게 노래를 했다.

어허~ 품바나 각설아

일자나 한 장 들고나 봐~

이슬('일월'이라 해야 할 것을 이렇게 불렀다.)이 송송 하송송~

밤중 새별이 하이(흰)나다

이자나 한 장 들고나 봐~

이-히해서 북치네 전주 기생이 춤을 춘다

삼자나 한 장 들고나 봐~

삼월이 신령 또 신령~

같은 낭군을 만내서~ 외나무다리에 춤을 춘다~

사자나 한 장 들고 봐~

사시풍상 박풍길 점심 채비가 늦어간다

오자나 한 장 들고나 봐~

오가리 선생 관운자(관운장, 즉 관우) 백수말을 집어타고 ~ 체가리(제갈양을 말하는 듯함) 선생을 찾아간다

육자나 한 장 들고 봐~

육군대장 선견이가~ 팔선이 잡고 해롱(희롱)한다

칠자나 한 장 들고나 봐~

칠년대한 가물움(가뭄)에 앞뒤 동산에 비가 묻고 만백성이 있는데

팔자나 한 장 들고나 봐~

아들 행지(형제)는 팔행지 독실공방에 글 갈쳐 가게 짓~기만 힘을 쓴다

어~허 품안아 각설아─

구자나 한 장 들고 봐~

키크고 늙은 중 아홉 승지를 거늘이고 동네 밖으로 모여든다

어~허 품안아 각설아

귀자나 한 장 들고 봐~

뛰는 고리는 깨고리 잡는 고리는 문고리

얼커~덕 절커~덕 싸게 줬네 이 빠진 거는 내 자지

오시락 뽀시락 담배 젖네 뽀시래기는 내 자지

울긋불긋 황해전은~ 눈이 바시서(부셔서) 못 보겠네

꾸중물통이나 먹었는가 걸짓걸짓 잘도 한다

지름(기름)통이나 발랐는가 미끄덩미끄덩 잘도 한다

어~허 품안아 각설아

백원짜리 없으면 천원짜리도 좋아요

천원짜리가 없걸랑 만원짜리도 좋아요

어~허 품안아 갈설아


# 권주가

자료코드 : 04_18_FOS_20090724_PKS_HDB_0010
조사장소 : 경상남도 함양군 서상면 중남리 172번지(수개마을 제보자 자택)
조사일시 : 2009.7.24
조 사 자 : 박경수, 정혜란, 김미라
제 보 자 : 한대분, 여, 79세
구연상황 : 조사자가 권주가를 한번 불러보라고 권하자 제보자가 이 노래를 했다.

받으시오 잡-으나~시오 이 술 한~잔을 받-으시오~

이 술 한잔~ 잡-으시면 늙도- 젊도 안합니다-


# 물레 노래

자료코드 : 04_18_FOS_20090724_PKS_HDB_0011
조사장소 : 경상남도 함양군 서상면 중남리 172번지(수개마을 제보자 자택)
조사일시 : 2009.7.24

조 사 자 : 박경수, 정혜란, 김미라

제 보 자 : 한대분, 여, 79세

구연상황 : 조사자가 이제 아는 노래를 모두 불러 달라고 하자 노래 부르기가 힘이 드는
지 이제 되었다고 하면서 그만 부르려고 했다. 힘들게 제보자를 다시 찾게 된
점을 말하면서 거듭 조사자에게 노래를 요청하자 마지못해 다음 노래를 부르
게 되었다. 청춘가 곡조로 부른 노래이다.

물레야 돌기- 참~ 어뱃삐 돌~아라~아~

날 버리고 오신 님은~ 에~헤 밤이슬 맞는다


## 나비 노래 / 노랫가락

자료코드 : 04_18_FOS_20090724_PKS_HDB_0012

조사장소 : 경상남도 함양군 서상면 중남리 172번지(수개마을 제보자 자택)

조사일시 : 2009.7.24

조 사 자 : 박경수, 정혜란, 김미라

제 보 자 : 한대분, 여, 79세

구연상황 : 조사자가 알고 있는 노랫가락을 더 불러 보라고 하자 이 노래를 불렀다.

나뷔(나비)야~ 청~산을 가자 호랑~나뷔야 너도가~자

가다가다 날 저물걸랑 꽃밭에라도 잠자고 가~자-


## 도라지 타령

자료코드 : 04_18_FOS_20090724_PKS_HDB_0013

조사장소 : 경상남도 함양군 서상면 중남리 172번지(수개마을 제보자 자택)

조사일시 : 2009.7.24

조 사 자 : 박경수, 정혜란, 김미라

제 보 자 : 한대분, 여, 79세

구연상황 : 조사자가 마지막으로 노래 한 자리만 더 하고 그만두자고 하면서 노래를 계

속 청했다. 제보자에 대한 민요 조사는 이 노래를 마지막으로 모두 마쳤다.

도라-지 도라지 백-도라~지
심-신 산~천에 백도라지
한두- 뿌리만 캐-여도 대바구리가 철~철 넘는구나


# 탄로가(歎老歌)

자료코드 : 04_18_FOS_20090723_PKS_HJS_0001
조사장소 : 경상남도 함양군 서상면 상남리 조산마을 마을회관 옆 정자
조사일시 : 2009.7.23
조 사 자 : 박경수, 정혜란
제 보 자 : 한점순, 여, 90세
구연상황 : 나이가 많아 부를 수 없을 것 같다며 바로 불러 주지 않았다. 한참 생각한 후
에 이 노래를 불렀는데, 청춘가 곡조로 부른 것이다.

호박은 늙으면 단맛이나 있어도
인간은 늙으면 쓸 곳이 없다


# 청춘가

자료코드 : 04_18_FOS_20090723_PKS_HJS_0002
조사장소 : 경상남도 함양군 서상면 상남리 조산마을 마을회관 옆 정자
조사일시 : 2009.7.23
조 사 자 : 박경수, 정혜란
제 보 자 : 한점순, 여, 90세
구연상황 : 다른 제보자가 노래 한 편을 불러 보려고 읊조리고 있는 사이 한점순 제보자
가 이 노래를 불렀다. 처음에는 혼자서 불렀는데 한귀달이 참여하여 같이 부
르게 되었다. 노래의 끝 부분은 한귀달이 마무리했다.

진주야 촉석루 사정고 소~리~

자다가 떨려 울 언니 소~리~

세월아 네월아 오고가지를 마~라-

장안에 보고픈 이 다 늦어진다

세월에 가는 것은 ○○ 민망한~데~

이내 청춘 늙는 것이 제일 원통하~다-


## 놀아나 보자

자료코드 : 04_18_FOS_20090723_PKS_HJS_0003
조사장소 : 경상남도 함양군 서상면 상남리 조산마을 마을회관 옆 정자
조사일시 : 2009.7.23
조 사 자 : 박경수, 정혜란
제 보 자 : 한점순, 여, 90세
구연상황 : 제보자가 앞의 노래에 이어 바로 불렀다. 역시 청춘가 곡조로 부른 것이다.

우리가 살면은 몇 백년을 사~나-

묵고 쉬어나 놀아나 보~자-

# 신세 타령요

자료코드 : 04_18_MFS_20090721_PKS_PSB_0001
조사장소 : 경상남도 함양군 서상면 옥산리 옥산마을 노인정
조사일시 : 2009.7.21
조 사 자 : 박경수, 정혜란
제 보 자 : 박순분, 여, 65세
구연상황 : 김순분이 청춘가를 부른 뒤에, 제보자가 같은 청춘가 가락으로 부르는 다음 노래가 생각났는지 이어서 불렀다. 노래 사설을 고려하여 근현대 구전민요로 분류했다.

삼팔선에~ 가신 님은~ 날짜도 있지만은~

요내야- 시접살-이 에~헤 날짜도 없어-요~

# 5. 서하면

증편 한국구비문학대계 ● 경상남도 함양군

## 경상남도 함양군 서하면 다곡리 다곡마을

조사일시 : 2009.7.25
조 사 자 : 안범준, 정혜란, 김미라

당월촌으로 불리기도 하는 다곡(茶谷)마을은 조선 선조 때 전주 이씨가
들어와 살았다고 한다. 동쪽을 향해 주거하였기에 달이 너무나 밝아서 당
월촌(堂月村)이라 이름을 지었다 한다.

그 후 전씨와 박씨가 입촌하여 같이 살면서 상당월, 하당월로 나뉘어
살았는데, 상당월은 6·25 전쟁 때 소개되어 폐촌이 되어버렸고 지금은
하당월만 그대로 남아 있다. 옛날에는 마을 뒷산에 절이 있었고 절의 차
가운 물이 약수처럼 맛이 있었다고 하여 다곡이라 하였다 한다. 또 그 절
에서 차를 재배하여 다곡(茶谷)으로 부르게 되었다고도 하는데, 지금은 차
나무가 없다고 한다. 2009년 현재, 33가구에 65명이 거주하고 있으며 인
구 구성은 노인이 대다수를 차지하고 있다.

현재 다곡리 일대에는 함양군의 주도로 다곡 노블시티란 306만평 규모
의 관광·휴양도시를 만드는 대규모 프로젝트를 추진 중이다. 군은 이 사
업이 완성되면 인구가 늘고, 고용 및 지역 총생산이 획기적으로 늘어날
것으로 기대하며 전력 투구하고 있다. 그러나 지역 주민의 반응은 그렇게
긍정적이 못한 것으로 보인다.

다곡마을은 특이한 지형에 위치하고 있는데, 국도변에서 바라보면 마을
의 모습이 보이지 않는다. 마을 전체를 나지막한 봉우리가 감싸고 있기
때문인데, 이로 인해 다곡마을은 매우 신비스러운 분위기를 풍기고 있다.
조사자 일행이 다곡마을을 찾은 이유도 이러한 분위기를 고려한 것이기
도 하다.

다곡마을 마을회관

    다곡마을에서 조사한 자료는 모두 민요 14편, 설화 7편이다. 민요는 모심기 노래와 같은 노동요, 창부 타령, 길군악, 그네 뛰기 노래, 노랫가락, 양산도 등 다양하게 조사되었다. 설화는 정숙자(여, 69세)가 6편을 제공하였다. 정숙자 씨는 입담이 좋고 차분하며 기억력이 뛰어난 편이었다. 설화의 내용은 호랑이 이야기, 바보 신랑, 우렁각시, 명풍수 이야기 등 다양하다.

### 경상남도 함양군 서하면 다곡리 대황마을

조사일시 : 2009.7.26
조 사 자 : 안범준, 정혜란, 김미라

    대황(大篁)마을은 조선 정조시대에 파평 윤씨가 이곳에 들어와서 정착하면서 이루어졌다. 옛날에 이곳은 왕이 급박한 난을 피하기 위하여 삿갓을 쓰고 이 마을 앞 산령을 넘었다고 하여 대황령 또는 대황재라 하기도 한다. 또 임금이 이 고개를 넘어간다는 말을 듣고 백성들이 기다리던 고개라 하여 대왕사(待王峠)라고도 한다. 그래서 이 고개 아래에 위치한 마을을 대황촌이라 부르게 되었다고 한다.

이 고개에서는 6·25 한국전쟁 때 인민군이 소위 반동분자라고 하는 사람들을 진주, 함양 등 서부 경남에서 모두 색출하여 가두어 두었다가 후퇴하면서 이곳에서 3백여 명을 총살시켰다고 한다. 이 고개 위에는 그 영혼들을 위로하기 위해 표지석을 만들어 세워 놓았다. 2009년 현재, 22가구에 37명이 거주하고 있다. 주요 생산물은 밤이다.

대황마을은 서하면 가운데에서 가장 높은 지형에 위치한 곳이다. 국도에서 차로 한참을 올라가야 마을을 찾을 수 있을 정도이다. 조사자 일행은 이처럼 외진 지형의 마을에 많은 노래와 이야기가 있으리라 기대하고 방문하였다. 그러나 조사자 일행의 예상과 달리, 대황마을에서 유능한 제보자를 찾지 못했다.

특히 군에서 현재 추진 중인 다곡 리조트 개발로 인해 대황마을은 촌락의 기능을 잃어버린 듯 했다. 농사를 짓지 못하게 된 주민들은 대부분 외지로 떠나고 마을에는 노인들만 남아있는 형세이다.

대황마을의 유일한 제보자인 김정림(여, 81세)이 민요만 8편을 제공하였다. 제보자는 노래를 부르기 전에 확실히 기억을 하고 있는지 확인을 할 정도로 적극적인 태도였다. 민요의 내용은 나물 캐기 노래, 노랫가락, 노들강변, 화투 타령 등이 대부분을 차지하였다. 산촌이라는 마을의 특성상 모심기 노래와 같은 노동요가 채록되지 않은 것이 특징이다.

대황마을 조사 모습

# 경상남도 함양군 서하면 봉전리 오현마을

조사일시 : 2009.7.25
조 사 자 : 안범준, 정혜란, 김미라

오현마을은 서하 IC에서 안의 방향으로 내려오는 길목에 있는 작은 마을이다. 머구재 마을이라고도 부르는 오현(梧峴)마을은 조선 영조 말엽에 속칭 담안에 거창 신씨가 들어와서 정주하면서 마을의 이름을 머구재라고 부르게 되었다 한다. 그 뒤 마을이 점점 자리를 잡아가면서 마을의 주민들 일부는 인근 마을인 새터마을 안에 새로 터를 잡아 안머구재로 부르며 옮겨갔다. 행정구역 개편 시 마을의 이름을 오현으로 고쳐 지금에 이르고 있다. 2009년 현재, 36가구에 83명이 거주하고 있으며, 특산물로는 곶감, 포도 등이 있다.

오현마을

조사자가 오현마을을 조사 대상으로 삼은 이유는 주변의 경치가 수려하여 많은 노래와 이야기가 있으리라 기대했기 때문이다. 조사자들이 마을을 찾았을 때, 마을회관에는 사람들이 모이지 않았다. 그래서 마을 주민을 대상으로 유능한 제보자가 있느냐고 탐문하였다. 주민들은 오현마을이 나이가 많이 든 어른보다 젊은 사람이 많은 곳이라고 하면서 제보자를 찾기가 어려울 것이라고 하였다. 조사자 일행이 간곡하게 다시 부탁하자, 마을 주민 모두 입을 모아 박규석 댁으로 찾아가 보라고 하였다. 그래서 조사자 일행은 박규석 댁으로 찾아가서 제보자를 만나 조사할 수 있었다.

오현마을에서는 민요가 12편, 설화가 3편 조사되었는데, 두 명의 남성 제보자로부터 조사한 것이 특징이다. 민요의 내용은 모심기 노래와 같은 노동요, 길군악, 연정 노래, 신세 타령, 아리랑 등이 있다. 설화는 호랑이 이야기, 도깨비 이야기, 수승대의 유래에 대한 이야기가 조사되었다.


## 경상남도 함양군 서하면 봉전리 월평마을

조사일시 : 2009.7.25
조 사 자 : 안범준, 정혜란, 김미라

월평마을은 황석산 끝자락에 위치하고 있는 전형적인 산촌 마을이다. 비교적 고도가 낮은 지역이며 마을 서쪽으로 남강의 지류가 흐르고 있다. 새터라고도 부르는 월평마을에는 마을 바로 앞들에 반달 모양의 큰 바위가 있다. 마치 그 바위가 초생달이 떠오르는 모양이어서, 조선 헌종 대에 이곳을 개척한 사람들이 달밭들이라 불렀다고 한다. 또 그 인근 마을인 오현마을 사람들이 이곳에 들어와 새로 터를 잡고 개간하여 산다고 해서 새터라고 부르기도 하였다. 그 뒤 일제의 행정구역 개편 통합 시 한자로 기록하면서 월평(月坪)이라고 이름을 고쳐서 오늘에 이르고 있다. 2009년 현재, 45가구 100명이 거주하고 있으며, 주요 농산물로 양파, 곶감, 사과

월평마을 조사

월평마을 뒤의 까막봉

가 재배된다.

월평마을은 조사자 일행이 이장을 통하여 유능한 제보자가 있다는 이야기를 듣고 찾았다. 그러나 실제 조사를 시작해 보니 제보자들은 세월이 많이 지나서 기억이 나지 않는다며 많은 자료를 제공하지는 못했다. 특히 박장환(남, 79세)이 많은 설화를 알고 있다고 소개를 받았으나, 제보자의 기억력이 쇠퇴하여 많은 자료를 조사하지 못했다. 또한 제보자의 부인이 작고한 지 얼마 되지 않아 조사가 쉽지 않았다. 그가 제공한 자료는 설화 5편으로, 대개 월평마을의 지명, 풍수와 관련된 것들이다.

민요는 모두 11편으로, 모심기 노래가 많은 비중을 차지하였으며, 그네 노래, 청춘가, 화투 타령, 산 타령 등으로 다양한 편이다. 특히 전숙녀(여, 77세)는 혼자서 7편의 민요를 제공하였는데, 대체로 노래를 끝까지 완성하지 못한 것이 많다.


## 경상남도 함양군 서하면 송계리 송계마을

조사일시 : 2009.7.24
조 사 자 : 박경수, 정혜란, 김미라

송계(松溪)마을은 한때 양송정(兩松亭)이라 불렸다. 옛날 마을에 두 그루의 큰 소나무 아래에 '송정(松亭)'이란 정자를 짓고, 시회를 열거나 마을 모임을 갖기도 했던 데에서 그렇게 부르게 되었다는 것이다. 그런데 1914년 행정구역을 개편하면서 현재의 마을 이름으로 부르게 되었다.

이 마을은 서하면의 면사무소가 있는 곳으로, 서하면의 중심지인 동시에 송계리의 중심 마을이다. 서상면에서 서하면으로 내려오는 길에서는 처음 만나게 되는 서하면 마을인데, 송계마을에서 은행마을로 빠지는 길과 교차되는 곳으로 서하면의 교통 요지이기도 하다. 이 마을에 조선 효종 때 정선 전씨가 들어와 살기 시작하면서 마을이 형성되기 시작했다고 하는데, 지금은 99가구에 205명이 거주하고 있다. 마을 주민들은 주로 벼 농사를 짓고 있는데, 특산 작물로 국화를 재배하고 있기도 하다.

송계마을 조사 현장

조사자 일행은 2009년 7월 24일(금)부터 서하면을 조사하기로 하여, 먼저 송계리에 있는 면사무소를 방문했다. 여기서 조사의 목적과 취지를 서하면장과 부면장을 만나 이야기하고 만일을 대비하여 협조를 구했다. 그리고 첫 조사 마을로 송계마을을 정하고, 미리 박종섭 선생이 조사한 구비문학 자료의 목록을 통해 송계마을에서 백말달(여, 83세) 할머니를 만나보는 것이 좋겠다고 생각했다. 면사무소 근처에서 점심을 먹은 후, 면사무소 앞에서 마을을 가로질러 은행마을로 가는 도로변을 잠시 걸으면서 백말달 할머니를 수소문했다. 그런데 마침 도로변을 지나는 할머니가 있어 백말달 할머니를 아느냐고 물으니, 그분이 바로 백말달 자신이었다.

참으로 우연하게 제보자를 만난 셈이었다. 이렇게 만난 백말달 할머니는 조사자 일행을 자신의 집으로 친절하게 안내하여 적극적으로 조사에 임했다. 혼자서 민요 8편과 설화 4편을 구연했는데, 구비문학 구연자로서의 능력을 잘 갖춘 제보자라 할만 했다. 민요를 구송할 때는 가창력이 뛰어났으며, 설화 구연 시에도 흥미 있게 스토리를 전개시키는 능력을 갖추었다. 시간을 두고 몇 차례 더 만난다면 더 많은 구비문학 자료를 조사할 수 있을 것이란 생각을 했지만, 아쉽게도 조사 일정이 빠듯하여 그렇게 하지 못했다. 그리고 정자가 있는 곳에서 남성 노인들을 만나 조사할 예정이었으나, 은행마을로 우리를 안내할 분이 기다리고 있다는 서하면장의 연락을 받고 자리에서 일어나야 했다.

## 경상남도 함양군 서하면 송계리 신기마을

조사일시 : 2009.7.24
조 사 자 : 박경수, 정혜란, 김미라

신기(新基)마을은 함양군 서하면 송계리에 속한 마을이다. 본래 양송정 (兩松亭)이라 했던 송계마을에서 살았던 정선 전씨들이 조선 영조 때 이곳에 새로 터를 잡아 살기 시작했다. 그렇지만 오랫동안 양송정인 송계마을과 한 마을로 인식되어 왔는데, 1930년에 두 마을 사이를 흐르는 화림천을 경계로 마을이 나뉘게 됨으로써 새터, 즉 신기마을이라 하게 되었다.

이 마을은 서하면사무소가 있는 송계마을과 하천을 건너 바로 이웃하고 있기 때문에 교통 등 일상생활이 비교적 편리한 곳이다. 마을 주민들은 주로 벼농사를 하면서, 감자, 인삼 등 밭작물을 재배하고 있다. 2009년 1월 현재 40가구에 88명의 주민들이 거주하고 있다.

조사자 일행은 2009년 7월 24일(금) 서하면 송계리 송계마을과 운곡리 은행마을을 차례로 조사한 후 오후 5시 40분경에 이 마을에 들렀다. 먼저

신기마을

마을 이장인 이종섭 씨를 만나 조사의 취지와 목적을 말하고 조사에 도움을 청했다. 이종섭 이장은 마침 부산외대 한국어문학부 학생들이 이 마을에 농촌봉사활동을 와서 수고를 했다며 그들의 지도교수를 만난 듯 조사자 일행을 친절하게 맞아주었다. 그리고 조사를 마친 일행에게 학생들이 들고 가지 않았다며 미리 준비한 감자를 선물로 주기도 했다.

마을 이장의 안내로 조사자 일행이 마을회관에 들르니 10여 명의 부녀자들이 모여 있었다. 마을 이장이 먼저 조사자 일행을 소개하고 조사에 협조해 줄 것을 부탁했다. 그러자 동촌댁인 송점순 할머니가 와야 한다고 하여, 급히 마을회관으로 나오도록 사람을 보냈다. 잠시 조사자가 마을회관의 부녀자들과 이야기를 나누고 있는 사이에 송점순 노인이 마을회관으로 왔다. 송점순 노인은 마침 정선댁인 정연순 노인의 곁에 앉게 되었는데, 두 사람이 함께 모심기 노래부터 거의 20편에 가까운 노래를 일시에 부르게 되었다. 특히 송점순 제보자는 목소리가 크고 기억력이 좋아 거의 노래판을 주도하다시피 했다. 청중들 중에는 두 사람이 부르는 노래를 따라 부르는 이들도 몇 명이 있었지만, 대부분은 손뼉을 치며 장단을 맞추면서 두 사람의 노래에 감탄했다. 조사자 일행은 두 제보자를 중심으로 집중 민요만 조사하고 저녁 시간이 늦은 점을 감안하여 자리에서 일어서서 마을회관을 나왔다.

## 경상남도 함양군 서하면 운곡리 은행마을

조사일시 : 2009.7.24
조 사 자 : 박경수, 정혜란, 김미라

은행(銀杏)마을은 함양군 서하면 운곡리에 속한 마을이다. 서하면사무소가 있는 송계마을에서 서쪽으로 난 도로를 따라 2km 정도 들어가면 은행마을을 만나게 된다. 마을 입구의 도로변 언덕에 정자를 지어 놓았으며, 근처 도로변에 마을회관이 있었다. 그리고 마을 위쪽의 뒤편에 약 800년의 수령이 된 은행나무가 있다. 은행마을이란 이름은 바로 이 은행나무가 있는 마을, 즉 은행정이라고 한 데서 붙여진 것이다. 현재는 천연기념물 제 406호 (1999년 국가 지정)로 지정되어 있으며, 마을의 수호신목으로 귀중하게 보호되고 있다.

이 마을은 은행나무의 역사와 같이 한다고 전해진다. 오래된 은

은행마을의 약 800년 된 은행나무

행나무이다 보니 나무와 관련된 여러 이야기가 전해진다. 약 800년 전 현재의 마을 아래인 개장천(開場川) 가에 살았던 마씨가 홍수가 지는 바람에 이곳으로 이사를 와서 살면서, 마을의 지형이 배가 떠 있는 형국인 '배설' 지형이라서 은행나무를 심어 돛대로 삼았다고 한다. 그리고 이 마을이 배설 지형이기 때문에 마을에 우물을 팠더니 송아지가 빠져 죽는 등 우환이 생겨서 우물을 메우고 나니 그 자리에 은행나무가 생겨났다고도 한다. 또한 일제 말기에 은행나무를 매각하여 공출하자고 마을 유지들이 의논을 하기도 했다 하는데, 당시 이를 의논한 마을 유지들이 명대로 살지 못하고 의문의 죽음을 맞았다는 이야기가 근처에서 전해지고 있다.

조사자 일행은 2009년 7월 24일(금) 서하면의 송계리 송계마을 조사를 마친 후 이 마을로 오게 되었다. 그런데 이 마을로 오게 된 과정에는 오기주(남, 74세) 노인과의 만남이 있었다. 은행마을에서 과수원을 하는 오기주 노인은 조사자가 역사에서 숨은 사실을 밝히는 일을 한다고 생각하고 서상면장을 통해 우리를 만나고자 했고, 우리는 이 분이 은행마을을 안내해서 구비문학 조사에 도움을 받을 수 있을 것으로 기대했다. 우리는 이런 기대로 송계마을 조사를 마치고 오기주 노인을 만나 그분의 집까지 방문했는데, 그분은 그의 삼촌 되는 분(오성렬)이 6·25 전쟁 때 의로운 죽음을 했다고 말하며 이를 역사에서 밝혀줄 것을 주문했다. 그리고 독실한 기독교인인 그분의 집에서 그의 인생담을 듣는 것으로 구비문학 조사를 대신해야 했다. 그런데 오기주 노인과의 만남이 기대와 달랐지만, 새옹지마의 교훈처럼, 은행마을 정자에 도착하여 이루어진 민요 조사 현장에서 기대 이상의 결과를 거두는 상황으로 역전되었다. 특히 박규춘(남, 84세)과 조용준(남, 74세)은 훌륭한 민요 제보자였다. 두 분은 그동안 함양군의 다른 마을에서 조사하지 못했던 '논 매기 노래', '상여 소리', '보리타작 노래', '목도메기 노래' 등 민요를 구연했으며, 서로 번갈아 노래를 부르면서 노래판을 매우 흥겹게 만들었다. 다른 제보자들도 이런 분위

은행마을 조사현장

은행마을

기에서 자신들이 알고 있는 노래들을 적극 구연해 주었다. 이렇게 해서 은행마을에서 조사한 민요는 27편이나 되었다. 오래된 마을이라 설화 조사에 기대를 걸고 갔는데, 이외로 설화는 나오지 않고 민요를 풍부하게 조사한 것이다. 조사를 마치고 은행나무를 찾아서 둘러보고 마을을 떠나왔다.

## 경상남도 함양군 서하면 황산리 황산마을

조사일시 : 2009.7.26
조 사 자 : 안범준, 정혜란, 김미라

황산마을 고양이바위

황산(黃山)마을은 조선 선조시대에 거창 장씨가 동편의 죽록곡(竹綠谷)에 들어와 살면서 농경촌으로 개척하였다. 그 뒤 은진 송씨가 들어와 살면서 장씨, 송씨의 집성촌으로 만들었다.

어진 선비들이나 문장가를 많이 초청하여 글공부에 열중한 바 명인들을 많이 배출하였다 하여 마을 이름을 초현(招賢)이라 하였다. 그 뒤 행정구역을 개편할 때 뒷편에 있는 황석산의 관문촌이라 하여 황산마을로 고쳐 부르면서 현재에 이르고 있다.

황산마을은 대전-통영 고속도로 지곡 IC에서 안의면 방향의 국도에 위치하고 있다. 마을 앞을 흐르는 화림동 계곡에는 기암괴석으로 된 산이 병풍처럼 둘려져 있다. 특히 황산마을은 임진왜란 때 선조를 업고 의주 피난길에 나섰던 동호(東湖) 장만리(章萬里)가 태어난 곳이기도 하다. 장만리가 고향에 머물며 낚시를 하면서 세월을 보냈다고 할 정도로 경치가 아름다운 마을이다. 2009년 현재, 57가구에 120명이 거주하고 있으며, 고로쇠, 쌀이 마을의 주요 생산물이다.

황산마을은 조사자 일행이 특정 제보자를 찾아 방문한 마을이었다. 조사자 일행은 마을에서 이야기를 많이 알고 있다는 장병용(남, 74세)을 만나기 위해서였다. 수소문 끝에 제보자 장병용의 집으로 직접 찾아가 만났다. 그는 황산마을의 당산제와 바위에 대해 내려오는 이야기들을 제공하였다. 설화는 어린 시절에 어른들에게 전해 들은 것이라고 했다.

민요는 모심기 노래와 논 매기 노래, 황해 장사 노래 3편을 제공하였다. 차분히 노래를 한 소절씩 부르고 설명을 덧붙이면서 불러 주었다. 뒤에 가사가 생각이 나지 않아 아쉬워하는 모습을 보일 정도로 적극적으로 조사에 참여했다. 제보자가 제공한 민요는 젊은 시절 일하면서 어른들로부터 듣고 배운 것이라고 했다.

## 김경순, 여, 1938년생

주 소 지 : 경상남도 함양군 서하면 다곡리 다곡마을
제보일시 : 2009.7.25
조 사 자 : 안범준, 정혜란, 김미라

김경순은 1938년생으로 경남 거창군 남
상면 송별리에서 태어났다. 21세에 동갑인
남편과 결혼을 하여 경남 함양군 서하면
다곡리 다곡마을로 오기 전까지 거창에서
계속 살아왔다. 그래서 택호가 거창댁이라
고 한다. 남편(문종길)과의 사이에는 3남을
두었는데, 모두 객지에서 거주하고 있어 현
재는 남편과 둘이서 생활하고 있다. 제보자
는 여러 가지 사정으로 초등학교를 중퇴하였다. 아직 벼농사와 밭농사를
직접 짓고 있을 정도로 건장한 체격의 제보자는 민요를 잘 기억하고 있어
서 먼저 해보겠다는 적극성도 보여 주었다.

제보자가 제공한 자료는 민요 7편으로, 어린 시절에 어른들로부터 들은
것이라고 했다. 목청이 좋고 목소리도 우렁차서 청중들의 호응을 크게 받
았다.

제공 자료 목록
04_18_FOS_20090725_PKS_KKS_0001 모심기 노래 (1)
04_18_FOS_20090725_PKS_KKS_0002 모심기 노래 (2)
04_18_FOS_20090725_PKS_KKS_0003 노랫가락
04_18_FOS_20090725_PKS_KKS_0004 양산도
04_18_FOS_20090725_PKS_KKS_0005 시집살이 노래

04_18_FOS_20090725_PKS_KKS_0006 연정 노래
04_18_FOS_20090725_PKS_KKS_0007 청춘가

## 김정림, 여, 1929년생

주 소 지 : 경상남도 함양군 서하면 다곡리 대황마을
제보일시 : 2009.7.26
조 사 자 : 안범준, 정혜란, 김미라

김정림은 본이 김해이며, 1929년 생이다.
함양군 함양읍 시목 마을에서 태어난 제보
자는 17세에 9살 연상의 남편과 결혼하여
서하면 다곡리 대황 마을에서 살았다. 가끔
자녀들의 집에 가는 것을 빼고는 마을을 떠
난 적이 없다고 했다. 남편이 외동아들이어
서 많은 자녀를 바래 5남 2녀를 두어 시어
머니에게 사랑을 많이 받았다고 했다. 7남
매 모두 안정적인 생활을 하고 있으며 특히 큰아들과 작은 아들이 사회적
으로 성공하여 자랑을 하곤 했다. 큰 아들은 서울에, 작은 아들은 부천에
서 거주하며 다른 자녀들은 부산에서 거주하고 있다. 남편이 작고하여 현
재는 제보자 혼자 생활하고 있다.

6남매 중 3째로 태어난 제보자는 살기가 힘들어서 학교 공부를 할 수
없었다고 했다. 다곡리가 스키장 예정지로 되면서 논 12마지기를 그냥 묵
히고 있고, 현재는 깨, 콩 농사를 조금 지어 자녀들에게 준다고 했다.

쪽머리를 하고 있던 제보자는 밭에 다녀온 뒤에 만나서 얼굴이 붉게
상기되어 있었다. 존댓말을 사용하면서 노래를 부를 일이 없어 잘 기억하
지 못하는 것에 대해 아쉬워하고 미안해했다. 수줍어 보이는 일면 노래를
부를 때에는 자신감에 차서 불렀다. 노래를 부르기 전에는 확실히 기억을

하고 있는지 스스로 읊조리면서 확인을 하고 확신이 서면 노래를 불렀다. 예전에 일하면서 불렀던 노래를 많이 불렀는데, 요즈음도 밤에 무서울 때 마음속으로 아는 노래를 불러본다고 했다.

제공 자료 목록

04_18_FOS_20090726_PKS_KJR_0001 나물 캐는 노래

04_18_FOS_20090726_PKS_KJR_0002 노랫가락

04_18_FOS_20090726_PKS_KJR_0003 베 짜기 노래

04_18_FOS_20090726_PKS_KJR_0004 권주가

04_18_FOS_20090726_PKS_KJR_0005 화투 타령

04_18_FOS_20090726_PKS_KJR_0006 댕기 노래

04_18_FOS_20090726_PKS_KJR_0007 마산서 백마를 몰고

## 박규석, 남, 1924년생

주 소 지 : 경상남도 함양군 서하면 봉전리 오현마을

제보일시 : 2009.7.25

조 사 자 : 안범준, 정혜란, 김미라

박규석은 본이 밀양이며, 1924년생이다. 함양군 서하면 봉전리 오현마을에서 태어난 제보자는 계속 고향 마을에서 살아왔다. 7살 연하인 부인(윤동심)과 결혼하여 2남 4녀를 두었다. 형님과 동생 모두 한 집에 살다가 지금은 부인과 둘이서 따로 생활하고 있다.

제보자는 당시 보통학교를 다녔는데, 그 때 당시 책을 많이 읽어서 역사에 대해서도 깊은 지식을 보여 주었다.

조사자는 마을의 청년들이 제보자를 유능한 이야기꾼으로 추천하여 집 으로 직접 찾아가서 조사를 하였다. 방에서 쉬고 있던 제보자는 조사자들

과 다른 제보자와 함께 집 앞에 앉아서 조사에 임했는데, 계속 사탕을 입에 물고 있어서 말소리가 많이 샜다. 그리고 혀 짧은 소리까지 들려 듣기가 어려웠다. 3편의 이야기를 제공하고, 노래도 그만하겠다고 하면서도 계속해 주었다.

제공 자료 목록
04_18_FOT_20090725_PKS_PKS_0001 호랑이 수염에 불 붙여서 호랑이 잡은 아이
04_18_FOT_20090725_PKS_PKS_0002 호랑이 새끼 훔치려다 혼난 사람
04_18_FOT_20090725_PKS_PKS_0003 거창 수승대 이름 유래
04_18_FOS_20090725_PKS_PKS_0001 낙양산 타령
04_18_FOS_20090725_PKS_PKS_0002 백두산 타령
04_18_FOS_20090725_PKS_PKS_0003 낙화암 타령
04_18_FOS_20090725_PKS_PKS_0004 낙동강 타령
04_18_FOS_20090725_PKS_PKS_0005 산 타령


## 박규춘, 남, 1926년생

주 소 지 : 경상남도 함양군 서하면 운곡리 은행마을
제보일시 : 2009.7.24
조 사 자 : 박경수, 정혜란, 김미라

박규춘은 본이 밀양이며, 1926년 호랑이 띠로 함양군 서상면 도천리 도천마을에서 태어났다. 25살에 8살 연하인 부인과 결혼을 했는데, 부인이 31살 때 산후통으로 몸이 아팠기 때문에 처가 근처인 서하면 운곡리 은행마을로 와서 살게 되었다고 했다. 제보자는 결혼 후 27세부터 34세까지 함양경찰서에서 근무를 한 바 있으며, 경찰직을 그만 둔 후로는 농사를 지으며 살았다고 했다. 3년 전인 2006년에 부인은

작고했으며, 슬하에 1남 5녀를 두었다. 아들 1명은 서울에서 살고 있고, 딸들도 외지에서 거주하고 있다고 했다. 학교는 다니지 못했다.

제보자는 노래판이 좀 진행된 뒤에 조사장소에 참여했다. 딸로부터 전화 연락을 받아야 하기 때문에 집에서 나오지 못하다가 노래를 부르고 싶은 마음이 앞서서 휴대폰을 들고 조사장소에 나왔다. 경찰직에 있을 당시에 전쟁에 참전했던 것을 기념하는 모자를 쓰고 있었다. 그런데 조사자 일행의 도움을 받아 휴대폰을 받을 수 있게 된 후에 마음 놓고 노래판에 참여했다. 조사자가 마을 입구의 정자에 도착하여 조사 취지를 말하자, 박규춘 제보자가 와야 한다는 말을 실감했다. 제보자는 노래를 구성지게 잘 불렀고 목청 또한 좋아서 노래를 잘 했다. 특히 조용준 제보자와 번갈아 노래를 부르면서 노래판을 주도했다. '논 매기 노래', '보리타작 노래', '상여 소리' 등을 하고, '칭칭이 소리', '노랫가락' 등 다양한 종류의 노래를 불렀다. 이렇게 부른 노래가 7편이었다. 이들 중 '보리타작 노래'와 '상여 소리'는 함양군의 다른 지역에서 들을 수 없었던 민요로 매우 귀하게 조사한 자료였다. 제보자는 이들 노래를 젊었을 때 일하면서 배워서 들은 것이라 했다.

제공 자료 목록

04_18_FOS_20090724_PKS_PKC_0001 상여 소리
04_18_FOS_20090724_PKS_PKC_0002 논 매기 노래 (1)
04_18_FOS_20090724_PKS_PKC_0003 논 매기 노래 (2)
04_18_FOS_20090724_PKS_PKC_0004 양산도
04_18_FOS_20090724_PKS_PKC_0005 청춘가
04_18_FOS_20090724_PKS_PKC_0006 보리타작 노래
04_18_FOS_20090724_PKS_PKC_0007 아리랑

## 박상규, 남, 1926년생

주 소 지 : 경상남도 함양군 서하면 다곡리 다곡마을
제보일시 : 2009.7.25
조 사 자 : 안범준, 정혜란, 김미라

박상규(朴相圭)는 본관이 밀양이며, 1926
년 병인년 생이다. 경남 함양군 서하면 다곡
리 다곡마을에서 태어난 제보자는 지금까지
계속 고향 마을에서 살아왔다. 4살 연상인
부인(이춘생)과는 22세 때 결혼했으며, 작년
에 회혼례를 치뤘다. 슬하에 3남 3녀를 두
었는데, 막내아들이 공부를 잘해 서울에 있
는 대학교에서 교수를 하고 있는 것이 제보
자의 자랑이라고 했다.

제보자는 마을에서도 가장 어른에 속해서 그런지 마을 사람들이 제보
자를 찾아가보라고 하여 길을 안내 받아 제보자의 집으로 직접 찾아가 만
났다. 세월이 흘러 기억력이 쇠퇴하여 이야기가 생각이 나지 않아 미안하
다 하였다.

제보자는 안의면 유도회(儒道會)에서 열리는 강좌를 들었다고 하였다.
그래서 조사자들에게 유교의 가르침을 설명하면서 한문을 읽어 주기도
하였다. 키가 크지는 않았지만 훤칠해 보였다.

제공 자료 목록
04_18_FOT_20090725_PKS_PSK_0001 호랑이를 잡은 함양 권병사


## 박장환, 남, 1931년생

주 소 지 : 경상남도 함양군 서하면 봉전리 월평마을

제보일시 : 2009.7.25
조 사 자 : 안범준, 정혜란, 김미라

박장환은 1931년 생으로 경남 함양군 서
하면 봉전리 월평마을에서 태어났다. 19세
때 결혼을 하여 봉전리에서 계속 살고 있다.
제보자는 슬하에 3남 2녀를 두고 있다. 현
재 봉전리 월평마을에서 노인회 회장직을
맡고 있다. 제보자는 혼자 살지만 논 서 마
지기와 밭 두 마지기를 가지고 농사를 지으
며 살고 있다.

조사 당시, 부인이 작고한 지 얼마 되지 않았음에도 불구하고, 밝은 모
습으로 조사에 참여하였다. 제보자는 조사자의 이야기에 귀 기울여 차근
차근 이야기를 하면서 적극적인 모습으로 조사에 임했다. 제보자가 제공
한 자료는 설화 5편으로, 대개 월평마을의 지명, 풍수와 관련된 것들이다.

제공 자료 목록
04_18_FOT_20090725_PKS_PJH_0001 용유담(龍遊潭)의 유래
04_18_FOT_20090725_PKS_PJH_0002 머구재의 유래
04_18_FOT_20090725_PKS_PJH_0003 도깨비불을 본 사람
04_18_FOT_20090725_PKS_PJH_0004 월평마을의 유래
04_18_FOT_20090725_PKS_PJH_0005 까막봉이 둘러싸서 큰 인물이 안나는 월평마을
04_18_FOS_20090725_PKS_PJH_0001 산 타령
04_18_FOS_20090725_PKS_PJH_0002 모심기 노래


**백말달, 여, 1927년생**

주 소 지 : 경상남도 함양군 서하면 송계리 송계마을
제보일시 : 2009.7.24
조 사 자 : 박경수, 정혜란, 김미라

백말달은 1927년 토끼띠로 함양군 서하 면 송계리에서 태어났다. 어릴 때는 '끝딸' 로 불렸다. 택호는 수원댁인데, 수원 백씨인 성의 본을 택호로 삼은 셈이다. 19세 때 수 동면 서평마을로 시집을 가서 사는데, 23살 때 남편이 작고하고 말았다. 3살 된 아들과 뱃속에 딸을 유복자로 두고 고향으로 돌아 와 살았다. 30세가 넘어서 서울에서 식당  일 등을 하면서 10년, 인천에서 10년 정도 살았고, 이후 부산 반여동에서 도 10년 정도 살았다. 젊어서 혼자가 된 이후로 떡장사를 하며 자식을 키우면서 많은 고생을 했다고 했다. 고향에서는 논농사, 밭농사 일에 바 느질을 하면서 살았다. 현재 아들은 양산에서, 딸은 대전에서 살고 있다 고 했다. 어릴 때 간이학교를 조금 다닌 것이 공부를 한 전부인데, 옛날 엔 여자들이 공부를 하면 시집을 못 간다고 해서 학교를 못 다니게 했다 고 했다.

조사자는 송계마을 도로변에서 제보자를 만났다. 마침 제보자를 수소문 하려고 도로변을 지나던 할머니에게 처음으로 제보자를 아느냐고 물었는 데, 그분이 바로 제보자 자신이었다. 우연치고는 대단한 우연이었다. 제보 자는 뜻밖의 우연에 웃으면서 우리를 친절하게 직접 집으로 안내했다. 약 간 작고 아담한 체격에 안경을 끼고 흰 모시옷을 입은 모습이 단정하고 깔끔하게 보였다. 그런데 조사 당시 제보자는 병원에서 퇴원한 지 15일이 되었다고 했다. 그럼에도 민요와 설화를 구연할 때는 아픈 기색을 하지 않고 적극적으로 조사에 임했다. 짧은 시간에 민요 8편과 설화 4편을 구 연했다. 노래를 부를 때는 목청이 아직도 좋아 가창력을 칭찬할 만했으며, 혼자 손뼉을 치며 흥을 내는 등 민요 구연의 실력이 좋았다. 설화를 구연 할 때도 이야기의 흐름을 놓치지 않고 매우 재미있게 구술했다.

## 송점순, 여, 1936년생

주 소 지 : 경상남도 함양군 서하면 송계리 신기마을
제보일시 : 2009.7.24
조 사 자 : 박경수, 정혜란, 김미라

송점순은 1936년 쥐띠 생으로 함양군 백전면 양백리 동백마을에서 태어났다. 택호는 동촌댁으로 불린다. 18세에 12살 연상(현재 86세)인 남편과 결혼을 하여 백전면 운산리 운산마을에서 살다 첫째가 돌이 지나기 전인 21살 때(1950년), 전쟁이 나서 전주로 가려다 고모할머니가 있는 현재의 서하면 송계리 신기마을로 와서 살게 되었다고 했다. 슬하에 2남 3녀를 두었는데, 신기마을 집에는 큰아들 내외와 함께 소를 키우며 논밭 일을 하고, 사과나무도 좀 치고 있다고 했다. 학력은 야학에 가서 10일 동안 공부한 것이 전부인데, 야학에서 받침 없는 글자를 익히고, 받침 있는 글자는 독학해서 알았다고 했다.

제보자는 술이 한 잔 들어가야 노래가 나온다며 술부터 한 잔 찾았다. 그만큼 활달하고 적극적인 면모를 보였다. 이런 면모는 노래판에서 진가를 발휘했다. 노래를 부른 뒤에 숨이 가쁘다고 했지만, 목청이 좋아서 흥을 내어 노래를 잘 불렀다. 전연순 제보자와 나란히 앉아 함께 20편에 가까운 노래를 짧은 시간에 집중적으로 불렀는데, 제보자가 노래판을 거의 주도하다시피 했다. 그만큼 아는 노래도 많았고, 기억력도 좋았다. 이들 노래들은 옛날에 일하면서 듣고 불렀던 것들이라고 했다.

제공 자료 목록

04_18_FOS_20090724_PKS_SJS_0001 짓구내기 / 길군악 (1)

04_18_FOS_20090724_PKS_SJS_0002 짓구내기 / 길군악 (2)

04_18_FOS_20090724_PKS_SJS_0003 짓구내기 / 길군악 (3)

04_18_FOS_20090724_PKS_SJS_0004 타박네 노래 / 연모요

04_18_FOS_20090724_PKS_SJS_0005 모심기 노래 (1)

04_18_FOS_20090724_PKS_SJS_0006 모찌기 노래

04_18_FOS_20090724_PKS_SJS_0007 노랫가락

04_18_FOS_20090724_PKS_SJS_0008 나비 노래 / 노랫가락

04_18_FOS_20090724_PKS_SJS_0009 쌍가락지 노래

04_18_FOS_20090724_PKS_SJS_0010 모심기 노래 (2)

04_18_FOS_20090724_PKS_SJS_0011 화투 타령

04_18_FOS_20090724_PKS_SJS_0012 양산도

04_18_FOS_20090724_PKS_SJS_0013 건달 노래

04_18_FOS_20090724_PKS_SJS_0014 치기나 칭칭나네

04_18_MFS_20090724_PKS_SJS_0001 각설이 타령

04_18_MFS_20090724_PKS_SJS_0002 일본말 유희요


## 신종열, 남, 1927년생

주 소 지 : 경상남도 함양군 서하면 봉전리 오현마을

제보일시 : 2009.7.25
조 사 자 : 안범준, 정혜란, 김미라

신종열의 본관은 거창이며, 1927년생이다. 경남 함양군 서하면 봉전리 오현마을에서 태어난 제보자는 군 생활 기간을 빼고 계속 고향 마을에서 살아왔다. 7세 연하인 부인(김복현)과 결혼하여 슬하에 2남 4녀를 두었다.

제보자는 죽을 고비를 6번이나 넘겼을 정도로 힘든 인생을 살아왔다. 어릴 적에는 빨치산에 의해 죽을 뻔 하였고, 군대에서는 최전방에서 전쟁을 하면서 죽을 고비를 넘겼다. 최근에는 교통사고를 당해서 현재 거동이 불편하여 지팡이를 짚고 다니고 있다. 제보자는 참전 용사로 군대 생활을 이야기 하는 동안 총에 맞은 상처도 보여주며 눈물을 보였다.

말을 조금 더듬었지만 조사에는 크게 지장을 주지 않을 정도였다. 모자를 쓰고 안경을 써 느긋한 인상을 주었지만 목소리도 크고 시원시원하였다.

현재 감나무 농사를 조금 짓고 있는데 사고를 당한 후에는 그마저도 예전만큼 잘 돌 볼 수 없어 아쉬워했다. 많은 노래를 알고 있는데, 군대 이야기를 하면서 북받쳐 올라 제대로 들려주지 못했다.

제공 자료 목록
04_18_FOS_20090725_PKS_SJY_0001 너냥 나냥
04_18_FOS_20090725_PKS_SJY_0002 모심기 노래
04_18_FOS_20090725_PKS_SJY_0003 청춘가
04_18_FOS_20090725_PKS_SJY_0004 닐니리야
04_18_FOS_20090725_PKS_SJY_0005 산 타령
04_18_FOS_20090725_PKS_SJY_0006 양산도
04_18_FOS_20090725_PKS_SJY_0007 밀양 아리랑

**오금용, 남, 1920년생**

주 소 지 : 경상남도 함양군 서하면 운곡리 은행마을
제보일시 : 2009.7.24

조 사 자 : 박경수, 정혜란, 김미라

오금용(吳昑茸)은 본이 해주이며, 함양군 서하면 운곡리 은행마을 태생으로 22세 때 결혼을 하고 계속 같은 마을에서 살고 있다. 28년 전 부인을 교통사고로 잃었으며, 2남 1녀의 자식을 두었다. 학교는 다니지 않고 농사만 지었다고 했다. 90세의 많은 나이에도 불구하고, 꼿꼿하게 오랜 시간 앉아서 다른 사람들이 부르는 노래를 따라 하기도 하고, 또 흥이 나서 어깨춤을 추기도 했다. 이런 가운데 생각나는 노래를 '노랫가락'을 3편 불렀다. 그렇지만 많은 나이 때문인지 목소리가 약하고 이빨이 빠져서 힘들게 노래를 불렀다. 노래는 옛날에 어른들이 부르는 것을 듣고 배웠다고 했다.

제공 자료 목록
04_18_FOS_20090724_PKS_OKY_0001 노랫가락
04_18_FOS_20090724_PKS_OKY_0002 노세 노세 / 청춘가
04_18_FOS_20090724_PKS_OKY_0003 청춘가
04_18_FOS_20090724_PKS_OKY_0004 양산도

## 오석열, 남, 1930년생

주 소 지 : 경상남도 함양군 서하면 운곡리 은행마을
제보일시 : 2009.7.24
조 사 자 : 박경수, 정혜란, 김미라

오석열은 본이 해주이며, 1930년 양띠로 함양군 서하면 운곡리 은행마을에서 태어났다. 5살 연하(현재 75세)인 부인과 결혼을 하여 현재까지 고향 마을에서 함께 농사를 지으며 살고 있다. 슬하에 2남 3녀를 두었다.

제보자는 초등학교를 졸업하고, 마을에서 현재의 노인회장에 앞서 노인회장을 역임했다고 했다. 짧게 깎은 머리가 젊게 보였으며, 구수한 말투가 정겨움을 느끼게 했다. 다만, 귀가 잘 들리지 않아 보청기를 하고 있었다. 제보자는 다른 사람이 노래를 부를 때 따라 부르면서 노래 사설을 설명하고자 했으며, 흥을 내어 일어서서 춤을 추기도

했다. 조용준 제보자가 청춘가를 할 때 중간에 제보자가 혼자서 청춘가를 부른 것을 제외하고 혼자 부른 노래는 없지만, 다른 제보자들이 부르는 노래를 대부분 따라 할 정도로 노래 부르기를 좋아하는 것으로 보였다. 노래는 일을 하면서 재미로 듣고 알게 된 것들이라 했다.

제공 자료 목록
04_18_FOS_20090724_PKS_OSR_0001 청춘가


### 오재웅, 남, 1931년생

주 소 지 : 경상남도 함양군 서하면 운곡리 은행마을
제보일시 : 2009.7.24
조 사 자 : 박경수, 정혜란, 김미라

오재웅(吳在雄)은 본이 해주이며, 1931년 양띠 생으로 함양군 서하면 운곡리 은행마을에서 태어나서 지금까지 계속 거주하고 있다. 현재 70세 된 부인(김점순)과 함께 농사를 지으며 살고 있고, 슬하에 1남 2녀를 두고 있다. 제보자는 서하초등학교를 졸업

하였고, 약간 작은 키에 부지런하고 친절한 성품이 몸에 배어 있었다. '모심기 노래'를 2편 부르고는 다른 사람들이 부르는 노래를 따라서 불렀다. 손뼉을 치며 노래판의 분위기에 잘 어울렸다. 노래는 일할 때 동네 어른들이 부르는 것을 듣고서 배운 것이라고 했다.

제공 자료 목록
04_18_FOS_20090724_PKS_OJU_0001 모심기 노래 (1)
04_18_FOS_20090724_PKS_OJU_0002 모심기 노래 (2)

## 오제철, 남, 1932년생

주 소 지 : 경상남도 함양군 서하면 운곡리 은행마을
제보일시 : 2009.7.24
조 사 자 : 박경수, 정혜란, 김미라

오제철(吳濟喆)은 1932년 원숭이띠로 함양군 서하면 운곡리 은행마을에서 태어났다. 본은 해주이다. 22세에 4살 연하(74세)의 부인과 결혼을 했는데, 결혼 후 논산훈련소에서 3년간 근무하며 군 생활을 하였다. 4년 전 부인은 작고했으며, 슬하에 4남 3녀를 두었다. 자식들 중 다섯은 서울에서 살고, 아들 1명은 거창에서 교직에 있으며, 이웃 안의면에 딸이 살고 있다고 했다. 제보자는 현재 벼농사를 주로 하며 밭농사도 틈틈이 짓고 있다. 서하초등학교를 졸업했으며, 백발의 모습에도 밝게 웃는 모습이 깔끔하고 마음씨 좋은 노신사를 느끼게 했다. 제보자는 노래판 중간에 참여하게 되었는데, '창부 타령'과 '아기 어르는 노래[알캉 달캉]'를 불러 주었다. 노래는 젊었을 때 일하면서 다른 사람들이 부르는 것을 듣고 배웠다고 했다.

제공 자료 목록
04_18_FOS_20090724_PKS_OJC_0001 창부 타령
04_18_FOS_20090724_PKS_OJC_0002 알캉달캉 / 아기 어르는 노래


### 윤월순, 여, 1926년생

주 소 지 : 경상남도 함양군 서하면 봉전리 월평마을
제보일시 : 2009.7.25
조 사 자 : 안범준, 정혜란, 김미라

윤월순은 1926년 생으로, 경남 함양군 수
동면 도북에서 태어났다. 20세에 이곳 서하
면 봉전리로 시집을 와서 지금까지 살고 있
다. 남편은 작고하였고 슬하에 1남 4녀를
두고 있다. 제보자는 수동초등학교를 졸업
하였다고 한다. 현재 작은 밭일을 하는 정
도이며, 10년 전 허리를 다친 이후로 허리
가 굽어졌다고 했다.

조사 당시에 밭일 때문에 매우 바빠 보였는데, 잠시 시간을 내어 노래
한 곡을 불렀다. 제공한 자료는 민요 1편으로, 젊은 시절에 친구들과 함
께 부르던 노래라고 했다.

제공 자료 목록
04_18_FOS_20090725_PKS_YWS_0001 그네 노래


### 윤일석, 여, 1939년생

주 소 지 : 경상남도 함양군 서하면 다곡리 다곡마을

제보일시 : 2009.7.25
조 사 자 : 안범준, 정혜란, 김미라

윤일석은 1939년생으로 경남 거창군 마
리면 밤섬에서 태어났다. 19세에 결혼하여
1년을 친정에서 보내고, 20세 되던 해, 경남
함양군 서하면 다곡리 다곡마을로 와서 지
금까지 살고 있다. 1살 연상인 남편과의 사
이에는 4남 1녀를 두었다. 15년 전 남편이
작고하고 현재는 큰 아들과 같이 생활하고
있다. 큰 아들은 현재 사과 농사를 짓고 있
다고 한다.

제보자는 정식 교육을 받지 못하였다. 야학에서 한글을 배웠는데 총기
가 보통 사람들보다 좋았다고 했다.

제보자는 키가 작고 아담하였는데, 농담도 자주 던지고 호탕하게 웃는
등 시원시원한 성격이었다. 노래가 기억나지 않는다고 부르지 않으려 했
지만, 적극적으로 기억을 되살려 보려고 하였다. 예전에 주로 일하면서
불렀던 노래였는데도 기억이 잘 안난다며 무척 아쉬워했다. 제보자가 제
공한 자료는 민요 5편으로 모두 어른들에게 배운 것이라고 했다.

제공 자료 목록
04_18_FOS_20090725_PKS_YIS_0001 창부 타령 (1)
04_18_FOS_20090725_PKS_YIS_0002 그네 노래 / 노랫가락
04_18_FOS_20090725_PKS_YIS_0003 양산도
04_18_FOS_20090725_PKS_YIS_0004 화투 타령
04_18_FOS_20090725_PKS_YIS_0005 창부 타령 (2)

## 장병용, 남, 1936년생

주 소 지 : 경상남도 함양군 서하면 황산리 황산마을
제보일시 : 2009.7.26
조 사 자 : 안범준, 정혜란, 김미라

장병용은 본이 거창이며, 1936년생이다. 함양군 서하면 황산리 황산마을에서 태어난 제보자는 경기도 연천군 군남면에서 군 생활을 한 32개월의 기간을 빼고 고향 마을에서 살아왔다. 4살 연하인 부인(임양순)과는 20세 때 결혼했으며, 슬하에 3남 2녀를 두었다. 막내아들이 올해 40세인데 아직 결혼을 하지 않아 걱정이라고 했다. 자녀들은 모두 타지에서 거주하고 있어, 현재는 부인과 둘이서 생활하고 있다.

제보자는 3대 독자임에도 불구하고 학교를 다니지 못하여 배우지 못함에 아쉬움이 많았다. 하지만 공부를 할 수 없었던 어려운 환경이었기 때문에 크게 낙담하지는 않았다. 가정 환경이 어려워 나무를 해다 팔아 등유를 사서 하루하루를 보냈다고 했다. 유산으로 받았던 논 2마지기를 4마지기까지 불렸으나 큰 아들의 사업 자금으로 다 주고 현재는 농사를 짓지 않는다고 했다.

제보자는 손을 가지런히 모아서 노래를 불렀다. 차분히 노래를 한 소절씩 부르고 설명을 덧붙이면서 불러 주었다. 뒤에 가사가 생각이 나지 않아 아쉬워하는 모습을 보일 정도로 조사에 적극적으로 참여했다. 제보자가 제공한 자료는 설화 3과 민요 3편이다. 민요는 젊은 시절 일하면서 어른들로부터 듣고 배운 것이라고 했다.

### 전숙녀, 여, 1933년생

주 소 지 : 경상남도 함양군 서하면 봉전리 월평마을

제보일시 : 2009.7.25

조 사 자 : 안범준, 정혜란, 김미라

전숙녀는 1933년 생으로, 경남 함양군 서하면 송계리에서 출생했다. 현재 나이는 77세로 20세 때 시집을 와서 현재까지 이곳에 살고 있다. 20년 전 남편이 작고하고 슬하에 2남 2녀를 두고 있다. 자녀들은 모두 객지에서 생활을 하고 있어, 혼자서 밭농사로 생계를 이어가고 있다. 학교를 나오지는 않았지만 상식이 많은 편이다. 호탕하고 시원시원한 성격을 가진 제보자는 마을에서도 인기가 많았다.

제보자는 노래뿐만 아니라 말하는 재치까지 뛰어나 청중들로부터 큰 호응을 받았다. 제보자가 제공한 자료는 설화 1편과 민요 7편인데, 유행가로 부른 성주풀이는 채록 대상에서 제외했다. 이들 민요는 젊은 시절에 놀거나 일하다가 부르면서 알게 된 것이라 했다.

제공 자료 목록

04_18_FOT_20090725_PKS_JSY_0001 호랑이 논과 밥논의 유래

04_18_FOS_20090725_PKS_JSY_0001 모심기 노래 (1)

04_18_FOS_20090725_PKS_JSY_0002 그네 노래 / 노랫가락

04_18_FOS_20090725_PKS_JSY_0003 화투 타령

04_18_FOS_20090725_PKS_JSY_0004 모심기 노래 (2)

04_18_FOS_20090725_PKS_JSY_0005 부모 부음요 / 시집살이 노래

04_18_FOS_20090725_PKS_JSY_0006 모심기 노래 (3)


### 전연순, 여, 1928년생

주 소 지 : 경상남도 함양군 서하면 송계리 신기마을

제보일시 : 2009.7.24

조 사 자 : 박경수, 정혜란, 김미라

전연순은 1928년 용띠 생으로 함양군 서
하면 송계리 신기마을에서 태어났다. 10살
때부터 일본으로 건너가 베 짜는 공장에서
일하며 살았는데, 18세 때 결혼을 하고 태
평양 전쟁이 끝난 후 바로 고향으로 돌아와
서 살았다. 택호는 본을 따서 정선댁이라
했다. 제보자는 슬하에 2남 1녀를 두었으며,
학교를 다니지는 못했다. 제보자가 제공한

민요 편수는 3편이지만, 송점순 제보자와 나란히 옆에 앉자 많은 노래를
함께 불렀다. 이들 노래는 모를 심거나 밭을 매면서 부르는 소리를 듣고
배운 것이라 했다.

제공 자료 목록

04_18_FOS_20090724_PKS_JYS_0001 모심기 노래

04_18_FOS_20090724_PKS_JYS_0002 알캉달캉 / 애기 어르는 노래

04_18_FOS_20090724_PKS_JYS_0003 다리 세기 노래

## 정숙자, 여, 1941년생

주 소 지 : 경상남도 함양군 서하면 다곡리 다곡마을
제보일시 : 2009.7.25
조 사 자 : 안범준, 정혜란, 김미라

정숙자의 본관은 서산이며, 1941년생이
다. 경남 함양군 서하면 다곡리 다곡마을에
서 태어났다. 4살 연상인 남편(박동춘)과의
사이에 1남 2녀를 두었다. 아들은 부산에서,
딸들은 제주도에서 거주하고 있어, 현재는
남편과 둘이서 생활하고 있다. 20대 후반쯤
에 부산으로 갔다가 대구에서 40년 정도 살
았고, 양산에서 7년 정도 살다가 3년 전부

터 다곡마을에서 다시 살기 시작했다. 택호는 양산댁으로 불린다고 했다.

제보자는 당시로서는 드물게 중학교까지 졸업하였다고 한다. 제보자의
오빠가 초등학교 교장을 하였다는 점으로 보아 제보자의 집안에서 교육
을 중요하게 여겼던 것 같다.

조사의 취지를 이해하고는 다른 제보자들에게 노래를 해보라고 권하는
등 적극적으로 나섰다. 제보자는 차분하고 침착한 성격으로, 아주 조용하
게 이야기를 해주었다. 우스운 이야기를 조용하게 말하여 색다른 느낌을
전달하는 것이 제보자가 지닌 장점이었다.

제보자가 제공한 설화 6편은 제보자 스스로 이런 이야기에 취미가 있
어 어릴 적부터 좋아했고, 또 오빠가 보던 책을 숨어서 몰래 보면서 알게
된 이야기도 있다고 했다.

제공 자료 목록

04_18_FOT_20090725_PKS_JSJ_0001 짐 보따리를 물어다 준 호랑이
04_18_FOT_20090725_PKS_JSJ_0002 과거의 인연으로 숯쟁이와 결혼한 재상 부인

04_18_FOT_20090725_PKS_JSJ_0003 우렁이 각시

04_18_FOT_20090725_PKS_JSJ_0004 자기 성도 모르는 바보 사위

04_18_FOT_20090725_PKS_JSJ_0005 지렁이국으로 시어머니를 봉양한 며느리

04_18_FOT_20090725_PKS_JSJ_0006 걸인의 묘를 잡아 준 명풍수


### 조용준, 남, 1936년생

주 소 지 : 경상남도 함양군 서하면 운곡리 은행마을

제보일시 : 2009.7.24

조 사 자 : 박경수, 정혜란, 김미라

조용준은 1936년 소띠 생으로, 함양군 서하면 운곡리 은행마을에서 태어났다. 본은 창녕이다. 결혼 후 부산 초량에서 20년을 살다가 고향으로 돌아와 살고 있다고 했다. 제보자는 현재 74세인데, 5살 연하(69세)의 부인과 함께 밭농사를 지으며 생활하고 있다. 슬하에 2남 2녀를 두었는데, 부산에서 교사와 새마을금고 직원 등을 하며 생활하고 있다고 했다. 제보자는 서하초등학교를 졸업했으며, 안경을 끼고 있는 모습이 시골 노인같지 않고 다른 분들에 비해 유식해 보였다. 그동안 마을 이장직도 맡았으며, 현재는 노인회 총무를 보고 있다.

제보자는 많은 노래를 알고 있었을 뿐만 아니라 목청이 크고 좋았다. 술을 중간 중간 마시면서 흥을 내어 노래를 불렀다. 박규춘 제보자와 함께 노래판을 주도했으며, '모심기 노래', '목도메기 노래', '상여 소리', '베 짜기 노래' 등 기능요뿐만 아니라 '창부 타령', '노랫가락', '동풍가' 등 비기능요 등 다양한 노래를 불렀다. '베 짜기 노래'는 어려서 어머니에게 듣고 배워서 알게 된 것이라 했으며, 다른 노래들은 일하거나 놀면서 배운

것이라 했다. 노래에 그만큼 관심이 있었기 때문에 몇 번을 들으면 부를 수 있게 되었다고 했다. 박규춘 제보자와 함께 은행마을은 물론이고 서하면을 대표하는 소리꾼이라 부를 만했다.

제공 자료 목록

04_18_FOS_20090724_PKS_JYJ_0003 창부 타령
04_18_FOS_20090724_PKS_JYJ_0004 동풍가
04_18_FOS_20090724_PKS_JYJ_0005 나비 노래 / 노랫가락
04_18_FOS_20090724_PKS_JYJ_0006 각설이 타령
04_18_FOS_20090724_PKS_JYJ_0007 칭칭이 소리
04_18_FOS_20090724_PKS_JYJ_0008 청춘가
04_18_FOS_20090724_PKS_JYJ_0009 목도메기 노래
04_18_FOS_20090724_PKS_JYJ_0010 베 짜기 노래
04_18_FOS_20090724_PKS_JYJ_0011 산비둘기 노래
04_18_FOS_20090724_PKS_JYJ_0012 상여 소리
04_18_FOS_20090724_PKS_JYJ_0013 성주풀이

## 조정순, 여, 1931년생

주 소 지 : 경상남도 함양군 서하면 봉전리 월평마을
제보일시 : 2009.7.25
조 사 자 : 안범준, 정혜란, 김미라

조정순은 1931년에 경남 함양군 지곡면에서 출생했다. 19세 때 봉전리로 시집을 와서 현재까지 이곳에서 살고 있다. 작고한 남편과의 사이에 2남 3녀를 두고 있으며 자녀들은 모두 객지에서 생활하고 있다. 현재 혼자서 밭농사를 지어 생계를 유지하고 있다. 차분한 외모에 안경을 끼고 있었으며,

소극적인 성격이었다.

　제보자가 제공한 자료는 민요 1편으로, 젊은 시절에 일하면서 어른들이 부르던 노래를 듣고 배운 것이라고 했다.

제공 자료 목록
04_18_FOS_20090725_PKS_JJS_0001 청춘가

# 호랑이 수염에 불 붙여서 호랑이 잡은 아이

자료코드 : 04_18_FOT_20090725_PKS_PKS_0001
조사장소 : 경상남도 함양군 서하면 봉전리 오현마을 1596번지 박규석 댁
조사일시 : 2009.7.25
조 사 자 : 안범준, 정혜란, 김미라
제 보 자 : 박규석, 남, 88세
구연상황 : 조사자가 호랑이 이야기나 도깨비 이야기를 들은 적이 없냐고 물어보자, 제보
자가 이 이야기를 구연하였다.
줄 거 리 : 예전에 우리나라가 못 살 적에는 산막에 집을 짓고 살았는데, 그때는 부모님
이 아이만 놔두고 장에 나가는 일이 비일비재했다. 산등에 지은 집에는 조그
만 샛문을 달아놓았는데 가끔씩 호랑이가 나타나기도 했다. 하루는 아이가 혼
자서 잠을 자고 있다가 그 샛문 틈으로 호랑이가 머리를 집어넣었는데, 그게
호랑이인 줄도 모르고 호랑이 수염에 불을 붙였다. 샛문 틈에 끼인 호랑이는
불에 타서 죽고 말았다. 결국 아이가 호랑이를 잡게 되었다.

(조사자 : 호랑이 이야기나, 뭐 도깨비 이야기도 재밌지 않습니까?)

그런데 이전에는 천지, 천지 우리나라가 못 살았거든. 못 살아 가지고
저 산막에, 그때는 집을 짓고, 이 살자면, 계속 모두 물건을 사고 어데 바
꾸고 하더래도 부모, 부모들은 가끔 어데 나갈 수가 있거든.

그러면, 밑에 집에 아들이 뉘(누워) 잔단 말이야. 누자니까 어머이 아버
지가 안 오거든. 근데 이전에는 집을 저 산등에 저 산막 지을 때, 문을 천
지, 그땐 쇠가 귀하니께, 나무를 막 이리 세워가지고 막 이리 얽어가지고,
행여나 뭐시 짐승, 그땐 호랭이가 쌨었어.

요새 매로 호랭이가 없는데, 호랭이가 배가 고프면 집에 와서 들쳐 갖
고 아를 물고 가. 그런데 위에 샛문이라고, 샛문이라고 요만한 문을 내 놓
고, 그따가 인자 만약에 호랑이가 오면, 호랑이가 머리를 콕 숙이면 거,

걸려서 안 빠지고롱. 고리 나무를 해 가지고 찡가 놨어(끼워 놨어). 찡가
놨는데, 그땐 이 성냥 요 불 말이라, 불. 불 이거를 한 번 쓸라 카면은 참
힘들어. 그슥이 저 여기 불 치는 게 있어. 그걸 가지고 불 일바시갖고 한
쪽 구석에 방에, 한 쪽 구석에, 저, 그걸 코꾸래이라 캐. 코꾸래이에다가.
○○○○○요리 만들어가, 불을 때는 데가 있어, 그땐 기름이 없응께. 그
따가 그 불을 안 꺼질고롱 잘 묻어놔 걸어놨는데, 요만한데 광솔가지로.

그런데 이놈의 아들이 자니까 뭐가 부시락 하더니만, 이 샛문 있는데
대가리를 푹 쥐박고 있는데 본께 호랭이라. 아따 이놈의 아들은 호랭인
줄 모르고,

"아따, 저 뭐시기 짐승이 모가지를 들이박고 있다."

그런데 그때는 요새 맬로 라이타가 있었나, 라이타도 없고 불보다 묻어
논 데 광솔가지라고 솔가지에 불이 붙거든. 그 불이 붙여 가지고 그 호랭
이 시염(수염)을 막 꼬실랐어.

(조사자 : 아, 호랑이 시염을 예?)

하모, 팍 뜨서 넣어 놓으면 나가도 못하고 드가도 못하고 호랑이가 딱
그러거든. 그럼 호랭이 수염이 꼬실랑 꼬실랑 타 들어가니까 이놈의 아들
이 재미가 나거든. 그래가지고 호랭이를 낯반데기를 다 불로 지졌어. 그
래 저거 부모가 근처를 와 본께로 호랭이를 잡아놨거든.

예전에는 그런 일들도 있었다.


## 호랑이 새끼 훔치려다 혼난 사람

자료코드 : 04_18_FOT_20090725_PKS_PKS_0002
조사장소 : 경상남도 함양군 서하면 봉전리 오현마을 1596번지 박규석 댁
조사일시 : 2009.7.25
조 사 자 : 안범준, 정혜란, 김미라

제 보 자 : 박규석, 남, 88세

구연상황 : 제보자가 도깨비 이야기를 하나 해 주겠다며 먼저 나섰다. 하지만 도깨비 씨름이란 말만 한 다음에 그 이야기가 아니라며 바로 이어서 자연스럽게 다른 이야기를 했다.

줄 거 리 : 산에 나무를 하러 간 사람이 호랑이 새끼가 너무 예뻐서 한 마리 몰래 가지고 갔다. 호랑이가 오자마자 새끼가 없어진 것과 그것을 사람이 가져갔다는 것을 알아채고는 그 사람을 쫓아갔다. 그러자 겁이 난 사람이 나뭇짐과 호랑이 새끼도 다 버리고 도망을 가다가 연못으로 뛰어들었다. 호랑이가 뛰어들어 물 속에 머리를 박고 있는 사이에 도망을 가는데, 그 때 가슴에 호랑이 발로 긁힌 자국이 남았다.

토깨비 씨름 한 거 이야기해 줄까?

(조사자 : 예, 한 개 이야기해 주십시오.)

아이, 영감이, 이게 토깨비가 아이고, 산에 나무하러 장(자주) 댕겼는데, 나무를 장작을 패가지고 팔고 하거든.

그런데 인쟈 나무 하러 가니까는, 큰 바우(바위) 밑에 굴이 요만하이 있는데 거기 호랑이 새끼가 들락날락 하더래. 아 그래 가만히 봉께 참 예쁘거든. 고마 한 마리를 가지고 왔어.

(조사자 : 아 새끼를예?)

어 호랭이 새끼를. 호랑이가 와 보니까 새끼가 한 마리 없거든.

그래서 막 어흥거리면서 막 호랭이가 아는 기라, 이 사람이 가져간 걸. 그래 막 뛰어오는데 막 감을 호랭이가 감을 질러대면 어흐홍 어흐홍 하면서 뛰어오는데, 원체 대개 급해 가지고 나뭇짐이고 뭣이고 다 집어던지고 호랭이 새끼도 내삐리고, 급해서 그 중간에 쪼매난 저수지, 요새는 저수지라 카지만 그때는 못이라 캤어, 못. 못에 혹 빠진 거야.

호랭이가 훌떡 뛰어 들어가 가지고 그 못에 떠내려갔단 말이야. 그러면 사람이 한 번 모가지 쑥 내밀면, 호랭이는 물 속에 들어가고, 또 사람이 물 속에 들어가면 호랭이는 대가리를 내밀고, 그래 호랭이 물 속에 대가리 넣었을 때 얼른 뛰어왔는데, 그거는 실지로 우리 핵교(학교) 선생님이, 70년 된 선생님이 그런 이야기를 하는 기라.

그래보니게 홀떡 뛸 적에, 호랭이 발이 요 가심(가슴) 팍 긁었어. 요 삭 긁으니까 터(흉터)가 있고 막 이렇거든.

그래 그 양반이 그 다음에는 그 산에 나무 하러 가도 않고, 할 수 없이 먹고 살기는 살아야 하는데, 여기 수동면이라고, 서하면 안의면 수동면이 있거든. 거 가서 거기 댕겼어. 저 체이, 들어가지고 치는 체가 있거든, 체 알제?

(조사자 : 예예,)

체 매우는 장사를 하더랴.

그래 인쟈 그래 저 웃통을 이리 벗고 요 저 호랭이가 팍 찍은 터가, 발톱이 요 있더래. 그래 그 우리 선생님이,

"아 영감님 어따 가슴에 호랭이 발톱이 있냐?"

캉께 그래 이야기를 하더래.

그런 일이 있었대. 그거는 실제로 우리 선생님이 이야기한 기라. 내가 이제 여덟살 일곱 살 국민학교 댕깄는데 지금은 다 80년 넘었다.


# 거창 수승대 이름 유래

자료코드 : 04_18_FOT_20090725_PKS_PKS_0003
조사장소 : 경상남도 함양군 서하면 봉전리 오현마을 1596번지 박규석 댁
조사일시 : 2009.7.25
조 사 자 : 안범준, 정혜란, 김미라
제 보 자 : 박규석, 남, 88세
구연상황 : 제보자가 여러 이야기를 하던 중에 이 이야기를 해 주겠다며 바로 시작했다. 거창군 수승대에 얽힌 내력을 설명하였는데, 퇴계 이황이 수승대라고 이름을 고쳤다는 기존의 유래와 다르게 구술하였다.

줄 거 리 : 거창 이천면에 있는 수승대는 원래 이름이 수심대였다. 백제와 신라가 국경을
접하고 있던 지역적 특수성으로 인해 나제회의를 했던 곳이 수승대였다. 회의
를 해도 결론이 나지 않자 양쪽 대표들은 수심에 가득차서 수심대라고 불렀
다. 그러던 중 신라가 백제와의 전쟁에서 이기자 요수 신권(樂水 愼權) 선생이
이제 이겼으니 수심대가 아니고 수승대라 부르기로 한다고 명했다.

그러고 그스기 또 내가 아는 거 이야기 볼까?

거창 가면 신씨 이 사람들 시조, 요수(樂水) 선생의 서당 있는데 가면
수승대가 있어 수승대. 수승대 알아?

(조사자 : 아닙니다. 모르겠습니다.)

와 수승대가 수승대냐. 요 이 사람 신가(조선 중종 때 이곳에서 은거한
신권(愼權) 선생을 말함)라도 그거 몰라. 수승대, 이전에는 수승대가 아이
고, 수심대(愁心臺)라, 수심대.

(조사자 : 수심대예?)

수심대. 자꾸 수심스럽다 걱정한다 그기라. 어째서 수심대냐.

그때는 신라하고 백제하고 장 전투를 하고 싸웠어. 그리 가면 지금도
가면 나제동문이라고 그 문이 있는데 지금은 그걸 뚫어가지고 차가 버스
가 다니고 하는데, 나제동문이라고 있었어. 나제동문 굴이 조그맣게 있는
데 산이 딱 있고 요쪽에는 신라 저쪽에는 백제. 그럼 백제 군인이 와서
지키고, 또 신라 저 군인이 지키고, 그래 인쟈 나제회담을 하던 데가 수승
대라.

수승 양쪽에서 대표들이 와서 인쟈 회의를 하는데, 아무리 회의를 해도
요새 같으면 삼팔선 회의하듯이 그리 해도 해결이 안돼. 그런데 양쪽 대
표들이 돌아가면서 수심이라. 어떻게 하면 이걸 할까 싶어서 그래서 수심
대라 했어.

결국 난중에는 신라가 쳐들어가지고 백제를 꺾어 뿌리거든. 그건 역
사에 나온단 말이야. 그래서 요수 선생이, 신가 요수 선생이 와서 보고,

그 요수 선생이 퇴계선생하고 모두 같은 동창이라. 그래 요수 선생이 그걸 보고,

"인쟈는 수심대가 아니고 수승대다."

살필 수(搜)자 이길 승(勝)자 이제 이겼다 이거야. 그래서 수승대라고 글로 그리 파 놨더라고 내가 글로 읽어 보니 그렇더라고.

그래서 지금 요 가면 거창 이천면 가면, 수승대, 그슥으로 댐을 모아놓고 잘해놨다고 아주 유원지로 해놨다고, 수승대 근처에 가면.

그래 수심대하고 수승대하고 그래서 난 기라. 수심대는 잔 걱정을 하고 수심을 하고 돌아갔응께 수심대고, 이제 이겼응께 신라가 이겼응께 수승대다. 이길 승자거든, 수승대라.

(조사자 : 아 그런 유래가 있었군요.)

하모.


# 호랑이를 잡은 함양 권병사

자료코드 : 04_18_FOT_20090725_PKS_PSK_0001
조사장소 : 경상남도 함양군 서하면 다곡리 다곡마을 514번지 박상규 댁
조사일시 : 2009.7.25
조 사 자 : 안범준, 정혜란, 김미라
제 보 자 : 박상규, 남, 84세
구연상황 : 조사자가 호랑이나 도깨비 이야기를 아는 것이 없냐고 유도하자 제보자가 이 이야기를 했다.
줄 거 리 : 함양의 생교마을에는 권씨가 많이 살았는데, 권병사의 기운이 남달라서 집안에서 걱정을 많이 하였다. 권병사가 하루는 호랑이가 귀신 때문에 괴로워하는 모습을 보게 되었다. 호랑이는 귀신이 이끄는 대로 강진 해남을 갔는데 권병사가 뒤를 쫓았다. 호랑이가 자기 동생을 해치려 하자, 권병사가 주먹으로 호랑이를 때려 죽였다.

요 너머 여기 생교마을이 있어.

(조사자 : 생기?)

생교.

(조사자 : 생교요?)

어, 생교마을이 있어. 그때 권씨네들이 그 많이 살았었는데, 이전에는 그때는, 사람이, 큰 사람이 나면은 역적난다고, 역적 되면은 삼족을 멸해버리거든. 그때는 이조 때는 삼족을, 육족을 멸한다 했어.

그래 자기 조부 옆에 만날 들어왔는데, 천왕봉 요 와서 하루저녁에 왔다 가야 잠이 잘 오고 그렇더래, 자기 할아버지한테. 그래 그때는 뭣이 장군이 큰 사람이 나면 집구석이 망할까 싶어서 그걸 저지시키고 어깨를 끌로 파고 이랬다고, 막.

그런 일이 있었는데, 거서 간께네로 한 번은 호랭이가 인자 무엇을 발가락을 싹싹,

"아가아가 아이고 아이고."

그래 봉께 사람인가 뭘 잡아먹고 귀신이 발가락 속에 있어서 못 가는기라. 그래 다시 한 번 넣어줘야 이놈이 나간디야. 그래 인쟈 호랭이가 그럼 어디로 가자고 귀신이 그래 놓응께, 그래 죽 빠져 나가는 기라.

그래 자기가 따라갔어. 그래 따라간께, 강진 해남을 갔다고. 남해 저게, 그게 질이 얼매요? 하하. 거짓말인지 참말인지 암만 축지를 잘한다 해도 그리 따라갈까. 그래, 가서 보니까 그게 첫날 저녁이라, 자기 동생인가 뭐시. 그래 인쟈 자기는 호랑이 모르고로 마루 밑에다 들어가 있었지. 그래서 이놈이 밖에서 이래 춤을 추고 들어오면 신랑이 나갈라 카고, 막 발버둥시면 못 나가게 하고, 거기서 싸우는 거야. 그 소리를 듣고 막 몇 번 이래 춤을 추고 이래 하면은, 그놈이 어쩐지 나오는 모양이지.

그래 이리 항께네 문이 열리거든. 그때 물려버리면 안 된단 말이야. 그래 내가 주먹을 콱 쥐어 박아버렸어, 호랑이를. 그러니까 뒤로 넘어가더

래. 넘어지뻐렀어. 그러니까 호랑이 죽는 소리가 막 고마 거창하거든, 붙이는 소리. 그렇게 하거든.

그래가지고 막 집안이 깨서 나와 보니까 호랑이가 자빠져 있거든. 아이고- 그렇지 죽은 호랑이를 보고 그래 인쟈 그래 냅두고 자기는 올라왔어. 그래 인쟈 거기서 주소를 알켜 주지도 못하고 뭐 자기 ○○ 날까 싶어서 그때는. 그래 인쟈 와서 누운께 자기 조부가 깨더란다.

그게 참말이요. 그래서 장가가기 전에는 그런 서로 생명의 은인인데, 그를 서로 통하고 살아야 된단 말이오. 형제간에 살아야 되지 않겠소. 그래 인자 장가가고 나서 인자 밝혀가지고 그 집하고 다 연관이 있어서 다 잘 살았다.

그래, 함양의 권병사가 그때 병사가 무과 벼슬이거든. 그냥 있으면은 인쟈 벼슬 해 놓기 그것도 도원영에 장만리도 남한산성에서도 임금을 옹호해 가지고 그래 장만리라.

# 용유담(龍遊潭)의 유래

자료코드 : 04_18_FOT_20090725_PKS_PJH_0001
조사장소 : 경상남도 함양군 서하면 봉전리 월평마을
조사일시 : 2009.7.25
조 사 자 : 안범준, 정혜란, 김미라
제 보 자 : 박장환, 남, 79세
구연상황 : 조사자가 용유담의 유래에 대해 아는가를 질문하자, 제보자가 이야기를 시작
했다. 제보자는 위치를 손으로 가리키고 모양을 설명하면서 제보하였다.
줄 거 리 : 용유담은 용이 멱을 감는 곳이라고 하여 이름이 붙여졌다. 물이 적을 때에는
용유담의 형세가 우리나라 지도와 닮았다고 한다. 예전에는 명소로 이름이 났
지만 지금은 다리를 놓는 바람에 찾는 사람이 줄었다고 한다.

(조사자 : 저 밑에 보니까 거, 큰 물이 많이 고이는 데가 있던데, 거기가

용유담입니까?)

용유담이라고, 요 위에 하천 가운데, 요리요리도 물이 많으면 이리이리 물이 나오고 저리도 나오는데, 가운데 솔밭이 있거든. 거게 소가 용유담, 담은 못 담(潭)자, 용(龍)은 용이 먹 감는 담이라 해서 용유담이라 그러는데, 고 가운데.

옛날에는 봄철이고 여름철이고 놀러도 많이 오고, 학생들 여여 서상 서하 학생들, 1년에 한두 번씩은 꼭 소풍도 오고 그랬는데, 그가, 소가, 소가, 요리 내려와서 요리 내리오는데, 물 많을 적에는 아무 표도 없는데, 봄이고 가을철이고 인자, 잔잔할 때 물이 작을 때, 작을 때에는 삼천리 강산, 삼천리 금수강산 딱 지도, 대한민국 지도, 요리해서 요리해서 요리 요리해서 [손으로 지도를 그린다] 딱 고만 대한민국 지도매로 생겼거든.

그리고 거기 중간에 내려오면 중간에 오면, 거기 또 폭포가 비슷한 폭폰데, 고서 사진을 찍어보면 폭포가 또 아주 멋있게 보여. 그런 것이 있고, 거기서 인자, 참 옛날에는 그랬어도, 지금은 이쪽에서 길이 그만 없어져버렸어.

그 전에는 노디를, 징검다리, 노디를 놔가지고 이리 건너 댕기고 그랬는데, 이제 다리를 놔가지고 저리 들러서 가는데, 거서 물 건널 대도 없고, 인자 용유담이라 카는 유명무실한 장소가 되버리고 말았어.


# 머구재의 유래

자료코드 : 04_18_FOT_20090725_PKS_PJH_0002
조사장소 : 경상남도 함양군 서하면 봉전리 월평마을
조사일시 : 2009.7.25
조 사 자 : 안범준, 정혜란, 김미라
제 보 자 : 박장환, 남, 79세

**구연상황** : 동네 이름에 대해 물어보다가 머구재라는 이름을 조사자가 특이하다고 하니, 제보자가 머구재에 관한 이야기를 하였다.

**줄 거 리** : 옛날에 교통이 불편하던 시기에는 재를 넘어 다녔는데, 그 재에 큰 머구나무가 있었다. 머구재를 따라 웃머구재, 안머구재, 바깥머구재라는 마을 이름을 붙였다.

옛날에는 머구재라고, 머구재라고, 동네가 세 동네가 있었어. 웃머구재 안머구재 여기는 바깥머구재.

(조사자 : 머구재라는 이름은 어디서 왔습니까?)

머구재라는 이름은 옛날에 인자 도로가 없었고, 인자 순전 산 육로로 당기는데, 저 밑에서 올라오면 저 밑에서 중간으로 해 가지고 고개를 넘어오면, 고개에 머구나무라고 오동나무 비슷한 큰 나무가, 큰 나무가 있었어.

그래 그 고개를 넘어야 저 마을 이 마을, 마을마다 거쳐서 가는 재거든. 그래서 그기가 머구나무가 서있다고 해서 머구재라고 명칭이 되었지.

(조사자 : 머구나무하고 얽힌 이야기는 없습니까?)

그런 이야기는 없었지.

(조사자 : 재가 여기는 높았나 봅니다.)

재가 높은 게 아니라, 재가 말하자면 현재 있는 도로, 도로에서 저 밑에 반정이라는 데서 거서 도로를 따라오면,

옛날에는 여여 마을 앞에서 길이 없으면, 고게서 중간에서 반정하고 현재 이 마을 월평인데, 중간에서 고개를 산비탈길로 한참 올라가야 돼. 한참 올라가지고 고개를 넘으면 고개를 넘으면, 또 마을 여 안머구재, 마을 거쳐서 저리 가면 웃머구재, 옛날에는 여여 머구재 새터라 했어.

우리 마을이 세 마을 중에서는 제일 늦게 생겼지. 현재는 세 마을 중에서 제일 큰 마을이고.

# 도깨비불을 본 사람

자료코드 : 04_18_FOT_20090725_PKS_PJH_0003
조사장소 : 경상남도 함양군 서하면 봉전리 월평마을
조사일시 : 2009.7.25
조 사 자 : 안범준, 정혜란, 김미라
제 보 자 : 박장환, 남, 79세
구연상황 : 조사자가 머구재의 유래와 관련하여 도깨비 이야기가 없는지 물었다. 그러자
　　　　　제보자는 도깨비불을 본 사람은 있었다며 이야기를 했다.
줄 거 리 : 옛날에 사랑방에서 일을 하던 머슴들이 도깨비불을 본 일이 있었다. 겨울에
　　　　　서 봄철에 마을의 건너편에서 도깨비불이 번쩍거리는 일이 있었다.

(조사자 : 고개하고 관련하면 머, 옛날 도깨비 이야기도 많고 여시이야
기도 있지 않습니까? 그런 거는 들어보신 적 없습니까?)

그, 그 다 사람이 지어낸 기고, 또 그런 실제 또 이야기같이 한 적도 있
지. 있는데, 난 도깨비 본 경우도 없고.

(조사자 : 보신 이야기가 아니더라도 다른 사람이 겪었던 이야기나 옛날
에 어르신들이 해 준 이야기 없으십니까? 도깨비와 씨름을 했다든가, 이
런 이야기 많이 있지 않습니까?)

씨름했다든가 그런 이야기는 없고, 옛날에 여 여 저 우리 연산 어른들
이 하는 이야기를 들어보면, 옛날에는 마을마다 참 고용인 거처하는 사랑,
사랑방이 한 마을에 한 두 군데 세 군데가 있었거든. 인자 고용살이하는
머슴살이, 사람이 쌨는데 여기도 사랑방이 있고 저 짝에도 사랑방이 있
고 그 중간 중간에 한 마을에 사랑방이 몇군데 있거든.

있으면 모아서 봄철이고 겨울철에, 모아서 새끼도 꼬고 짚신도 삶고,
그래 인자 모아서 그슥하는 게 있는데, 이야기 들어보면, 한 사람이 나와
서 보면, 도깨비불이라고, 저 건너 어데, 저 건네 어데, 불이 여기서 하나
번쩍, 저기서 번쩍, 쭝구덕 올라왔다 쭝구덕 올라왔다 쭝구덕 올라왔다
이러다가, 한번 쭉 올라왔다 싹 꺼지고, 그래 도깨비불 나왔다고 감(고함)

을 지르고 막 나와서 그석해서, 사람 뭉쳐서 몇 발짝 걸어서 나가면 한참 그러다 사그라지고 없고, 또 어쩌다 보면 또 딴 사람이,

"아 여 도깨비불 나왔다."고 그런 이야기를 한 적이 있었지.

(조사자 : 그러면 홀렸다는 사람은 없습니까?) 하.


# 월평마을의 유래

자료코드 : 04_18_FOT_20090725_PKS_PJH_0004
조사장소 : 경상남도 함양군 서하면 봉전리 월평마을
조사일시 : 2009.7.25
조 사 자 : 안범준, 정혜란, 김미라
제 보 자 : 박장환, 남, 79세
구연상황 : 제보자 스스로 마을이름에 관한 유래를 꺼내면서 이야기를 시작했다.
줄 거 리 : 월평마을의 이름은 마을 앞에 있는 달 모양의 바위에서 유래하였고 한다.

우리 마을은 월평이라고 하는데, 월평이라는 마을이 어떻게 생겼냐 하면, 현재 나가면 여여 우리집 앞에 도로 건너 달뱀이라고 있어.

달뱀이라고 있는데, 거기 논다라이(논두렁) 가운데 가면, 달매이로(달처럼) 달 비슷하이 둥그마이 바위가 하나 있어. 저 저게 현재 있어.

그 바위를 달바위라고 하고, 앞에 들을 달밭들이라고 해. 그래서 고 들 뒤에 마을이 생긴 게 달밭들 마을이다, 그래 달밭마을이다, 그래 한자로 새겨서 보면 달 월(月) 자 들 평(坪) 자 해서 월평이라 이름이 붙여졌지, 우리 마을이.

# 까막봉이 둘러싸서 큰 인물이 안나는 월평마을

자료코드 : 04_18_FOT_20090725_PKS_PJH_0005
조사장소 : 경상남도 함양군 서하면 봉전리 월평마을
조사일시 : 2009.7.25
조 사 자 : 안범준, 정혜란, 김미라
제 보 자 : 박장환, 남, 79세
구연상황 : 조사자가 풍수에 관한 이야기를 꺼내놓자 제보자가 이야기를 시작했다.
줄 거 리 : 마을 앞에 있는 가깝고 높은 봉우리가 까막봉이다. 까막봉이 마을을 둘러싸고
있어 이 마을에는 큰 인물이 나지 않는다고 한다.

(조사자 : 풍수가 참 좋습니까? 풍수 이야기 같은 거 있습니까?)

풍수라고 하면 지리적 위치 그런 거 말하는데, 우리 마을은 여 현재,
참 내 삽작에 질에 가서 보면, 앞산이, 산이 전부 우리 마을을 콱 에워싸
고 있지. 저쪽에서부터 앞에서부터 상구 나가서 보면 알겠지, 요 있으면
우리 마을을 팽 돌아서 콱 안아 싸고 있지.

그런데 전설에 의하면, 저 저 보이는 저 봉우리가 까막봉이라고 그러거
든. 까막봉이, 저게 너무 가깝게 높이 서서 우리마을 사람들은 욕심이 좀
많다, 또 그리고 저 산이 너무 높아서 마, 큰 인물은 안 나고, 사소한 인
물은 있지만, 영리하고, 그러나 큰 인물은 안난다 그런 전설이 있지.

그리고 현재 우리마을에 박사도 나고, 또 서기관도 나고, 머 또 머, 서
울 가서 몇 백억 재산 가진 사람도 있고 그래.

(조사자 : 그 까막봉이예?)

까막봉, 까막봉이라고 그래.

(조사자 : 봉우리예? 봉우리 봉자예?)

하모, 여여 보이는 저기 저거. [손가락으로 가리키며] 저게 인자 우리
마을로서는 너무 마을을 덮치는 식으로 너무 높아서, 좀 나직하니 멀찍했
으면 좋았을긴데, 그런 전설이 있지.

# 상여소리가 났던 은행마을 은행나무

자료코드 : 04_18_FOT_20090724_PKS_BMD_0001

조사장소 : 경상남도 함양군 서하면 송계리 송계마을 1239번지(백말달 자택)

조사일시 : 2009.7.24

조 사 자 : 박경수, 정혜란, 김미라

제 보 자 : 백말달, 여, 83세

구연상황 : 조사자가 제보자에게 이 마을에 전해오는 전설이 있느냐고 묻자, 제보자는 이
마을에는 없고 은행마을에는 있다고 했다. 은행마을에 가면 현재 문화재로 지
정되어 있는 은행나무에 얽힌 이야기가 있다고 하며 다음 이야기를 구술했다.

줄 거 리 : 옛날 왜정 때 마을 이장이 은행나무를 일본인에게 팔았다. 나무를 벨 때가 되
어 가는데, 밤에 상여 나가는 소리가 들렸다. 마을 사람들이 확인을 하니 은
행나무에서 나는 소리였다. 마을 사람들이 이 나무를 베어서는 안된다고 난리
를 부려서 은행나무를 팔지 않기로 했다. 그후 은행나무에서는 더 이상 소리
가 들리지 않았으나, 마을 이장은 얼마 뒤에 죽고 말았다.

(조사자 : 이 마을에 무슨 뭐 전설이 있는 데가 어디 있는가예? 전해오
는 전설 있는데가.)

여게서는 저 은행은 있어도, 여게는 전설이 없어예. 은행나무 그게 거.

(조사자 : 거 무슨 이야기가 있는가예, 은행 가면은.)

은행 가몬 인자 거기 다 나오지요. 그게 문화재로 되가 있거든예.

(조사자 : 아, 그 은행나무가?)

예 예.

(조사자 : 거기 얼마나 대기(매우) 오래돼 있는 모양이지예?)

그리 여러 철년된(천 년된) 기지요. 은행나무가. 그랑게 그 부근에 집
다 뜯고 아무 것도 없이 만들어 놨지요.

(조사자 : 아, 맨들어 놔서. 아, 그래서 은행마을이 이래 카네요.)

옛날에 왜정 때 그 은행나무를 팔았거든. 그 이장이라 카는 사람이 김
씬데, 거 이장이 그걸 팔았어요. 팔아갖고 그걸 인자 벨 때가 다 돼 가거
든. 그러니까 저녁으로 이리 여름으로 이래 저녁으로 저 우리 저 아래 살

앉는데 그꺼정(거기까지) 생이 매는 소리가 나요.

(조사자 : 무슨 소리가요? 상여 매는 소리, 아 아.)

상여 매는 소리가 저녁으로 마 차랑차랑하이 들기요. 그래서 모도 인자 모도 어데서 대오리 하는 소리, 옛날에는 대오리가 카거든요. 초상 나몬. 그 소리라 했디이 난장에(나중에) 본께 거 은행나무가 그라는 거예요.

(조사자 : 은행나무가 소리를 나던가베.)

야 야 그래갖고 거기 인자 베몬 안 되겠다 해서 막 온 동네에서 난리가 났어요. 그래 인자 은행나무를 몰랐어요(물었어요).

(조사자 : 응 다시.)

야. 물려서 난께네 소리는 안 나요. 소리는 안 나는데 그 이장은 죽었이요, 갤국에.

(조사자 : 아하, 결국.)

예. 그래 그 은행나무가 참 영험 있는 은행나무, 은행나무예요.

(조사자 : 아! 그렇구나.)


# 양자보다 친자식이 낫다

자료코드 : 04_18_FOT_20090724_PKS_BMD_0002
조사장소 : 경상남도 함양군 서하면 송계리 송계마을 1239번지(백말달 자택)
조사일시 : 2009.7.24
조 사 자 : 박경수, 정혜란, 김미라
제 보 자 : 백말달, 여, 83세
구연상황 : 옛날에 아버지한테 들었다고 하면서, 앞의 이야기에 이어 이 이야기를 했다.
줄 거 리 : 옛날에 부자지만 자식이 없는 한 양반이 동생의 아들로 양자를 삼았다. 그러
다 그 양반이 죽어서 장례를 치르고 초구 제사를 지냈다. 그런데 초구 제사를
지내는데, 영감의 영구 앞에서 할머니가 울다 잠이 들었다. 꿈속에서 영감의
동생이 자기 자식이 주는 제삿밥이라며 형을 쫓아내며 제삿밥을 먹지 못하게
했다. 영감이 쫓겨나며 자신도 자식이 있다고 말하며 나갔다. 할머니가 영감

의 뒤를 따라가니 산 속의 어느 오두막집에 들어갔다. 오두막집 방 안에는 애기 하나가 누워 있었는데, 자기 자식이라 하며 어르고 차려놓은 밥을 맛있게 먹고 갔다. 꿈을 깬 할머니가 다음 날 아침에 꿈에 본대로 길을 가니 오두막집이 있었다. 그리고 그 안을 보니 웬 처녀가 아이를 안고 있었다. 어찌된 사연인지 묻자, 부모 산소에 와서 풀을 뜯어 주며 살고 있는데, 어느 날 한 선비가 비를 피해 이곳을 와서 하룻밤을 지낸 후 아이가 생겼다고 했다. 당장 양자를 내쫓고, 그 아이와 처녀를 집으로 데려 와서 대를 잇게 했다.

옛날 옛적에 아들 없는 사램이 있었던가 봐요. 그래갖고 그 부자는 부자지만 자식이 없어. 그래서 동상(동생)의 아들을 양자로 하나 세왔어.

세와 가지고 사는데, 인자 그러다가 본게네 영감님이 돌아가싰어. 그리 그 영감님 팽소(평소)에 양반집이라논게 매일 한 분씩 자기 부친 산소에 말을 타고 왔다갔다 핸 일이 있어요. 늘 생시 때 안 죽어서 늘 했는데, 그래 영감님이 돌아가싰어 고마.

돌아가시고 난 뒤에, 난 뒤에 저 그 집에서 올해 죽으면 내년에 제사를 지내야 초구라고, 옛날에는 초구 탈상까징 지내거든요. 초구라서 제사를 지내니까 지내고, 할마씨가 하도 거시기해서 그 영구 앞에서 막 자꾸 울다가 고마 잠이 들었어요. 잠이 든게, 영감님이 제사를 잡수러 들어온게 동상이 새이를(형을) 쫓아내더라요.

"내 자식인데 어딜 들오까 보냐."고. 그래 쫒기나가면서 하는 소리가,

"너만 자식 있나. 나도 자식 있다."

그카고 나가더래요, 그 노인이. 그런게 할마이가 하도 분해서 영감 상구(상여)를 따른 기라요. 뒤를 따른께 오데 살골짜기 살골짜기로 자꾸 들어가다 본께네 오두막 집이 한 개 있는 거예요. 오둠패이가. 그래 고리 영감이 드가더랍니다. 그래 따라 드간게 구둘막에 애기가 하나 누웠는데, 토닥닥 하더래요. 그런게 그 영감이 그 애기를 톡톡 뚜디리,

"아구 내 새끼야." 하고 그라더랍니다. 그런데 본게, 웃목(윗목)에 본게 흰죽 한 그릇하고, 찬물 한 그릇하고 숟가락 요리 걸쳐논 기 있더랍니다.

그걸 그 영감이 맛있게 먹고 가더래요.

그래 그러자 할마씨가 꿈을 깬거야. 깨 갖고 본게 이상한 거 아니예요. 그래서 아칙(아침)에 일나서,

"너거 여 동네 사람들 모여갖고 소리해서 모두 갈라 무러 나오디, 볼일 보러 갈란다."

그러면서 나서 갖고 꿈에 가던 길로 상구 간 거예요. 옛날에 시아바시 산소에 간 데로. 상구 간께네 진짜 오둠패이, 꿈에 본 오둠패이가 나오더 랍니다.

(조사자 : 아, 오두막이.)

예, 걸(거기를) 가서 본께네 참 꿈에 본 애기가 누웠는거야. 음, 거게.

(조사자 : 오두막 안에?)

예, 근데 본게 머리 철벅철벅한 땋은 처녀가 있더래요.

"그래 이게 어찌된 사실이냐?"고 물었더래요. 물은께네,

"그래 이만저만한 그 어떤 선비가 산소에 왔다 가다가 비가 하도 뇌성 벽력을 하고 심해서 여 쉬러, 피해를 들어왔더래요. 비가 안 그친이까 못 갔잖아요."

그런데 웃목에 자고 아랫목에 잤더래. 그런데 참 밤에 오찌 돼갖고 애기를 하나 논(낳은)거야.

(조사자 : 아하, 처녀가?)

예, 처녀가.

"그 처녀는 거기 뭐 하러 있느냐?" 한게,

"우리 어머니 아버지가 자식이 없어서 나 살아 생전에 풀 뜯어 주고 살다가 죽을라고 그래 거기 산다."고 카더라요. 그래갖고 할마씨가 집에 와서 고마 살림 반 떼서 양자 주고 쫓아내고, 그래 그 애기 데꼬 처녀 데꼬와서, 집에 와서 그래 그 대를 물리고 사더랍니다.

예, 그런 사연이, 그런께네 양자보다 친자식이 낫다 카는 기 거게 나오

는 기라요. 그런께 양자는 하몬 제사를 못 묵는답니다. 자기 부모가 와서 내 자식이라 카고 쫓아낸답니다.

(조사자 : 음, 그래 우째 그 영감이 친자식을 그래 만들어 났네요.)

그래, 그래, 우째 자기가 거기 될라꼬, 씨가 될라꼬. 그런께 비가 와서 못가구로 만든거지.

(조사자 : 아이 할머니 얘기 재미나십니다.)


# 애기 대신 시아버지를 업고 온 효부

자료코드 : 04_18_FOT_20090724_PKS_BMD_0003
조사장소 : 경상남도 함양군 서하면 송계리 송계마을 1239번지(백말달 자택)
조사일시 : 2009.7.24
조 사 자 : 박경수, 정혜란, 김미라
제 보 자 : 백말달, 여, 83세
구연상황 : 조사자가 효부 효자 이야기에 대해 들어본 것이 없느냐고 묻자, 제보자는 처
　　　　　음에는 모른다고 했다가 잠시 후 이 이야기가 생각났는지 구술하기 시작했다.
　　　　　이야기를 마치고 효자, 효부는 하늘이 알아서 돕는다고 했다.
줄 거 리 : 옛날에 한 가난한 집에 며느리와 아들, 그리고 시아버지가 살았다. 어찌나 가
　　　　　난한지 갈아입을 옷이 없어 옷을 입은 채로 빨래를 해야 할 정도였다. 시아버
　　　　　지가 친구 환갑잔치에 가게 되어 그렇게 빨래를 해서 시아버지를 보냈다. 잔
　　　　　치에 간 시아버지는 술을 마시고 미처 집으로 돌아오지 못했다. 시아버지를
　　　　　기다리던 며느리가 아기를 업고 멀리까지 마중을 가니, 정자나무 아래 시아버
　　　　　지가 술에 취해 자고 있었다. 아기를 포대기로 묶어 그곳에 놓고 대신 시아버
　　　　　지를 업고 집으로 왔다. 다음 날 가보니 아기가 없어졌다. 동네 사람들과 함
　　　　　께 찾으니 범이 아기를 데려 가서 자신의 품에 안고 있었다. 효자, 효부는 하
　　　　　늘이 알아서 돕는다.

옛날에, 옛날에는 효부 효자가 더러 있었는 갑데예, 옛날에는. 그런데 지금은 그런 사람이 있어야지.

(조사자 : 자기 살을 떼 가지고 안자 먹.)

옛날에는 그런 기 있더랍니다, 예.

저 한 집에 아들하고 메느리하고 인자 시아바가 이렇게 있었는데 너무 너무 가난한 거예요. 그런께 이 옷 한 분 입으몬 이걸 벗어서 씩을(씻을) 수가 없어서 시아바를 고목다라이 안에 앉히 놓고서 빨래를 씩어서 입히 고 이랬대요. 그래 그래갖고 빨래를 씩어서 입히놓고 있은게 오데서 환갑 잔치하는, 친구 환갑잔치라고 오라고 통보가 왔더랍니다.

그래 그 노인을 인자 두루마구(두루마기)로 얄궂이 해서 입혀서 보냈더 래요. 빨래를 해서 보냈대. 거 가서 술을 잡숫고 오시다 본께로 고마 못 왔던가베래 몇이. 그래 인자 시아바이 오까 지다리다 지다리다 애기 업고 살몽살몽 간다고 간기 많이 떨어져 갔던개비요.

간게 어느 정지나무 밑에서 누워서 자더랍니다, 시아바가. 그러께 애기 를 끌러서 보따리로 묶어서 거따가(거기에다가) 놓고 시아바를 업고 온 거예요.

(조사자 : 애를 두고.)

예. 두고 와서 인자 시아바를 데려다 놓고 간께네 애기가 없는 거예요. 그래서 온 동네 사람이 나서서 찾아서 나간께네, 그 이튿날 아칙에 간께 네 범이 애기를 델고 가 갖고 [두 팔로 안는 시늉을 하며] 이래 폭 싸고 있더랍니다, 얼어 죽는다고.

예. 그래 효부를 하면, 효도를 하면 하늘이 돌보고 천지를 돌본다는 거 예요 범이 물어다 데꼬 가서 싸갖고 얼어 죽는다고 제가 이래 안고 있더 랍니더. 털속에다가.

(조사자 : 그런 이야기, 할무이 와, 옛날에 그런 얘기 들었네요.)

예.

(조사자 : 참 재미나네. 할머니 이야기 다 재밌네요.)

허허허허.

# 저승 갔다 온 아주머니

자료코드 : 04_18_FOT_20090724_PKS_BMD_0004
조사장소 : 경상남도 함양군 서하면 송계리 송계마을 1239번지(백말달 자택)
조사일시 : 2009.7.24
조 사 자 : 박경수, 정혜란, 김미라
제 보 자 : 백말달, 여, 83세
구연상황 : 조사자가 저승 갔다 온 이야기가 없느냐고 묻자, 제보자가 들은 이야기라며
　　　　　 이 이야기를 꺼냈다.
줄 거 리 : 서울에서 식당 주인인 아주머니가 죽어서 저승 갔다가 왔다고 이야기를 했다.
　　　　　 이 아주머니는 아들 넷을 낳고 영감이 먼저 죽어 혼자 떡장사를 했다. 그러다
　　　　　 장티푸스가 걸려 죽게 되었다. 죽으니 영감이 나타나 자신을 따라오라고 해서
　　　　　 따라갔다. 밭두렁, 논두렁길을 한참 따라가니 큰 반석이 있어, 그것을 깨고 들
　　　　　 어가니 꼭 합천 해인사같았다. 그곳에서 삼십 년 후에 와야 된다고 하면서 데
　　　　　 리고 온 사람을 나무랐다. 조그만 작대기를 주며 강아지를 따라가라고 했다.
　　　　　 강아지를 따라가다가, 강아지가 깊은 물에 뛰어드는 것을 보고 깜짝 놀라서
　　　　　 깨니 사흘만에 죽음에서 깨어났다. 후에 삼 년만 있으면 저승 간다고 했는데,
　　　　　 그때가 꼭 삼십 년이 되는 해였다.

　내가 23살에 혼자 됐어요. 3살 먹는 아들 하나 하고. 그래갖고 참 산서
(산에서) 서울 가서 식당 겉은 데 일 마이 했거든요.

　(조사자 : 어, 서울에 가서.)

　젊었을 적에. 근데 그 집에 주인이, 주인이 그 얘길 햐아(해).

　"저승이 딱 합천 해인사 겉습니다."

　그래.

　"그래 오찌(어찌) 저승을 알아요."

　이런게,

　"내가 젊어서 합천 해인사 구경 간 일이 있어요. 그런데 죽어서 저승에
를 간게 딱 합천 해인삽디다."

　그랍니다. 그래서 그래 인자 영감이 아파서 누운, 그런게 옛날에 장질부
사(장티푸스) 했잖아? 장질부사 했는데. 거여 할마씨도 고마 아들 너인가

놔놓고 영감이 죽어버려서 혼차서 떡장사를 해서 아들 키우고 살았대요.

그란께 이우지서(이웃에서) 모다 불쌍히 애기고(여기고) 언니 동상 하고 이래 살았는데, 그래 이 장질부사가 걸려서 고마 참 죽게 됐어요, 그 할마씨가. 그 아주머니가 그래논게 그래 이우지 언니 동상하던 사람이 와서 구완을 하다 죽어논께네, 그리 인제 자기가 꿈에 이리 나간게 영감이 와서,

"가자." 카더랍니다. 그래 가자 캐서,

"자네 시집올 때 갖고 온 요강 단지 갖고 오게."

그라더래요. 그래 요강을 꿈에, 요강을 들고 따라간게, 질도 아이고 논두렁으로 밭두렁으로 너두룩인 데로 산으로들 이리 가더랍니다.

그래 죽께배(죽도록) 살아간께네, 따라간께네 어디 가디 큰 반석이 있는데, 그걸 때린께 그게 열리더랍니다, 문이.

그래 드간께네, 참 그 막 이리 막 머시 이 사람이 이리 앉았고, 이런데 드간게 합천 해인사가 나오더래요. 예.

"그래 여 어찌 왔노?"

그래서,

"가자 캐서 왔다." 칸께네,

"아중(아직) 이 사람 삼십 년 후에 와야 되는데, 와 머 때민에 데꼬 왔느냐?"고 머라 카더랍니다(나무라더랍니다), 데꼬 온 사람을. 그래 이리 참 그래서 처다본게, 천상천지 고마 합천 해인사가 거기 저승이더라. 그래서 그란께네 저기서,

"여기 있음 안 되고 삼십 년 후에 와라."

그람서 세시때기(작은 작대기)를 요만한 거 한 개 줌서,

"강새이(강아지)를 따라 가라." 카더래요. 요만한 강새이를 노옴서(놓으면서), 그란께 졸래졸래 오디 강생이가 오는데 본께, 이 물이, 거랑이 있는데 요만한 기 마 그 밑에 막 물이 시-퍼렇게 내려가더랍니다.

그런데 그리 지게때기(작대기) 요걸 그래 걸치께네 강새이가 고기로 오

둘오둘 가더래요. 가디만 가운데 가 폭 빠졌는데 깜짝 놀란 기 고만 깬 기예요. 강새이가 폭 빠진게 그만 내가 깜짝 놀랜께 고마 깼어요, 그란께 언새(어느새) 죽어서 사흘 넘었더랍니다.

그래가 널을 갖다 놓고 옇을라 카는데, 사람이 깨면 이기 숨을 쉬면 염이 죽 묶어논 기 터진답니다. 예.

(조사자 : 다 묶어 났는데도.)

예. 숨이 돌아오모 이기 터져 버린다네요. 그런께 사람들이 인제 막 '아이구 깼다' 카면서 막 이리 본께네, 그래 참 숨을 쉬거든. 그런께 막 그 동생되는 사람이 쫓아가더이 물을 갖고 와서 입에 이래다 첨엔 말이 안 나오는데, 물을 옇게 말이 나오더랍니다. 그래갖고 저 장사를 하고 있더라고요.

나 있는 집에 주인인데, 그래,

"내가 옛날에 죽어서 저승 간 일인데, 내가 삼년만 있으면 죽을텐데."

딱 삼십 년이래요.

"삼 년만 있으면 나도 죽어야 된다."고, [조사자 웃음] 그 할마씨가.

(조사자 : 아이 예. 아이구 참, 그때 저승 간게 진짜 세계같네요.)

그때 삼, 사흘만에 깬 거니까.


## 눈이 빠진 고양이바위

자료코드 : 04_18_FOT_20090726_PKS_JBY_0001
조사장소 : 경상남도 함양군 서하면 황산리 황산마을 장병용 댁
조사일시 : 2009.7.26
조 사 자 : 안범준, 정혜란, 김미라
제 보 자 : 장병용, 남, 74세
구연상황 : 동네에 있는 고양이바위에 대해 이야기를 요청하자 제보자가 이 이야기를 했다.
줄 거 리 : 황산마을에 고양이바위가 있어 쥐설을 지키고 있었는데, 어느 중이 시주를 받지 못하자 고양이바위의 눈 부분을 파버렸다고 한다. 그 후로 황산마을이 쇠

하였다고 한다.

지금은 동네가 없어졌어요. 저 쪼매난 동네 고양이 바위에 저 눈 바위에 고양이 바위 있는데 그 어디가 눈이라 캐. 그따가 굴을 이리 파 뻐려서, 이제 절에서 그 저 저 뭐이고, 중이 인쟈 저 저 동냥하러 오니까 안 주거든.

(조사자 : 마을에서요?)

예, 없으니까, 줄 게 없으니까 안 주는 기라. 그래놓으니까 그 저 그 저 저 중이 절에 중에, 고마 인쟈 동네를 망하게끔 만드는 기라요.

왜냐하는 것 같으면, 그 동네 터가 쥔데 쥐. 쥐설인데 고양이 때문에 고양이가 꼼짝을 안하는데 바라보고 있으니까 꼼짝을 안하는데, 고양이 눈이 멀어버리니까 그만 쥐가 막 도망을, 동네가 망해뻐렸어. 없어져버렸어.

그래서 그 사람이 안으로 들어왔지. 우리 장가들 사는 데로, 그래서 지금도 그리 살고 있긴 있어요.


# 황산마을의 당산제

자료코드 : 04_18_FOT_20090726_PKS_JBY_0002
조사장소 : 경상남도 함양군 서하면 황산리 황산마을 장병용 댁
조사일시 : 2009.7.26
조 사 자 : 안범준, 정혜란, 김미라
제 보 자 : 장병용, 남, 74세
구연상황 : 조사자가 마을에 큰 나무가 있던데 당산제를 지내느냐고 물어보자 제보자가
            이 이야기를 해 주었다.
줄 거 리 : 황산마을의 당산제는 정월 초이튿날에 지낸다. 당산나무 밑에 관수통이 있는
            데, 그곳에 있는 관수가 신기하게도 화재가 나면 마른다.

(조사자 : 마을에 나무가 굉장히 오래되고 크던데, 당산제에 대해 이야기 좀 해주시겠습니까?)

예, 당산제는 일년에 인쟈 방금 이야기한대로, 정월 초이튿날 밤중 넘

어서 긍게 초 사흘날 새벽이 되는데 그 때 인자 한 시 넘어서 인자 제사를 지내요.

그 위에 올라가고 지내고 내려오는데 웃 당산에서 지내고, 그라고 인쟈 거는 인쟈 돼지 생대가리를 생 걸, 돼지 대가리를 머리를 사다가. 또개가 지고 생거를 갖다가, 또 위에 거는 위에 당산에 묻고, 밑에 턱 요거는 이제 밑에 와서 묻고, 그래 인쟈 또 저 건네 산에는 화재 못 생기도록, 안 나도록 관수를 해마다 넣는데, 방금 이야기했듯이 화재가 한 서너번 나삐리면 그 관수 통이 올라가보면 관수 위에 올라가면 죽어져가 있고, 불이 안 나 있고 잘 넘어가면 그 관수통이 씌어진 그대로 있고 전디가 있고 그래요.

(조사자 : 관수통은 나무 밑에 있는 겁니까?)

오데요. 돌 오목하게 쌓아놓고 그 위에 올라가면 돌 하나 들면 그 관수통이 있어요. 고따 그 옹기로 만든 그릇인데 그따 관수를 만들고 닫고 오면 끝이 나는 기라.


# 황산마을의 치마바위

자료코드 : 04_18_FOT_20090726_PKS_JBY_0003
조사장소 : 경상남도 함양군 서하면 황산리 황산마을 장병용 댁
조사일시 : 2009.7.26
조 사 자 : 안범준, 정혜란, 김미라
제 보 자 : 장병용, 남, 74세
구연상황 : 제보자가 마을 이야기를 하면서 이 이야기를 했다.
줄 거 리 : 황산마을 뒷산에는 치마바위가 있는데, 이 바위로 인해 이 마을에는 큰 사람이 나지 않는다고 한다.

요 마을 뒤에 치마바우라고 있어요.

(조사자 : 치마바위요?)

여자들이 입고 다니는 치마바위.

그 치마 바위 때문에 동네 사람이 안 난다고 그런 거 있죠. 그러니 여기 여자 치마라고 하는 게 맞지요.

요게 옥녀봉이고 우리가 동네가 마을이 베틀설이고 그 뒤에 치마바위가 있으니까 그 치마바위 때문에 여자들 동네 위에 있어 놓으니까, 여자 옷이, 여자 옷이 위에 있어놓으니까 이제 그 사람이 안 난다 똑똑한 사람이 안 난다.

이제 그 말이죠.

# 호랑이논과 밥논의 유래

자료코드 : 04_18_FOT_20090725_PKS_JSY_0001
조사장소 : 경상남도 함양군 서하면 봉전리 월평마을
조사일시 : 2009.7.25
조 사 자 : 안범준, 정혜란, 김미라
제 보 자 : 전숙녀, 여, 77세
구연상황 : 재미있는 이야기를 하겠다고 하면서 자발적으로 구연하기 시작했다. 논의 이름과 관련한 이야기인데 짧고 간단하다.
줄 거 리 : 논 임자가 자기 논에 내려온 호랑이를 잡았다. 그 호랑이를 팔아서 논을 샀는데, 그 논이 호랑이논이다. 또 한 사람이 배가 매우 고파서 논을 팔아 밥 한 그릇을 사서 먹었다. 밥 한 그릇 먹기 위해 팔았던 논이라 하여 밥논이라 했다.

논이 두 마지기인데, 두 마지기 논에 그 호랑이가 내려왔어. 그래 그거, 논 임자가 잡아갖고 그걸 팔아갖고 논을 샀어. 두 마지기를 그래서 그랬는데, 그게 호랑이 논이라. 이름이 호랑이 논이고.

옛날에 하도 배가 고파서, 밥 한 그릇도 못 사먹어서 논을 고마 두 마지기를 주고 밥을 한 그릇 얻어먹고 논을 줘버렸디야.

몇 천 만원짜리 되지, 하모, 그런 걸, 그게 두 밥논이고 그랴.

밥 한 그릇 얻어먹고 줬다고 두 밥논이래.

# 짐 보따리를 물어다 준 호랑이

자료코드 : 04_18_FOT_20090725_PKS_JSJ_0001
조사장소 : 경상남도 함양군 서하면 다곡리 다곡마을 마을회관
조사일시 : 2009.7.25
조 사 자 : 안범준, 정혜란, 김미라
제 보 자 : 정숙자, 여, 69세
구연상황 : 조사자가 호랑이와 관련된 이야기를 요구하자 제보자가 이 이야기를 했다.
줄 거 리 : 호랑이 새끼를 귀여워 해 준 사람에게 처음에는 쫓아낸 호랑이가 그래도 자
기 새끼 이뻐해 준 사람이라고 짐 보따리를 물어다 준다.

어떤 사람이요 나물 뜯으러 가가주고요, 호랑이가 새끼가 하도 예뻐가
지고 요래 이쁘다고 이리이리 주무리고 있으니까요, 호랑이가 막 저 새끼
가 건드린다 싶어서 어흥 카더래요.

그래가지고, 마 겁이 나가 갖고 쫓아 내삐가지고 나물이고 뭣이고 내삐
리고 쫓아버리고 옹께네, 호랑이가 지 새끼 이쁘다 칸다고 그 보따리를
집에까지 물어다 주더래요.

내가 그 소리를 한 번 들었다.


# 과거의 인연으로 숯쟁이와 결혼한 재상 부인

자료코드 : 04_18_FOT_20090725_PKS_JSJ_0002
조사장소 : 경상남도 함양군 서하면 다곡리 다곡마을 마을회관
조사일시 : 2009.7.25
조 사 자 : 안범준, 정혜란, 김미라
제 보 자 : 정숙자, 여, 69세
구연상황 : 조사자가 어릴 때 들은 이야기가 없냐고 물어보자 제보자가 이 이야기를 했다.
줄 거 리 : 과거에 돼지의 이였던 재상 부인이 과거 자신의 주인이었던 사람을 찾아 집
을 나갔다. 재상이 부인을 찾아 헤매던 중, 숯굴 안에서 숯쟁이와 부부의 연
을 맺고 사는 부인을 발견했는데, 지나가던 스님이 과거의 인연으로 둘이 부

부의 연을 맺은 것이니 찾지 말라고 했다.

요 동네 이야긴가는 몰라도, 옛날에 뭐 재상 부인이 참 진짜로 마 너무 기로운(괴로운) 것도 없고 잘 사는 부인인데, 어느 날 어디 나가고 없더래요.

그래 나가 가지고 찾을라고 그 재상이, 찾아볼라고 막 어딜 다니며 봐도 없는데, 한 군데 갔는데 숯을 굽고 있는 숯굴 안에서 같이 숯쟁이하고 둘이서 부부해서 연을 맺고 살더래요.

그래 가지고 하도 이상해서 걸터앉아서 있으니께네, 지나가던 스님이 그카더라네요.

"당신이 저게 당신은 젊어서 그 저게 그기고 저게 산돼지고 산돼지였었고, 저 여자는 말하자면 저 돼지에 붙은 이였다." 카더래요, 이. 그런데 숯쟁이 저 사람은 저기 주인이고, 그 돼지 주인이고, 그래 갖고 주인을 찾아 자연히 간 거라고 찾을 생각을 하지 말라 카고 그칸다 했대요.

요 이야긴가 그 이야긴가 몰라도 그 소리는 들었어.


# 우렁이 각시

자료코드 : 04_18_FOT_20090725_PKS_JSJ_0003
조사장소 : 경상남도 함양군 서하면 다곡리 다곡마을 마을회관
조사일시 : 2009.7.25
조 사 자 : 안범준, 정혜란, 김미라
제 보 자 : 정숙자, 여, 69세
구연상황 : 조사자가 우렁이 각시 같은 이야기도 해 달라고 하자 제보자가 이 이야기를 했다.
줄 거 리 : 노총각이 부모에게 효도하며 살고 있었다. 하루는 집에 오니 밥상이 차려져 있었다. 몰래 살피니 우물에서 예쁜 색시가 나와서 밥상을 차려놓고 다시 우물로 들어갔다. 노총각은 우렁이 각시를 잡아서 같이 살았다.

(조사자 : 예, 한 번 해 주십시오. 들으신 대로)

저게 노총각이 노총각이 장개(장가)를 못 가고 부모한테 굉장히 효자를 하고 효도를 하고 그러는데, 집에 오면 밥상을 차려놓고 이쁘게 차려놓고 그렇더래요.

한날은 뭐 땜시롱 그런가 가만히 봉께네, 그래 예쁜 색시가 나와 가지고 그 밥상을 딱 차려놓고 우물로 드가더래.

그래 봉께네 그때를 잡으면 인쟈 우렁이 각시가 안들어가지 싶어서 잡아가지고 살았다 그런 말이 있더라 그 정도지 뭐.


# 자기 성도 모르는 바보 사위

자료코드 : 04_18_FOT_20090725_PKS_JSJ_0004
조사장소 : 경상남도 함양군 서하면 다곡리 다곡마을 마을회관
조사일시 : 2009.7.25
조 사 자 : 안범준, 정혜란, 김미라
제 보 자 : 정숙자, 여, 69세
구연상황 : 조사자가 성 모르는 바보 이야기에 대해 앞부분을 이야기하자 제보자가 바로 이 이야기를 해 주었다.
줄 거 리 : 자기 성도 모르는 바보에게 엄마가 배에다가 배를 달아주면서 니 성이 뭐냐고 물으면 "배가다" 하라고 가르쳐주었다. 그러나 가던 중에 배가 떨어지고 꼭지만 남아서 자기 성을 "꼭지서방입니다"라고 바보는 대답했다.

옛날에 지가 배씬데 성을 몰라가지고 시집 장가를 갔께네 니 성이 뭐이냐 카면 모르고 모르고 해서 저거 어머이가 그 배를 하나 달아주면서,

"니 성 잊어버리면 배가다 하라."고 달아줬댜. 그래 달아중께네 그래 니 성이 뭐이냐고 물응께로 다 떨어지고 꼭지만 남았더댜. 그래,

"꼭지서방이라." 카더라고.

# 지렁이국으로 시어머니 봉양한 며느리

자료코드 : 04_18_FOT_20090725_PKS_JSJ_0005
조사장소 : 경상남도 함양군 서하면 다곡리 다곡마을 마을회관
조사일시 : 2009.7.25
조 사 자 : 안범준, 정혜란, 김미라
제 보 자 : 정숙자, 여, 69세
구연상황 : 제보자가 크면서 들었던 이야기라며 이 이야기를 했다.
줄 거 리 : 효자인 남편은 불효한 아내가 자기가 돈 벌러 간 사이 어머니를 해칠까 두려
워 꾀를 내었다. 그래서 남편은 지렁이를 고아서 드리면 어머니가 죽을 것이
라고 아내에게 말해 두고 떠났다. 아내는 그 말을 듣고 어머니에게 지렁이를
고아서 드렸다. 남편이 돌아와 보니 어머니는 더욱 건강해 보였고, 어머니께
지렁이를 고아서 드린 것이라고 말씀하자 그 말에 놀란 어머니는 눈을 뜨게
되었다.

우리 어른들도 다 알지만은 하도 저기에 며느리가 불효한 며느리더래
요. 그래서 남편은 참 효잔데, '저게 내가 돈 벌러를 가고 나면 꼭 어머니
를 해꼬지하겠다' 싶어가지고 내가 좀 차라리 바꿔가지고 그래가지고,

"네가 저기 어머니가 빨리 죽고로 할라 카믄 지렁이 있제? 그제 그거를
건더기는 절대 주지 말고 푹 고와 가지고 물만 그리 주라. 그라믄 저게
어머니가 빨리 죽어서 니가 편할 기다."

그카고 갔대요.

그게 사람 몸에 좋다는 건 알아가지고 요새 지렁이 탕 안해먹잖아. 그
래놓께네 그래 가고나서 죽으라고 막 지렁이만 파가지고 고아가지고 또
주고 주고 항께로, 그래놓응께로 몇 달만엔가 옹께네 살이 쪄가지고, 저
거 엄마 봉사고 안 보이거든요. 그래가지고,

"아이고 우리 며느리가 얼마나 나를 봉양을 잘해 가지고 세상에 내가
이리 살이 찌고 이리 요새 좋다."

그래 아들이,

"어머니 잡수신 게 그게 뭔 줄 압니까?"

그래 지렁이다 참 그러니까 처음 그캉께로,

"지렁입니다."

그래서 놀래가지고 눈을 떴다 카는 그런 전설이 있다 카대요.


# 걸인의 묘를 잡아 준 명풍수

자료코드 : 04_18_FOT_20090725_PKS_JSJ_0006
조사장소 : 경상남도 함양군 서하면 다곡리 다곡마을 마을회관
조사일시 : 2009.7.25
조 사 자 : 안범준, 정혜란, 김미라
제 보 자 : 정숙자, 여, 69세
구연상황 : 조사자가 명당자리 이야기는 없냐고 물어보자 이 이야기를 해 주었다.
줄 거 리 : 유명한 풍수가 길을 가다가 좋은 명당을 보았는데, 시체가 반은 묻히고 반은
안 묻혀 있음을 보았다. 수소문을 하여 한 부잣집을 찾아갔는데, 그 집의 주
인은 풍수가 본 묘가 아닌 다른 곳에 자신의 아버지가 묻혔다고 주장했다. 그
럴 리가 없다고 생각한 풍수는 대감 마님에게 물어보니 아들의 진짜 아버지
는 한 걸인이었다고 한다. 풍수는 대감 마님에게 그 걸인의 묘를 잘 관리하면
길할 것이라고 말해주었다.

(조사자 : 할머니, 그럼 못자리 잘 써서 부자된 사람 명당자리 그런 거.)

한 사람이 있는데, 풍수가 그래 어디 한 군데를 간께네, 길을 잘 보고
하는 그런 사람 있잖아요.

시체가 반천은 구부러지고 썩어 있고, 그런데 반치는 묻히고 반치는 안
묻히더래요. 그 자리가 기차게, 진짜로 좋은 자리더래요.

그래가지고 가만히 이 사람이 생각하니까, '틀림없이 이게 나서면 이
묘가 누구네 집에는 봉께네 저게 잘 사는 집이나 대감이나 아주 마 크게
난 사람이 있을거다.' 싶어가지고 살살 수소문해서 가본께네, 진짜 대감집
이 큰 사람이 있더래요.

그래서 그 사람을 불러가지고 아들을 불러 갖고,

"그래 이거 당신 아버지 묘가 어딨냐?"고 그카는데, 묘 쓰는 사람이 전혀 그 묘는 아니더래요. 진짜 안 좋고 그런, 죽을 그런 묘지더래요.

그래가지고 가만히 생각해보니까 틀림없이 긴데 싶어서 다 물려버리고, 그 인쟈 대감 마님 그렁께네, 그 사람만 불러가지고,

"좀 조용히 이야기할까 다른 사람은 전부 다 멀리 가라." 해 놓고 그래가 물어봤다 캐요.

"내한테만 만약에 안 가르쳐주면 이게 큰 일이 벌어질끼고 망할 집이니께 똑바로 내한테만 이야기해 주라."고 그칸께네, 그래 그 사람이 카더래요. 울면서 말하더래요. 부잣집에 벼슬은 안 해도 잘 사는데, 달도 밝고 해 가지고 남편은 어디 가고 없을 때, 뜰을 이리 거닐고 있응께네, 밤에 새로 보면 참 이쁠 거 아입니까, 그죠?

그렁께 걸인이, 떠돌아다니던 걸인이 댕기다가 하도 이쁭께 그 얼굴에 취해 갖고 담 넘어 뛰어 들어와 갖고 고마 그 사람을 고마 그 사람을 강간 겁탈을 해뻐렸는 기라요.

그래가지고 지는 뛰어넘어 죽었는 기 그 좋은 자리에 죽어가지고, 이 사람이. 그러니 그 사람이 아버진 기라, 이 사람이, 따지고 보면 지금 대감 된 사람이. 그래 갖고 그 이야기를,

"당신 죽을 때까지 내 이야기 안 하고 나도 비밀을 지켜줄긴 께네, 그래 그 묘 잘 써주고 당신 아들한테만 이야기해라."

그래서 자기 아들한테만 이야기 해 가지고 진짜 거지 묘를 잘 써줘서 비밀리에 다니더래요.

그래가 풍수가 옛날에 그마이(그만큼) 영험이 있었다고 그런 이야기를 하더라구.

# 모심기 노래 (1)

자료코드 : 04_18_FOS_20090725_PKS_KKS_0001
조사장소 : 경상남도 함양군 서하면 다곡리 다곡마을 마을회관
조사일시 : 2009.7.25
조 사 자 : 안범준, 정혜란, 김미라
제 보 자 : 김경순, 여, 72세
구연상황 : 조사자가 모심기 노래도 있지 않냐고 물어보자 제보자가 이 노래를 불렀다. 노래를 길게 빼면서 구성지게 구연하였다. 청중들은 모두 제보자가 노래를 참 잘한다고 칭찬하며 경청하였다.

서~마지기- 논-빼미는- 반-달~만-큼 남았구-나

그게 일절이라. 또 있어.

제가 무신 반달이냐~ 초생달이- 반달이-지


# 모심기 노래 (2)

자료코드 : 04_18_FOS_20090725_PKS_KKS_0002
조사장소 : 경상남도 함양군 서하면 다곡리 다곡마을 마을회관
조사일시 : 2009.7.25
조 사 자 : 안범준, 정혜란, 김미라
제 보 자 : 김경순, 여, 72세
구연상황 : 또 다른 모심기 노래고 있다고 제보자가 자발적으로 이 노래를 불렀다.

물-꼬~ 철-철~ 물- 실어 놓고~ 이-집~ 주인 주인 어데를 갔소

그라고 또 있는 기라. 그 따라서.

문어 전북(전복) 손에다 들고~ 첩-의~ 방 방에 놀러를 갔-소

## 노랫가락

자료코드 : 04_18_FOS_20090725_PKS_KKS_0003
조사장소 : 경상남도 함양군 서하면 다곡리 다곡마을 마을회관
조사일시 : 2009.7.25
조 사 자 : 안범준, 정혜란, 김미라
제 보 자 : 김경순, 여, 72세
구연상황 : 조사자가 노래의 내용을 이야기하자 청중들이 서로 이야기를 했다. 그러던 중
에 제보자가 이 노래를 불렀다.

처남 처남 내 처남아- 자네 누-야 뭣하던고
모시 적삼 등받아 입고 신던 보선(버선) 볼 걸어 신고
연지 찍고 분 바르고~ 자형 오기만 기다리-오

## 양산도

자료코드 : 04_18_FOS_20090725_PKS_KKS_0004
조사장소 : 경상남도 함양군 서하면 다곡리 다곡마을 마을회관
조사일시 : 2009.7.25
조 사 자 : 안범준, 정혜란, 김미라
제 보 자 : 김경순, 여, 72세
구연상황 : 제보자가 자발적으로 기억나는 노래가 있다고 하여 구연하였다. 바른 자세로
앉아 구연하였는데 발음이 매우 정확하였다.

에헤-이여~ 술이라고 거들-라믄 숨지를 말~고

임이라꼬 만나려들랑 이-별을 말-아라
에라 누어라- 나는 못 노리로구-나~

연락이 들보라쳐도 할 수가- 없-어-
에헤-이여~ 양산도 큰아기- 베 짜는- 소리-에~
질(길) 가든 선-부가 발 맞춰 간~다


# 시집살이 노래

자료코드 : 04_18_FOS_20090725_PKS_KKS_0005
조사장소 : 경상남도 함양군 서하면 다곡리 다곡마을 마을회관
조사일시 : 2009.7.25
조 사 자 : 안범준, 정혜란, 김미라
제 보 자 : 김경순, 여, 72세
구연상황 : 제보자가 먼저 긴 노래를 한 번 꺼내 보겠다며 이 노래를 불렀다. 제법 긴 노
래였지만 가사를 모두 기억하고 있어서 청중들을 놀라게 하였다.

살강 밑에다 베를 심어 마디마디 세 마디라
한 마-디는 눈물을 담고 한 마디는 설움 담고
또 한 마디는 봉지를 담고
친정 토대 보냈더니 제가 굳이 받아보디
사는구나 사는구나 서런 시접(시집)을 사는구나
느그 오빠가 받아보니-
사는구나 사는-구나 서런 시접을 사는구나
아랫-방에 하인들아 웃방에는 동생들아
우리 동생 서-런 시접을 못 산다고 편지 왔다
아랫방에 하인들아 동상 실로를 싸게 가자
부엌에라 우리 올케 군불 떼고 에우리면

못가네요 못가네요 동상(동생) 실로를 못가네요

젊고 강께네 그렇든가 나도 온께네 그렇더라

꽃바구래다 밤을 담아 백옥 같이도 옹골지까

녹쟁반에다 구슬을 담아 보옥같이도 장골할까

웃지물동이라 옆에 끼고

아랫집에 동시(동서)들아 윗집에라 동시들아

우리 시누 서럼 시접 못산다고 편지 왔네

얼씨구나 좋다 지화자 좋구나 아니 놀지는 못하리로다


# 연정 노래

자료코드 : 04_18_FOS_20090725_PKS_KKS_0006

조사장소 : 경상남도 함양군 서하면 다곡리 다곡마을 마을회관

조사일시 : 2009.7.25

조 사 자 : 안범준, 정혜란, 김미라

제 보 자 : 김경순, 여, 72세

구연상황 : 제보자가 먼저 나서서 이 노래를 불렀다. 청중들이 제보자의 노래 실력이 좋
다며 칭찬하자 제보자가 더욱 구성지게 불렀다. 모심기 노래로 부르는 각편들
을 엮어서 유흥요로 부른 것이다.

아첨(아침) 이슬 촉촉한데 봄똥(봄동, 초봄에 나는 배추의 일종)
따는 저 처녀야

봄똥 저 똥은 내 따줌세 고은 홀목(손목)에 이슬 묻네

모시 적삼 속적삼 안에 분통같은 저 젖탱이

많이 보면은 병날테고 빛만 살짝 보고 가자

얼씨구나 좋다 지화자 좋구나 이렇게 좋다가 딸 놓겠네

# 청춘가

자료코드 : 04_18_FOS_20090725_PKS_KKS_0007
조사장소 : 경상남도 함양군 서하면 다곡리 다곡마을 마을회관
조사일시 : 2009.7.25
조 사 자 : 안범준, 정혜란, 김미라
제 보 자 : 김경순, 여, 72세
구연상황 : 마을 사람들끼리 이야기를 하면서 홍갑사 노래가 있지 않느냐고 이야기하자
　　　　　 제보자가 다음 노래를 불렀다.

총각이 떠다 주는~ 홍갑사 댕~기-는~
고운 때도- 안 묻어서- 에헤- 날받이 왔구나

아서라 말아라 네 그리 말~어라~
사람의 괄세를 헤- 네 그리 말어라~

니가 잘나 내가 잘나~ 수심만 하지 말고
둘이 홀목 마주 잡고 헤- 산간으로 갑시다~

못사리로다~ 난 못사리-로다~
이종사 이리하고 헤- 나 못살이로~다

간다 못간-다 얼매나 울었는지~
저기 저 마당이 헤- 한강이 됐구나~

못골로 짠 자리- 두 뽐(두 뺨) 가웃에다
임 눕고 나 눕고 헤- 반 가웃 났는구나~

# 나물 캐는 노래

자료코드 : 04_18_FOS_20090726_PKS_KJR_0001
조사장소 : 경상남도 함양군 서하면 다곡리 대황마을 김정림 댁
조사일시 : 2009.7.26
조 사 자 : 안범준, 정혜란, 김미라
제 보 자 : 김정림, 여, 81세
구연상황 : 조사자가 제보자에게 아는 노래를 해달라고 요청하자 제보자가 이 노래를 불
렀다.

황해도라 구월산 밑에 주초 캐는 저 처녀야

너의 집-을~ 어따 두고 해 다 진데 주초 캐노-

나의 집을 찾을라면 황해도라 구월산 밑에~

삼실삼실 안개 속에~ 초가삼간이 내 집이오


# 노랫가락

자료코드 : 04_18_FOS_20090726_PKS_KJR_0002
조사장소 : 경상남도 함양군 서하면 다곡리 대황마을 김정림 댁
조사일시 : 2009.7.26
조 사 자 : 안범준, 정혜란, 김미라
제 보 자 : 김정림, 여, 81세
구연상황 : 나물 캐는 노래를 부른 뒤 곧바로 이어서 불렀다. 혼자서 부르기 쑥스럽다고
하면서도 적극적으로 구송해 주었다.

이 산 저 산- 솔씨를 받아 제주도 땅에다 심었더니~

그 솔 끝에 꽃이 피어 밤-낮으로와 화초-로세

시누 올키 꽃 꺾다가 낙동-강에 떨어졌네

우리야~ 오빠 거동 보소

동생부-터 안 건지고 낭군님부터 건진구나

나도 죽어~ 후세상 가서 낭군님부터 섬길라요

# 베 짜기 노래

자료코드 : 04_18_FOS_20090726_PKS_KJR_0003
조사장소 : 경상남도 함양군 서하면 다곡리 대황마을 김정림 댁
조사일시 : 2009.7.26
조 사 자 : 안범준, 정혜란, 김미라
제 보 자 : 김정림, 여, 81세
구연상황 : 제보자가 끝까지 잘 모를거라며 부르지 않으려고 했다. 기억을 되새긴 후 아
는 만큼만 불러 보겠다며 이 노래를 불렀다.

오-늘도 심심하여 베틀이나 놀아나볼까잉
베 짜는 아-가씨 사랑 노래 베틀-에 수심만 지노-라
질(길) 가는 총각이 발 맞춰 가네
아가 아가 울지-마라 이 베 짜니라고 들앉는다

많은데 다 잊어뻐려서 그래서 안 돼.

# 권주가

자료코드 : 04_18_FOS_20090726_PKS_KJR_0004
조사장소 : 경상남도 함양군 서하면 다곡리 대황마을 김정림 댁
조사일시 : 2009.7.26
조 사 자 : 안범준, 정혜란, 김미라
제 보 자 : 김정림, 여, 81세
구연상황 : 제보자가 먼저 불러 보겠다며 이 노래를 불렀다.

진주 단성 헐건 독에 찹쌀로 약주를 지었더니

딸 키워서~ 날 주는 장모님 이 술 한-잔 잡으시오

이 술이~ 다름이 아니라 늙도 젊도 안 하는- 술입니-다


# 화투 타령

자료코드 : 04_18_FOS_20090726_PKS_KJR_0005
조사장소 : 경상남도 함양군 서하면 다곡리 대황마을 김정림 댁
조사일시 : 2009.7.26
조 사 자 : 안범준, 정혜란, 김미라
제 보 자 : 김정림, 여, 81세
구연상황 : 제보자는 처음에 기억이 안 난다고 했으나 기억을 더듬어 보고 이 노래를 불
렀다.

정월 솔에 속았더니

이월 매조에 맺었구나

삼월 사쿠라 흘흘 피어-

사월 흑싸리 흔들흔들

오월 난-초 나붓대야

유월 목단에 앉아 노네

칠월 홍돼지 홀로~누워

팔월 공산에 달 솟았네

구월 국화 흐를~ 피여

시월 단풍에 떨어졌구나


그것밖에 몰라.

# 댕기 노래

자료코드 : 04_18_FOS_20090726_PKS_KJR_0006
조사장소 : 경상남도 함양군 서하면 다곡리 대황마을 김정림 댁
조사일시 : 2009.7.26
조 사 자 : 안범준, 정혜란, 김미라
제 보 자 : 김정림, 여, 81세
구연상황 : 제보자가 자발적으로 이 노래를 불렀다. 연이어 노래를 부른 탓에 힘들어 하였지만 최대한 즐거운 표정으로 구연하였다.

> 한 냥 주고~ 떠온 댕기 두 냥을 주고~ 접은- 댕기
>
> 성 안에-라 널 뛰다가 성문 밖에~ 떨어-졌네
>
> 군아 군-아 서당~군아 주운- 댕기를 나를 주요
>
> 우리 북방~ 주운 댕기 소문 없이 너를~ 주려
>
> 옥황상자 서넛 둘러 꼬꼬닭을 마주 안고
>
> 너와 나와~ 잘 살 적에만 너를~ 주마

# 마산서 백마를 몰고

자료코드 : 04_18_FOS_20090726_PKS_KJR_0007
조사장소 : 경상남도 함양군 서하면 다곡리 대황마을 김정림 댁
조사일시 : 2009.7.26
조 사 자 : 안범준, 정혜란, 김미라
제 보 자 : 김정림, 여, 81세
구연상황 : 기억이 나지 않아 계속 부르지 않다가 마지막에 이 노래를 불러 보겠다고 해서 부른 것이다.

> 마산서 백마를 몰고~
>
> 진주야 목동을 썩 올라서니-
>
> 연꽃은 봉지를 짓고~

사쿠라의 꽃이 만발을 했-네

수양버들 춤 잘 추는데

우리야 인생은 춤 못 추냐


# 낙양산 타령

자료코드 : 04_18_FOS_20090725_PKS_PKS_0001
조사장소 : 경상남도 함양군 서하면 봉전리 오현마을 1596번지 박규석 댁
조사일시 : 2009.7.25
조 사 자 : 안범준, 정혜란, 김미라
제 보 자 : 박규석, 남, 88세
구연상황 : 부를 노래가 없다며 부르기를 거절하다가 잠시 기억을 더듬은 후, 이 노래를
자발적으로 불렀다. 노래를 부르는 중에 사설을 읊기도 하면서 구연한 것이
특징이다.

낙양산 솔을 비-어 조그맣게 배를 모아

한강에 띄-어 놓고 술이니 안주니 큰~ 병을 싣고

장원의 일등 명기 좌우로 늘어 앉어

술-렁술렁- 배 띄워라

강릉 경포대를 달구경 가잔다 에-라- 만-수


됐다, 고만하자. [웃음]


# 백두산 타령

자료코드 : 04_18_FOS_20090725_PKS_PKS_0002
조사장소 : 경상남도 함양군 서하면 봉전리 오현마을 1596번지 박규석 댁
조사일시 : 2009.7.25

조 사 자 : 안범준, 정혜란, 김미라
제 보 자 : 박규석, 남, 88세
구연상황 : 조사자가 백두산 타령을 조금 불러 달라고 부탁하자 제보자가 잠시 후 이 노래를 불렀다. 가사가 기억이 안 난다며 망설였지만 구성진 목소리로 구연하였다.

> 백두산을 찾어~가자 백두산을~ 찾아~가자
> 울긋불긋 봉오리여~ 오롱조롱 군남매라
> 향후 백해 다다르니 처녀- 총각이 좋을-지고
> 이 필 저 필을 밟지 마라 대국 꿈이 묻었구나


# 낙화암 타령

자료코드 : 04_18_FOS_20090725_PKS_PKS_0003
조사장소 : 경상남도 함양군 서하면 봉전리 오현마을 1596번지 박규석 댁
조사일시 : 2009.7.25
조 사 자 : 안범준, 정혜란, 김미라
제 보 자 : 박규석, 남, 88세
구연상황 : 백두산 타령을 부른 뒤 조사자에게 낙화암을 아느냐고 물어보았다. 조사자가 알고 있다고 하니 제보자가 낙화암 타령도 있다고 하였다. 조사자가 불러 달라고 요청하자 이 노래를 불렀다.

> 낙화암을 찾어-가자 낙화암을 찾어-가자
> 이 필 저 필- 되던 꿈이 이리 저리 묻었구나

그 가면 저기 부소산이라 카는 산이 있어.

> 부소산에 저-문 비는 방울~방울 눈물인데
> 대왕 포대 버들 밭에 꾀~꼬리는 왜 우느냐

# 낙동강 타령

자료코드 : 04_18_FOS_20090725_PKS_PKS_0004
조사장소 : 경상남도 함양군 서하면 봉전리 오현마을 1596번지 박규석 댁
조사일시 : 2009.7.25
조 사 자 : 안범준, 정혜란, 김미라
제 보 자 : 박규석, 남, 88세
구연상황 : 조사자가 요구하기 전에 낙화암 타령에 이어 제보자가 이 노래를 불렀다. 제
　　　　　보자는 세 노래를 따로 구연하였지만, 백두산 타령, 낙화암 타령과 함께 연결
　　　　　해서 불렀던 노래로 추정된다.

　　낙동강을 찾어~가자 낙동강을~ 찾어~ 가자
　　늙은 버들~ 젊은 버들 오루 아루가 칠백리라-
　　영남루라- 절 밖에는 아름~이 서 넘어 있고
　　금실대는~ 개심여요 오락~가~락 영화로다


# 산 타령

자료코드 : 04_18_FOS_20090725_PKS_PKS_0005
조사장소 : 경상남도 함양군 서하면 봉전리 오현마을 1596번지 박규석 댁
조사일시 : 2009.7.25
조 사 자 : 안범준, 정혜란, 김미라
제 보 자 : 박규석, 남, 88세
구연상황 : 다른 노래를 아는 것이 없다고 하니까 이 노래를 불렀다.

　　　산은~ 첩첩 청산이- 되-고~
　　　물은 출-렁출렁~ 남강수 됐-네-

　이게 지게 지고 산에 올라갈 때 부르는 노래라.

# 상여 소리

자료코드 : 04_18_FOS_20090724_PKS_PKC_0001
조사장소 : 경상남도 함양군 서하면 운곡리 은행마을 입구 정자
조사일시 : 2009.7.24
조 사 자 : 박경수, 정혜란, 김미라
제 보 자 : 박규춘, 남, 84세
구연상황 : 조사자가 이 마을에 상여 소리를 하는 분은 없느냐고 하자, 주변에서 모두 제
보자에게 한 번 해보라고 권했다. 제보자도 적극 나서며 후렴을 붙여 달라고
하며 노래를 불렀다.

관아~짐보~
어-하~오~ 너-하~오
간다- 간다 나는 간다
어-하~오~ 너-하~오
북망산천으로 나는 간다
어-하~오~ 너-하~오
동네-어른들 잘 있으소
어-하~오~ 너-하~오
나는 가요 나는 가요
어-하~오~ 너-하~오
북망산천으로 나는 가요
어-하~오~ 너-하~오
금년에- 돋은 칙넝쿨은
어-하~오~ 너-하~오
울년(준령) 태산을 넘어가고
어-하~오~ 너-하~오
금년에- 돋은 우둥대는
어-하~오~ 너-하~오

대동강을 건너가네
어-하~오~ 너-하~오
인제 가면 언제 오꼬
어-하~오~ 너-하~오
내년 춘삼월 다시 오까
어-하~오~ 너-하~오
꽃 피고 잎 피면 다시 올란가
어-하~오~ 너-하~오
못 오겄네 못 오겄네
어-하~오~ 너-하~오
한 번 가면 못 오겄네
어-하~오~ 너-하~오
준령 태산을 넘을라 하니
어-하~오~ 너-하~오
노자가 없어 몬 가겄네
어-하~오~ 너-하~오
에~ 넘차 너화-호
어-하~오~ 너-하~오
간다 가네 나는 가네
어-하~오~ 너-하~오
대동강을 건너야 하니
어-하~오~ 너-하~오
노자가 없어 몬 가겄네
어-하~오~ 너-하~오
어- 넘차 너화-호
어-하~오~ 너-하~오

# 논 매기 노래 (1)

자료코드 : 04_18_FOS_20090724_PKS_PKC_0002
조사장소 : 경상남도 함양군 서하면 운곡리 은행마을 입구 정자
조사일시 : 2009.7.24
조 사 자 : 박경수, 정혜란, 김미라
제 보 자 : 박규춘, 남, 84세
구연상황 : 제보자가 옛날에는 논 매기 노래를 많이 불렀다고 하면서 적극 나서서 이 노
래를 불렀다. 제보자가 노래를 부른 후 곁에 있던 오석렬 노인이 사설을 설명
해주기도 했다.

　　　오-늘~ 해~가 다 됐~는~데~
　　　골-골~골마-마도 연기-가 나네
　　　우리- 님~은 어데를 가~고~
　　　저녁~할~할 줄~ 와 모-르는-고-

(청중 : 우리 님은 어데 갔는데 저녁 할 줄 모르는고.)
하옇튼 저녁도 안하고 미쳤다 카겠네. [일동 웃음]
(청중 : 아이 논에 물 드가지, 인자 송림에다가 그거로 뭐 노래 부르고
있으이.)

　　　저 산~ 넘~에 첩-을 두-고
　　　밤길~ 걷-걷게~ 발~병이 나~네

(청중 : 밤길 걷게 발병이 났다.)
인자 고거는 요 소리 드가도 인자 큰어마가 하는 소리라.

　　　무슨~ 첩-이~ 대단~해서~
　　　낮~에- 가 가고 밤~에- 간~고-
　　　낮-으~로~는~ 놀-러를 가~고~
　　　밤~으-로- 로는~ 잠-자로 가~요-

# 논 매기 노래 (2)

자료코드 : 04_18_FOS_20090724_PKS_PKC_0003
조사장소 : 경상남도 함양군 서하면 운곡리 은행마을 입구 정자
조사일시 : 2009.7.24
조 사 자 : 박경수, 정혜란, 김미라
제 보 자 : 박규춘, 남, 84세
구연상황 : 제보자는 앞의 노래를 끝내고 이어서 바로 다음 노래를 불렀다. 노래 중간에
먼저 부른 논 매기 노래는 이 노래 다음에 해야 된다고 했다. 이곳에서는 모
심기 노래를 논 매기 할 때 부른다고 했다.

물꼬는~ 철~철~ 헐-어~놓-고~
주인-양~양반 어-데~ 갔-소-

그 노래가 앞에 하던데(먼저 부른 노래를 이 노래 다음에 해야 한다는
말이다).

문에야-전-복- 손에~ 들~고~
첩~의~ 방- 방에~ 잠-자러 가-네
벼루야! (노래를 마치고, 이 소리는 논맬 때 논 양쪽 가로 돌아가
라는 소리라고 했다.)

[일동 웃음]


# 양산도

자료코드 : 04_18_FOS_20090724_PKS_PKC_0004 / 04_18_FOS_20090724_PKS_OKY_0004
조사장소 : 경상남도 함양군 서하면 운곡리 은행마을 입구 정자
조사일시 : 2009.7.24
조 사 자 : 박경수, 정혜란, 김미라
제보자 1 : 박규춘, 남, 84세

제보자 2 : 오금용, 남, 90세

구연상황 : 조사자가 양산도를 불러 보라고 하자, 먼저 제보자가 나서서 불렀다. 노래 중
간에 조용준 등 여러분이 함께 불렀다. 그러다 "저산에 해 떨어지고"부터는
오검용이 혼자 덧붙여 불렀다.

제보자 1 에~헤헤-이~요~

노다가 가시오 노다가 가~소-

저 달이나 지들랑 놀다가 가~소-

어혀라~ 두여라~ 나 못노리로구~나~

열 놈이 죽어도 나 못노리로구~나

에~헤헤어~오~

아들딸 놓을라고 상지 풀고 말~고~

유밤중에 오신 님은 괄시를 마~라~

제보자 2 저 산에~ 해 떨어지~고~

열추야 동산에는 달 솟아온~다

아서라 말어라~ 내 그리 마~라~

사람의 괄시를 내가 그리 마~라~


# 청춘가

자료코드 : 04_18_FOS_20090724_PKS_PKC_0005 / 04_18_FOS_20090724_PKS_JYJ_0001

조사장소 : 경상남도 함양군 서하면 운곡리 은행마을 입구 정자

조사일시 : 2009.7.24

조 사 자 : 박경수, 정혜란, 김미라

제보자 1 : 박규춘, 남, 84세

제보자 2 : 조용준, 남, 74세

구연상황 : 조사자가 노랫가락이나 청춘가를 부탁하자, 조용준과 박규춘 두 명이 서로 번
갈아서 노래를 불렀다. 노래판이 흥겹게 되자 일어서서 춤을 추는 청중들도

있었다.

제보자 2 올통볼통 에~에~ 저 남산 보세요~
　　　　우리도 죽어지면 좋다 내모냥이라-

제보자 1 간다 못 간다~ 얼마나 울어서~
　　　　정거정 마당이- 한강수 됐구나

제보자 2 저 산 저 초목은~ 젊어나 오는데~에
　　　　우리네- 청춘은 에~에 늙어만 지노라~

제보자 1 우리가 일하다가~ 죽어나 지면은~
　　　　어느난 친구가 에~혜 날 찾아 오리요~

제보자 2 우리야 좋기는~ 사장구 복판인데~

　　또 뭐락카노?

　　　　우리가 살면은 몇 백 년 사느냐~
　　　　살아 생전에- 에~에 먹고 놉시다~

제보자 1 청춘 하늘에~는 잔별도 많구요~
　　　　요내야 가슴엔 에~에 수심도 많고나~

　　　　간다 못 간다~ 얼마나 울어서~
　　　　정거정 마당에 에~에 한강수 됐구나~

제보자 2 간다~ 쩍쩍에~ 정들이 놓고서~
　　　　이별이 잦아서 혜~에 내 못 살겠네~

제보자 1 청춘 하늘에~ 잔별도 많구서~

박규춘 가슴에는 에~에 수심도 많고나~

제보자 2 우리가~ 살다가 죽어나~ 지면은~

어느 친구가~ 에~에 날 찾아 오리나~


# 보리타작 노래

자료코드 : 04_18_FOS_20090724_PKS_PKC_0006
조사장소 : 경상남도 함양군 서하면 운곡리 은행마을 입구 정자
조사일시 : 2009.7.24
조 사 자 : 박경수, 정혜란, 김미라
제 보 자 : 박규춘, 남, 84세
구연상황 : 조사자가 옛날에 보리타작 노래도 하지 않았느냐며 노래를 유도하자, 제보자
가 노래를 안다고 하며 보리타작 노래를 했다. 노래를 시작할 때, 이제 한다
며 후렴을 넣을 것을 주문했다.

때려라

영차

때려라

영차

때려라

영차

요리

영차

저리

영차

쳐내라

영차

처내라

영차

한분

영차

때려라

영차

조리

영차

저리

영차


# 아리랑

자료코드 : 04_18_FOS_20090724_PKS_PKC_0007 / 04_18_FOS_20090724_PKS_JYJ_0002
조사장소 : 경상남도 함양군 서하면 운곡리 은행마을 입구 정자
조사일시 : 2009.7.24
조 사 자 : 박경수, 정혜란, 김미라
제보자 1 : 박규춘, 남, 84세
제보자 2 : 조용준, 남, 74세
구연상황 : 이곳에서는 아리랑을 어떻게 부르느냐고 하니, 제보자를 비롯해서 모두 다음
노래를 불렀다. 두 번째 사설의 아리랑 사설은 조용준이 나서서 불렀다.

제보자 1 아─리랑 아─리랑 아─라리요~ 아─리랑 고개로 넘어간~다
나를~ 버리고 가시는 님~은~ 십─리도 못 가서 발병이 난다─
아─리랑 아─리랑 아라리요~ 아─리랑 고개로 넘어간~다

제보자 2 아리랑 타령을 누가 짓나~ 건방진 저 여자 제─가 짓제─
아─리랑 아─리랑 아라리요~ 아─리랑 고개로 넘어간~다

# 산 타령

자료코드 : 04_18_FOS_20090725_PKS_PJH_0001
조사장소 : 경상남도 함양군 서하면 봉전리 월평마을
조사일시 : 2009.7.25
조 사 자 : 안범준, 정혜란, 김미라
제 보 자 : 박장환, 남, 79세
구연상황 : 조사자가 제보자에게 노래 한 수 부탁하자 혼자 노래를 어떻게 하느냐고 쑥
스러워 하다가 노래를 불렀다. 제목은 산 타령이라고 하면서 구성진 목소리로
구연하였다.

　　　다리-고~우 가세-요 날 데려~ 가오~

　　　한양의~ 낭군님 날 데려~가-우~

　　　다리-고~우 갈 마~음 불-선도 사나~

　　　쟁챙어~쉬~하~로 못 다려 가네~

　　　저- 산~ 너-메 정-든 님~ 두-고~

　　　이-별이 잦아-서 못- 살겼-네~


# 모심기 노래

자료코드 : 04_18_FOS_20090725_PKS_PJH_0002
조사장소 : 경상남도 함양군 서하면 봉전리 월평마을
조사일시 : 2009.7.25
조 사 자 : 안범준, 정혜란, 김미라
제 보 자 : 박장환, 남, 79세
구연상황 : 앞서 구연한 산 타령에 이어 노래를 한 곡 더 불러 보겠다며 적극적으로 나
서서 불렀다. 바른 자세로 앉아 구성진 목소리로 구연하였다.

　　　서~ 마~지-기~ 논-배미-는~ 반-달만 만큼 남-았구나

　　　제~가 무슨 반-달인고 초생달 달이 반달이지

초생~달만 반-달이뇨 그믐-달 달도 반달-일세

그믐~달만 반-달이오 우리 님이 반-달이라


# 모심기 노래

자료코드 : 04_18_FOS_20090724_PKS_BMD_0001
조사장소 : 경상남도 함양군 서하면 송계리 송계마을 1239번지(백말달 자택)
조사일시 : 2009.7.24
조 사 자 : 박경수, 정혜란, 김미라
제 보 자 : 백말달, 여, 83세
구연상황 : 조사자가 모심기 노래부터 권유하자, 제보자가 잠시 생각하고는 이 노래를 불
렀다.

서 마~지~기 논빼미는~ 반달~만-만큼 넘남았네-

제가~ 무~신 반달이고~ 초생~달-달이 반달이-제-


# 나물 캐는 노래

자료코드 : 04_18_FOS_20090724_PKS_BMD_0002
조사장소 : 경상남도 함양군 서하면 송계리 송계마을 1239번지(백말달 자택)
조사일시 : 2009.7.24
조 사 자 : 박경수, 정혜란, 김미라
제 보 자 : 백말달, 여, 83세
구연상황 : 제보자가 고사리를 뜯으면서 부른 노래라며 이 노래를 불렀다. 노래 중간부터
제보자 스스로 흥을 내어 박수를 치며 장단을 맞추면서 불렀다.

남산 밑에 남도-령아~ 수산 밑-에 수처녀야

나물 캐로를 아니갈래 나물 캐러는 가지오만은

신도 없~고 갈도 없고

남도령 지갑을 톨톨턴게 돈 십오 전이 나왔구나

오 전 주고 칼 사서 담고 십 전 주~고 신 사신고

올라가며는 올고사리를 오끈오끈에 꺾어 담고

내리오면서 늦고사리를 넝출넝출 꺾어 담고

물도-좋고 갱치(경치) 좋은 데 점심밥이나 먹고 가자

남도령 밥은 쌀밥-이요 수처녀 밥-은 꽁보리밥이라

수처녀 꽁보리밥 남도령이 먹고 남도령 쌀밥은 수처녀 먹고

그- 밥에 그불에서 백년언약을 맺었다네

(조사자 : 이이구, 할머니 잘 하신다.)

또 남았어.

(조사자 : 또 남았어예.)

가구-져라(가고 싶어라) 가구야져라 처갓집에 가구져라

처갓집에~ 장모-님은 차리 걱정을 하신가베

처갓-집에 저 아지마씨 반찬 걱정을 하는가베

처남 처남 내 처남아 너그 누님은 뭣하더노

연지- 찍고 분 바르고 자형 오기만 기다리오

찹쌀 두 대 인절미는 개피 고물에 군부러지고(구르게 되고)

반달 같은 우리야 누님 자형 품 안에 군부러졌네-


## 지초 캐는 처녀 노래

자료코드 : 04_18_FOS_20090724_PKS_BMD_0003

조사장소 : 경상남도 함양군 서하면 송계리 송계마을 1239번지(백말달 자택)

조사일시 : 2009.7.24

조 사 자 : 박경수, 정혜란, 김미라

제 보 자 : 백말달, 여, 83세

구연상황 : 조사자가 앞의 노래에 이어 다른 노래를 더 해달라고 하자, 제보자가 이 노래를 불렀다.

> 황해도 봉산 구월산 밑에 지추 캐-는 저 처녀야
> 너의- 집이 어드메기에(어디이기에) 날이 저무도록 지추 캐나
> 나의- 집을 오실라거든 삼-신산 안개 속에 초가살이가 내 집이요
> 오실라거든~ 오실시고 마실라거든~ 마십시오

## 짓구내기 / 길군악

자료코드 : 04_18_FOS_20090724_PKS_BMD_0004

조사장소 : 경상남도 함양군 서하면 송계리 송계마을 1239번지(백말달 자택)

조사일시 : 2009.7.24

조 사 자 : 박경수, 정혜란, 김미라

제 보 자 : 백말달, 여, 83세

구연상황 : 조사자가 계속 노래를 불러달라고 하자, '짓구내기'라며 이 노래를 했다. 보통 길군악이라 하는 것이다.

> 노자~ 노~자 젊어~서 놉시다~ 하하
> 늙고야- 뱅~들면 못~노~나니라~ 하아
> 얼씨고~ 가-갔으면 갔제 제가 설마나 갈소냐-

## 양산도

자료코드 : 04_18_FOS_20090724_PKS_BMD_0005

조사장소 : 경상남도 함양군 서하면 송계리 송계마을 1239번지(백말달 자택)

조사일시 : 2009.7.24

조 사 자 : 박경수, 정혜란, 김미라

제 보 자 : 백말달, 여, 83세
구연상황 : 조사자가 앞의 노래에 이어 양산도를 부탁하자, 숨이 차서 잘 못 부른다고 했
　　　　　다. 그러나 잠시 쉰 다음 천천히 불러 달라는 말에 숨을 조금 돌리고는 바로
　　　　　이 노래를 불렀다.

　　　에헤~이~여~허 노쟈 좋구나~

　　　젊어설 적에 노~쟈~ 아하

　　　늙고야~ 병이 들면~ 못 노~나~니~

　　　삼산은~발락에~ 모란봉이 되~고~

　　　이~수 종~조 능나~도로~다~


# 노랫가락 (1)

자료코드 : 04_18_FOS_20090724_PKS_BMD_0006
조사장소 : 경상남도 함양군 서하면 송계리 송계마을 1239번지(백말달 자택)
조사일시 : 2009.7.24
조 사 자 : 박경수, 정혜란, 김미라
제 보 자 : 백말달, 여, 83세
구연상황 : 조사자가 앞의 노래에 이어 노랫가락을 요청하자, 제보자는 이 노래를 잘 아
　　　　　는지 바로 노래를 부르기 시작했다.

　　　나비야 청산을~가자~ 호랑나~비야~ 너도 가쟈~

　　　가다가 날 저~물면 꽃밭- 속~에서 자고 가-세-

　　　꽃밭도 푸대접 한다면~ 입속-에라도 자고- 가-쟈


# 노랫가락 (2)

자료코드 : 04_18_FOS_20090724_PKS_BMD_0007
조사장소 : 경상남도 함양군 서하면 송계리 송계마을 1239번지(백말달 자택)

조사일시 : 2009.7.24

조 사 자 : 박경수, 정혜란, 김미라

제 보 자 : 백말달, 여, 83세

구연상황 : 제보자는 노랫가락을 계속 이어서 불렀다. 앞의 노랫가락이 끝나자 바로 이 노래를 불렀다.

가고 못 온 님-이면~ 정이-나 마저 가지고 가-지~

임은 가고요~ 정만 남으면 밤은~어쩜~ 저 야~상경(夜三更)한데~

사람~의 심리로소야~ 병환이 들리가이 만무로구-나

## 아리랑

자료코드 : 04_18_FOS_20090724_PKS_BMD_0008

조사장소 : 경상남도 함양군 서하면 송계리 송계마을 1239번지(백말달 자택)

조사일시 : 2009.7.24

조 사 자 : 박경수, 정혜란, 김미라

제 보 자 : 백말달, 여, 83세

구연상황 : 조사자가 여기서는 아리랑을 부르지 않느냐고 하자, 제보자는 아리랑을 이렇게 부른다고 하면서 부르기 시작했다.

아-리랑 아-리랑 아라리요~ 아-리랑 고개로 넘-어가네~

나를- 버리고~ 가시는 님은~ 십리도~ 못~가서 발병이 난다~

아-리랑 아-리랑 아라리요~ 아-리랑 고개로 넘-어간다

문경-새재에 박달이나무~ 홍두깨 방마치로 다- 나간다

홍두깨 방마치 팔자가 좋아~ 큰애기- 손길에 다 녹아나네~

아-리랑 아-리랑 아라리요~ 아-리랑 고개로 넘-어간다

나는~ 언제나 박달이 되어~ 큰애기 손길에~ 녹-아날고~

아-리랑 아-리랑 아라리요~ 아리랑 고개로 넘-어간다-

# 짓구내기 / 길군악 (1)

자료코드 : 04_18_FOS_20090724_PKS_SJS_0001
조사장소 : 경상남도 함양군 서하면 송계리 신기마을 마을회관
조사일시 : 2009.7.24
조 사 자 : 박경수, 정혜란, 김미라
제 보 자 : 송점순, 여, 74세
구연상황 : 전연순 제보자가 모심기 노래를 부른 후, 제보자는 천천히 부르는 곡조에 맞
추어 부르는 이 노래에 자신이 있는지 짓구내기를 하겠다며 노래를 불렀다.

노-세~ 좋~~네 젊-어~서 놉시다~ 아~하

늙~어야 뱅이- 병 들면 못~노~나니라~ 아~하

얼씨구- 가 가시면 갔제 제가 설마나 갈소냐~


춥냐~ 덥~ 덥느냐~ 내- 품에 들거라~ 아-하

별것이- 없~거당 내- 팔-을 비어라~ 아-하

얼씨고- 가시면 갔제 제~가 설마나 갈소냐~


# 짓구내기 / 길군악 (2)

자료코드 : 04_18_FOS_20090724_PKS_SJS_0002
조사장소 : 경상남도 함양군 서하면 송계리 신기마을 마을회관
조사일시 : 2009.7.24
조 사 자 : 박경수, 정혜란, 김미라
제 보 자 : 송점순, 여, 74세
구연상황 : 제보자가 앞의 길군악[짓구내기]에 이어 다음 노래를 불렀다. "시작" 소리를
하고는 전연순과 함께 흥겹게 노래를 불렀는데, 노래 뒷부분에서 전연순이 힘
이 든다고 하며 그치자, "에헤~용~" 이후부터는 제보자가 혼자서 불렀다.

실~실~ 동남~풍 궂은~ 비~는 오는~데~에

시화~야~ 연풍~대로만 아아이~고 내~ 사람아~ 가노-라~

올동~ 네~이 볼동에~ 저기~ 저 남산을 보~여~라~

우리~도 죽~ 죽으면~ 아아이~고 저 모~양 되노라~

에헤~용~ 에헤~용~ 어절마

쉬어~라 밀어~라 아아이고 내 사랑만 가노~라~


## 짓구내기 / 길군악 (3)

자료코드 : 04_18_FOS_20090724_PKS_SJS_0003
조사장소 : 경상남도 함양군 서하면 송계리 신기마을 마을회관
조사일시 : 2009.7.24
조 사 자 : 박경수, 정혜란, 김미라
제 보 자 : 송점순, 여, 74세
구연상황 : 처음에 제보자가 혼자 부르다가 나중에는 전연순이 함께 따라서 불렀다.

남대-기~ 낳구-나~ 남대-기~ 낳구-나~

남의집 귀동자 아아이구~ 실남득이 낳구나~

에헤~용~ 에헤~용~ 어절-마~

쉬어라 밀어라 아이고 내 사람아~ 가노~라


## 타박머리 노래 / 연모요

자료코드 : 04_18_FOS_20090724_PKS_SJS_0004
조사장소 : 경상남도 함양군 서하면 송계리 신기마을 마을회관
조사일시 : 2009.7.24
조 사 자 : 박경수, 정혜란, 김미라
제 보 자 : 송점순, 여, 74세
구연상황 : 조사자가 "타박타박" 하며 노래 첫머리 부분을 부르자, 제보자는 노래를 알고
          있다는 듯이 바로 다음 노래를 불렀다. 일명 '타박네 노래'라 불리기도 하는

데, 돌아가신 어머니를 그리워하는 노래이다.

다풀다-풀 다발머리 해 다 지는데~ 오데 간고~

우리 엄-마 산소등에 젖 먹으러~ 나는 가요~

온다더라 온다-더~라 너거- 엄마- 온다더라

동솥에-라 삶은- 닭이 알만 품으면 온다더라~


# 모심기 노래 (1)

자료코드 : 04_18_FOS_20090724_PKS_SJS_0005
조사장소 : 경상남도 함양군 서하면 송계리 신기마을 마을회관
조사일시 : 2009.7.24
조 사 자 : 박경수, 정혜란, 김미라
제 보 자 : 송점순, 여, 74세
구연상황 : 제보자는 앞의 노래에 이어 모심기를 할 때 부르는 노래를 불렀다. 전연순과
함께 불렀지만, 제보자가 주도적으로 노래를 이끌었다.

서-울~이-라- 왕대-밭-에~ 금-비-들-기- 알을- 낳-네-

알 낳아-보-고~ 지-어나 보-고~ 놓고-가 가는- 저 선부야-


# 모찌기 노래

자료코드 : 04_18_FOS_20090724_PKS_SJS_0006
조사장소 : 경상남도 함양군 서하면 송계리 신기마을 마을회관
조사일시 : 2009.7.24
조 사 자 : 박경수, 정혜란, 김미라
제 보 자 : 송점순, 여, 74세
구연상황 : 제보자는 모심기 노래가 끝나자, 옆에 앉아 있는 전연순에게 "들어내세" 한
번 하자고 하면서 노래를 시작했다. 처음에는 둘이 같이 불렀으나 받는 소리

는 제보자 혼자서 주로 불렀다.

들~어~내~세~ 들~어나 내~세~ 요~ 못~자리~ 들어나~
내-세-

나-물-가락- 세~ 가-락에~ 날랜 가~ 가락~ 들어나-내세


# 노랫가락

자료코드 : 04_18_FOS_20090724_PKS_SJS_0007
조사장소 : 경상남도 함양군 서하면 송계리 신기마을 마을회관
조사일시 : 2009.7.24
조 사 자 : 박경수, 정혜란, 김미라
제 보 자 : 송점순, 여, 74세
구연상황 : 제보자는 시조를 노랫가락으로 불렀다. 청중들이 모두 잘 한다며 감탄했다.

청산리- 벽계-수야~ 수위 감-을 자랑 마~라-

일도-창해-허면 다시- 오기가 애려-워-라~

에-허리 만건곤하니 쉬어- 감-이- 어떠-하-리~


# 나비 노래 / 노랫가락

자료코드 : 04_18_FOS_20090724_PKS_SJS_0008
조사장소 : 경상남도 함양군 서하면 송계리 신기마을 마을회관
조사일시 : 2009.7.24
조 사 자 : 박경수, 정혜란, 김미라
제 보 자 : 송점순, 여, 74세
구연상황 : 제보자는 앞의 시조를 노랫가락으로 부른 후 계속 노랫가락을 부르기 시작
했다.

나-비야~ 청-산을 가자~ 노랑나-비야~ 너도 가~자-

가-다가 저물-어-지-면 꽃속에~라도 자고- 가자-

꽃도 지고 꺾어나들랑 잎에라~도 붙어 자-자-

잎도 지고 없거나들랑 요내- 품 안에 붙어 자-자-


## 쌍가락지 노래

자료코드 : 04_18_FOS_20090724_PKS_SJS_0009

조사장소 : 경상남도 함양군 서하면 송계리 신기마을 마을회관

조사일시 : 2009.7.24

조 사 자 : 박경수, 정혜란, 김미라

제 보 자 : 송점순, 여, 74세

구연상황 : 조사자가 "쌍금쌍금" 하면서 노래 첫 소절을 꺼내자, 제보자는 알고 있는 노래인 듯 바로 부르기 시작했다. 노래는 노랫가락 곡조로 불렀다.

쌍금쌍-금 쌍가-락지~ 수시때-기 밀가락지

먼데 보니- 달이-로다~ 젙에 보-니 처녀로다

그 처녀-라 자는~ 방에~ 숨소리-가 둘이로다

홍돌복송 양오-롭(양오빠)아~ 거짓 말씸 말아시오

동남풍이- 내리~ 불면 풍지 떠-는 소리라요~


## 모심기 노래 (2)

자료코드 : 04_18_FOS_20090724_PKS_SJS_0010

조사장소 : 경상남도 함양군 서하면 송계리 신기마을 마을회관

조사일시 : 2009.7.24

조 사 자 : 박경수, 정혜란, 김미라

제 보 자 : 송점순, 여, 74세

구연상황 : 제보자는 앞의 노래에 이어 다음 노래를 불렀는데, 한 소절을 부르고는 다음 사설이 생각나지 않아 잠시 생각하고는 다시 불렀다. 옆에 있던 정연순이 나이 들면 다 그렇다고 거들었다. 노래를 마친 후 조사자가 다른 노래도 불러볼 것을 권하자 다 몰라도 되느냐며 모심기를 할 때 부르는 노래를 역시 노랫가락으로 불렀다.

꼬방~꼬방- 장꼬-방에~ 지추 캐-는 저 처녀야

그라고 뭐 카노.
(청중 : 몰라. 다 잊어묵아서.)
지추 닷 말 갈았더니 우리 동상. 새로.
(조사자 : 예. 다시, 새로.)

꼬방꼬-방 장꼬-방에~ 지추 닷 말 갈았더니
우리 동-상 봉학-이~는 지추 캐-기에 다 늙었네-

그런대. 아이, 그거 다 모르모 어짜구로.
(조사자 : 모시야 적삼 홑적삼에 분통 같은 저 젖 봐라.)
그거 뭐 다 몰라도 되요? 다 잊어뿄는데.
(청중 : 나이 들몬 다 그런다.)

모시 적삼- 홑적삼 밑에 분통 겉-은 저 젖 봐라
많이나 보면- 뱅(병) 날기고요 쌀날만침만 보고 가소

(청중 : 좁쌀만침만.)


# 화투 타령

자료코드 : 04_18_FOS_20090724_PKS_SJS_0011
조사장소 : 경상남도 함양군 서하면 송계리 신기마을 마을회관

조사일시 : 2009.7.24

조 사 자 : 박경수, 정혜란, 김미라

제 보 자 : 송점순, 여, 74세

구연상황 : 조사자가 전연순에게 화투 노래를 한번 불러 보라고 하자, 전연순이 잠시 노래를 생각하는 사이에 제보자가 나서서 먼저 노래를 불렀다. 노래를 부르다 잠시 사설이 기억을 하지 못했지만 조사자의 도움을 받아 끝까지 불렀다.

정월 솔가지 속 썩인 마음

이월 매조에 맺아 놓고

삼월 사쿠라- 산란한 마음

사월 흑싸리 허리 안고 돈다

오-월 난초 나는~ 나비

유월 목단에 춤 잘 춘다

칠월 홍돼지 홀로 누워

팔월 공산에 달도 밝다

구-월 국화- 굳었던 줄기가

이- 시월 단풍에 뚝 떨어졌네-

오-

(조사자 : 오동추야 달 밝은 밤에.)

오동추야 달 밝은 밤에~

임의 생각이 절로 나네-


# 양산도

자료코드 : 04_18_FOS_20090724_PKS_SJS_0012

조사장소 : 경상남도 함양군 서하면 송계리 신기마을 마을회관

조사일시 : 2009.7.24

조 사 자 : 박경수, 정혜란, 김미라
제 보 자 : 송점순, 여, 74세
구연상황 : 제보자는 앞의 화투 타령을 부른 다음, 전연순과 함께 흥을 내어 다음 양산
도를 불렀다.

에에~이~여~
함양 산천 물레방아는 물을 안고 돌~고~
우리 집에 우런 님은 나를 안고 돈~다~
아서라 말어라 내가 그리- 마~라~
사람의 괄세를 니가 그리- 마~라~


# 건달 노래

자료코드 : 04_18_FOS_20090724_PKS_SJS_0013
조사장소 : 경상남도 함양군 서하면 송계리 신기마을 마을회관
조사일시 : 2009.7.24
조 사 자 : 박경수, 정혜란, 김미라
제 보 자 : 송점순, 여, 74세
구연상황 : 제보자는 계속해서 노랫가락으로 노래를 불렀는데, 다음 노래는 비속어를 섞
어서 부르는 사설 때문에 유희성이 두드러졌다.

에~에~이구 십팔 건방~진~ 놈~이 오두막-길을 단둘이 걸-고-
아이~살수- 폴폴-폴 날려 한강- 천-리로~ 놀러-가~자-


# 치기나 칭칭나네

자료코드 : 04_18_FOS_20090724_PKS_SJS_0014
조사장소 : 경상남도 함양군 서하면 송계리 신기마을 마을회관
조사일시 : 2009.7.24

조 사 자 : 박경수, 정혜란, 김미라
제 보 자 : 송점순, 여, 74세
구연상황 : 제보자가 노래를 시작하자 옆에 있던 조사자와 다른 사람들까지 함께 후렴구
를 따라 불렀다.

치기나 칭칭나―네

치기나 칭칭나―네

젙(곁)에 사람 보기도 좋게

쾌지나 칭칭나―네

먼데 사람은 듣기도 좋지

치기나 칭칭나―네

우리 군정 잘도 한다

치기나 칭칭나―네

군장은 작아도 소리는 크다

치기나 칭칭나―네

우리가 일하다가 죽어 지면

치기나 칭칭나―네

어떤 친구가 날 찾아 오꼬

치기나 칭칭나―네

칭칭이 소리도 잘도 한다

치기나 칭칭나―네

(조사자 : 하늘에는 잔별도 많고)

요내 가슴에 수심도 많다

치기나 칭칭나―네

# 너냥 나냥

자료코드 : 04_18_FOS_20090725_PKS_SJY_0001
조사장소 : 경상남도 함양군 서하면 봉전리 오현마을 1596번지 박규석 댁
조사일시 : 2009.7.25
조 사 자 : 안범준, 정혜란, 김미라
제 보 자 : 신종열, 남, 83세
구연상황 : 조사자가 노래를 해 달라고 부탁하자 제보자가 이 노래를 불렀다. 중간에 가
사가 기억이 안나는 듯 멈추었지만 곧 다시 이어 불렀다.

호박은 늙으믄 맛이 맛이가 좋-고요

사람은 늙으-믄 보기 보기도 싫더라

네-냐 내-냐 두리둥실~ 좋-구요

낮이 낮이나 밤이 밤이나 참사랑이로구나

아침에 우는 새는 배가 고파서~ 울-고요

저녁에 우는 새-는 님을 찾아서- 운다

네 해냐 내 해-냐 두리둥실 좋--구요

낮이 낮이나 밤이 밤이나 참사랑이로구나


# 모심기 노래

자료코드 : 04_18_FOS_20090725_PKS_SJY_0002
조사장소 : 경상남도 함양군 서하면 봉전리 오현마을 1596번지 박규석 댁
조사일시 : 2009.7.25
조 사 자 : 안범준, 정혜란, 김미라
제 보 자 : 신종열, 남, 83세
구연상황 : 조사자가 모심을 때 노래가 기억나지 않느냐고 물어 보자, 제보자가 흔쾌히
불렀다. 그러나 메기는 소리만 하고 더 이상 부르지 못했다.

서- 마-지기 논-빼-미는~ 반-달-만-큼 남았구-나

# 청춘가

자료코드 : 04_18_FOS_20090725_PKS_SJY_0003
조사장소 : 경상남도 함양군 서하면 봉전리 오현마을 1596번지 박규석 댁
조사일시 : 2009.7.25
조 사 자 : 안범준, 정혜란, 김미라
제 보 자 : 신종열, 남, 83세
구연상황 : 제보자는 모심기 노래에 이어 자발적으로 이 노래를 불렀다. 청중이 없어 부
끄럽다고 하면서 멋쩍게 구연하였다.

노세 좋-구나 젊어서 놀아~요~
나 많고 병들-면 에혜- 못 노리-로구나~


# 닐니리야

자료코드 : 04_18_FOS_20090725_PKS_SJY_0004
조사장소 : 경상남도 함양군 서하면 봉전리 오현마을 1596번지 박규석 댁
조사일시 : 2009.7.25
조 사 자 : 안범준, 정혜란, 김미라
제 보 자 : 신종열, 남, 83세
구연상황 : 제보자는 앞의 노래에 이어서 바로 이 노래를 불렀다.

닐-리리야~ 닐-리리야~
니나노 난실로 모시 뜨러 간다-
닐-닐닐리리 닐리리야
왜 왔던가~ 왜 왔던가~
울고- 갈 길을 왜~ 왔든가
닐-닐닐닐닐 닐리리리야

# 산 타령

자료코드 : 04_18_FOS_20090725_PKS_SJY_0005
조사장소 : 경상남도 함양군 서하면 봉전리 오현마을 1596번지 박규석 댁
조사일시 : 2009.7.25
조 사 자 : 안범준, 정혜란, 김미라
제 보 자 : 신종열, 남, 83세
구연상황 : 제보자는 적어도 다섯 곡은 부르겠다고 적극적으로 조사에 참여하였다. 이 노
래도 제보자가 자발적으로 구연한 것이다.

산에- 올~라 새 소리 사랑하~고~
물에- 건너가니- 물소리 사랑하~네- 이-우


# 양산도

자료코드 : 04_18_FOS_20090725_PKS_SJY_0006
조사장소 : 경상남도 함양군 서하면 봉전리 오현마을 1596번지 박규석 댁
조사일시 : 2009.7.25
조 사 자 : 안범준, 정혜란, 김미라
제 보 자 : 신종열, 남, 83세
구연상황 : 조사자가 함양 산천 물레방아라는 노래를 아느냐고 물어보자, 제보자가 바로
이 노래를 불렀다.

함양 산천 물레방아 물을 안고 돌고요~
우리 집의 낭군님은 나를 안고 돈다


# 밀양 아리랑

자료코드 : 04_18_FOS_20090725_PKS_SJY_0007
조사장소 : 경상남도 함양군 서하면 봉전리 오현마을 1596번지 박규석 댁

조사일시 : 2009.7.25

조 사 자 : 안범준, 정혜란, 김미라

제 보 자 : 신종열, 남, 83세

구연상황 : 제보자가 자발적으로 이 노래를 불렀다. 아리랑의 곡조가 아닌 읊는 듯한 곡조에다 가사를 붙여 부른 것이다.

날 좀 보소 날 좀 보소 날 자꾸 보-소~~

동지섣달 꽃 본 듯이 날- 좀 보소

아리아리 스리스리 아-라리요

아리아리 고-개로~ 넘-어간다

## 노랫가락

자료코드 : 04_18_FOS_20090724_PKS_OKY_0001

조사장소 : 경상남도 함양군 서하면 운곡리 은행마을 입구 정자

조사일시 : 2009.7.24

조 사 자 : 박경수, 정혜란, 김미라

제 보 자 : 오금용, 남, 90세

구연상황 : 다른 사람들이 노랫가락을 다 부르고 난 후, 제보자가 자신이 아는 노랫가락을 자진하여 불렀다. 나이가 들어 목소리가 약했지만 노랫가락의 가락과 흥을 살려서 부르려고 애썼다.

수양산 고-사리 꺾어~ 여수 강-변에 고기를 낚아-

송어- 생선 안주를 놓고 녹수야- 정든 술 부어~라-

술~맛도 좋지요마는 술 시중 아가씨 더-좋-아

## 노세 노세 / 청춘가

자료코드 : 04_18_FOS_20090724_PKS_OKY_0002

조사장소 : 경상남도 함양군 서하면 운곡리 은행마을 입구 정자

조사일시 : 2009.7.24

조 사 자 : 박경수, 정혜란, 김미라

제 보 자 : 오금용, 남, 90세

구연상황 : 제보자는 노랫가락으로 '청춘가'를 시작했는데, 청중들이 목소리를 더 크게
하라고 하자 유행가로 부르는 '노세 노세'를 붙여서 불렀다.

### 04_18_FOS_20090724_PKS_OKY_0002_s01 청춘가

청춘-시절이~ 상렬이 같건만

부귀가 뭐든지 내 놀고 노세~


인자 목소리가 자꾸 변해.

### 04_18_FOS_20090724_PKS_OKY_0002_s02 노세 노세

노세~ 젊어서 놀아~ 늙어지면 못노나니~

화무는 십일홍이요 달도 차오면 기운 나니라

얼씨고 절씨고 차차차 지화자 좋구나 차차차


# 노랫가락

자료코드 : 04_18_FOS_20090724_PKS_OKY_0003

조사장소 : 경상남도 함양군 서하면 운곡리 은행마을 입구 정자

조사일시 : 2009.7.24

조 사 자 : 박경수, 정혜란, 김미라

제 보 자 : 오금용, 남, 90세

구연상황 : 다른 사람이 노랫가락을 한 후에 제보자가 나서서 이 노래를 했다. 청중들이
잘 듣지 못하는 노래인지 소리가 좋다고 했다.

우수 경칩은~ 대동강 풀리-고-

요내야 가슴에는- 옥동자가 풀어준다-

# 청춘가

자료코드 : 04_18_FOS_20090724_PKS_OSR_0001
조사장소 : 경상남도 함양군 서하면 운곡리 은행마을 입구 정자
조사일시 : 2009.7.24
조 사 자 : 박경수, 정혜란, 김미라
제 보 자 : 오석열, 남, 80세
구연상황 : 노래판이 노랫가락을 주고 받는 흥겨운 분위기가 되었다. 조용준이 노랫가락
을 부른 다음 제보자도 끼어들어 다음 노래를 불렀다.

내 정~ 내 정은 말할 줄 없는데~
새아중한 저 잡놈이 헤에~ 농단을 하노라

니가 날마꿈(날만큼)~ 사랑을~ 준다면~
어느- 누구가~ 날 찾아 오겄느냐~

나 떠나고 너 떠나고 둘 떠난다면~
우리 동네 정친구~ 에헤~ 누구누구 있느냐~


# 모심기 노래 (1)

자료코드 : 04_18_FOS_20090724_PKS_OJU_0001
조사장소 : 경상남도 함양군 서하면 운곡리 은행마을 입구 정자
조사일시 : 2009.7.24
조 사 자 : 박경수, 정혜란, 김미라
제 보 자 : 오재웅, 남, 79세
구연상황 : 조사자가 모심기 노래를 부탁하자 제보자가 노래를 부르지 않고 앞 사설을
이야기 해서, 노래로 어떻게 부르냐고 하자 다음 노래를 불렀다. 옆에 있던
사람들도 함께 불렀다.

서- 마~지~기~ 논-빼-미~는~ 반-달~만~만큼 넘- 남~

앉-네

제-가~ 무~슨~ 반~달~인~고~ 울~은~ 님~ 님이 반~달~
이~제


# 모심기 노래 (2)

자료코드 : 04_18_FOS_20090724_PKS_OJU_0002
조사장소 : 경상남도 함양군 서하면 운곡리 은행마을 입구 정자
조사일시 : 2009.7.24
조 사 자 : 박경수, 정혜란, 김미라
제 보 자 : 오재웅, 남, 79세
구연상황 : 조사자가 모심기 노래를 권하자 제보자가 나서서 이 노래를 불렀다. 청중 중
에 오석렬 노인이 옆에서 같이 부르며 한 소절씩 사설을 설명하기도 했다. 제
보자도 1절, 2절, 3절, 4절 등으로 이야기하며 사설을 이야기했다. 모심을 때
여자들은 다른 노래를 부른다고도 했다.

물꼬~ 철~철~ 물~ 실어 놓~고~ 주~인~ 양~ 양반~ 어-
데~를갔~소
문어~ 전~복~ 손~에다 들~고~ 첩~의~ 방~ 방에~ 놀러~
를갔~소

무슨~ 첩~이 대-단-해-서~ 낮~에~ 가~ 가고 밤-에~도 가
는~고
낮으~로~는 놀러를 가~고~ 밤-으~로~ 로는 잠-자-러~
가~네

# 창부 타령

자료코드 : 04_18_FOS_20090724_PKS_OJC_0001
조사장소 : 경상남도 함양군 서하면 운곡리 은행마을 입구 정자
조사일시 : 2009.7.24
조 사 자 : 박경수, 정혜란, 김미라
제 보 자 : 오제철, 남, 78세
구연상황 : 노래판에 늦게 참석한 제보자에게 주변에서 노래 한 번 해 보라고 권하자, 제
         보자가 다음 노래를 불렀다. 청중들이 박자를 맞추며 흥겨워했다.

저기~저기- 저 구름 속에~ 눈 들었나~ 비 들었나

눈도 아니요 비도- 아니~요 소리 명창~ 내 들었소

도라지 병풍- 노다지 안에~ 잠든 처녀야 문 열어라

바람- 불고 눈비가 날려~ 너 올 줄 모르고 문 닫었네~

낭글(나무를)-비여 낭글 비여~ 저절도골골에 낭글 비여

배를 모-아 배를-모아 하이도끼 전차로 배를 모와

띄와 놓고 띄와- 놓고 태평양 바다에 띄와 놓고~

너도 타-고 나도 타도 조선 십삼도 유랑 가자-

얼씨구나 좋다 절씨구나 좋아 아니- 놀지~ 못하겠수-


# 알캉달캉 / 아기 어르는 노래

자료코드 : 04_18_FOS_20090724_PKS_OJC_0002
조사장소 : 경상남도 함양군 서하면 운곡리 은행마을 입구 정자
조사일시 : 2009.7.24
조 사 자 : 박경수, 정혜란, 김미라
제 보 자 : 오제철, 남, 78세
구연상황 : 조사자가 "알캉달캉" 하며 아기를 어르며 부르는 노래를 해 달라고 하자, 제
         보자가 나서서 이 노래를 가사를 읊었다.

알캉달캉 새앙쥐야 [다음 사설을 생각하며] 새앙쥐야

밤 한 톨이 줃어다가

신장 밑에 묻었더니

들랑날랑 새앙쥐가 다 까묵고

껍디기만 남았구나

껍디기는 엄마 주고 [즉시 다시 고쳐서] 아빠 주고

비늘은 엄마 주고

알랭이(알갱이)는 내가 묵고


[일동 웃음]


# 그네 노래 / 노랫가락

자료코드 : 04_18_FOS_20090725_PKS_YWS_0001

조사장소 : 경상남도 함양군 서하면 봉전리 월평마을

조사일시 : 2009.7.25

조 사 자 : 안범준, 정혜란, 김미라

제 보 자 : 윤월순, 여, 83세

구연상황 : 제보자는 적극적으로 박수를 치며 장단에 맞춰 노래를 불렀다. 청중들도 흥에
겨워 박수를 치면서 따라 불렀다.

수천당(추천당) 세모시 남개(나무에) 늘어진 가지다 그네를 매어~

임이 뛰면 내-가다 뛰고 내가 뛰-면은 임이 밀어

임아 임아 줄 밀지 마라 줄 떨어지면은 정 떨어진다

# 창부 타령 (1)

자료코드 : 04_18_FOS_20090725_PKS_YIS_0001
조사장소 : 경상남도 함양군 서하면 다곡리 다곡마을 마을회관
조사일시 : 2009.7.25
조 사 자 : 안범준, 정혜란, 김미라
제 보 자 : 윤일석, 여, 71세
구연상황 : 다른 사람들이 노래 부르기를 피하자 이 제보자가 이런 노래도 되겠냐며 불렀다.

  우리집 댁- 서방님이 명태잡이를 갔-는데
  바~람아 강-풍아 섣달 열흘만 불어라


# 그네 노래 / 노랫가락

자료코드 : 04_18_FOS_20090725_PKS_YIS_0002
조사장소 : 경상남도 함양군 서하면 다곡리 다곡마을 마을회관
조사일시 : 2009.7.25
조 사 자 : 안범준, 정혜란, 김미라
제 보 자 : 윤일석, 여, 71세
구연상황 : 제보자가 바로 불렀다. 노래가 끝난 뒤 청중들이 박수를 쳤다. 청중들의 호응이 좋아 제보자가 더욱 구성지게 부르려고 하였다.

  수천당(추천당) 세모시 남개~ 늘어진 가지에 군데(그네)를 메어
  임이 뛰면 내가나 밀고 내가 뛰-면은 임이 밀~~고
  임아 임아 줄 밀지 마라 줄 떨어-지면은~ 정 떨어~진-다


# 양산도

자료코드 : 04_18_FOS_20090725_PKS_YIS_0003

조사장소 : 경상남도 함양군 서하면 다곡리 다곡마을 마을회관

조사일시 : 2009.7.25

조 사 자 : 안범준, 정혜란, 김미라

제 보 자 : 윤일석, 여, 71세

구연상황 : 조사자가 "함양 산천"을 불러달라고 말하자 바로 이 노래를 불렀다.

함양 산-천 물레방아 물을 안고 돌-고~

우리 집에 울의 님은- 나를 안고 돈-다~


## 화투 타령

자료코드 : 04_18_FOS_20090725_PKS_YIS_0004

조사장소 : 경상남도 함양군 서하면 다곡리 다곡마을 마을회관

조사일시 : 2009.7.25

조 사 자 : 안범준, 정혜란, 김미라

제 보 자 : 윤일석, 여, 71세

구연상황 : 화투 타령을 불러달라고 조사자들이 요구하자 제보자가 다 아는 노래 왜 부르냐고 한 후 불렀다. 처음에는 정확히 기억하지 못해 청중들과 같이 읊조린 뒤 불렀다. 중간 중간에도 정확히 기억하지 못해 헷갈려 하기도 했다.

정월 솔가지 쏙쏙한 마음

이월 매자다 맺어 놓고

삼월 사쿠라 산란한 마음

오월 난초에

(청중들 : 사월 흑싸리에.)

오월 난초 나는 나비

유월 목단에 춤을 추고

칠월 홍돼지 홀로 누워

팔월 공산을 바라보니
구월 국화 굳었던 마음
시월 단풍에 뚝 떨어졌다.


# 창부 타령 (2)

자료코드 : 04_18_FOS_20090725_PKS_YIS_0005
조사장소 : 경상남도 함양군 서하면 다곡리 다곡마을 마을회관
조사일시 : 2009.7.25
조 사 자 : 안범준, 정혜란, 김미라
제 보 자 : 윤일석, 여, 71세
구연상황 : 조사자가 '새들새들 봄배추는'이라는 말을 꺼내자 이 제보자가 그건 안다고
불렀다. 그러자 뒷부분은 다른 제보자가 같이 부르다가 그 제보자가 끝까지
불렀다.

새들새들 봄배추는- 밤이슬 오기만 기다린다
옥에 갇힌 춘향이는 이도령 오기만 기다리오

또, 또, 몰라, 없어 끝이라.
(조사자 : 얼씨구나 좋구나 아니 놀지는 못하리다)

오동추야 달 밝은데 임의야 생각이 절로 난다
앉았으니 잠이 오나 누웠으니 임이 오나
임도 잠도 아니 오고 한숨밖에 안 일난다
얼씨구나 절씨구자 지화자 좋다 아니 놀지는 못하구나

# 모심기 노래

자료코드 : 04_18_FOS_20090726_PKS_JBY_0001
조사장소 : 경상남도 함양군 서하면 황산리 황산마을 장병용 댁
조사일시 : 2009.7.26
조 사 자 : 안범준, 정혜란, 김미라
제 보 자 : 장병용, 남, 74세
구연상황 : 조사자가 모심기 노래를 불러 달라고 부탁하자 이 노래를 불렀다.

이- 논-에~다 모-를- 심어~ 장~잎- 나~서- 영화로세-

그 인쟈 논에다 모를 심어 놓으면 인자 커 올라오는 거 보고 장잎이라 캐, 장잎.

(조사자 : 장잎.)

장잎, 장잎. 이제 그 받는 노래가,

우-리~ 동생- 곱-게 길러~ 갓을 씌- 씌워서 영화로세

그러니까 자기 동생 인쟈 곱게 길러가지고 결혼시키면 갓을 쓴다 아이 요? 갓이라고 요 와, 그래 그기라.


# 논 매기 노래

자료코드 : 04_18_FOS_20090726_PKS_JBY_0002
조사장소 : 경상남도 함양군 서하면 황산리 황산마을 장병용 댁
조사일시 : 2009.7.26
조 사 자 : 안범준, 정혜란, 김미라
제 보 자 : 장병용, 남, 74세
구연상황 : 모심는 노래에 대해 설명을 하면서 논매기 할 때도 부른다고 하며 이 노래를 불렀다.

서- 마~지기 논-빼미가~ 반달마 만큼 남았구나

그기 인쟈 초절이고 이제 후렴이,

제-가~ 무슨 반달인~가 초승다- 달이 반달이지

그게 후렴이지.

## 황해 장사 노래

자료코드 : 04_18_FOS_20090726_PKS_JBY_0003
조사장소 : 경상남도 함양군 서하면 황산리 황산마을 장병용 댁
조사일시 : 2009.7.26
조 사 자 : 안범준, 정혜란, 김미라
제 보 자 : 장병용, 남, 74세
구연상황 : 조사자가 여러 노래를 물었으나 기억이 나지 않는다고 했다. 그러다가 이 노래 앞부분이 생각난다며 노래를 불렀다. 받는 부분이 기억나지 않아서 끝내 받는 부분은 부르지 못했다.

장사~ 장-사 황-해-장-사~ 걸머지-진 것이 무-엇이오

## 모심기 노래 (1)

자료코드 : 04_18_FOS_20090725_PKS_JSY_0001
조사장소 : 경상남도 함양군 서하면 봉전리 월평마을
조사일시 : 2009.7.25
조 사 자 : 안범준, 정혜란, 김미라
제 보 자 : 전숙녀, 여, 77세
구연상황 : 조사자가 모심는 노래를 부탁하자 스스로 불렀다. 구연 도중에 청중과 이야기를 하다가 잠시 중단되었다. 모찌는 노래를 조금 부르고, 이어 모심는 노래를 불렀다.

이 모~자리 들어나~ 내세-

[청중들과 이야기하느라 잠시 중단되었다.]
드러내세 이라는 것은 모판에서 쩌내자 이 말이라이.

늦어간다 늦어나 간다~ 담-배~ 참이 늦어~나 간다


# 그네 노래 / 노랫가락

자료코드 : 04_18_FOS_20090725_PKS_JSY_0002
조사장소 : 경상남도 함양군 서하면 봉전리 월평마을
조사일시 : 2009.7.25
조 사 자 : 안범준, 정혜란, 김미라
제 보 자 : 전숙녀, 여, 77세
구연상황 : 제보자는 구성지고 재미있게 다음 노래를 불렀다. 목이 좀 쉰 듯 했지만 최선
        을 다하는 모습을 보였다.

수천당 세모시 남개 늘어진- 가지다 그네를 매어
임아 임아 줄 살살 밀어 줄 떨어지-면 정 떨어진-다


# 화투 타령

자료코드 : 04_18_FOS_20090725_PKS_JSY_0003
조사장소 : 경상남도 함양군 서하면 봉전리 월평마을
조사일시 : 2009.7.25
조 사 자 : 안범준, 정혜란, 김미라
제 보 자 : 전숙녀, 여, 77세
구연상황 : 제보자는 차분하게 다음 노래를 불렀다. 노래의 전부를 기억하지 못하는지 끝
        부분을 성급하게 마무리지어 버렸다.

부는 바람 이월 매화에 맺어 놓고

삼월 사쿠라 산란한 마음에

사월 흑사리가 흔들흔들

오월 난초 날아든- 나비

유월 목단에 춤 잘 춘다

얼씨구나 좋고 기화자 좋네


## 모심기 노래 (2)

자료코드 : 04_18_FOS_20090725_PKS_JSY_0004
조사장소 : 경상남도 함양군 서하면 봉전리 월평마을
조사일시 : 2009.7.25
조 사 자 : 안범준, 정혜란, 김미라
제 보 자 : 전숙녀, 여, 77세
구연상황 : 조사자가 노래 첫 마디를 말하자 적극적으로 불렀다. 구연 도중에 제보자는
노래에 담긴 의미를 설명해 주었다.

시누 올키- 빨래 하다가 앞 강물에 가서 떨어졌네

저게 오신 저 오라바이 나를 건지러 오시는가

나는 건져 돌에다 밀어 붙여버리고

올케나 건져서 품에 안고

나 죽어서 처녀가 돼서 조런 부부를 만나리로다


하도 서운해서 그런 기라, 저거 올키가, 저거 오빠가 그냥 나뚜면 될긴
데 저리 던져삐리고 마누라만 건저가 이리 안더랴, 그러니 그랄빽이는.

나도 죽어 후생을랑 낭군부터 섬겨 갖고

요 모양 요 꼴로 살아 볼라네

# 부모 부음요 / 시집살이 노래

자료코드 : 04_18_FOS_20090725_PKS_JSY_0005
조사장소 : 경상남도 함양군 서하면 봉전리 월평마을
조사일시 : 2009.7.25
조 사 자 : 안범준, 정혜란, 김미라
제 보 자 : 진숙녀, 여, 77세
구연상황 : 다른 사람들이 안한다 하자 제보자가 한다며 적극적으로 불렀다.

불꽃같이 찌수는 밭을 불꽃-같이도 더운 날에
한 골 메고 두 골 메-고 삼시 세 골 메고 난게
날아가는 까마귀 깐치가 편지를 한 장을 던지 주네
한 손으로 주여 갖고 두 손으로 펴어본게 부모 죽은 부고로다

한 모랭이, 아 또 틀렸다이.

머리 풀어 산발하고 비녀 빼서 품에 품고
한 모랭이 돌아간게 까막 깐치가 진동하네
두 모랭이 돌아간게 여시 새끼가 진동하네
재인 장모 재인-장모 그의 누운 방이 어딥니까
아랫방에 밀어가서 밀창 열고 설창 열고 문방 만만 열어봐라

술을 한잔 묵어야겠다.
(청중 : 그거 마저 지아.)


재인 장모 재인 장모 꼬챙이를 디밀라요 녹생이를 디밀라요
꼬챙이도 내띠미세 녹생이도 내가 미면
스물다섯 상두군아 군장을 맞춰서 소리를 미기라(메겨라)

# 모심기 노래 (3)

자료코드 : 04_18_FOS_20090725_PKS_JSY_0006
조사장소 : 경상남도 함양군 서하면 봉전리 월평마을
조사일시 : 2009.7.25
조 사 자 : 안범준, 정혜란, 김미라
제 보 자 : 전숙녀, 여, 77세
구연상황 : 조사자에게 가사를 물어보며 다음 노래를 불렀다.

물-꼬~ 철철 물 넘어 가~고 우리 영감탱이는 어데 가고~
물꼬에 물 넘어 가는 것도 막으러 안 오는고


# 모심기 노래

자료코드 : 04_18_FOS_20090724_PKS_JYS_0001
조사장소 : 경상남도 함양군 서하면 송계리 신기마을 마을회관
조사일시 : 2009.7.24
조 사 자 : 박경수, 정혜란, 김미라
제 보 자 : 전연순, 82세
구연상황 : 조사가 제보자에게 모심기 노래를 권하자 다음 노래를 불렀다.

서 마~지기~ 논~빼-미-는- 반달~만-큼- 넘~남-았-네-
제가~무신- 반~달-인고~ 초승~달-이- 반달-이-제-
초승~달~만 반달-인~가 울언 님-님이- 반달-이-요~


# 알캉달캉요 / 애기 어르는 노래

자료코드 : 04_18_FOS_20090724_PKS_JYS_0002
조사장소 : 경상남도 함양군 서하면 송계리 신기마을 마을회관
조사일시 : 2009.7.24

조 사 자 : 박경수, 정혜란, 김미라
제 보 자 : 전연순, 82세
구연상황 : 제보자가 먼저 노래를 시작했으나 가사에 자신이 없는지 잠시 읊조리듯이 말
했다. 옆에서 듣고 있던 송점순이 나서서 그 다음 노래를 불렀다. 그러나 송
점순도 다 부르지 못하고 뒷 부분 사설은 설명하듯이 하고 마쳤다.

### 알캉달캉

뭐카노.

(조사자 : 알캉달캉 또 뭐, 서울 가신.)

(청중 : 서울 가서 밤 한 톨이 줍어다가.)

[말로 읊조리며]
서울~가서 베 짜 주고
밤 한 송이 줍어다가
책독 안에 여 났더니

이카더나?

(청중 : [노래로] 머리 감은 새앙-쥐가)

들락날락 다 까먹고
한 톨이만 남았-걸래
그 밤을 까-서
한 쪼가리는 동생- 주고
한 쪼가리는-

껍데기는 애비 주고 그래. 그래 또 알을 안까갖고, 벌거지 묵은 거는,
벌거지 묵은 거는 또 할아버지 주고. [일동 웃음]
벌거지 문(먹은) 거는 할아버지 주고, 벌거지 묵던 거는 또 머시 주고,
또 저 알랭지 남은 거는 너랑 나랑 똑 갈라 먹자.

# 다리 세기 노래

자료코드 : 04_18_FOS_20090724_PKS_JYS_0003
조사장소 : 경상남도 함양군 서하면 송계리 신기마을 마을회관
조사일시 : 2009.7.24
조 사 자 : 박경수, 정혜란, 김미라
제 보 자 : 전연순, 82세
구연상황 : 조사자가 다리 세기 놀이를 할 때 부르는 노래를 제보자에게 불러보라고 하
자 이 노래를 짧게 읊조리듯이 했다.

이거리 저거리 각거리
진주맹근 도맹근
짝바리 해양근
도래줌치 장독칼
대목에 들 날 뽕


# 창부 타령

자료코드 : 04_18_FOS_20090724_PKS_JYJ_0003
조사장소 : 경상남도 함양군 서하면 운곡리 은행마을 입구 정자
조사일시 : 2009.7.24
조 사 자 : 박경수, 정혜란, 김미라
제 보 자 : 조용준, 남, 74세
구연상황 : 다른 사람의 노래가 끝나자 바로 제보자가 나서서 이 노래를 시작했다.

아니~ 아ー니- 놀지는 못하리라
하늘~같이- 높은~사랑 하해와 같이도~ 깊은 사랑
칠년 대한 가문 날에 빗발과 같이도 반길 사랑
당현왕(당나라 현종)의 양귀~비요 이도령의 춘향이라
일년- 삼백육십오일에 하루만 못 봐도 못 살 사랑

얼씨구- 지화자 좋네~

무정~세월은 누가 가지를 마라~ 아까운 노인들 늙어진다

# 동풍가

자료코드 : 04_18_FOS_20090724_PKS_JYJ_0004

조사장소 : 경상남도 함양군 서하면 운곡리 은행마을 입구 정자

조사일시 : 2009.7.24

조 사 자 : 박경수, 정혜란, 김미라

제 보 자 : 조용준, 남, 74세

구연상황 : 제보자는 조사자에게 자진하여 '동풍가'를 불러 보겠다고 하며 이 노래를 불렀다.

실~실~ 동남풍~ 굳은-비-는 오는~데~에

저~절~마~ 실이나~ 바늘이나~

아이고~ 내가 나 사랑만 가노라~

난봉이~ 났~네 난봉이~ 났어요~

남의 집~ 귀~귀동자 아 아이고 실난봉이 났구~나~

# 나비 노래 / 노랫가락

자료코드 : 04_18_FOS_20090724_PKS_JYJ_0005

조사장소 : 경상남도 함양군 서하면 운곡리 은행마을 입구 정자

조사일시 : 2009.7.24

조 사 자 : 박경수, 정혜란, 김미라

제 보 자 : 조용준, 남, 74세

구연상황 : 조사자가 노래 첫머리를 부르며 노래를 권하자 적극적으로 노래를 불렀다.

나비야 청산을~가자~ 호랑나 비야 너도-가~자-

가다가~ 날 저물거든~ 꽃 속-에~라도~ 자고 가-자~


# 각설이 타령

자료코드 : 04_18_FOS_20090724_PKS_JYJ_0006
조사장소 : 경상남도 함양군 서하면 운곡리 은행마을 입구 정자
조사일시 : 2009.7.24
조 사 자 : 박경수, 정혜란, 김미라
제 보 자 : 조용준, 남, 74세
구연상황 : 제보자는 청중들에게 손바닥이라도 장단을 맞춰줄 것을 요구하고 이 노래를
        불렀다.

    옆에서 손바닥이라도 뚜드리라.

        헤- 서리 왔네~ 서리 왔네~
        오뉴월에 무슨 서리
        작년에 왔던 각설이 죽지도 아니 하고 또 왔네-
        어허~ 품마나 각설아~
        오호- 요놈이 이래도~ 정상판사 자제로~
        팔도강산을 마다하고 각설이 타령으로 나섰네-
        어허~ 품마야 각설아
        작년에 왔던 각설이~ 죽지도 않고 또 왔네-


# 칭칭이 소리

자료코드 : 04_18_FOS_20090724_PKS_JYJ_0007
조사장소 : 경상남도 함양군 서하면 운곡리 은행마을 입구 정자
조사일시 : 2009.7.24

조 사 자 : 박경수, 정혜란, 김미라
제 보 자 : 조용준, 남, 74세
구연상황 : 주변에서 제보자에게 칭칭이 소리 한 번 하라고 하자, 서로 먼저 하라고 하다
가 결국 제보자가 나서서 불렀다. 노래 중간에 다 잊어버렸다며 잠시 중단했
는데, 조사자의 도움으로 다시 노래를 불렀다.

| | |
|---|---|
| 칭이나 칭칭나―네 | 칭이나 칭칭나―네 |
| 노는 땅에 절 부칠까 | 칭이나 칭칭나―네 |
| 대밭에는 마디도 총총 | 칭이나 칭칭나―네 |
| 솔밭에는 갱이도 총총 | 칭이나 칭칭나―네 |
| 처녀 총각 칭칭나네 | 칭이나 칭칭나―네 |

안자 고만해. 그것도 다 잊어묵었다. 다 잊어묵었어. 다 잊어묵었어.

(조사자 : 하늘에는.)

아하.

| | |
|---|---|
| 하늘에는 별도 총총 | 칭이나 칭칭나―네 |
| 우리는 인간 살아가는데 | 칭이나 칭칭나―네 |
| 칭이 안날 수 있는가요 | 칭이나 칭칭나―네 |
| 잘난 사람은 잘난 칭 | 칭이나 칭칭나―네 |
| 못난 사람은 못난 칭 | 칭이나 칭칭나―네 |
| 우리 인간 사는데는 | 칭이나 칭칭나―네 |
| 칭이야 칭칭 많도 하다 | 칭이나 칭칭나―네 |
| 어허 칭칭나―네 | 칭이나 칭칭나―네 |

아하 이것도 다 잊어묵었어.

# 청춘가

자료코드 : 04_18_FOS_20090724_PKS_JYJ_0008 / 04_18_FOS_20090724_PKS_OSR_0002
조사장소 : 경상남도 함양군 서하면 운곡리 은행마을 입구 정자
조사일시 : 2009.7.24
조 사 자 : 박경수, 정혜란, 김미라
제보자 1 : 조용준, 남, 74세
제보자 2 : 오석렬, 남, 80세
구연상황 : 제보자는 앞의 노래가 끝나자 바로 다음 노래를 불렀다. 노래 중간에 오석렬
         노인이 한 곡을 불렀다.

제보자 1 내 정~ 내 정은~ 말할 수 없는데~
        씨아(씨앗) 중한(중하게 생각하는) 저 잡놈이~ 헤~에 농간을 나
        노라~

제보자 2 니가 날마꿈(날만큼)~ 사랑을~ 준다면~
        어느- 누구가~ 날 찾아 오겠느냐~

제보자 1 나 떠나고 너 떠나고~ 둘 떠-난다-면~
        우리 동네 정~친구~ 에~헤 누누(누구누구)- 있느냐~


# 목도메기 노래

자료코드 : 04_18_FOS_20090724_PKS_JYJ_0009
조사장소 : 경상남도 함양군 서하면 운곡리 은행마을 입구 정자
조사일시 : 2009.7.24
조 사 자 : 박경수, 정혜란, 김미라
제 보 자 : 조용준, 남, 74세
구연상황 : 조사자가 목도메기를 할 때 부르는 노래를 누가 할 수 있느냐고 하자, 제보자
         가 나서서 한 번 해보겠다며 청중들에게 후렴을 함께 불러줄 것을 부탁하고
         노래를 불렀다.

| | |
|---|---|
| 영차 치기야 | 영차 치기야 |
| 미끄러진데 조심하소 | 영차 치기야 |
| 다시 자빠지면 못 일나요 | 영차 치기야 |
| 다친다 조심해라 | 영차 치기야 |
| 우리가 이래가지고 | 영차 치기야 |
| 아들딸 믹이(먹여) 살린다 | 영차 치기야 |
| 조심하소 조심하소 | 영차 치기야 |
| 뒤터에서 잘하시오 | 영차 치기야 |
| 앞에는 잘하시오 | 영차 치기야 |
| 미끄러지면 못 일는다 | 영차 치기야 |
| 다치면은 안됩니다 | 영차 치기야 |
| 영차 치기야 | 영차 치기야 |

# 베 짜기 노래

자료코드 : 04_18_FOS_20090724_PKS_JYJ_0010
조사장소 : 경상남도 함양군 서하면 운곡리 은행마을 입구 정자
조사일시 : 2009.7.24
조 사 자 : 박경수, 정혜란, 김미라
제 보 자 : 조용준, 남, 74세
구연상황 : 제보자 스스로 적극적으로 노래를 부르기 시작했다.

베틀을 놓세 베틀을 놓세
온갖 상에다 베틀 놓세
베틀 다리는 사 형-제요
잉앳대는 형제로다
눈썹대는 독성이요

벙어리는 독신이라

이 베를 짜서서 무얼 하나

아들을 주-나 딸을 주나

밤이면은 밤새-도록

낮이-면은 날이 새도록

얼싸 좋다~ 이 베-짜서

우리 아들 갤혼할 때

도복감으로 들어간다-


## 산비둘기 노래

자료코드 : 04_18_FOS_20090724_PKS_JYJ_0011
조사장소 : 경상남도 함양군 서하면 운곡리 은행마을 입구 정자
조사일시 : 2009.7.24
조 사 자 : 박경수, 정혜란, 김미라
제 보 자 : 조용준, 남, 74세
구연상황 : 조사자가 산비둘기 소리를 흉내내며 부르는 노래가 있지 않느냐고 하자, 제보
자가 이 노래를 불렀다.

꾹-꾸- 꾹-꾸-

엄마- 죽고

자석- 죽고

똥빨-래는

뉘가- 할꼬

# 상여 소리

자료코드 : 04_18_FOS_20090724_PKS_JYJ_0012
조사장소 : 경상남도 함양군 서하면 운곡리 은행마을 입구 정자
조사일시 : 2009.7.24
조 사 자 : 박경수, 정혜란, 김미라
제 보 자 : 조용준, 남, 74세
구연상황 : 조사자가 상여 소리를 해보라고 권하자, 제보자는 청중들에게 후렴을 넣어달라고 한 다음 상여 소리를 했다.

| | |
|---|---|
| 명사-십리 해당화야 | 어-하오 너-하오 |
| 꽃 진다고 서러(설워)마라 | 어-하오 너-하오 |
| 명년 삼월 봄이 오면 | 어-하오 너-하오 |
| 너는 다시 피련마는 | 어-하오 너-하오 |
| 우리 인생 한변(한번) 가면 | 어-하오 너-하오 |
| 잎이 나나 싹시 나나 | 어-하오 너-하오 |
| 동네 어른들 죄송합니다 | 어-하오 너-하오 |
| 다시 못 올 길을 가니 | 어-하오 너-하오 |
| 송구하기 짝이 없소 | 어-하오 너-하오 |

# 성주풀이

자료코드 : 04_18_FOS_20090724_PKS_JYJ_0013
조사장소 : 경상남도 함양군 서하면 운곡리 은행마을 입구 정자
조사일시 : 2009.7.24
조 사 자 : 박경수, 정혜란, 김미라
제 보 자 : 조용준, 남, 74세
구연상황 : 제보자는 앞의 노래가 끝나자 다음 '성주풀이'를 이어서 불렀다.

성주-로다 성주-로다 성주-본이 어데메냐

제비원의 솔씨를 받아~ 소-평 대평 던졌더니

그 솔이 점점 자라 소부동이 되었구나

소부동이 점점 자라 대부동이 되었구나

그 솔이 점점 자라 정장목이 되었-구나

앞집에 김대목 뒤집에 정대목

쪼강망태 둘러~ 메고 저- 산길을 들어간다

이 산 나무를 둘러-보니 까치가 똥을 싸 부정 탔네

그 또 한 동 넘어가니 정장목이 있을세라

이장망태를 가지에 걸고~ 또리는 귀에 걸고

나무를 넘어갈 때 천지 진동을 하더구나~


# 청춘가

자료코드 : 04_18_FOS_20090725_PKS_JJS_0001
조사장소 : 경상남도 함양군 서하면 봉전리 월평마을
조사일시 : 2009.7.25
조 사 자 : 안범준, 정혜란, 김미라
제 보 자 : 조정순, 여, 79세
구연상황 : 제보자는 노래를 한번 불러 보겠다고 하고는 다음 노래를 불렀다.

산은 첩첩 청-산이-오 물은 잔잔 녹수로다

녹수는 흘러나-가도 청산이-야 변함 없네

# 각설이 타령

자료코드 : 04_18_MFS_20090724_PKS_SJS_0001
조사장소 : 경상남도 함양군 서하면 송계리 신기마을 마을회관
조사일시 : 2009.7.24
조 사 자 : 박경수, 정혜란, 김미라
제 보 자 : 송점순, 여, 74세
구연상황 : 조사자가 각설이 타령을 제보자에게 부탁하자, 제보자는 웃으면서 청중들에게 노래를 부르면 따라 하라고 하면서 노래를 부르기 시작했다.

어헐 씨구씨구 들어간다~ 저헐- 씨구씨구 들어간다
작년에 왔던 각설이~ 죽지도 아니 하고 또 왔소-
뚜루룩~ 품마~ 각설아~ 품마품마 각설아

또 뭐 있던데 다 몰라요. [조사자를 보며] 아이구 다 아네요.
(조사자 : 하하하. 일자나 한 자.)
그거 또 다 못하몬 우짜구로.

일자나 한 장 들고나 보니~ 일선에 가신 우리 낭군 돌아오기만
기다린다-
이자나 한 장 들고나 보니~ 이승만은 대통령 삼천만을 거늘이고

또 그거는. 또 그거 삼천 만을 거늘이고 다음에 또 있는데.

삼자나 한 장 들고나 보니~ 삼팔선에 가신 우리 님 언제까지나
기다리나

# 일본말 유희요

자료코드 : 04_18_MFS_20090724_PKS_SJS_0002
조사장소 : 경상남도 함양군 서하면 송계리 신기마을 마을회관
조사일시 : 2009.7.24
조 사 자 : 박경수, 정혜란, 김미라
제 보 자 : 송점순, 여, 74세
구연상황 : 제보자는 다음 노래가 생각났는지 불렀다. 좌중이 모두 웃음바다가 되었다.
　　　　　조사자가 이런 노래를 뭐 할 때 부르냐고 하자, 이 노래에 대한 이야기를 설
　　　　　명했다.

　　　　야야 메느라 하이 네 손에 그기 머꼬 빠이뿌데스
　　　　일본말 잘한다 선수데스 살림살이 다 살았다 시마이데스

[일동 웃음]

(조사자 : 아하. 그거는 그때 뭐 할 때 이거 부르는교?)

　　그거 그냥 마 뭐 이리 말하자몬 메누리가 담배 물고 나간께 시아바가
"야야 메누리, 니 손에 그게 뭐꼬?" 한께, "빨뿌리데스", 그래 "일본말
잘 한다." 시아바가 그란께, 메누리가 "선수데스" 그란께, 또 저게 그
"선수데스" 또 그라고 뭐라 캤노? 시아바가 그란께, "내 손에 그게 뭐
꼬?" 했어.

　　　　야야 메누라 하이 네게 그게 뭐꼬 빨뿌리데스
　　　　일본말 잘한다 선수데스.

█ 엮은이 소개

**박경수** 부산대학교 국어교육과를 졸업하고, 한국학대학원에서 문학석사, 부산대학
교 대학원에서 문학박사 학위를 받았다. 현재 부산외국어대학교 한국어문학
부 교수로 있으며, 한국문학회 편집위원장을 역임하였다. 주요 저서로 『한
국 근대문학의 정신사론』(삼지원, 1993), 『한국 근대 민요시 연구』(한국문화
사, 1998), 『한국 민요의 유형과 성격』(국학자료원, 1998), 『한국 현대시의
정체성 탐구』(국학자료원, 2000), 『현대시의 고전텍스트 수용과 변용』(국학
자료원, 2011) 등이 있다.

**황경숙** 서울여자대학교 국어국문학과를 졸업하고, 부산대학교 대학원에서 문학석사,
문학박사 학위를 받았다. 현재 부경대학교와 부산외국어대학교에 출강하고
있으며, 부산광역시 문화재 전문위원으로 활동하고 있다. 주요 저서로 『한국
의 벽사의례와 연희문화』(월인, 2000), 『부산의 민속문화』(세종출판사, 2003)
등이 있다.

**서정매** 계명대학교 작곡과를 졸업하고, 영남대학교 대학원 국악과 음악학석사, 부산
대학교 대학원 한국음악학과 박사과정을 수료했다. 현재 부산대학교에 출강
하고 있다. 주요 논문으로 「정읍우도농악의 오채질굿 연구」(2009), 「밀양아
리랑의 전승과 변용에 관한 연구」(2012), 「<영산작법> 절차의 시대적 변천
연구」(2013) 등이 있다.

증편 한국구비문학대계 8-16
경상남도 함양군 ①

초판 인쇄 2014년 10월 20일
초판 발행 2014년 10월 28일

엮 은 이 박경수 황경숙 서정매
엮 은 곳 한국학중앙연구원 어문생활사연구소
출판기획 장노현

펴 낸 이 이대현
펴 낸 곳 도서출판 역락
편     집 권분옥
디 자 인 이홍주

주     소 서울시 서초구 동광로 46길 6-6(반포4동 577-25) 문창빌딩 2층
등     록 1999년 4월 19일 제303-2002-000014호
전     화 02-3409-2058, 2060
팩     스 02-3409-2059
이 메 일 youkrack@hanmail.net

값 58,000원

ISBN 979-11-5686-126-3 94810
      978-89-5556-084-8(세트)